मेरे माता-पिता
स्वर्गीय श्री एल. नीलकंठन व
चेल्लमाल नीलकंठन को समर्पित,
जिन्होंने मेरे लिए भारतीय पौराणिक
गाथाओं से रचे
जादुई संसार के द्वार खोले!

लेखक के विषय में

मेरा जन्म, केरल में कोचीन की बाहरी सीमाओं पर स्थित, एक छोटे से विलक्षण गाँव त्रिपूनीतुरा में हुआ। वेंबानाड झील के पार, एरनाकुलम के पूर्व में स्थित इस गाँव को, कोचीन के शाही परिवार का स्थान होने का गौरव प्राप्त हुआ था। यद्यपि, यह अपने सैकड़ों विचित्र देवालयों; अपने शास्त्रीय कलाकारों तथा संगीत विद्यालय के लिए अधिक प्रसिद्ध था। मुझे आज भी स्मरण है, मेरी कितनी ही शामें, देवालयों से आते *चेंडों* की मद्धिम धुन तथा संगीत विद्यालय की खुरदरी दीवारों को भेद कर आती बाँसुरी के सुरों को सुनने में बीतती थीं। यद्यपि खाड़ी से आए धन तथा तेज़ी से विस्तार कर रहे कोचीन नगर ने उस पुराने संसार के आकर्षण के बचे-खुचे अवशेषों को भी धो-पोंछ कर बहा दिया है। पूरा गाँव एक आम व साधारण उपनगरीय नर्क में बदल गया है, जिसके प्रतिरूप पूरे भारत में देखे जा सकते हैं।

मैं आवश्यकता से अधिक मंदिरों वाले गाँव में पला-बढ़ा, अतः इसमें कोई आश्चर्य नहीं कि *रामायण* ने मुझे बहुत आकर्षित किया। यह भी एक विडंबना रही कि मैं इस महाकाव्य के खलनायक - रावण, और उसकी प्रजा - असुरों के प्रति अधिक आकर्षित रहा। मैं प्रायः उनके जादुई संसार के विषय में सोचता परंतु मेरा यह आकर्षण अनेक वर्षों तक सुप्तावस्था में ही रहा। यह प्रायः तभी सामने आता, जब मैं पारिवारिक समारोहों में, धार्मिक स्वभाव वाली मेरे परिवार की महिलाओं को अपनी बातों से खिझाता अथवा चिढ़ाता। जीवन चलता रहा... मैं एक इंजीनियर बना; इंडियन ऑयल कॉर्पोरेशन का हिस्सा बना, बंगलौर आया, अपर्णा से विवाह किया और अपनी पुत्री अनन्या तथा पुत्र अभिनव का जीवन में स्वागत किया।

परंतु असुर सम्राट ने मुझे कभी अकेला नहीं छोड़ा। छह वर्षों से वह मुझे सपनों में आतंकित करता आया है, मेरे साथ-साथ चला है और मुझसे आग्रह किया है कि मैं उसकी ओर से कथा का संस्करण प्रस्तुत करूँ। केवल वही नहीं था, जो यह चाहता था कि मैं उसकी कथा लिखूँ। एक-एक कर, रामायण के अप्रासंगिक व गौण माने जाने वाले पात्र भी, अपनी-अपनी कथाओं के संस्करण ले कर सम्मुख आते रहे। भद्र, जो अन्य सामान्य असुरों में से एक था, जिन्हें रावण ने प्रेरित किया, नेतृत्व दिया और अंततः उनसे छल किया। उसके पास भी एक उल्लेखनीय कथा थी, जो उसके महाराज से सर्वथा भिन्न थी। और उन दोनों की कथाएँ, रामायण की उस कथा से बिल्कुल ही अलग हैं, जिसे पिछले तीन सहस्र वर्षों से, पूरे एशिया में सहस्र विविध रूपों व प्रकारों में सुनाया जाता रहा है। तो आपके लिए प्रस्तुत है *असुरायन*, असुरों की गाथा, पराजितों की गाथा!

आनंद नीलकंठन से संपर्क करें : mail@asura.co.in

असुर

पराजितों की गाथा

रावण व उसकी प्रजा की कहानी

आनंद नीलकंठन

अनुवाद : रचना भोला 'यामिनी'

MANJUL

मंजुल पब्लिशिंग हाउस

MANJUL

मंजुल पब्लिशिंग हाउस

कॉरपोरेट एवं संपादकीय कार्यालय

• द्वितीय तल, उषा प्रीत कॉम्प्लेक्स, 42 मालवीय नगर, भोपाल-462003

विक्रय एवं विपणन कार्यालय

• सी-16, सेक्टर 3, नोएडा, उत्तर प्रदेश - 201301, इंडिया

वेबसाइट : www.manjulindia.com

वितरण केन्द्र

अहमदाबाद, बेंगलुरू, कोच्चि, कोलकाता, चेन्नई,
हैदराबाद, मुम्बई, नई दिल्ली, पुणे

आनंद नीलकंठन द्वारा लिखित मूल अंग्रेजी पुस्तक
असुर- टेल ऑफ़ द वैंक्विश्ड का संक्षिप्त हिन्दी अनुवाद

Asura-Tale of the Vanquished by Anand Neelakantan – Hindi Edition

यह हिन्दी संस्करण 2014 में पहली बार प्रकाशित
9 वीं आवृत्ति 2026

ISBN 978-81-8322-435-2

हिन्दी अनुवाद : रचना भोला 'यामिनी'

मुद्रण व जिल्दसाज़ी : मणिपाल टेक्नोलॉजीज़ लिमिटेड, मणिपाल

पराजित भद्र इस तरोताज़गी से भरपूर कथानक का नायक है, जिसे लेखक द्वारा एक अभिनव प्रयास के रूप में देखा जा रहा है, जिन्होंने किसी सामान्य जन की अपेक्षा, भद्र के दृष्टिकोण से रामायण को नए सिरे से प्रस्तुत करने का साहसिक क़दम उठाया है। यह सही मायनों में, रावण तथा उसकी प्रजा की सम्मोहित कर देने वाली कथा है। **– द हिंदू**

असुर साम्राज्य के एक सामान्य नागरिक तथा पराजित असुर सम्राट के दृष्टिकोणों के साथ–साथ, यह उपन्यास हमारे युगों पुराने महाकाव्य को एक संपूर्ण रूप से ताज़ा व नया नज़रिया देता है। यह पराजित तथा अब तक मूक रहे लोगों की कथा है। एक बिल्कुल ही नवीन दृष्टिकोण। **– डेकन क्रॉनिकल**

यह रामायण के एक असंभाव्य नायक – रावण के दृष्टिकोण का आत्मकथात्मक विवरण है। संभवतः पहली बार कोई उपन्यास रावण के दृष्टिकोण से लिखा गया है। रावण का दंभ हमें सोचने पर विवश कर देता है। **– द न्यू इंडियन एक्सप्रेस**

इससे कोई अंतर नहीं पड़ता कि आप पौराणिक गाथाओं में विश्वास रखने वाले हैं अथवा नहीं, असुर – पराजितों की गाथा, एक पठनीय पुस्तक है क्योंकि इसका नया विषय आपके मस्तिष्क को आंदोलित करने की पर्याप्त क्षमता रखता है। लेखक ने रामायण की घटनाओं को उल्लेखनीय व तार्किक रूप में प्रस्तुत किया है। एक प्रभावोत्पादक उपन्यास।

– आफ़्टरनून वॉइस

लेखक ने अपनी वर्णनात्मक शैली में बहुत ही सुंदर तरीके से रावण तथा राम के पात्रों को चित्रित किया है। यह पुस्तक असुरों तथा देवों के मध्य हुए संघर्ष का उल्लेखनीय प्रदर्शन करती है। वर्तमान के श्रेष्ठ महाकाव्य कथानकों में सर्वश्रेष्ठ तथा बहुत ही कल्पनाशील!

– ट्रिनिटी मिरर

यह रावणायन है, रामायण का असुर संस्करण। **– वर्व मैगज़ीन**

एक व्यक्ति तथा उसके लोगों की कथा, जिन्होंने दुःसाहस किया। एक असुर महागाथा – यह निश्चित रूप से रावण की ओर से सुनाई जाने वाली पौराणिक कथा में एक बिल्कुल ही नया मोड़ है। **– इंडिया प्लाज़ा लिटरेरी रिव्यू**

रावण, 'भुलाया हुआ नायक'। हमारी बेस्ट सेलर सूची में एक रोमांचक मोड़ है, *असुर*।

– क्रॉसवर्ल्ड ऑफ़िशियल ब्लॉग

यदि आप पौराणिक गाथाएँ, इतिहास तथा चाणक्य मंत्र, नागा रहस्य जैसी पुस्तकें पढ़ना पसंद करते हैं, तो यह निश्चित रूप से आपके लिए ही है। एक बेहद सफल पुस्तक।

– लैंडमार्क ऑफ़िशियल ब्लॉग

दशमुख

रावण को दस शीश वाले व्यक्ति के रूप में क्यों दर्शाया जाता है?

यद्यपि, एक सर्वोच्च खलनायक के रूप में दस शीश तथा भुजाओं वाले रावण से, प्रत्येक भारतीय तथा भारतीय पौराणिक गाथाओं का विद्वान परिचित है। परंतु बहुत कम व्यक्ति ही ऐसे हैं, जो यह जानते हैं कि उसे इस रूप में क्यों दर्शाया जाता है। पारंपरिक भारतीय विवेक तथा प्रज्ञा, व्यक्ति के भावों पर नियंत्रण को महत्त्व देते हैं और बुद्धि को श्रेष्ठ सत्ता के रूप में वर्णित किया जाता है।

*महान नरेश महाबलि, रावण को परामर्श देते हैं कि वह **क्रोध; अभिमान; ईर्ष्या; प्रसन्नता; उदासी; भय; स्वार्थपरकता; आवेग** तथा **महत्त्वाकांक्षा** जैसे नौ आधारभूत भावों को त्याग कर, केवल **बुद्धि** को ही प्रश्रय दे, आदर-मान दे। भारतीय आध्यात्मिक गुरूओं ने भी सदैव अपने 'स्व' से ऊपर उठने तथा आत्मा के विकास के लिए, इन भावों को हानिकारक माना है।*

परंतु, महाबलि को प्रत्युत्तर देते हुए, रावण तर्क देता है कि इन सभी दस भावों को संपूर्ण रूप से अपना कर ही वह एक संपूर्ण मनुष्य बना है। इस प्रकार पौराणिक गाथाओं में रावण को दस सिरों वाला दर्शाया जाता है, जबकि उसकी बीस भुजाएँ उसकी शक्ति तथा बल का प्रतीक हैं। रावण स्वयं को एक संपूर्ण मनुष्य के प्रतीक के रूप में देखता है; वह स्वयं को किसी भी प्रकार के पवित्र छद्मावरण अथवा सामाजिक व धार्मिक वर्जना में नहीं बाँधता। वह किसी भी साधारण मनुष्य की ही भाँति भला व बुरा है, जैसा कि प्रकृति मनुष्य को बनाना चाहती है। समाज उसके नौ अन्य मुखों पर प्रतिबंध लगाने में असफल रहा, जैसा कि राम के विषय में किया गया है। इस प्रकार राम को ईश्वर के रूप में देखा जा सकता है, परंतु रावण कहीं अधिक संपूर्ण मनुष्य है। हमारे महाकाव्यों ने रावण के दस सिरों को, ऐसे व्यक्ति के प्रतीक के रूप में लिया है, जो अपने अनियंत्रित आवेगों सहित – जीवन के रसास्वादन तथा आलिंगन के लिए प्रस्तुत है – समग्र रूप से।

रावण के असुर साम्राज्य के चरमोत्कर्ष के दौरान प्राचीन भारत

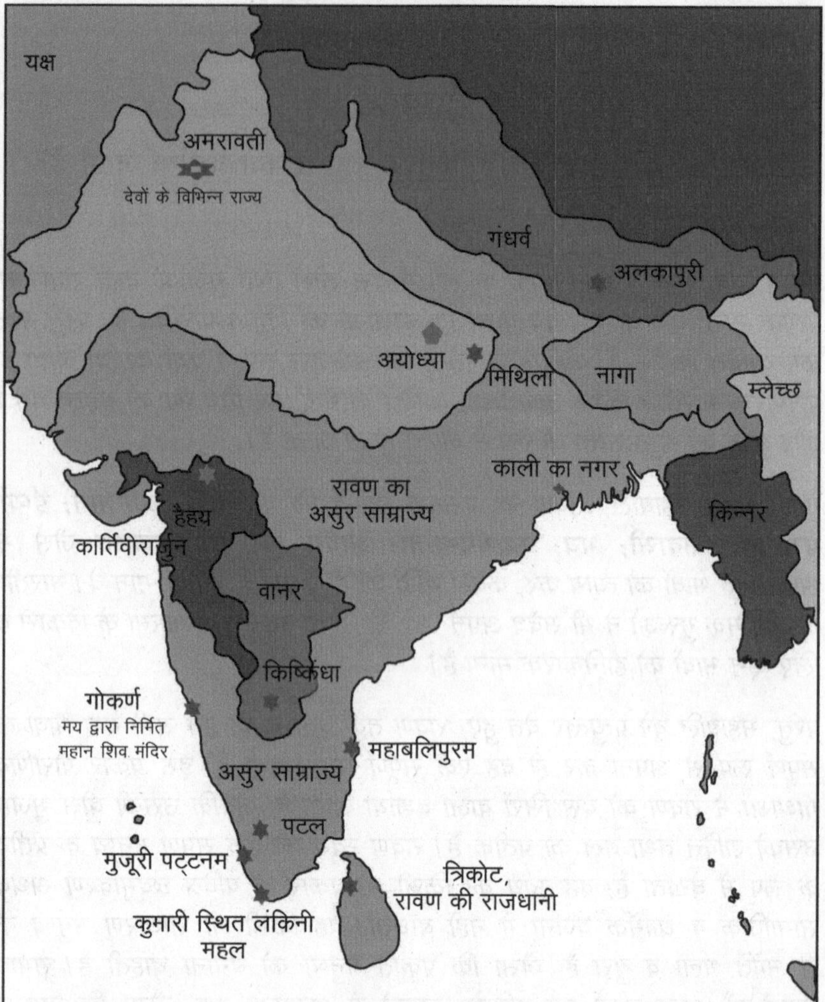

विषय सूची

प्रस्तावना

इतिहास सचाई का पूरा बखान अकसर नहीं करता : वह एक दृष्टि से सचाई को देखता-समझता है और उसमें दूसरी संभव दृष्टियों का अहसास भले ही हो, वह उन्हें समाहित करने की ज़रूरत नहीं समझता या कि वैसा करने की कोई हिक्मत नहीं खोज पाता। साहित्य को शायद इसीलिए 'दूसरा इतिहास' कहा जाता है कि वह अस्तित्व, मानवीय विडम्बना और समय में अन्यथा को हिसाब में लेता है, उसके पक्ष को भी समाविष्ट करने की चेष्टा करता है। भारत के दो कालजयी महाकाव्य 'रामायण' और 'महाभारत' ऐसी साहित्यिक कृतियाँ हैं जिनमें महाकाव्यात्मकता का अर्थ ही उसमें चरितार्थ अच्छाई और बुराई, पुण्य और पाप, आत्म और अन्य, शुभ और अशुभ आदि की सजग-सक्रिय द्वन्द्वात्मकता से है। इन दोनों ही महाकाव्यों ने भारतीय साहित्य में ऐसी अनेक कृतियों को उपजाया है जो उनमें अलक्षित, अविवक्षित, उपेक्षित रह गये चरित्रों और प्रसंगों पर आधारित है।

हिन्दी में ही उर्मिला पर केन्द्रित मैथिली शरण गुप्त का काव्य 'साकेत', धर्मवीर भारती के नाटक 'अन्धा युग' के चरित्र अश्वत्थामा आदि को, इस सिलसिले में याद किया जा सकता है। आनन्द नीलकंठन ने ऐसे ही एक बड़े चरित्र, रावण की दृष्टि से कथा नियोजित की है : यह रामकथा के बरक़्स रावण-कथा है। यह सुरों की नहीं असुरों की गाथा है। यह विजेताओं की नहीं पराजितों की कहानी है। एक ऐसे अभागे समय में जब हमारी परंपरा की अनेक रूढ़ और विजड़ित व्याख्याओं का बोलबाला है, ऐसा करना साहित्यिक दुस्साहस है। पर साहित्य यही करता है : वह इतिहास की तरह सिर्फ़ विजेताओं से आक्रान्त नहीं होता, उसमें पराजितों का पक्ष रखने का साहस भी होता है। यही कल्पनाशीलता और साहस उसे उसका अनूठा नैतिक बल और आभा देते हैं। उसके लिए खलनायक भी नायक होता है।

जो लोग सचाई को दोटूक काले और सफ़ेद में देखने-समझने के आदी हैं, वे सचाई को सरलीकृत करते हैं : काले और सफ़ेद के बीच बहुत सारा भूरा अहाता होता है जिसे साहित्य अपने भूगोल का केन्द्र बनाता है। इस उपन्यास में ऐसी ही सचाई का बहुत रोचक और ठोस ब्योरों के साथ लम्बा पठनीय वृत्तान्त है। रावण को अपने कर्मों का फल मिला पर उसके पक्ष को समझे बिना उस पर निर्णय देना उचित नहीं है। हमें निर्णय देने की हड़बड़ी को थामना चाहिए। अगर आप यह उपन्यास पढ़कर नैतिक असमंजस में पड़ते हैं तो यह साहित्य की अपनी सफलता है। साहित्य अपनी ज़िम्मेदारी नहीं निभाता अगर वह परम्परा, इतिहास, लोकविश्वास आदि को प्रश्नांकन के घेरे में न लाता हो।

अशोक वाजपेयी

1 अंत

रावण

कल मेरा अंतिम संस्कार होगा। मैं नहीं जानता कि वे मुझे किसी खुजली वाले कुत्ते की तरह दफ़ना देंगे या मुझे किसी सम्राट के लिए उपयुक्त अंतिम संस्कार का भागी माना जाएगा - एक भूतपूर्व सम्राट। परंतु इससे कोई अंतर भी नहीं पड़ता। मैं छीना-झपटी के कारण सियारों के मुख से निकल रही ध्वनि सुन सकता हूँ। वे मेरे परिजन व मित्रों के शवों को अपना आहार बना रहे हैं। अचानक ही पैर के ऊपर से कुछ सरसरा कर निकलने का आभास हुआ। *ये क्या था?* मुझमें तो सिर उठा कर देखने की शक्ति तक शेष नहीं रही। घूस... बड़े और काले बालों वाले चूहे। जब मूर्खों ने परस्पर विनाश का कार्य पूर्ण कर लिया तो युद्धक्षेत्र पर इन घूसों ने अपना अधिकार जमा लिया है। आज का दिन उनके लिए किसी उत्सव से कम नहीं है, जो कि पिछले ग्यारह दिन से चलता आ रहा है। सड़े हुए माँस, पस, रक्त, मूत्र व शवों से आती सड़ांध और भी गहराती जा रही है। शत्रु पक्ष की और हमारी भी! परंतु कोई अंतर नहीं पड़ता। किसी भी बात से अंतर नहीं पड़ता। मैं भी शीघ्र ही प्राण त्याग दूँगा। यह कष्टदायी पीड़ा अब सहन नहीं होती। उसके प्राणघातक तीर ने मेरे उदर पर गहरा वार किया है। मैं मृत्यु से भयभीत नहीं हूँ। मैं कुछ समय से इसके विषय में विचार करता आ रहा हूँ। पिछले कुछ दिनों में हज़ारों जानें गईं।

सागर की गहराइयों में कहीं, मेरा भाई कुंभ; विशाल मछलियों द्वारा अधखाई गई देह के साथ मृत पड़ा होगा। कल ही मैंने अपने पुत्र मेघनाद की चिता को मुखाग्नि दी थी। *या फिर शायद एक दिवस पहले?* अब तो समय का भी कोई आभास शेष नहीं रहा। मैं अनेक वस्तुओं के विषय में ज्ञान खो बैठा हूँ। ब्रह्माण्ड की गहराइयों में कहीं एक अकेला तारा हौले से टिमटिमा रहा है। मानो किसी देव का नेत्र हो। काफ़ी हद

तक भगवान शिव के तीसरे नेत्र की भाँति; सब कुछ विनष्ट कर देने वाला, सब कुछ लील जाने वाला त्रिनेत्र। मेरी प्रिय लंका आज क्षत-विक्षत हुई पड़ी है। मैं अब भी वे बुझे अँगारे देख सकता हूँ, जिनके बीच कभी एक भव्य नगरी हुआ करती थी। मेरी राजधानी, त्रिकोट, संसार की महानतम नगरी थी परंतु एक नर-वानर आया और पूरी नगरी को अग्नि की लपटों में स्वाहा कर दिया। त्रिकोट कई दिनों तक धू-धू कर जलती रही। दुकानें, घर, प्रासाद, पुरुष, स्त्रियाँ व शिशु, सब कुछ जल कर राख हो गया परंतु हमने नए सिरे से उसे पुनः स्थापित किया। लगभग प्रत्येक योग्य व्यक्ति ने त्रिकोट के पुनर्निर्माण में अपना सहयोग दिया। फिर वे नर-वानर अपने स्वामी के साथ आए और सब कुछ विनष्ट कर दिया। हनुमान ने हमारी यह दशा की। वही नर-वानर हमें मृत्यु, विनाश व पराजय की ओर खींच ले गया।

मैं इस विषय में अधिक विचार नहीं करना चाहता। मुझे तो उसी समय उसे मृत्यु के घाट उतार देना चाहिए था, जब मेरा पुत्र उसे बंदी बना कर लाया था। इसकी बजाय, मैंने अपने छोटे भाई की बात मानी, जिसने मेरे ही विरुद्ध षड़यंत्र रचा। परंतु छल-कपट व विश्वासघात असुरों के लिए कोई नई बात तो नहीं है। मैं बहुत ही निष्कपट था। मैंने मूखर्तापूर्ण विश्वास किया कि मैं सदैव अपने भाइयों व प्रजाजन के स्नेह का पात्र बना रहूँगा। मैंने कभी कल्पना तक नहीं की थी कि मेरे साथ ही छल-कपट होगा। मुझे लग रहा था कि ज़ोर-ज़ोर से अट्टहास करूँ। परंतु जब किसी की अंतड़ियाँ चीथड़े हो कर आसपास बिखरी हों तो इस तरह हँसना भी सहज नहीं होता। नगर से आते उल्लास के स्वरों ने मेरे हृदय पर सीधी चोट की। शत्रु पक्ष अपनी विजय का समारोह मना रहा है। नर-वानर त्रिकोट में लूट मचाने में व्यस्त होंगे। मेरे मंदिर लूटे जाएँगे; अनाज के भंडारों को आग की लपटों के हवाले कर दिया जाएगा, पाठशालाओं और अस्पतालों को भी जला दिया जाएगा। विजयी दल ऐसे ही तो होते हैं। हमने भी अनेक देव ग्रामों की इसी प्रकार और संभवतः इससे भी भयंकर दुर्दशा की है, यह सब उन दिनों की बात है, जब विजयश्री मेरी अर्धांगिनी हुआ करती थी। कुछ कुरूप वानर निश्चित रूप से मेरे अंतःपुर में भी प्रवेश कर गए होंगे। आशा करता हूँ कि मेरी रानी को इतनी सुबुद्धि आ जाएगी कि कुछ भी अनर्थ होने से पूर्व, किसी ऊँची चट्टान से छलांग लगाकर अपने प्राणों का अंत कर दे। मैं अब किसी भी वस्तु पर नियंत्रण नहीं कर सकता। मैं मृत्यु की उष्ण श्वास को अपने शरीर पर अनुभव कर सकता हूँ। सियार आ गए हैं। *वे मेरे शरीर के किस अंग को पहले खाएँगे?* संभवतः मेरी अँतड़ियों को ही निशाना बनाएँ, क्योंकि उनमें से अब भी रक्त की धारा प्रवाहित हो रही है। *अगर मेरी पसली का कोई टुकड़ा किसी सियार के गले में फँस जाए तो क्या हो?* मैं यही सोच कर मंद-मंद मुस्करा उठा। ओह! ये क्या। मैं तो यह शर्त भी हार गया। उन्होंने मुझे चेहरे से खाना आरंभ कर दिया है। एक

सियार ने मेरे गाल में अपने दाँत गड़ा कर, माँस का एक टुकड़ा नोच लिया है। चूहे मेरे पैरों की अँगुलियाँ कुतर रहे हैं।

मैं, रावण, एक बहुत लंबी दूरी तय कर आया हूँ। अब मेरे पास ऐसा कुछ नहीं बचा, जिसके लिए युद्ध किया जा सके; केवल सियारों के साथ किया जाने वाला युद्ध ही शेष है। कल, सड़कों से एक शोभायात्रा निकाली जाएगी। वे मेरा कटा हुआ सिर एक खंभे पर टाँग देंगे और उन्हीं सड़कों से हो कर निकलेंगे, जिन्होंने कभी मुझे राजसी रथों में दौड़ते देखा था। मेरी अपनी ही प्रजा भय तथा विकृत आनंदवश, इस दृश्य को देखने के लिए उमड़ पड़ेगी। मैं अपने लोगों की मानसिकता से भली-भाँति परिचित हूँ। उनके लिए तो ये एक बहुत बड़ा तमाशा होगा।

मैं एक बात नहीं समझ सका कि जब मैं गिरा था तो राम मेरे पास आकर क्यों खड़ा हो गया था। वह वहाँ इस प्रकार खड़ा था मानो मुझे अपना आशीर्वाद दे रहा हो। उसने अपने भाई से कहा कि मैं इस जगत का सबसे विद्वान प्राणी व एक महान राजा था और कोई भी मुझसे प्रशासन विद्या की शिक्षा ले सकता था। मैंने लगभग ज़ोर से ठहाका लगाया। मैंने तो इस प्रकार सुशासन चलाया कि आज मेरा ही साम्राज्य मेरे आगे चूर-चूर हुआ पड़ा था। मैं अपने सैनिकों की जली हुई देहों की दुर्गंध अनुभव कर सकता था। त्रिकोट के जलने से उत्पन्न तीक्ष्ण गंध अब भी मेरी इंद्रियों में बसी है। मैं अब भी अपनी भुजाओं में मेघनाद के शीतल और प्राणहीन शव को अुनभव कर सकता था। मैं इन दो योद्धाओं व उनकी वानर सेना से अपनी प्रजा की रक्षा नहीं कर सका और वह कह रहा था कि मैं एक महान शासक था? मैं इस अदृष्ट विधान को अवश्य ही सराह सकता था। मैं अपने शत्रु का उपहास करना चाहता था; उन सब मूर्खों का उपहास करना चाहता था जिन्होंने मुझ पर विश्वास किया और आज युद्धभूमि में सिरविहीन, अंगों से रहित तथा निर्जीव अवस्था में पड़े हैं। मैं सभी मनुष्यों के लिए समानता के उन आदर्श स्वप्नों का उपहास उड़ाना चाहता था जिनके आधार पर मैंने अपने साम्राज्य की आधारशिला रखी थी। निःसंदेह यह सब उपहास योग्य ही था परंतु किसी सम्राट के जीवन के अंतिम क्षण निश्चित रूप से ऐसे नहीं होने चाहिए थे। मैंने कठोर परिश्रम किया और देवों व उनके द्वारा चुने गए मनुष्यों के साथ युद्ध किया। मुझे तो संदेह है कि क्या स्वर्ग में उन लोगों को स्थान मिल पाता होगा, जो हँसते-हँसते प्राण त्याग देते हैं।

तभी अकस्मात् रूप से, जिस तरह चूहों और सियारों की बन आई थी, उसी तरह वे शांत भी हो गए। अंधकारपूर्ण रात्रि से भी अधिक अंधेरी छाया मुझ पर पड़ी। घुंघराले बालों वाले काले से सिर ने उस एकांत में टिमटिमा रहे तारे को मेरे नेत्रों से ओझल

कर दिया। *क्या वह मृत्यु का देव, काल था जो मुझे लेने आया था?* मैंने अपनी आँखें पूरी तरह से खोलने का भरसक प्रयत्न किया किंतु सूखा रक्त पलकों पर जम गया था। *क्या यह राम के अनुचरों में से कोई था जो मेरा शीश काटने आया था ताकि उसे युद्ध में विजित पुरस्कार की भांति दर्शाया जा सके?* मैं उसका चेहरा देखना चाहता था। मैं अपने इन अंतिम क्षणों में अपलक व अविचल भाव से ताकना चाहता था। उस सिर व घुंघराले बालों को देखते ही अचानक मुझे मेरे अतीत की याद आ गई। *क्या मैं उसे जानता हूँ?* वह झुका और मेरे चेहरे की ओर देखा।

ओह! ये तो भद्र है। मित्र, संभवतः एकमात्र जीवित मित्र पर मैं यह नहीं जानता कि उसे मित्र कह भी सकता हूँ अथवा नहीं? वह आरंभ में मेरा एक अनुचर, पैदल सैनिक था। फिर वह जाने कहाँ खो गया। वह बार-बार मेरे जीवन में आता-जाता रहा और कई बार तो वर्षों दिखाई नहीं दिया। जब मैं किसी क्रांतिकारी सेना की बजाय लुटेरों के दल सरीखे दिखने वाले दल का प्रमुख था तो भद्र की पहुँच मेरे निजी डेरे तक थी। फिर जब मैं छोटे से द्वीप का राजा बना तो उसकी पहुँच मेरे निजी कक्षों तक थी। अंततः, जब मैं भारत पर शासन कर रहा था तो उसकी पहुँच मेरे शयनकक्ष तक हो गई थी। इससे भी बड़ी बात यह थी कि भद्र की पहुँच मेरे मन के अंधकारमय कोनों तक भी थी; एक ऐसा हिस्सा जिसे मैंने अपने भाइयों, अपनी पत्नी, अपनी प्रेमिका, अपनी प्रजा व यहाँ तक कि स्वयं से भी छिपा रखा था।

भद्र यहाँ क्या कर रहा है? परंतु मैं इतना आश्चर्यचकित क्यों हूँ? यह स्थान उसके जैसे व्यक्तियों के लिए ही तो है, जो यहाँ दिन ढलने पर मंडराते दिखते हैं। मैं उसे सुबकियाँ भरते सुन सकता हूँ। भद्र भावुक हो रहा है? वह तो कभी क्रोधित, उदास या प्रसन्न नहीं होता था। आज वह ऐसे व्यवहार कर रहा था मानो कितना भावुक व्यक्ति हो। परंतु मैं जानता था कि उसके मन में भावों के लिए कोई स्थान नहीं था। और भद्र भी यह जानता था कि यह बात मुझे पता थी। "भद्र, मुझे यहाँ से ले चलो, मुझे यहाँ से ले...।" इसके आगे कुछ कहने की शक्ति ही नहीं रही। दरअसल, मैं नहीं जानता था कि शब्द वास्तव में मेरा साथ छोड़ चुके थे अथवा मेरे कंठ के भीतर घुट कर सन्नाटे से भरी मौत मर गए थे? भद्र ने अपनी गर्दन हिलाई। मेरा पूरा शरीर ठंडा पड़ा था, पूरी तरह से ठंडा। मेरे शरीर से जीवनी शक्ति क्षीण होती जा रही थी। फिर भद्र ने मेरा सिर अपने वक्ष में भर लिया। मैं उसके स्वेद की गंध को अनुभव कर सकता था। मेरे शरीर के पोर-पोर से दर्द बह निकला और उसने मेरी शिराओं में अपने विषाक्त स्पर्शक गड़ा दिए। मैं ज़ोर से कराहा। भद्र ने मुझे गीली धरती पर लेटा दिया, जो मेरे अपने रक्त, मेरे अपने लोगों के रक्त, मेरे सपनों के रक्त और मेरे जीवन के रक्त से भीगी हुई थी। सब कुछ शेष हो चुका था।

एक तरह की उदासी और खालीपन ने मुझे घेर लिया। "महाराज! मैं आपके अधूरे कार्य को पूरा करूँगा। आप चिंता न करें। आप शांति से प्राण त्यागें। मैं अपनी जाति के लिए ऐसा करूँगा। हो सकता है कि मेरे तरीक़े भले ही अलग हों, वे आपके तरीक़ों की तुलना में अधम ही क्यों न जान पड़ें। मैं भी तो कभी एक योद्धा था, परंतु अब मैं वृद्ध हो चला हूँ। अब मुझे सेनाएँ भयभीत कर देती हैं। मैं युद्ध से डरने लगा हूँ। मैं अब एक बालक को भी चोट नहीं पहुँचा सकता। जो भी हो, मेरे अपने तरीक़े बहुत ही घातक हैं। मैं आपके लिए प्रतिशोध लूँगा, मेरे लिए और हमारी अभिशापित जाति के लिए! राम ने हमारे साथ जो किया, उसके लिए उसे क्षमा नहीं किया जाएगा। मेरा विश्वास करें व शांति से प्राण त्यागें।"

मैंने भद्र की अधिकांश बातें सुनी ही नहीं। कितनी विचित्र बात है, यद्यपि मुझे बड़ा ही सुकून मिला और मैं इस दुर्गंधयुक्त असुर से कहीं दूर, अपने बाल्यकाल में लौट गया। मेरे मस्तिष्क में हज़ारों छवियाँ नाचने लगीं। मेरे प्रारंभिक संघर्ष, स्नेह व परित्याग की पीड़ा, वियोग, संग्राम व युद्ध, संगीत व कला की छवियाँ; वे असंगत रूप से मेरे मस्तिष्क में घूम रही थीं, उनका कोई अर्थ नहीं था... बिल्कुल अर्थहीन... जैसे यह जीवन है।

मैंने अनुभव किया कि भद्र मेरे चरण स्पर्श के लिए झुका और फिर वहाँ से चला गया। "भद्र..." मैं चाहता था कि वह लौट आए और मुझे किसी चिकित्सक के पास ले जाए, जो मेरी अंतड़ियों को उनके स्थान पर वापिस बैठा दे, मेरी बाईं आँख को फिर से लगा दे, जो खोखल से बाहर आ गई है और किसी तरह मेरे निष्प्राण होते जा रहे शरीर में नई जीवन शक्ति फूँक दे। मैं चाहता था कि मुख्य भूमि में स्थित सह्य वनों में लौट कर गुरिल्ला युद्धकला का आश्रय लूँ, जैसे महाबलि ने आज से वर्षों पूर्व किया था। मैं सब कुछ नए सिरे से आरंभ करना चाहता था। मैं फिर से वही भूलें दोहराना चाहता था, उन्हीं लोगों से स्नेह रखना चाहता था, उन्हीं शत्रुओं से पुनः युद्ध करना चाहता था, उन्हें पुनः अपना मित्र बनाना चाहता था, उन्हीं पत्नियों से पुनः विवाह रचाना चाहता था और फिर से उन्हीं पुत्रों को जन्म देना चाहता था। मैं पुनः वही जीवन व्यतीत करना चाहता था। मुझे उस पद को पाने की कोई आकांक्षा नहीं है, जो राम ने मेरे लिए स्वर्ग में नियत कर रखा है। मैं केवल अपनी मनोरम धरती से मोह रखता हूँ। मैं जानता था कि यह सब पुनः घटित नहीं होने वाला था। मैं सोलह वर्ष का नहीं, साठ वर्ष का था। यदि मैं जीवित भी रहा तो निःसंदेह किसी एक आँख वाले, गंदे व बूढ़े भिक्षुक के रूप में, सड़क किनारे बने मंदिर में, बदबू से गंधाते, चिथड़े हो चुके वस्त्रों में अपना जीवन बिताना होगा। मैं जो भी था, आज उससे तो दूर, बहुत ही दूर निकल आया हूँ। मैं अब शांति से मरना चाहता हूँ। मैं यहाँ से चले जाना चाहता

हूँ। अग्नि की लपटों से घिरे इस नगर को अपनी रक्षा स्वयं करने दो। असुरों को अपने युद्ध स्वयं लड़ने दो और देवों के साथ अभिशापित रहने दो। मैं तो केवल अपने बाल्यकाल की ओर लौट जाना चाहता हूँ और सब कुछ नए रूप में आरंभ करना चाहता हूँ, एक-एक कार्य फिर से करना चाहता हूँ, फिर से और फिर से... सब कुछ एक नए सिरे से...

2 बीजवपन

रावण

मानसूनी हवाएँ उस छोटी सी कुटिया को हिलोरें देने में कोई कमी नहीं छोड़ रही थीं, जो एक पर्वत की खड़ी चट्टान पर संदिग्ध रूप से स्थित थी। बस हवा का एक और धक्का और वह नीचे व्यग्रता से मुँह खोले, प्रतीक्षारत् काली प्रचंड धारा में जा गिरती। तब हम मृत्यु के हाथों त्रस्त होने वाले छोटे कण मात्र होते। वैसे तो यह सब कुछ यूँ ही समाप्त हो जाता तो कहीं बेहतर था, *परंतु यह तो अंत का आरंभ मात्र था। क्या मुझे इतिहास के पन्नों से यूँ ही मिटाया जा सकता था – बस यूँ ही? क्या मैं एक ऐसा अभियान नहीं था, जो असफल हो चुका था?* यह बात मैं तब नहीं जानता था, परंतु मैंने तो किसी दूसरे की नियति को पूरा करने के लिए जन्म लिया था। मैंने जन्म लिया ताकि किसी दूसरे व्यक्ति को देवता बनने का सौभाग्य मिल सके।

तीन भाई-बहनों व म्लान मुख माँ के साथ, मैंने अपने सौतेले भाई के जगमगाते महल पर दृष्टि डाली। यह सब बहुत निकट था, परंतु उसके बावजूद मानो एक दूसरे ही संसार का अंश था। मैं एक बार, अपनी निर्धन और गहरी काली रंगत वाली माँ की ओढ़नी में छिप कर वहाँ गया था। छोटे भाइयों ने मेरी अँगुली थाम रखी थी और मेरी बहन माँ के कँधे पर, किसी गंदे-पुराने चिथड़े की तरह भूखी-प्यासी, बेसुध लौंदे सी पड़ी थी। हम दरिद्र थे, अत्यंत निर्धन । हमारे पास केवल एक ही वस्तु प्रचुर मात्रा में थी, और वह थी हमारी निर्धनता, हमारी दरिद्रता, हमारी क्षुधा और हमारी लज्जा!

एक अंतिम प्रयत्न के रूप में, माँ अपने सौतेले पुत्र कुबेर के समक्ष विनती करने के लिए हमें घसीट ले गई, जो इस धरती का सबसे धनी व संपन्न व्यक्ति व अकूत धन-संपदा का स्वामी था। उस राजप्रासाद की चकाचौंध के बीच, तथा जी मिचला

देने वाली गंध के साथ हम हाथ में भिक्षा पात्र थामे खड़े थे। हमें अपनी भिक्षा मिली। सोने के कुछ टुकड़ों के साथ, मेरे सौतेले भाई की पत्नियों की अपमानजनक दृष्टि का भी दंश सहना पड़ा। हमारी माँगें व आवश्यकताएँ बहुत कम थीं और उसका समय इतना बहुमूल्य था कि उसे हम जैसे लोगों पर व्यय नहीं किया जा सकता था। उसके एक हाथ का संकेत, थोड़े खुले पैसे और इसके बाद उसे हमारे बारे में सोचने का समय ही कहाँ था। उसे तब तक हमारे विषय में विचार करने का समय नहीं मिला, जब तक मैंने एक धमाके के साथ और बहुत ही रूखे तरीके से, हमारे अस्तित्व के बारे में याद नहीं दिलाया। परंतु वह सब तो बहुत बाद में घटित हुआ और तब हम भिक्षुक नहीं रहे थे।

मैंने उस धनलोलुप व लोभी, वैभवपूर्ण राजभवन से जो सबसे बड़ी संपत्ति अर्जित की थी, वह थी – मेरी तीव्र ज्वलंत महत्त्वाकांक्षा। उस महल ने मेरे भीतर महत्त्वाकांक्षा की जो चिंगारी भर दी थी, उसे भूख की अग्नि भी कभी शांत नहीं कर सकी। मैं जानता था कि वह जिस संसार का स्वामी था और उससे भी कहीं परे, सब कुछ मेरा होगा, केवल मेरा। हो सकता है कि आज माँ के साथ मेरा अंतिम दिन हो। कल यदि यह कुटिया वर्षा की प्रचंड धारा को सह कर, अपना अस्तित्व बरकरार रख सकी, तो हम अपनी यात्रा का शुभारंभ करेंगे। मेरा मानना था कि अभी हमारे पास जीतने के लिए पूरी दुनिया पड़ी थी। एक बेहतर संसार हमारी प्रतीक्षा में था।

मेरे भाइयों को और मुझे कभी कोई ऐसी शिक्षा नहीं मिली, जिसके विषय में बताया जा सके। यदि हम किसी ब्राह्मण के यहाँ निःशुल्क कार्य करने के लिए भी तैयार हो जाते, तो भी कोई हमें शिक्षा देने को तैयार नहीं था। हम असभ्य, काले व शरारती थे। हमने जाना था कि हम वर्णसंकर थे। हमारे पिता एक विख्यात महर्षि थे, परंतु हमें इसका कोई लाभ नहीं मिल सका। वे अपनी विद्या के संसार में इतना मग्न थे कि उन्हें अपनी संतान के विषय में विचार करने की सुध ही नहीं थी। वे एक ब्राह्मण थे। मेरी माँ एक अज्ञात असुर वंश से थीं। उन्होंने इस संबंध को एक मुक्त रहस्य के रूप में रखा। वे संस्कृत वेदों के विषय में पर्याप्त जानकारी रखते थे, जिसके लिए ब्राह्मणों का दावा था कि उसमें सारे संसार का ज्ञान समाहित था।

वास्तव में, पिता कोई बुरे व्यक्ति नहीं थे। वे अपनी जाति के किसी भी अन्य व्यक्ति की भाँति ही थे; महिमामंडित रूप से स्व-केंद्रित। उनका यह मानना था कि उनके घर में हमारी उपस्थिति मात्र ही, हमारे लिए किसी वरदान से कम न थी। उन्होंने बड़े ही सुविधाजनक रूप से इस तथ्य को विस्मृत कर दिया था कि इंसानों को जीवित रहने के लिए भोजन की आवश्यकता भी होती है। निःसंदेह, उन्होंने हमारे नाम राक्षसों के नाम पर ही रखे क्योंकि हमने कभी उनकी शिक्षा में कोई रुचि ही नहीं ली। प्रायः हम

उनका उपहास करते, और जब वे अपने मित्रों के साथ वेदों का पाठ करते तो मैं पूरे शौर्य के साथ, उनके इस विश्वास पर प्रश्नसूचक चिन्ह लगा देता। हमारे कच्चे आँगन में, मैं, कुंभकर्ण और शूर्पणखा, तीनों मिल कर उनकी नकल उतारते। केवल मेरे छोटे भाई विभीषण के लिए यह सब विस्मित कर देने वाला दृश्य होता। जब वह ब्राह्मणों को किसी रट्टू तोते की तरह मंत्र रटते देखता, तो मानो उसके नेत्र अपलक वहीं स्थिर हो जाते।

यह बात तब की है, जब मेरे पिता मेरे सौतेले भाई कुबेर को अपना सारा धन दे चुके थे। हमारे पास कुछ नहीं बचा था। इन परिस्थितियों में पलना-बढ़ना इतना सरल भी नहीं था, एक निरंतर सुन्न कर देने वाली पीड़ा का अनुभव, एक ऐसी पीड़ा, जो निरंतर टीस मारती रहती है और धीरे-धीरे अपनी काली अँगुलियाँ व्यक्ति की आत्मा पर फैला देती है। यद्यपि हमने सदाचार के पथ को कभी नहीं त्यागा। हम कभी अपने धर्म व निष्ठा से पीछे नहीं हटे। सुशिक्षित व गौरवान्वित वर्ग जिस न्याय भावना को समुचित मानता था, हमारी धारणाएँ उससे अलग थीं। हमने अपने लिए सदाचार के नियम स्वयं बनाए और अधिकारों को अपने ही अनुसार परिभाषित किया। हमने सीखा था कि सत्य को अपनी आवश्यकताओं के अनुसार तोड़ा-मरोड़ा जा सकता है। हमारा धर्म बहुत सादी बातों पर निर्भर था : एक व्यक्ति को सदैव अपने दिए वचन का पालन करना चाहिए; उसे हमेशा अपने दिल की बात कहनी-सुननी चाहिए और ऐसा कोई कार्य नहीं करना चाहिए, जो उसे स्वयं अनुचित जान पड़े। भले ही कोई असफल ही क्यों न होने वाला हो, उसे कभी किसी के साथ छल-कपट नहीं करना चाहिए। व्यक्ति को स्त्रियों को आदर-मान देना चाहिए और किसी का अपमान नहीं करना चाहिए। यदि कहीं कोई अन्याय होता दिखता, तो हम हर हाल में उसका प्रतिकार करते। हमने कभी प्राचीन असुरों व देव संतों द्वारा दी गई महान शिक्षाओं को नहीं जाना। हम किसी परंपरा का पालन नहीं करते थे। हम लगभग घटिया व दोगले आदमियों की श्रेणी में गिने जाते थे।

अगले दिन, हम इस द्वीप को छोड़ कर जाने वाले थे। मैं सुन चुका था कि उत्तर की ओर भी अनेक महान राष्ट्र थे। मैं भारत के एक कोने से दूसरे कोने की यात्रा करने जा रहा था। मैं हिमालय की हिमाच्छादित पर्वत श्रंखलाओं पर चढ़ना चाहता था, वर्षा ऋतु में तीव्र व प्रचंड वेग के साथ बहती गंगा की ख़तरनाक धाराओं में तैरना चाहता था। मैंने सपना देखा था कि मैं विंध्य व सह्य के घने वनों को पार करते हुए नर वानरों को देखूँगा और यक्ष व किन्नरों के राज्य तक जा पहुँचूँगा। मैंने सपना देखा था कि मेरा जीवन गंधर्वों के संगीतमय संसार में व्यतीत होगा। ओह, ऐसे संसार पर

विजय पाने की कामना बलवती होती जा रही थी! कितना आनंदमयी जीवन होगा! एक दिन रावण इस संसार पर राज करेगा। शक्तिशाली हिमालय से ले कर लंका तक, नहीं, लंका से ले कर हिमालय तक, मैं पूरी दुनिया पर राज करता, एक ऐसा साम्राज्य स्थापित करता, जिसमें सबके लिए न्याय, शांति व समृद्धि होती।

मेरे विविध सपनों के बीच कहीं संदेह की हल्की सी छाया भी मँडरा रही थी। क्या ये सब अद्भुत स्वप्न कहीं भूख से उत्पन्न भ्रम की अवस्था तो नहीं थे? हो सकता है कि मैं आज ही इन हरहराती काली लहरों के मुख में समा जाऊँ और ये गर्जना करता प्रवाह, मुझे अपने साथ घसीट ले जाए। हो सकता है कि मेरा जीवन क्षण भर के लिए किसी लौ की तरह टिमटिमाए और गहरे सन्नाटे के बीच शांत हो जाए। तब कोई उन आवेगों व महत्त्वाकांक्षाओं को कैसे जान पाएगा, जो मेरे हृदय के इतने निकट हैं? कौन जान सकेगा कि मैंने अपने लोगों के लिए क्या-क्या सोच रखा है? मेरा जीवन मानो उस काले पानी के नीचे झाग की तरह बैठ जाता और किसी अज्ञात दिशा की ओर प्रस्थान कर देता।

मेरी माँ के आँसू जैसे मेरी आत्मा को भेदते चले गए थे। वे चाहती थीं कि हम बाहर जाएँ और संसार को जीत लें, हालाँकि वे हमें सदा अपने पास भी देखना चाहती थीं। संभवतः उन्होंने मेरी आँखों में जलती चिंगारियाँ देख ली थीं इसलिए तय कर लिया था कि मुझे नहीं रोकेंगीं। जब मैंने पीछे मुड़ कर देखा तो मुझे चीथड़ों में लिपटी, कूबड़ के भार से दोहरी माँ खड़ी दिखाई दी, जिसकी गोद में मेरी बदसूरत बहन टँगी थी। वह हमारे लिए सबसे सुंदर शिशु थी किंतु जब मैंने अपनी माँ के द्वारा सिखाई गई निष्पक्ष भावना के साथ उसे देखा तो मुझे न चाहने पर भी, अपने पिता की कही बात का ही अनुमोदन करना पड़ा कि उन्होंने मेरी बहन से बदसूरत जीव, इस संसार में दूसरा नहीं देखा था। मैं उनके द्वारा कही गई इस बात के कारण उनसे घृणा करता था। मैं उनसे इस बात के लिए और भी घृणा करता था कि ये बात सत्य थी।

मेरे सौतेले भाई के महल का द्वारपाल, सागर तट पर अपने मित्रों के साथ बैठा था। उन्होंने हम तीन किशोरों को बेड़े के साथ जूझते देखा तो सभी ठहाके लगाने लगे, और हमारी मौत के नाम अपने जाम भरे। यहाँ तक कि उन्होंने भद्दे गाने गाते हुए, मेरी माँ का अपमान भी किया। मैं उनकी गर्दनें नापना चाहता था परंतु मैं अपनी माँ को वचन दे चुका था कि जब तक मैं इस संसार के तौर-तरीक़े नहीं सीख लेता और मुझमें अपनी शक्ति को पूरी निष्पक्षता व न्याय के साथ, प्रयोग में लाने की बुद्धि नहीं आ जाती, तब तक मैं हिंसा का प्रयोग नहीं करूँगा। मैंने सुदूर सागर के दूसरे छोर पर अपनी अश्रुपूरित आँखें टिका दीं - वहाँ इस निर्दयी जगत, मेरे अपने जगत तथा मेरे गुरू के लिए, सफलता की आशाएँ थीं।

मैंने अपने भाइयों के साथ सह्य के सदाबहार घने वनों के बीच अपनी यात्रा आरंभ की। हमने वैभवशाली प्रासाद तथा बंदरगाह देखे, हाथी दाँत, चंदन, मोर व वानर देखे। हमने सुदूर प्रांतों में जा रहे रंगीन समुद्री जहाज़ देखे, जो स्वर्ण, हीरे-जवाहरात, काली मिर्च व मसालों से लदे थे। हमने वे मंदिर देखे, जिनमें निवास करने वाले इष्ट देव अपने भक्तों से उनकी आय का एक अंश माँगते थे, जिसे वे कड़े परिश्रम से अर्जित करते। हमने ईश्वर के उन प्रतिनिधियों को भी देखा, जो उसके नाम पर लूटमार करते थे। नगर सूर्य के उज्ज्वल प्रकाश की तरह चमचमाते थे और स्त्रियाँ इतनी रमणीय थीं, जैसे स्वर्ग में होती हैं। मैंने उन जहाज़ों को किंचित् गर्व, ईर्ष्या व क्रोध के मिश्रित भावों के साथ देखा, जिन पर मेरे सौतले भाई कुबेर के नाम की पताकाएँ लहरा रही थीं। हम जिस भी नगर में गए, वहीं कुबेर के प्रतिनिधियों का कार्यालय देखने को मिला। वह द्वीप में स्थित, अपने महल से ही इतने बड़े व्यवसाय का नियत्रंण करता था। अश्वारोही संदेशवाहक उसके व्यावसायिक साझेदारों व व्यापार संघों के पास महत्त्वपूर्ण पत्र ले जाते। उसके स्वामित्व में एक सौ तीस से अधिक समुद्री जहाज़ थे, जो यूनान, मिस्र व चीन जैसे देशों की यात्रा पर रहते। मुझे पूरा विश्वास था कि यदि हमने कुबेर के भाई होने का संकेत दिया होता, तो उसके उन असंख्य स्वर्णमंडित कार्यालयों में बैठे कनिष्ठ प्रबंधक निश्चित रूप से हमारा स्वागत करते। परंतु मैं ऐसा कभी नहीं करना चाहता था। मैं अपने सौतेले भाई के इन कार्यालयों में से, किसी एक में काम करते हुए, बड़ी ही सरलता से अपना पूरा जीवन व्यतीत कर सकता था। इस तरह कम से कम, मेरे परिवार के लिए दिन में एक समय के भोजन का प्रबंध तो हो ही जाता परंतु मैं अपने भाई की उन उदासीन आँखों व विरक्त दृष्टि को कैसे अनदेखा कर सकता था, जो उसने हमें सोने के सिक्के दे कर, महल से विदा करते हुए दी थी। मैं उसके इतने बड़े, समृद्ध व्यवसाय में किसी छोटे पद पर कार्य करने के स्थान पर मृत्यु का वरण करना कहीं श्रेयस्कर समझता। हो सकता है कि यह झूठा अभिमान ही हो। संसार में अनेक विवेकी व ज्ञानी सज्जन कह गए हैं कि मनुष्य को संसार के साथ चलना हो तो उसे अपने जीवन के सीमित साधनों से ही व्यावहारिक तौर पर संतुष्ट रहना चाहिए। परंतु मैं तो एक स्वप्नदर्शी था और मैं किसी भी क़ीमत पर इस संसार के साथ क़दम से क़दम मिला कर चलने को प्रस्तुत नहीं था। मैं तो इस पर अपना स्वामित्व चाहता था।

हमारे लोग इतने विनीत व कायर क्यों थे? मैं हमेशा से ही इस विषय में विचार करता आया हूँ। ऐसा क्यों होता है कि केवल कुछ लोग ही पूरे संसार की सत्ता व संपदा पर नियंत्रण पा लेते हैं और शेष जन उनके सेवक बन कर रह जाते हैं और यहाँ तक कि इन स्वार्थी दलों की सहायता के लिए अपने प्राण तक बलिदान कर देते हैं ताकि वे उनकी व उनकी संतानों का शोषण कर सकें। क्या ये भय था? मैं नहीं जानता

परंतु मैंने जहाँ भी देखा, वहाँ दमन का चक्र ही चलता दिखाई दिया। धन, जाति, अनुष्ठान, परंपराएँ, विश्वास व मान्यताएँ; मानो सब कुछ मिल कर विनीत मानवता को कुचलने का षड़यंत्र रच रहे हों। क्या जीने के लिए इससे बेहतर तरीक़ा नहीं हो सकता था? जिस क्षण से मैंने इस *'क्यों'* के बारे में सोचना आरंभ किया, तभी से मुझे गर्म दिमाग़ वाला क्रोधी कहा जाने लगा। एक बार मेरे पिता के ब्राह्मण मित्रों ने मुझ पर यह आरोप लगाते हुए, गाँव से बाहर निकालना चाहा कि मुझ पर बुरी आत्माओं का साया था, उन्होंने कहा कि मैं एक *राक्षस* था - एक असुर, दुष्ट असुर! संभवतः मैं अभी बहुत छोटा और ढीठ था और संसार के प्रति मेरे दृष्टिकोण को अनुभवों द्वारा समृद्ध होने में अभी समय था। सदैव शांत रहने वाले मेरे छोटे भाई विभीषण को छोड़ कर, मैं हमारे शेष सभी लोगों में एक सी व्याकुलता देख सकता था। मेरा मानना था कि विभीषण काफ़ी हद तक जड़ बुद्धि का था परंतु जब हम बड़े हो रहे थे तो वह पूरे ग्राम की आँखों का तारा बना हुआ था। वह सदैव पुस्तकों व ग्रंथों में लिखी बातों का पालन करता और कभी कोई प्रश्न नहीं करता था। कई बार मुझे ऐसा भी लगा कि वह इस समाज के लिए उपयुक्त था और आगे चल कर बड़ा नाम कमाने वाला था। और मैं उसे पसंद करता था। वह इतना छोटा और नाज़ुक था कि मुझे लगता था कि उसे इस निर्दयी संसार से बचाना चाहिए। मुझे सचमुच थोड़े से आत्मविश्वास की आवश्यकता थी। वैसे पारंपरिक तौर पर देखा जाए तो मैं बुद्धिमान नहीं था।

जिस प्रकार विभीषण वेदों का पाठ करके आनंदित होता था, मैं उस प्रकार वेदपाठ नहीं कर पाता था। जो भी हो, मुझे तो यही लगता था कि वेद व्यर्थ का छल-कपट थे और इस बात से कोई अंतर नहीं पड़ता था कि आप किस रूप में उनका पाठ करते हैं। मेरे पिता की भाँति कुछ आजीविकाहीन ब्राह्मणों ने, हज़ारों वर्ष पूर्व उन्हें रचा था। ब्राह्मण स्वयं को उपयोगी बनाने की अपेक्षा, उन्हीं देवताओं का पूजन करते, जिन्हें उन्होंने वर्षा, सूर्य, अश्व, गौ, धन तथा अन्य वस्तुओं के लिए आविष्कृत किया था। वे जिन अभिशप्त स्थानों से आए थे, वहाँ संभवतः शीत का आक्रमण रहता होगा। अन्यथा वे मेंढकों की तरह टर्राते हुए, अग्नि में चयनित काष्ठ के टुकड़े डाल कर देवताओं के सम्मुख याचना क्यों करते?

संभवतः मैं पूर्वाग्रही हो रहा था। मुझे यह नहीं मानना चाहिए कि जो यज्ञ कार्य वे कर रहे थे, वे यज्ञ व्यर्थ अथवा अनुपयोगी थे। वास्तव में, यह धन अर्जित करने व भौतिक सुख-सुविधाएँ प्राप्त करने का सर्वश्रेष्ठ साधन था। वे ब्राह्मण कोई मूर्ख नहीं थे वे जानते थे कि काष्ठ के टुकड़े जलाने के व्यर्थ व अनुपयोगी कार्य को भी किस प्रकार धरती को स्तंभित कर देने वाली, वैज्ञानिक खोजों के रूप में प्रस्तुत किया जा सकता था। उनका दावा था कि उन्होंने इस संसार को नियंत्रित करने वाले बलों को,

अपने वश में कर लिया था। और यह भी बड़ी रोचक बात थी कि बढ़ई, राज मिस्त्री व किसान आदि अधिकतर व्यक्ति, जो वास्तव में कोई सार्थक कार्य कर रहे थे, वे सूर्य के तीव्र ताप में टर्राते, इन बेहूदों के सम्मुख विनय भाव से झुके रहते। धधकती ज्वालाओं के सामने उनके मुखों से स्वेद धाराएँ बहतीं और दैव जाने वे क्या-क्या मंत्र जपते रहते। उनके पास तो मानो इस संसार में प्रत्येक कार्य के लिए कोई पूजा या अनुष्ठान नियत था। तुम्हें कुष्ठ रोग हो अथवा सर्दी-जुकाम, कोई न कोई ऐसा देवता अवश्य होता, जिसे तुम्हें पूजा दे कर प्रसन्न करना पड़ता। यदि तुम चाहते कि तुम्हारी दुखःदायी पत्नी, तुम्हारे कलहपूर्ण पड़ोसी के साथ घर से भाग जाए तो निःसंदेह इसके लिए भी पूजा और विधान थे। गौ माता के गर्भ से बछड़े की कामना हो अथवा पत्नी के लिए पुत्र की इच्छा, ब्राह्मण आपकी सहायता के लिए प्रस्तुत थे। वे केवल एक पूजा देते और बछड़े या एक दिव्य पुत्र के आगमन का मार्ग प्रशस्त हो जाता। आप सदा ब्राह्मणों के पक्ष में रहेंगे तो सोलह वर्ष की आयु तक आते-आते आपके पुत्र की गणना विश्व के जाने-माने पंडितों में की जाने लगेगी। यदि नहीं, तो संभवतः वह मेरी तरह उग्र व असभ्य होगा, जो ब्राह्मणों अथवा किसी भी प्रकार के अनुष्ठानों को आदर-मान नहीं देगा। मेरा यह मानना है कि अब हमारे बीच और भी अनेक राक्षस उपस्थित हैं। संभवतः, यह *'क्यों'* नामक संक्रमण के प्रसारित होने के कारण था। क्या ब्राह्मण ऐसी कोई पूजा अथवा अनुष्ठान नहीं कर सकते थे कि हमारे पापपूर्ण विचारों से ओत-प्रोत मस्तिष्क को शुद्ध व पवित्र किया जा सके? मुझे समय पाते ही इस महत्त्वपूर्ण तथ्य पर चिंतन करना था।

मैंने जहाँ की भी यात्रा की, वहीं ऐसे अनेक बहुरूपियों से सामना हुआ जो आम जनता को यह कह कर ठगते थे कि उनका ईश्वर या देवताओं से प्रत्यक्ष संबंध था। यह कितनी विचित्र बात थी कि किस प्रकार प्राचीनकाल के राजा-महाराजा अकस्मात् देव बन बैठे थे। वे विशेष देवों के रूप में कैसे रूपांतरित हुए, यह तो और भी विस्मित कर देने वाली बात थी। मैं कोई नास्तिक नहीं। मैं देवों के अस्तित्व में पूरी तरह से विश्वास रखता हूँ तथा स्वयं भी अपनी भौतिक व आध्यात्मिक प्रगति के लिए सदैव प्रार्थना करने के लिए इच्छुक रहता हूँ। परंतु मेरे लिए, ईश्वर एक व्यक्तिगत सत्ता है और यह प्रार्थना मौन भाव से, मेरे हृदय में ही मुखरित होनी चाहिए।

3 बंदी

रावण

असुर एक जातिहीन समाज से थे और उनके पास एक संपूर्ण प्रजातांत्रिक ढाँचा था, जहाँ किसी नरेश की अपेक्षा, चुनी गई परिषद के हाथों में ही वास्तविक शक्ति थी। वे एक घुमंतू जाति से थे, जो अपने अस्तित्व की रक्षा के लिए शिकार करते व लूटमार मचाते, परंतु संभवतः दो हज़ार वर्ष पूर्व, वे नदियों के किनारे नगर तथा कस्बे बना कर निवास करने लगे। कहा जाता है कि असुर नगरों की सड़कें सुवर्णमंडित हुआ करती थीं परंतु उन्होंने कितने विशाल साम्राज्य की आधारशिला रखी थी! यह पश्चिम में सिंधु से ले कर पूर्व में ब्रह्मपुत्र तथा उत्तर में हिमालय से ले कर, दक्षिण में नर्मदा तक फैला था। यह बड़ी सरलता से, धरा का तत्कालीन विशालतम साम्राज्य हो सकता था। जब मिस्त्र के राजा स्वयं को दफ़नाने के लिए महान मकबरों के निर्माण में व्यस्त थे, तो असुर साम्राज्य की प्रजातांत्रिक परिषद सड़कें, अस्पताल, जल निकासी व्यवस्था तथा वह सब कुछ तैयार करवाने में व्यस्त थी, जो उनके अनुसार प्रजा के लिए उपयोगी हो सकता था।

मेरी माँ का दावा था कि वे एक प्रमुख असुर वंश, हेति से संबंध रखती थीं। कुछ लोग उनकी बात का विश्वास भी करते थे। जो भी हो, मुझे यह सोच कर गर्व का अनुभव होता कि मैं वास्तव में, एक कुलीन जनजाति से संबंध रखता था। हालाँकि, असुर कभी प्रत्यक्ष रूप से धार्मिक नहीं रहे, परंतु हमारे भी अपने देवता थे। उनमें से शिव सबसे प्रमुख थे। हमने जाना था कि शिव पुरातन काल के एक महान असुर राजा थे, उस समय असुर एक घुमंतू जाति थी। मुझे यह सोच कर बहुत ही अच्छा लगता कि वे *ईश्वर* थे। वे मुझे व्यक्तिगत रूप से प्रिय थे। हो सकता है कि यह करीब एक हज़ार

वर्ष पुरानी बात रही हो, जब मध्य जम्बू द्वीप के अश्वारोही नृशंस व असभ्य कबीलों ने, मैदानी इलाक़ों में बसे असुर नगरों में लूटपाट मचाई थी। दस राजाओं की एक परिषद ने शक्तिशाली असुरों का नेतृत्व किया और झेलम नदी के समीप, घुड़सवार नृशंस कबीलों से उनका सामना हुआ। लुटेरों के दल के नेता का नाम इंद्र था, जिसे अपने अत्याचारों के कारण ही *पुरेंद्र* या 'नगरों का हत्यारा' कहा जाने लगा था। हज़ारों व्यक्तियों को मौत के घाट उतारा गया; स्त्रियों की आयु की भी मर्यादा नहीं रखी गई और वे सामूहिक बलात्कार का शिकार हुईं, बच्चों को जीवित ही अग्नि की लपटों के हवाले कर दिया गया और अनाज के भंड़ार लूट लिए गए। भव्य नगर ध्वस्त हो गए। एक पूरी सभ्यता नष्ट हो गई थी और प्रगति का चक्र मानो सदियों पीछे चला गया था। असुरों ने अपना सब कुछ खो दिया और वे अपनी प्राण रक्षा के लिए दक्षिण की ओर आ गए। नागा पूर्वी पहाड़ियों की ओर लौट गए और किन्नर व यक्ष राज्यों का पूरी तरह से सफ़ाया हो गया। गंधर्व एक घुमंतू जाति बन गए और शीघ्र ही इतिहास व पौराणिक गलियों में कहीं खो गए।

इस आक्रमण के दौरान, असुर सभ्यता अपने चरमोत्कर्ष पर थी, परंतु वे अपनी युद्ध करने की शक्ति खो बैठे थे। संस्कृति, संगीत, कला, वास्तुकला ने मिल कर ऐसा षड़्यंत्र रचा कि असुर सेनाओं की शक्ति धूमिल होती चली गई, जो वास्तव में, और कुछ नहीं केवल एक पहेली थी। राष्ट्रीय सुरक्षा के नाम पर, न तो प्रभावी नेतृत्व था और न ही व्यावसायिक आदेश, न कोई रणनीति थी और न ही कोई योजना। इसमें कोई आश्चर्य नहीं था कि शक्तिशाली असुर सेना इंद्र के ओजस्वी नेतृत्व तले चलने वाले, मुट्ठी भर आक्रमणकारियों के हाथों खदेड़ दी गई थी। निःसंदेह, असुर वंश की महानता या सर्वश्रेष्ठता का अतिशयोक्तिपूर्ण वर्णन किया जा सकता था। एक पराजित जाति प्रायः पराजय से उत्पन्न लज्जा को ढाँपने के लिए अपनी सांस्कृतिक श्रेष्ठता का आश्रय लेती है। विजयी पक्ष को सदैव उन नृशंसों के रूप में चित्रित किया जाता, जिन्होंने छल-कपट व तंत्र-मंत्र के बल पर, सुसंस्कृत व सुविकसित सभ्यता को पराजित व नष्ट-भ्रष्ट कर दिया हो।

परंतु असुरों ने पराजय नहीं मानी और फिर से युद्ध क्षेत्र में उतर आए। उन्होंने अपनी खोई हुई भूमि पाने के लिए दक्षिण से युद्ध छेड़ दिया। यदा-कदा हाथ आने वाली विजय के माध्यम से, बीच-बीच में पूरे भारत पर भी आधिपत्य जमाते रहे। हालाँकि वे बौद्धिक स्तर पर लड़े जाने वाले युद्ध में परास्त हो रहे थे। उत्तर-पश्चिम से आए हुए कबीले, अपने बंधन खोल रहे थे और असुरों के साथ संयोग होने लगा था। उन्होंने महान असुर देवता शिव को चुरा लिया। गुरू ब्रह्मा भी उनके देवता बन गए। यद्यपि, विष्णु अकस्मात ही एक प्रमुख देव के रूप में प्रकट हो गया। देवों के औपचारिक

पुरोहित, ब्राह्मणों ने, बहुत ही जटिल अनुष्ठान करने आरंभ कर दिए। उन्होंने पाया कि महानगरीय व सर्वव्यापी सभ्यता ही असुर नगरों का प्रधान बल थी। असुर मुक्त स्वभाव के व्यक्ति थे। उनकी उर्वर कल्पना ने शिव को एक स्नेही देव में रूपांतरित कर दिया था, जो किसी से कोई आकांक्षा नहीं रखते थे, और उनकी पूजा करने के लिए किसी प्रकार के अनुष्ठान की आवश्यकता न थी। वे असुरों के मित्र, संबंधी, पुत्र, पिता या कोई भी हो सकते थे, यह सामने वाले व्यक्ति की कल्पना पर निर्भर करता था। अनेक नगरों में तो शिव को पुरुषत्व व उर्वरता का उत्सव मनाने के लिए लिंग रूप में भी पूजा जाने लगा था।

जब नगरों पर विजय पाने के बाद, मंदिर नष्ट कर दिए गए, तो ब्राह्मणों ने माँग रखी कि पराजित लोगों को एकमात्र निराकार देव प्रजापति ब्रह्मा की आराधना करनी होगी। असुरों के लिए तो यह धारणा पूरी तरह से नई थी, जिसके परिणामस्वरूप परस्पर कलह और संघर्ष होने लगे।

यह निर्णय लिया गया कि मूल निवासियों के धर्म से कोई खींचतान नहीं की जाएगी। परंतु विजेताओं के राजनैतिक गलियारों में कुचक्र रचने वाले दिन-रात कार्य करने लगे। वे अपने ही नेताओं को दैवीय अंश सिद्ध करने में जुट गए। और शीघ्र ही, शासित वर्ग अपने-आप को देवता कहलाने लगा। ये देवता हज़ारों और फिर लाखों में गुणित होते चले गए। ब्राह्मणों ने अपने शासकों से निचला स्थान ग्रहण किया, जो स्वयं को देव कहलाते थे। हालाँकि, जैसे-जैसे समाज की जटिलता व अर्थहीन अनुष्ठानों में वृद्धि होती गई, ब्राह्मणों को समाज पर और अधिक नियंत्रण मिलता चला गया। यह घटना कई सदियों में जा कर घटी, परंतु विचित्र बात तो यह थी कि ब्राह्मणों का यह वाग्जाल तंत्र कभी नहीं थका और विजित जनता पर अपना आधिपत्य जमाने में पूरी तरह से सफल रहा। पराजित लोग दास कहलाते और उन्हें वे सभी कार्य करने पड़ते जो ब्राह्मणों व शासक वर्ग को शाश्वत आमोद-प्रमोद व आनंद की धारा में प्रवाहित रखने के लिए आवश्यक होते। वे बहुत ही बुरे शासक तथा दयनीय प्रशासक थे। उनके स्वकेंद्रित शासन ने विशाल जनसंख्या को विद्रोही सेना का सहायक बनने पर विवश कर दिया और केवल भीरू व बलहीन ही नगरों के ग़रीब इलाक़ों में रह गए।

मैं उत्तर में कभी सुदूर स्थानों तक नहीं गया किंतु मैंने जहाँ भी यात्रा की, चारों ओर अस्त-व्यस्तता का साम्राज्य ही पाया। देव साम्राज्य धीरे-धीरे गुरिल्ला युद्धकला के अथक दबाव के चलते कराह रहा था। मैं सुदूर से आ रहे जन विद्रोह की सुगबुगाहट अनुभव कर सकता था। पराजित असुर कबीले वर्षों से, बहुत ही भयंकर युद्ध लड़ते आ रहे थे, परंतु असुरों के इलाक़ों पर अपना दावा जताने में, आंशिक रूप से ही

सफल रहे थे। कुछ वर्षों तक, केरलपुत्र वंश के महाबलि जैसे व्यक्तियों ने असुरों के मृतप्राय: स्वप्नों में प्राणों का संचार किया, जिन्होंने पूरे भारत पर लगभग अट्ठारह वर्ष तक आधिपत्य रखा या फिर अजेय भ्राता, हिरण्यकश्यप व हिरण्याक्ष ने दक्षिण-मध्य भारत में अपना साम्राज्य स्थापित किया। परंतु वे सभी शीघ्र ही काल के गाल में समा गए।

प्रारंभ में, असुरों के पास सर्वश्रेष्ठ युद्धकला रणनीतियाँ, युद्धों के लिए यंत्र बनाने वाले अभियंता तथा वीरतापूर्वक युद्ध का नेतृत्व करने के लिए महान सेनानायक व राजा थे। परंतु देवताओं का चातुर्य तथा असुरों के अपने ही लोगों का विश्वासघात, सदा उनके लिए पराजय के द्वार ही खोलता रहा। यह तो स्पष्ट ही था कि असुरों में एकता का अभाव था। दूसरों पर हावी रहने की आदत, झूठा गर्व, अपनी शक्तियों पर आवश्यकता से अधिक आत्मविश्वास और नि:संदेह यह विश्वास कि देव सदैव ईमानदारी से ही युद्ध करेंगे; हालाँकि देव स्वयं भी यही मान कर चलते थे किंतु कभी इस विश्वास का पालन नहीं करते थे। इन सभी बातों ने सुनिश्चित कर दिया कि असुर जाति लगभग एक हज़ार वर्षों तक भारत के निर्जन वन प्रांतरों में भटकती ही रहेगी।

और फिर जातियों व कबीलों का परस्पर संयोग आरंभ हुआ। कोई भी निश्चित रूप से यह दावा नहीं कर सकता था कि उसकी रगों में विशुद्ध देव रक्त था या असुर रक्त दौड़ रहा था। गहरे श्यामल असुरों का संयोग हल्के सुनहरे वर्ण के देवों से हुआ, और इस तरह कई प्रकार की रंगत वाली संतानों ने जन्म लिया। इसी प्रकार गंधर्वों की सुनहरी व पीली रंगत, किन्नरों का विशुद्ध श्वेत रंग तथा यक्षों की गहरी काली रंगत आपस में घुल-मिल गए। प्राय: ऐसा पाया जाता कि कोई देव युवती गहरे काले रंग की होती और उसकी आँखों का रंग नीलिमायुक्त होता या किसी असुर व्यक्ति की चमड़ी का रंग सुनहरा और बालों का रंग भूरा होता। यदि किसी कोयले जैसे काले भाई की आँखें भूरी व सीधे बाल होते, उसकी बहन गहरी काली आँखों, गोरे रंग व घुंघराले बालों वाली होती और उसी परिवार में दूसरे भाई-बहन सुनहरे रंग व घुंघराले काले बालों वाले होते, तो इसमें कुछ भी असामान्य नहीं माना जाता था। मैं स्वयं भी तो गौर वर्ण, घने घुंघराले बाल तथा गहरे श्याम नेत्रों वाला हूँ। मेरी बहन का वर्ण आधी रात की तरह काला, बाल सीधे तथा नेत्र भूरे हैं। कुंभकर्ण का शरीर भारी, त्वचा का रंग काला, काले घुंघरों वाले बाल तथा काले नेत्र हैं। जबकि विभीषण का वर्ण हल्का बादामी, नीली आँखें तथा भूरे घुंघराले बाल हैं।

आरंभिक दिनों में मिश्रित जातियों को हेय दृष्टि से देखा जाता था। देवों ने उन्हें कुष्ठ

रोगियों की तरह त्याग दिया और वे असुरों के उपहास का भी पात्र बनतीं। सामाजिक दुर्भावना तथा तिरस्कार के चलते इन मिश्रित जातियों का एक समूह मध्य भारत के वनों की ओर चला गया। वे दुर्बल व असभ्य थे, और देवों के स्तरों के अनुसार, कोई भी उत्पादक कार्य किए बिना, निरंतर बकवास में लीन रहते। वे एक अपरिष्कृत तथा दुखदायी अस्तित्व के साथ जी रहे थे, वे वनों से शहद तथा बेर एकत्र करते, वृक्षों पर बने घरों तथा गुहाओं में रहते तथा यदा-कदा, सुवर्ण तथा स्त्रियों की चाह में, आसपास के गाँवों पर धावा बोलते रहते। वे बंदर जाति कहलाने लगे - *वानर*। उनकी अधिकतर उपेक्षा ही की जाती व उन्हें गँवार माना जाता। देवों तथा असुरों की भाषाओं में, *वानर* शब्द किसी अभिशाप से कम न था और किसी को वानर कह कर पुकाराना बहुत बड़ा अपमान माना जाता था, कभी-कभी तो इसी कारण से आपस में द्वंद्व युद्ध हो जाते व लोगों को जान से हाथ धोना पड़ता।

बाली के आगमन तक वानरों का जीवन कष्टकर ही रहा। वह इस परिदृश्य में इस तरह प्रकट हुआ मानो ग्रीष्म ऋतु में, आकाश में कहीं बिजली गरजी हो। बाली एक महान रणनीतिज्ञ व श्रेष्ठ सेनाधिपति था। वानर जाति में विद्रोह के स्वर दबाने के पश्चात, वह सर्वश्रेष्ठ नेता व क्रूर तानाशाह बन बैठा। उसने अपने छोटे भाई सुग्रीव के साथ मिल कर, अपने राज्य से कई बार देवों तथा असुरों पर धावा बोला। उसकी राजधानी किष्किंधा, तुंगभद्रा नदी के किनारे स्थित थी। शीघ्र ही वानरों ने पश्चिमी पर्वतों से पूर्वी पहाड़ियों तक अपना शासन स्थापित कर लिया तथा लंका की सीमाओं के लिए भी ख़तरा बन गए। उत्तर में, गंगा तक फैले सभी छोटे देव साम्राज्य निरंतर भय के साए में जी रहे थे। परंतु बाली ने कार्ति वीरार्जुन के साथ शांतिपूर्ण संबंध बनाए रखे, वह एक शक्तिशाली जनजातीय भूपति व मूल कबीले का वंशज था, जो कि भारत के मूल अधिवासी थे। उसका शासन सागर के मध्य पश्चिमी तट पर पर संकीर्ण तटीय खंड तथा नर्मदा नदी के किनारे स्थित विंध्य पर्वतों के दोनों हिस्सों पर, कुछ स्थानों तक फैला था।

परिस्थितियाँ बहुत ही ख़तरनाक थीं। पश्चिम में कार्ति वीरार्जुन, मध्य भारत में बाली तथा समाप्त प्रायः इंद्र साम्राज्य के बीच बहुत ही संदिग्ध रूप से सत्ता का संतुलन बिखरा हुआ था क्योंकि हिमालय तथा उत्तर की विशाल नदियों के बीच असंख्य देव राज्य तथा दक्षिण में लड़ाकू असुर कबीले फैले हुए थे।

असुरों की दशा सर्वाधिक शोचनीय थी। कभी विख्यात रह चुके नगरों पर निर्धनता, रोगों, महामारी व दुख की भयंकर छाया छाई हुई थी। अद्वितीय वास्तुकला तथा कावेरीपट्टनम व मुज़ूरी जैसे बंदरगाह शहरों में फल-फूल रहे वाणिज्य के अतिरिक्त,

असुरों की अधिकतर जनसंख्या मलिनता व दरिद्रता के बीच जी रही थी, उनके पास कोई स्वाभिमान या आशा की किरण शेष न थी। धन तो केवल कुछ ही लोगों के पास संचित था, जैसे मेरा सौतेला भाई कुबेर। सेना का नेतृत्व देवों, मूल कबीलों तथा वानरों के साथ मूर्खतापूर्ण युद्धों में नष्ट हुआ जा रहा था, परंतु इससे भी अधिक, वे किसी योजना या रणनीति के अभाव में, परस्पर ही लड़-लड़ कर नष्ट हो रहे थे।

हमने पूर्ण नदी को पार किया। आगे चारों ओर दूर-दूर तक शांत व निर्जन, घना वन दिखाई दिया, जिसमें भाँति-भाँति की लताएँ तथा बेलें आच्छादित थीं। हालाँकि मैं थोड़ा चिंतित था। ये वन विभिन्न असुर कबीलों से जुड़े गुरिल्ला दलों के छिपने के स्थान बने हुए थे। हमने आगे बढ़ने का निर्णय लिया पर अचानक सशस्त्र लोगों ने हमें घेर लिया। उन्होंने जिस तरह हमारे आसपास घेरा डाला था, मैं उनके कौशल को देख प्रभावित हुआ। बीस तने हुए धनुष हमारी ओर तीर बरसाने के लिए प्रस्तुत थे। मैंने अपनी दृष्टि के संकेत से कुंभकर्ण को रुकने को कहा। वह गँवार अपनी जीर्ण-शीर्ण म्यान में से, ज़ंग खाई तलवार को निकालने की चेष्टा कर रहा था। मैं कोई कायर नहीं था, परंतु हम तीनों का युद्ध कौशल, धनुष-बाणों से लैस उन बीस व्यक्तियों के सामने व्यर्थ था। यह किसी भी तरह से अपनी वीरता दर्शाने का समय नहीं था और मैं यह भी नहीं जानता था कि वे कार्ति वीरार्जुन के सिपाही थे अथवा असुरों के गुरिल्ला योद्धा। उनका रंग गहरा काला था इसलिए वे देव तो कदापि नहीं हो सकते थे।

श्वेत केशों वाला, गठे हुए शरीर का एक व्यक्ति मेरे पास आया और गर्दन पर तलवार की धार टिका दी। एक अन्य, जो कि आयु में काफ़ी छोटा था, हमारी तलाशी लेने लगा। मैं अभी विचार कर ही रहा था कि क्या मैं इसकी जांघों के ऊपरी हिस्से पर एक ठोकर दे मारूँ और इसकी तलवार अपने कब्ज़े में कर लूँ परंतु इतने में ही एक अन्य ने विभीषण की गर्दन पर अपनी तलवार टिका दी। मेरा निडर छोटा भाई बच्चों की तरह रिरियाने लगा। मुझे बात समझ आ गई और मैं अडोल खड़ा रहा। मैंने स्वयं से कहा कि यह अपनी वीरता दिखाने की जगह नहीं है। फिर हमें रस्सियों से बाँध कर, आँखों पर पट्टी बाँध दी गई और किसी तरह घसीटते हुए घने वन की झाड़ियों के बीच ले जाया गया।

4 गुरु

रावण

हम गुफा में खड़े थर-थर काँप रहे थे और किसी के आने की प्रतीक्षा में थे। उसके भीतरी हिस्सों से बातचीत के स्वर तैर रहे थे। अचानक ही सारे स्वर क्षीण होते चले गए और एक मर्मभेदी चुप्पी छा गई। मेरा दिल बहुत बुरी तरह से धक-धक कर रहा था और मुझे यह देख कर बहुत शर्मिंदगी होने लगी कि विभीषण रोने लगा था। छोटे भाई के लिए मेरा हृदय द्रवित हो उठा। वह तो संसार के तौर-तरीक़ों से बिल्कुल ही अनभिज्ञ था। और फिर एक गहरे और गूँजने वाले स्वर में आदेश आया, "इनकी आँखों पर बँधी पट्टियाँ खोल दी जाएँ।" जब उन्होंने आदेश का पालन किया और हमने गुफा के वातावरण में अपनी आँखों को अभ्यस्त करने के लिए आँखें मिचमिचाईं, तो विशाल पाषाण सिंहासन पर एक वृद्ध को आसीन पाया। वह बहुत ही लालसा से हमें टकटकी बाँधे देख रहा था। मैंने अपना सिर ऊँचा उठाया और उसे पलट कर देखा। धीरे-धीरे, उसके चेहरे पर एक सौम्य व मृदु मुस्कान खेल उठी। मानो किसी ने जादू की छड़ी से छू कर, एक कठोर व नीच दिखने वाले व्यक्ति को ऊर्जा व जीवंतता से भरपूर व्यक्ति में रूपांतरित कर दिया हो। उसके चेहरे की सहजता का शब्दों में वर्णन नहीं किया जा सकता। उसकी मुस्कान जाने कितनी सदियों की बुद्धिमता व विवेक बुद्धि का परिचय देती प्रतीत हो रही थी। धीरे-धीरे, मैं भी उन्हें पहचान गया, ये तो महाबलि थे! असुर नरेशों में सर्वाधिक शक्तिशाली व महान सम्राट मेरे सम्मुख उपस्थित थे। परंतु अचानक ही मेरे मस्तिष्क में उनके प्रति अवज्ञा व अपमान का भाव क्यों तिर आया? महाबलि ने अनेक भव्य सैन्य अभियानों की कमान संभाली थी, अपने शत्रुओं का विनाश किया था और एक महाद्वीप पर न्यायपूर्वक शासन चलाया था परंतु उन्होंने अपना साम्राज्य केवल इसलिए खो दिया क्योंकि वे उस दिए गए

वचन के पालन से पीछे नहीं हटना चाहते थे, जो उन्होंने एक दरिद्र देव ब्राह्मण, वामन विष्णु को दिया था। वह इस बलशाली सम्राट से दान की याचना करने आया था। जब महाबलि का शासन अपने शिखर पर था, तो सम्राट ने पूरे भारत पर अपना आधिपत्य घोषित करने के लिए *राजसूय* यज्ञ का आयोजन किया। भारत के सभी राज्यों तथा जातियों से संबंधित नरेश, सरदार, राजा व महाराजा, असुरों की मुजूरी राजधानी में एकत्रित हुए ताकि नरेशों के भी नरेश को अपनी श्रद्धांजलि अर्पित कर सकें। एक अनुष्ठान के अनुसार महाराज ने वचन दिया कि द्वार पर आए याचक की प्रत्येक इच्छा पूर्ण की जाए। उसे खाली हाथ नहीं लौटाया जाएगा। इसी अवसर का लाभ उठा कर वामन विष्णु, एक दरिद्र ब्राह्मण युवक के भेष में आ पहुँचा। उसने असुर राजधानी में ब्राह्मण शिक्षण केंद्र की स्थापना हेतु तीन पग धरती दान में देने की याचना की। महाबलि अपने दिए गए वचन से पीछे नहीं हटना चाहते थे अतः उन्होंने यह अनुमति दे दी कि असुर राजधानी में देव ब्राह्मण अपने धर्म का उपदेश कर सकते थे। शीघ्र ही यह छोटा सा केंद्र एक विशाल धर्म प्रचारक संस्था में परिवर्तित हो गया। वहाँ दिन-रात कई प्रकार के षड़यंत्र रचे जाने लगे और वह दरबार के प्रति कूटयुक्तियों का केंद्र बन गया। अंततः, इससे पूर्व कि असुरों का संभ्रांत वर्ग यह समझ पाता कि वे किस षड़यंत्र का शिकार हुए हैं, देव ब्राह्मण अंतिम असुर साम्राज्य को अपने अधीन कर चुके थे। महाबलि को अधोलोक में निष्कासित कर दिया गया और उन्होंने पिछले दो दशकों में जो साम्राज्य खड़ा किया था, वह शीघ्र ही सैकड़ों युद्धरत छोटे राज्यों में विभाजित हो गया। परंतु महाबलि इस पौराणिक गाथा में जीवित रहे।

बाल्यकाल से ही जिस छवि को एक नायक के रूप में प्रतिष्ठित किया था, उसे आज सप्राण देख कर, मैं विस्मित हो उठा। परंतु इसके साथ ही मुझे निराशा भी हुई। महाबलि मेरे बाल्यकाल में रची गई, नायक की उस सुगठित छवि से तो कहीं भी मेल नहीं खाते थे, जिसे बाल्यकाल में सुनी सैकड़ों परीगाथाओं तथा पौराणिक कथाओं के मेल ने रचा था।

"हम पिछले कुछ सप्ताह से तुम लोगों का पीछा करते आ रहे हैं। तुम इन क्षेत्रों में क्या लेने आए हो, जहाँ कोई पैर रखने का साहस तक नहीं करता? ये बड़ा ही कठिन समय है और यह कोई ऐसा स्थान नहीं, जहाँ तुम सरीखे मूर्ख यहाँ-वहाँ मँडराते फिरें।" वह गहरा स्वर सारी गुहाओं में प्रतिध्वनित हो कर लौटा और मैं अपनी तंद्रा से जाग गया।

मैंने अपने समक्ष बैठी उस महान आत्मा को प्रणाम किया व बोला, "महान नरेश, हम सौभाग्य की तलाश में हैं। हम दक्षिणी सागरों में स्थित, लंका के मोती द्वीप से आए हैं।" यह कहते ही मानो मुँह में मिट्टी का सा स्वाद घुल गया, परंतु मैं अपनी जड़ों से

तो दूर नहीं जा सकता था न? यहाँ तक कि हमारा पता व पहचान भी उधार लिए हुए थे। "हम कैकसी के पुत्र तथा कुबेर के सौतेले भाई हैं। मैं रावण हूँ तथा ये मेरे छोटे भाई, कुंभकर्ण तथा विभीषण हैं।"

उनके वृद्ध व क्षीणकाय चेहरे के मस्तक पर छोटी सी त्यौरी दिखाई दी। उनके चौड़े मस्तक पर चिंता की गहरी रेखाएँ थीं। उनके स्वर की शीतलता को स्पष्ट रूप से अनुभव किया जा सकता था। "रावण, तुम्हारी कुख्याति तो तुमसे पूर्व ही हम तक आ पहुँची है। निःसंदेह तुम्हारे विषय में मेरी यही राय थी। मेरे गुप्तचरों ने मुझे तुम्हारे पिछले कुछ वर्षों के कुकृत्यों का सारा विवरण दिया है। यह कितनी दुर्भाग्यपूर्ण बात है कि असुर जाति ने तुम्हारे जैसे बेकार व सिरफिरे को जन्म दिया है। तुम स्वयं को एक योद्धा कहते हो? परंतु मेरे व्यक्ति पिछले दस दिनों से तुम्हारे पीछे थे। वे पिछले सप्ताह ही, जाने कितनी बार तुम्हारा गला आसानी से रेत सकते थे। और तुम स्वयं को एक योद्धा कहते हो? मैं तो यही कहूँगा कि तुम्हारा मिश्रित रक्त ही इस अक्षमता का मूल कारण है। एक मूर्ख की भाँति व्यवहार करना बंद करो और उस महत्त्वाकांक्षा के योग्य बनो, जो दिन-रात तुम्हारे हृदय में धधक रही है।"

मेरे भीतर क्रोध का ज्वालामुखी फूट पड़ा। इस पराजित वृद्ध को मुझे यह सब कहने का साहस कैसे हुआ, यह कोई अधिकार नहीं रखता? यद्यपि, मैं जानता था कि वे सही कह रहे थे। मैं इसलिए क्रोधित था क्योंकि उनके कथन में सत्यता छिपी थी। मेरे मन में भावों का ज्वार उमड़ पड़ा और मैं सम्राट के सम्मुख किसी पक्षाघात से ग्रस्त व्यक्ति की भाँति अडोल खड़ा रह गया, नग्न, पूरी तरह से उघड़ा हुआ! मैं अनुभव कर सकता था कि उनकी तीखी भेदती हुई दृष्टि मुझे प्रताड़ित कर रही थी, चुनौती दे रही थी, सांत्वना दे रही थी, भयभीत कर रही थी।

"जो भी हो, तुम इस संसार के लिए कुछ उपयोगी तो हो ही सकते हो। प्रारंभ में, मैंने तुम्हें उन व्यर्थ व अनुपयोगी लोगों में से ही एक समझा था, जो भुला दिए गए व परित्यक्त असुर जन समाज को ऐसे निकृष्ट कीटों के समान मानते हैं, जो केवल कीर्ति पाने का स्वप्न देखते हैं और कुछ नहीं कर पाते। वे वास्तविक अथवा काल्पनिक जगत में ही विचरते हैं और किसी ऐसे चमत्कार के घटने की प्रतीक्षा करते रहते हैं, जो उनकी व उनकी जाति की रक्षा कर सके। परंतु रावण मैं एक चिंगारी देख सकता हूँ, भले ही वह अभी छोटी सी है, परंतु वास्तव में वह एक चिंगारी ही है, यदि उसे उचित प्रश्रय मिल जाए तो वह धधकती ज्वाला में बदल सकती है। मैं नहीं जानता कि तुम हमारे दयनीय लोगों के लिए कोई वरदान बन कर आए हो अथवा अभिशाप! ये वही लोग हैं जो एक विवेकहीन शत्रु के क़दमों तले रौंदे गए हैं। रावण, महाबलि के इस धाम में तुम्हारा स्वागत है। तुम जब तक जी चाहे, यहाँ रह सकते हो, परंतु यहाँ

आकर कुछ सीखना कहीं अधिक महत्त्व रखता है। यहाँ मुक्त मन के साथ आओ और यह स्मरण रखो कि यह स्थान तुम्हें बहुत कुछ सिखा सकता है।"

वृद्ध पुरुष की अपनी ही एक शैली थी। फिर उन्होंने हाथ के संकेत तथा दया भरी मुस्कान के साथ हमें वहाँ से हटाने को कहा। उनके मुँह के कोनों पर हल्के व्यंग्य का आभास दिखाई दिया। सम्राट ने हमें दरबार से विदा दे दी थी।

जब एक लंबी लहराती दाढ़ी वाला, गठे हुए शरीर का मनुष्य हमें विशालकाय गुहा की ओर ले कर चला, तो मैं महाबलि के विषय में ही विचार करता रहा। महाबलि का यह पतन हास्यास्पद व विचित्र था। इससे पूर्व आए असुर साम्राज्यों का पतन कीर्ति व नायकत्व से मंडित नहीं रहा था। विख्यात जुड़वाँ भाइयों हिरण्य तथा हिरण्याक्ष का महान असुर साम्राज्य, संपूर्ण भारत में सर्वश्रेष्ठ के शिखर पर आने ही वाला था, जब एक वन्य सूकर के हाथों हिरण्य मृत्यु को प्राप्त हो गया। हिरण्याक्ष को अपने ही पुत्र प्रह्लाद के हाथों छल का शिकार होना पड़ा, जो देवों के अधिपति इंद्र के साथ जा मिला था। वह एक दुर्बल सम्राट बना और शीघ्र ही उसका राज्य टुकड़ों में विभाजित हो गया। उसने भारी कर लागू करके, पूरे देश को तबाह कर दिया। कृषिकार्य तथा पशुपालन नष्ट हो गए, व्यापार संघ दूसरे स्थानों पर जा बसे और कला विलुप्त हो गई। इसी दौरान, एक और प्राणघाती इस परिदृश्य में प्रवेश कर चुका था – वह परशुराम नामक ब्राह्मण था – राम, जिसके पास सताने के लिए एक कुठार थी, उसने ठगों को एकत्रित कर, एक दल बनाया और दक्षिण में अपने आतंक का साम्राज्य फैला दिया।

जब भी परशुराम किसी क्षेत्र में विजय प्राप्त करता, वह इस बात का विशेष ध्यान रखता कि ब्राह्मणों को ही सभी सर्वोच्च पदों पर प्रतिष्ठित किया जाए। मलय तथा वनन सरीखे पूर्व पुरोहितों को नगरों से निष्कासित कर, ग्रामों में भेज दिया गया। अप्रभावी तथा निष्क्रिय सम्राट प्रह्लाद ने, परशुराम से एक बड़ी व अपमानजनक क़ीमत पर शांति प्राप्त की तथा उसे आश्वस्त किया कि असुरों की सामाजिक व्यवस्था में भी ब्राह्मणों का वर्चस्व स्थापित रहेगा।

प्रह्लाद की मृत्यु के बाद जब महाबलि ने शासन संभाला, तो एक नया परिवर्तन देखने को मिला... एक ही दशक के भीतर महाबलि इंद्र के साम्राज्य को अपने अधीन कर चुके थे और आने वाले अगले कुछ वर्षों में उन्होंने पूरे उपमहाद्वीप को विजित कर लिया।

जब हम एक कोने में पहुँचे तो वह वृद्ध अकस्मात् ठिठका व हमारी ओर मुड़ा। "यहाँ

तुम लोगों के शयन की व्यवस्था है। हम कल से अपने पाठों की शिक्षा आरंभ करेंगे।"

इससे पूर्व कि हम धन्यवाद दे पाते, वह वहाँ से चला गया। हम वहीं लेटे-लेटे अपने भविष्य का चिंतन करते रहे। मुझे रह-रह कर अपनी माँ और बहन की चिंता सता रही थी। मैंने आशा की कि किसी तूफ़ानी हवा के झोंके ने हमारी कुटिया को चट्टान से धकेला नहीं होगा। मैंने अपने पुराने व दयनीय बचपन को स्मरण किया, जब पड़ोसियों के घरों से मिला बासी भोजन भी हमारे भूखे उदरों को भरने के लिए स्वादिष्ट जान पड़ता था। मैंने उस दिन को भी याद किया, जब हम चारों अपने सौतेले भाई के महल में सूकरों की भाँति ठूँस-ठूँस कर खाने के उपरांत, उदर पीड़ा से अधमरे हो गए थे; घी तथा फलों के अनभ्यस्त उदरों ने ऐसा विद्रोह रचाया कि हम लगभग एक सप्ताह तक दयनीय दशा में रहे।

माँ की सुबकियाँ प्रायः मेरे मर्म में कहीं किसी स्थान पर ऐसा भेदतीं कि मैं भी अपनी पीड़ाओं, भविष्य में आगत संघर्षों, अतीत की बिखरी आशाओं, अपने लोगों तथा अपनी जाति के लिए विलाप करने लगता। उस दिन मैंने अपनी असहाय अवस्था, कुंठाओं तथा इस टूटे हुए जीवन के लिए रुदन किया। यहाँ तक कि मैं हमारी काली चमड़ी के लिए भी रोया। मैंने हमारी अज्ञानता तथा अपने लोगों की कल्पित कीर्ति से जुड़ी मीठी यादों के लिए भी अश्रु बहाए। ये अश्रु न तो दरिद्रता में हमारे नायकत्व के रंगों को धो-पोंछ कर बहा सकते थे और न ही हमारे मूर्ख साथियों को किसी प्रयोजन अथवा लक्ष्य हेतु प्राणों का बलिदान करने की प्रेरणा दे सकते थे। ये अश्रु मेरे सौतेले भाई जैसे व्यक्ति की नीचता को नहीं धो सकते थे, जिसने स्वयं को इस संसार के अभावों से कहीं परे, सुरक्षित कर लिया था। इसके बाद मैं अपने लिए रोया। फिर हमें एक घने आवरण की भाँति घेरे हुए अभेद्य अंधकार के बीच, मेरे दोनों ओर से दो जोड़ी हाथ बाहर आए और मुझे अपने आलिंगन में ले लिया – वे मेरे दोनों भाइयों के थके हाथ थे, एक – जिसकी मैंने आजीवन रक्षा करने का संकल्प लिया था और दूसरा – जो मेरे लिए अपने प्राण तक बलिदान कर सकता था।

धीरे-धीरे जैसे सब कुछ स्पष्ट होने लगा। एक वृद्ध सम्राट द्वारा यूँ ही बोया गया छोटा सा बीज अंकुरित होने लगा। मैं जब यह विचार करने लगा कि मेरा विश्व विजय का स्वप्न किसी दरिद्र व आश्रयहीन बालक का दिवास्वप्न नहीं था, तो मैंने दोनों भाइयों को अपने गले से लगा लिया। हो सकता है कि आने वाला समय अपने साथ कुछ बेहतर लाने वाला था। आने वाला दिन, एक और नया दिन और एक नया आरंभ।

5 दसमुख, दस मुखों वाला

रावण

लहराती दाढ़ी वाले वृद्ध ने हमें प्रातःकाल जगाया और सभी को क़दमताल कराते हुए, उस पहाड़ी झरने की ओर ले गए, जहाँ हमें नित्य कर्मों से निवृत्त होना था। वे उस समय काफ़ी वाचाल जान पड़े मानो उन्हें अचानक ही अनुभव हुआ हो कि उन्हें कोई कहानी सुनानी है और हम उत्साही श्रोताओं के रूप में सामने थे। "कृपया मुझे ब्रह्मा कह कर पुकारें। यह हमारी पारिवारिक उपाधि है। अध्यापन हमारे रक्त में है और हम प्राचीन काल से ही गुरूओं का स्थान ग्रहण करते आए हैं। ज्ञान परिषद में चार गुरू थे और प्रतिवर्ष, वे असुर साम्राज्य के विविध भागों में फैली सैकड़ों, हज़ारों पाठशालाओं के लिए पाठ्यक्रम निर्धारित करते। हमने ही उस असुर जगत की रचना की, जिसे आज हम जानते हैं। मेरे परिवार ने विधान बनाए और उन्हें देवों की भाँति पूजा जाता था। इसके अतिरिक्त शिव का परिवार भी पूजा जाता था, जो सिंधु नदी के किनारों पर स्थित महान साम्राज्य के काल से ही, खेतों, संपत्ति तथा पशुओं की रक्षा करते आए थे और समाज में अपने इसी कार्य के कारण पशुपति नाम से जाने जाते थे। हमने एक सभ्यता विकसित की।"

वे आगे बड़बड़ाते रहे, "और फिर देवों के आक्रमण आरंभ हुए। इंद्र ने हमारे नगरों, पाठशालाओं व मंदिरों को जला कर राख कर देने से आरंभ किया – वह सब कुछ अग्नि की लपटों के हवाले कर दिया गया, जो हमारी प्रगति को प्रोत्साहित कर सकता था। हम लोग उस समय, माया जाति के साथ वास्तुकला व यंत्रशास्त्र संघ में सहयोगी थे, और तकनीक के क्षेत्र में उन्नति के पथ पर अग्रसर थे। हमने तो एक उड़ने वाला यंत्र – पुष्पक भी विकसित कर लिया था। हालाँकि, केवल एक ही प्रारूप तैयार हो पाया था। आक्रमण ने जैसे सब कुछ तहस-नहस करके रख दिया। परिवार

का मुखिया, विज्ञान व तकनीक विभाग का चौथा प्रमुख सदस्य, सबसे पहले नृशंस व बर्बर अत्याचारियों का निशाना बना और उसके साथ ही असुर विज्ञान का भी प्राणांत हो गया। मय शाखा प्रमुख, अपने पुष्पक विमान में उड़ कर बच निकला और अब उसके वंशज तुम्हारे सौतेले भाई के संरक्षण में हैं, जिसने उड़ने वाले पुष्पक विमान के प्रारूप को और भी निखार दिया है। मैं नहीं जानता कि मनुष्य को पुनः आकाश के रहस्यों को जानने में कितनी सदियाँ और लग जाएँगी। मेरे पूर्वज अस्त्रों तथा सैन्य उपकरणों के निर्माण में सिद्धहस्त थे। जो ब्रह्मा परिवार कला, हस्तकला तथा संगीत के क्षेत्र में विशेषज्ञ थे, वे इस समय गंधर्व साम्राज्य के संरक्षण में हैं। महान वानर राज बाली ने वास्तुकला के ब्रह्मा गुरूओं को संरक्षण दिया और मध्य भारत में महान नगरों का निर्माण कर रहा है। चौथा ब्रह्मा वंश, देवों से जा मिला और वे दार्शनिक प्रवचनों के विशेषज्ञ थे। वे अब देवों के बुद्धिजीवी गुरू हैं। इस प्रकार, भले ही मैं तुम सबको प्रत्येक संभव शाखा में ज्ञान प्रदान करूँगा, परंतु मैं विशेष रूप से अस्त्रों व सैन्य रणनीतियों पर केंद्रित रहूँगा। मेरी मान्यता है कि योद्धा होने के नाते, तुम्हारे पास इस महत्त्वपूर्ण विद्या का होना बहुत महत्त्व रखता है।"

वे हमारा ध्यान अपनी ओर खींचने में सफल रहे। हमें ब्रह्मा वंश के मूल रूप के विषय में कोई विशेष ज्ञान नहीं था किंतु हमारे समक्ष, आलथी-पालथी लगाए बैठे वृद्ध पुरुष, इतनी प्राचीन बुद्धिमता के वाहक थे, यह हमारे लिए आश्चर्य का विषय था। वे दिखने में कहीं से भी महान गुरू जैसे नहीं थे। वे किसी सादे, नाटे, गंजे व तोंद वाले व्यक्ति की तरह दिखते थे किंतु लहराती श्वेत दाढ़ी तथा नेत्रों की उज्ज्वल ज्योति, उस प्राचीन व जर्जर आवरण में छिपी प्रतिभा को छिपा नहीं पाती थी।

उस दिन, जब सह्य वनों के ऊपर सूर्योदय हुआ और तथा हरे-भरे पर्वतों के बीच इठलाती भव्य पूर्ण सरिता का रंग जामुनी हो उठा, तो हमारे जीवन में एक नए युग का सूत्रपात हुआ ब्रह्मा हमारे लिए, दीर्घ काल से खोए हुए पिता, पीछे छूट आई माता, गुरू, हमारे ईश्वर व हमारे रक्षक के समान थे। वही तो थे जिन्होंने हमें विशुद्ध व अनेक पीढ़ियों के ज्ञान से संचित पवित्र विद्याओं का ज्ञान प्रदान किया। यब सब जान कर मैं पूर्ण रूप से मुग्ध हो उठा। उन्होंने हमें दीर्घकाल से विस्मृत कलाओं तथा ग्रंथों का ज्ञान प्रदान किया और सबसे अधिक मेरी उर्वर किंतु व्याकुल आत्मा के भीतर ज्ञान पाने की पिपासा का बीज-वपन किया। वही थे जिन्होंने मुझे प्रकृति में बसे संगीत को सुनना सिखाया। उन्होंने मुझे बताया कि पक्षियों की चहचहाहट कैसे सुनते हैं, उन्होंने मेरे हृदय को वन्य झरनों के सुरों पर थिरकना सिखाया, उन्होंने मेरे अंतर्मन को किसी गरुड़ की भाँति मुक्त आकाश में ऊँची उड़ान भरना सिखाया। मैंने स्वयं को शुद्ध अनुभव किया। यदि मैं अपने जीवन में किसी का आभारी हूँ, तो वे मेरे गुरू

ही थे। उन्होंने मेरी महत्त्वाकांक्षा को एक नया आकार, मेरे स्वप्नों को नए पंख, मेरे नज़रिए को नई स्पष्टता व मेरी भुजाओं को एक नया बल प्रदान किया।

मैं अपनी दायित्वहीन किशोरावस्था में वेदों तथा उपनिषदों को रटंत विद्या कह कर अस्वीकृत करता आया था परंतु महाबलि व ब्रह्मा ने मेरे सम्मुख प्राचीन असुरों तथा देवों के पवित्र ग्रंथों में छिपे ज्ञान तक जाने के जादुई द्वार खोल दिए। मैं उन ग्रंथों में छिपी भव्य दार्शनिक गणनाओं के आगे मंत्रमुग्ध सा खड़ा रह गया। वे महान बुद्धिजीवियों तथा प्रतिभावानों द्वारा रची गई कृतियाँ थीं। मेरे पिता जैसे लोग वेदों के नाम पर जो प्रपंच रच रहे थे, यह सब तो उससे कहीं परे था।

अनुष्ठानों, पशुओं के बलिदान, जातिप्रथा के कलंक - इनमें से किसी भी बात के लिए वेदों में अनुमति नहीं दी गई थी और न ही ऐसी कोई दैवी उद्‌घोषणाएँ अथवा राजादेश जारी किए गए थे। जब तक ब्रह्मा व महाबलि अथर्व वेद के व्याख्यान तक पहुँचे, तब मैं इस विषय में आश्वस्त हो चुका था कि मैं वेदों के नाम पर आडंबर रचने वाले किसी भी छदम्वेषी विद्वान को चुनौती दे सकता था। पवित्र ग्रंथों के वास्तविक अर्थों ने मुझे जाति प्रथा, पशुओं की बलि तथा अन्य अर्थहीन अनुष्ठानों पर आक्रमण करने का अप्रतिम संकल्प प्रदान किया जो कि पुरोहित वर्ग द्वारा प्रचारित किए जाते थे। मैं इन सभी सारहीन अनुष्ठानों, बलिदानों तथा जाति प्रथा के अभिशाप पर रोक लगाना चाहता था।

हमारी शिक्षा लगभग संपूर्ण होने को थी। अंतिम कुछ कक्षाएँ तो स्वयं महान असुर सम्राट लेने वाले थे। उन्होंने मन पर नियंत्रण तथा इंद्रियों पर वश करने के विषय में विस्तार से चर्चा की।

उन्होंने जिस पथ का अनुमोदन किया, वह थोड़ा कट्टर व सीधा था। यह कठोर, चुनौतीपूर्ण तथा पूरी तरह से अव्यावहारिक था। "क्रोध सबसे निम्नतम भाव है। यह बुद्धि पर पर्दा डाल देता है और तुमसे मूर्खतापूर्ण कार्य करवा सकता है। तुम कारण के प्रति उपेक्षा रखते हुए, बिना किसी सोच-विचार के, केवल अपने शरीर के प्रति प्रतिक्रिया देने लगते हो। इस प्रकार जीवन के प्रत्येक पक्ष में पराजय का सामना करना पड़ता है। तुम्हें इस दोष का अपने तंत्र से समूल नाश करना होगा।"

"अगला आधारभूत भाव अभिमान है। अभिमान से ही अहंकार जन्म लेता है। यह विशुद्ध चिंतन तथा दृष्टि को नष्ट कर देता है। अहंकार के कारण तुम अपने शत्रुओं को अपने से कमतर आँकने लगते हो और अपने विषय में अधिक ऊँची धारणा बना लेते हो। ईर्ष्या एक घृणित भाव है, तथा इसे वश में करना, मुनष्य के लिए चुनौतीपूर्ण

कार्यों में से है। ईर्ष्या के वशीभूत होकर तुम दूसरों के राज्य, धन, पत्नी तथा प्रसिद्धि की कामना करने लगते हो। यही भाव युगों-युगों से अनेक युद्धों, रक्तपात तथा अश्रुओं का जन्मदाता रहा है।"

"प्रसन्नता तथा विषाद दिन तथा रात की भाँति दो शाश्वत सत्य हैं। श्रेष्ठ बुद्धि वाला व्यक्ति कभी इन भावों से प्रभावित नहीं होता। ये दोनों ही आधारभूत भाव नहीं हैं परंतु हमारे विचारों का प्रतिबिंब हैं, हम जिन वस्तुओं को देखते, सुनते अथवा करते हैं, यह उनकी प्रतिक्रिया मात्र है। किसी योद्धा में समभाव का होना वांछित ही नहीं अपितु अनिवार्य होता है। इसके अभाव में तुम किसी युद्धभूमि में पड़े मृतक के ही समान हो।"

"भय कोई भाव नहीं, एक रोग है। यह अपने नेता से अनुयायियों में तथा इसके विपरीत अपने अनुयायियों से नेता तक जाता है। युद्धभूमि में इसी भय के कारण जितनी मृत्यु होती हैं, उतनी किसी दूसरे कारण से नहीं होतीं। एक योद्धा को किस बात का भय होना चाहिए? मृत्यु? परंतु यह तो अंत में प्रत्येक व्यक्ति के जीवन में आनी ही है। क्या तुम घावों से भयभीत होते हो? क्या अधिक महत्त्वपूर्ण है? तुम्हारा रक्त अथवा विजय का अमृत? विचार करो। विचार करने से ये सभी संदेह तिरोहित हो जाएँगे।"

"स्वार्थपरता से अधिक हेय अथवा अपमानजनक कुछ नहीं होता। जो व्यक्ति केवल अपने ही बारे में विचार करता है, वह सबसे दुर्भाग्यशाली व्यक्ति है। उसका जन्म क्यों हुआ है? क्या केवल इसलिए कि वह खा-पीकर मोटे पेट के साथ जीए? सूकरों की भाँति अनेक संतानों को जन्म देते हुए, वंश वृद्धि करे? इस मनोरम धरती को अपने मल उत्सर्जन से दूषित कर दे और फिर इस संसार में कोई भी लहर उत्पन्न किए बिना, इससे विदा ले ले? यदि वह हमारे लोगों के जीवन को रौंदने वाले अंधकार में प्रकाश की एक भी किरण देने का कार्य तक नहीं कर सका तो उसके जीवन का क्या प्रयोजन रहा, उसके जीवन का सार ही क्या रहा? रावण, स्वार्थपरता के इस घृणित भाव को सदा के लिए त्याग दो।"

"प्रेम एक ऐसी श्रंखला है जो तुम्हें छल की चक्की के पाट से बाँध देता है। एक योद्धा को केवल विजयश्री और केवल विजयश्री पर ही केंद्रित रहना चाहिए। यही तुम्हारा एकमात्र धर्म होना चाहिए। अपनी प्रजा, माता-पिता, पत्नियों, बहनों, भाइयों तथा ईश्वर के प्रति कर्तव्य का पालन करो, परंतु उनसे कभी भी स्नेह का भाव विकसित मत करो। उनसे प्रेम मत करो। प्रेम तुम्हें दुर्बल बनाता है। प्रेम में ऐसे अनदेखे बंधन होते हैं, जो तुम्हें उन महत्त्वपूर्ण क्षणों में असफलता के गहरे खंदकों में खींच ले जाते हैं, जब विजय तथा सफलता पूरी तरह से संतुलन में होते हैं। इस प्रेम से सावधान रहो।"

"अंततः, रावण! अपनी महत्त्वाकांक्षा को नियंत्रण में रखो। मैं तुम्हारी आँखों में दिन-रात सुलगती महत्त्वाकांक्षा को देख सकता हूँ परंतु अविचारी मत बनो। जीवन से वही लो, जो वह तुम्हें देना चाहता है, जो सही अर्थों में तुम्हारा है। अपने जीवन को उसके अनुसार ही चलने दो। वस्तुओं के लिए लक्ष्य साधो व उन्हें प्राप्त करो, परंतु अपने पाँव दृढ़ता के ठोस धरातल से कभी डिगने मत दो। कोई भी कार्य करने से पहले सोचो, और फिर सोचो। बिना विचार किए कोई भी कार्य मत करो।"

"केवल तुम्हारा मन ही सच्चे अर्थों में संरक्षित करने योग्य है। तुम अपने गुरूओं, ग्रंथों व जीवन से जो भी ज्ञान ग्रहण करते हो, मन उसे अपने भीतर संजोता है और उसे महान बुद्धिमता में परिष्कृत कर देता है। तुम्हें इसी को विकसित करना है। तुम जितने भी क्षणों के लिए जीवित हो, तुम्हें प्रत्येक क्षण, अपने मन को ताज़े व सकारात्मक विचारों से परिपूर्ण करना है। इससे तुम्हारे दृष्टिकोण को स्पष्टता मिलेगी व तुम्हारे कर्मों को असीम बल प्राप्त होगा। तुम्हारे द्वारा की जाने वाली भूलों की संख्या में कमी आएगी और तुम उन्हीं के द्वारा कहीं बेहतर गति से शिक्षा ले सकोगे। रावण! एक महान नियति तुम्हारे सम्मुख खड़ी है। मैं आज से पूर्व किसी भी ऐसे व्यक्ति से नहीं मिला, जिसमें मेरे बिखरे स्वप्नों को संजोने का साहस रहा हो। इससे पूर्व, इन असहाय असुरों को भी ऐसा कोई उपयुक्त पात्र नहीं मिला जो उन्हें विजयश्री व शाश्वत कीर्ति की ओर ले जा सके। रावण, पूरे विवेक तथा समानुभूति के साथ इनका नेतृत्व करो। तुम ही उन्हें उनका खोया साम्राज्य लौटा सकते हो और उन्हें उनकी भूली हुई सभ्यता पुनः स्मरण करवा सकते हो, तुम उनकी महत्त्वाकांक्षाओं को एक नए रंग में रंग सकते हो, उनकी कल्पना को जागृत कर सकते हो। मैं मानसिक चित्रण कर सकता हूँ कि तुम एक तीव्र वेग से दौड़ने वाले अश्व पर सवार हो, तुम्हारा खड्ग हवा में लहरा रहा है, तुम्हारे घने काले केश धूल भरी आँधी में उड़ रहे हैं, तुम वीर असुर योद्धाओं का नेतृत्व करते हुए, देवों की सेना पर आक्रमण करने के लिए बढ़ते जा रहे हो। मैं देवों के नगरों को कुचला हुआ देख सकता हूँ। हाँ, मैं एक आने वाले तूफ़ान की पदचाप सुन सकता हूँ। यद्यपि अभी वह बहुत मद्धम है, परंतु वह इस भारत की पवित्र धरा पर जिस शक्ति को अवतरित करने वाला है, वह अपने आप में अद्‌भुत होगी। उस आहट से वर्तमान तंत्रों का समूल नाश हो जाएगा, करोड़ों मिथक धूल में मिल जाएँगे व इतिहास नए सिरे से लिखा जाएगा। रावण, मेरा मानना है कि यह संसार तुम्हारा होगा, जब तक तुम मेरे द्वारा दी गई दस शिक्षाओं को याद रखोगे, तुम्हारा कोई बाल भी बाँका नहीं कर सकेगा। मैं यह मानता हूँ कि ब्रह्मा ने तुम्हारे लिए इतना प्रयत्न तो कर ही दिया है कि तुम अपने नौ विचार करने वाले सिरों को स्वयं से विलग कर दो। केवल वह सर्वाधिक महत्त्वपूर्ण मन ही शेष रह जाए। जो शिक्षा तुमने ग्रहण की है, वह अंततः त्याग है, तुम्हारी तपस्या है। अब तुम पूरी तरह से विशुद्ध हो

जिसके पास परिष्कृत बुद्धि का वरदान है। तुम इसी स्पष्ट तर्कशक्ति तथा कर्म के बल पर, असुरों का नेतृत्व करोगे ताकि उन्हें उनके गौरवशाली अतीत से साक्षात्कार करवा सको। जाओ रावण, जाओ और यह जग जीत लो!"

क्या वह युवावस्था की मूर्खता थी या अपने हृदय की बात कहने की व्यग्रता, जिसने मुझे तत्क्षण महान सम्राट की बातों के विरुद्ध बोलने के लिए उकसाया? मुझे अभी तक इस बारे में पता नहीं चला। परंतु यहाँ तक कि अब भी, जब मैं जीवित ही चूहों व सियारों का भोजन बना हुआ हूँ, तो भी मैं उन सभी बातों पर विश्वास करता हूँ, जो मैंने उनसे उस समय कही थीं। मैं अब भी पहले आश्चर्य, फिर क्रोध और फिर अनंत व अवर्णनीय विषाद के उन भावों को स्मरण कर सकता हूँ, जो उनके वृद्ध मुख पर तिर आए थे। आज भी इस विषय में सोचता हूँ तो दिल को ठेस लगती है, परंतु उस दिन संभवतः युवावस्था की धृष्टता ने ही मुझे इतना मुखर बना दिया था।

"महाराज! ये विचार तो अति उत्तम हैं, परंतु आप मुझसे जो माँग रहे हैं, वह देना तो असंभव है। मैं ऐसा कहने के लिए क्षमा चाहूँगा, किंतु क्या नौ भावों अथवा आपके कहे अनुसार नौ विचारक सिरों को, जिन्हें मुझे सफलता पाने के लिए स्वयं से विलग करना है, ऐसा कर सकना व्यावहारिक है? मैं एक अच्छा छात्र रहा हूँ तथा मैंने अपने सारे पाठ भली-भाँति स्मरण किए हैं परंतु अन्य बातों के विषय में मेरी अपनी धारणाएँ रही हैं। कृपया आप मुझे अभिमानी न समझें। मेरी बात को ध्यान से सुनें।"

"महाराज! आप क्रोध के विषय में बात कर रहे थे। मैं आपसे सहमत हूँ कि अनिर्देशित क्रोध हानिकारक हो सकता है परंतु क्या यह जीवन के आधारभूत भावों में से एक नहीं है? यदि मैं असुर जाति की इस दुर्दशा पर क्रोधित नहीं होता, जो कि इस धरा पर अब तक की महान सभ्यता निर्माता के रूप में जानी जाती है तो मैं इसके योग्य पुत्रों में से एक होने का दावा कैसे कर सकता हूँ? जब हज़ारों की संख्या में प्राणी, देव नरेशों तथा उनके दुष्ट असुर मित्रों के अधीन दयनीय अमानवीय दशाओं में जीते हैं, तो क्या मैं क्रोधित भी नहीं हो सकता, यदि मैं बिल्कुल विस्मृत कर दी गई असुर कलाओं, नष्टप्रायः असुर धर्म, भग्नावशेषों में बदल चुके असुर मंदिरों तथा धूल में मिल चुके असुर साम्राज्यों व स्वयं को असुरों के हितों के प्रतिनिधि मानने वाले तथा देव नरेशों व उनकी प्रजा के आगे चौपायों की भाँति घिघियाते कायरों के लिए कुंठा का अनुभव नहीं कर सकता, तो कृपया मुझे बताएँ श्रीमान! मुझे कौन से भावों का अनुभव करना चाहिए? क्या यह क्रोध ही नहीं है जो मेरे विचारों को नया बल प्रदान करेगा और सकारात्मक कर्म की प्रेरणा देगा? मुझे क्षमा प्रदान करें महाराज! परंतु मैं अपने इस भावात्मक सिर का कभी त्याग नहीं करूँगा, मेरा यह क्रोधयुक्त भाव अथवा सिर सदैव मेरे साथ रहेगा।"

"घमंड तथा आडंबर को हेय दृष्टि से क्यों देखा जाना चाहिए? मैं अपने लोगों, अपनी जाति, अपनी सभ्यता, भाषा, कला तथा संगीत के प्रति गर्व का अनुभव करता हूँ। मैं अपने प्रति भी गर्व का अनुभव करता हूँ कि मेरे पास सफल होने के लिए असीम ऊर्जा व संकल्पशक्ति का भंडार है। मैं तो ऐसा नहीं मानता कि मनुष्य को सदैव भीरू बने रहना चाहिए, भोजन के लिए भिक्षा माँगनी चाहिए और शाश्वत दरिद्रता के बीच जीना चाहिए और वह सब करना चाहिए जिसके लिए ब्राह्मण सदा उपदेश दिया करते हैं, परंतु उनमें से कोई एक भी इसका अभ्यास नहीं करता। यदि मैंने अपने जीवन में सफलता अर्जित करने के लिए कड़ा परिश्रम किया है तो मुझे उस पर गर्व अनुभव करने का भी पूरा अधिकार है। मुझे अपने आडंबर व वैभव-विलास के बीच रहने का पूरा अधिकार है। प्राचीन काल के महाराजाओं ने महान मंदिरों व नगरों का निर्माण क्यों करवाया? प्रजा दान धर्म आदि में विश्वास क्यों रखती थी? क्या ये सब उनके अहंकार तथा घमंड का प्रदर्शन नहीं था? अधिकतर विनयी व्यक्ति या तो पाखंडी होते हैं या उनके पास इतना अधिक होता है कि वे उसके प्रति विनय दर्शा सकते हैं। सफलता से ही घमंड तथा आडंबर उपजते हैं और यह घमंड अथवा अहंकार ही सफलता का एकमात्र पुरस्कार है।"

"ईर्ष्या विशालतम बल है, जो मनुष्य जाति को प्रेरित करता है। साम्राज्य एक-दूसरे से प्रतियोगिता क्यों करते हैं? यदि वे ईर्ष्या का अनुभव नहीं करते, तो वे अपने द्वारा किए जाने वाले हर कार्य के माध्यम से दूसरे राजा को नीचा अथवा हेय क्यों दिखाना चाहते हैं? ईर्ष्या ही प्रगति का प्रेरक बल है, स्पर्धा ही जीवन का प्रेरक बल है। भोजन, आश्रय तथा काम की आधारभूत भौतिक आवश्यकताओं की पूर्ति के पश्चात महत्त्व पाने की इच्छा ही सर्वाधिक महत्त्वपूर्ण इच्छा है। यहाँ तक कि इन आधारभूत इच्छाओं का मूल भी ईर्ष्या में ही छिपा है। यदि हम ईर्ष्या के भाव को अस्वीकार करते हैं तो यह कुछ ऐसा ही होगा मानो हम मनुष्य की सहज व अंतर्जात प्रकृति को अस्वीकृत कर रहे हों। क्षमा करें महाराज! परंतु आप जो कह रहे हैं, वह पूर्ण रूप से अव्यावहारिक है।"

"आपने दुःख तथा प्रसन्नता दोनों में ही समत्व की बात कही है। क्या ऐसा सदैव करना संभव है? जब मेरे प्रियजन इस संसार से विदा लें, तो क्या मुझे तब भी शांत रहना चाहिए? क्या मुझे स्वयं को सांत्वना देने के लिए अश्रुपात नहीं करना चाहिए? यदि मैं प्रसन्नता का अनुभव करने में अक्षम हो गया, तो मेरा क्या होगा? यदि मैं सूर्योदय की सुंदरता में प्रसन्नता का अनुभव नहीं करता, यदि मैं एक नन्हे बालक की मीठी सी मुस्कान से उल्लसित नहीं हो सकता, यदि मैं संगीत से उत्पन्न प्रसन्नता के रस में सराबोर नहीं हो सकता, तो क्या यह जीवन जीने योग्य रह जाता है?"

"भय ही मनुष्य तथा पशुओं की सबसे विशाल अंतर्जात प्रकृति अथवा स्वभाव है और

आप मुझे इसे ही उपेक्षित करने को कह रहे हैं। महाराज! मुझे यह कहने में तनिक भी भय नहीं है कि मैं भयभीत हूँ। मैं अनेक वस्तुओं से भयभीत होता हूँ। मैं कोई कायर नहीं किंतु मेरे हृदय की गहराइयों में कहीं न कहीं भय छिपा है। मैं मृत्यु से डरता हूँ और मुझे उन लोगों से भी भय है, जो यह दावा करते हैं कि वे मृत्यु से नहीं डरते। वे या तो मूर्ख हैं जो अपने साथ-साथ अन्य व्यक्तियों को भी पतन की ओर ले जाएँगे, अथवा वे ऐसे दुष्ट हैं, जो प्रत्येक व्यक्ति से घृणा करते हैं। मैं अनेक वस्तुओं को खो देने के भय से भयभीत हूँ, भले ही वे निरर्थक जान पड़ें परंतु मैंने उन्हें पाने के लिए अपना स्वेद व रक्त बहाया है। मैं भयभीत हूँ कि मेरे प्रियजन रोगग्रस्त हो सकते हैं। मैं भयभीत हूँ कि किसी न किसी युद्ध की विभीषिका मेरे निष्ठावान भाइयों को मुझसे विलग कर सकती है। वर्षा का तीव्र प्रवाह मेरी माँ और बहन को उस सागर की ओर ले जा सकता है, जो उनकी प्रतीक्षा में मुँह फाड़े खड़ा है। मैं भली-भाँति जानता हूँ कि मैं अपनी प्रत्येक श्वास के साथ अपनी मृत्यु की ओर क़दम बढ़ा रहा हूँ। परंतु मुझे भय से इतना भय नहीं लगता जितना कि इसके अस्तित्व से इंकार करने से लगता है। यह भय ही तो है, जो मुझे आने वाले खतरों का सामना करने के लिए तैयार रखता है। भय ही मुझे यह समझाता है कि कुछ ऐसी चीज़ें भी हैं, जिन्हें मैं वश में नहीं रख सकता। यह मुझे अपने-आप को और ईश्वर को समझने में सहायक होता है।"

"आपने स्वार्थपरता को एक आधारभूत भाव कहा है। परंतु इसी विशेषता अथवा गुण के बल पर विश्व के महान नगरों का निर्माण हुआ और यही महत्त्वाकांक्षा का आधार भी है। सघन रूप से केंद्रित अहं तथा इस संसार के ख़ज़ानों को पा लेने की कामना रखे बिना, क्या कोई जीवन में सफल होगा? जब मैं किसी मनोहारी युवती, किसी आकर्षक स्थल, सुंदर गाँव, चमचमाते हीरे अथवा एक समृद्ध देश को देखता हूँ, तो महत्त्वाकांक्षा मेरी आत्मा में हिलोरें लेने लगती है। मैं चाहता हूँ कि इस विश्व की प्रत्येक सुंदर व आकर्षक वस्तु मेरी हो, केवल मेरी! आप मेरे इन आधारभूत विचारों की हत्या करने का प्रयास कर सकते हैं, परंतु महाराज! मेरी धृष्टता को क्षमा करें और अपने हृदय की पूरी ईमानदारी के साथ मेरे प्रश्न का उत्तर दें, क्या आपने भी इसी स्वार्थपरता के कारण इतना विशाल साम्राज्य नहीं खड़ा किया था? आप कोई भिक्षुक नहीं बने, आपने इस पूरे विश्व का सम्राट बनने की इच्छा रखी। यदि यह सब स्वार्थपरता के आधारभूत भाव के कारण नहीं था, तो आपने युद्धभूमि में हज़ारों निर्दोषों के प्राणों की आहुति क्यों दी? आपने देवों के विरुद्ध अपनी शक्तिशाली सेनाओं को क्यों खड़ा किया? आपका एक ही लक्ष्य था, आप अपने लिए, अपने वंश अथवा अपनी जाति के लिए कीर्ति व नाम की चाह रखते थे। भले ही इसे किसी भी दृष्टिकोण से क्यों न देखें, यहाँ 'आप' विशेष रूप से सबमें मुखरित है। मैं वह सब

पाना चाहता हूँ, जो आपने पाया और संभवत: उससे भी अधिक। मैं किसी नि:स्वार्थी व अस्तित्व-हीन व्यक्ति की भाँति प्राण त्याग देने की अपेक्षा इस संसार में सबसे स्वार्थी मनुष्य कहलाने का ख़तरा मोल लेने के लिए इच्छुक हूँ।"

वृद्ध पुरुष के नेत्र आग उगल रहे थे। मैंने स्वयं को भयकातर पाया परंतु मैं नहीं चाहता था कि अपनी बात को बीच में ही अधूरा छोड़ दूँ। मैंने अपने विचारों को समेटा और आगे कहा, "कितनी खेदजनक बात है कि आप व ब्रह्मा स्नेह व प्रेम को एक आधारभूत व नीच भाव के रूप में देखते हैं। इस प्रेम के अभाव में, किसी भी चीज़ का अस्तित्व नहीं रहेगा। यही तो सभी भावों का राजा है। एक माँ का अपने शिशु के प्रति प्रेम से बढ़ कर तो कुछ भी शुद्ध हो ही नहीं सकता। यदि किसी व्यक्ति ने अपने प्रियजन का साथ पाने के लिए पीड़ाजनक तड़प को अनुभव नहीं किया, यदि आप अपने ही भाई-बहनों के प्रति स्नेह का अनुभव नहीं करते, जिस पिता ने आपको बनाया, जिस माता ने अपनी कोख में रख कर अपने रक्त व दूध से पालन-पोषण किया, उससे स्नेह नहीं रखते, अपने मित्रों व उनके साथ बीते क्षणों से स्नेह नहीं रखते, आपके साथ आपका जीवन बाँटने वाली पत्नी तथा आपके जीवन को आगे की ओर ले जाने वाली संतान के प्रति प्रेमभाव नहीं रखते, तो क्या ऐसा जीवन जीने योग्य है? भले ही देश, जाति, भाषा, धर्म, देवों तथा अन्य वस्तुओं के प्रति रखा गया प्रेम तुच्छ जान पड़े परंतु व्यक्ति उन्हें अपने अंतरतम में बड़े ही स्नेह से छिपाए रखता है, इसी के कारण इतने रक्तपात व युद्ध नहीं हुए? पहले भी लोग प्रेम के नाम पर अपने प्राणों की आहुति देते आए हैं और तब तक देते रहेंगे, जब तक इस संसार का अस्तित्व शेष रहेगा। मैंने आपको जिन बातों के विषय में बताया, मैं सदा उन्हें अपना प्यार देता रहूँगा। परंतु हाँ, मैं उन सबसे अधिक अपने-आप से प्रेम करूँगा। जो सब कुछ प्रेम करने योग्य है, वह मेरे बिना तो बिल्कुल ही निरर्थक हो जाएगा। मैं प्रेम करता हूँ क्योंकि मैं अस्तित्व रखता हूँ और मैं अस्तित्व रखता हूँ क्योंकि मैं प्रेम करता हूँ – मैं अपने-आप से प्रेम करता हूँ।"

"महत्त्वाकांक्षा ही सफलता तक जाने की कुंजी है। यदि महत्त्वाकांक्षा न होती तो इस समय मिस्र के सम्राट वे पिरामिड बनवाने में इतने व्यस्त न होते। यदि महत्त्वाकांक्षा न होती तो, तो संभवत: मनुष्य शिकारी ही बन कर रह जाते। केवल आखेट ही करते। चक्रों, घोड़ागाड़ियों अथवा रथों, भव्य नगरों, मंदिरों व महलों तथा आलीशान नौसेना जहाज़ों का कोई अस्तित्व ही न होता। यदि महत्त्वाकांक्षा न होती तो आज हमारे पास इंद्र व महाबलि भी न होते। महत्त्वाकांक्षा ही तो वह अश्व है, जिस पर सवार हो कर हम अपने जीवन में आगे बढ़ते हैं। पिछले कुछ वर्षों में मनुष्य ने जिस अद्भुत गति से प्रगति की है, यदि कुछ व्यक्तियों के मस्तिष्क में

महत्त्वाकांक्षा की वह छोटी चिंगारी न रही होती, तो संभवतः यह सब कभी संभव ही न हो पाता, आप मुझे जिन भावों को अंगीकार करने से रोक रहे हैं, उन्होंने ही इस चिंगारी को एक विशाल धधकती अग्नि में बदलने में सहायता की।"

"अपनी क्षमता पर उत्पन्न अभिमान ही मनुष्य को फलने-फूलने के लिए आत्मविश्वास तथा महत्त्वाकांक्षा प्रदान करता है; कोई दूसरा उससे अधिक प्राप्त कर लेगा, यह ईर्ष्या भाव ही उसे और कड़ा परिश्रम करने तथा प्रभावी रूप से कार्य करने की प्रेरणा प्रदान करता है; प्रसन्नता को प्राप्त करने की चाह ही इस विस्तृत महत्त्वाकांक्षा के रूप में समक्ष आती है; उदासी का भय उसे रातों को जगाए रखता है और आगे बढ़ने के लिए बल बनता है; असफलता का भय उसे और अधिक सावधान, सजग व दैव-भीरु बनाता है; स्वार्थपरता उसके परिवार, नगर, वंश, जाति व देश को एक सूत्र में बाँधे रखती है और उसे अधिक कड़े परिश्रम की प्रेरणा देती है। जीवन के प्रति प्रेम तथा जीवन को बहुमूल्य बनाने वाली वस्तुओं के प्रति स्नेह के कारण ही वह अपनी उपलब्धियों की सुरक्षा करता है। और मुझे इस बात का पूरा विश्वास है कि मनुष्य द्वारा और अधिक पाने की यह अदम्य तथा शाश्वत महत्त्वाकांक्षा ही मनुष्यजाति को प्रगति की ओर ले जाएगी। एक प्रगति, जिसकी हम कल्पना तक नहीं कर सकते, अपने अल्प जीवनकाल में समझ तक नहीं सकते।"

"मेरे प्रिय सम्राट, यदि मैं आपसे अपने हार्दिक उद्गार व्यक्त कर रहा हूँ तो कृपया आप इसके लिए अप्रसन्नता का अनुभव न करें। आप केवल एक ही सिर से जुड़ी बुद्धिमता के विषय में कह रहे थे। मैं आपसे सहमत हूँ कि यह बहुत महत्त्वपूर्ण है। परंतु इतिहास ने हमें यह भी तो सिखाया है कि भावों के अभाव में यह एक खोखला ढाँचा भर है। इसमें कोई जीवन शेष नहीं रह जाता। श्रीमान, महर्षियों अथवा मुनियों ने सभ्यताओं का निर्माण नहीं किया, यह कार्य उन असाधारण मनुष्यों के हाथों हुआ, जिन्होंने कभी अपने भावों को नियंत्रित नहीं किया, उन्होंने सदैव उन भावों को उसी दिशा में प्रवाहित होने दिया, जहाँ प्रकृति उन्हें प्रवाहित करना चाहती थी। वन में निवास करने वाला कोई भी भिक्षुक कभी एक महान नगर के विषय में सोच तक नहीं सकता, किसी भी साधु-महात्मा ने कभी महान मंदिरों के निर्माण का संकल्प नहीं किया, किसी भी ब्राह्मण ने कभी व्यापार अथवा वाणिज्य हेतु विशाल पोत बनाने की इच्छा प्रकट नहीं की। ये सब उन्हीं मनुष्यों के द्वारा निर्मित किए गए, जिनकी नसों में अभिमान व हृदय में क्रोध हिलोरें ले रहा था, ये वे लोग थे जो अप्रसन्नता अनुभव करने पर रोए और प्रसन्न होने पर हँसे, ये वे लोग थे जो अपने सम्मुख, अपने से कुछ बलवान अथवा सेनाओं को देख कर भयभीत हुए, किंतु एक संकल्प और स्वार्थपूरित प्रेम के साथ आगे बढ़े। वे निरंतर अपनी महत्त्वाकांक्षा के स्तर को ऊँचा उठाते रहे। बुद्धिमता

तो हमारे भावों की सेवा करने का एक साधन मात्र है और मैं उसी रूप में जीना चाहता हूँ, जिस प्रकार ईश्वर ने इस मनुष्य को धरा पर रहने के लिए भेजा है। मैं न तो ईश्वर बनने की इच्छा रखता हूँ और न ही मुझे मोक्ष प्राप्ति की आकांक्षा है। जहाँ तक मेरा मानना है, ये सब कपोलकल्पित किस्से हैं। मैं ऐसे किसी स्वर्ग की कल्पना में विश्वास नहीं रखता, जहाँ आपको वह सब कुछ दिया जाएगा, जो आपने स्वेच्छा से इस संसार में लेने से इंकार कर दिया। मै पुनर्जन्म में भी विश्वास नहीं रखता, यदि मैं ब्राह्मणों के द्वारा बताए गए मार्ग पर चलते हुए, इस जन्म में नेक कार्य करूँगा तो अगले जन्म में एक ब्राह्मण के रूप में जन्म पाऊँगा। यदि एक ब्राह्मण के रूप में जन्म पाना ही शाश्वत उपलब्धि है, तो हो सकता है कि मैं पुनर्जन्म के भय से मरने से इंकार कर दूँ।"

"मुझे इस बात का खेद है कि मेरी बातों ने आपको निराश किया है, परंतु मैं एक मनुष्य की भाँति ही जीवित रहूँगा व एक मनुष्य की भाँति ही मरना चाहूँगा। मैं कभी एक ईश्वर नहीं बनना चाहूँगा। मैं ठीक उसी तरह जीउँगा, जिस तरह मेरे भाव मुझे जीवित रखना चाहेंगे। मैं भावी पीढ़ियों के लिए कोई अनुकरणीय आदर्श नहीं बनना चाहता। मेरा जीवन मुझसे ही प्रारंभ होता है व मुझ पर ही समाप्त होगा। परंतु मैं अपने जीवन को भरपूर जीउँगा और उसी तरह इस संसार से विदा लूँगा, जिस तरह एक मनुष्य को जाना चाहिए। तो मैं आपके ही दिए शब्दों को उधार लेते हुए कहना चाहता हूँ, मैं दस चेहरों वाला एक व्यक्ति बनूँगा – मैं एक दसमुख हूँ।"

इसके बाद घना मौन पसर गया। ब्रह्मा नंगे पाँव खड़े, मुझे ही ताक रहे थे और सकुचाए हुए सम्राट के आग उगलते नेत्र, मुझे निगलने को प्रस्तुत थे। मुझे अचानक ही अपनी शिराओं में ऊर्जा का प्रवाह अनुभव हुआ। जब तक मैं यह लंबा भाषण देता रहा, तब तक तो मुझे भी अपने जीवन के इस दर्शन पर पूरा विश्वास नहीं था। तब तक तो मैं यही विचार करता आ रहा था कि क्या मैं उस वृद्ध पुरुष के उस विश्वास को छल रहा था, जो उन्होंने मुझ पर किया था? परंतु अकस्मात् ही मैंने पाया कि मैं उन्हें एक नई ही दृष्टि से देख रहा था। वे मेरे अनुमान के अनुसार बड़ी तीव्रता से सकुचाते जा रहे थे। वे अब एक सकुचाए हुए, पराजित व अर्धमृत व्यक्ति की भाँति दिख रहे थे, जो अपने विषय में बड़ी ही आंडबरयुक्त धारणाएँ रखता आया हो, मानो वह अब भी इस देश पर शासन कर रहा हो। वे तो केवल एक पहाड़ी चूहे भर थे, जो देव सेनाओं से छिपते फिर रहे थे और अपने ही घर के पिछवाड़े बने आँगन में युद्ध का अभिनय कर रहे थे।

मैंने जो स्वर सुना, वह एक दुर्बल बुदबुदाहट से अधिक नहीं था। उन्होंने स्वयं को उठाने की चेष्टा की परंतु मेरे सामने ढ़ेर हो गए। मैंने भयभीत हो कर देखा। वह हल्की

पीली पड़ चुकी आकृति हौले से अपने घुटनों के बल खड़ी हुई। वे अपनी नम आँखों से मुझसे परे कहीं देखते रहे और फिर बड़े ही नाटकीय रूप से अपना सिर उठा कर मुझे घूरने लगे। मेरे पास किसी वृद्ध के असंगत प्रलाप को सुनने का समय नहीं था। मैंने उनसे अपनी पीठ मोड़ी और सिर को झटकते हुए, अपने भाइयों के साथ बाहर निकल गया, जो मेरे पीछे आ रहे थे। विभीषण लड़खड़ाते क़दमों से आगे तो बढ़ रहा था परंतु उसने इस दौरान कई बार पीछे मुड़ कर, उस वृद्ध को देखा, जिसने अब अपने दोनों हाथ उठा कर आकाश की ओर फैला दिए थे और प्रलाप कर रहा था। परंतु मेरे पीछे आ रहे कुंभकर्ण के चेहरे पर मुस्कान थी और उसके क़दम मुझसे भी अधिक दृढ़ निश्चय के साथ उठ रहे थे। महाबलि के योद्धाओं का बहुरंगी दल भी हमारे पीछे आने लगा। जब वे साथ चल रहे थे तो उनकी तलवारों व ढालों से एक अद्‌भुत संगीत मुखरित हो रहा था।

मैं अपने अनुयायियों के साथ, आकाश में चमचमाते प्रखर सूर्य के नीचे आ खड़ा हुआ। हाल ही में पड़ी फुहार से धरती नहा कर तरोताज़ा हुई पड़ी थी मानो विधाता अभी अपना काम निबटा कर स्नान करने गए हों। मैंने वन तथा गीली लाल माटी की उस सोंधी गंध को अपने नथुनों में भरा और भीतर ले गया। पक्षियों की मधुर चहचहाहट कानों में संगीत की तरह रस घोल रही थी। पूरा संसार मेरे लिए बाँहें फैलाए प्रतीक्षारत् था, वह मुझे इस उल्लासपूर्ण जीवन की यात्रा में शामिल होने के लिए निमंत्रित कर रहा था। जैसे ही मैंने अपना पहला क़दम भरा, मुझे उस गुहा से रोने का एक तीखा स्वर सुनाई दिया, जिसे मैं अपने पीछे छोड़ आया था। मेरा मेरुदंड सिहर उठा परंतु मैं आगे बढ़ता गया, मैंने उस वृद्ध के आत्मा को भी भेद देने वाले विलाप को अनुसना करने की पूरी चेष्टा की, जो उस गंधाती गुफा की गहराइयों से उठ रहा था।

"यह मैंने क्या कर दिया?" सनकी बूढ़ा लगातार यही कहे जा रहा था। मैंने शीघ्र ही स्वयं को उन दयनीय स्वरों तथा वृद्ध द्वारा मेरे सम्मुख रखे गए संसार से काट लिया। मैं एक लंबे समय तक इन सब बातों को भुला कर ही जीता रहा, जब तक वह मेरे सपनों में आकर मुझे सताने नहीं लगीं। परंतु ये तो बहुत बाद की बातें हैं, बहुत बाद की...। अभी तो मैं स्वयं से भी आगे रहकर दौड़ रहा हूँ।

6 शैतान का आक्रमण

भद्र

मैं पिछले कुछ वर्षों से, मूर्खों का यह युद्ध लड़ता आ रहा हूँ। पहले मैं महाबलि के अधीन, छह वर्ष तक युद्धरत रहा, फिर मैंने अपना दल बनाने की चेष्टा की परंतु असफल रहा। फिर मैंने सुमाली के अधीन रह कर युद्ध किया। मैं न तो कोई बड़ा योद्धा था और न ही कोई बहुत बड़ा संगठनकर्ता। नाटा, गदबदा और कोमल हाथों वाला, मैं तो एक सामान्य व्यक्ति हूँ। जैसे कोई सब्जी बेचने वाला, बैलगाड़ी चलाने वाला, बाज़ार में चलने वाला एक आम इंसान और यहाँ तक कि जैसे कोई धोबी। मैं तो कुछ भी नहीं हूँ। मेरे पास पाषाण का भी रक्त जमा देने वाली दृष्टि नहीं है और न ही मेरी भवें धनुषाकार हैं। मेरी नासिका मुड़ी हुई नहीं है और न ही मेरे होंठ एक दृढ़ निश्चय को दर्शाने वाली सीधी रेखा बनाते हैं। न तो मेरे गाल उन्नत हैं और न ही चिबुक में गड्ढा पड़ता है। पहले कभी जीवन में मेरा कोई और नाम रहा होगा, परंतु अब मैं केवल भद्र के नाम से जाना जाता हूँ।

मेरी महत्त्वाकांक्षाएँ कभी बहुत ऊँची नहीं रहीं। मैं पूर्णा नदी के तट पर अपने खेतों में कृषि-कार्य करता था। वहाँ काली मिर्च की कुछ लताएँ, कुछ नारियल के वृक्ष तथा दो गौएँ थीं। मैं अपनी पत्नी और तीन वर्षीया पुत्री के साथ बहुत प्रसन्न था। मेरा गाँव भले ही छोटा था, किंतु वहाँ सब कुछ था - पवित्र उपवन, शिव का छोटा सा तीर्थ, ताड़ी की दुकान और एक छोटी पाठशाला, जहाँ राज-मिस्त्री का काम, खेती-बाड़ी, गणित व अन्य आवश्यक विषयों की शिक्षा दी जाती थी। वहाँ एक आनंद गृह था, एक झोला छाप ओझा, जो स्वयं को वैद्य कहता था, हमें ठगने के लिए एक पुरोहित और एक सार्वजनिक स्नानागार, जहाँ हम अपनी भैंसों के साथ स्नान करते। मैं अपने पिता

की भाँति जीवन व्यतीत करता, जैसे मेरे पिता ने अपने पिता की भाँति किया था। मेरे बच्चे भी मेरी तरह ही जीते, उसी पगडंडी पर पलते-बढ़ते, उसी तलैया में नहाते, गाँव की संध्या के सौंदर्य से मोह रखते, विवाह करते, संतानों को जन्म देते और चुपचाप इस संसार से विदा ले लेते, कुछ लोग उनकी मृत्यु का शोक अवश्य मनाते परंतु इस संसार में उनका कोई विशेष अभाव अनुभव न किया जाता।

मेरा जीवन भी कुछ इसी प्रकार बीत जाता, उसमें विराम चिन्ह न होते; केवल एक पूर्ण विराम के अतिरिक्त! परंतु देवों के आगमन ने मानो सब कुछ बदल दिया। जब तक उन्होंने आकर हमें रौंदा नहीं, तब तक तो हम यह तक नहीं जानते थे कि दरअसल वे थे कौन? मैं आज भी उन दिनों को स्मरण करते हुए भयभीत हो जाता हूँ। हम प्रायः उन व्यापारियों के मुख से, कहीं सुदूर चलने वाले युद्धों की सुगबुगाहट सुनते, जो हमारे खेतों से काली मिर्च की फसल लेने आते थे। वे बताते कि किस प्रकार देव सेनाएँ, प्रमुख देव विष्णु के नेतृत्व में एकत्र हो रही थीं, और किस प्रकार महाबलि युद्ध के लिए ज़ोर-शोर से तैयारियों में जुटा था। हम इन अफ़वाहों की उपेक्षा कर देते। ये सब महत्त्वहीन घटनाएँ थीं, जो कहीं सुदूर स्थानों पर अन्य व्यक्तियों के जीवन में घट रही थीं। राजा-महाराजा युद्ध करते और इन युद्धों में अपनी राजधानियों व जीवन को जीतते-हारते रहते। हम तो साधारण मनुष्य थे और राजनीति की इस घिनौनी दुनिया से हमारा कोई लेन-देन नहीं था। मेरा मानना था कि महाबलि अजेय थे। वे न्यायी माने जाते थे और अपनी प्रजा के हित-अहित को ध्यान में रखते हुए, शासन चलाने का प्रयत्न करते।

कम से कम गाँव के बूढ़े-बुर्ज़ुर्गों ने तो हमें यही बताया था और हमारे पास उन पर अविश्वास करने का कोई कारण भी नहीं था। हम अपने ही तरीक़े से जीते रहे, इस बात से कोई अंतर नहीं पड़ता था कि सुदूर राजधानी पर किसका शासन था। जब तक उनकी ओर से कोई समस्या नहीं आई थी, हम सदैव यही कहते कि वे अच्छे और भले शासक थे।

एक धूल भरी संध्या को, जब हम अपने खेतों से पूरे दिन के काम के बाद लौट रहे थे, तो एक घुड़सवार संदेशवाहक प्रकट हुआ। वह एक लंबा व्यक्ति था, उसका चेहरा चेचक के दागों से भरा था और आँखों में एक विचित्र सा भाव दिखाई दे रहा था। उसने हमसे कहा कि हम अपने शिव तीर्थ को गिरा दें और विष्णु के सम्मुख आत्मसमर्पण कर दें। गाँव वाले उसके साथ बहुत अच्छी तरह पेश आए, परंतु उसे इस चेतावनी के साथ लौटाया गया कि उसे शिव के प्रकोप को निमंत्रण नहीं देना चाहिए। यहाँ तक कि, वह संदेशवाहक लौटने से पहले, स्वयं शिव मंदिर में गया और

उनके आगे मस्तक टेका। हम सारा दिन, देवों के विषय में ही बातें करते रहे।

कुछ लोगों ने कहा कि हमारे सम्राट पहले ही पराजित हो कर, भूमिगत हो गए हैं और अब विष्णु हमारा नया सम्राट है। उन्होंने दावा किया कि संदेशवाहक का हमारे गाँव में आना, उनके कथन की पुष्टि करता था। अन्य व्यक्तियों ने कहा कि महाबलि देव वंश में जा मिले थे और वे बड़ी शीघ्रता से सभी शिव मंदिरों को विष्णु मंदिरों में बदल रहे थे। ताड़ी की दुकान में कतार लगी थी और मेरे मित्र की नाक पर एक क्रोधित कट्टर शिवपंथी ने घूँसा दे मारा।

मैं प्रसन्न था कि चलो इस सन्नाटे से भरे गाँव में कोई खलबली तो मची। आमतौर पर यहाँ कुछ भी ऐसा नहीं घटता था, जो उत्तेजना या रोमांच से भरा हो और हर आने वाला दिन, अगले दिन जितना ही नीरस होता था। और... उस रात, मुझे मेरी पत्नी ने जगाया। मैं अपनी नींद में झकझोर कर उठा दिए जाने के कारण भन्नाया हुआ था और चाहता था कि उसे इस धृष्टता के लिए दो-चार धौल रसीद कर दूँ।

तब मैंने अपने सोने के कमरे में खड़े कुछ अजनबी व्यक्तियों को देखा। मेरे पहले कुछ विचार थे, जो कि मुझे आज भी अच्छी तरह याद हैं; 'हे प्रभु! अब मैं इन लोगों को क्या खिलाऊँगा? ये सब तो रात के भोजन के समय के बाद मेरे घर आए हैं।'

शीघ्र ही मुझे क्रोध आ गया। इन्होंने मेरे सोने के कमरे में प्रवेश करने का दु:साहस कैसे किया? धीरे-धीरे, मुझ पर भय हावी होने लगा। ये लोग कौन थे? वे यहाँ क्या कर रहे थे? मेरा पड़ोसी, वह बेअक्ल आदमी, जो प्रतिदिन पान खा कर, उसकी लाल-लाल पीक मेरे आँगन में फेंक देता था और उसके बाद होने वाली झड़पों का आनंद लेता, उसे जीवित ही अग्नि की लपटों के हवाले कर दिया गया था और उसने अपने घर के बाहरी बरामदे को रोशन कर रखा था। देव योद्धाओं ने हमारे गाँव पर कब्ज़ा कर लिया था। पूरा गाँव धू-धू कर जल रहा था। लोग मुर्गी के भयभीत चूज़ों की भाँति यहाँ-वहाँ भाग रहे थे। मैंने देखा कि लोगों के साथ बुरी तरह से मार-काट की गई थी। उनके घर आग की लपटों में बेतहाशा घिरे थे। अश्वों की पीठ पर सवार गोरे देव योद्धा, निर्दयी व शैतानी चेहरे लिए लोगों का उपहास कर रहे थे, भीषण आतंक मचाते हुए लोगों के प्राण ले रहे थे। अब वे अजनबी मेरी पत्नी को घूर रहे थे और मैं अपनी पत्नी की कँपकँपाहट को अनुभव कर सकता था।

मैं साहस कर उठा और परिवार को अपने हथियारों की आड़ में कर लिया। वे शैतान ठहाके लगाने लगे। फिर मैंने अजीब सा स्वर सुना, जो मेरे घर के फूस के छप्पर में आग लगने से उत्पन्न हो रहा था। किसी ने अपनी तलवार की मूठ से मुझ पर प्रहार

किया। मेरी नाक की हड्डी टूट गई और पूरे शरीर में तीखे दर्द की लहर दौड़ती चली गई। एक लड़का जो मुश्किल से पंद्रह वर्ष का रहा होगा, उसने मेरी बच्ची को टाँगों से पकड़ कर घसीटा और देखते ही देखते, उसे किसी चीथड़े की तरह लहराते हुए कच्ची दीवार पर पटक कर दे मारा। मैंने अपनी प्यारी बच्ची की खोपड़ी खुलने की आवाज़ सुनी। उसका रक्त और फटा हुआ मस्तिष्क हमारे चेहरों पर आकर पड़ा। वे निर्दयी शैतान अट्टहास कर रहे थे। मैं संज्ञाशून्य हो कर, वहीं फ़र्श पर ढेर हो गया। मेरी पत्नी भी बेसुध हो चुकी थी। जब वे मेरी पत्नी को खींच कर अंधेरे कोने में ले जा रहे थे तो मैंने उसे कलाई से थामते हुए, रोकने का भरसक प्रयत्न किया। मेरे नाखून उसकी बाजू पर रक्तरंजित रेखाएँ छोड़ते चले गए, परंतु वह मेरी पकड़ से फिसल गई। मैंने खड़े होने की चेष्टा की। चारों ओर रक्त ही रक्त बिखरा था। मेरा पाँव रपटा और मैं गिर गया। मेरे हाथों ने बिटिया के चीथड़े हो चुके सिर को छुआ। मैं काँप उठा, मैं उस ओर देखना नहीं चाहता था। मुझे कोई हथियार तलाशना था। कुछ भी ऐसा जिससे मैं उन कुकर्मियों के सिर कुचल सकता। मुझे किसी भी तरह, अपनी पत्नी की रक्षा करनी थी।

मेरी पत्नी की चीखें, गाँव में उठ रही वैसी ही दूसरी चीख़ों के बीच कहीं खो गई, जो सब जगह से आ रही थीं। मैं आगे बढ़ा, हालाँकि मेरे शरीर की सारी शक्ति क्षीण हो चुकी थी परंतु मैंने बरामदे का एक खंभा उखाड़ने की कोशिश की। यह एक ठोस बाँस था परंतु मैं यह देख कर निराश हो गया कि गदा की तरह इसका प्रयोग करना तो दूर रहा, मैं इसे उठा तक नहीं सकता था। मैं उस सूअर पर कूद पड़ा, जो मेरी पत्नी के साथ बलात्कार कर रहा था। मैं बिना किसी हथियार के, जी-जान से लड़ा परंतु मैं उन देव योद्धाओं के आगे कहाँ से टिकता। उन्होंने अगले ही पल मुझे धराशायी कर दिया और मुझ पर घूँसे बरसाने लगे। मेरे चेहरे पर, ठोस लकड़ी से बने जूतों की ठोकरें पड़ने लगीं और वे मुझे कीचड़ में घसीट ले गए। मुझ पर घूँसों की ताबड़तोड़ बरसात हो रही थी। एक बेरहम ने मुझ पर दया दिखाई, उसने अपनी तलवार मेरे पेट में भोंक दी और इसके बाद मुझे केवल इतना याद है कि चारों ओर अंधकार ही अंधकार दिख रहा था।

जब मेरी आँख खुली तो अभी अंधकार ही था। चारों ओर से अब भी आग की लपटें दिख रही थीं पर वे मंद हो गई थीं। मैं कहीं दूर से आ रही सियारों की आवाज़ें भी सुन सकता था। फिर अगला दिन निकला, मैंने एकदम विचार किया, ओह! मुझे तो गौओं का दूध दुहने जाना है, परंतु मैं वहीं पड़ा रहा। उस समय धरती कितनी उष्ण, शीतल व आरामदेह लग रही थी। फिर मैं धीरे-धीरे, बहुत धीरे-धीरे रेंगा और एक झटके से उठ बैठा। मेरे पूरे शरीर में तीखे दर्द की ऐसी सुइयाँ चुभीं, जिनके अस्तित्व

के विषय में मुझे पता तक नहीं था। मेरी आँखें अपने ही रक्त के थक्कों के सूखने से जम गई थीं। मैंने उन्हें खोलने की भरसक चेष्टा की। फिर मेरी नज़र कुछ अधम देवों पर पड़ी, जो एक पेड़ के तले बैठे मदिरापान कर रहे थे।

मेरे आसपास, मेरा गाँव, मेरा जीवन, सब कुछ छितरा पड़ा था। मैंने खड़े होने की कोशिश की और शायद उसी कोशिश में एक डाली टूट गई। वह आवाज़ मेरे कानों को ऐसे सुनाई दी मानो कहीं बिजली गरजी हो। उन भूतिया सायों ने पीछे मुड़ कर देखा। मैं बिना हिले वहीं बैठ गया। मैंने सोचा, "वे जानते हैं कि मैं जीवित हूँ और वे मुझे मारने जा रहे हैं।"

एक क्षण के लिए, मुझे यह सोच कर सुकून भी मिला कि देवों ने मेरे बारे में ज़्यादा खोजबीन नहीं की। तभी मेरी नज़र उस पर पड़ी, एक लंबा और गहरा साया मेरी ओर आ रहा था, उसने हाथ में तलवार उठा रखी थी। मैं भयभीत हो गया। जब वह पास आ गया तो मैंने पहचाना कि यह तो वही लड़का था जिसने मेरी बिटिया को दीवार पर पटक कर मारा था। वह मदिरा के नशे में चूर था और उसके पाँव लड़खड़ा रहे थे। मैंने प्रतीक्षा की, मेरे हाथ कोई ऐसी चीज तलाश रहे थे, जिसे हथियार के रूप में प्रयुक्त किया जा सके। मेरे सिर के पास खड़ा वह लड़का ज़रा सा लहराया। तभी उसे किसी ने पुकार लिया। वह ज़रा सा हिचका। तब तक मेरे हाथ, एक पुराना चाकू लग चुका था, जो शायद किसी ने वहाँ छोड़ दिया होगा और फिर एक ही झटके में मैंने उसे लड़के की जांघ के ऊपरी हिस्से में दे मारा। जब वह बिना कोई आवाज़ किए, मुझ पर ही लुढ़का तो मैं आश्चर्य में पड़ गया। मैंने अपने चाकू को खींचा और उसकी गर्दन के पिछले हिस्से में घोंप दिया

"अरे!" जो व्यक्ति हम दोनों की ओर भागा आ रहा था, वह हैरानी और भय के मिले-जुले स्वर में चिल्लाया। मैंने देखा कि बाकी लोग भी उसके पीछे आ रहे थे। मैंने खुद को उस शरीर के भार से अलग करना चाहा पर वह लड़का बहुत भारी था। जब तक मैंने किसी तरह खुद को उससे अलग किया, तब तक मैं पसीने और खून से लथपथ हो चुका था। कुदरतन मेरे पाँव, गाँव के सीमांत पर स्थित वन की ओर बढ़ते चले गए। मैं अपनी देह की बची-खुची शक्ति बटोर कर भागा। मैं उन राक्षसों से, अपने अतीत से और अपने चिर-परिचित उस जीवन से कहीं दूर भाग जाना चाहता था। मैं अपने प्रिय, व्यर्थ, अर्थहीन, खोखले व सारहीन जीवन की रक्षा के लिए भागा। इस रास्ते में, मैं हाँफ़ते-काँपते हुए, अपने ही भाइयों व मित्रों के सड़े-गले पिंजरों पर फिसलता भागता जा रहा था किंतु तब इन बातों से कोई अंतर नहीं पड़ता था। वे तो सड़े-गले शव मात्र थे, जो इस प्रतीक्षा में थे कि देवों ने जो तांडव आरंभ किया था, उसमें गिद्ध पूर्णाहुति दे दें। मौत मेरा पीछा कर रही थी और मैं अपने जीवन के पीछे

भाग रहा था, जो बड़ी तीव्र गति से आगे निकला जा रहा था।

अचानक ही मेरे कंधों में दर्द की तीखी लहर उठी और मुझे अपने ही रास्ते में रक्त के ताज़ा छींटे गिरते दिखाई दिए। वे कमीने मुझ पर बाण बरसा रहे थे। तीर मेरे कानों के पास से सनसना कर निकलते और ज़ोरों की आवाज़ के साथ, पेड़ों के तनों में जा कर लगते। उनमें से कोई एक मेरा गला चीर सकता था और इस तरह इस दुःस्वप्न का एक दयालुता से भरा अंत हो जाता। तब अचानक सब कुछ धुँधलाता चला गया। मुझे ऐसी भारहीनता का अनुभव हुआ मानो मैं कहीं तैर रहा था। गहरे हरे रंग का मौत का एक सागर मुझे लील गया। टहनियाँ मेरे चेहरे से जा टकराईं। मैं गिर रहा था, बड़ी तेज़ी से एक गहरी खाई में गिर रहा था। तो मौत ऐसी होती है। इतनी दयालु और अकस्मात् रूप से सामने आने वाली! मेरे चेहरे की सलवटें, भारहीनता का वह अनुभव, तैरने का सा आनंद, और उफ्फ! एक क्षण के लिए तो जैसे मैं मर ही गया।

जब मैं होश में आया तो मैं एक गंधाती गुफा के भीतर, खुरदरी रस्सी से बुनी चारपाई पर पड़ा था। मेरे आसपास से कराहने के स्वर आ रहे थे। मैंने उठ कर बैठना चाहा पर विवश हो कर फिर से लेटना पड़ा क्योंकि मैं बुरी तरह से दर्द के शिकंजे में था। मैंने धीरे से अपना सिर मोड़ा और देखा कि गुफा में अनेक व्यक्ति पड़े हुए थे, जिनकी हालत बहुत नाज़ुक थी। मैं बुरी तरह से काँप उठा। क्या मैं एक युद्धबंदी था जो देवों की दया पर जीवित था? परंतु देवों ने तो कभी किसी को बंदी नहीं बनाया? वैसे भी मैं तो सेना से नहीं, बल्कि एक साधारण व्यक्ति था। मैं अपने दिमाग़ में चल रहे ऊल-जुलूल विचारों के साथ उधेड़-बुन में लगा रहा। लोगों की बातों के अंश मेरे कानों में पड़ने लगे। "उनमें से आधे तो शायद बच ही नहीं सकेंगे और जो बचेंगे, उन्हें भी चलने-फिरने के योग्य होने में महीनों लग जाएँगे।" निःसंदेह कोई परिष्कृत तमिल भाषा में बोल रहा था। ऐसी बोली सुशिक्षित व कुलीन नागर ही बोलते हैं। मैंने अनुभव किया मैं शत्रुओं के बीच नहीं था परंतु उनकी बातों में दम था और उन स्वरों से हुई भविष्यवाणी को सुन कर मैं अवर्णनीय भय से घिर गया। जिस तरह, धीरे-धीरे लहरें पूर्णा नदी के किनारों से टकरा रही थीं, मेरे भ्रमित मस्तिष्क में स्मृतियाँ टकराने लगीं और चेतना का अंश बन गईं। मेरा हृदय इतना व्यथित हुआ कि मैं चीख़-चीख़ कर रोने लगा। पूरी गुफा में ऐसे ही कई स्वर गूँज रहे थे, जो आसन्न मृत्यु की प्रतीक्षा में पड़े क्षत-विक्षत लोगों के मुख से निकल रहे थे। मैंने एक पराजित व्यक्ति का स्वर सुना जो अपने जीवन में सादगी और अर्थ की हानि को ले कर विलाप कर रहा था, जो कि उसके जीवन में कभी थे ही नहीं। यह उन क्षणों में से था, जब मैंने स्वयं को अपने ही लोगों की आहों और कराहों के मध्य पाया और देवों से प्रतिशोध लेने का संकल्प लिया।

7 पराजितों का परामर्श

रावण

हम सभी पिछले चार माह से ऐसे ही चलते आ रहे थे और अब भूख और थकान से निढ़ाल हो चुके थे। मैंने अनुभव किया कि जब मैं हमेशा की तरह प्रातःकाल दिया जाने वाला उपदेश आरंभ करता तो अधिकतर योद्धा बुरी तरह से ऊब जाते, "आज हम दस राजाओं के युद्ध के विषय में जानेंगे, जिसके कारण असुरों के साम्राज्य का पूर्ण रूप से पतन हुआ तथा देवों का आगमन हुआ। प्रारंभ में, बलशाली असुर सम्राटों के लिए देव छोटे-मोटे उपद्रवों से अधिक महत्त्व नहीं रखते थे। वे यदा-कदा सीमांत पर बसे नगरों में धावा बोलते रहते। यद्यपि, इंद्र के आते ही, सब कुछ तेज़ी से बदलने लगा। इंद्र के पास खोने के लिए कुछ था ही नहीं। उसकी क्रूरता के किस्सों ने उसे आगे बढ़ने में सहायता की। उसने हिमालय के उत्तर-पश्चिम में अनेक छोटे राज्यों को नष्ट कर दिया और अनेक सुंदर नगरों को अग्नि की लपटों से राख कर दिया। वह प्रत्येक पराजित नगर के निवासियों को जान से मार देता और सामूहिक विशाल जलती हुई चिताओं के सम्मुख, देव घेरा बना कर नृत्य व मंत्रजाप करते।"

"जब दस राजाओं की असुर परिषद ने निर्णय लिया कि इन नृशंस हत्यारों को सबक सिखाने का समय आ गया था, तब तक इंद्र स्वयं को अपने दक्ष धनुर्धरों की सहायता से, गांधार के पर्वतों की अनुर्वर तथा हिमाच्छादित श्रेणियों में स्थापित कर चुका था। बलशाली असुर सेना, किसी विशाल सेना अथवा सैन्य विशेषज्ञता के अभाव में भी, अपनी सीमित सैन्य शक्ति के बल पर देव हत्यारों के छोटे से इलाके को कुचल सकती थी परंतु गांधार की संकीर्ण घाटियों में, दस राजाओं के हाथियों का कोई उपयोग न था। असुर नरेश गंगा तथा सिंधु नदी के मध्य, खुले व विशाल भू-खंडों

पर युद्ध करने के अभ्यस्त थे। उनके हाथियों की सेना, भारी-भरकम गदा व तलवार चलाने वाले सैनिक, रथ; जो प्रायः सामान ढोने के काम आते थे, अस्त्र-शस्त्रों व मनुष्यों के आवागमन के वाहन आदि खुले स्थानों के लिए कहीं अधिक उपयुक्त थे।"

"परंतु इंद्र ने असुर नरेशों से युद्ध के लिए, संकीर्ण गांधार क्षेत्र को चुन कर बुद्धिमता का परिचय दिया। उसने ऊँची पर्वत श्रृंखलाओं में छिप कर असुर नरेशों के वहाँ पहुँचने की प्रतीक्षा की ताकि अपनी शर्तों पर उनसे युद्ध कर सके। असुर अपने परिणामों को ले कर पूरी तरह से आश्वस्त थे। उन्होंने इससे पूर्व भी उत्तर तथा उत्तर-पश्चिम की अनेक जातियों की ओर से असंख्य आक्रमणों का सामना किया था। यह तो उनके आमोद-प्रमोद से भरपूर भ्रमण का एक अंश मात्र था, जब वे शत्रु को कुचल देते, उसके नेता को बंदी बनाते, अपनी उदारता का परिचय देते हुए उसे क्षमा प्रदान करते, और पराजित दल को अपने महल में प्रीतिभोज के लिए निमंत्रित करते।"

"बेचारे असुर! वे कहाँ जानते थे उनका सामना किनसे होने वाला था? यह तो एक अलग ही प्रकार का शत्रु था, दुष्ट, निर्दयी व विजय की अदम्य आकांक्षा रखने वाला एक शत्रु। मैं पहले कभी गांधार नहीं गया था किंतु हमने ब्रह्मा के मुख से जो सुना था, उससे हम अनुमान लगा सकते थे कि दस राजाओं के युद्ध के समय, यह सब कैसा रहा होगा।"

मैंने रेत पर उत्तर-पश्चिमी भारत का एक नक्शा उकेर दिया था और अपने भाइयों व एक योग्य मध्यम आयु के व्यक्ति प्रहस्त से घिरा खड़ा था, जो हमारा सेनापति था। दूसरे योद्धा ध्यानपूर्वक सुन रहे थे, प्रहस्त ने दावा किया कि वह मेरी माँ का कोई सुदूर संबंधी था और इस नाते से मेरा मामा लगता था, हालाँकि मुझे उसकी बात पर संदेह था। वहीं दूसरी ओर, मेरी मां के अनेक असुर संबंधी थे, इसलिए यह बात सच भी हो सकती थी। यदि वह यह सोचता था कि मैं राजा बनने के बाद उस पर कोई विशेष कृपा दृष्टि दिखाने वाला था, तो निःसंदेह उसके हाथ निराशा ही लगने वाली थी परंतु प्रहस्त एक समर्थ व बुद्धिमान व्यक्ति था और मैं उसका मान करता था।

जब मैंने कुछ सैनिकों को अधीर होते देखा, तो मैंने अपनी बात वहीं रोक दी। मुझे उनके लिए खेद भी हुआ। अधिकतर सैनिक अशिक्षित व निर्धन थे। वे सामान्य अवस्थाओं में किसान, कारीगर या फिर व्यापारी होते, परंतु वे अपनी मातृभूमि से खदेड़ दिए जाने के बाद, किसी समय में महान रह चुके सम्राट का साथ दे रहे थे, जो उन्हें उनके पुराने सुरक्षित संसार में वापिस ले जाने का वचन दे चुका था। वे सब छले गए थे और उन्होंने एक बार फिर अपनी उम्मीदें, मुझ सरीखे बेघर युवा जाबांज़ पर

लगा दी थीं, जो उन्हें उनकी खोई हुई दुनिया से मिलाने वाला था।

"इंद्र ने, प्रारंभ में एक सामरिक भूल कर दी थी। उसने सरस्वती नदी के तीर पर स्थित, चारदीवारी से घिरी प्रज्ञा नगरी पर आक्रमण कर दिया था, जो कि महाराज प्रमयुद्ध की प्रमुख बंदरगाह थी। वह कोई छोटा-मोटा जीव नहीं था, जिसे आसानी से कुचला जा सकता हो। उसने अपनी पूरी सेना ला कर सामने खड़ी कर दी। 500 हाथी, गदा व भारी तलवारों से लैस 10,000 पैदल सैनिक तथा बैलों के रथ में सवार 500 धनुर्धारी, नगर की चारदीवारी से अचानक ही सामने प्रकट हो गए। इंद्र के पास केवल 600 धनुर्धारी अश्वारोहियों की छोटी सी सेना थी। उसने उनमें से दो सौ सैनिकों को आगे वाले द्वार पर भेज दिया और नगर में पिछले द्वार से प्रवेश करने की चेष्टा की। प्रमयुद्ध ने अपने नगर के चारों द्वार खोल दिए और उसकी शक्तिशाली सेना, स्वयं को विभाजित करते हुए, हर मोर्चे पर लोहा लेने के लिए आ डटी। इंद्र उसके इस साहसिक क़दम को देख स्तंभित रह गया। देव सेना ने कोनों में छिपे चूहों की भाँति पूरे शौर्य के साथ युद्ध किया परंतु असुरों की सेना उनसे कहीं बड़ी थी। वैसे भी खुले मैदानों के कारण असुरों को अपने तरीक़े से युद्ध करने का भरपूर अवसर मिल रहा था। अश्वों पर सवार देव, बड़ी सरलता से उनका निशाना बन रहे थे। हाथियों के हौदों में सवार योद्धा, देव सेना पर अपने भारी-भरकम भालों व बर्छियों से वार कर रहे थे और भारी तीरों की वर्षा से देव सेना के कवच प्याज़ के छिलकों जैसे दिखने लगे थे। इंद्र ने लौटने का आदेश भी दिया परंतु उसने अपनी सेना को जिस अस्त-व्यस्तता के बीच फँसा दिया था, उससे बच कर निकलना अब इतना सहज नहीं रहा था। उसकी अस्सी प्रतिशत से अधिक सेना नष्ट हो चुकी थी परंतु इंद्र ने पूरी वीरता से युद्ध किया और प्रमयुद्ध को घायल करने में भी सफल रहा।"

"इसे प्रम्युद्ध की मूर्खता ही कहा जाएगा कि वह अपने हाथी से उतरा और इंद्र को युद्ध करने के लिए चुनौती दी। और जब वह इंद्र से युद्ध करने लगा तो जड़बुद्धि असुर सैनिक गोल घेरा बना कर खड़े हो गए और उन दोनों की खनकती तलवारों के बीच तालियाँ बजाते हुए कोलाहल करने लगे। ऐसा लग रहा था मानो वहाँ असुर योद्धाओं के मनोरंजन का कोई प्रबंध किया गया हो। उन्होंने इंद्र की चुस्त तलवारबाज़ी का भी करतल ध्वनि से स्वागत किया। प्रमयुद्ध ने पूरी वीरता के साथ युद्ध किया। उसकी ओर से युद्ध के पैंतरों में कहीं कोई कमी नहीं थी परंतु इंद्र अपने प्राणों की रक्षा के लिए युद्धरत था इसलिए उसने अलग तरह से यह बाज़ी खेली। अकस्मात् उसने अपनी ढाल से विपक्षी की आँखों में धूल झोंक दी और इसके साथ ही अपनी तलवार से एक गहरा प्रहार भी किया। प्रमयुद्ध भी कुछ कम न था परंतु उस दिन वह हल्का सा चूक गया और उसके कंधे पर तलवार ने गहरा घाव कर दिया। वह युद्धभूमि में

ही अचेत हो गया। इसके बाद जो भ्रम का वातावरण बना, उसी का लाभ उठाते हुए इंद्र ने सदमे से सुन्न पड़ी हुई सेना के बीच जबरन अपना मार्ग बनाया और अपने आगे आने वाले तीन सैनिकों को तलवार से मौत के घाट उतार दिया। फिर वह झट से अपने अश्व पर सवार हुआ और मुट्ठी भर जीवित सैनिकों के साथ पलक झपकते ही ओझल हो गया।"

"मुझे किसी भी पराजित राजा की कहानी बताओ, मैं तुम्हें वहाँ कोई ऐसा व्यक्ति अवश्य दिखा दूँगा जिसके झूठे अभिमान ने उसकी मूर्खता में वृद्धि ही की होगी।" प्रहस्त ने कहा।

मैंने अपनी बात जारी रखी, "सही कहा, यदि वह पराजित राजा यह मान लेता कि जो हो गया, सो हो गया और इसके बाद अपने राज्य पर शासन करने लौट जाता तो संभवतः इंद्र का यह युद्ध इतिहास के पन्नों पर एक संक्षिप्त टिप्पणी भर होता। उस राजा ने ऐसा नहीं किया क्योंकि इससे उसके अंहकार को ठेस लगी थी। प्रमयुद्ध को केवल इसी तथ्य से संतोष नहीं हुआ कि कम से कम उसकी प्रजा का वह हश्र तो नहीं हुआ, जो इंद्र के हाथों पड़ने के बाद दूसरे नगर के निवासियों का हुआ था। उसे इस बात से भी संतुष्टि नहीं थी कि शत्रु पक्ष के राजा के हाथों उसकी व्यक्तिगत पराजय के अतिरिक्त, उसकी सेना तो युद्धभूमि में देव सेना को पछाड़ने में कामयाब रही थी। इस घटना से उसकी छवि धूमिल हुई थी। प्राचीन काल में असुर राजाओं के पास शासन करने का दैवीय अधिकार नहीं होता था। राजा एक चुना गया नेता होता था, जो कि नगर का सबसे योग्य व्यक्ति तथा एक महान योद्धा होता। और यही वास्तविकता थी।"

"प्रमयुद्ध को अपने दरबार के गुप्तचरों से यह सूचना मिली कि उसकी प्रजा के बीच उसकी लोकप्रियता में कमी आ रही थी और संभवतः ऐसा भी लग रहा था कि उसका पुनः चयन नहीं हो पाएगा। उसे अपनी खोई हुई प्रतिष्ठा व मान-मर्यादा पाने के लिए कुछ कठोर क़दम उठाने की आवश्यकता थी। ऐसे विचार किसी भी नरेश के लिए घातक सिद्ध होते हैं। यहाँ कोई भी व्यक्तिगत पराजय या विजय नहीं होनी चाहिए। अगर आपकी सेना की विजय हुई हो तो इस बात से कोई अंतर नहीं पड़ता कि आपका बैरी आपसे अच्छा तलवारबाज़ था, परंतु असुर तो हमेशा से ही अपने अहंकार को सीने पर तमगों की तरह लटकाते आए हैं। इस तरह उनका चिंतन, उनकी सोच धुँधला जाती है और वे एक के बाद एक सामरिक भूलें करते चले जाते हैं।" प्रहस्त ने कहा और मैंने इस दौरान मटके से पानी पी लिया।

मैं देख सकता था कि सभी दर्शक व श्रोता बड़े मनोयोग से हमारी बातें सुन रहे

थे। मैंने उल्लसित भाव से अपनी बात को आगे बढ़ाया, "राजा ने सभी दिशाओं में अपने गुप्तचर रवाना कर दिए। उसे किसी तरह इंद्र का पता लगा कर, उससे अपना प्रतिशोध लेना था। प्रमयुद्ध ने असुर राजाओं की आम परिषद भी बुलवाई। इसमें भारत के सभी हिस्सों से आए राजा शामिल थे, जो एक समान पद व मर्यादा रखते थे। ये दस राजा वर्ष में एक बार जल के वितरण, कर-निर्धारण, राज्य-कर, पथ-कर, बंदरगाह-कर पर परस्पर विचार-विमर्श तथा संगीतकारों व कलाकारों के आदान-प्रदान के लिए एकत्र होते। जब तक किसी राज्य की सुरक्षा का सवाल नहीं आ जाता था तब तक किसी भी प्रकार की आपातकाल बैठक नहीं बुलाई जाती थी। प्रायः सभी राज्यों के पास अपनी सेनाएँ तैयार रहती थीं परंतु तेज़ी से वृद्धि कर रहे, सांस्कृतिक विकास के कारण उनकी युद्धकला बुरी तरह से प्रभावित हुई थी। वे अब पहले की भाँति शूरवीर योद्धा नहीं रहे थे। इस भूमि में ही मानो कोई रहस्य छिपा था। जब भी महान विजित सेनाएँ अपने युद्धों में सफल रहतीं और विशाल सिंधु-गंगा नदी के मैदानों के बीच बस जातीं तो ऐसा जान पड़ता मानो वे अपने शौर्य को कहीं पीछे छोड़ कर, धीरे-धीरे स्त्रैण होती जा रही हों। यह भूमि उन्हें महान बर्बरों से शांत व सौम्य जीवों में बदल देती, जो जीवन की बेहतरीन वस्तुओं के प्रति रूचि रखते हों। असुरों से पूर्व भी, सभी महान विजित सेनाओं के साथ यही हुआ था, और अब तुम देख सकते हो कि वर्तमान में उत्तर के देव राज्यों के साथ भी यही हो रहा है। और असुर जाति के साथ भी यही हुआ। परंतु, राजा स्वयं को उन महान योद्धाओं के वंशज के रूप में ही देखना चाहते थे, जो पूरे देश में फैले थे। वे अपनी सैन्य शक्तियों के विषय में पूर्ण रूप से आश्वस्त थे। उनकी सेना केवल एक ऐसा दंभी संगठन भर थी जिसमें संगीतकारों, नर्तकियों, जादूगरों व बाज़ीगरों, कलाबाज़ों, फूल विक्रेताओं, रसोइयों, व्यापारियों व पुरोहितों का जमावड़ा था। हम उनकी सेनाओं के विषय में जो संख्याएँ सुनते हैं, वे सब असत्य हैं। वस्तुतः दस हज़ार की सेना के बीच केवल कुछ ही वास्तविक योद्धा होते थे। शेष व्यक्ति सेना के साथ युद्धक्षेत्र में जाते और स्वयं ही उपद्रव का कारण बनते।"

"दस में से छह राजाओं ने आम परिषद की बैठक में इस बात पर असहमति प्रकट की कि इंद्र का आक्रमण चेताने वाला नहीं था। उनका मानना था कि किसी भी समृद्ध नगर पर आक्रमण हो सकता था। परंतु उस दिन प्रमयुद्ध ने अपने तर्कों से सबको पराजित कर दिया। उसने कहा कि सिंधु के मैदानों में सीमांत नगरों पर धावा बोलने वाली जातियों ने कभी किसी बड़े राज्य की राजधानी पर हमला करने का दुःसाहस नहीं किया था। उसका मानना था कि यह समूह उन आम हमलावरों में से नहीं था जो प्रायः सीमांत नगरों में बने भंडारघरों पर आक्रमण करता और जो हाथ आता, उसे लूट कर ले जाता। दरअसल इन व्यक्तियों द्वारा अभूतपूर्व साहस व चतुराई का

प्रदर्शन किया जा रहा था और वे धावा बोलने के लिए एक विचित्र से पशु का प्रयोग कर रहे थे। असुर सेना इन पशुओं की निपुणता देख कर दंग थी जो बैलों से कहीं ज़्यादा चपल व तीव्र गति वाले थे। प्रमयुद्ध ने तर्क दिया कि जब तक इनको समाप्त नहीं किया जाएगा, तब तक उनकी प्रजा इन बर्बर लुटरों के भय से आक्रांत रहेगी। यद्यपि उस रात परिषद कोई निर्णय नहीं ले सकी और सभा यूँ ही समाप्त कर दी गई। अगले दिन प्रातःकाल जब उत्तर-पश्चिमी क्षेत्र के असुर राजा के कक्ष में संदेशवाहक ने आकर सूचना दी कि अश्वारोही कबीलाई लोगों ने मलतामुख को आग के हवाले कर दिया है तो सत्र वहीं रोक दिया गया। यह प्रमुख व्यापारिक मार्गों में से एक पर स्थित मुख्य नगर था, जो कि गंगा के मुहाने से ले कर गांधार तथा उससे भी परे तक फैला था। इस आक्रमण ने आग में घी का काम किया और सभी दस राजाओं ने मिल कर निर्णय किया कि वे एक विशाल सेना का गठन करेंगे, जो न केवल अश्वारोही जाति का अंत करेगी बल्कि इसके साथ ही उन छोटे-मोटे दस्युओं तथा लुटेरों के दल का भी सफ़ाया कर दिया जाएगा, जो मिस्र व मैसोपोटामिया के महान नगरों की ओर जाने वाले प्रमुख व्यापारिक मार्गों पर लूट-खसोट मचाते रहते थे।"

"तीसरे दिन भी परिषद की बैठक बुलाई गई और युद्ध के लिए योजनाएँ तैयार की गईं। प्रमयुद्ध को सेनापति का पद सौंपा गया, ऐसा इसलिए नहीं किया गया था कि उसके पास अतुल शक्ति अथवा वरिष्ठता का अनुभव था, उसे यह पद इसलिए सौंपा गया क्योंकि वह एकमात्र ऐसा व्यक्ति था जो अनजाने क्षेत्र में भी शत्रु का पीछा करने में संकोच नहीं करता था। अधिकतर राज्य आरामदायक अवस्था में थे और वे युद्ध नहीं करना चाहते थे। व्यापार फल-फूल रहा था और लोगों के जीवन सुख-सुविधाओं से परिपूर्ण थे। उन साहसी योद्धाओं के वृद्ध दल अब ओझल हो चुके थे, जो शिव के नेतृत्व में अपने बैलों पर युद्ध कर चुके थे, धूल-मिट्टी में सन कर सोए थे और सप्ताह में एक बार मिल रहे भोजन से तृप्त हो जाते थे। ये तो वे व्यक्ति थे जिन्हें जीवन की मिठास की लत लग चुकी थी और वे ऐसी जातियों के साथ कोई लंबे युद्ध नहीं करना चाहते थे, जिनके पास खोने के लिए कुछ शेष था ही नहीं।"

"प्रमयुद्ध की सेना ने सिंधु नदी के किनारे से कूच किया। उसकी सेना में एक लाख से अधिक धनुर्धर तथा योद्धा शामिल थे, जो गदा, भालों, बर्छियों व मुड़ी हुई तलवारों से लैस थे। लगभग दस हज़ार हाथियों तथा तीन हज़ार बैलगाड़ियों के साथ दस हज़ार ढोल बजाने वाले, बाँसुरीवादक, नर्तकियाँ, खेमे बनाने वाले, असुर राजाओं की वीरता व शौर्य पर कविताएँ रच कर, उन्हें सुनाने वाले भाँड तथा समाज के अन्य नाकारा किस्म के लोग भी थे जो प्रायः असुर सेनाओं के साथ हो लेते थे। इस बलशाली 'भीड़', जी हाँ, इसे भीड़ ही तो कहेंगे, ने सिंधु तथा सरस्वती नदी को पार

किया तथा छोटे-मोटे लुटेरों व आक्रमणकारी कबीलों को नष्ट करने लगे। सेना पूरी सफलता के साथ आगे बढ़ी। प्रमयुद्ध ने उन संदेशवाहकों के साथ बहुत ही बेहतर संप्रेषण व्यवस्था बनाए रखी, जो बीच में बसे गाँवों से समाचार ला-ले जा रहे थे। गुप्तचर असुर राजाओं को शत्रुओं के छिपे ठिकानों की सूचना देते और असुर सेना आश्चर्यजनक गति व निमर्मता से उन्हीं गाँवों पर धावा बोल देती, जिनमें शत्रुओं के गुप्तचरों के छिपे होने का संदेह होता। प्रमयुद्ध सफलता के इस नशे में चूर हो गया। उसके गुप्तचरों ने सूचित किया कि इंद्र अपनी छोटी सी सेना सहित गांधार के उत्तर-पश्चिमी पर्वतों की ओर प्रस्थान कर रहा था। प्रमयुद्ध के शौर्य का गुणगान करने वाले भाँड अपने काम में जुटे थे जिसने अन्य नौ राजाओं के भंगुर अहं को बुरी तरह से चोटिल कर दिया था, जो बेमन से उसके साथ युद्ध के मैदान में खड़े थे। उन्हें ऐसा लग रहा था मानो वे प्रमयुद्ध की सेना में अपनी सेवाएँ देने वाले हीन नेता हों। प्रमयुद्ध स्वयं भी दिन-ब-दिन घमंडी होता जा रहा था। आरंभ में, उसने दूसरे राजाओं द्वारा दिए जा रहे परामर्शों की उपेक्षा की। फिर बाद में खुलेआम उनकी आलोचना करने लगा और उनकी सामरिक रणनीतियों का उपहास करने लगा।"

मैंने प्रमयुद्ध की सेना के प्रस्थान मार्ग की ओर संकेत किया, जो लगभग एक हज़ार वर्षों पूर्व प्रसन्नतापूर्वक अपने विनाश की ओर बढ़ती चली गई थी। सिपाही मेरे द्वारा धरती पर खींचे गए नक्शे को निहारने के लिए एक साथ आगे झुक आए।

मुझे हल्की सी थकान महसूस हुई और थोड़ा विश्राम करने की इच्छा जागी, तो प्रहस्त ने आगे की कमान संभाल ली। उसने अपने भारी कंठस्वर में कहा, "जब तक सेना हिंदुकुश पर्वतों के तले ऊबड़-खाबड़ मैदानों तक पहुँची तो वह एक छोटे-मोटे लड़ाकू दल से अधिक नहीं रह गई थी। तीन राजाओं ने विद्रोह कर दिया था और धमकी दे दी थी कि यदि इस अभियान को यहीं न रोका गया तो वे अपनी सेनाएँ ले कर लौट जाएँगे। इस समय तक, प्रमयुद्ध मिस्र सहित पश्चिम को जीतने के बारे में बातें करने लगा था और उसने स्वयं को विश्व का सम्राट घोषित कर दिया। जब तीन राजाओं ने विद्रोह किया तो उन पर देशद्रोह का आरोप लगाते हुए, उन्हें तत्काल बंदी बना लिया गया और एक छोटी सी सुनवाई के बाद खुलेआम फाँसी की सज़ा दे दी गई। इससे पूरी सेना में भय की लहर दौड़ गई। उनका मनोबल तो पहले ही टूटने की कगार पर था। उन्होंने इस अभियान के साथ जिस प्रकार के आमोद-प्रमोद की कल्पना की थी, यह तो उसका शतांश भी नहीं निकला। यह अभियान उनकी जान पर भारी पड़ने लगा था। शीघ्र ही, फाँसी पाने वाले राजाओं की सेनाओं के एक बड़े हिस्से ने विद्रोह कर दिया और उनके अतिरिक्त कई दूसरे सिपाही भी बाग़ी हो गए। प्रमयुद्ध ने सैनिकों पर बर्बरतापूर्ण रूप से आक्रमण करवाया। भाँडों ने उसका कीर्तिगान करते हुए कहा

कि उसने अपनी ही सेना के नौ हज़ार सिपाहियों को मौत के घाट उतार दिया था। जो सैनिक सेना छोड़ कर भागे थे, उनका पीछा किया गया और वापिस लाया गया। फिर एक कृत्रिम सुनवाई के बाद, उन सबको फाँसी की सज़ा सुना दी गई। इस दौरान कुछ योद्धा तटस्थ बने रहे। उन्होंने किसी का भी पक्ष नहीं लिया। ऐसा जान पड़ता है कि यह गृहयुद्ध ही असुर सेना की पराजय का मूल कारण बन गया। अंततः, प्रमयुद्ध छह राजाओं को अपने साथ चलने के लिए मनाने में सफल रहा और हर प्रकार के विद्रोह को भली-भाँति दबा दिया गया परंतु इस दौरान वह काफ़ी बहुमूल्य समय नष्ट कर चुका था। जब उसने इंद्र व उसकी सेना की तलाश में, उस पर्वतीय प्रांत में जाने का निर्णय लिया, तब तक शीत ऋतु का आगमन हो चुका था।"

"वाराणसी के राजा विभोग ने प्रमयुद्ध से ग्रीष्म ऋतु आने तक प्रतीक्षा करने को कहा परंतु उसने यह प्रस्ताव अस्वीकार कर दिया। वह इंद्र को पकड़ कर, शीघ्रतापूर्वक अपनी राजधानी में घसीट कर ले जाना चाहता था। वह तो पूरे विश्व का सम्राट बनने जा रहा था, भला वह खड़े नुकीले पर्वतों तथा हिमाच्छादित चट्टानों से भयभीत क्यों होता? उसने इस परामर्श की अवहेलना की और शीघ्र ही उनके हाथी फिसल कर गहरी खाईयों व पगडंडियों के किनारे गिरने लगे, इससे घंटों तक आगे-जाने के मार्ग में बाधा आ जाती। बैलों से चलने वाले रथों तथा हाथियों को भी उन संकरे मार्गों पर ही छोड़ना पड़ा। सेना का अनुशासन टूट गया और सैनिक मनमाने तरीक़े से पहाड़ों पर चढ़ने लगे। भारी गदा, कुल्हाड़ियों व धनुषों को उठा कर चलना सरल नहीं था और मैदानी इलाक़ों से आए सैनिक भी पर्वतों की जमा देने वाली शीत लहर के अभ्यस्त नहीं थे। यही कम नहीं था कि प्रमयुद्ध ने अपने लिए आवश्यक सारी आपूर्ति बैलगाड़ियों में लदवा दी और योद्धाओं को उसे पहाड़ों पर ले कर जाना था। नर्तकियों, भाँडों व संगीतकारों, जादूगरों तथा पुरोहितों के दल ने इतना उपद्रव मचाया कि उनके कारण, पर्वतों पर चढ़ने की प्रगति लगभग थम सी गई। इस प्रकार पर्वतों पर चढ़ने की गति न के समान ही रही।"

मैंने प्रहस्त के हाथों से कहानी की कमान संभाली, "यह भीड़ एक माह से अधिक समय तक रहस्यमयी इंद्र व उसकी सेना की तलाश में चलती रही। अनेक सैनिक सेना छोड़ कर लुप्त हो गए और कइयों ने थकान व प्राकृतिक कोप के कारण दम तोड़ दिया। उन लोगों के पास खाद्य पदार्थों की आपूर्ति समाप्त हो गई थी और अब पेट भरने के लिए, यदा-कदा मिलने वाली पहाड़ी बकरी तथा छोटे पक्षियों के अतिरिक्त कोई साधन नहीं रहा था। आधे से अधिक हाथी मारे गए और भूखी व थकी सेना का पेट भरने के लिए अपने ही बैलों का वध करना पड़ा। अब सेना के पास अपने भारी-भरकम अस्त्र-शस्त्र भी नहीं रहे थे। नाकारा लोग तो यूँ ही पीछे छूट चुके थे

और अब सेना की पंक्तियाँ सात मील के इलाक़े में फैली थीं। गंदे व चीथड़ों में लिपटे व्यक्ति अपने भारी व निरर्थक हथियारों के साथ स्वयं को यंत्रणादायी पर्वतों के बीच, घसीटते हुए धीरे-धीरे आगे बढ़ रहे थे। उन्होंने पिछले एक वर्ष से, एक भी देव सैनिक की झलक तक नहीं पाई थी। इस महान अभियान के दौरान, असुर योद्धाओं को या तो अपने ही लोगों के विरूद्ध या फिर राह में मिलने वाले लुटेरों के दलों के ख़िलाफ़ ही शस्त्र उठाने पड़े थे। अब तक प्रमयुद्ध को भी अपनी मूर्खता का भान हो चला था और वह अपनी सुंदर राजधानी में स्थित महल के सुख-सुविधाओं से भरपूर आराम व विलासिता के बीच लौट जाना चाहता था। परंतु सेना पूरी तरह से बिखर चुकी थी। बर्फ़ पड़ने तथा भू-स्खलन के कारण अनेक मैदानी मार्ग बंद हो चुके थे। प्रमयुद्ध ने हर संभव दिशा में, एक के बाद एक अपने संदेशवाहक भेजे ताकि छोटे-मोटे असुर कबीलों के मुखिया उन्हें सहायता व खाद्य आपूर्ति दे सकें परंतु एक भी संदेशवाहक वापिस नहीं लौटा। माना जाता है कि इंद्र की सेना ने उन संदेशवाहकों को आगे जाने ही नहीं दिया। और जब असुरों की सेना का मनोबल बिल्कुल ही खोखला हो चला था, तो अचानक एक ठंडी व कोहरे से भरी सुबह, इंद्र के अश्वारोही सैनिक उन पर अग्निबाणों की वर्षा करने लगे। प्रमयुद्ध की सेना एक संकरी पर्वतीय खाई के बीच फँसी थी और एक सीधी कतार में, दस मील से अधिक क्षेत्र में फैली थी।"

मैंने अपनी बात पर बल देने के लिए, नक़्शे में एक बिंदु के आसपास घेरा बनाया। "इंद्र ने अपने से अधिक संख्या में उपस्थित असुर सेना को एक संकरे पर्वतीय मार्ग के बीच घेर लिया था, जिसके एक ओर गहरी खाईयाँ तथा दूसरी ओर सीधी खड़ी तीखी चट्टानें थीं। तीव्र व चपल अश्वों पर सवार देव सेना असहाय असुर भीड़ पर अपने हल्के बाणों से वार पर वार कर रही थी। इंद्र के पास असुरों की पचास हज़ार की बलशाली सेना का सामना करने के लिए बमुश्किल पाँच सौ योद्धा रहे होंगे परंतु इसके बाद जो हुआ, वह तो खुलेआम नरसंहार था। असुरों के भारी तीर गुरूत्वाकर्षण के नियम के विरूद्ध होने के कारण उस ऊँचाई तक नहीं जा पा रहे थे, जहाँ देव सेना ने अपने लिए सुरक्षित ठिकाने बना रखे थे। वहाँ कुल्हाड़ियों, गदा व भालों का तो कोई काम ही नहीं था। असुर सेना के पास ऐसा कोई साधन नहीं था जो ऊपर से, देव सेना द्वारा लुढ़काए जा रहे भारी-भरकम विशालकाय पाषाणों की बाढ़ को रोक पाता, वे केवल प्रतीक्षा कर सकते थे कि कब कोई विशाल पाषाण, राह में अनेक व्यक्तियों को कुचलता, नीचे की ओर लुढ़कता आएगा और उनके प्राण ले लेगा। लड़ने की थोड़ी-बहुत चेष्टा करने के बाद सेना वापिस लौटने के इरादे से तितर-बितर होने लगी।"

"प्रमयुद्ध अपनी सारी भूलों के बावजूद एक वीर योद्धा था और उसने अपनी बिखरी

सेना का मनोबल बनाए रखने के लिए उन चट्टानों पर चढ़ना आरंभ किया, जहाँ देव सेना के धनुर्धरों का एक बड़ा दल तैनात था। उसने बड़ी ही तत्परता व सटीकता से कुछ तीर छोड़े और कुछ देव सैनिकों को मौत के घाट उतारने में सफल रहा। अपने राजा की ऐसी वीरता देख, अन्य असुर सैनिकों ने भी उसके पीछे आने का निर्णय ले लिया परंतु उसकी अधिकतर सेना अलोप हो चुकी थी। केवल वाराणसी का राजा ही उसके साथ था, जिसने इस अभियान को, उचित समय पर बंद करने का परामर्श दिया था। उसके अतिरिक्त, परिषद के अन्य पाँच राजा व उनकी सेनाएँ वहाँ से गायब हो चुके थे।"

"युद्ध के कारण मची भगदड़ में अनेक सैनिक कुचल कर मारे गए और कई वहाँ की खाइयों व खंदकों में जीवित ही दफ़न हो गए। प्रमयुद्ध व विभोग ने अपने कुछ हज़ार सैनिकों के साथ ऊपर पर्वत पर जा कर, बड़े ही साहस का परिचय देते हुए, युद्ध किया। यह छोटा सा दल ही देव सेना पर बहुत भारी पड़ा। इंद्र ने इस संकट को भाँपा और स्वयं युद्ध का नेतृत्व करने के लिए आगे आ खड़ा हुआ। प्रमयुद्ध और इंद्र एक बार फिर से युद्ध के मैदान में आमने-सामने थे। विभोग बड़े शौर्य से युद्धरत था और उसने प्रमयुद्ध को पीछे हटने का संकेत किया ताकि वह स्वयं युद्ध की कमान संभाल सके परंतु प्रमयुद्ध यह अवसर कैसे छोड़ देता, उसे तो पिछले द्वंद्व में इंद्र के हाथों मिली पराजय का प्रतिशोध लेना था। उसने झट से इंद्र को जा घेरा और कुछ ही समय में अपने घातों-प्रतिघातों से इंद्र को थकान से चूर कर दिया। उसकी तलवार उस दिन आग उगल रही थी परंतु देव सेना असुरों की सेना की भाँति एक घेरे में खड़ी, तलवारबाज़ी के कौशल को देख कर तालियाँ नहीं बजा रही थी। उन्हें साफ़ दिखाई दे रहा था कि उनके नेता के प्राण संकट में थे। बड़ी चतुराई से छोड़ा गया एक बाण प्रमयुद्ध की गर्दन में आ धँसा और सीधा उसके दाएँ नेत्र से बाहर निकल आया। यह देख विभोग स्तंभित रह गया और उन्हीं कुछ क्षणों का लाभ उठाते हुए, सात देव तलवारों ने विभोग के टुकड़े-टुकड़े कर दिए।"

"प्रमयुद्ध अगले कुछ क्षणों तक लड़ता रहा परंतु इंद्र ने अपनी तलवार के एक तेज़ वार से, बहुत ही मर्यादित गति से अपने विपक्षी का गला चीर दिया। उसने विजय के उल्लास में आकर जो ध्वनि उच्चारित की, उसने बाकी बची असुर सेना को प्रकंपित कर दिया। इंद्र ने विपक्षी के कटे सिर को तलवार की नोक पर उठा दिया ताकि बाकी बचे विपक्षी भी उसे देख सकें। असुर सेना सब कुछ भुला कर अँधाधुँध भागी। इंद्र ने कुछ हज़ार सैनिकों को तो भागने का अवसर दिया और फिर शेष बचे हुए सैनिकों को दुर्भाग्यवश उसके कोप का भाजन बनना पड़ा। उस दुर्भाग्यपूर्ण दिन में असंख्य योद्धा मारे गए। उस क्षेत्र से भली-भाँति परिचित देव योद्धाओं ने असंगठित असुर

सेना को पर्वतों से बाहर निकलने के लिए विवश कर दिया। जब असुर सेना, बड़े ही कष्ट सहने के बाद, मैदानी इलाक़े में पहुँची तो उनकी संख्या दो सौ रह गई थी। पर्वतीय सैनिकों ने उन्हें बुरी तरह से खदेड़ा। जो पाँच राजा युद्धभूमि से अपने सैनिक ले कर लौट गए थे, यदि वे चाहते तो लौट कर, सुसंगठित रूप से जवाबी हमला कर सकते थे। अश्वारोही देव योद्धा खुले मैदानों में थे, जहाँ असुर सेना के भारी-भरकम अस्त्र-शस्त्र उनको बुरी तरह से कुचल कर रख देते। यही कारण था कि इंद्र ने अपनी सेना को सामरिक दृष्टि से, एक सुरक्षित दूरी पर रखा, असुरों के भारी बाणों की वर्षा के पहुँच से भी परे! परंतु असुर इतने निकट थे कि देव सेना के हल्के तीरों की पहुँच के भीतर रहे। शीघ्र ही, देव सेना की संख्या में वृद्धि हो गई, अनेक शिकारी तथा असुर सेना के भगोड़े भी उनके साथ शामिल हो गए, ये कुछ इस प्रकार के लोग होते हैं, जो सदैव विजयी पक्ष का ही साथ देना चाहते हैं। चारों ओर यह समाचार प्रसारित हो गया कि असुर सेना बुरी तरह से पराजित रही और अब देव सेना, उनकी बची हुई सेना का पीछा कर रही थी। जब असुर सेना ने उत्तर की ओर कूच किया था, तो अनेक लुटेरों के दल तथा वन्य जातियाँ जो अपने छिपने के ठिकानों में जा दुबके थे, यह समाचार पाते ही, देव सेनाओं से आ मिले।"

"सबसे पहले, ढोल पीटने वालों, नर्तकियों तथा सेना के साथ घूमने वाले नाकारा दल के लोगों को देव सेना की शक्ति का सामना करना पड़ा, वे लोग तो अपनी सेना के परिणाम से अनजान, अपने घरों की ओर लौट रहे थे। पहले उन्हें असुर सेना के रोष को सहना पड़ा और फिर असुरों का पीछा कर रहे देव अश्वारोही योद्धा उन पर किसी महामारी की तरह टूट पड़े। भीड़ अनियंत्रित हो उठी और केवल कुछ सौ मूल योद्धाओं के अतिरिक्त कोई भी इंद्र के आदेशों का पालन नहीं कर रहा था। इन योद्धाओं में अधिकतर तो वे वन्य जनजातीय कबीलों के लोग तथा लुटेरे थे जो प्रत्येक गाँव में लूटपाट मचाने के लिए ठहर जाते। उन्होंने अपनी राह में आने वाले घरों पर क़हर बरपा दिया, नगरों में जी भर कर लूटपाट की, हज़ारों की संख्या में आम प्रजा को मौत के घाट उतार दिया और महिलाओं से सामूहिक बलात्कार किया। शीघ्र ही, पराजित असुर सेना के नगर में पहुँचने से पूर्व ही, बड़े नगरों के नागरिकों में भी भगदड़ मच गई। यह तो मानो एक प्रकार का मानव आपदा थी और चारों तरफ दंगे होने लगे। पूरे देश में एक प्रकार की अस्त-व्यस्तता का साम्राज्य हो गया और मुट्ठी भर बर्बर अत्याचारियों ने क़हर ढा दिया।"

"असुर सेना ने भी इसी भगदड़ के बीच, देव सेना के हाथों बंदी बनने से पहले, नगरों में विध्वंस करना आरंभ कर दिया। वह नगरों को आग की लपटों के हवाले करने लगी। छोटे नगरों में रहने वाले लोगों ने स्वयं ही हथियार उठा लिए ताकि वहाँ आतंक

मचा रही असुर सेनाओं से लोहा ले सकें। इस प्रकार एक भयंकर गृहयुद्ध आरंभ हो गया।"

"चारों ओर यह अफ़वाह फैल गई कि पाँचों असुर राजा देवों से जा मिले थे और उन्होंने शक्तिशाली प्रमयुद्ध सहित अन्य पाँच राजाओं का वध कर दिया था। शीघ्र ही असुर राज्य परस्पर संघर्ष करने लगे जबकि देवों की शक्ति व बल में दिन दूनी रात चौगुनी वृद्धि हो रही थी। असुरों से हुए इस संघर्ष के पश्चात इंद्र की मान-मर्यादा में आशातीत वृद्धि हुई थी। शीघ्र ही अन्य घुमंतू देव झुंड भी उनसे आ मिले, जबकि असुर सेनाएँ दिन ब दिन दुर्बल हो कर बिखरती चली गईं।"

"एक महान साम्राज्य को नष्ट होने में केवल सात माह का समय लगा, एक ऐसा साम्राज्य जिसे परिपक्वता की अवस्था तक आने में हज़ारों वर्षों का समय लगा था। जब इंद्र पूरी तरह से आश्वस्त हो गया कि असुर साम्राज्य दुर्बल हो चुका था तो उसने असुरों के संरक्षित अस्तित्व के परखच्चे उड़ा देने का निर्णय ले लिया। यह युद्धकला तथा शासनकला की शिक्षा पा रहे छात्रों के लिए एक बहुत बड़ा पाठ है कि उन्हें किसी भी विजित क्षेत्र के साथ कैसा व्यवहार करना चाहिए। कोई भी सभ्यता अपने द्वारा निर्मित देवालयों, अपने द्वारा तैयार करवाए गए ग्रंथों, अपने यहाँ संरक्षित कलाकारों व वास्तुकारों तथा अपने द्वारा निर्मित नगरों आदि पर गर्व अनुभव करती है। किसी भी विजेता का पहला कर्तव्य यही बनता है कि वह सभ्य अस्तित्व के इन प्रमाणों को चूर-चूर कर दे, उनका नामोनिशान तक मिटा दे। इंद्र ने बहुत ही ख़ूबसूरती से यह कार्य संपन्न किया। उसने यथासंभव विनाश व विध्वंस का चक्र चलाया। उसने पुस्तकालयों को जला कर राख कर दिया, कवियों तथा वास्तुकारों का बर्बरतापूर्वक वध करवा दिया, मंदिरों को रौंद कर रख दिया और स्त्रियों व बच्चों पर मनमाने अत्याचार करवाए। शीघ्र ही असुरों की सारी बहुमूल्य थाती नष्ट हो गई। और यहीं से मूल इंद्र को *'पुरेंद्र'* अथवा 'नगरों का हत्यारा' कहा जाने लगा। इसके बाद सभी असुर तत्काल भूमिगत हो गए और उनकी ओर से यदा-कदा ही विद्रोह के स्वर उठते दिखाई देते थे, परंतु उनमें से अधिकतर अप्रभावी ही रहे। इंद्र ने असुर सभ्यता के कंकालों को आधारशिला बनाते हुए, अपने साम्राज्य की नींव रखी। लगभग 300 वर्ष तक, पूरा देश इंद्र के शासन के नियंत्रण में रहा।"

"इस काल के दौरान, मैदानी इलाक़ों ने देवों को सौम्य बना दिया। एक बार फिर से कला व सभ्यता अपने चरमोत्कर्ष पर आ गए और देव अपनी प्रचंडता भुला बैठे। वे भी सुख-सुविधा तथा विलासिता के दास हो गए। अनेक महान नगरों का निर्माण हुआ, यद्यपि वे असुरों द्वारा निर्मित नगरों से कहीं हीन थे। दूसरे इंद्र के शासनकाल

में परस्पर विलयन व मेलजोल की प्रक्रिया आरंभ हुई। असुरों के सर्वोच्च देव, शिव को देवों ने भी अपने देव के रूप में स्वीकार लिया। असुर जाति के महान गुरू, ब्रह्मा जी भी, एक देवता के रूप में स्वीकारे गए। इसके बाद आने वाले इंद्र सम्राट बहुत दुर्बल थे और वे शीघ्र ही विष्णु के हाथों का खिलौना बन कर रह गए, जो इंद्र तृतीय की सेना का प्रमुख सेनापति था। ग्यारहवें इंद्र के शासनकाल के अंत तक, विष्णु का वंश ही सही मायनों में राज्य पर शासन कर रहा था और इंद्र केवल नाममात्र के ही सम्राट रह गए थे। जैसे कि असुर जाति के शिव राजाओं के साथ हुआ, वे हिमालय के ऊपरी क्षेत्रों में, कैलाश के समीप छोटी सी शक्ति बन कर सिमट गए थे। यह सब दस राजाओं के शासन से बहुत पहले की बात है।"

"विष्णुओं ने इंद्र के नाम पर लगभग सात सौ वर्षों तक राज-काज का संचालन किया। वे इंद्र के नाम तथा देवों की सभ्यता के संरक्षण में सफल रहे और ब्राह्मणों ने सामाजिक व्यवस्था के संरक्षकों के रूप में उनकी जयजयकार बनाए रखी। शीघ्र ही, विचारों को एक कौतूहलपूर्ण मिश्रण सामने आया। ज्ञान का मूल स्वामित्व रखने वाले ब्रह्मा 'सर्जक'; विष्णु तंत्र के 'पालक' तथा शिव को 'संहारक' के रूप में जाना जाने लगा। यह भी कैसी विडबना थी कि इंद्र के स्थान पर साम्राज्य का निर्माण करने वाले शिव को ही संहारक की उपाधि दे दी गई। वे भारत के तीन देव थे – त्रिमूर्ति। इन परिवारों के पहले सदस्यों को ईश्वर की उपाधि दी गई और वे आज भी देवों द्वारा बड़े ही आदर भाव से पूजे जाते हैं। हम शिव तथा पहले ब्रह्मा को भी ईश्वर के रूप में स्वीकार करते हैं परंतु ब्राह्मण इस बात पर बल देते हैं कि देवों के सेनाधिपति तथा देव राज्य के सेवक विष्णु को भी सर्वोच्च देव के रूप में मान्यता दी जानी चाहिए। ऐसा करना लगभग असंभव है। असुरों के बीच अनेक महान विद्रोही सामने आए, जो विष्णु को मान्यता नहीं देते थे। हिरण्य भ्राताओं तथा महाबलि जैसे महान व्यक्ति, अल्प काल के लिए एक विस्तृत असुर साम्राज्य की स्थापना करने में सफल भी रहे परंतु बाद के वर्षों में, जिस प्रकार असुर साम्राज्य दस राज्यों में विभाजित हो गया था, उसी प्रकार देव साम्राज्य भी अनेक छोटी रियासतों व जागीरों की भेंट चढ़ गया।"

"जब कोई साम्राज्य बिखर कर, छोटे-छोटे राज्यों व जागीरों में बदल जाता है तो हमें जान लेना चाहिए कि एक नए साम्राज्य के निर्माण का समय हो गया है। जब मध्य भारत में बाली जैसे वर्णसंकर तथा सह्य पर्वत श्रेणियों में कार्ती वीरार्जुन जैसी आदिम जातियाँ, देव साम्राज्य में से बड़े-बड़े राज्यों का निर्माण करने में सफल हो जाएं तो हमें जान लेना चाहिए कि इतिहास का एक चक्र पूरा होने को है। इंद्र के पास बलशाली परंतु विभाजित असुर साम्राज्य को पराजित करने के लिए छोटी सी सेना थी। मैं आशा करता हूँ कि आप सबने उस भयंकर युद्ध की घटना से कुछ सबक ले

लिए होंगे, जो हमारे अपने लोगों के पतन का कारण बनी। अब समय आ गया है कि हम विपक्षियों को मुँह तोड़ ज़वाब दें।"

"आप लोग यह याद रखें कि शक्तिशाली विष्णु परिवार भी आपसी संघर्षों के चलते दुर्बल हो गया है और केवल एक छोटा सा दल ही उल्लेखनीय है, जो सरयू नदी के किनारे स्थित अयोध्या राज्य पर शासन कर रहा है। तो हमें तब तक अपना यह संघर्ष जारी रखना होगा जब तक हमारे पास पर्याप्त संख्या में अश्व तथा सेनाएँ नहीं हो जाते। तब हम इन देवों को दिखा देंगे कि वे इतिहास से मिले पाठों को भुला बैठे हैं।"

यद्यपि हमारे सम्मुख खड़ी भीड़ के लिए यह व्याख्यान काफ़ी बोझिल हो गया था। बेहतर तो यही होता कि उन्हें छोटे व स्पष्ट आदेश दिए जाते ताकि वे उन पर आसानी से अमल कर सकते, इतिहास की हजम न होने वाली खुराक से उनका कोई लेना-देना नहीं था। मुझे इस बात की निराशा थी कि किसी ने भी मेरी बात का विरोध नहीं किया था और न ही इतने लंबे संबोधन के बीच कोई सवाल उठाया था।

मैंने अपने भावी योद्धाओं को दोपहर के भोजन के लिए जाने का आदेश दे दिया। फिर मैं अपने भाइयों तथा रिश्ते के अन्य भाइयों के साथ उस वटवृक्ष के तले जा बैठा, जो उस मैदानी इलाक़े से दूर नहीं था, जहाँ हमारे भावी सैनिक आमोद-प्रमोद मनाने व अपशब्दों से भरे द्विअर्थी चुटकुले सुनाने में मग्न थे। हमने पिछले कुछ दिनों से चली आ रही चर्चा को फिर से उठा लिया। हमें अपने अभियान का आरंभ कहाँ से करना चाहिए?

8 महाराज

मैं इस व्यक्ति को तब से देखता आ रहा हूँ, जब से यह सुमाली के साथ आया है, हालाँकि इसमें ऐसी कोई ख़ासियत नहीं कि इस पर ध्यान दिया जाए। वह निम्न श्रेणी के उन सैनिकों में से एक था, जो किसी भी सेना के लिए अनिवार्य तो होते हैं, परंतु प्रायः उन्हें बिना किसी आभार के भुला दिया जाता है। वह सदा मेरे पास आने का प्रयत्न करता रहता। वह सचमुच कुछ कहना चाहता था। मैंने उसे पास बुला कर कहा कि वह क्या चाहता था। मुझे कई सप्ताह पूर्व ही ऐसा कर लेना चाहिए था परंतु मैंने ही यह निर्णय भी लिया था कि सेना के उच्च अधिकारियों व निम्न श्रेणियों के सैनिकों के बीच एक दूरी बनी रहनी चाहिए। पहले-पहल, हम तीनों भाई, सारे सेनापतियों के साथ मिल कर मदिरापान करते। पर अब मैं इस तरह की यारी-दोस्ती के प्रदर्शन से असहज अनुभव करने लगा था।

यह परिवर्तन तब आया जब मेरे संबंधी अपने सैनिकों के दल के साथ, हमारे पास आ गए और इस तरह शक्तिशाली असुर सेना और भी बलशाली हो गई। मेरे मामा सुमाली यह सुनिश्चित कर लेना चाहते थे कि हम राह चलते ठगों का दल नहीं, बल्कि एक सेना का गठन करें। वे इस विषय में हमसे काफ़ी लंबी चर्चाएँ करते आ रहे थे। संभवतः यह असुरों की सबसे बड़ी दुर्बलता हो सकती है - बात को लंबा खींचते हुए बहस करने की प्रवृत्ति! उन्होंने मेरे दिमाग़ में निरंतर यही बात बैठाने का भरसक प्रयत्न किया कि यदि मैं अपनी सेना में अनुशासन लागू करना चाहता था, तो मुझे पदानुक्रम को मान देना होगा। पदानुक्रम को मान देने के लिए यह आवश्यक था कि मैं पहले उसे उत्पन्न करता। मैंने बहुत शीघ्र सब कुछ सीख लिया और इसके बाद बाकी लोगों को हेय दृष्टि से देखने लगा, लोग विनीत भाव से मेरे इस व्यवहार को ग्रहण करने लगे थे।

वह गहरे रंग का नाटा व गठीला युवक मेरी ओर आया, बड़े ही आदर से झुक कर प्रणाम किया और खानपान की सामग्री निकट ही रख दी। मैं उसके चेहरे की ओर नहीं देखना चाहता था। मुझे भय था कि कहीं मैंने उसके चेहरे को ज़्यादा ध्यान से देख लिया तो उसके चेहरे पर छिपे हेय तथा घृणित भावों को पहचान लूँगा, जिन्हें वे अपनी अर्थहीन चाटुकारिता व अत्यधिक बचाव की प्रवृत्ति के साथ छिपाए डोलते हैं। वह कुछ देर तक मेरे समीप ही खड़ा रहा और जब मैंने उसकी उपस्थिति को उपेक्षित किया, तो वह मौन भाव से, कक्ष से बाहर हो गया। मैं इस विषय में इतना चिंतित क्यों था कि वे मेरा आदर करते थे या नहीं? मैंने उस भद्दे से दिखते इंसान को अपने दिमाग़ से परे झटकने के बाद, सेना के संगठनात्मक ढाँचे में अपना ध्यान एकाग्र करना चाहा।

हम दस अधिकारियों की परिषद के लिए सहमत हो गए थे जिसमें मेरे मामा प्रहस्त, सुमाली, मारीच, जम्बूमाली, पूर्वी लंका मोती द्वीपों के सुयोग्य राज्यपाल तथा हम तीनों भाई सम्मिलत थे। उनमें रुद्रक भी शामिल था, जो कि महाबलि के कुलीन रक्षक वर्ग का एकमात्र जीवित प्राणी था, जब वामन विष्णु ने सम्राट पर आक्रमण किया था तो वह एक भिक्षुक के वेष में वहाँ से बच निकला था। महाबलि की सेना का आपूर्ति व वितरण प्रमुख धुम्राक्ष तथा महाबलि की सेनाओं का सेनापति वज्रधमस्त्र भी हमारे साथ था। इसके अतिरिक्त अनेक कनिष्ठ अधिकारी थे, जिन्हें छोटी इकाईयों के संचालन का कार्य भार सौंपा गया था। मेरे मौन ने यह सुनिश्चित कर दिया था कि मुझे प्रमुख सेनापति के रूप में चुना जाए। जब मुझे इस पद को मिलने के बाद प्रसन्नता व शांति का अनुभव हुआ, तभी मैंने जाना कि मैं इस पद को पाने के लिए भीतर ही भीतर कितना व्यग्र था। मैंने प्रहस्त व वज्रधमस्त्र की ओर से थोड़ी सी सुगबुगाहट अनुभव की परंतु वे तथा दूसरे लोग भी यह जानते थे कि वे इस पद के उपयुक्त दावेदार नहीं थे। छह वर्षों के परिणामहीन युद्ध के बाद, सैन्य दल निरुत्साहित थे इसलिए वे सब निराश हो चुके थे और उन्होंने इस सारी व्यवस्था को भलेमानुषों की तरह स्वीकार कर लिया।

मौन प्रस्ताव यह पारित हुआ था कि प्रत्येक निर्णय मतदान के बाद ही लिया जाएगा और मुझे एक प्रमुख के रूप में मान्यता दी जाएगी। हम असुरों को अभी, देवों की तरह राजनीतिक प्रशासन के उच्चतम स्तरों तक जाने में काफ़ी समय लगने वाला था। यही वह क्षेत्र था, जिसमें मैं देवों की नकल करना चाहता था, जिनके पास सुस्पष्ट राजनीतिक प्रशासन था, जहाँ राजा या नरेश ही सर्वश्रेष्ठ शासक माना जाता था। वह अपने-आप में एक दैवी अवतार, धरती पर जीवित ईश्वर का प्रतिरूप होता और वही अपनी प्रजा के हित-अहित के लिए निर्णय लेता। इसका लाभ यह होता कि

निर्णय बड़ी शीघ्रता से लिए जाते और फिर उनके क्रियान्वयन में भी समय नहीं लगता था। इस पद्धति की हानि यह थी कि यदि शासक सुयोग्य न हो तो बुरे निर्णयों को भी कार्यरूप लेने में विलंब नहीं होता था जिससे पूरे राष्ट्र को कुपरिणाम भुगतने पड़ सकते थे। जब हम असुर, युद्ध के दौरान भी, अपनी परिषद द्वारा निर्णय लिए जाने की प्रतीक्षा में थे, तब तक देवों ने हमसे हमारा साम्राज्य छीन लिया था।

जो भी हो, मेरे द्वारा कल्पित दिव्यता, जिसे मैंने इन दिनों सच मानना आरंभ कर दिया था, मेरे और उस गहरे रंग के नाटी देह वाले युवक की बीच बाधा बनी खड़ी थी। मैं भ्रमित था और इस विषय में सुमाली से चर्चा करना चाहता था। वह युवक कोई गुप्तचर भी तो हो सकता था। वह किसी गिद्ध दृष्टि से एक-एक चीज़ व घटना को परख रहा था और मैंने उसे प्राय: अपने लिए ऐसे कामों का चुनाव करते देखा था, जिससे वह हमारी परिषद चर्चाओं के बीच आसपास बना रह सके।

मैं अपने ही गहन विचारों में मग्न था और लंका पर भावी आक्रमण के लिए कोई ठोस योजना नहीं बना पा रहा था। मैं इस तनाव तथा दबाव को महसूस कर सकता था और मुझे अपने मन को शांत करने के लिए, अपने आसपास किसी व्यक्ति की आवश्यकता थी जिस पर चीख़-चिल्ला कर अपनी कुंठा निकाली जा सके। मैंने बड़ी अधीरता से कहा कि हमें मेरे सौतेले भाई कुबेर से लंका छीन लेनी चाहिए। अब मुझे एहसास होता है कि उस बात में कोई तुक ही नहीं थी।

"श्रीमान! क्या मैं कुछ कहूँ?" उस गहरे रंग के नाटे व गठीले युवक ने यह वाक्य बोल कर मुझे झुंझलाहट से भर दिया। यह तो वही था जो पिछले कई दिनों से अपनी गिद्ध दृष्टि से मेरा पीछा करता आ रहा था।

"तुम क्या चाहते हो? क्या तुम्हारे पास करने के लिए इससे कोई बेहतर उपाय है?" मैं अपनी ही रुक्षता पर चकित था। वह वहीं खड़ा रहा। उसकी आँखें मेरी आँखों से टकराईं। मैं उससे लंबाई में काफ़ी बड़ा था पर वह मुझे समान भाव से देख रहा था। उसकी आँखों में न तो कोई धमकी थी और न ही कोई भय! मैंने प्रतीक्षा की कि कब वह अपनी निगाहें नीची करेगा और अपने पाँव की अँगुलियों को एकटक ताकेगा परंतु मेरे सामने खड़े उस व्यक्ति में तो लेशमात्र भी घबराहट का चिन्ह न था।

उसके भीतर कुछ ऐसा चल रहा था, जो बाहर आना चाहता था। वह एक ऐसा व्यक्ति था जो अपने भावों को नियंत्रित कर सकता था और आसपास के माहौल में बख़ूबी घुल-मिल सकता था। वह घास में लेट कर किसी विषैले सर्प की तरह घात लगा सकता था ताकि बिना किसी आहट या आवाज़ के, पूरी निर्दयता के साथ अपने शत्रु

पर भयंकर प्राणघातक विष की वर्षा कर सके। उसकी आँखें चमक रही थीं और वह मुझे टकटकी बाँधे देख रहा था। मैं अकस्मात् ही भयभीत हो उठा।

मेरे हाथ अपनी खड्ग की मूठ पर कसे थे ताकि उस विषैले भुजंग के हरकत में आते ही तत्काल प्रत्युत्तर दे सकूँ। उसने बिना किसी चेतावनी के, अचानक ही मेरे चरणों में गिर कर, मुझे बुरी तरह से चौंका दिया। मैं क्रोधित होने के साथ-साथ विश्रांत भी हो उठा। क्रोध इस बात का था कि उसने भी उसी असुर व्यवहार का परिचय दिया था जो बड़ी सरलता से किसी का भी आधिपत्य स्वीकार कर लेते हैं। सुकून इस बात का था कि मुझे ऐसे आदिम बल से संघर्षरत नहीं होना पड़ेगा। उस व्यक्ति के व्यवहार में एक अलग तरह का अपरिष्कृत, अनाड़ी व अनूठा सा भाव था। वह प्रकृति का मौलिक बल था, धरती का आदिम पुत्र! वह एक साधारण मुनष्य था व यही तथ्य उसे असाधारण बनाता था।

"महाराज! मेरे राजन्, मेरा विश्वास करें; मैं इस धरती पर जन्मे किसी भी मनुष्य की तुलना में कहीं बेहतर सेवाएँ प्रदान करूँगा। मैं आपके लिए अपने प्राणों तक का बलिदान कर दूँगा। मुझे अपना दास बना लें। मैं जानता हूँ कि आप ही हमारे मुक्तिदाता हैं। आप ही ईश्वर की ओर से भेजे गए, वे असुर-राज हैं जो हमारी असुर जाति को देवों के पंजों से छुड़ाने आए हैं।" वह अचानक ही सुबकियाँ भरने लगा, जिससे उसकी देह रह-रह कर काँप उठती। मैं भावों के इस अकस्मात् हुए विस्फोट के बारे में सोचते हुए, ग्लानि से, सिर झुकाए खड़ा था। उसने मेरी टाँगें जकड़ रखी थीं। मैं नहीं जानता था कि मुझे कैसी प्रतिक्रिया देनी चाहिए या क्या कहना चाहिए। मैंने तो ऐसे किसी व्यवहार की अपेक्षा तक नहीं की थी। तभी मैंने प्रहस्त को हमारी ओर, हाथ में तलवार लिए आते देखा। मैंने उसे अपनी अँगुली के संकेत से मना कर दिया। यह देख कर आश्चर्य हुआ कि किस तरह गर्वीला प्रहस्त भी अचानक ही मेरे छोटे से संकेत को समझ कर वहीं थम गया था।

कितने आश्चर्य की बात थी! यदि और अधिक व्यक्ति इस तरह मेरे पाँवों पर गिरने लगेंगे, तो मुझे न केवल इन बातों में रस आने लगेगा अपितु मैं अपने लिए ऐसे ही व्यवहार की निरंतर माँग भी करने लगूँगा। प्रारंभिक दया का आवेग शांत हो चला था और इसके स्थान पर, मेरे पैरों में गिरे उस असहाय व्यक्ति के लिए मेरे मन में, स्नेह मिश्रित घृणा का भाव मुखरित हो गया था। मैं अनुभव कर सकता था कि वह पूरी तरह से मेरी शक्ति के अधीन था। मैं उसे ठोकर मार सकता था, उसे घसीट सकता था और यहाँ तक कि उसका सिर भी धड़ से विहीन कर सकता था। और कोई अँगुली तक उठाने का साहस न करता। मैं भयभीत भी था। मेरा क्या होगा? इस तरह

की शक्ति, राजा के लिए उत्तरदायित्व के बोझ के रूप में आती है; उसे अपनी प्रजा के दुख–दर्द को सुन कर, उनकी समस्याओं के हल निकालने होते हैं। मैं यही करूँगा। मैं इस दुनिया का सबसे दयालु राजा बनूँगा।

मैंने उसे अपने हाथों से उठाया और उसके चेहरे को ताका। उसकी आँखें लाल हो गई थीं और मैं देख सकता था कि यह भावनाओं का झूठा प्रदर्शन नहीं था।

"मैं तुम्हारे लिए क्या कर सकता हूँ?" मैंने अपने स्वर को भरसक दयालु बनाते हुए पूछा व सोचने लगा कि कहीं मेरी आवाज़ एक राजा होने के नाते अधिक भारी तो नहीं हो गयी थी।

"महाराज! हम इसी विषय में बात कर रहे हैं कि आप असुरों के सम्राट बन जाएँ। हम शीघ्र अतिशीघ्र आपको सिंहासन पर विराजमान देखना चाहते हैं। खेमे के सभी सिपाहियों का मानना है कि आप महाबलि के सच्चे उत्तराधिकारी हैं और हम चाहते हैं कि आप हमारा नेतृत्व करें। मैं उन सभी सैनिकों का प्रतिनिधि बन कर आया हूँ, जो आपकी सफलता हेतु जीने व मरने को तत्पर हैं।"

"तुम जानते हो कि मैं तुम्हारा सेनापति हूँ और जिस तरह तुम इस काम के लिए जीने–मरने को तैयार हो, मैं भी ऐसा ही करना चाहता हूँ।"

मेरा सुर हल्का तीखा था हालांकि मुझसे मेरा उत्साह छिपाए नहीं छिप रहा था। असुर सेना के सभी लोग मुझे अपने राजा के रूप में देखना चाहते थे। परिषद यह सोच सकती थी कि अभी इतना बड़ा उत्तरदायित्व लेने के लिए मेरी आयु बहुत कम थी परंतु मेरे सैनिक मेरा नेतृत्व चाहते थे और मेरे लिए यह बात बहुत महत्त्व रखती थी। मैं यह सोच कर व्याकुल था कि मैं परिषद प्रमुख के रूप में अपनी सेवाएँ देने की हामी दे चुका था। अब यह सुंदर युवक मुझे एक राजा के रूप में संबोधित कर रहा था और केवल 'श्रीमान' कह कर ही नहीं पुकार रहा था, जैसे सैनिक असुर सेना के वरिष्ठ अधिकारियों को पुकारते हैं। मैं मन ही मन मुदित था परंतु मैंने प्रहस्त के चेहरे पर विस्मित भाव देखा और उसे अपने दिमाग़ में बैठा लिया।

"मेरे महाराज! हम चाहते हैं कि आप हमारे राजा बनें। हम परिषद के लिए बहुत युद्ध कर चुके हैं। हम हर बार पराजित ही होते आए हैं क्योंकि परिषद में कोई न कोई राजद्रोही निकल ही आता था। हम अपने लिए एक ऐसा राजा चाहते हैं, जैसे देवों के सम्राट होते हैं, एक ऐसा राजा जो असुरों पर शासन करने के लिए उपयुक्त हो तथा लंका से ले कर गांधार तक, पूरे देश पर शासन चला सके। हम अपने लिए एक ऐसा राजा चाहते हैं जो महाबलि के शासन का प्रतिस्पर्धी हो। महाराज! हमारे लिए इस

महान स्वप्न से बड़ी प्रेरणा कोई हो ही नहीं सकती। महाराज, आप जो असुर साम्राज्य निर्मित करने जा रहे हैं, हम बड़ी प्रसन्नता से उसके लिए अपने प्राणों का बलिदान कर देंगे।"

"हमें परिषद में इस विषय में विचार करना होगा। तुम्हारा नाम क्या है?"

"महाराज! मैं भद्र हूँ। मैं पूर्णा नदी के किनारों पर रहने वाला भद्र हूँ। महाराज! हम आपके निर्णय की प्रतीक्षा करेंगे। कृपया मेरी धृष्टता के लिए क्षमा प्रदान करें परंतु हमारे पास इसके सिवा कोई विकल्प नहीं था।" वह मेरी ओर से पीठ मोड़े बिना, उसी तरह पीछे हटता चला गया, जिस प्रकार किसी राजा को आदर-मान दिया जाता है।

प्रहस्त आगे आया व मेरे कंधे पर अपना हाथ रख दिया। "चलो परिषद की सभा बुलाएँ।" उसके स्वर में बड़ी निष्ठुर कठोरता थी परंतु मुझे भी कहाँ परवाह थी। मेरे कानों में तो सिपाहियों के खेमे से उठ रहे नारे प्रतिध्वनित हो रहे थे।, *'महाराज रावण की जय हो!'*

"सभा निरस्त की जाती है।" मैं प्रहस्त के भौंचक्के पड़ गए चेहरे को देख कर मुस्कराया व बोला, "तुम मेरे प्रधानमंत्री हो।"

मैं प्रहस्त को विचार करने का समय देने के लिए वहाँ से बाहर आ गया। अंदर ही अंदर, मैं अनुभव कर रहा था कि मुझे खिलौना बना कर नचाया जा रहा था। मैंने खेमों पर नज़र डाली तो पाया कि भद्र अपने सिपाहियों के बीच उल्लास के वे क्षण बाँटने के बाद, अकेला खड़ा शून्य में ताक रहा था। उसके मुख के कोनों पर विजयी मुस्कान के चिन्ह थे। हमारी नज़रें मिलीं व उसकी मुस्कान लुप्त हो गई। वह नीचे की ओर झुका। मैं राजसी ठाठ से खेमे के पास से निकल गया। मुझे अभियान आरंभ करने से पूर्व अपनी माँ व बहन को पास बुलाना था। उस रात मैं स्वप्नविहीन निद्रा की गोद में समाया तो मेरे मस्तिष्क में केवल यही विचार मँडरा रहा था।

9 प्रिय मारीच

रावण

मैंने उन्हें अपने मामा मारीच के साथ आते देखा। मेरी बहन बड़ी हो चली थी; उसे सही मायनों में सुंदर तो नहीं कह सकते परंतु उसके भीतर बहती ऊर्जा को भी कोई उपेक्षित नहीं कर सकता था। मैं अपने मंत्रियों की परिषद के साथ सभा में उपस्थित था। यद्यपि अब यह कोई लोकतांत्रिक संगठन नहीं रहा था पर मैं इस बात का ध्यान रखता था कि उनके मत भी सुने जाएँ। यह एक पहेली थी और प्रत्येक व्यक्ति को यह भली-भाँति विदित था कि मेरी ही बात अंत तक मानी जाएगी परंतु किसी भी विषय पर जब असुरों को बहस व चर्चा का विषय मिल जाता था तो उन्हें उसी से संतुष्टि हो जाती थी।

सभा बीच में ही रोक दी गई तथा प्रत्येक व्यक्ति अपने स्थान से उठ खड़ा हुआ। मेरे वृद्ध मामा मारीच मुस्करा रहे थे और हमें देख कर हाथ हिला रहे थे। उनकी जुड़वाँ संतानें उनके पीछे लड़खड़ाती चल रही थीं, और उनके साथ मामी आ रही थीं जो दिखने में अब भी किसी सुंदरी से कम नहीं थीं। मेरी माँ व बहन उनके पीछे थे और वे सब इस प्रतीक्षा में थे कि हम अपनी महत्त्वपूर्ण सभा को रोक दें ताकि वे हमारे समीप आ सकें। विभीषण तो माँ की ओर ऐसे पिल्ले की तरह दौड़ा, जिसने हाल ही में अपनी खोई हुई माँ को खोज लिया हो, वह आनंदातिरेक से चिल्ला रहा था। मैं भी भाग कर अपनी माँ व बहन को बाँहों में भरने के लिए अकुला उठा, परंतु मैं इस विषय में निश्चित नहीं था कि ऐसी परिस्थिति में एक राजा को किस तरह पेश आना चाहिए। कुंभकर्ण विभीषण के पीछे भागा और वे दोनों जुड़वाँ इस तरह चीख़ते-चिल्लाते हुए उसकी ओर बढ़े कि वनों के झुरमुट में चहचहाते पक्षी भी डर के मारे तितर-बितर हो

गए। मैं एक राजा की भाँति यथोचित मर्यादा के साथ लंबे डग भरते हुए आगे बढ़ा। मेरे साथ, मेरे मामा प्रहस्त व हमेशा मस्तक पर त्यौरियाँ सजाए घूमने वाले मामा सुमाली भी थे

"आप लोगों को मार्ग में किसी प्रकार की असुविधा तो नहीं हुई?" प्रहस्त के पास भावुक अभिवादनों व बातचीत के लिए समय नहीं था।

"केवल राह में वरुण के कारण परेशानी आई परंतु हमने उसे एक छोटा सा उपहार दे कर संभाल लिया।"

"इसने सुलक्षणा का मोतियों वाला हार उन समुद्री लुटेरों को दे दिया। उसने उस संघ में सात वर्ष के कड़े परिश्रम के बाद वह कंठहार बनवाया था।" मेरी माँ के सुर से स्नेह छलक रहा था। मारीच मामा ने कंधे झटके मानो कहना चाहते हों कि उन समुद्री डाकुओं को मोतियों वाला हार का दिया जाना कोई बहुत बड़ी बात नहीं थी। मैंने उनके चरण स्पर्श किए और उनके गले से लग गया।

"तो तुम राजा बन गए हो, हम्म्म?" मामा ने मेरी पीठ पर कस कर धौल जमाया। मैं वहाँ खड़ा किसी ऐसे बालक की तरह दाँत निपोरता रहा, जिसने हाल ही में मौखिक परीक्षा में अच्छे अंक पाए हों।

"अब हमें तुम्हारे लिए एक राज्य भी खोजना होगा।"

सैनिक दिल खोल कर हँसे और मैंने भी अपने चेहरे की मुस्कराहट बनाए रखने का भरपूर प्रयास किया। उनकी हास्यप्रियता से दिल को चोट लग सकती थी, पर क्या करूँ, मैं इस बूढ़े को दिल-जान से चाहता जो हूँ। हमें अच्छी तरह से स्मरण है कि जब हम किशोर थे तो, मेरे मामा-मामी हमारे जीर्ण-शीर्ण झोंपड़े में अपने दो बच्चों के साथ आए थे, जो अभी मुश्किल से कुछ ही सप्ताह के रहे होंगे। ये उन कठोर वर्षा के तूफ़ानी दिनों में से एक दिन था, जब हम कातर भाव से शिव से प्रार्थना किया करते थे कि वे हमारे उस एकमात्र आश्रय को तूफ़ान सहने की शक्ति दे दें। वे दोनों थकान से चूर व पस्त दिख रहे थे, मेरे मामा फटेहाल थे, माथे पर पट्टी बँधी थी और एक बाजू को खपच्ची से बाँधा गया था। मेरी मामी मरणासन्न अवस्था में होने के बावजूद, बड़े ही स्नेह से मुस्करा रही थी। उन दोनों ने एक-एक बालक को अपनी बाँहों में थाम रखा था। बिना कुछ कहे सब समझ जाने वाली मेरी माँ आगे बढ़ी और उनकी थकी हुई भुजाओं से दोनों बालकों को ले लिया। हमने अपनी अपर्याप्त *काँजी* को उनके साथ बाँटा और वे सारी रात बेसुध सोए रहे।

वे बालक अभी इतने दुर्बल थे कि ठीक से रो भी नहीं पाते थे, परंतु मुझे याद है कि माँ को उनके लिए दूध की चिंता सताने लगी थी। मेरी मामी की आयु इस योग्य नहीं थी कि वे संतानों को जन्म दे पातीं और हमें पूरा विश्वास था कि उन्होंने वे बालक कहीं से गोद लिए थे। मेरे मामा-मामी अपना राज्य छिन जाने के बाद, हमेशा से ही निर्धन रहे थे, यद्यपि उनकी दयालुता ने अब भी उनका साथ नहीं छोड़ा था। हम गाँव में किसी भी ऐसे व्यक्ति को नहीं जानते थे, जो अपना दया भाव दर्शाते हुए, हमें थोड़ा दूध उधार दे देता। हमारे पड़ोसी इतने निर्धन थे कि वे गाय नहीं पाल सकते थे और दूध तो उनके लिए भी किसी विलासिता से कम न था। हमेशा की तरह, इस बार भी कुंभकर्ण ने उपाय खोज निकाला। हमने उस व्यक्ति के यहाँ से दूध चुराने का निर्णय लिया, जो केवल एक नहीं बल्कि सैकड़ों गौओं का स्वामी था। यह काम कठिन चाहे हो परंतु असंभव नहीं था। इस मुहिम में छिपे संकट ने इसे और भी रोमांचक बना दिया। हालाँकि विभीषण बेमन से ही राजी हुआ था क्योंकि उसे भय था कि कहीं हम उसे कायर न कहें, जो कि वह निश्चित रूप से था। जब हमने कुबेर की गौशाला में चारदीवारी कूद कर जाने की बात की तो वह वहीं खड़ा रह कर पहरेदारी करने के लिए मान गया ताकि कोई ख़तरा होने पर, हमें संकेत दे कर चेता सके। वहाँ घना अंधकार छाया था और हम दूध दुहने के लिए कोई गौ तलाश रहे थे। हममें से किसी को भी पहले गाय का दूध दुहने का अभ्यास नहीं था। यह एक बुरा उपाय लगने लगा था और अब हम उस स्थान से अति शीघ्र बाहर निकलना चाहते थे। कोई बाहर से खाँसा और हमारे कलेजे उछल कर मुँह को आ गए। हमने एक हल्की सी सीटी का स्वर सुना और बुरी तरह से भयभीत हो गए। वह विभीषण था जो हमें बता रहा था कि उस ओर कोई आने वाला था। हम भागे पर अपने होशो-हवास खो बैठे। गौएँ जाग कर रंभाने लगीं। मशालें जला दी गई थीं। वे सभी गौशाला की ओर बढ़े आ रहे थे। हम किसी तरह बाहर आए और वहाँ आकर पाया कि हमें महल के रक्षकों ने घेर लिया था। हम लड़े और उनमें से दो को धराशायी भी कर दिया, पर जल्दी ही हम उनके कब्ज़े में थे। उन्होंने हमें बाँध दिया और फिर हमें पीटा गया। उन्होंने हमें लाठियों से पीटा; उन्होंने कुंभ का एक दाँत तोड़ दिया; और हमें मशालों से दागा गया। हम अपनी यातना आरंभ होने पर, कुछ क्षणों के लिए तो दम साधे रहे पर उसके बाद ज़ोर-ज़ोर से चिल्लाने लगे। अगला दिन निकलने तक हमारी पिटाई जारी रही।

जब मैं जागा तो मेरे चेहरे पर रक्त की परतें जम गई थीं व त्वचा का पोर-पोर पीड़ा से सुलग रहा था। कुंभ मुझसे पहले ही जाग गया था और अपनी सूजी हुई, काली आँखों से मुझे ही ताक रहा था। उसके चेहरे की हालत बदतर थी, नाक व दाँत तोड़ दिए गए थे और होंठ भी कट गया था। उसने मुझे देख कर, मुस्कराते हुए आँख दबाई और उस क्षण में मुझे इस संसार में उससे प्यारा कोई नहीं लगा। मैं जानता

था कि एक दिन, हम दोनों में से कोई एक, दूसरे के लिए अपने प्राणों का बलिदान करेगा। मैं भी उसे देख कर मुस्कराया। हमें अस्तबल के स्तंभों से बाँध कर अकेला छोड़ दिया गया। फिर मैं सोचने लगा कि विभीषण का क्या हुआ और एक-दूसरे से स्नेह संबंध रखने वाले दो व्यक्तियों के मौन संप्रेषण के बीच ही, मैंने यही प्रश्न कुंभकर्ण के चेहरे पर भी देखा। हम दोनों ही भयभीत हो गए। हमने यथासंभव अपनी गर्दनें मोड़ीं व आसपास ताका कि शायद कहीं विभीषण को भी इसी तरह मार कर, किसी स्तंभ से न बाँधा गया हो परंतु उसका कोई अता-पता नहीं चला। हमें पूरा यक़ीन था कि रक्षकों ने उसे जान से मार कर, वहीं कहीं चुपचाप गाड़ दिया होगा या वह संभवतः हमारी माँ व गाँव के सयाने बुज़ुर्गों को यह सूचना दे चुका हो कि हम बंदी बना लिए गए हैं। वे आकर कुबेर से विनती करें कि वह हमें छोड़ दे।

हम अभी उस परिपक्व आयु तक नहीं आए थे, जिसमें असुरों के नियमानुसार या तो क़ैद में डाल दिया जाता है या भुजाएँ काट दी जाती हैं। हमें कुछ माह के लिए मजबूरन कुबेर की तेल की धानी या खेतों में दासों की तरह काम करना पड़ सकता था। कुबेर जैसे धनवान को दण्ड देने का यह तरीक़ा आर्थिक दृष्टि से बहुत कारगर लगता था और इस प्रकार उसके लिए कुछ सिक्कों की बचत भी हो जाती थी। वह आधा गंधर्व तथा आधा ब्राह्मण था और असुर नहीं था, परंतु इस बात का पूरा ध्यान रखता था कि असुरों के सभी कायदे-कानूनों का पालन हो। वह इसे अपनी भाषा में, मूल निवासियों के धर्म तथा मान्यताओं में अ-हस्तक्षेप की नीति कहता था। इस प्रकार वह वाणिज्य तथा व्यापार में अपना पूरा ध्यान एकाग्र कर सकता था।

मैंने कुंभ को खाली-खाली नज़रों से ताकते देखा, वह मौन भाव से विभीषण को जीवित रखने की प्रार्थना कर रहा था। उसके गालों से अश्रुओं की धारा प्रवाहित हो रही थी और जब उसने देखा कि मैं उसे देख रहा हूँ, तो भी उसने अपने आँसुओं को छिपाने या अपना मुख दूसरी ओर मोड़ने का प्रयास नहीं किया। मेरी अपनी आँखें आँसुओं से धुँधला गई थीं। एक वृद्ध द्वारपाल ने आकर हमें खोला तो कुंभ वहीं ढेर हो गया। द्वारपाल ने उसे क्रूरता से उठाया और सहायता के लिए किसी को पुकारने लगा। मैं चल भी नहीं सकता था। दो पहरेदारों ने कुंभ को एक मोटे से लट्ठे से इस तरह बाँध दिया, जैसे हाल ही में मारे गए शिकार को लटका कर ले जाया जाता है। लगभग दोपहर हो चुकी थी और वर्षा ऋतु में निकलने वाली प्रखर धूप के कारण बड़ी उमस थी। यह वह ऋतु थी जब सूर्यदेव लाल कीचड़ से लथपथ धरती को तपाने के लिए केवल कुछ ही घंटों तक दर्शन देते हैं।

धन का देवता तथा न्यायी कुबेर, अपने सिंहासन पर विराजमान था। वह अपनी शाही मुहर से ताड़पत्रों पर हस्ताक्षर करने में व्यस्त था व बीच-बीच में वाणिज्य,

जहाज़ की दरों, काली मिर्च के दामों, इलायची के भार के बराबर सुवर्ण आदि के लिए विविध अनिश्चतताओं के निर्देश भी देता जा रहा था, जिन्हें द्वीप के विभिन्न बंदरगाहों पर बैठे अधिकारियों तक पहुँचा दिया जाएगा और फिर अरबी घोड़ों पर सवार संदेशवाहक द्रुत गति से उत्तर ले कर भी लौट आएँगे। वहाँ अन्य कई अपराधी भी थे, जो *धन के देवता* कुबेर की ओर से दिए जाने वाले न्याय व विवेक की प्रतीक्षा में थे किंतु इस उच्च स्तरीय वाणिज्य तथा व्यापार के विश्व में, बाकी सब कुछ जैसे महत्त्वहीन था।

मैंने देखा कि कुंभ पस्त हो चुका था और मुझे डर था कि कहीं मेरा भी वही हाल न हो। मैं सुनना चाहता था कि *धन के देवता* कुबेर की संपत्ति पर अतिक्रमण करने के लिए हमें क्या दण्ड दिया जाने वाला था। यह प्रतीक्षा तो जैसे अंतहीन जान पड़ रही थी और मैं अपने जीवन में पहली बार अपनी मृत्यु के विषय में विचार कर रहा था। मैं अभी मौत जैसी बात के बारे में सोचने के लिए बहुत छोटा था परंतु देह के दुखते घावों के बीच, और कौन सा विचार मन में आ सकता था? तभी मुझे भीड़ के बीच अपने मामा दिखाई दिए जो न्याय सुनाए जाने की व्यग्रता से प्रतीक्षा कर रहे थे। जैसे ही हमारी आँखें चार हुईं, उन्होंने बहुत ही प्यारी और अपनेपन से भरी मुस्कान दी, मुझे तो अपनी सारी पीड़ा भूल गई। उनके आगे के कुछ दाँत अब नहीं रहे थे परंतु मैं उस व्यक्ति की गंभीरता को महसूस कर सकता था। इसके साथ ही वे थोड़े चिंतित भी दिखे, मुझे ऐसा लगा कि जब तक वे वहाँ थे, हमारे साथ कुछ बुरा घट ही नहीं सकता था।

सिंहासन के समीप खड़ा एक सैनिक गरजा, "अगला!" इस दौरान कुबेर का ध्यान अपने व्यवसाय के कुछ प्रपत्रों में था। वह एक प्रभावी समय प्रबंधक था। हमें द्वारपाल आगे घसीट ले गए, "इन पर शाही गौशाला में घुसने व गौएँ चुराने का आरोप है।" प्रमुख रक्षक दहाड़ा।

"हम अपराधी नहीं हैं।" मैं ज़ोर से चिल्लाना चाहता था परंतु मेरे कंठ से एक बचकाना सा स्वर निकल कर रह गया। अचानक ही दरबार में सन्नाटा छा गया। किसी ने भी आज तक राजा की उपस्थिति में बोलने का दुःसाहस नहीं किया था। कुबेर अब भी अपने ताड़ पत्रों में मग्न था और उसे दरबार में अचानक छाए इस मौन को भाँपने में कुछ क्षण लगे। उसने विस्तार से उस प्रपत्र को पढ़ा व एक ओर रख दिया। फिर उसने अपना सिर ऊँचा उठाया। उसके चेहरे पर एक मुस्कान खेल गई। वह एक सुदर्शन पुरुष था और मुस्कराहट के साथ तो और भी दिव्य लग रहा था।

परंतु उसकी गतिविधियाँ किसी मकड़े की तरह विसर्पी सी थीं। "ओह धन्य भाग

हमारे, आज यहाँ कौन पधारा है? मेरे प्रिय सौतेले भाई आए हैं। आपने यहाँ आकर मेरा मान बढ़ा दिया। मुझे कह दिया होता, मैं स्वयं ही आपको कुछ गौएँ दान कर देता। इसकी बजाय तुमने चोरी करने का विकल्प चुना। ख़ैर इसमें तुम्हारा दोष भी क्या है? यह तो स्वाभाविक ही था। मैं देख सकता हूँ कि तुम लोग अपनी माँ पर ही गए हो। तो तुम लोग क्या पसंद करोगे, तुम्हारी भुजाएँ काट दी जाएँ; नाक काट दी जाए; या तुम्हारे गालों पर गर्म सलाख से दाग दिया जाए कि तुम चोर हो? मैं अपने ऊपर यह आरोप नहीं लगा सकता कि मैंने अपने संबंधियों का पक्ष लिया है।"

"श्रीमान, आपसे एक विनती करना चाहता हूँ।" मारीच भरे दरबार के बीच हाथ जोड़ कर खड़े हो गए और सैकड़ों आँखें उनकी ओर ही घूम गईं। मेरा मानना है कि उन्होंने देव दरबार के विस्तृत नियमों में से एक का उल्लंघन कर दिया था। ये असभ्य असुर! ये बच्चों की तरह पेश आते हैं। संभवतः यह देवों का ही उत्तरदायित्व बनता है कि वे हमें सभ्य बनाएँ। मैं अपने मामा की करनी को भयभीत दृष्टि से देखता रहा। मैं बहुत ज़ोर से चीख़ कर बोलना चाहता था, अपने प्रिय मामा को कुछ कहने से रोकना चाहता था और मुझे उस समय किसी भी तरह के दण्ड का भय नहीं रहा था। वह मूर्ख वृद्ध कितनी बड़ी भूल करने जा रहा था। मेरे मन में थोड़ी आशा भी जगी कि शायद हमें छोड़ दिया जाए।

"महाराज! ये तो अभी बालक हैं और इतना भी नहीं जानते कि ये कर क्या रहे थे।"

जैसे ही सबकी निगाहें मूर्ख लड़के पर आ टिकीं तो मैंने महसूस किया कि शर्म के मारे मेरे गाल दहकने लगे थे। मैं सोलह का हो चला था और अब भी मुझे एक बालक के रूप में संबोधित किया जा रहा था। भले ही मैं यहाँ से छूट भी जाऊँ परंतु आजीवन मित्र मुझे इसी बात के लिए चिढ़ाते रहेंगे। मैं अपनी किशोरावस्था की इसी उधेड़बुन में, दरबार में चल रही कार्यवाही के कुछ वाक्य नहीं सुन सका और जब मुझे यह समझ आया कि मामा कह क्या रहे थे, तब तक थोड़ी देर हो चुकी थी।

"तो तुम चाहते हो इन भद्दे बिगड़ैलों के स्थान पर तुम्हें दंडित किया जाए? उम्मीद करता हूँ कि तुम पिछली रात की मद की खुमारी में नहीं हो और स्वेच्छा से ही ऐसा करने को कह रहे हो। तुम कहते हो कि तुम एक सिपाही हो। तुम्हारे आगे के टूटे हुए दाँत और बाँह में हड्डी जोड़ने वाली खपच्ची भी शायद इसकी ही गवाही दे रही है।" दरबार में गूँजते हँसी के ठहाके हमारे आसपास मँडरा रहे थे, जब मैंने अपने मामा को इस अवस्था में, कहीं सुदूर नज़रें गड़ाए खड़े देखा तो मेरे गाल गुस्से से दहकने लगे। वे उस मूर्ख व्यक्ति से कुछ ही इंच की दूरी पर नज़रें जमाए खड़े थे, जो अपने-आप को राजा कहलाता था।

"तेल फेरने की चक्की में छह वर्ष" यह आदेश गरजने वाली बिजली की तरह सामने आया और मैं काँप कर रह गया। कुंभ को भी होश आने लगा था। मैं देख सकता था कि मारीच भी सन्न रह गए थे। छोटी सी चोरी के आरोप के लिए तो यह दण्ड बहुत बड़ा था। मैं उस वृद्ध के गालों से बहते आँसुओं की धारा देख सकता था। मैं उनकी पत्नी व जुड़वाँ बच्चों के चेहरे देख सकता था। मैं ही उनके लिए इन परिस्थितियों का दोषी था। उनकी आयु कितनी रही होगी?

संभवतः तीस या पैंतीस? सोलह की उम्र में तो बीस वर्ष से अधिक आयु का प्रत्येक व्यक्ति वृद्ध ही जान पड़ता है। छह वर्ष का अर्थ था कि जब वे दण्ड पूरा करके लौटेंगे तक वे इकतालीस वर्ष के हो चुके होंगे। वह भी तब, यदि वे वहाँ अंत तक जीवित रहने में सफल रहे। तेल की चक्की वाली सज़ा सारी सज़ाओं में से सबसे भयंकर मानी जाती थी। तेल निकालने के लिए बैलों के स्थान पर मनुष्यों को बाँध दिया जाता और वे लगातार घूम-घूम कर चलते हुए, धानी में तिल या खोपर पीसते रहते। इस तरह उनकी देहों से प्राण निकल जाते। चौबीस घंटों की कमर तोड़ मेहनत, वर्ष के तीन सौ पैंसठ दिन और फिर उसे छह से गुणा कर दें। केवल इसलिए कि उनके सिरफिरे भांजे, अपनी वीरता दिखाने से बाज़ नहीं आए और अपने सौतेले भाई, व्यापारी राजा की गौशाला में जा घुसे।

"इस बदजात की सज़ा में एक और वर्ष जोड़ दिया जाए ताकि यह सीख सके कि राजा को कैसे संबोधित किया जाता है। अगला अपराधी लाया जाए!"

मैंने बहुत ही गहरे सदमे के साथ यह सब सुना। यह न्याय था। पूरी तरह से तीव्र तथा निष्पक्ष न्याय। दरबार की अवमानना के आरोप में मेरे मामा की सज़ा में एक वर्ष की अवधि बढ़ा दी गई थी। अब उन्हें सात साल तक एक दास की तरह तेल की चक्की में काम करना था। मेरे मामा अपनी पाँव की अंगुलियों को घूर रहे थे। सैनिक आगे आए व उन्हें हथकड़ियाँ पहना दीं। फिर उन्हें बेड़ियों में जकड़ कर, वहाँ से घसीट कर ले जाया जाने लगा। लोग हँसने लगे। मेरे अपने ही लोग, असुर, वे सब अपने ही एक जाति भाई को, बिना किसी दोष के जानवरों की तरह घसीट कर ले जाया जाता देख कर, खीसें निपोर रहे थे। किसी ने सीटी बजाई। हमें दरबार से बाहर घसीट कर, कोने में पटक दिया गया। अब राज्य को हमारी कोई आवश्यकता नहीं रही थी। हमारी हड्डियाँ टूट चुकी थीं और भीतरी अंग क्षतिग्रस्त थे इसलिए हमें माँस खा कर बची हड्डियों की तरह दूर फेंक दिया गया था। हमारे माँस को राज्य ने नोच खाया था। तभी, मुझ पर एक पत्थर आकर पड़ा। शीघ्र ही जैसे पत्थरों की मूसलाधार वर्षा होने लगी। मेरे अपने लोग, मुझ पर पत्थर बरसा रहे थे क्योंकि मेरे कारण मेरे वृद्ध मामा को इतने कड़े परिश्रम वाली सज़ा भुगतनी होगी। उनका नपुंसक क्रोध दो किशोरों

पर निकल रहा था तो मुझे लगा कि अब हमारा अंत आ चुका है। अब मैं अपने मामा को अपने हाथों जेल भेजने के बाद, माथे पर चोर का ठप्पा लिए, अपने ही लोगों द्वारा बरसाए गए पत्थरों की मार से घायल हो कर दम तोड़ने जा रहा था। एक मूर्ख का कैसा अंत होने जा रहा था, जिसने इस संसार को जीतने व अपने जाति भाइयों को मुक्त कराने का स्वप्न देखा था।

अचानक ही जिस तरह पत्थरों की वर्षा आरंभ हुई थी, उसी तरह थम भी गई। मैंने अपने रक्त से सने चेहरे से माँ को ज़ार-ज़ार रोते देखा, जिसने कुंभ को पत्थरों की मार से बचाने के लिए अपनी बाँहों में भर रखा था। भाग्यवश, अभी हमारे लोग, सभ्यता की उस पराकाष्ठा तक नहीं पहुँचे थे, जहाँ वे किसी स्त्री को अपने पत्थरों की मार से घायल करते हुए, मौत के घाट उतार देते। मैं ईश्वर को उसकी उन कृपाओं के लिए धन्यवाद देना चाहूँगा, जो उसने समय-समय पर मेरे परिवार पर बरसाईं। धीरे-धीरे हमें हमारी कुटिया में ले जाया गया। मेरी मामी बेसुध पड़ी थीं और उनके जुड़ँवा बच्चे गला फाड़-फाड़ कर रो रहे थे। हमारी भद्दी मोटी पड़ोसिन की ज़ुबान भले ही काली थी पर दिल सोने का था, उसने उन्हें शांत कराने की कोशिश की। तभी मेरी नज़र विभीषण पर गई, जो एक कोने में बैठा संस्कृत का कोई ग्रंथ पढ़ रहा था और हमारी ओर देखने से भी क़तरा रहा था। मैं क्रोध से उबल पड़ा। तो सैनिकों ने इसे मार कर कहीं दफ़न नहीं किया। वह अच्छा और पढ़ाकू लड़का घर आकर सो गया, जिस समय वहाँ हमारी पिटाई हो रही थी। और जब, हमारे मामा को ज़बरदस्ती घसीट कर कोल्हू के बैल की जगह बाँधा गया तो यह कमीना, यहाँ बैठा किसी मेंढक की तरह कोई बेहूदा देव ग्रंथ टर्रा रहा था।

जी में तो आया कि वहीं, उसी वक़्त उसकी हत्या कर दूँ। मैं चाहता था कि ऋगवेद का वह ग्रंथ ही उसके कंठ में भोंक दूँ। जब उसने मेरी ओर देखा, तो मैं बहुत कुछ करना चाहता था। वह आगे आया और फ़र्श पर, मेरे पैरों के पास बैठ गया। मैंने अपनी टाँग उठा कर उसके अभागे चेहरे पर ठोकर मारनी चाही पर तभी मेरी अपनी चीख़ निकल गई। कुबेर के सैनिकों ने मेरी हालत पतली करने में कोई कसर नहीं छोड़ी थी। तभी विभीषण किसी छोटे बालक की तरह बिलख उठा। उसने मेरे पाँव जकड़ लिए। हे भगवान! पोर-पोर में दर्द लहरा उठा पर वह इतनी आसानी से छोड़ने वाला नहीं था। वह कमीना मुझसे क्षमा चाहता था। उसने कहा कि वह डर गया था और उसे सुबह भी मामा को सारी बात बताने के लिए बड़ा साहस जुटाना पड़ा। वह हर बात के लिए शर्मिंदा था और चाहता था कि बड़ा भाई उसे क्षमा प्रदान कर, अपने सीने से लगा ले।

मैं चाहता था कि उठ कर उसके दो टुकड़े कर दूँ। मैंने उठने की कोशिश की। मुँह से एक अजीब सा गुर्राहट का स्वर निकला, जिससे शायद मेरी माँ भयभीत हो गई। वह

कुंभ को छोड़ कर मेरे पास आ गई। फिर उसने मेरे बीते बचपन के प्यारे से गीतों से मेरे मन को बहलाने की कोशिश की। वह इस तरह गा रही थी मानो मैं अब भी झूले में झूलता कोई शिशु था, जो दूध पीने के लिए अपनी माँ का स्तन तलाश रहा हो। उसने असुरों की वीरता व शौर्य तथा उनकी खोई हुई कीर्ति के उदास कर देने वाले गीत गाए। मैं अपने भाई के लिए हृदय में बसे विद्वेष के स्थान पर प्रेम भाव के बीच सो गया। जब मैं जागा तो मन का रोष शांत हो चुका था।

मैं जानता था कि मेरी मामी ने अगले ही दिन गाँव छोड़ दिया था और बाद में उनकी ओर से एक संदेश आया था कि वे जुलाहों के एक संघ में काम करने लगी थीं। भले ही वेतन अधिक नहीं था पर उन्हें सिर ढाँपने के लिए छत और दो जून की रोटी तो नसीब हो ही गई थी। यह किसी छोटे असुर राज्य की भूतपूर्व रानी के लिए उपयुक्त जीवन तो नहीं था, परंतु निश्चित रूप से उस कुटिया के जीवन से तो श्रेष्ठ ही था, जिसमें रात को छत से चाँद व तारे झाँकते हों।

मैं एक लंबे समय के बाद अपने परिवार से मिलने जा रहा था, उसके लिए झुर्रीदार गालों वाले वृद्ध की मुस्कान को धन्यवाद देना होगा, उसके लिए पत्नी द्वारा वर्षों से कड़ी मेहनत से कमाए गए कंठहार का दिया जाना भी बड़ी बात न थी, वह तो केवल इतनी तसल्ली चाहता था कि उसकी बहन सुरक्षित रूप से अपने पुत्र के पास पहुँच जाए; न ही उसे आततायी की तेल की चक्की में तिल पीसने से कोई दिक्कत थी, बस वह अपने भांजों को कारागार से मुक्त देखना चाहता था। उस बूढ़े ने अपने कुछ और दाँत गँवा दिए थे परंतु पिछली बार ज़ंजीरों में जैसा देखा था, उससे तो कहीं स्वस्थ लग रहे थे। मानो वे हम सबसे कहीं अधिक समय तक धरती पर टिके रहने वाले थे। वे बयालीस वर्ष के हो चले थे, परंतु अब भी वही दयालु और मनमौजी स्वभाव बरकरार था। अपने समय में कभी राजा रह चुके मामा, आज भी वही दयालु मामा थे, जो अपने स्नेह के पात्रों के लिए सदैव अपने प्राणों का त्याग करने के लिए तत्पर रहते थे। मैं सदैव इस बात को स्मरण रखूँगा।

10 मोती द्वीप का संकेत

रावण

मंत्री परिषद बरगद के वृक्ष तले एकत्र हो चुकी थी। मैंने सभा की अध्यक्षता की, प्रहस्त ने मध्यस्थ की भूमिका निभाई और बहस गर्म होती चली गई। किसी की भी बात का कोई सार नहीं निकल रहा था। प्रत्येक व्यक्ति किसी न किसी तरह लंका पर आधिपत्य चाहता था, परंतु किसी के पास भी ऐसा करने के लिए कोई ठोस उपाय न था।

“महाराज! क्या हम व्यापारियों के भेष में वहाँ नहीं जा सकते?” भद्र के स्वर ने मुझे चौंका दिया। मुझे उसके आने का पता ही नहीं चला था। वह दबे पाँव ही वहाँ चला आया था।

“और हम किस वस्तु का व्यापार करेंगे?” मैं स्वयं को यह प्रश्न पूछने से रोक नहीं पाया।

“हम मुजूरी में अरबों से अश्वों का प्रबंध करेंगे। हम पहाड़ियों से काली मिर्च ले सकते हैं, पूर्वी तट से लाल माणिक्य व मुजूरियों के यूनानी खेमों से सोना लिया जा सकता है। हम धनी व्यापारियों से पट्टे पर कुछ जलयान ले सकते हैं... हम समुद्री मार्ग से प्रायद्वीप की ओर जा सकते हैं और भारत के दक्षिण-पूर्वी छोर से लंका में प्रवेश कर सकते हैं, जहाँ से सागर बहुत ही सँकरा है। दो ही जहाज़ काफ़ी होंगे, जो लगभग चार सौ लोगों को ले जा सकते हों...।”

“और तुम, मूर्ख शिरोमणि, केवल चार सौ सैनिकों की सहायता से लंका पर विजय पाने का स्वप्न देख रहे हो?” मैं चाहने पर भी अपने रोष को वश में नहीं रख सका।

भद्र ने मेरा रोष शांत होने की प्रतीक्षा की व आगे बोला, “इन जहाज़ों पर हर बार मोती व हाथी दाँत के साथ बीस व्यक्ति ले जाए जा सकते हैं। इस तरह वे मुख्य भूमि पर लौट कर फिर से व्यापार कर सकते हैं। बाकी लोग वहाँ के राजा से आग्रह कर सकते हैं कि उन्हें तटीय क्षेत्र में व्यापार संघ बनाने की आज्ञा दी जाए, यदि त्रिकोट दुर्ग के पूर्वी द्वार के निकट, जुलाहों की गली के पास, इसे बनाने की अनुमति मिल जाए तो और भी बेहतर होगा।”

जब एक बार पहली खेप पहुँच जाएगी, तो हम सैकड़ों लोगों को छोटी डोंगियों में भेज सकते हैं, जो कि दस या पंद्रह के दल में, मछुआरों के रूप में होंगे। जहाज़ों का दूसरा दौरा और अधिक संख्या में सैनिकों को पहुँचा सकता है और वे उत्तरी द्वार के समीप व्यापार संघ बना सकते हैं। यदि हम इसी तरह करते रहे तो एक ही माह के भीतर, हमारी आधी सेना वहाँ पहुँच चुकी होगी। तीसरी बार में, हम अश्व व अस्त्र-शस्त्र ख़रीद सकते हैं और उन्हें गहरे सागर में, बंदरगाहों से परे रख सकते हैं। अगर वायु की दिशा अनुकूल रही तो वे सागर तट से बमुश्किल एक घंटे की दूरी पर रहेंगे।” मुझे योजना अच्छी लगी।

“महाराज! मैं सबसे पहले लंका जाना चाहता हूँ। इस तरह मैं आपके लिए सहायक रहूँगा।”

वह एक गुप्तचर बनने जा रहा था। वह तो गिरगिट की तरह रंग बदलने में माहिर था। क्या वह हमारा खेमा छोड़ने जा रहा था? क्या वह कुबेर का कोई गुप्तचर था, जो हमें जाल में फाँसने के लिए जी-तोड़ प्रयत्न कर रहा था?

अचानक ही, मैं बुरी तरह से व्याकुल हो उठा। मैंने उससे कहा कि वह कहीं नहीं जा रहा था। मैं उससे रात को विस्तार से बात करना चाहता था और फिर वह सुबह रवाना हो सकता था। मैं देख सकता था कि वह यह सुन कर, किस तरह उलझन में पड़ गया था। उसने झुक कर प्रणाम किया और वहाँ से चला गया।

हमेशा की तरह, परिषद में अंतहीन विचार-विमर्श तथा चर्चाएँ चलीं परंतु अंततः मैं सब पर अपनी इच्छा थोपने में सफल रहा। मैंने अपने खेमे में लौटने से पूर्व, भद्र को बंदी बनाने का आदेश दे दिया।

☼

भद्र

मुझे इस स्थान से बाहर निकलना ही था। मुझे लंका पहुँचना था। मैंने बाहर झाँका। यह एक गहरी अंधेरी और सन्नाटे से भरी रात थी। मैंने रसोई के छोटे चाकू की

सहायता से तंबू में एक छेद किया और बाहर आ गया। पहरेदारों का ध्यान मेरी ओर नहीं था। मैं वहाँ से, इस उम्मीद में भागा कि भागने से मेरे पैरों की आहट, हवा के साथ मिल जाएगी और किसी को पता नहीं चलेगा परंतु तभी मेरे सिर के ऊपर से एक तीर सनसनाता हुआ निकल गया। मैंने एक भी क्षण विचार किए बिना, नदी में छलांग लगा दी। जब मेरा शरीर उस बर्फ़ जैसे शीतल जल से टकराया तो मुझे गहरा झटका सा लगा। वर्षा लोहे की सुईयों की तरह चुभ रही थी। मैं पानी के तेज़ प्रवाह के बीच किसी निष्प्राण पत्ते की तरह बहता जा रहा था, पानी में डूबते-उतरते, बस और गहराइयों में धंसता चला जा रहा था। और फिर, इससे पहले कि मैं जान सकता, अचानक ही मैं कहीं से गिर रहा था, बहुत नीचे, अंधेरी गहराइयों में गिरता जा रहा था। मेरे आसपास शुभ्र जल का हरहराता और गतिमान स्तंभ था, जो मुझे निरंतर नीचे की ओर धकेल रहा था और ऊपर नहीं आने दे रहा था।

जब मैंने अपने नेत्र खोले, तो मैं एक लट्ठे पर तैर रहा था। आकाश साफ़ हो चला था और झरना भी कहीं दूर रह गया था। तब अचानक ऐसी थकान हावी हुई कि मैं अपनी पीठ के बल ढेर हो गया। जब वह लट्ठा अपने-आप लहराता, बलखाता महासागर की ओर चला तो मैं सो चुका था।

सूर्य की चिलचिलाती धूप के कारण मेरी आँखें खुलीं। नदी ने एक छोटा सा धीमा मोड़ काटा और मैं वहाँ पहुँच गया। मुज़ूरी की बंदरगाह नगरी, समय की सीमा से भी परे बसा एक नगर, कभी महाबलि की राजधानी रहा यह नगर, कला व सभ्यता का केंद्र, विश्व का सबसे बड़ा सार्वलौकिक नगर था! ग्रीक, रोमन, सीरिया, सुमेरिया, मैसोपोटामिया, चीनी, अरब, यहूदी, देव तथा विविध असुर जातियों व मिस्रवासियों के अपने मार्ग तथा उपासना स्थल थे। वहाँ विभिन्न प्रकार के व्यापार संघ थे। मैं किनारे तक आया और समीप में स्थित एक सराय में चला गया। लोग मुझे घूर रहे थे। मेरी दशा ही कुछ ऐसी रही होगी। यह एक पुरानी सी झोंपड़ी थी, छोटी पर साफ़-सुथरी। इसकी छत पर फूस की छाजन थी। कुछ लोग यहाँ-वहाँ मँडरा रहे थे, जिनमें से अधिकतर नाविक थे। सराय का मालिक दयालु था और शायद उसे मेरी कहानी पर भी विश्वास हो गया था। मैंने उसे बताया था कि मेरी धान के बोरों से भरी नाव तेज़ वर्षा में डूब गई थी।

और वहीं सराय प्रवास के दौरान मैंने जाना कि मेरे भीतर एक छिपी प्रतिभा भी थी। दुर्घटनावश ही यह तथ्य मेरे आगे आ गया कि मैं एक अच्छा रसोइया था। अचानक एक दिन जब सराय का रसोइया बिना कुछ कहे, कहीं गायब हो गया तो मैंने स्वयं को मेहमानों के लिए भोजन पकाने की सेवा में नियुक्त कर दिया। कुछ ही समय में, मैंने अच्छा नाम कमा लिया। वहाँ शाम को आने वाले, भद्र के हाथों से बनी, तली मछली

का स्वाद अवश्य लेते। वे कहते कि मेरे हाथों तैयार मछली के साथ ताड़ी (स्थानीय मदिरा) का स्वाद और भी बढ़ जाता था। शीघ्र ही मुझे अलग-अलग जहाज़ों के कप्तानों की ओर से भी निमंत्रण आने लगे।

पर मैं जानता था कि मुझे धीरज रखना होगा। मैंने तब तक प्रतीक्षा की, जब तक मुझे कुबेर के एक जहाज़ की ओर से निमंत्रण नहीं आया, जो कि लंका जाने वाला था। यह राजसी सुविधाओं से युक्त विशाल पोत था, जो तूफ़ानी वर्षा के मौसम में भी सागर के लिए सुरक्षित व उपयुक्त माना जाता था। मैं छह दिन की यात्रा के बाद लंका में उतरा। फिर मुझे कुबेर के रसोईघर में सहायक रसोइये के पद तक पहुँचने में थोड़ा समय लग गया।

मुझे कुबेर का कर्मचारी बने, लगभग एक माह होने को था। हमारे जलयानों का कहीं कोई अता-पता नहीं था। प्रायः, मैं बहाने से मसालों की मंडी की ओर निकल जाता ताकि वहाँ से दिखते बंदरगाह पर नज़र डाल सकूँ कि संभवतः भीड़ में कोई परिचित जलयान या चेहरा दिख जाए।

अंततः, मैंने एक दिन उन्हें देख ही लिया, वे सामान से लदे कुछ घोड़ों के साथ मसालों की मंडी की ओर ही आ रहे थे। वे अनेक छोटे दलों में बँट गए थे परंतु मैं रावण को सरलता से पहचान सकता था। मैं बुरी तरह से भयभीत था। वह दिखने में कोई व्यापारी नहीं लग रहा था। वह एक राजा की भाँति अश्व पर सवार था। और कौन सा राजा मसालों की मंडी में आता है? रावण तो अपनी इन हरकतों के कारण सारी योजना पर पानी फेरने पर तुला था।

"तो अच्छा... तुम इसलिए यहाँ आए हो?" मैं कुबेर के द्वारपाल प्रमुख विक्रम का स्वर सुन कर चिहुँका। वह मेरे पीछे खड़ा घास का एक तिनका चबा रहा था, वह एक छोटे व्यापारी के भेष में था जो लोगों की भीड़ में मिलने के बाद साधारण मनुष्यों जैसे ही दिखते हैं।

इससे पहले कि वह कुछ कर सकता। मैंने उसके पाँवों की अंगुलियों पर अपने पाँव रखे और उसे एक करारा धक्का दिया। वह लड़खड़ाया और पीठ के बल धड़ाम से गिरा। हालाँकि उसने उठने में देर नहीं की पर मैं तब तक वहाँ से निकल चुका था। मैं खंजर की धार को सूर्य की धूप में चमचमाता देख सकता था। भीड़ चिल्लाने लगी। मैं भीड़ में से निकलने के लिए लिए यथासंभव रास्ता बनाता गया और इसी अफ़रातफ़री के बीच मैंने फलों से लदे ठेले पलट दिए, सिंदूर के ढेर को रौंदता चला गया और इसके लिए वहाँ बैठे फेरी वालों की चीख़-चिल्लाहट भी सहनी पड़ी।

रावण मेरी ओर मुड़ा। उसके चेहरे पर भ्रम की छाया थी। तब अचानक ही वह मुझे पहचान गया। मैंने देखा कि उसके सुंदर मुख पर घृणा के साए लहरा उठे थे। मैंने देखा कि हमारे आसपास चारों ओर से लोग आ रहे थे और हमें घेरने की तैयारी में थे। सादे वेष में छिपे द्वारपाल हमारी ओर बढ़ रहे थे। विक्रम बिल्कुल तैयार था और हम उसके हाथों में उन नींबुओं की तरह पड़ने वाले थे, जिन्हें निचोड़ कर पूरा रस निकाला जा सकता था। उसने हमें बुरी तरह से निचोड़ने का काम शुरू कर दिया था।

"हट जाओ!" मैं अपने सुर में भरसक तेज़ी लाते हुए चिल्लाया। मैंने रावण के हाथ में थमी तलवार की धार को चमचमाते हुए देखा और फिर उसके बाद भीड़ में सैकड़ों तलवारें उठ खड़ी हुईं। रावण के व्यक्ति बच निकलने के लिए संघर्ष करने लगे तो बाज़ार में धूल के बवंडर उठने लगे। मैं महाराज के अश्व के पास पहुँच कर चिल्लाया, "महाराज, मुझे ले चलें। मुझे अपने साथ ले चलें महाराज।"

विक्रम बहुत पास था। किसी भी क्षण, या तो मैं यमराज के द्वार पहुँच जाता या मुझे बंदी बना लिया जाता। रावण गरजा, "राजद्रोही, नीच पुत्र! जा नर्क में सड़!!" उसने मेरी नाक पर जो ठोकर दे मारी, उससे मुझे उतनी चोट नहीं आई, जितनी उसके शब्दों से दिल को ठेस लगी। मैं लगभग विक्रम पर गिर ही पड़ा परंतु उसने अपने को बचाया और रावण पर लपका। उसने अश्व की लगाम थाम कर, महाराज रावण को घेरना चाहा। रावण की एक ज़ोरदार ठोकर आई और विक्रम धूल में, मुँह के बल चित्त जा गिरा। मैंने बड़े ही सुकून के साथ देखा कि रावण के लोग, उन रक्षकों की घेराबंदी तोड़ने में सफल रहे थे। रावण लोगों की भीड़ को ठेलते हुए, अपने लिए मार्ग बनाता हुआ आगे जा रहा था और वापसी के लिए आदेश दे रहा था। शीघ्र ही वह अपने लोगों सहित बाज़ार से ओझल हो गया, कुछ लोग घोड़ों पर साथ थे तो कुछ पैदल ही उसके पीछे भागे जा रहे थे। यह छोटा सा दल बाज़ार से निकला तो वहाँ केवल कुछ दरबान ही रह गए थे, जो बेमन से उनका पीछा कर रहे थे।

मैं किसी पागल कुत्ते की तरह दौड़ा। मुझे यह समझने में कुछ क्षण लगे कि मैं तो राजसी पथ की ओर बढ़ा चला जा रहा था। मैं किसी भी समय अश्वारोही सैनिकों के सामने पड़ सकता था और अश्वों के खुरों का स्वर सुन सकता था। मैं अचानक ही दाईं ओर मुड़ा व एक गली में निकल गया। वहाँ चारों ओर अँधकार था क्योंकि मार्गों पर जलने वाले दीपक बुझ चुके थे। एक आयताकार प्रकाश का घेरा, उस अंधियारी गली के सूदूर कोने में, रोशनियों के नए-नए नमूने बना रहा था। जब मैं उसकी ओर बढ़ा तो मैं वहाँ हो रही बातचीत सुन सकता था। एक स्त्री एक पुरुष के साथ बहस

कर रही थी, जो संभवत: मदिरा के नशे में चूर था। मैं घबराया हुआ था और छिपने के लिए किसी स्थान की तलाश में था।

धड़ाम की आवाज़ के साथ दरवाज़ा खुला और मैं अंधेरे सायों के बीच, दो क़दम पीछे हट गया। केवल अंतर्वस्त्र पहने, एक भारी-भरकम देह के व्यक्ति को घर से बाहर धकेल दिया गया था। वह कुछ क़दम लड़खड़ाया, एक दीपक स्तंभ से टकराया और नाली में औंधे मुँह जा गिरा। उसके पीछे अपशब्दों की बौछार सी सुनाई पड़ी। वह व्यक्ति टस से मस नहीं हुआ। नि:संदेह यह उसका अपना घर तो नहीं था। कोई भी सभ्य स्त्री इस तरह के अपशब्दों का प्रयोग न करती। यह स्थान निश्चित रूप से नाचघरों में एक होगा या फिर किसी का आमोद भवन रहा होगा। इससे पहले कि वह दरवाज़ा बंद कर पाती, मैं अंधेरे से बाहर निकला और दरवाज़े की ओर क़दम बढ़ा दिया। वह एक क्षण के लिए भौंचक्की रह गई। मैंने देखा कि उसकी आयु अट्ठारह या बीस के लगभग रही होगी, आँखें हल्की भूरी और काले घने लहराते केश! वह किसी देव कन्या की भाँति गौर वर्ण थी या फिर कोई संकर प्रजाति! उसने एक रेशमी कंचुकी पहनी थी, जो उसके वक्षस्थल को छिपाने के स्थान पर अनावृत्त कर रही थी व नाभि से कुछ इंच नीचे रेशमी धोती कमर में खोंसी गई थी। उसके वक्षों के बीच एक पतली सुनहरी ज़ंजीर में हीरा झूल रहा था। इससे पहले कि वह चिल्लाती, मैं घर में चला गया और उसके गले पर अपनी तलवार रखते हुए, अपने बाएँ हाथ से दरवाज़ा बंद कर दिया।

"मुझे अपने कक्ष में ले चलो।" मैंने कहा, क्योंकि मैं जानता था कि उसके मादक शरीर ने मेरे पौरुष को जागृत कर दिया था। अगले कुछ सप्ताह तक, एक वेश्या का घर ही मेरा आश्रय स्थल रहा। वह मेरे लिए एक ऐसा कंधा बन गई थी जिस पर मैंने अपने दु:खों व सपनों का सारा भार डाल दिया था।

उसका नाम माला था और हमारे एक वार्तालाप के दौरान, उसने बताया कि विक्रम उसके नियमित ग्राहकों में से था। मेरे मस्तिष्क में एक योजना पलने लगी। धीरे-धीरे, मैंने उसे अपने जीवन के लक्ष्य के बारे में बताया। पहले तो उसने अरुचि प्रकट की, परंतु दो सप्ताह तक मेरी बातचीत में हिस्सा लेने के बाद, उसे मेरी बातों में रस आने लगा। शीघ्र ही उसे भी मेरे उत्साह की छूत लग गई और मैंने उसे भी घृणा का पाठ पढ़ा दिया। उसने मुझे प्रेम दिया और मैंने उसे इसके बदले में घृणा सौंपी। मैं उसे अपनी ओर मिलाना चाहता था। मैंने उसे षड़यंत्र में अपना भागी बना लिया।

एक शाम, वह मेरे कक्ष में आई व बताया कि आज रात विक्रम उसका अतिथि बनने वाला था। मैं ईर्ष्या से सुलग उठा परंतु हमारी योजना को मूर्त रूप देने का इससे बेहतर

अवसर और क्या हो सकता था! मैं भारी पर्दों के पीछे जा छिपा और व्यग्रता से उसके आने की प्रतीक्षा करने लगा। मैंने विक्रम को कक्ष में प्रवेश करते देखा। माला उठी और उसकी ओर आगे बढ़ी, फिर उसने उसके होठों पर एक चुंबन अंकित कर दिया।

शीघ्र ही विक्रम अधोमुख हुआ पड़ा था। उसका गठा हुआ हल्का पीला शरीर, आने वाले क्षणों की प्रत्याशा में रह-रह कर सिहर उठता। माला ने उसकी धोती उतारी और टाँगें भी बाँध दीं। मैं हौले से विक्रम के पास जा पहुँचा। माला वहाँ से उठी, अपने वस्त्र लिए और पहनने लगी। फिर वह एक ही झटके में कक्ष से बाहर हो गई।" ये सब हो क्या रहा है...!" विक्रम का चेहरा गुस्से से लाल हो गया और उसे सारी वस्तुस्थिति को भाँपने में कुछ पल लगे। मैं तो उसकी मौत था, जो तेज़ी से उसकी ओर बढ़ रहा था। वह वहीं जम गया। मैंने अपने चेहरे पर सबसे सजीली मुस्कान बिखेरी व एक-एक क़दम भरते हुए, उसके पास जा पहुँचा। उसने उठना चाहा परंतु माला ने उसे बहुत अच्छी तरह से व कस कर बाँधा था।

मैं उसे हौले-हौले मारने लगा, उसे पूरी यातना देते हुए, समाप्त किया गया और सुबह होने तक, मैं और माला फ़र्श पर बिखरे, विक्रम के टुकड़े सहेज रहे थे। हमने उन टुकड़ों को एक बोरे में भरा और चीनी डाल कर जला दिया ताकि शरीर का कोई नामोनिशान बाकी न रहे। मैं बाहर गया और दो आवारा कुत्तों को मार लाया, उन्हें भी जलती देह के बीच डाल दिया गया। इस तरह पड़ोसियों के कौतूहल को भी शांत रखा जा सकता था।

इस प्रकार, राजमहल का प्रमुख रक्षक विक्रम मारा गया। मैं उसकी जेब से कुंजी निकालने में सफल रहा और अब मुझे किसी तरह दुर्ग में जाना था। इससे पूर्व कि प्रमुख द्वारपाल के लापता होने का समाचार फैलता, मुझे वहाँ तक पहुँचना था। जैसे ही मैं राजप्रासाद के समीप गया, मैंने सुरक्षा द्वार के समीप खड़े दो द्वारपालों को देखा, मैं उन्हें देख कर घबराने की बजाय बड़े ही अधिकार व रौब से आगे बढ़ता गया और उन्होंने झट से मुझे देख कर, अदब से सलाम ठोंका। एक ही झटके से दरवाज़ा खुला और मैं भीतर चला गया। मैंने अपने पीछे दरवाज़ा बंद किया और मन ही मन उन द्वारपालों को धन्यवाद दिया। मैंने अपने हाथ में थामे हुए मिट्टी के छोटे से पात्र को देखा। मुझे इस वस्तु को तैयार करने में दस दिन से भी अधिक समय लगा था।

मैंने द्वारपाल प्रमुख की वर्दी उतारी, उसकी पोटली बनाई व एक झाड़ी में छिपा दी। फिर मैं अपने वस्त्रों में आ गया, मैं वहाँ से शाही रसोईघर में पहुँचा, जहाँ मैं पहले भी काम कर चुका था। दूसरे रसोइये अपने कामों में मग्न थे इसलिए औपचारिक

अभिवादन के अतिरिक्त कोई बात नहीं हुई। जब मुझे यह विश्वास हो गया कि कोई नहीं देख रहा था तो मैंने मिट्टी का पात्र लिया व उसे खौलते चावलों की देग में पलट दिया।

सैनिक अलग-अलग तरह की सब्जियाँ लेना पसंद करते थे परंतु चावल तो सभी खाते थे। मैं इस तथ्य से भली-भाँति परिचित था। मैं दम साधे प्रतीक्षा करता रहा। एक के बाद एक बैलगाड़ियाँ आती रहीं और विभिन्न सैनिक खेमों में तैयार भोजन पहुँचाती रहीं। वे अपने साथ बड़े-बड़े पतीलों में उबले चावल व तरी ले जा रहे थे। यदि कुछ जहाज़ राज्य के समीप ही सागर में होते, तो उनके पास नावों के जरिए भोजन पहुँचाया जाता।

करीब एक घंटे बाद, मुझे बाहरी हिस्से में हलचल महसूस हुई। वे एक के बाद एक सैनिकों को ला रहे थे, तड़पते हुए मनुष्य, मौत के पंजों में जकड़े मनुष्य, पीड़ा से ऐंठते मनुष्य! बैलगाड़ियों तथा अश्वों द्वारा खींची जाने वाली गाड़ियों में भर कर, नगर के कोने-कोने से सैनिकों को लाया जा रहा था और महल के प्राँगण में उतारा जा रहा था ताकि महल के शाही चिकित्सक जाँच सकें कि उन्हें हुआ क्या था? मैं बाहर की ओर भागा। किसी ने भी मेरी ओर ध्यान नहीं दिया। मैं अपने स्वामी के पास पहुँचना चाहता था। मैं चाहता था कि मेरा राजा, रावण आए और इस राज्य को अपने अधिकार में ले ले। मैं उन सभी सैनिकों के बीच से होते हुए भागा, जो अपने सिर हथेलियों में दिए, नालियों में मुँह गाड़े वमन कर रहे थे, लोग अपने पेट पकड़े, मृत्यु की यंत्रणादायी पीड़ा से जूझ रहे थे। मैंने एक घुड़सवार के हाथों से घोड़े की लगाम छीन ली जो एक हाथ से घोड़े को संभाले था और दूसरी ओर वमन कर रहा था। मैंने उसे ठोकर मारी, घोड़े पर सवार हुआ ओर सुबेला पहाड़ियों की ओर घोड़े को एड़ लगा दी। आम जनता सड़कों पर मजमा लगाने लगी थी और मौत के मुँह में जा रहे सैनिकों को निरुपाय भाव से ताक रही थी। एक देश व्यापारी नरेश के अत्याचारों से मुक्त होने जा रहा था।

जैसे ही मैं सुबेला की पहाड़ियों पर चढ़ने लगा। मेरी आँखें अश्रुओं से धुँधला उठीं। ऐसा जान पड़ा मानो, शब्द कहीं गले में ही अटक गए हों, "महाराज, नगर अब आपका है, मैंने कुबेर की सेना को समाप्त कर दिया है...।" मैं अपने राजा को देखते ही चिल्लाया।

"इसे बंदी बना लो।" यह स्वर सुनते ही मेरा कलेजा दहल उठा। जिन सैनिकों को मैं पहले दिन से अपना मानता आया था। आज वही, मुझे चारों ओर से घेरे, मेरा वध करने के लिए प्रस्तुत थे।

"रावण! उसकी बात तो सुन लो।" मैं एक कुलीन वृद्ध की आकृति को अपनी ओर आते देख सकता था, वे तो प्रहस्त थे। मारीच भी आगे आए। सिपाहियों को पीछे धकेला और मुझे ज़मीन से उठा लिया। उन्होंने मुझे बाँहों में भरा व पीठ थपथपाई। मैं किसी नन्हे बच्चे की तरह सुबक उठा और मैं मारीच के उन आँसुओं का भी साक्षी था, जो मेरी नग्न पीठ को भिगो रहे थे।

11 समुद्री दस्यु की घेराबंदी

रावण

मुझे इस बात का अनुभव होने में थोड़ा समय लगा कि भद्र कोई विश्वासद्रोही नहीं अपितु एक मित्र था। वह तो वही मुक्तिदाता था, जिसकी मैं जाने कब से प्रतीक्षा में था। हम एक नए उत्साह के साथ, उन पर्वत श्रंखलाओं से नीचे उतरे और भूखी सेना के दल, जितनी गरिमा के साथ क़दमताल कर सकते थे, उन्होंने करने का प्रयास किया। जैसे ही हम शाही सड़क के पास पहुँचे, तो हम देख सकते थे कि सड़क के दोनों ओर खड़े हज़ारों लोग अपनी करतल ध्वनि व जय-जयकार से हमारा अभिनंदन कर रहे थे। मैं मुदित था। ये विजयश्री से जुड़े वही क्षण थे, जिनकी मुझे प्रत्याशा रही थी। अकूत धन-संपदा मेरे लिए प्रतीक्षारत् थी। मैं इस राज्य के महान संसाधनों के बल पर एक विशाल सेना निर्मित कर सकता था और फिर पूरे उप-महाद्वीप पर अपना आधिपत्य स्थापित कर सकता था। इससे बड़ी बात यह थी कि मैं अपने सौतेले भाई कुबेर को सड़क पर ला सकता था, जिसका वह सही मायनों में अधिकारी था, और फिर अपने एक हाथ के संकेत मात्र से उसे भीख में सोने के कुछ टुकड़े दे सकता था। मैं अपने पिता के चेहरे को देखते हुए उनका उपहास कर सकता था। मैं बहुत सी बातें कर सकता था। मैं तो राजा और सम्राट था। रावण, लंका का सम्राट, सुनने में अच्छा लगता है। रावण, भारत का सम्राट, यह तो सुनने में और भी बेहतर लगता है। क्या मैं बहुत अधिक महत्त्वाकांक्षी हो रहा था? नहीं, नहीं, मैं तो सदा से ही आत्मविश्वासी रहा था। तभी अचानक, मेरा मन रूक्षता से भर उठा। ये विजयश्री तो खोखली थी। यह तो मुझे एक बदसूरत, गँवार, असभ्य तथा अशिक्षित किसान व ग्रामीण तथा नीच सर्प जैसे व्यक्ति द्वारा थाल में परोस कर, उपहार में दी गई थी।

ज्यों ही मैंने महल में प्रवेश किया, व्यापारी राजा के सम्मुख, हाथ में भिक्षा का कटोरा

थामे एक निर्धन महिला और उसके चार बच्चों का चित्र मेरी आँखों के आगे नाच उठा। इस कभी न भुलाए जा सकने वाले दृश्य तथा कुबेर के हाथों के संकेत ने मेरे पूरे शरीर को दग्ध कर दिया। पेट में अजीब सी उथल-पुथल होने लगी। मैंने गौशाला की ओर झाँका व मारीच को कनखियों से देखा। उन्होंने भी उस ओर देखा व मुझे देख कर मुस्कराए। मुझे उनकी वह मुस्कान बेहद प्यारी लगती है।

"कहाँ है वह?" मैं कुबेर के लिए चिल्लाया। प्रहस्त पूरे एक मिनट तक घूरता रहा और फिर अपनी अँगुली सुदूर दिख रहे सागर की ओर उठा दी। मैंने देखा कि कुबेर की आधी झुकी स्वर्णिम पताका वाला विशाल जलयान बंदरगाह से छूट रहा था। मेरी विजय का सारा उल्लास वहीं हवा हो गया।

"महाराज! वरुण का जहाज़ी बेड़ा हमारे किनारों की ओर आ रहा है।" बुरी तरह से हाँफ रहे संदेशवाहक का स्वर सुन कर मैं अपनी आलस्य भरी तंद्रा से बाहर आया। वह किसी पगलाए कुत्ते की तरह बौखलाया हुआ था। सारा महल मानो स्थिर हो उठा। मेरे राज्याभिषेक समारोह पर एक क्षण में पानी फिर गया! मैंने तत्काल सभी समारोहों को रोकने का आदेश दे दिया।

इस आपातकाल से निबटने के लिए हमारी परिषद की सभा बुलाई गई। हमारे पास जवाबी हमले के लिए कोई सेना न थी। कुबेर अधिकतर नौसेना अपने साथ ही ले गया था। बाकी बचे लोग विषाक्त भोजन के प्रभाव में थे, कुछ लोग मर चुके थे और कुछ बुरी तरह से रोगी हो गए थे। तो हमारे पास उस दस्यु राजा से युद्ध करने के लिए केवल तीन सौ व्यक्तियों की सेना ही शेष थी। मैंने बिना किसी रक्तपात के यह राज्य प्राप्त किया था और इसी बात ने मुझे चिंता में डाल रखा था। मैं वरुण से युद्ध करना चाहता था; मैं किसी के साथ दो-दो हाथ करना चाहता था। मैं इस बात को बिल्कुल भी नहीं पचा पा रहा था कि मैं कोई वीरतापूर्ण कृत्य किए बिना, राजा के पद पर कैसे आसीन हो सकता हूँ? हमने एक सेना से कपट करके, उसकी रिसती आँतों की दया से राज्य प्राप्त किया है। धिक्कार है!

प्रहस्त ने उस दस्यु से सौदेबाज़ी की और अंत में, प्रत्येक को अपनी योजना सुना कर सहमत कर लिया। जब प्रहस्त अपने दो सहायकों के साथ, एक छोटी नौका में सवार हो कर, सुदूर क्षितिज में दिखते जहाज़ी बेड़े के पास चल दिया तो मैं मारे गुस्से के आगबबूला हो गया। मैं बुरी तरह से खीझा हुआ था कि तभी एक काँपते हुए अनुचर ने सूचित किया, "मय आपसे मिलना चाहते हैं।"

मैं किसी ऐसे व्यक्ति से किसी भी हाल में नहीं मिलना चाह रहा था जो अंकों की

गणना और फीतों के माप से अपनी आजीविका चलाता हो परंतु इससे पूर्व कि मैं अनुचर को वहाँ से हटाता, मय खीसें निपोरते हुए भीतर आ गए। अनुचर चुपके से खिसक गया।

मैं विस्मय के साथ देखता ही रह गया और मेरे आगे खड़े केश विहीन वृद्ध ने, किसी वानर की तरह, वास्तुकला व अभियांत्रिकी की तकनीकी बारीकियों पर बकवास करना प्रारंभ कर दिया। और मैंने लक्ष्य किया कि वे मुझे रावण कह कर संबोधित कर रहे थे। मैं अभी इस मनःस्थिति में कतई नहीं था कि किसी अनापेक्षित गुरू से अभियांत्रिकी की आरंभिक शिक्षा ग्रहण करूँ। जी में तो आ रहा था कि उठूँ, उन्हें उनकी गर्दन से पकड़ कर, सिर को झुकाऊँ व उनकी नाक ज़मीन पर रगड़ दूँ परंतु इसकी बजाय मैंने भरसक शिष्टाचार बटोरते हुए कहा, "आपने यहाँ आकर मुझे जो सौभाग्य प्रदान किया, उसके लिए मैं आपका आभारी हूँ। कहिए मैं आपके लिए क्या कर सकता हूँ?" मैंने आशा की कि मेरा सुर मेरे भावों के अनुकूल न हो और मैंने जो भी शब्द कहे वे एक आदरणीय वृद्ध गुरू तथा वास्तुकार के मान के अनुरूप ही थे।

"मैं यहाँ से गुज़र रहा था इसलिए सोचा कि क्यों न तुमसे कुछ वार्तालाप करता चलूँ।" पाँच मिनट बीत गए और मैं वहीं खड़ा रहा, जबकि इस दौरान वे वृद्ध सज्जन कुछ निश्चित बातों को मन मन गुनगुनाते हुए, विराम चिन्हों सहित खेद व प्रसन्नता के स्वर निकालते रहे। मैंने उन सब घटनाओं की कल्पना कर ली, जो उनके साथ घटी हो सकती थीं जैसे – किसी विशालकाय स्तंभ का उनके मस्तक पर गिरना, जैसे विष्णु का एक सिंह का मुखौटा लगाए स्तंभ में से, अपने छिपे हुए स्थान से प्रकट होना; जैसे मय का धरती पर गिरना और उनके बाकी बचे दो दाँतों का टूटना। फिर अचानक ही मेरे मस्तिष्क में एक विचार कौंधा। उन्हें तो मेरी माँ, बहन तथा अपनी धृष्ट पुत्री के साथ मुख्य भूमि में होना चाहिए था। वे यहाँ कैसे पहुँच गए? इससे भी अधिक महत्त्वपूर्ण विचार यह था कि मेरी माँ और बहन कहाँ थे? क्या वे वरुण की क्रूरता का शिकार हो गए थे? यदि मेरी माँ को कुछ हो जाता तो मैं वरुण को जीवित ही गाड़ देता। फिर चाहे हमारे आपसी समझौते, संधियाँ, प्रहस्त की कूटनीतियाँ तथा राजनीति के दाँव पेंच भले ही भाड़ में जाते।

"शिव! शिव, मय भाई तुमने अभी तक इसे कुछ बताया नहीं," माँ का स्वर सुनते ही मेरे पेट में मच रही खलबली अचानक ही शांत हो गई।

उनके पीछे ही मुझे अपनी बहन दमकती हुई दिखाई दी। मैंने उनके साथ खड़ी एक हठी सी दिखती युवती पर भी नज़र मारी, उसकी आँखें निःसंकोच मेरी आँखों का सामना कर रही थीं, मानो उसने लज्जा करना सीखा ही न हो।

“ओह! वरुण कितना भलामानस है। हमारी यात्रा कितनी सुखद व आनंददायक रही!” माँ ने बेलाग भाव से कहा

“तो जंबूमाली कहाँ हैं? इससे पहले कि मैं किसी को आपको लिवाने भेजता, आप स्वयं ही क्यों चली आई?” मैंने पूछा

“जंबूमाली तो अब भी वरुण के जहाज़ पर ही है। वरुण को इस बात की बहुत प्रसन्नता है कि तुमने लंका का शासन संभाल लिया है। लोग कहते हैं कि वह एक दस्यु है परंतु वह तो शिष्टाचार का बहुत पक्का निकला और उसने मेरे हाथों तुम्हारे दीर्घकालीन व समृद्धिशाली शासन के लिए शुभकामनाएँ भी प्रेषित की हैं।”

“प्रहस्त उससे बातचीत करने गया है।”

“मेरे पुत्र! यह राजनीति तो तुम ही जानो। पुत्र! अब तुम्हारी आयु विवाह योग्य हो गई है। कुछ लोग तो यह भी कहते हैं कि इस समय तुम से अधिक सुदर्शन व सुयोग्य कुँआरा युवक दूर-दूर तक नहीं है। तो विवाह के विषय में तुम्हारा क्या विचार है?”

“माँ! मुझे नहीं लगता कि मैं अभी इस उत्तरदायित्व को वहन करने के लिए प्रस्तुत हूँ। मुझे पूरे राज्य का कार्य-भार संभालना है और अभी तो मैंने काम का आरंभ ही किया है।” मैंने अपना विरोध प्रकट किया।

“तो... मैंने मय से पूछ लिया है कि क्या वे प्रसन्नतापूर्वक अपनी पुत्री मंदोदरी का हाथ तुम्हारे हाथों में देना चाहेंगे?” माँ ने मेरे विरोधों को पूरी तरह से उपेक्षित करते हुए अपनी बात कही।

मैं तो भौंचक्का रह गया। मैं किसी अकड़े हुए काठ सरीखी युवती से तो विवाह करने के लिए बिल्कुल सहमत नहीं था। मैंने उसकी ओर निहारा तो उसके चेहरे पर लज्जा या संकोच का एक भी भाव नहीं दिखा। उसने इतनी गहराई से मेरी आँखों में झाँका कि मैं स्तंभित रह गया। उसकी आँखें गहरी काली व तीखी थीं तथा भारी पलकों से ढकी थीं। माना वह सुंदर थी परंतु उसकी सुंदरता एक सीमा तक कठोर जान पड़ रही थी। मानो उसके भावों में एक विचित्र सा घमंड झलक रहा हो। मानो उसके पिता ने उसे अपने फीते से माप-तोल कर गढ़ा हो, तभी वह किसी तराशी हुई पाषाण प्रतिमा की भाँति लगती थी।

“मेरे विचार से हमें तुम दोनों को परस्पर परिचित होने के लिए कुछ समय देना चाहिए, तो क्या हम बड़े लोग बगीचे में चलें।”

इतना कह कर, वे मंदोदरी को मेरे साथ छोड़ कर, सबके साथ बाहर चली गईं। मैं वहाँ से भागना चाहता था, कक्ष के वातायन से कूद कर ग़ायब हो जाना चाहता था। *मंदोदरी*! भला यह भी कोई नाम हुआ?

"यह कक्ष बहुत ही दर्शनीय है।" उसने कहा और मैंने मन ही मन सोचा कि जैसा पिता वैसी पुत्री। मैंने सीमित शब्दों में उत्तर दिया, "हाँ।" इसके बाद वह शांत हो गई और मैं मन ही मन कुछ कहने के लिए शब्दों की तलाश करता रहा। काश! मुझे बोलने के लिए कुछ शब्द तो मिल जाते। कक्ष का वातवरण बहुत ही गहन और बोझिल होता जा रहा था। मुझे अब तक इस बात का पक्का यक़ीन हो चुका था कि विवाह करने का यह तरीक़ा तो बिल्कुल ही अनुचित था।

"ख़ैर... मैंने ब्रह्मा जी से धनुर्विद्या की शिक्षा ली है और मैं संगीत प्रेमी भी हूँ। मैं बच्चों के रोगों की दवाएँ व चिकित्सा खोजने में रूचि रखता हूँ और...।" मैंने बमुश्किल हकलाते व लड़खड़ाते हुए अपनी बात कही।

वह मुड़ी, अपनी भुजाएँ मोड़ीं और मेरी आँखों में सीधा देखते हुए बोली, "मेरे पिता ने मुझसे कहा कि आप मेरे भावी पति हैं तथा एक आज्ञाकारी पुत्री होने के नाते, मैं उनके इस प्रस्ताव से सहमत हूँ। मैं देवों के सभी वेदों का ज्ञान रखती हूँ तथा मैंने देवों तथा असुरों के इतिहास का भी अध्ययन किया है। मैंने अपने पिता के अधीन वास्तुकला तथा अभियांत्रिकी की शिक्षा भी ग्रहण की है। मैं कविताएँ लिखती हूँ तथा चित्रकारी का भी शौक़ रखती हूँ। मुझे शिकार खेलना बहुत पंसद है और मैं एक कुशल निशानेबाज़ हूँ।"

किसी ने नहीं पूछा कि क्या मैं एक चलते-फिरते विश्वकोश से विवाह करने के लिए प्रस्तुत था? उसने अपनी बात समाप्त की और मैं प्रतीक्षा करने लगा कि क्या वह कुछ और कहना चाहेगी? मैंने उसके सम्मुख स्वयं को छोटा, असभ्य तथा उपलब्धिहीन अनुभव किया। मैं जानता था कि मैं एक अच्छा तथा शूरवीर योद्धा था, परंतु इससे क्या अंतर पड़ता था, रूद्रक के अधीन तीन सौ सैनिकों को प्रशिक्षित किया गया था। मुझे ब्रह्मा के अधीन प्रशिक्षित किया गया परंतु मैंने अपनी अधिकतर औपचारिक शिक्षा को नकार दिया था। मैं चाह रहा था कि इस साक्षात्कार को वहीं समाप्त कर दिया जाए। मैं उस संधि के विषय में विचार कर रहा था, जो प्रहस्त उस दस्यु के साथ करने जा रहा था। साथ ही यह चिंता भी सताने लगी कि क्या हम उस संधि को बरकरार रख पाएँगे। तभी गाने के स्वर से मेरी तंद्रा टूटी। ये क्या! मंदोदरी तो गाने लगी। वह एक मधुर गीत था, जिसमें महाबलि के शासन की महिमा का वर्णन किया गया था और उसने उसे भली-भाँति गाया भी। उसके सुर, लय और ताल में कहीं

कोई कमी नहीं थी और वह सुरों के आरोह-अवरोह को भी बखूबी निभा रही थी। परंतु उसके इस निर्दोष गान में आत्मा का अभाव था। यह इतना संपूर्ण था कि गान की आत्मा ही कहीं नष्ट हो गई थी। इसमें किसी तरह का कोई आवेग नहीं झलकता था। मंदोदरी जो गा रही थी, वह उन शब्दों के भावों को नहीं समझ पा रही थी अतः यह उसके लिए किसी अभ्यास की भाँति ही था; एक यांत्रिक, भावरहित, आवेगरहित परंतु संपूर्ण रूप से प्रस्तुत किया गया अभ्यास! कोई भी संगीत गुरू उसके गान में दोष नहीं निकाल सकता था परंतु कहीं न कहीं कोई अधूरापन अवश्य था।

जिस तरह अकस्मात् रूप से उसने गान आरंभ किया था, उसी तरह एक ही झटके में गान रोक भी दिया। हमारे बीच एक व्याकुल सा मौन पसर गया। मैं नहीं जानता था कि अब मुझे क्या करना चाहिए। क्या मुझे उसकी प्रशंसा करनी चाहिए? उसका गान सुन कर करतल ध्वनि से स्वागत करना चाहिए? उसकी पीठ थपथपा कर, उसकी कोमल त्वचा की अनुभूति लेनी चाहिए? या केवल एक मुस्कराहट देना पर्याप्त होगा? या हो सकता है कि मुझे इसके बदले में एक गीत गाना चाहिए? मैं बुरी तरह से चकराया हुआ था और इसी प्रतीक्षा में था कि बाहर से कोई आए और मुझे इस दुःखदायी स्थिति से उबार ले। पहले मुझे इस बात से बड़ी खीझ होती थी कि कक्ष के बाहर से निकल रहा कोई भी मूर्ख, मुझसे बतियाने के लिए सीधा अदंर घुसा चला आता था। अब मैं बहुत ही अकुला कर प्रार्थना कर रहा था कि कोई आए और मेरी रक्षा करे, फिर भले ही वह मय ही क्यों न हो।

"तो, अब तुम दोनों में परिचय हो गया। अगले रविवार तुम्हारा विवाह है और मैंने संदेशवाहकों के हाथों उन संबंधियों को यह संदेश भिजवा दिया है, जो अगले रविवार तक यहाँ पहुँच सकते हैं। शेष संबंधियों को हम बाद में सूचित कर देंगे।" माँ कक्ष में प्रवेश कर चुकी थीं और अभियांत्रिक महोदय वातायन के समीप स्थित अलंकृत स्तंभ को अपने हाथों से टोह कर देख रहे थे। दहलीज़ पर खड़ी मेरी बहन, अपनी होने वाली भाभी को देख खीसें निपोर रही थी।

"परंतु माँ...।" इससे पूर्व कि मैं अपनी बात पूरी कर पाता, अचानक ही कई क़दमों की आहट सुनाई देने लगी और कक्ष शांत हो गया। प्रहस्त ने जंबूमाली के साथ प्रवेश किया और उनके पीछे मारीच भी भीतर आ गए। मैं इस व्यक्तिगत प्रसंग के बीच बाहरी व्यक्तियों के आगमन से रूष्ट हो गया परंतु इसके साथ ही मुझे बड़ा सुकून भी मिला। माँ को देखते ही प्रहस्त ने दोनों हाथ जोड़ कर प्रणाम किया तथा उनके स्वास्थ्य के विषय में कुशल-मंगल पूछने लगा। मारीच सीधा माँ के पास गए और आँखों में एक चमक के साथ बोले, "तो बहन, जोड़े मिलाने का काम पूरा हो गया? और ज़रा देखो तो, वह कैसे लजा रहा है!"

जी में तो आया कि वहीं उनका गला दबा दूँ।

कुंभ और विभीषण कक्ष में दौड़े चले आए और कुंभ ने मुझे गले से लगा लिया, उसकी दो दिन की बढ़ी दाढ़ी मेरे चेहरे पर चुभ रही थी। उसके मुँह से ताड़ी की दुर्गंध आ रही थी।

"हम्म... यदि आप महिलाएँ बुरा न मानें तो क्या इस कक्ष से विदा ले सकती हैं, हमें राज्य से जुड़े कुछ महत्त्वपूर्ण मसलों पर विचार-विमर्श करना है।"

मेरी बहन होंठ फुला कर बाहर निकल गई और माँ कक्ष छोड़ने से पहले आगे आई और मेरे मस्तक पर एक चुंबन अंकित कर दिया। जब मैंने देखा कि मंदोदरी के होठों के कोनों पर एक तिरछी रेखा खिंच आई थी, तो मैं बुरी तरह से लाल पड़ गया। मय वहीं बने रहे मानो वे कुछ देर और वास्तुकला का आनंद लेना चाहते हों परंतु मारीच जिस दयालुता के साथ उन्हें वहाँ से बाहर ले कर गए, यह कार्य उनके अतिरिक्त कोई दूसरा कर ही नहीं सकता था। हम लोग वहाँ छाई चुप्पी के बीच बैठे रहे, इतना समय बीत गया कि इस बात का भय पैदा हो गया कि कहीं प्रहस्त पगला कर अश्लील गीत न गाने लगे। तभी मारीच ने अपनी गर्दन हिलाते हुए तथा आँखें मटकाते हुए कक्ष में प्रवेश किया।

"यदि आपके यह विलक्षण कार्य पूरे हो गए हों तो क्या अब हम काम की बात कर लें, मारीच!" मारीच के चेहरे पर मुस्कान आ गई। प्रहस्त अपना बदला लेने में कामयाब रहा। "ये कोई छोटा-मोटा सौदा नहीं था। यह दस्यु बहुत बड़ा समझौतेबाज़ है। मैं जानता हूँ कि आप इसे पंसद नहीं करने वाले परंतु हमें अपने बल व ताकत को बनाने के लिए अभी थोड़ा समय चाहिए।" प्रहस्त एक क्षण के लिए शांत हुआ। मेरा चेहरा पीला पड़ गया। दरअसल मैं संधि से जुड़ी शर्तें सुनना ही नहीं चाहता था। मैं तो युद्ध करने के लिए अकुलाया पड़ा था परंतु तर्क ने मुझे समझाया कि यह मूखर्तापूर्ण नायकत्व मुझे कहीं नहीं ले जाने वाला था। अनेक असुरों ने इसी तरह अपने प्राणों का बलिदान किया था और अब वे केवल उन भाँडों के कीर्तिगान का ही एक अंश बन कर रह गए थे।

प्रहस्त ने अपने स्वर को भरसक सामान्य रखते हुए कहा, "इस समय दो लाख स्वर्ण मुद्राएँ, प्रत्येक तीसरे माह में बीस हज़ार स्वर्ण मुद्राएँ, हमारे सात सर्वश्रेष्ठ जहाज़, हमारे कुल काली मिर्च उत्पादन का एक तिहाई हिस्सा, इलायची व लौंग की फसल का पाँचवाँ हिस्सा और बंदरगाहों से एकत्र किए जाने वाले सीमा शुल्क के राजस्व का एक चौथाई हिस्सा!"

“इन छोटे लाभांशों के बदले में हमें क्या प्राप्त होगा?” मैंने आशा की कि मेरा यह व्यंग्य वृद्ध महाशय को भड़काने का काम नहीं करेगा।

“महाराज! हम किसी भी प्रकार की, कोई भी माँग रखने की स्थिति में नहीं हैं।” प्रहस्त ने अपने एक समान व शुष्क स्वर में बात जारी रखी। “उसने सभी बलों से हमारे बचाव का प्रस्ताव रखा है। उसने हमें नौसेना के जवान देने का भी प्रस्ताव रखा है ताकि हम अपने समुद्र को समुद्री दस्युओं के आंतक से मुक्त रख सकें।”

एक बार फिर से बड़ी ही विचित्र चुप्पी छा गई। प्रत्येक व्यक्ति मन ही मन इस संधि की शर्तों को लाभ-हानि की कसौटी पर तौल रहा था। हममें से किसी को भी पक्का पता नहीं था कि हमें उसे कितना देना होगा। हमें यह भी पता नहीं था कि उस समय राज्य के कोष की क्या स्थिति थी, हमारे गोदामों तथा अनाज के भंडारों की दशा कैसी थी, हम राज्य से कितना आयकर व अन्य राजस्व एकत्र करते थे या फिर आय के अतिरिक्त साधन कौन-कौन से थे? हम योद्धा ऐसी बातों पर कभी विचार ही नहीं करते थे, प्रायः हम इन बातों को अपने से निम्न स्तर के प्राणियों पर ही छोड़ दिया करते, जिन्हें मुनीम कहा जाता था। वही हमारे आय-व्यय का लेखा-जोखा रखते थे।

12 वाक्पटु

भद्र

उस दिन, जब मुझे उसका घर मिला, तब बहुत रात हो चली थी। मैं उस समय तक मदिरा के नशे में चूर हो चुका था और रास्ते में ताड़ी की तीन दुकानों का फेरा लगाता हुआ आया था। मैंने ज़ोर-ज़ोर से दरवाज़ा भड़भड़ाया और बाहर से ही माला पर अपशब्दों की बौछार करने लगा। माला ने दरवाज़ा खोला व पानी से भरी बाल्टी मेरे सिर पर उड़ेल दी। शीतल जल ने मुझे सुन्न कर दिया, फिर वह मुझे कमर में बँधे वस्त्र से खींचते हुए, भीतर घसीट ले गई, जिससे पानी चू रहा थ। मैं जानता था कि मैं उसके प्रेम में पड़ चुका था।

मैंने एक लंबे समय तक प्रतीक्षा की थी कि कोई आता और मुझे मेरे स्वामी के पास ले जाता। दिन बीतते गए, लोग एक-दूसरे से बतियाने में मगन, राजनीति और अपने भविष्य की चर्चा करते हुए सड़कों पर झुंड बनाए निकलते रहे। मैं भी उस भीड़ का हिस्सा बनना चाहता था ताकि सड़क पर चल रहे उन लोगों की जानकारी लेते हुए, उनकी मनःस्थिति भाँप सकूँ। परंतु मैं इस बात से डरता था कि कहीं मैं बाहर चला गया, तो वह संदेशवाहक खाली हाथ लौट जाएगा, जिसे मेरे स्वामी मुझे लिवाने के लिए भेजेंगे। वह निश्चित रूप से मुझे लेने आने वाला था। मेरे स्वामी स्वयं मुझसे मिलने आने वाले थे। वे मुझे अपने समीप बुला कर उन सब बातों के लिए धन्यवाद देते, जो पिछले कुछ दिनों में घटी थीं। फिर मैं कहता कि यह सब तो शिव की कृपा का फल था। मैं तो उनकी इस बाजी का अदना सा प्यादा भर था। मैं दिन-रात यही सपने देखता रहा परंतु कोई नहीं आया, कोई भी तो नहीं! मैं वहीं बैठ गया, मेरे चेहरे से दो स्वेद धाराएँ बहते हुए, छाती को भिगो रही थीं। यद्यपि मैं हिलने का साहस नहीं

कर सका। मेरे सम्राट मुझे पहले ही विस्मृत कर चुके थे। मैं इस बात पर विश्वास नहीं कर सका। नहीं, वे व्यस्त थे। वे अपने परिवार के सभी सदस्यों के अपने-अपने काम पर लौटने की प्रतीक्षा में थे, इसके बाद वे निश्चित तौर पर मुझे बुलाने वाले थे। परंतु साँझ ढलते-ढलते, मैं इस विषय में इतना निश्चित नहीं था। मैं वहाँ जाने और अपना चेहरा दिखाने से भयभीत अनुभव कर रहा था। मैं कौन था? एक निकृष्ट जीव! मानो कोई छोटा सा कीट। जी में तो आया कि अपने ही चेहरे पर थूक दूँ।

चूँकि मेरे पास करने के लिए कोई काम नहीं था इसलिए मैं एक दिन माला के साथ सब्जियाँ लेने के लिए हाट चला गया। जब हम लौट रहे थे तो मैंने एक संपन्न व्यक्ति को देखा जो बड़े ही स्नेह से, माला के आँगन में खड़े, अपने घोड़े की अयाल को सहला रहा था। जैसे ही हम भीतर पहुँचे तो वह हमारी ओर देख कर मुस्कराया। मैंने देखा कि माला का चेहरा उज्जवल हो उठा था, उसने उसी उल्लास के बीच सब्ज़ियों का थैला मुझे थमाया और प्रसन्नतापूर्वक पुकारते हुए, उस व्यक्ति के आलिंगन में पहुँच गई। मैं उस नीम अंधकार के बीच सुन्न हुआ खड़ा था, मैं हिल भी नहीं पा रहा था, जोड़ा बड़ी निर्लज्जता से एक-दूसरे को आलिंगन में ले कर चुंबन दे रहा था। मैं अब भी हाथों में सब्जियाँ थामे खड़ा था, वे दोनों अपने कमरे में घुसे और बड़ी धृष्टता से दरवाज़ा बंद कर लिया। मैंने देखा कि घोड़ा मुझे देख कर हिनहिना रहा था। मैं एक विचित्र से सूनेपन से घिर गया, आत्म-दया की लहर ने मुझे भिगो दिया, मुझे जीवन के इस पक्षपात पर क्रोध व कुंठा का अनुभव होने लगा। मैं घोड़े के पास गया और सब्ज़ियों का थैला उसके आगे ढेर कर दिया।

मैं वापिस बाज़ार की ओर चल दिया व तीन दिन तक भूखे पेट रहने के बाद, मुझे एक स्थानीय सराय में रसोइये का काम मिल गया।

शीत ऋतु का अंत निकट था, एक छोटी सी घटना ने पूरे नगर में विशाल स्तर पर दंगे फैला दिए। किसी ने सोचा तक नहीं था कि निरहंकारी तथा अनाड़ी महागुरू तथा अब प्रशासन के प्रमुख अभियंता मय, इन दंगों का कारण होंगे। जब उन्होंने अपने अभियांत्रिकी कौशलों के प्रदर्शन की ठानी तो उन्होंने बुरी तरह से डसे गए, तनावग्रस्त तथा भूखे लोगों की दुखती रग पर हाथ रख दिया। यह शीत ऋतु की एक सुहावनी सुबह थी, मैं सड़क पर हो रहे हल्ले-गुल्ले के स्वर को सुन कर नींद से जगा। जब बाहरी शोर-शराबा सहनशक्ति से बाहर हो गया तो मैंने बिस्तर से उठना चाहा। बाहर से एक अलग सी घर्राहट का स्वर आ रहा था। मैं चिड़चिड़ाहट व नींद से बोझिल आँखों के साथ बाहर निकला, तो एक विमान में सवार मय को देखते ही मेरी जंभाई बीच में ही थम गई। वह तो एक उड़ने वाला यंत्र था। यंत्र आकाश में कलाबाज़ियाँ खा रहा था और देख कर लगता था कि मय को बहुत आनंद आ रहा

था, इस वजह से नीचे जो कोलाहल हो रहा था, वह तो स्वाभाविक ही था। सारी भीड़ उसे देख कर आश्चर्य व भय के मारे चीख़-चिल्ला रही थी।

यह तो *पुष्पक* था, जो वर्तमान मय के पितामह, प्राचीन मय द्वारा निर्मित था। मैंने केवल कुबेर द्वारा विकसित किए गए, एक प्रारूप के अस्तित्व के विषय में सुना था, जो उसने किसी प्राचीन मय द्वारा तैयार करवाया था परंतु अश्वों की एक दौड़ में उसकी असमय मृत्यु के कारण, धनी व्यापारी-नरेश की यह परियोजना बीच में ही रह गई थी। कुबेर कुछ इसी प्रकार के यंत्र को विकसित करने के लिए बहुत सा धन व्यय कर चुका था परंतु वह कभी ऐसा कोई यंत्र तैयार नहीं करवा सका, जिसे उड़ाया जा सके। मैं आश्चर्य के साथ देख ही रहा था कि *पुष्पक* ने बड़ी ही शालीनता से मोड़ काटा और महल की तरफ जाते हुए ग़ायब हो गया।

इसके बाद लोगों मे हलचल व सुगबुगाहट होने लगी। लोग जाने कितनी अलग-अलग तरह की बातें कर रहे थे। तभी मैंने उसे देखा - माला का प्रेमी! वह एक प्राचीर पर खड़ा, किसी व्यक्ति को चिल्ला कर कोई आदेश दे रहा था। मैं सुनना चाहता था कि वह क्या कह रहा था इसलिए मैं भीड़ के मध्य राह बनाते हुए आगे बढ़ा। धीरे-धीरे कोलाहल शांत हो गया और वहाँ केवल हल्की फुसफुसाहट, बुदबुदाहट और गहरी साँसें भरने के सिवा कोई शब्द नहीं सुनाई दे रहा था। मानो वहाँ के वातावरण में एक विचित्र सी प्रत्याशा झूल रही हो। तब अचानक ही मेरा शत्रु क्रोधित हो कर शब्दों के विस्फोट करने लगा।

"मेरे प्रिय भाइयों! यह तो कोरी मूर्खता है। क्या हम इसके अधिकारी हैं? जहाँ एक ओर हम भूखों मर रहे हैं और हमारा राजा विलासिता व ऐश्वर्य के बीच मग्न है...।" भीड़ ने गरज कर अपनी सहमति प्रकट की। "रावण तुम्हारे लिए एक अभिशाप है, क्या हमें ऐसे शासक की आवश्यकता है?"

"नहीं! नहीं! नहीं!।" मैंने अपने स्वर को भी इस समवेत स्वर में मिला पाया।

"यहाँ तुम्हारी संतानें भूख से दम तोड़ रही हैं और वहाँ महलों में तमाशबीन उड़ने के सपने देख रहे हैं।" उसने अपनी बात वहीं समाप्त की और आसपास देख कर, वहाँ के वातावरण का अनुमान लगाया। *"इसने तो देवों की भी अवज्ञा कर दी है। यहाँ तक कि इस तरह तो देवता भी नहीं उड़ते और यह राजा मूर्ख वैज्ञानिकों के लिए पानी की तरह पैसा बहा रहा है ताकि उड़ने वाले विमान व यंत्र बनवा सके।"* भीड़ ने समर्थन में अपना स्वर मिलाया। *"जब तुम्हारी संतानें भूख से दम तोड़ रही हैं, खेत तुम्हारी संतानों की लाशों से पटे हैं, जब तुम्हारे पशु जल के अभाव में प्यासे दम तोड़ रहे हैं*

तब तुम्हारा शासक तुम्हारे शवों के ऊपर से विमान में उड़ेगा और आकाश के ऊपर से तुम्हारे विनाश का यह दृश्य देखेगा, क्यों?"

"क्यों? क्यों?" उसके प्रश्न के प्रत्युत्तर में हज़ारों प्रतिध्वनियाँ गूँज उठीं।

"क्योंकि वह तुमसे भयभीत है। क्योंकि वह नीचे उतर कर, तुम सामान्य जन से मिलने-जुलने में डरता है। रावण पर धिक्कार है!" वह अपनी ही छाती पर एक शक्तिशाली घूँसा जड़ते हुए चिल्लाया।

"धिक्कार है! धिक्कार है! भीड़ ने भी यही कहा और वैसा ही किया।

"वह कहता है कि वरुण के कारण तुम लोगों का जीवन इतना दयनीय हो गया है। यह वरुण कौन है और लंका के निवासियों पर क्या अधिकार रखता है? वह एक दस्यु है। यह तुम्हारा दुर्भाग्य नहीं, तुम्हारी दुर्बलता है कि तुम्हारे पास रावण सरीखा कायर राजा है।"

भीड़ के पिछले हिस्से में कुछ गतिविधि होने लगी तो मैं उछल-उछल कर देखने की कोशिश करने लगा कि आख़िर वहाँ हो क्या रहा था? आपस में किसी की हल्की सी झड़प हुई थी इसलिए मैंने पुनः अपना ध्यान वक्ता की ओर लगा दिया। *"क्या हमने रावण को यहाँ आने का निमंत्रण दिया था? क्या हमने रावण से कहा था कि वह आए और हम पर शासन करे?"*

"नहीं! नहीं! नहीं!" भीड़ ने गर्जना की।

"पिछला राजा एक ठग था परंतु वह एक वीर ठग था।"

"सुनो! सुनो! मेरी बात सुनो।"

"उसने दस्युओं को हमसे सदैव दूर रखा। उसने तुम लोगों को ठगा पर फिर भी उसका विवेक अभी मरा नहीं था। उसने तुम्हें झुकाया अवश्य था परंतु कभी तोड़ा नहीं! अपनी संपूर्ण विलासिता के बावजूद वह इतना तो छोड़ ही देता था कि तुम लोगों का पेट भर सके। इस कायर रावण ने छल-कपट से यह राज्य प्राप्त किया है और अब तुम पर अपना पैशाचिक शासन थोप रहा है। वह तो ऐसा दुष्ट है कि एक शिशु के मुख से भी दूध छीन लेगा। वह तुम्हारा रक्तपान करेगा। यदि उसे लगेगा कि उसे अपने विलासिता व ऐश्वर्यपूर्ण जीवनशैली के लिए किसी प्रकार के आर्थिक अनुदान की आवश्यकता है तो वह तुम्हारी पत्नियों तक को बाज़ार में बेच देगा। वह दुर्बल, क्रूर तथा सबसे बढ़कर एक कायर राजा है।"

मैं तो उस व्यक्ति की व्याख्यान कला से मंत्रमुग्ध हो उठा। वह बहुत अच्छी तरह से अपने भावों को प्रकट कर रहा था। उसके सुर का उतार-चढ़ाव बिल्कुल सटीक था। उसके शारीरिक हाव-भाव शक्तिशाली थे, और मैं अनुभव कर सकता था कि भीड़ इन भावों में बहती जा रही थी।

"मेरे लंका निवासियों उठो, जागो। हम असुर अपने शासकों के रूप में दुर्बल व निर्मम व्यक्तियों को नहीं चाहते। चलो, इस बहुरूपिए को इसके पद से हटा दें और इसकी मंडली के बाकी सदस्यों को सागर की लहरों के हवाले कर दें। फिर हम वरुण से दो-दो हाथ करेंगे और उसे उसकी औकात याद दिला देंगे। आओ, महल की ओर चलें और इस राक्षस को राजगद्दी से उतार फेंकें। आओ चलें...।" अचानक ही वहाँ एक सन्नाटा छा गया और मैंने उसे धीरे से आगे की ओर गिरते देखा। उसकी छाती रक्त से लाल थी और तभी मेरा ध्यान उसकी मुट्ठी में भिंचे तीखे बाण की ओर गया, जिसे उसने अभी-अभी अपनी छाती से खींच कर निकाला था। अभी भीड़ सकते में ही थी कि अचानक अश्वारोही चारों दिशाओं से प्रकट हुए और भीड़ को हाँकने लगे। वहाँ चारों ओर बड़ा ही विचित्र सा आंतक छा गया। मैंने रूद्रक को पूरी गति से अपने काले अश्व पर भागते देखा, जो अपनी राह में आने वाले प्रत्येक श्रोता को निःसंकोच कुचलता जा रहा था। यद्यपि मैं इस संकट से दूर हो जाना चाहता था परंतु जाने क्यों इस तमाशे के केंद्र की ओर आकर्षित होता चला गया। मैं अपने शत्रु का प्राणांत होते देखना चाहता था इसलिए मैं अपनी पीड़ा को उपेक्षित करते हुए भागा, विपरीत दिशा में भागने के कारण मैं अनेक लोगों से टकरा-टकरा कर चोटिल हो रहा था परंतु मुझे इसकी परवाह नहीं थी।

जब तक मैं दीवार के पास पहुँचा, तब तक मेरे पाँव कई बार ज़मीन से उखड़ चुके थे। मैंने देखा कि रूद्रक क्रोध व कुंठा के मारे थर-थर काँप रहा था। उस व्यक्ति के शरीर से कोई रक्त नहीं निकल रहा था और वह वहाँ औंधे मुँह पड़ा था। रूद्रक ने कुंठित हो कर अपनी तलवार की मूठ से एक सैनिक पर वार किया। फिर वह उस घायल सिपाही के शरीर से फूट रहे रक्त की बौछार को उपेक्षित करते हुए, अपने दूसरे साथियों को निर्देश देने लगा कि वे विद्रोही की तलाश करें। वह अभी अधिक दूरी तक नहीं जा सकता था। मैं निराश हो गया और मन ही मन प्रार्थना की कि वह तीर फलीभूत हो गया हो तथा कुछ ही घंटों में वह व्यक्ति दम तोड़ दे। परंतु मैं यह भी जानता था कि इस बात पर आसानी से विश्वास नहीं किया जा सकता था क्योंकि मैं अपने जीवन में कभी भाग्यशाली नहीं रहा था। फिर मैंने नगर के विभिन्न भागों से उठती आग की लपटें देखीं। लंका धू-धू कर जल रही थी। और ऐसा पहली बार नहीं था कि वह द्वीप नगरी आग की लपटों में स्वाहा हो रही हो।

13 समुद्री दस्यु का हंगामा

रावण

"विद्रोही को पूरे बल से कुचल दो। किसी भी द्रोही को छोड़ा नहीं जाएगा।" मैंने समुद्र की ओर देखते हुए, अपने लोगों को नर्कवास देने का फ़रमान सुना दिया। फिर अपने-आप को सांत्वना दी, "मैं यह सब अपने लोगों के कल्याण के लिए ही तो कर रहा था।" अचानक ही मेरे भीतर से वही कठोर स्वर गूँज उठा। 'रावण, इतिहास का प्रत्येक अत्याचारी अपने-आप से यही तो कहता आया है। काश मैं अपनी अंतरात्मा से उठते इस स्वर को सदा के लिए मौत की नींद सुला पाता।"

एक-एक कर, सभी कक्ष से बाहर चले गए। मैंने स्वयं को अकेला अनुभव किया, बहुत ही अकेला। मैं कहीं सुदूर से उठती धूम्ररेखा देख सकता था, जो आकाश की ओर उठती जा रही थी। हो सकता था कि वहाँ कुछ मनुष्य जीवित ही जल रहें हों। मेरी न्याय व सदाचार की भावना भी जैसे उसी धुएँ में विलीन हो कर, मेरे महल के आसपास बिखर गई थी। मैं जानता था कि एक राजा के रूप में अपने जीवन का नया आरंभ करने के पश्चात, ऐसी हानि के बारे में विचार करने के लिए तो अभी बहुत समय था। मुझे तो अभी बहुत दूर तक जाना था। अभी तो असंख्य लोगों को यातनाएँ देनी थीं, जाने कितने जीवन उजाड़ने थे, अपने-आप को जाने कितनी और सफ़ाईयाँ देनी थीं और बहुत से भयंकर कार्य करने शेष थे। अभी किसी ऐसे नायक की भूमिका निभाने के लिए बहुत समय पड़ा था, जो पश्चाताप की अग्नि में जल रहा हो। क्या वरुण के जहाज़ों पर अब भी किसी निम्न स्तर के कर्मचारी का पद मेरे लिए रिक्त था?

धीरे-धीरे, एक विचित्र सा अधूरापन मुझ पर हावी होता चला गया। मैं अपने आस-पास

घट रही घटनाओं पर वश नहीं कर सका था। अभी थोड़े समय पहले तक, मैंने अपनी नियति को भी वश में करने के बारे में, कभी सोचा तक नहीं था, यहाँ तक कि दूसरों की नियति को भी अपने हाथों में लेने का भी विचार नहीं किया था। अब मुझे एक ऐसे कृतघ्न राज्य के पंजों के बीच छोड़ दिया गया था, जो मुझे कुचल देना चाहता था। समुद्र की ओर से आई शीतल नमकीन हवा ने, कक्ष में रखी दीपक की लौ को हल्का सा तड़पाया और फिर मौत की गोद में सुला दिया। मैं सागर के तट से टकराती लहरों के स्वर को सुन सकता था। समुद्र के ऊपर तैर रहा झाग धीरे-धीरे ऊँचा होता जा रहा था। सुदूर से दिख रही, प्रकाश की रेखाएँ ऐसी दिख रही थीं, मानो नृत्य कर रही हों। संभवत: वे वरुण के जलपोत रहे होंगे। मेरे मस्तिष्क में एक योजना कौंध गई। मैं कुछ करना चाहता था। मैं नहीं चाहता था कि मैं हाथ पर हाथ धरे बैठा रहूँ और दूसरे लोग मेरे जीवन की योजनाएँ बनाते रहें। मैं खिड़की से पीछे हटा और...

"कौन है वहाँ?" मैंने झट से म्यान से अपना खड्ग खींच लिया। दरवाज़े की दहलीज़ के पास ही एक छोटी सी परछाईं खड़ी दिखाई दी। यह तेज़ी से कहीं अंधेरे में गुम हो गई और मैं अपनी आँखों को उस अंधेरे का अभ्यस्त करने के लिए मिचमिचाता ही रह गया। मैं हाथ में तलवार लहराते हुए, उसी कोने की ओर लपका। मेरी पीठ दीवार की ओर थी इसलिए केवल आगे से सुरक्षा देनी थी। मुझे इस बारे में कोई चिंता नहीं थी कि मुझ पर पीछे से भी वार हो सकता था।

"महाराज! ये तो मैं हूँ!"

"कौन हो तुम?"

एक चुप्पी... यदि वह कोई शत्रु होता तो उसने निश्चित रूप से बोलते हुए, अपनी स्थिति का ज्ञान न दिया होता। मैं थोड़ा निश्चित हो गया, परंतु पूरी तरह से नहीं! मैंने पैरों की आहट सुन कर कहा, "मैं तुम्हें कोई हानि नहीं पहुँचाऊँगा। प्रकाश में आओ।" फिर मैंने अपनी आँखें उसी ओर लगा दीं, जहाँ से मुझे उसके प्रकट होने की प्रत्याशा थी। एक परछाईं आगे बढ़ी और मेरी कलाई थाम कर, हौले से बोली, "महाराज! मुझे क्षमा करें।" उसने अपने शरीर को मेरी ठोकर से संभावित बचाते हुए कहा, "मेरा विश्वास करें, मैं आपका कोई शत्रु नहीं, सेवक मात्र हूँ।"

फिर मैंने उसे बरामदे की टिमटिमाती रोशनी के बीच देखा। यह चेहरा तो कहीं देखा हुआ था, मानो एक सर्प - एक फन उठाए खड़ा सर्प, एक विषैला सर्प, जो डसने के लिए तैयार खड़ा हो।

"भद्र!..."

"महाराज! आपकी सेवा में प्रस्तुत हूँ।"

"तुमने यहाँ तक आने का दु:साहस कैसे किया?"

"महाराज! मुझे इस धृष्टता के लिए क्षमा प्रदान करें परंतु पहले मेरी बात सुन लें।"

मैं वहीं खड़ा विचार करने लगा कि अब मुझे क्या करना चाहिए।

यदि मैंने उसे वहीं समाप्त कर दिया होता, तो आज इतिहास ही कुछ और होता। ओह इतिहास... यह हमेशा ही अलग-अलग लोगों के लिए अलग-अलग ही होता है और अपनी ही राह चलता है। संभवतः एक दिन कुछ भी तो महत्त्व नहीं रखता। सब कुछ महत्त्वहीन हो जाता है। आज इस युद्ध क्षेत्र में, जहाँ मैं रक्त से लथपथ पड़ा, आसन्न मृत्यु की पदचाप सुनने की प्रतीक्षा कर रहा हूँ, मेरा मानना है कि मैंने इतिहास में एक महान अध्याय जोड़ा है; किसी नायक की भाँति जिया; और एक खलनायक की मौत मरा; या फिर इसके विपरीत भी कह सकते हैं। परंतु हो सकता है कि मैं केवल इस भव्यता के भ्रम में ही जी रहा हूँ।

एक छोटे से युवराज राम तथा उसके नर वानरों के साथ हुए इस युद्ध ने, मेरे जीवन को नष्ट-भ्रष्ट कर दिया और वह सब व्यर्थ हो गया, जो मैंने आज तक हासिल किया था, यह सब मानव जाति के इतिहास में बहुत ही क्षुद्र व महत्त्वहीन हो सकता था। मैं कब से इतिहास की परवाह करने लगा? इतिहास मुझ से ही प्रारंभ होता है और मुझ पर ही समाप्त होता है। शायद मेरे अंगों को नोच-नोच कर खा रहा सियार यह जान कर आश्चर्यचकित हो सकता है कि वह इतिहास के ही एक अंग को निगल रहा है। यह सब क्या मायने रखता है, कि मेरे जैसा निर्धन व्यक्ति, जिसने एक साथ सम्राट व मूर्ख की भूमिका निभाई और कभी-कभी दोनों भूमिकाएँ एक साथ भी निभाईं या निभाना भूल गया; वह इस क्रूर व निर्मम भुवन में क्या महत्त्व रखता है, जो कि उसके अस्तित्व से भी बहुत पहले से विद्यमान है और मेरे धरती में दफ़न हो जाने के बाद भी यूँ ही विद्यमान रहेगा।

परंतु उस समय मैं यह सब जानने के लिए बहुत अल्पायु था और अब इतना वृद्ध हो चला हूँ कि इन बातों की परवाह ही नहीं रही। तो मैंने उसकी बात को ध्यान से सुना। जब वह मुझे अपने अतीत की गहरी अंधेरी गलियों से, वर्तमान की ऊबड़-खाबड़ संकरी गलियों तक लाया तो मैं सब कुछ सुनता रहा। जब वह रोया तो मैं उदासीन हो उठा। जब उसने मुझ पर अभियोग लगाया कि मैंने लंका पर विजय पाने के बाद, उसे भुला दिया था, तो मैं बुरी तरह से विस्मित हो उठा। क्या वह मेरी योजना नहीं थी, जो सफल हुई थी? इस आदमी का उन बातों से क्या लेना-देना था? परंतु मैंने उसके

लिए सहानुभूति भी अनुभव की, जैसे मुझे उस अभागे पिल्ले पर दया आई थी, जो मेरे सौतेले भाई कुबेर के रथ तले कुचल जाने के बाद, सारी रात दर्द के मारे तड़प कर रिरियाता रहा था। मैं इस व्यक्ति को अपने पालतू पिल्ले की तरह रख सकता था ताकि प्रहस्त को चिढ़ा सकूँ। यह विचार तो आनंददायी था। मैं मुस्कराया कि मूर्ख भद्र यही सोचेगा कि अंततः मेरे मन में अपने किए पर पछतावा आ ही गया। वह मेरे पैरों पर गिर कर, उन्हें चूमने लगा।

मैं बुरी तरह से थक गया था। एक व्यक्ति को अपने-आप को इतना गिराना क्यों पड़ता है? मैंने अपने पैरों को पीछे खींच लेना चाहा परंतु इस काम में भी बड़ा ही आनंद आ रहा था। मैंने मन ही मन एक प्रसन्नता की लहर अनुभव की, परंतु अचानक ही उभर आए अपराधबोध ने उस लहर को कहीं दबा दिया और मैंने उसे हिलाया। मैं उसके व अपने प्रति तिरस्कार अनुभव कर रहा था।

"तुम मेरे निजी अनुचर हो। कोई राजसी सहायक या कुछ और नहीं। बस एक निजी सेवक, तुम वही करोगे, जो मैं करने के लिए कहूँगा।"

"महाराज! मैं एक श्वान की तरह आपकी सेवा करूँगा।"

मेरे भीतर एक चटाक की सी आवाज़ हुई। क्या उसने मेरे मन की बात जान ली थी? क्या वह मेरे भीतर पल रही अवहेलना को पहचान सका होगा? मेरा पालतू पिल्ला, मेरे हाथों का खिलौना, भद्र। मैंने स्वयं को अपनी ही नज़रों में निंदनीय व नीचा अनुभव किया। नहीं, मैं उससे एक मित्र की तरह पेश आऊँगा, किसी समकक्ष की तरह, हालाँकि पूरी तरह से नहीं, परंतु काफ़ी हद तक इस बात को ध्यान में रखूँगा। अपने स्वामी की तरह, समान अधिकार रखने वाला एक दास? मैं तो हँसते-हँसते मर जाता। 'पर रावण, ज़रा उसका मुख तो देखो, उसकी कमज़ोर भुजाओं व मोटी तोंद को देखो, क्या वह तुम्हारे समान है? भद्र धरती का कचरा है, वह धरती के उन निकृष्टतम जीवों में से है, नियति ने इन पर राज करने के लिए तुम्हें भेजा है।' नहीं, वह मेरी दरिद्र असुर जाति का प्रतिनिधि है। वह आम लोगों और मेरे बीच सेतु बन सकता है। वह मुझे लोगों के विचारों से अवगत करवाता रहेगा और मैं साम्राज्य संभाल लूँगा, हाँ सबके लिए न्याय व समृद्धि की भावना के साथ किया गया शासन!

"अब तुम जा सकते हो।" उसने नीचे तक झुक कर प्रणाम किया और कक्ष से बाहर निकल गया।

अब मुझे अपने लिए कुछ करने की आवश्यकता अनुभव हो रही थी। मैं उन योजनाओं पर विचार करने लगा, जो मैंने बीच में ही छोड़ दी थीं। मैंने बहुत विस्तार से सब

कुछ सोचा और इसी दौरान शायद मेरी आँख लग गई। अगले दिन सुबह, मुझे और मुसीबत का सामना करना था। मारीच मुझसे कुंभकर्ण के बारे में बात करना चाहते थे।

"कुंभ को क्या हुआ? क्या आप पवित्र मन वाले विभीषण के लिए कुछ कहना चाहते हैं?" मैंने अपने छोटे भाई के प्रति स्नेहिल भाव से पूछा।

"मैं विभीषण के बारे में किसी और दिन बात करूँगा। आज जो चर्चा मैं करना चाहता हूँ, वह तत्काल ध्यानाकर्षण चाहती है। मुझे उस गँवार के बारे में बात करनी है।" मुझे कुंभकर्ण के बारे में उनकी धारणा सुन कर हँसी आ गई। "रावण! ये हँसने की बात नहीं है। वह बुरी आदतों की जकड़ में है। हम सब जानते हैं कि युवतियाँ उसकी दुर्बलता हैं। जहाँ तक यह सब ढका-छिपा है, वहाँ तक तो सब ठीक है, हमें इस बारे में चिंता नहीं करनी चाहिए। वह मदिरालयों में जाने लगा है। वहाँ वह किसी मदमस्त हाथी की तरह देसी मदिरा का पान करता है और कभी क़ीमत नहीं चुकाता।"

"कुछ नहीं, बच्चा थोड़ी मौज़-मस्ती कर रहा है। किसी को भेज कर, उसका कर्ज़ अदा करवा दें और ये ख़र्च मेरे निजी खाते में डालने को कहें। मेरा मतलब है, हमने लंका पर आक्रमण से पूर्व जो बटोरा था, उसमें से जो भी बचा है। मैं नहीं चाहता कि मेरे भाई की मदिरापान की आदतों के लिए राज्य की ओर से कोई सहायता दी जाए।"

"रावण! केवल यही बात नहीं है। वह नशे की वस्तुओं का सेवन भी करने लगा है। उसके मित्रों का एक दल है जो भाँग से नशे की वस्तुएँ तैयार करते हैं। वे सोम पौधे से अवलेह भी बनाते हैं। मुझे लगता है कि उन्होंने कुंभ को अपने वश में कर लिया है... मैंने अपने दो श्रेष्ठ अधिकारियों को उनके पीछे लगाया था ताकि पता लग सके कि वे करते क्या हैं। उन्होंने वही बताया जिसकी मुझे पिछले दो दिन से आशंका हो रही थी। रावण, वह मूर्ख पूरे दिन में अधिकतर मद व मादक पदार्थों के नशे में चूर रहता है।"

"वह बहुत जल्दी किसी को भी अपना मित्र मान लेता है।" परंतु कुंभ तो हमेशा से ही मैत्रीपूर्ण स्वभाव वाला रहा था। मानो एक बड़ा सा श्वान, जो किसी के हाथों दुलारे जाने की प्रतीक्षा कर रहा हो।

"मैं नहीं जानता कि उन लोगों को मित्र भी कह सकते हैं या नहीं। वे उस मूर्ख की मूर्खता का लाभ उठा रहे हैं। और मूर्ख इस विषय में जानता तक नहीं है।"

"तो मामा जी, आप मुझसे क्या चाहते हैं?"

"उसे कोई आधिकारिक पद सौंप दो। उसे करने के लिए कोई काम दे दो।"

"मैं नहीं चाहता कि मुझ पर संबंधियों का पक्ष लेने का आरोप लगाया जाए।"

"रावण! मूर्खता से भरी बातें मत करो। इस समय भी जितने लोग उच्चपदस्थ हैं, उनमें से अधिकतर, तुम्हारे संबंधी ही तो हैं, जैसे मैं और प्रहस्त!"

"ये तो अलग बात है। आपके पास लंबा प्रशासनिक अनुभव है और आप एक बार राज्य का संचालन भी कर चुके हैं। कुंभ और विभी तो अभी बच्चे हैं।"

"और तुम चाहते हो कि वे हमेशा यूँ ही रहें? क्या तुम नहीं चाहते कि वे भी बड़े हो कर, अपने पैरों पर खड़े हों? रावण, क्या तुम अपनी संतानों के लिए ये पद बचाना चाहते हो? क्या तुम्हें भय है कि कहीं तुम्हारे भाई ही, तुम्हारे शासन के लिए चुनौती न बन जाएँ?"

"अब आप व्यर्थ की बातें न करें। आप जानते हैं कि मैं ऐसा नहीं हूँ। मैं हमेशा शासन करने के भी पक्ष में नहीं हूँ। मेरे भी कुछ आदर्श व सिद्धांत हैं...।"

"मेरे बेटे! तुम जिस सिंहासन पर जा बैठे हो, वह प्रायः उसूलों व सिद्धांतों को, सिहांसनारूढ़ सम्राट के अनुसार ढालने की क्षमता रखता है।"

"प्रत्येक मुझ पर ही यह लांछन क्यों लगा रहा है कि मुझे सत्ता ने भ्रष्ट कर दिया है? भला मेरे पास कौन सी सत्ता है? चूँकि इसलिए कि मेरे पास शासन करने के लिए एक राज्य है और उसके आधे से अधिक व्यक्ति मुझे मृत देखना चाहते हैं, इसका अर्थ यह तो नहीं कि मुझे यह सिद्ध करना होगा कि मैं वह अधम, निरंकुश व स्वेच्छाचारी असुर नहीं, जैसा वे मुझे बनाना चाहते हैं।" *"परंतु मुझे अपने भाइयों जैसे मूर्खों के साथ सत्ता क्यों बाँटनी चाहिए?"*

"यदि तुम्हें पक्का यक़ीन है कि तुम ऐसे नहीं हो और सत्ता तुम्हें भ्रष्ट नहीं कर देगी...।"

"प्रहस्त की तरह बातों के लच्छे बनाना बंद करें। मैंने यहाँ आपको एक योजना पर विचार-विमर्श के लिए बुलवाया है। मैं आपका परामर्श चाहता हूँ और मेरी इच्छा है कि कुंभ भी हमारा साथ दे।"

जब कुंभ भी आ गया, तो मैंने उन्हें अपनी योजना से अवगत करवाया। वहाँ चारों ओर मौन पसर गया।

“परंतु कल तो तुम्हारा विवाह है और यह कार्य जोखिम से भरा है।” मैंने मारीच की गहरी व सिकुड़ी भवें देखीं तो पहली बार अपनी योजना बेतुकी और सारहीन जान पड़ी। अब तो मुझे भी उसके सफल होने में संदेह होने लगा था।

“मुझे तो यह बहुत पसंद आई। यह तो अद्‌भुत है।” कुंभ ने पूरे कक्ष में हल्ला मचा दिया।

“तुम्हें कितने लोगों की आवश्यकता होगी?”

“मामा जी आप, कुंभ, मैं और भद्र... और संभवतः एक दर्जन अच्छे तैराक!”

मारीच अपना सिर हिलाते हुए बोले, “बड़ा ही ख़तरे वाला काम है और जहाँ तक भद्र का प्रश्न है, हम उस पर कितना भरोसा कर सकते हैं?”

“हमारे पास कोई और चुनाव भी तो नहीं है।” मैंने कहा

“मैं इससे सहमत नहीं हो सकता।” मारीच ने कहा और वे दोनों बाहर चले गए।

यह योजना कोरी मूर्खता ही तो थी। कुछ गिनती के जहाज़ों के साथ, मुट्‌ठी भर सैनिकों का साथ, मूर्खता की पराकाष्ठा ही तो था। और अब मैं कोई भावी सैनिक तो नहीं रहा था। एक राजा को इतना अविचारी होना शोभा नहीं देता। मैंने कल्पना की कि जब प्रहस्त को पता चलेगा कि महाराज, आधी रात के घने अंधकार में, अर्द्धप्रशिक्षित सिपाहियों की एक छोटी टुकड़ी के साथ, विश्व के सबसे भयंकर समुद्री दस्यु का सामना करने के लिए चले गए हैं, तो उसका चेहरा कैसा दिखेगा! यही सोच कर मेरे चेहरे पर मुस्कान खेल गई। केवल प्रहस्त को ही नीचा दिखाने के उद्‌देश्य से यह आत्मघाती योजना बुरी नहीं थी।

मैंने समुद्री दस्यु के जहाज़ी बेड़े को देखा। वहाँ आमोद-प्रमोद समाप्त हो चुका था और जहाज़ की बत्तियाँ बुझा दी गईं थीं। मैंने उम्मीद की कि सभी समुद्री दस्यु मदिरा के नशे में चूर हो कर, औंधे मुँह पड़े होंगे। मुझे इस बात का पक्का पता नहीं था कि दस्यु राजा वरुण, उनमें से किस जहाज़ में हो सकता था। यह सबसे बड़ा कारक ही अभी मेरे लिए एक रहस्य बना हुआ था। मेरा शासन इसी पर निर्भर करता था। मैं जानता था कि इस काम में बहुत ख़तरा था और अगर मैं समुद्री दस्युओं के हाथों पकड़ा जाता, तो लंका के द्वार उसके लूटमार करने वाले झुँड के लिए पूरी तरह से खुल जाते। मैं भी भयभीत था। यह एक ऐसा भय था, जो शरीर को सुन्न कर देता है, मानो शरीर को पक्षाघात हो गया हो। जो असहाय आत्माएँ, उस दस्यु राज के हाथ पड़ जाती थीं, उनको वह कितनी भयंकर यातनाएँ देता था, ये किस्से तो अब

पौराणिक कथाओं की तरह कहे जाते थे। उसका भयंकर, कठोर व निष्ठुर आचरण उसे देवों के समकक्ष ले आया था। मैंने अपने देशवासियों तथा सगे-संबंधियों के प्रति अपने कर्तव्य भाव को याद करते हुए, इस भय पर काबू पाने का प्रयत्न किया।

मैं अपने पीछे खाँसने का स्वर सुन कर ठिठक गया। मुड़ कर देखा तो भद्र का घृणास्पद चेहरा दिखाई दिया।

"महाराज! आपकी प्रजा, आपकी सेवा में प्रस्तुत है।" इस प्राणी सहित बीस व्यक्ति, मेरे एक आदेश पर अपने प्राणों की आहुति देने के लिए तैयार खड़े थे। परंतु मैं वैसा अनुभव क्यों नहीं कर पा रहा था, जैसा कि किसी युद्ध में सेना का नेतृत्व करते समय महसूस किया करता था?

मैं उन्नत मस्तक के साथ, कंधों को तानने का प्रयास करते हुए, मौन भाव से अपने कक्ष से बाहर आ गया। मैंने पूरे आत्मविश्वास के साथ चलने का प्रयत्न किया और पुराने युग के योद्धाओं का अनुकरण करने की चेष्टा की। क्या वे सब भी मेरी भाँति भयभीत थे?

चट्टानों से टकराती लहरों की गर्जना ने मुझे, मायूस कर देने वाले इस भीतरी स्वर की लोरी से जगा दिया। भद्र तथा दूसरे मज़बूत से दिख रहे व्यक्ति ने तीन डोंगियाँ खींच कर पानी में उतार दीं। एक-एक कर, वे सभी कमर तक पानी में उतरे और नावों में जा बैठे। मैं वहीं स्तंभित सा खड़ा, हरहराते सागर और वहाँ हमारे लिए प्रतीक्षारत् खड़ी मृत्यु को एकटक देख रहा था। वरुण के जहाज़ों ने किनारे के समीप ही लंगर डाला था, यद्यपि अब भी ऐसा ही जान पड़ता था कि वे क्षितिज के छोर को छू रहे हों। मैंने जैसे ही लहरों में क़दम रखा, उसी समय पानी में डूब गया। लहरें मुझे फिर से किनारे पर खींच लाईं। मैं लड़खड़ा कर उठा और अपशब्द कहते हुए, नावों की ओर बढ़ा। मैंने अपने सिपाहियों के काले चेहरों पर बिखरी मुस्कान को अनदेखा करने का निर्णय लिया और पहली नाव में कूद गया। जल्द ही हमारा कारवाँ मंज़िल की ओर रवाना हो गया। कहीं दूर से तूफ़ान के स्वर सुनाई दे रहे थे। गहरे क्षितिज पर, दस्यु राज के जहाज़ों पर पड़ी बिजली की चमक दूर से दिखाई दे रही थी। सागर भयानक हो चला था। हमारी दो नावें पीछे छूट गईं पर वे साथ आने की पूरी कोशिश में थे। जल्द ही उनका परिश्रम रंग लाया और हम जहाज़ी बेड़ों के पास पहुँच गए।

गरजते पानी और आकाश को एक और विद्युत किरण प्रकाशित कर गई। मैंने अपने कटिवस्त्र के अतिरिक्त बाकी वस्त्र उतारे और हिमशीतल जल में छलाँग लगा दी। उस समय तलवार मेरे मुँह में दबी थी। फिर मैं उन जहाज़ों की ओर तैरने लगा। मैं

अपने पीछे आ रहे सिपाहियों के तैरने के स्वर भी सुन सकता था। ये जहाज़ हरहराते सागर में हिलोरें ले रहे थे और मेरे लिए उनके निकट रहना असंभव हो गया। मैं अपने अनुमान से उस जहाज़ की ओर बढ़ा, जिसमें वरुण हो सकता था। यह संकेत पाते ही, दो सिपाही जहाज़ पर चढ़ गए। उन्हें अपना कार्य करते देखना भी एक अद्‌भुत दृश्य था क्योंकि वे लकड़ी के तख़्तों पर पकड़ बनाने के लिए विशेष प्रकार के पंजों का प्रयोग कर रहे थे। वे छिपकलियों की तरह तेज़ी से सरसराते हुए, जहाज़ों पर जा चढ़े। परंतु इससे पूर्व कि दो रस्सियाँ दिखाई देतीं, ऐसा जान पड़ा मानो इस घटना को घटते हुए वर्षों हो गए हों।

मैंने छलाँग लगाई और उनमें से एक रस्सी को थाम कर ऊपर चढ़ने लगा। भद्र दूसरी रस्सी की मदद से मेरे पीछे आने लगा। इसके बाद, शीघ्रतापूर्वक दूसरे सैनिक भी आने लगे। मैं ही जहाज़ पर सबसे पहले पहुँचा और जो दृश्य दिखा, वह मेरे हृदय को आंदोलित करने के लिए पर्याप्त था। हमसे पहले जो दो व्यक्ति जहाज़ पर चढ़े थे, उनके शव वहीं पड़े दिखाई दिए। मैं चिल्लाया, "यहाँ से हटो। यह शत्रु पक्ष का बिछाया जाल है।"

तेज़ वर्षा होने लगी और जहाज़ सागर की उत्ताल तरंगों में हिचकोले खाने लगा। मेरे कुछ सैनिक पानी में जा पड़े परंतु कुछ मेरे साथ जहाज़ के छत वाले हिस्से में उपस्थित थे। वहाँ हरहराती हवा के शोर के सिवा चारों ओर सन्नाटा पसरा हुआ था। हम वहाँ अपनी तलवारें थामे खड़े रहे। यह सब कितना हास्यास्पद था। हम वहाँ पानी से पूरी तरह भीगे हुए व अधनँगे खड़े, अपनी आसन्न मृत्यु की प्रतीक्षा कर रहे थे। वर्षा ने रक्त के क़तरों व बूँदों को धो-पोंछ कर बहा दिया था। इसके साथ ही मेरे झूठे साहस की भी धज्जियाँ उड़ गई थीं। *'हे ईश्वर! यह मैंने क्या कर दिया था?'*

फिर अंधकार को चीरते हुए पैशाचिक हँसी के स्वर सुनाई दिए। आकाश में बिजली चमकी और उसी क्षणांश में मैंने देखा कि हम भारी हथियारों से लैस दस्युओं से घिर चुके थे। हम गंभीर रूप से संख्या में बहुत कम थे और वहाँ से बच कर निकलने की संभावना न के बराबर थी। मैंने अपनी दृढ़ संकल्पशक्ति का आश्रय लेते हुए, अपनी तलवार घुमाई और एक भयभीत से दिख रहे दस्यु की अंतडियों से पार कर दी। यह देख कर मेरे दल में भी उत्साह का संचार हुआ और तूफ़ान में हिचकोले खा रही छत पर भीषण संग्राम होने लगा। मैं भी पूरी निर्ममता से युद्धरत था और इस बात के लिए आश्चर्य हो रहा था कि आख़िर मेरा भय कहाँ गया? मैं पूरे दिल से लड़ा और यह तक स्मरण नहीं कि उस दिन मैंने कितने लोगों को यम के द्वार पहुँचाया होगा। जहाज़ की लकड़ी की छत पर रक्त से लथपथ होने के कारण फिसलन से भर गई

थी और साथ ही वहाँ फैली रस्सियों से ख़तरा और भी बढ़ गया था। मुझे तीन घाव लगे जिनसे निरंतर पूरे वेग से रक्त बह रहा था परंतु उस समय वह मेरी चिंता का विषय न था। मुझे धीरे-धीरे अनुभव हुआ कि अब हम जहाज़ पर अपना कब्ज़ा जमा सकते थे। हमें यह देख कर निराशा हुई कि दूसरे जहाज़ भी हमारे निकट आ गए थे। दस्यु सागर की लहरों के बीच बेधड़क छलाँगें लगा रहे थे और दीवानों की तरह तैरते हुए, हमारे जहाज़ की ओर बढ़ रहे थे। यदि वे वहाँ पहुँच जाते तो पासा पलटने का पूरा डर था।

आख़िर वह दोगला वरुण कहाँ था? काश! मैं उससे दो-दो हाथ कर पाता। दूसरे जहाज़ों से आए दस्यु हमारे जहाज़ की छत पर चढ़ने का प्रयास करने लगे। मैंने उनमें से एक को ठोकर मारी और लहराते सागर में गिरते देखा। संभवत: वरुण निचले कक्ष में था। मैंने एक ठोकर मार कर दरवाज़ा खोला और सीढ़ियों से ऊपर जाते हुए, निचले कक्ष में छलाँग लगा दी। वह अलंकृत द्वार बंद था तथा उसकी दरारों से छन कर प्रकाश की किरण बाहर आ रही थी। जहाज़ की मुड़ी हुई दीवारों पर भूतिया साए लहरा रहे थे। छत पर हो रहे युद्ध के हल्के स्वर यहाँ तक सुनाई दे रहे थे परंतु क्या वरुण भीतर था? मैंने द्वार को ठोकर मार कर खोला और अपनी तलवार लहरा दी। वह कक्ष तो खाली था। मैंने अपनी तलवार को रेशमी पर्दों के बीच घुमाया।

मैंने फ़र्श पर लेट कर देखा कि कहीं वह कायर बिस्तर के नीचे तो नहीं छिपा था। तभी अचानक एक हिमशीतल इस्पात की धार, मेरी गर्दन के निचले हिस्से से टकराई। "तो असुर सम्राट, इस निर्धन मछुआरे के कक्ष में राजसी अतिथि बन कर पधारे हैं। महाराज! मैं तो धन्य हो गया।"

मैंने उस दस्यु-राज का चेहरा देखने की चेष्टा की जिससे मैं इतनी घृणा करता था परंतु उसने अपने लकड़ी के जूतों से मेरे मुख पर ठोकर दे मारी। मेरी नासिका से रक्त का फव्वारा बह निकला और वहाँ फ़र्श पर जमा होने लगा। मेरा भय वापिस लौट आया था। मैं तो जाल में फँस चुका था! क्या मेरा यही अंत था? मैं अपनी कुंठा तथा क्रोध के कारण युद्ध करने लगा परंतु लगभग चालीस वर्षीय वरुण ने बड़ी ही सरलता से मेरे सभी घातों तथा प्रतिघातों को निरस्त कर दिया। मेरी लगभग बीस वर्षीय ऊर्जा तथा जवानी का उस आत्मविश्वास से भरपूर अनुभवी के सम्मुख कोई मोल न था।

"दस्यु वरुण! वहीं थम जाओ अन्यथा अपने सिर के टुकड़े करवाने के लिए तैयार रहो।"

मैंने मुड़ कर देखा तो आश्चर्य की सीमा न रही। प्रवेशद्वार पर दो धनुर्धारी उपस्थित थे। मुझे अपने मामा मारीच तथा भाई कुंभकर्ण को पहचानने में कुछ क्षण का समय लगा। उन्होंने अपने धनुष वरुण की ओर तान दिए और उस दिन मैंने वरुण को पहली बार अपना संयम खोते देखा। इससे पूर्व कि मैं कोई प्रतिक्रिया दे सकता, उसने कक्ष के खुले वातायन से सागर में छलाँग लगाने की चेष्टा की। मैंने उसे टाँगों से धर-पकड़ा और वह फ़र्श पर औंधे मुँह जा गिरा। इससे पहले कि वरुण मुझे कोई हानि पहुँचाता, मैं और कुंभकर्ण दोनों उस पर चढ़ बैठे और उसे दबोच कर, उसके दोनों हाथ उन रेशमी पर्दों से बाँध दिए, जिन्हें मारीच ने फाड़ कर हमें सौंप दिया था।

"आप लोग अचानक बिल्कुल सही वक़्त पर यहाँ कैसे आ पहुँचे?" मैं स्वयं को इस परीकथा सरीखे कथानक पर विश्वास करने के लिए राजी नहीं कर पा रहा था, जहाँ अचानक ही मुक्तिदाता नायक आकर संकट से उबार लेते हैं।

मारीच की श्वास उखड़ी जा रही थी परंतु वे अपनी बात कहने से पीछे नहीं हटे। "जब आज प्रातःकाल तुमने हमारे साथ इस योजना पर चर्चा की तो मैं निरंतर इसी बारे में विचार करता रहा। मैंने इसके विषय में जितना विचार किया, यह योजना उतनी ही विचारहीन व मूर्खतापूर्ण जान पड़ी। मैं तुम्हारे कक्ष में तुम्हें सावधान करने आया था कि भूल कर भी ऐसी व्यर्थ की योजना को फलीभूत करने का प्रयत्न मत करना पर तुम वहाँ से ओझल हो चुके थे। तुम कहाँ जा सकते हो, इस बात का अनुमान लगाने के लिए प्रहस्त जितना बुद्धिमान होने की कोई आवश्यकता नहीं है। निश्चित रूप से तुम देर रात की सैर पर तो नहीं निकले थे। मैंने इस कमअक्ल को जगाया, फिर किसी बौराए कुत्ते की तरह भागा और युद्ध का बिगुल बजा दिया। मैं केवल कुछ सौ सैनिकों को ही एकत्र कर सका। उनमें से आधे तो मदिरा के नशे में धुत्त थे। ये असुर भी बस...। फिर हम तेज़ी से चप्पू चलाते हुए, उस तमाशे को देखने आ पहुँचे, जो तुम आधी रात को समुद्र की छाती पर खेल रहे थे।"

"क्या हमने अपने कुछ व्यक्ति खो दिए?"

"क्षमा करना, परंतु मुझे लगता है कि तुम्हारा प्रिय भद्र अन्य छह व्यक्तियों सहित सागर की लहरों में कहीं खो गया है। प्रमुख सेनापति वायस्त ने उसे पानी में गिरते देखा और उसके बाद से उसका कोई समाचार नहीं है।"

"भ्राता श्री! हम इस समुद्री दस्यु का क्या करेंगे?"

"इसके हाथ-पाँव बाँध कर समुद्र में फेंक दो - एक समुद्री दस्यु के लिए इससे अच्छा अंत हो भी क्या सकता है।" मारीच एक क्षण के लिए भी हिचकिचाए बिना बोले।

"इससे तो इसके प्राण सस्ते में ही छूट जाएँगे। नहीं, जरा ठहरो। इसे लंका ले चलते हैं। कल इसे लंगोट में, लंका की सड़कों पर घसीटा जाएगा।" मैं बहुत उत्साहित हो रहा था।

मारीच मुझे घूरते रहे। फिर कुछ क्षण सोचने के बाद बोले, "यदि तुम समुद्री दस्युराज को सागर माता के ही हवाले कर देते तो बेहतर होता।"

मैंने उनके परामर्श को उपेक्षित कर दिया, परंतु यदि मैं अपने जीवन के उस अध्याय को पुनः लिख सकता, तो संभवतः उसी एक क्षण से आरंभ करता और मारीच व कुंभ से कहता कि वे वरुण को उठा कर पानी में धकेलने में मेरी सहायता करें।

14 विवाह का शुभ मुहूर्त

रावण

हमारे लंका पहुँचने से पूर्व ही यह समाचार किसी दावानल की भाँति पूरी लंका में प्रसारित हो गया था कि लंका के महान शक्तिशाली राजा ने दस्यु सम्राट वरुण को पकड़ लिया था। समुद्री दस्युओं के कटिवस्त्र तार-तार कर दिए गए, उन पर कीचड़ व धूल फेंकी गई, उन पर थूका गया, उन्हें निर्दयता से पीटा गया और फिर उन्हें उनके पराजित राजा का अनुकरण करते हुए, वीभत्स जुलूस में चलने के लिए विवश किया गया। सड़कों पर हज़ारों की संख्या में खड़े लोग, इस विजय का उल्लास-पर्व मना रहे थे।

मैं तो वहाँ एक ऐसा नायक-सम्राट बन बैठा था, जिसने लंका को उस भीषण व दुर्दांत दस्युराज के पंजों से मुक्ति दिलवाई थी। मेरा हृदय अभिमान से दोगुना हो गया। मैंने वरुण के मुख पर एक करारा वार किया और उसके नाक से रक्त की धारा बह निकली। ओह! कितना अच्छा लगा। मैंने उसे फिर से मारा और तलवार उठा ली। भीड़ चिल्लाने लगी, "रावण अमर रहें! हमारे असुर सम्राट अमर रहें।" कुछ निर्धन आत्माएँ आगे आईं और मेरे क़दमों में गिर गईं। मेरे सिपाहियों में से एक ने उसे ठोकर मारी तो भीड़ ठहाके लगाने लगी। मेरे समीप खड़ा कोई व्यक्ति दुत्कारते हुए 'छिः-छिः' करने लगा। मैंने भीड़ को घूरा और सभी सहम कर शांत हो गए। मैं उनके भीतर बसे भय को भाँप सकता था। ये वही लोग थे जो बवाल मचा कर, मुझे सिंहासन से च्युत कर देना चाहते थे और अब मुझसे भयभीत थे। सफलता भी कितनी मधुर हो सकती है। लोग मुझे देख कर झुक गए।

मैंने पीछे मुड़ कर देखा, तो चिल्लाने और ठहाके लगाने वाले सिपाही भी अचानक

शांत हो गए, मैंने उन्हें घूरा तो उन लोगों ने भी अपने सिर झुका लिए। मैंने कुंभ को देखा तो वह मेरी ओर देख कर मुस्कराने लगा। मैंने उसकी मुस्कराहट का प्रत्युत्तर तो नहीं दिया परंतु अचानक मेरी दृष्टि मारीच की दृष्टि से जा टकराई। उन्होंने बड़ी उदासीनता से अपनी गर्दन हिलाई। *'उन्होंने मुझे झुक कर प्रणाम क्यों नहीं किया?'* मैं भीतर ही भीतर खौलने लगा। रक्त से सने चेहरे वाले वरुण से नज़रें मिलीं तो वह मुझे देख कर दानवी हँसी हँसा। मैं उसकी उस हँसी से भयभीत हो उठा परंतु उससे भी कहीं अधिक मैं स्वयं से भयभीत था, *'मैं किस तरह का राक्षस बन रहा था? मैं अपनी ही प्रजा से इस तरह व्यवहार क्यों कर रहा था? जब मारीच ने मुझे आदर-मान नहीं दिया तो मुझे उन पर क्रोध क्यों आया?'* मैं चाहता था कि दौड़ कर उन्हें अपने आलिंगन में बाँध लूँ और उनसे क्षमायाचना करूँ परंतु जाने किसी चीज़ ने मेरे क़दम रोक लिए। मैंने अपनी गति बढ़ाई और महल के प्रवेशद्वार से भीतर चला गया।

विस्तृत प्रांगण के दूसरे छोर पर खड़ा प्रहस्त, मेरी प्रतीक्षा कर रहा था। उसके माथे पर सिलवटें थीं और चेहरे पर हल्का सा रोष भी झलक रहा था। मैं प्रहस्त के आसपास नृत्य करते हुए झूमना चाहता था। यह मूर्ख मुझे निरंतर सावधान रहने की सलाह देता आ रहा था। उसकी सलाहें उसे और उसके तोंदियल असुरों को ही मुबारक हों। जब मैं उसके समीप पहुँचा, तो अपनी चाल धीमी कर, उसकी आँखों में झाँका।

"महाराज दरबार लग गया है।" द्वारपाल अपने पूरे ज़ोर के साथ चिल्लाया। मुझे यह स्वर सुन कर प्रसन्नता ही हुई और मैं उसके पास से निकल गया, प्रहस्त और दूसरे दरबारी मुझ पर किस प्रकार के प्रश्नों की बौछार करने वाले थे और मुझे उनके क्या उत्तर देने चाहिए, यही विचार करते-करते मैं दरबार में पहुँच गया।

"महाराज!" मैंने लक्ष्य किया कि प्रहस्त का स्वर थोड़ा मंद था। "हम आपसे समुद्री दस्युराज वरुण के विषय में कोई निर्णय करने की प्रार्थना करते हैं... आपको इस बारे में कोई निर्णय करना होगा।"

"प्रधान मंत्री आपकी इस विषय में क्या राय है?" मुझे पूरा विश्वास था कि वह यही परामर्श देगा कि समुद्री लुटेरे को पूरे आदर-मान के साथ, शाही दावत दे कर वापिस भेज देना चाहिए और अनेक उपहार भी दिए जाने चाहिए। वह मुझे ऐसे कुछ असुर सम्राटों के किस्से सुनाता, जो संभवतः कुछ हज़ार वर्ष पूर्व हुए भी थे या नहीं हुए थे, जो कि अपने बंदियों के साथ बहुत ही आदरपूर्ण व्यवहार किया करते थे। मैं जानना चाहूँगा कि अपने कैदियों के साथ इतना शालीन व उदारतापूर्ण व्यवहार करने वाले

उस अद्भुत असुरराज के साथ क्या हुआ होगा, संभवतः कुछ ही वर्षों में वे छोड़े गए क़ैदी और अधिक दल-बल सहित आए होंगे और उसे विजित कर बंदी बना लिया होगा, और उसकी उदारता व क्षत्रिय धर्म के विषय में तनिक भी विचार किए बिना, अमानवीय दण्ड दे दिया होगा परंतु इतिहास से तो कोई भी सबक नहीं लेता।

प्रहस्त ने अपनी बात रखी, "महाराज! हमारा यह मानना है कि समुद्री दस्युराज को दण्ड दिया जाना चाहिए। वह इतना ख़तरनाक है कि उसे यूँ ही छोड़ा नहीं जा सकता और वह हमें ज़रा सा भी दुर्बल पाते ही, पुनः हमें अपने वश में करना चाहेगा। नीति के अनुसार उसे कठोर से कठोर दण्ड दिया जाना चाहिए ताकि राज्य व परिषद के अन्य शत्रुओं को भी इससे सबक मिल सके... वे जान लें कि...। हम सभी मंत्रियों का मत यही है कि उसे दंडित किया जाना चाहिए।"

मैं तो दंग रह गया। यह तो पूरी तरह से अनपेक्षित था। निःसंदेह मैं कठिनाई में था। यदि मैं उसे छोड़ देता तो ऐसा लगता कि मैं अपने भाई विभीषण की बात का मान रख रहा था और यदि मैं उसे दंडित करता तो ऐसा लगता कि मैं अपने मंत्रियों के हाथों का खिलौना था, उनके नियंत्रण में था। ओह! ये सब क्या मुसीबत है!

प्रहस्त की तीखी व भेदती निगाहें मुझे भेद रही थीं मानो मुझे उसके विरुद्ध जाने की चुनौती दे रही हों। दस्युराज वहाँ शांत भाव से, अडोल खड़ा था। उसके भावहीन चेहरे पर कोई भाव परिलक्षित नहीं थे। मैंने मन ही मन उसके इस उदासीन रवैए के लिए उसे सराहा।

"मैं उसे कोई दण्ड नहीं देने जा रहा।" कक्ष की बुदबुदाहट एकदम शांत हो गई। कुछ क्षणों की मर्मांतक चुप्पी के बाद, मेरे सभी मंत्री एक-एक कर खड़े हो गए। "मुझे लगता है कि मुझे आप लोगों को इस विषय में विस्तार से बताना चाहिए। मेरा यह अभिप्राय कतई नहीं है कि इस दस्यु को मुक्त कर दिया जाए। मैंने आदेश दे दिया है कि इसके सभी जहाज़ी बेड़ों को बंदी बना कर राजसी नौसेना में शामिल कर लिया जाए। दस्युओं को पूर्ण रूप से सैन्य प्रशिक्षण देने के पश्चात नौसेना में ही रख लिया जाए। और जहाँ तक दस्यु-राज का प्रश्न है...।" मैं वरुण की ओर बढ़ा। वह मुझसे केवल आधे क़दम की दूरी पर खड़ा था। मैंने उसे घूरा और भिंचे दाँतों के साथ कहा, "मैं इसे सड़कों पर घसीटने वाला हूँ, इसका सिर आधा मूँड दो और फिर गधे की पीठ पर बैठा कर पूरे नगर में चक्कर लगवाओ। फिर मैं एक सूअर से दस्यु-राज का विवाह रचाऊँगा। यह सब शाही कोष से व्यय किया जाएगा, राज्य की ओर से प्रायोजित विवाह। यह मेरे ही विवाह के साथ संपन्न होगा।"

वरुण के होठों पर एक तिरछी मुस्कान खेल गई। उसने मेरी तीखी नज़रों से नज़रें मिलाते हुए कहा, "तो वह दिन आ पहुँचा, जब सभी सूअर विवाह बंधन में बँधेंगे।"

मंत्रियों की हँसी पिघलते लावे की तरह मेरे कानों से उतरती चली गई और मैंने वरुण के मुख पर ठोकर दे मारी। फिर मैं भी उसके इस उपहास में शामिल हो गया और ठहाके लगाने लगा। केवल प्रहस्त ही शांत रहा, उसके अभिजातीय चेहरे पर हँसी की एक भी रेखा नहीं दिखी।

"महाराज! यदि आप इस बंदी को फाँसी की सज़ा नहीं देंगे तो मैं आपसे विनती करूँगा कि इसे आजीवन काल कोठरी में बंद कर दिया जाए तथा सार्वजनिक रूप से इसे और अपमानित न किया जाए।"

"मैं वही करूँगा जो मेरा जी चाहेगा। तुमने अपना मत दे दिया है। अब अपना परामर्श अपने पास रखो।" मैंने प्रहस्त को मुँहतोड़ उत्तर दिया और यह बात यहीं समाप्त हो गई। या फिर शायद ऐसा मुझे लगा था। मैं अपने मंत्रियों सहित सभा से बाहर आ गया, जबकि वरुण को धकेल कर ले जाया गया ताकि उसका आधा सिर मूँडा जा सके और दूसरी यंत्रणाएँ व प्रताड़ना दी जा सकें।

चार दिन बाद, शुक्रवार को विवाह का शुभ मुहूर्त निकला था। मैं व्यक्तिगत रूप से सभी प्रबंध देख रहा था। नहीं-नहीं, मैं अपने विवाह के लिए नहीं बल्कि दस्यु राज को दी जाने वाली यथासंभव प्रताड़ना तथा अपमान से जुड़े प्रबंधों की देख-रेख कर रहा था। मैं उस व्यक्ति के साहस की प्रशंसा किए बिना नहीं रह सका। उसने एक भी शब्द मुख से उच्चारित किए बिना, सब कुछ धीरज के साथ सहन किया। वरुण ने मुझे देखा तो रक्तरंजित होठों के साथ, टूटे दाँत दिखाते हुए मुस्कान दी। मैंने उसे मारने के लिए अपना हाथ उठा लिया, पर उसकी आँखों में देखते ही मेरा हाथ वहीं का वहीं थम गया। मैं भी कैसा उग्र व्यक्ति था?

तभी मैंने देखा कि मेरे पिता वहाँ एक विशाल कुर्सी पर विराज चुके थे। मेरी माँ फ़र्श पर बैठीं उनके पैरों की मालिश कर रही थीं। मेरा भाई विभीषण भी बड़े ही आदर से उनके निकट खड़ा था। प्रहस्त के अतिरिक्त मेरे सभी मंत्री वहीं उपस्थित थे और इस तरह विनयपूर्वक खड़े थे मानो किसी अतिथि सम्राट के प्रति अभिवादन कर रहे हों। शूर्पणखा अपने पिता को प्रभावित करने की पूरी चेष्टा कर रही थी, जबकि वे उसकी बात पर ध्यान तक नहीं दे रहे थे।

"गर्वीले पिता तथा महान उपलब्धिकर्ता की भेंट। आह! कैसा नाटकीय दृश्य था।" कुंभकर्ण वहीं खड़ा खीसें निपोर रहा था।

"तो तुमने विशाल पुनर्मिलन समारोह में हिस्सा नहीं लिया?" मैं चाह कर भी अपने क्रोध को वश में नहीं रख सका।

"मैंने यही निर्णय लिया कि उसमें भाग न ही लूँ। शायद मैं पारिवारिक गान की पंक्तियाँ भी भूल गया हूँ।" अब कुंभ ज़ोर-ज़ोर से हँस रहा था। उसके मुख से आती देसी दारू की गंध मेरे नथुनों से किसी विस्फोटक पदार्थ की तरह टकराई।

मैंने उसे तिरस्कार भरी दृष्टि से देखा। वह भद्दा, मोटा तथा अत्यधिक मदिरापान के कारण तोंदयुक्त होने की वजह से, कोई बीस वर्षीय युवक नहीं बल्कि चालीस वर्षीय अधेड़ दिखता था। मैं उस पर ज़ोर से चिल्लाया, "तुमने इस तरह शराब पी कर यहाँ आने का साहस कैसे किया?" मैंने उसे बालों से पकड़ा और सिर को दीवार पर दे मारा। "तुम नाकारा... नीच।" मैं उसके सिर को लगातार दीवार पर पटकता रहा और वह खुद को बचाने के असफल प्रयास में लगा रहा।

यह हलचल सुन कर पारिवारिक पुनर्मिलन समारोह भंग हो गया और वे सभी मेरे कक्ष में दौड़े चले आए। कुंभ खाद के ढेर की तरह वहीं फ़र्श पर गिरा पड़ा था। उसकी नाक से रक्त टपक रहा था और वह पीड़ा से कराह रहा था। मारीच ने मुझे थाम लिया और शूर्पणखा रक्त देख कर चिल्लाने लगी। चटाक! मेरे कान जलने लगे और मैंने आश्चर्य से देखा कि माँ ने मुझे तमाचा रसीद करते समय, मेरे कान के कुंडल से अपना हाथ काट लिया था। उन्होंने मेरे मंत्रियों, मेरे अनुचरों के सामने - मुझ पर हाथ उठाया था और अब यह घटना किसी दावानल की तरह पूरे देश में फैलने वाली थी - एक राजा जो अपनी माँ के पल्लू के साए में जीता है। एक राजा, जिससे उसकी माँ एक नादान बालक की तरह पेश आती है।

मैंने मारीच को पीछे धकेल दिया और कनखियों से देखा तो पाया कि उनका सिर फ़र्श से जा टकराया था। भला मुझे क्या परवाह पड़ी थी! मैंने अपनी माँ को बालों से पकड़ा और घसीटते हुए कक्ष से बाहर ले गया। प्रहस्त वहीं मार्ग में अपनी पीठ के पीछे हाथ बाँधे खड़ा था, उसे देखते ही मानो मैं वहीं जड़ हो गया। माँ के बालों पर पकड़ हल्की हुई तो वे स्वयं ही उठ बैठीं। मैं जो अपराध कर बैठा था, अब उसका आतंक मुझ पर बिजली की तरह टूटा। मैं बुरी तरह से दहला हुआ था पर मन के किसी कोने में संतुष्ट व प्रसन्न भी था।

"महाराज! क़ैदी अपना दण्ड पाने के लिए प्रस्तुत है।" उसने हल्का सा झुकते हुए कहा। कुछ क्षण के लिए तो जैसे मुझे कुछ सूझा ही नहीं। क़ैदी, कौन सा क़ैदी? ऐसा जान पड़ता था कि वरुण का वह प्रसंग मृत्युशैय्या तक मेरे संग रहने वाला था।

"पहले तुम मेरा निबटारा करो। मैं तुम्हारी पहली बंदिनी हूँ।" माँ पीछे से चिल्लाई। "मेरे बाल उतरवा दो और निर्वस्त्र कर, गधे पर बैठा कर, पूरे नगर में घुमवाओ। तुम रूक क्यों गए? नीच अधम! बोलो।"

मैंने मारे शर्म के अपना सिर झुका लिया। अब मेरी माँ की चीख़-चिल्लाहट किसी वातोन्मादी की सुबकियों में बदल चुकी थी। मेरे हाथ काँप रहे थे। मैं किसी की भी नज़रों का सामना नहीं कर सकता था। किसी ने मेरे कंधों पर अपना हाथ रखा। "कैकसी! यह बिल्कुल नहीं बदला। मुझे तो यह कहने में भी लज्जा आती है कि यह मेरा पुत्र है। सोचा तो था इस अवसर में शामिल हो कर इसकी शोभा बढ़ाऊँगा। मैं अपने विद्वान मित्रों को भी साथ लाया था ताकि इस राक्षस का विवाह रचा सकें और इस शैतान ने अपनी माँ पर हाथ उठाया और मेरे मित्रों के ही सम्मुख अपने भाई को मार-मार कर लगभग अधमरा ही कर दिया!"

मेरी नसों में खून खौलने लगा। मैंने बरामदे के कठघरे को ज़ोर से जकड़ लिया। जब हम भूख से तड़प रहे थे तब ये तथाकथित ब्राह्मण महाशय कहाँ थे? तब ये कहाँ थे, जब मेरी माँ भोजन व वस्त्रों के लिए भिक्षा माँग रही थी? तब ये कहाँ थे, जब हमें मानसूनी तूफ़ानी हवाओं में झूमती उस जीर्ण-शीर्ण कुटिया के बीच अकेले जूझने के लिए छोड़ दिया गया था?

"मुझे सारा दोष इसे ही नहीं देना चाहिए। चाहे जो भी हो, यह है तो एक असुर ही न! एक और अधिक अभिशापित जाति, जिसे मुझे अभी देखना है। छलकपट, व्यभिचार, घृणा; आप किसी भी अवगुण का नाम लें, यह दुराचारी जाति बड़ी सरलता से उस पर अपना एकाधिकार होने का दावा जता सकती है। अश्वेत, भद्‌दे व बदसूरत प्राणी...।"

मैं बिल्कुल तन कर खड़ा हुआ और पूरी नीचता के साथ अपने पिता की ओर बढ़ा। वे भयभीत हो कर सिकुड़ने लगे। मैं उनसे लगभग दो फ़ुट की दूरी पर जा खड़ा हुआ। क्रोध तो इतना आ रहा था कि एक ही चोट में उनका प्राणांत कर दूँ परंतु मैं अब भी अपने उस अपराध से लज्जित था, जो मैंने अपनी माँ के प्रति किया था। माँ समझ गईं कि इन क्षणों में कुछ भी हो सकता था इसलिए वे हम दोनों के बीच आ खड़ी हुईं। उन्होंने मेरी छाती पर हाथ रखे और मुझे पीछे धकेल दिया। मैंने उनके चेहरे की ओर देखा और एक बार फिर उन्हें चोट पहुँचाने के अपराधबोध से लज्जित हो उठा।

मेरी माँ बोलीं, "मैं जा रही हूँ। तुम्हारे पिता, दोनों भाई, बहन और मैं, आज के बाद कभी तुम्हारे घर में क़दम नहीं रखेंगे। हम तुमसे दोबारा मिलना ही नहीं चाहते। और

जब हम मरें तो हमारी मृत्यु का शोक मनाने भी मत आना। सत्ता ने तुम्हें राक्षस बना दिया है। तुम्हें... तुम्हें... कभी शांति नहीं मिलेगी...।"

मैं लड़खड़ा कर पीछे हटा और कमरे के कोने में बने स्तंभ को कस कर पकड़ लिया ताकि कहीं फ़र्श पर गिर कर ढेर ही न हो जाऊँ। मैंने देखा कि माँ ने शूर्पणखा का हाथ कस कर थाम लिया था। जब माँ उसे बाहर की ओर ले जाने लगीं तो वह सुबकियाँ भर रही थी। मेरी बहन ने मेरे चेहरे को देखा तो उसे मेरे गालों से बहते अश्रुओं की धारा दिखाई दी। उसने हौले से, कोमलता के साथ स्वयं को माँ की पकड़ से मुक्त किया। मैं अपने माँ के चेहरे पर छाए सदमे को देख सकता था। माँ कुंभ की ओर बढ़ीं, जो ज़मीन पर पसरा हुआ था। वह बेसुध हो चुका था।

"कुंभकर्ण, कुंभ उठो! उठो पुत्र!" परंतु माँ की सारी चीख़-पुकार भी कुंभ को उसकी नींद से नहीं जगा सकी। वह उठता भी कैसे, वह तो मद के नशे में चूर हो कर सोया था। मैं लगभग मुस्कराया। "रावण! तूने इसका वध कर दिया है। तुमने अपने ही भाई को मौत के घाट उतार दिया है। अपने ही छोटे भाई के प्राण ले लिए हैं।"

अब तो यह नाटकीय दृश्य और भी शिखर पर आ पहुँचा था। "माँ, वह मरा नहीं है। तुम्हारा पुत्र मद के नशे में चूर है। तुम अपने श्वेत व सुदर्शन पति से आग्रह कर सकती हो कि वह उसे अपने कंधों पर उठा कर ले जाएं।" मैं यह कल्पना कर ज़ोर-ज़ोर से हँसने लगा कि जब वह मोटा जड़बुद्धि व्यक्ति अपने विशालकाय पुत्र को कंधों पर लादे ले जाएगा तो कैसा देखने योग्य दृश्य होगा।

"विभीषण! क्या तुम इस महान व भलेमानस देव व विद्वान ब्राह्मण के साथ जाना चाहोगे?" मैंने अपने छोटे भाई विभीषण की ओर बढ़ते हुए पूछा।

"नहीं, नहीं... नहीं भैया! मेरा मतलब है...।" विभीषण बुरी तरह से हकलाने लगा। मैं उसके इतना निकट चला गया था कि उसके मस्तक पर मली पवित्र भस्म की गंध भी सूँघ सकता था। वह स्वेद से लथपथ था।

मेरे पिता निश्चित रूप से कोई अभिशाप देना चाहते थे परंतु उसके भय से उन्होंने अपना मुँह तक नहीं खोला। माँ ने बची-खुची मर्यादा समेट कर, पति का हाथ अपने काँपते हाथों में थामा और अपने नाटकीय अंदाज़ में घोषणा की, "मैं भले ही प्राण त्याग दूँगी परंतु इस नर्क में कभी क़दम नहीं रखूँगी। मैं तुम्हें और तुम्हारे भाई-बहनों को अपनी मृत्यु के शोक से भी वंचित करती हूँ। तुम मेरा मरा मुँह तक नहीं देख पाओगे। तुम्हें अपने माता-पिता के प्रति किए गए इस अपमान का बदला चुकाना होगा। मैं नहीं जानती कि यह सब इसी संसार में होगा या अगले जन्म में, परंतु

निश्चित रूप से तुम्हें इसका बदला चुकाना ही होगा।"

वह मेरे महल से बाहर निकल गईं और उनके साथ ही पिता भी बाहर चले गए। कक्ष के एक कोने से दबी सुबकियों का स्वर सुनाई दे रहा था, मैंने देखा कि मेरी प्रिय बहन, दोनों हाथों में चेहरा थामे, सुबकियाँ भर-भर कर रो रही थी। विभीषण बड़े ही अटपटे तरीक़े से पास खड़ा सब देख रहा था। मैं बहन के पास गया और उसके कंधे पर हाथ रख दिया, वह मेरे वक्षस्थल से लिपट कर ज़ार-ज़ार रोने लगी। उसने मुझे कस कर जकड़ रखा था। क्या मैं एक भाई के रूप में असफल रहा? क्या मैंने उसके प्रति कोई अन्याय किया था? अचानक ही मेरे भीतर से एक ही स्वर बार-बार उठने लगा। *'मेरी प्रिय, प्रिय बहन, मैंने तुमसे क्या छीन लिया है?'*

अचानक ही मेरे भीतर प्रसन्नता का एक छोटा सा बुलबुला उठा और वह धीरे-धीरे बड़ा, और बड़ा आकार लेने लगा और फिर वह मेरे पूरे हृदय में घर कर गया। अंततः मुक्ति मिल ही गई! अब मैं अपनी माँ रूपी पक्षी के संरक्षक पंखों की क़ैद से मुक्त था। अब मुझे भला कौन रोक सकता था? आने वाले दिनों में, मैं बार-बार नए से नए सपने देखूँगा। मैंने अपनी युवावस्था के उल्लास को पा लिया था। जब तक मैं विशाल स्तर पर स्वप्न देखता रहूँगा, तब तक उल्लास का यह पर्व भी समाप्त नहीं होगा। और मेरे स्वप्न ही मेरी कहानी बन गए।

15 क्रांतिकारी

भद्र

"क्या वह जीवित रहेगा?" मेरे कानों को एक गहरा स्वर सुनाई दिया।

"आशा तो कर ही सकते हैं।" किसी स्त्रैण स्वर ने कहा और एक ही झटके में मुझे सब कुछ स्मरण हो आया - माला! माला! मेरी उपपत्नी, मेरी चिरविस्मृत प्रिया। मैंने उठ कर बैठना चाहा परंतु उसने मुझे पीछे धकेल दिया। मैं उससे पूछना चाहता था कि उसने मुझे उस गद्दार के लिए क्यों छोड़ दिया था? परंतु, मैं ऐसा नपुंसक निकला, केवल एक थके-माँदे व पराजित असुर की तरह चुपचाप वहीं पड़ा रहा।

उसके पीछे एक साया लहराता दिखाई दिया, दीपक के जलते प्रकाश में चेहरे का केवल आधा भाग ही प्रकाशित था। मैंने शिव को धन्यवाद दिया कि मैंने अपना मुँह नहीं खोला था। यह साया और कोई नहीं, बल्कि विद्युतजिव्हा ही था। मैं जिस तूफ़ान से बच कर निकला था, उससे भी प्रचंड वेग से क्रोध व घृणा ने मुझ पर प्रहार किया। वह दुष्टा औरत तो उसके साथ ही रह रही थी।

मैं अपने पलंग पर पड़ा, एक छिपकली को निहार रहा था जो एक मक्खी पर झपटने की तैयारी में थी। जैसे ही विद्युतजिव्हा की लंबी आकृति मेरे निकट आई। मैंने उसे कहते सुना, "बैठे रहो! बैठे रहो! माला ने कहा है कि तुम किसी रोज़गार की तलाश में हो। यह एक लड़ाकू संगठन है कोई व्यापार संघ नहीं है। यहाँ किसी के भी लिए कोई सुनिश्चित कार्य नहीं होता।" वह अचानक ही नाटकीय हो उठा और अपनी भुजाएँ दाएँ-बाएँ हिलाते हुए, कमरे में टहलने लगा। "हमने एक समान तथा न्यायी जगत की रचना का संकल्प लिया है। हम जिस संसार की रचना करना चाहते हैं, वहाँ

रावण सरीखे आततायी के लिए कोई स्थान नहीं होगा। प्रत्येक व्यक्ति समान होगा। अब कोई राजा या ज़मींदार नहीं होंगे। पंडे-पुरोहित, ओझा या व्यापारियों जैसे प्रजा के शोषक भी नहीं होंगे। मैं जिस नए विश्व की रचना करूँगा उसमें सभी व्यक्तियों को एक समान अधिकार प्राप्त होंगे।" वह साँस लेने के लिए एक क्षण को थमा और उसके वाक्यों में 'हम' से 'मैं' का स्थानांतरण मुझसे छिपा नहीं रहा। "जाति प्रथा की कुरीति का समूल नाश कर दिया जाएगा। मैं व्यापार संघों को नष्ट कर दूँगा। लोगों की ही एक परिषद तय करेगी कि हममें से प्रत्येक के पास क्या होना चाहिए? मुझे शोषण का कोई भी रूप स्वीकार नहीं होगा। कुबेर जैसे रक्तपिपासुओं का समूल नाश कर दिया जाएगा। इस संसार के सभी रावण कुचल कर रख दिए जाएँगे। तब कोई देवता नहीं रहेंगे। इस संसार से सभी इंद्रों का भी समूल नाश कर दिया जाएगा। न तो कोई पुजारी-पुरोहित होंगे और न ही धन का कोई अस्तित्व होगा। लोग स्वेच्छा से एक-दूसरे की सहायता करेंगे व प्रसन्न रहेंगे। यह संसार तब आम लोगों का होगा, भद्र जैसे आम लोगों की दुनिया! भद्र! मैं तुम जैसे लोगों के लिए एक स्वर्ग की रचना करूँगा। एक आदर्श जगत की रचना के लिए किए जा रहे इस अंतिम संघर्ष में हमारा साथ दो।"

ऐसा नहीं था कि मैं द्रवित नहीं हुआ था। अपने स्वामित्व के एक संसार का विचार ही बहुत आकर्षक था। एक नया वीरता व शौर्य से भरपूर जगत तो दूर रहा, मेरे पास अपने स्वामित्व में दो जोड़ी वस्त्र तक नहीं थे। परंतु जैसा मूर्ख मैं हूँ, मैंने कभी उस पर विश्वास नहीं किया। मैंने ऊपरी तौर पर ऐसा दिखावा किया मानो मैं उसके विचार से बहुत उत्साहित हुआ हूँ परंतु भीतर ही भीतर मैं जानता था कि वह व्यक्ति और कुछ नहीं, केवल एक आततायी ही था, जो अभी अपनी पूर्ण अवस्था में सामने आने की तैयारी कर रहा था। मेरी सीमित बुद्धि ने उस महान व्यक्ति की दूरदर्शी विचारधारा को ग्रहण नहीं किया।

उसने मेरे कंधों पर हाथ से चपत लगाई और गले से लगा लिया परंतु इस प्रक्रिया में उसका प्रयास यही रहा कि हमारे शरीरों का स्पर्श न हो। सभी व्यक्ति एक समान हो सकते हैं परंतु वे इस सीमा तक भी समान नहीं होते। "हमारी प्रशिक्षण कक्षा में आओ। माला, इसके लिए वस्त्र व भोजन आदि का अच्छी तरह से प्रबंध कर देना और इससे कहो कि यह स्नान कर ले।"

विद्युतजिव्हा अपना रेशमी चोगा, जाते-जाते पीछे फहरा गया। उसका समकक्ष, भद्र, अपनी उपपत्नी के साथ वहीं खड़ा रह गया।

"तुम उस पर विश्वास नहीं करते?" माला ने पूछा

“क्या तुम करती हो?” माला ने एक आह भरी और बाहर चली गई। मैं उसके पीछे-पीछे गया, मुझे विद्रोहियों को दिए जा रहे प्रशिक्षण के विषय में बहुत जिज्ञासा हो रही थी। मुझे विद्युतजिव्हा के समकक्ष माने जाने वाले एक दुर्बल असुर द्वारा स्नान के लिए अंगोछा व कुछ जड़ी-बूटियाँ दी गईं, वह बुरी तरह से फटेहाल थे और नंगे पाँवों में छाले पड़े हुए थे। मैं स्नान के लिए पास ही दिख रहे, छोटे कुएँ की ओर बढ़ा। मैंने उस स्थान को भली-भाँति रगड़ कर मला परंतु समानता की वह गंध अभी छूटी नहीं थी। शीघ्र ही, मैं उसका भी अभ्यस्त हो गया।

मैं कुछ ही दिनों में विद्युतजिव्हा का विश्वस्त बन गया। विद्रोही नेताओं के गुप्तचरों द्वारा महल के भीतर के समाचार आते रहते थे और मुझे अभी भी यह निर्णय लेना था कि मेरा स्वामी कौन होगा, मुझे अपना भाग्य रावण के हाथों सौंपना चाहिए अथवा अपने जीवन की बाग़डोर विद्युतजिव्हा के हाथों में थमा देनी चाहिए। चोरी-छिपे कभी-कभी, माला के साथ चुंबनों के आदान-प्रदान का भी अवसर मिल जाता, यद्यपि मुझे अब भी उसके साथ रात्रि बिताने का अवसर नहीं मिल सका था। विद्रोही नेता के साथ बने रहने के पीछे एक यह आकर्षण भी था।

एक दिन, विद्युतजिव्हा ने मुझे सागर तट पर बुलवाया। सूर्यास्त हो चला था और वह पूर्णिमा की रात थी। सागर चाँदनी में चमचमा रहा था और चारों ओर चमेली की गंध फैली थी। डेरों की ओर से एक गीत के अलसाए स्वर तैर रहे थे, वह विरह की पीड़ा और मिलन के आनंद को दर्शाने वाला एक गीत था, जब पुरुषों के पेट भरे हों और शरीर स्वस्थ हों तो वे इसी की कामना रखते हैं। नेता सागर के समीप खड़ी एक चट्टान पर उपस्थित था। मैं भी वहीं चल दिया पर मैं थोड़ा भयभीत था। “क्या तुम रात्रिकालीन समुद्री यात्रा के लिए प्रस्तुत हो।” मैं उसका चेहरा नहीं देख सका।

“हाँ।” मैं हकलाया। उसने मुझे एक ओर धकेला और सागर की ओर जाने वाली अनगढ़ सीढ़ियों से उतरने लगा। अचानक ही पानी में एक छोटी नाव गोते लगाती दिखाई दी। वह उसमें कूद गया और मैंने भी लड़खड़ाते क़दमों से पीछा किया। वह अपने चौड़े चप्पू की सहायता से लहरों का सीना चीर कर आगे बढ़ने लगा। कुछ ही मिनट बाद, उसने मुझे चप्पू संभालने का संकेत किया। मैं चप्पू चलाने लगा और नाव को उसकी वांछित दिशा में बढ़ा दिया।

जैसे ही हम आगे की ओर पहुँचे, तो मैं खड़ी चट्टान पर क़िले का गहरा प्रतिबिंब देख सकता था। त्रिकोट पहाड़ी की ऊपरी ढलानों पर कुहासा छा चुका था। रात के घने अंधकार में महल बहुत भयानक दिख रहा था। मानो उस पर राक्षसों का साया पड़ गया हो। बुरी व दुष्ट आत्माओं तथा राक्षसों से जुड़े सारे पुराने किस्से मेरे मस्तिष्क में

भटकने लगे। धीरे-धीरे हम किनारे तक आ गए।

“मेरे आने तक यहीं प्रतीक्षा करना।” विद्युतजिव्हा क़िले के पिछले द्वार की ओर चल दिया। वह किसी ऐसे आत्मविश्वास से भरपूर व्यक्ति की भाँति क़दम बढ़ा रहा था, जो पहले सैकड़ों बार ऐसा कर चुका हो। मैं एक विद्रोही नेता के साथ, अपने पुराने स्वामी के महल में था। यदि मैं पकड़ा जाता तो निश्चित रूप से मेरी मृत्यु तो पक्की थी। मैं प्राकृतिक रूप से चट्टानों की परछाईयों की ओर बढ़ गया। करीब एक घंटे बाद मेरा नया स्वामी लौट आया।

मैंने कई बार अपने स्वामी के साथ उसकी रात्रिकालीन यात्राओं में साथ दिया। और मैं इस विषय में और अधिक जिज्ञासु होता चला गया कि आख़िर यह सब हो क्या रहा था? मैं तो यही विचार करता रहता कि वह बिना किसी की पहचान में आए, रावण के महल में प्रवेश कैसे करता था और उससे भी आश्चर्य की बात यह थी कि वहाँ से बच कर कैसे लौट आता था? यह तो स्पष्ट ही था कि महल के भीतर कोई उसकी सहायता कर रहा था परंतु यह भी किसी कम जोखिम का काम नहीं था। राजा की पूरी सेना उसे मृत या जीवित रूप में तलाश रही थी और यहाँ वह कितने आराम से राजा के ही महल के प्रांगण में टहल रहा था। नि:संदेह मैं इस विचित्र कार्य को देख कर विस्मय में था।

एक दिन, मैंने अपने अंतहीन कौतूहल को शांत करने का निर्णय लिया और उसका पीछा करने का मन बनाया। मैंने कुछ क्षण तक प्रतीक्षा की और फिर उसके पीछे चल दिया। वह एक ऊँची दीवार पर चढ़ा और पल भर में ही अदृश्य हो गया। मैं दीवार के पास गया और वहाँ टँगी रस्सी का निरीक्षण किया, जिसकी सहायता से वह महल में गया था।।

मैं बड़ी कठिनाई से उससे पार जा सका। जब तक मैं ऊपर पहुँचा, मैं पसीने से लथपथ हो कर, बुरी तरह से हाँफ रहा था। मैंने दुर्ग के प्रांगण में हौले से कूदते हुए, उसे कोसा। तभी कहीं पास में ही वस्त्रों की सरसराहट और हौले से बुदबुदाने के स्वर सुनाई दिए। मैं धीरे से उस स्वर की दिशा में बढ़ा। गहन अंधकार में दो साए एक-दूसरे से लिपटे थे और आवेग से भरे चुंबनों का आदान-प्रदान हो रहा था। मैं विद्युतजिव्हा की लंबी आकृति को देख सकता था। वह स्त्री भी कुछ परिचित सी जान पड़ी। *राजकुमारी शूर्पणखा!* मैं तो वहीं स्तंभित रह गया।

अचानक ही मेरे मस्तिष्क में एक योजना कौंध गई। अपने शत्रु से प्रतिशोध लेने का अच्छा अवसर हाथ आया था। यही वे क्षण थे, जब मुझे अपने दो स्वामियों के

मध्य, किसी एक का चुनाव करना था। विद्युतजिव्हा ने रावण के महल में बिना किसी संरक्षण के अकेले प्रवेश करने की मूर्खता कर ली थी। वह मानसिक व शारीरिक रूप से पूरी तरह से अकेला था। मेरी ओर से घात लगाने का यही मौका था। मैं महाराज से गुप्त रूप से मिलना चाहता था ताकि उन्हें यह समाचार स्वयं सुना सकूँ।

मैंने एक बार महल का चक्कर लगाया और झाड़ियों की आड़ में छिपते हुए, यह जानने का प्रयास करता रहा कि भीतर जाने के लिए कौन सा स्थान उत्तम रहेगा। मैं आम के एक वृक्ष पर इस उम्मीद में चढ़ा कि शायद ऊपरी जीने तक जाने के लिए कोई वातायन खुला होगा। बहुत भीषण गर्मी व उमस थी। कोई खाँसा और मैं वहीं जड़ हो गया। मैं अपने ही हृदय की धक-धक सुन सकता था, ऐसा लग रहा था मानो कोई हथौड़े से लगातार चोट कर रहा हो। मैं पहले कुछ क्षण तो अडोल खड़ा रहा और फिर अपना कार्य आरंभ किया। एक वातायन खुला दिखा तो मैं उसी ओर बढ़ा। कक्ष में कोई बिस्तर पर सो रहा था। मैं यक़ीन से नहीं कह सकता था कि वह रावण का ही कक्ष था क्योंकि वहाँ उसकी पत्नी तो नहीं थी। परंतु उस व्यक्ति का डील-डौल रावण से बहुत मिलता-जुलता था। मुझे थोड़ा संकोच हुआ परंतु यह भी भान था कि समय तेज़ी से फिसला जा रहा था। बिस्तर के समीप ही तेल का छोटा सा दीपक जल रहा था। चेहरे पर परछाईं पड़ रही थी।

मैंने कक्ष में प्रवेश किया और हौले से बुदबुदाया, "महाराज!...।" जब कोई प्रत्युत्तर नहीं मिला तो मैं उस आकृति के और निकट हो गया ताकि जान सकूँ कि वह महाराज रावण ही हैं या नहीं। अचानक ही किसी खूँखार चीते की तरह, वह व्यक्ति मुझ पर उछला और मुझे गले से दबोच लिया। मैं इतना भयभीत हो गया था कि गले से स्वर ही नहीं फूटा। उसने अपने दूसरे हाथ से दीपक की लौ तेज़ कर दी।

जिस व्यक्ति ने मुझे गर्दन से दबोच रखा था, वह तो विभीषण था। पूरे महल के इतने कक्षों में से, मुझे भी इसी पवित्र पापिष्ट के कक्ष में आना था! उसने धीरे से गर्दन पर पकड़ ढीली की और मैं वहीं फ़र्श पर लुढ़क गया। वह हाथों में अपनी तलवार लिए, मुझ पर सवार था।

"महाराज! मुझे न मारें। कृपया मुझे हानि न पहुँचाएँ।" मैं चिल्लाया।

"भद्र! कमीने, तुम मेरी हत्या करने की चेष्टा कर रहे थे?"

ऐसा लगा कि वह स्वयं भ्रमित था। उसकी इसी दुविधा का लाभ उठा कर, मैंने अपनी विनती जारी रखी। उसने क्रोध में अपने पाँव पटके। मैं रेंगते-रेंगते दीवार की ओर सरका और एक गेंद की तरह जा सिमटा। मैं अब भी बुरी तरह से काँप रहा था। उसका

क्रोध बहुत भयंकर था। मुझे हमेशा से ही यह संदेह रहा था कि वह एक ख़तरनाक व्यक्ति था और उसका यह शांत व मर्यादित रूप एक छलावा भर था, परंतु उस दिन जब उसे तलवार हाथों में थामे, दुष्टता से भरी चमक के साथ मुझे घूरते पाया तो मेरा संदेह विश्वास में बदल गया कि वह न केवल एक ख़तरनाक व्यक्ति था अपितु मेरे द्वारा देखे गए सभी असुरों में से सर्वाधिक चतुर व निर्मम भी था। महान ज्ञानी मंत्री तथा सर्वाधिक शक्तिशाली रावण जैसा राजा भी जिस बात पर संदेह तक नहीं कर सकता था, मूर्ख शिरोमणि भद्र उस तथ्य को जानता था। एक दिन, यदि कोई भी अवसर हाथ लगा, तो यह घटिया आदमी भूमि के एक टुकड़े अथवा कुछ स्वर्ण मुद्राओं के लिए अपनी आत्मा तक को बेच देगा।

मैं पुनः उसके पैरों में जा गिरा।

"तुम मेरे कक्ष में क्या कर रहे हो?" उसके सुर में एक अलग सा तीखापन था।

"यह बात आपकी बहन से संबंध रखती है। वह किसी से एकांत में मिल... कृपया मुझे ठोकर से न मारें...।"

उसने मुझे गर्दन से पकड़ कर, धरती से उठाया और बड़े ही दुष्टता से भरे सुर में बोला, "सूअर के बच्चे! तुम्हारा मेरी बहन से क्या लेना-देना है?"

रूँधे कंठ तथा खाँसी के दौरे के बीच किसी तरह मैंने पूरे संतोष के साथ कहा, "विद्रोही राजा देशद्रोही विद्युतजिव्हा, जिसे आप लोग पिछले कुछ माह से तलाश रहे हैं, वह इस समय आपकी बहन के साथ है... वे दोनों बगीचे में हैं।" मैंने एक व्यंग्य के गहरे वार के साथ अपनी बात ख़त्म की। 'जाओ उस कमीने असुर को पकड़ लो...।'

उसने मुझे नीचे पटक दिया, परंतु मैं अनुभव कर सकता था कि उसकी सारी शक्ति कहीं चुक गई थी। मैं स्वयं को यह कहने से भी रोक नहीं सका, 'अभी तो उनका मिलन कार्यक्रम समाप्त भी नहीं हुआ होगा...।' उसने मुझे खा जाने वाली नज़रों से घूरा और मैंने एक और भारी-भरकम घूँसे की अपेक्षा की परंतु वह चुपचाप कक्ष से निकल गया। मैं भी उसके पीछे-पीछे बाहर चल दिया। मारीच सबसे निचले तल पर अपने परिवार के साथ सो रहे थे। हम लकड़ी की सीढ़ियों से नीचे उतरे। वह मारीच के कक्ष के बाहर एक क्षण के लिए रूका और फिर हौले से द्वार खटखटा दिया। द्वार एक हल्की चरमराहट के साथ खुल गया। मारीच अधनींदी आँखों के साथ खड़े थे और साफ़ दिख रहा था वे गहरी नींद से जगाए जाने के कारण झुँझलाए हुए थे।

"मामा श्री! हमारे लिए शूर्पणखा के कारण एक समस्या आन पड़ी है।" यह सुनते ही

मारीच सतर्क हो उठे। उन्होंने अपनी पीछे द्वार बंद किया और बाहर आ गए। विभीषण ने उन्हें सब कुछ विस्तार से बताया और जब उसने इस बीच मेरा नाम लिया तो मारीच के नेत्र आश्चर्य से भर उठे। उन्होंने सब कुछ सुना और अपने कक्ष में लौट गए। जब वे बाहर आए, तो वे पूरी तरह से हथियारों से लैस थे। हम खर्राटे भर रहे दरबानों को पीछे छोड़ते हुए, महल से बाहर आ गए। जब हम बाग़ में पहुँचे तो मैंने उस ओर संकेत कर दिया, जहाँ उनकी बहन उपस्थित थी और स्वयं थोड़ा पीछे हट गया। दोनों योद्धा दो दिशाओं से वहाँ प्रकट हो गए। अचानक ही वहाँ से एक कर्णभेदी स्वर सुनाई दिया और राजकुमारी चिल्लाते हुए महल की ओर भागी। वह लगभग निर्वस्त्र थी। वहाँ हलचल का स्वर सुनाई दिया, जब मारीच ने देखा कि राजकुमारी सुरक्षित रूप से महल के भीतर जा चुकी है तो उन्होंने चिल्ला कर दरबानों को भी बुला लिया। विद्युतजिव्हा पूरी वीरता से लड़ा और यदि बहुत से हथियारबंद सिपाहियों ने उसे पकड़ न लिया होता तो शायद उसने विभीषण की हत्या कर दी होती। दरबान अधनींदे, मरियल व मद के नशे में चूर थे परंतु वे संख्या में कहीं अधिक थे इसलिए वे हावी रहे।

अंततः अब मैं स्वतंत्र था! अब मैं हमेशा के लिए माला को पा सकता था! अब मुझे माला को उन रोमिल नेत्रों वाले कुलीन पुरुषों के साथ नहीं बाँटना होगा, जो अपने साथ भव्यता का भ्रम बनाए रखते हैं। मैं ज़ोर-ज़ोर से चिल्लाते हुए, नाचना चाहता था, गाना चाहता था परंतु मैं उन्हीं झाड़ियों की आड़ में छिपा रहा। यदि कहीं इस दौरान विद्युतजिव्हा उन पर हावी हो जाता या कोई बहादुरी दिखाते हुए बच निकलता तो मैं ग़लत समय पर उनके सामने नहीं पड़ना चाहता था।

16 एक क्रांतिकारी की मृत्यु

रावण

मैं अपने बिस्तर पर लेट कर करवटें बदलता रहा। निद्रा मानो मुझे छल रही थी। बाहर उद्यान से कहीं कोलाहल के स्वर सुनाई दे रहे थे। मैं हौले से उठ कर खिड़की के पास गया। यह बंद थीं। यहाँ तक कि उमस से भरी गर्म रात्रि में भी, मेरी पत्नी मुझे कक्ष की खिड़कियों के पट खोलने नहीं देती थी।

किसी ने दरवाज़ा खटखटाया। इससे पहले कि मैं उठ कर उसे खोल पाता, खटखटाने का स्वर तेज़ होने लगा। मैंने दरवाज़ा खोलते हुए, रानी की ओर झाँका। वह किसी भी तरह के कोलाहल की आशंका से परे, किसी शिशु की भाँति निद्रालीन थी। मामा मारीच बाहर खड़े थे, वे पूरी तरह से शस्त्रों से लैस थे और इससे पूर्व कि मैं कुछ पूछ पाता। उन्होंने मुझे शांत रहने का संकेत किया, फिर वे मुझे बाएँ हाथ से घसीटते हुए बाहर ले गए।

मारीच मेरे कान में बुदबुदाए, "हम एक संकट में हैं।" मैंने स्वयं को यह समाचार सुनने के लिए प्रस्तुत कर दिया कि किसी भयंकर देव सेना ने हमारे राज्य पर आक्रमण कर दिया था अथवा वरुण ही हमसे द्रोह पर उतर आया था। मैंने तो कभी कल्पना तक नहीं की थी कि इस घटना का समाचार मेरी बहन से भी हो सकता था। मैंने तो कभी स्वप्न में भी नहीं सोचा था कि इस धरती के सभी दुष्टों व बदजातों के बीच, मेरी बहन को हृदय का बंधन बाँधने के लिए विद्युतजिव्हा ही मिलेगा। मैंने आश्चर्य, निराशा तथा क्रोध के मिले-जुले भावों के साथ अपनी बहन की इस व्यभिचारी कथा के स्वर्गिक रोमांच को सुना। उसने स्वयं को एक कक्ष में बंद कर लिया था और बाहर निकलने से इंकार कर दिया था। उस रात, मुझे केवल एक ही शुभ समाचार मिला

था और वह यह था कि मेरा सबसे बड़ा शत्रु तथा विद्रोही विद्युतजिव्हा पकड़ा गया था। और यह एक आश्चर्य था, संभवतः मेरे जीवन का सबसे बड़ा आश्चर्य कि यह कार्य मेरे भाई विभीषण के हाथों संपन्न हुआ, संभवतः यह उसके जीवन का एकमात्र सार्थक कार्य रहा था।

मैंने अपनी दुशाला और खड़ाऊ तक पहनने की चेष्टा नहीं की। मैंने मारीच से कहा कि सभी मंत्रियों को तत्काल दरबार में बुलवाया जाए और मुक़दमे की सुनवाई आरंभ हो। मैं यथासंभव शीघ्रता के साथ *सभा* की ओर बढ़ा। मुझे पूरा विश्वास था कि मेरी पत्नी ने धड़ाम की आवाज़ के साथ बंद होने वाले दरवाज़े का स्वर नहीं सुना होगा। ईश्वर उसका कल्याण करे!

शीघ्र ही मेरे सभी मंत्री सभा में आ पहुँचे। प्रहस्त सदैव की तरह, अपने भावहीन स्वर तथा सधे-सटीक विचारों के साथ सबको झुँझलाने में सफल रहा। उसने कहा कि कल सुबह, सरे-बाज़ार विद्रोही का सिर कलम कर दिया जाना चाहिए, ताकि उन सभी लोगों को सबक मिल सके, जो राज्य के विरूद्ध आवाज़ उठाने की मंशा रखते हैं। एक बार तो मुझे लगा कि प्रहस्त जो कह रहा है, हमें वही करना चाहिए परंतु मैं अभी कार्रवाई को इतनी शीघ्र, उसके भाषण के साथ समाप्त नहीं करना चाह रहा था। कोई भी उसकी बात के विपक्ष में बोलने के लिए खड़ा नहीं हुआ। मैंने थकान के साथ सभा की कार्यवाही वहीं रोक दी और कक्ष में लौट आया।

मेरी पत्नी अब भी सो रही थी और चंद्रमा के प्रकाश की एक रूपहली किरण उसके चेहरे को प्रकाशित कर रही थी। वह इतनी दिव्य तथा निर्दोष दिख रही थी कि मैं उसके मुख के उस काव्य से अभिभूत हो उठा। जाने कैसे, विवाह के चार माह के भीतर, मेरी आत्मा के भीतर उसके लिए प्रेम का बीज अंकुरित हो उठा था। मेरी इच्छा तथा संकल्प के विरूद्ध, मैंने पाया कि मैं अपनी पत्नी से हार्दिक स्नेह रखने लगा था। मैं वहाँ लेट गया और यह ध्यान रखा कि कहीं उससे स्पर्श न हो, फिर मैं भद्र के बारे में विचार करने लगा, वह किस तरह एक बार फिर मेरे जीवन में लौट आया था, फिर मेरी सोच मेरी बहन पर जा अटकी। वह ऐसे लोगों में से थी जिन्हें अक्सर हर चीज़ से वंचित ही रखा जाता है। जब वह बच्ची थी तो माँ के स्नेह से वंचित रही। और फिर हम बड़े हुए, मैं अपने-आप तथा अपनी महत्त्वाकांक्षा से इतने गहरे मोह में था कि मैंने अपनी बहन के अस्तित्व को पहचान तक नहीं दी। वह सदा से ही एक ऐसी बच्ची के रूप में पली, जिसका कोई साथी नहीं था। एक गहरे काले रंग की थुलथुली लड़की, जिसमें सुंदरता का नामोनिशान तक न था, जब तक वह लंका की राजकुमारी नहीं बनी, तब तक उसका अस्तित्व बहुत ही नीरस व एकांत भरा रहा। फिर तो विवाह के लिए आने वाले प्रस्तावों का कोई अंत न रहा। मैं अपने शासन में इतना खोया

रहा कि उसकी निगरानी नहीं रख सका। मुझे इतना एहसास तो था कि वह पहले से कहीं चंचल तथा प्रसन्न रहने लगी थी, परंतु यह पता नहीं था कि उसके स्वभाव में परिवर्तन का मूल कारण क्या था। अब मैं समझा कि वह इतनी प्रसन्न क्यों रहने लगी थी। वह प्रेम करने लगी थी या वह ऐसा समझती थी कि उसे किसी से प्रेम हो गया था। मैं नहीं जानता कि वह दुष्ट भी उसके प्रति यही भाव रखता था या नहीं? उस नीच की इतनी हिम्मत कि राजा की बहन के साथ प्रणय-याचना करे, और वह भी तब, जब उसके सिर की क़ीमत लगी हो। क्या वह मेरी बहन को किसी दाँव की तरह प्रयोग में ला रहा था? मैं इस बात का पूरा ध्यान रखूँगा कि उसे अपने किए का भरपूर दण्ड मिले। कल रूद्रक का दिन बहुत अच्छा जाने वाला है।

अगली सुबह, जब मैं सभा में पहुँचा तो सभी मंत्री, मेरी ही प्रतीक्षा में थे। मुझे देरी हो गई थी और मैंने शीघ्रता से राजसिंहासन की ओर क़दम बढ़ाए। मैं वहाँ के वातावरण में व्याप्त तनाव की गंध अनुभव कर सकता था। और फिर मैंने उसे देखा। मुझे यह सब पसंद नहीं आया। मुझे यह सब बिल्कुल भी अच्छा नहीं लगा। शूर्पणखा वहाँ खड़ी थी। वह बिखरे बालों व रोने से सूजी हुई लाल आँखों सहित गुस्से से भरी खड़ी थी। मैं सभा में इस प्रकार की भावात्मक धमकी तो किसी भी दशा में नहीं चाहता था। जब मेरा शासन व्यक्तिगत प्रसंगों के साथ मिश्रित हो जाता था तो मुझे इससे बहुत घृणा होती थी। यहाँ तो मेरे लिए जीतने का सवाल ही नहीं पैदा होता था। मुझे पूरा विश्वास था कि वह अपने हर संभव हथकंडों का प्रयोग करके, मुझे अपना निर्णय बदलने के लिए विवश कर देगी कि मैं उसके प्रेमी को फाँसी के फँदे पर न लटकाऊँ। सभा में लोगों की खुसर-पुसर शांत होते-होते, मेरा पारा सातवें आसमान तक जा पहुँचा था। मैंने आसपास देखा तो मेरी दृष्टि मारीच के नेत्रों से जा टकराई। वे अपनी गर्दन हिला रहे थे और मैंने स्वयं को बदतर से बदतर स्थिति के लिए तैयार कर लिया। प्रहस्त छाती पर हाथ बाँधे बैठा था, उसकी दृढ़ चिबुक तनी हुई थी और चेहरे पर सर्वोच्च घमंड तथा अनादर के भाव परिलक्षित हो रहे थे। कुंभ अपने स्थान पर बैठा ऊँघ रहा था और विभीषण कुछ ताड़पत्रों के अध्ययन में मगन था।

"मैं विद्युतजिव्हा से विवाह करना चाहती हूँ।" सभा कक्ष में पूरी तरह से मौन पसरा हुआ था, शूर्पणखा कुछ क़दम आगे बढ़ी और मेरी आँखों में आँखें डाल कर देखते हुए, अपना वाक्य दोहराया, "मैं उनसे विवाह करूँगी और उसके बाद तुम उन्हें फाँसी पर चढ़ा सकते हो। जब तुम उनकी हत्या कर दोगे तो मैं उनकी चिता पर सती हो जाऊँगी।"

मैं अनजाने में ही पीड़ा से सिकुड़ सा गया। एक असुर स्त्री द्वारा, देव विधवाओं की रीति का अनुकरण ही अपने-आप में स्तंभित कर देने वाला था, भले ही वह मेरी बहन न होती, तो भी मुझे ऐसा ही अनुभव होता! हमारा सारा वंश लोगों के बीच उपहास का

पात्र बन जाएगा। "मुझे धमकाने की चेष्टा मत करो।" मैं गला फाड़ कर चिल्लाया।

फिर वह किसी वातोन्मादी की भाँति व्यवहार करने लगी। वह दोनों हाथों से अपना माथा पीटने लगी, अपने बाल नोचने लगी और गला फाड़-फाड़ कर रोने लगी। देखने वाला दृश्य था। मैं देख सकता था कि अनुचर व द्वारपाल बमुश्किल अपनी हँसी दबाने का प्रयत्न कर रहे थे। मेरा चेहरा पीला पड़ गया और कुछ समझ नहीं आ रहा था कि इन परिस्थितियों को वश में करने के लिए क्या किया जाना चाहिए। यह तो बड़े ही लज्जाजनक क्षण थे।

शूर्पणखा मुझे तरह–तरह के अपशब्द कहने लगी और मुझे लगा कि मुझे उसका भी सिर काट देना चाहिए। मेरी बहन के मूर्खतापूर्ण रूदन, चीख़ों तथा श्रापों के अतिरिक्त पूरे महल में चुप्पी पसरी हुई थी। मैंने स्वयं को असहाय, क्रोधित, थका हुआ व भ्रमित पाया परंतु इससे भी अधिक, मुझे इस बात का अपराधबोध सता रहा था कि मैं एक अच्छा भाई न बन सका, अपने परिवार की सही तरह से देख–रेख न कर सका, अपने भाई–बहनों को माता-पिता से विलग कर दिया और कितनी क्रूरता से अपनी ही महत्त्वाकांक्षा को पोसता रहा। मैं जानता था कि मैं भीतर ही भीतर दुर्बल हो रहा था।

मारीच, विभीषण तथा कुंभ को छोड़ कर, एक के बाद एक, मेरे सभी मंत्री उठ कर चले गए। मैं दोनों हाथों में अपना सिर थामे राजसिंहासन पर बैठा था। सिर के भीतर, कहीं गहराई में तीखा दर्द उभर आया था। मारीच मेरे निकट आए और मेरे कंधे थपथपा कर कहा कि मुझे वही निर्णय लेना चाहिए, जो मेरा दिल, मेरी अंतरात्मा कहे। इसके बाद सब कुछ जैसे मेरे वश से बाहर होता चला गया। विभीषण व कुंभ ने तर्क दिया कि हमारी बहन की प्रसन्नता से अधिक कुछ भी महत्त्वपूर्ण नहीं था। उन्होंने बल दिया कि यदि हम अपनी ही बहन की प्रसन्नता का ध्यान नहीं रख सके, तो राज्य की प्रसन्नता भी कोई मायने नहीं रखती। मैं इस बात का विरोध करना चाहता था, मैं कहना चाहता था कि राज्य के साथ गद्दारी करने वाले को दण्ड अवश्य मिलना चाहिए, उसे केवल इसलिए नहीं छोड़ा जा सकता कि मेरी बहन उससे प्रेम करती है। मैं, एक राजा के रूप में बुरा उदाहरण प्रस्तुत नहीं कर सकता। मेरे पास अनेक तर्क उपस्थित थे कि विद्युतजिव्हा को फाँसी पर क्यों लटकाना चाहिए परंतु मुझे यह कहने में लज्जा आती है कि मैं चुप रहा। एक भी शब्द नहीं कह सका। मैंने उन्हें पूरा अवसर दिया कि वे मुझे इस बात के लिए मना लें कि शर्पूणखा व उसके प्रेमी का विवाह कर दिया जाना चाहिए। तो इस प्रकार, अपने न्याय के विरूद्ध, अपने मंत्रियों के परामर्श के विरूद्ध, उचित, नैतिक व व्यावहारिक बुद्धि के विरूद्ध जा कर मैंने अपनी बहन को शत्रु से विवाह की अनुमति दे दी। मैं अपने कक्ष में लौट आया, मैं पूरी तरह से टूट चुका था। मैंने विभीषण को यह कार्य सौंपा कि वह मेरी बहन को यह समाचार सुना दे।

17 अस्पृश्य राजा

भद्र

विद्युतजिव्हा को रावण की बहन का पति बने छह माह होने को हैं। मेरा जीवन, सदा की भाँति दयनीय ही रहा। मैं महल में अपना मुँह नहीं दिखा सकता था क्योंकि विद्युतजिव्हा निश्चित रूप से मुझे मौत के घाट उतार देता। मैं रावण के विषय में भी सुनिश्चित नहीं था। अब चूँकि वे आपस में संबंधी बन चुके थे, मैं नहीं जानता था कि वहाँ मेरी क्या स्थिति थी। मैं कुछ दिन तक घने वन में छिपा रहा और जब भूख के कारण छिपने के स्थान से बाहर आना पड़ा तो मैं सड़कों पर निकल आया। पहले कुछ सप्ताह तो इसी भय के साए में बीते कि कहीं मैं पकड़ा न जाऊँ। जब भी मैं किसी सिपाही को देखता अथवा सड़कों पर राजा के सैनिकों के रथ की गड़गड़ाहट सुनता तो कहीं छिप जाता। धीरे-धीरे मेरा भय तिरोहित हो गया। मैं इतना नीच और छोटा व्यक्ति था कि राजा या उसके संबंधियों को मेरे बारे में विचार करने के लिए समय नहीं था।

अगले अनेक सप्ताहों तक, सड़कों पर मारा-मारा फिरने के बाद, मैंने माला के यहाँ ही शरण ली। पहले-पहल वह मुझसे अप्रसन्न रही और वह मुझसे कोई लेन-देन नहीं रखना चाहती थी। क्रांतिकारियों का पूरा दल बिखर चुका था, भ्रमित आदर्शवादी मुख्य भूमि में बसे ग्रामों में लौट गए थे और अवसरवादियों ने, जो कि अधिक संख्या में थे, रावण की सेना में अनेक शक्तिशाली पद संभाल लिए थे। माला लोगों के लिए उपहास की पात्रा थी क्योंकि उसका प्रेमी नायक उसे अश्वेत व भद्दी राजकुमारी के लिए त्याग गया था।

धीरे-धीरे, मेरे मस्तिष्क में एक योजना आकार लेने लगी। मुझे किसी प्रकार रावण

से भेंट करनी थी। मैं एक भिक्षुक की भाँति दिखाई देता था। मैंने अपने हाथों से बाल सँवारे और माथे पर भस्म मल ली। फिर मैं महल की ओर चल दिया। जब मैं मुख्य प्रवेश द्वार के समीप पहुँचा तो वहाँ लोगों का भारी जमघट दिखाई दिया। मुझे इस हलचल के विषय में कौतूहल हो रहा था। वहाँ अनेक मिठाई तथा मूँगफली विक्रेता घूमते दिखाई दिए, चारों ओर अफ़रा-तफ़री का वातावरण था और किशोरों का एक दल भीड़ में अपने लिए स्थान बनाने की चेष्टा में लगा था। मैंने एक लंबे, काले व गठे हुए बदन वाले युवक से पूछा कि वहाँ क्या हो रहा था?

"तुम्हें नहीं पता कि यहाँ क्या हो रहा है?" उसकी बड़ी-बड़ी आँखें आश्चर्य से और भी फैल गईं।

"हद हो गई! भला मुझे इस बारे में कैसे पता होगा?"

"ठीक ही तो है। तुम बहुत बूढ़े हो इसलिए तुम्हें इस बारे में चिंता करने की आवश्यकता ही नहीं है।" उसने कहा। मैं बुरी तरह से खीझ गया था। मैं तो अभी केवल पैंतीस वर्ष का था परंतु संभवतः किसी उन्नीस वर्षीय युवक को, बीस से ऊपर का प्रत्येक व्यक्ति बूढ़ा ही जान पड़ता है। मैंने अपनी कुढ़न को यथासंभव छिपाते हुए पूछा, "ये मूर्ख किस बात के लिए गुत्थमगुत्था हुए जा रहे हैं?"

"ओ बूढ़े कमीने! हम सब तो सम्राट के सैनिक बनने जा रहे हैं...।" "सम्राट, कौन से सम्राट?" मैंने उसकी बात बीच में ही काट दी। संभवतः राजा ने ही अपने पद की मर्यादा में वृद्धि कर ली होगी। जब तक वह मुझे कोई हानि नहीं पहुँचाता तब तक मुझे इस बात से कोई अंतर नहीं पड़ता कि वह महाराजा कहलाए या फिर कोई सम्राट!

"शिव की सौगंध! तुम तो वाकई बेवकूफ हो, काका!" उसके साथियों ने चुटकी ली। "हमारे सम्राट उत्तर भारत पर आक्रमण करने की योजना बना रहे हैं। हम असुरों को अपना प्रतिशोध लेने का अवसर मिलने वाला है। हम दुष्ट देवों को ऐसा सबक सिखाएँगे कि वे उसे आजीवन नहीं भूलेंगे।"

अचानक एक ही क्षण के भीतर पूरी भीड़ में जैसे विद्युत का आवेग सा दौड़ गया। लहरों की भाँति एक विशाल पुकार गूँज उठी। मैं महल के सबसे ऊँचे परकोटे पर खड़ी एक चमकदार आकृति को देख सकता था। भीड़ के बीच नारे गूँज उठे – *'हमारे सम्राट अमर रहें! असुरों की जय हो! देवों का नाश हो!* नाना प्रकार के आभूषणों तथा सुसज्जित पोशाक से अलंकृत रावण अपनी तलवार उठा कर गरजा, *"हर हर महादेव! शिव की जय हो!* और भीड़ भी यही जयकारे लगाने लगी। पूरी भीड़ में हर हर महादेव के स्वर ही सुनाई दे रहे थे। भीड़ उमड़ी जा रही थी और मैं लगभग बीच में

था। शीघ्र ही, एक और आकर्षक आकृति, रावण के साथ आ खड़ी हुई। विद्युतजिव्हा अपनी दमकती पोशाक में, रावण के साथ परकोटे पर आ खड़ा हुआ। इसके बाद बड़ी तोंद वाला कुंभकर्ण और उससे कुछ ठिगना विभीषण भी आ पहुँचा। इसके बाद एक-एक कर, रावण के मंत्री तथा सेनाधिपति परकोटे पर आ गए। भीड़ दीवानी हो उठी। नगाड़े पीटे जा रहे थे। चेंड तथा तिमिल बजा कर उन्होंने सारे वातावरण को और भी प्रचंड बना दिया था। युद्ध का बिगुल बजने लगा और शंख फूँके जाने लगे।

मैं रोमांचित हो उठा। मेरे भीतर ही भीतर पल रही गुप्त इच्छा ने फिर से सिर उठा लिया, मैं भी उन देवों से प्रतिशोध लेना चाहता था, जिन्होंने मेरी पुत्री का सिर टुकड़े-टुकड़े कर छितरा दिया था और मेरी पत्नी के साथ बलात्कार किया था। मैं इसी क्षण की प्रतीक्षा में तो जीता आ रहा था। मैं भी गला फाड़ कर चिल्लाया, *"हर हर महादेव! देवों का नाश हो! इंद्र का नाश हो! महेश्वर की जय हो!"*

प्रजा के उत्साह का तो जैसे अंत ही नहीं था। यह सब एक घंटे से भी अधिक समय तक चलता रहा। सूरज लगभग सिर पर आ गया था और काले बदन धूप में चमचमा रहे थे। गर्मी व उमस के कारण वहाँ एक विचित्र सी दुर्गंध फैली थी। नारे लगाने से गला दुखने लगा था परंतु मैंने तब तक जयजयकार करना बंद नहीं किया, जब तक किसी और ने यह कमान नहीं संभाली। तब अचानक, सारी भीड़ में एक चुप्पी छा गई। महान हस्तियाँ भीतर जा चुकी थीं क्योंकि सूर्य का भीषण ताप सहना उनके वश में नहीं था। वे अपने शीतल कक्षों में लौट गए। भीड़ में से, पीछे से किसी ने एक बार फिर शिव के नाम की जयजयकार की। मैं भीड़ में सवार अश्वारोहियों को देख सकता था। अश्वों के पास हलचल दिखाई दी और खाद्य सामग्री के बंद पुलिंदे गिराए जाने लगे। हज़ारों अश्वेत हाथ उन्हें लपकने के लिए ऊपर उठ गए। मैं भी आगे की ओर धकेला गया और किसी तरह अपने लिए एक बंद पुलिंदा पाने में सफल रहा। मैंने देखा कि केले के सूखे पत्ते में बासी माँस, थोड़े चावल और मसालेदार मछली का झोल दिया गया था। मैं झट से उसे निगल गया। दोपहर ढलने तक भीड़ छितरा गई थी। अब महल के मैदानों में केले के सूखे पत्र, मछली की हड्डियाँ तथा बिखरे हुए भोजन की जूठन ही दिखाई दे रही थी।

सांध्य प्रार्थना के स्वर व देवालयों में बजती घंटियों के मधुर स्वर, मंदिर की सीढ़ियों से जा रही युवतियों की चूड़ियों की खनक में मिश्रित हो गए थे। वायु में चारों ओर उत्साह तथा जीवंतता का वातावरण था। यद्यपि मुझे अचानक भय सताने लगा कि बहुत शीघ्र, यह सुंदर शाम, किसी कुहासे में विलीन हो जाएगी। मुझे तो यह भय था कि उसके बाद जब अंधकार का साम्राज्य होगा, तो क्या होगा। मैं रक्त, युद्ध तथा मृत्यु की हल्की गंध को अनुभव कर सकता था। परंतु इससे भी

अधिक मुझे छल-कपट तथा पतन की बू आ रही थी। हमारी निर्धन तथा उजड़ी हुई जाति का स्वप्न फीका पड़ने लगा था।

मैं अपने पाँव घसीटते हुए महल की ओर बढ़ा और सम्राट से व्यक्तिगत रूप से भेंट करने की इच्छा प्रकट की। मोटी तोंद वाले दरबान ने मुझे कुछ इस तरह देखा मानो मैं किसी पागलखाने से निकल कर आया होऊँ! उसने मुझे तत्क्षण बाहर धकेल दिया। मैंने महल के समीप बने बगीचे में प्रतीक्षा की, अशोक वृक्ष के तले बैठा, यही आस लगाए रहा कि सम्राट मुझे अपने कक्ष के वातायन या परकोटे से देख लेंगे और स्वयं मिलने के लिए बुलवाएँगे। मेरी इसी सोच से पता चलता है कि मुझे अभी जीवन के बहुत से सबक लेने बाकी थे। उस रात, मैं उसी मोटे वृक्ष के तले सोया रहा और अगली सुबह, वर्षा होने लगी तो मैं अपनी कुटिया में लौट आया। फिर शाम को मैं उसी अशोक वृक्ष के तले बैठ कर प्रतीक्षा करने लगा।

रावण

धीरे-धीरे दिवस का अवसान हो गया। भीषण गर्मी थी, पूरा द्वीप ऐसा लग रहा था मानो किसी भीगे कपड़े को गर्म पानी से धो दिया गया हो। मैं बुरी तरह से तनावग्रस्त व घबराया हुआ था। पिछले कुछ सप्ताह से युद्ध की तैयारियाँ आरंभ हो चुकी थीं। मेरे लिए यह अभियान किसी तीर्थयात्रा से कम न था। घने वनों के रास्ते, हिमालय के एक छोटे से दौरे के अतिरिक्त, मैं कभी नर्मदा से आगे नहीं गया था और मैं सरस्वती तथा सिंधु नदी के किनारे बसे उन पौराणिक नगरों के दर्शन के लिए उत्सुक था, जिनका निर्माण असुर सभ्यता ने अपने चरमोत्कर्ष के दौरान किया था। भले ही अब उसमें से बहुत कुछ शेष नहीं रहा होगा। सिंधु के उठते ज्वारों, हौले-हौले सूख रही सरस्वती, धावों तथा घेराबंदियों ने उन नगरों को हमारी जाति व सभ्यता के विशालतम क़ब्रिस्तानों में बदल दिया था।

परंतु युद्ध की योजनाओं तथा एकत्र की जाने वाली धनराशि से कहीं अधिक चिंता, मुझे अपनी नन्ही बिटिया के भाग्य की थी। उसका जन्म बहुत कठिनाई से हुआ और हमने तो आशा तक त्याग दी थी कि, वह जीवित भी बच पाएगी। जब मैंने उसकी नन्ही सी काया को, वर्षों के युद्ध अभ्यास से कठोर पड़ गए, अपने हाथों में लिया, तो मन गहन संतोष से भर उठा। मुझे अनुभव हुआ कि मैं पूरे संसार का स्वामी था और जब मैं अपनी पत्नी को, बिटिया को दुलारते, स्तनपान कराते या स्नान कराते देखता, तो ऐसा जान पड़ता कि उन पलों के दौरान और कुछ भी मायने नहीं रखता था। मैं तो पूरा जीवन उन्हें इस प्रकार देखते हुए बिता सकता था।

परंतु फिर एक दिन, सब कुछ जैसे अचानक बदल गया। महल में एक ज्योतिषी का आगमन हुआ, जो मेरे पिता का मित्र होने का दावा करता था, उसने मेरी पुत्री को देखते ही, सबके सामने घोषणा की कि वह असुरों के विनाश का कारण होगी। उस दिन के बाद से, मेरे परिवार के सभी सदस्य, महल के अनुचर व मेरे मंत्री बड़ा ही विचित्र व्यवहार करने लगे। जब मेरी पुत्री मेरी या मेरी पत्नी मंदोदरी की भुजाओं में होती तो वे बड़ा आदर-मान तथा स्नेह प्रकट करते परंतु मैं उस बच्ची के प्रति उनकी घृणा व भय को अनुभव कर सकता था। असुर तो हमेशा से ही अंधविश्वासी रहे हैं। मुझे अपनी पुत्री को उनके बीच असुरक्षित छोड़ कर, अभियान पर जाने में भी संकोच हो रहा था। वह अभी मुश्किल से कुछ सप्ताह की थी और असुर कुछ भी कर सकते थे। मुझे अपनी पुत्री के प्राणों का भय था। मंदोदरी को यह मनवाना सहज न होगा कि मैं पुत्री को युद्ध अभियान में साथ ले जाऊँ, परंतु मैं कोई न कोई मार्ग निकाल ही लूँगा। निःसंदेह किसी नवजात शिशु को युद्ध के अभियान में साथ ले जाना हास्यास्पद था परंतु यह इससे तो बेहतर ही होता कि उसे यहाँ विष दे दिया जाता या गला दबा कर मार डाला जाता। मैं कुछ भी जान तक न पाता क्योंकि मैं उस समय अपने साम्राज्य निर्माण में मग्न रहता। यदि वह मेरे साथ रहती तो मैं उसकी निगरानी कर सकता था। संभवतः मैं भद्र से कह सकता था कि वह उसका ध्यान रखे। परंतु क्या मैं उस पर भी विश्वास कर सकता था?

मैं सोने जा ही रहा था कि अचानक मृतप्रायः अंधकार के बीच, एक अकेली आकृति को महल से दूर जाते देखा। उस छोटी व काली आकृति के साथ परिचय कुछ पुराना सा लगा। अचानक ही इतना प्रकाश हो गया मानो सुबह निकल आई हो और मैं उस प्रकाश में, भयभीत भाव से ऊपर की ओर देख रही, आकृति को पहचान गया। भद्र! ऐसा लगता है कि यह इंसान कभी मर ही नहीं सकता। मैं नहीं जानता कि उसे देख कर, मेरे भीतर कैसी भावनाओं ने जन्म लिया, ये राहत थी या घृणा या फिर सहानुभूति! मैं नहीं जानता। परंतु फिर, मैंने अपने अनुचर को बुलवाया और उस बेवक़्त में, महल के आसपास घूम रहे व्यक्ति को अपने पास लाने का आदेश दे दिया।

भद्र

अलकापुरी का घेराव बहुत ही भयंकर रहा, मैंने इससे अधिक रक्तपात से भरा युद्ध कभी नहीं लड़ा था। जब तक हम कुबेर के राज्य के समीप पहुँचे, असुर सेना कई लाख की संख्या तक जा पहुँची थी और हरहराती सेना, अनेक राज्यों का विध्वस करते हुए, अनेक गाँवों को आग की लपटों के हवाले करते हुए आगे बढ़ रही थी। तब तक, साठ से अधिक छोटे व बड़े राजा तथा आदिवासी कबीलों के मुखिया, रावण का

आधिपत्य ग्रहण कर चुके थे और विजयी सेना में भागीदारी कर ली थी। अनेक नगरों में विष्णु की प्रतिमाएँ नष्ट कर दी गईं व उन्हें कुचल कर, उनके स्थान पर *शिवलिंगों* की स्थापना की गई। यह असुरों के खोए हुए अभिमान की, नए सिरे से प्राण प्रतिष्ठा थी। इसने पूरे देश को आंदोलित कर दिया, जो दमनकारी देवों के विरूद्ध एक हो कर खड़ा हो गया। रावण ने कई बार तो मोर्चे पर इतनी वीरता से नेतृत्व किया कि वह काफ़ी हद तक मूर्खता की श्रेणी में गिना जा सकता था परंतु असुरों को तो हमेशा से ही ऐसे नेता से प्रेरणा मिलती आई थी जो मृत्यु के भय से भयभीत न होता हो, सीना तान कर यम का सामना करने का साहस रखता हो।

शीघ्र ही आत्मघाती दस्ते किसी तूफ़ान की तरह छोटे दुर्गों पर छा गए और उन्हें एक के बाद एक बंदी बनाते चले गए, कई बार नीरसता की सीमा तक जाने वाली मुठभेड़ होती तो कई बार रक्तरंजित संघर्ष के बाद विजयश्री माल्यार्पण करती। प्रहस्त, रूद्रक, वज्रधमस्त्र, मारीच, विद्युतजिव्हा, कुंभकर्ण व धूम्राक्ष आदि सभी असुर नायक, रावण की निर्मम रणनीतियों को क्रियान्वित करते हुए, अपने लिए नाम कमा रहे थे। कुछ हज़ार देवों या असुर योद्धाओं के प्राणांत से उन्हें कोई अंतर नहीं पड़ता था। वे केवल कीर्ति की चाह रखते थे, जिसे उन्होंने रक्त व मारकाट के माध्यम से प्राप्त किया। कुछ असुर युवकों की मृत्यु तो संयोगवश होनी ही थी और वह बात इतना अधिक महत्त्व भी नहीं रखती थी।

हमने कुबेर की सेना को आश्चर्यचकित कर दिया। उन्होंने भी वीरतापूर्वक युद्ध किया परंतु हमारी सेना ने दुर्ग को चारों ओर से घेर लिया था। जब आकाश के पूर्वी छोर में लाली दिखी तो हम पूरी रात की घेराबंदी के बाद आगे बढ़े, कुबेर की सेना या तो मारी गई थी या युद्ध का मैदान छोड़ कर भाग निकली थी। जब हम कुबेर के कक्ष में पहुँचे तो वह धू-धू कर जल रहा था। हमने यह सोच कर प्रसन्नता प्रकट की कि कुबेर मारा गया परंतु प्रहस्त ने सारे दृश्य का बारीक़ी से अध्ययन करने के बाद घोषणा की कि वह आग लगी नहीं थी। उसे जानबूझ कर लगाया गया था और कुबेर वहाँ से भाग निकलने में सफल रहा। फिर हमें जंगल की ओर निकलने वाले एक और गुप्त मार्ग का पता मिला, परंतु हमारी ओर से बहुत देर हो चुकी थी। कुबेर कब का निकल चुका था। यद्यपि कुबेर के अश्व के पैरों के निशानों से पता चल रहा था कि वह किस दिशा में अलोप हुआ है। हमारे खोजी दलों ने आसपास के इलाक़ों में उसकी तलाश भी की परंतु वे इस काम को ज़्यादा समय तक करने के इच्छुक नहीं थे क्योंकि इस दौरान उनके सहकर्मी लूटपाट के मनपसंद कार्य में मग्न थे। वे भी जल्द से जल्द इस कार्य के लिए लौटना चाहते थे। हमने अलकापुरी में जो लूटपाट की उससे रावण की सेना को और अधिक बलशाली बनाने में मदद मिली।

अलकापुरी के पतन के बाद, बाकी सब कुछ सामान्य भाव से चलने लगा। हमने देव राज्यों को कुचल कर नष्ट-भ्रष्ट कर दिया; विष्णु के मंदिरों में आग लगा दी, जहाँ संभव हो सका, शिवलिंगों की प्रतिष्ठा की तथा युद्ध से जुड़े सभी अनुष्ठानों जैसे बलात्कार तथा लूटमार आदि का बड़ी ही निष्ठा से पालन किया।

जब तक हम, सरयू नदी के किनारे स्थित अयोध्या के छोटे से राज्य तक पहुँचे, मानसून का अंत हो चुका था। सरयू पूरे वेग से बह रही थी। हम कुछ दूरी से, टूटे-फूटे मकानों तथा झोंपड़ियों पर लगी जीर्ण-शीर्ण पताकाओं को देख सकते थे। उन पर उगते हुए सूर्य का चिन्ह अंकित था परंतु उनकी दशा देख कर तो इसे सूर्यास्त की नगरी कहना ही अधिक उपयुक्त होता। रावण ने अयोध्या के राजा, अनारण्य को संदेश भिजवाया कि वह आत्मसमर्पण कर दे।

परंतु छह दिन बीत गए और वहाँ से कोई संदेश नहीं आया। रावण ने अधीर हो कर, हमें आदेश दिया कि नदी पार करके, नगर पर आक्रमण कर दिया जाए। परंतु जब हम नगर में पहुँचे तो कैसा अभूतपूर्व दृश्य देखने को मिला! मैंने अब तक जितने स्थान देखे थे, संभवतः यह उन सबमें से अधिक दयनीय दशा में था। सड़कें टूटी हुई थीं और बालक निर्वस्त्र डोल रहे थे। आवारा कुत्तों के सड़े कंकालों पर मक्खियाँ भिनभिना रही थीं। सूअर बचे भोजन की जूठन पर ऐश उड़ा रहे थे। लोग सड़कों पर रहते और वहीं मल-मूत्र का विसर्जन भी करते। गलियाँ बहुत सँकरी तथा धूल से भरी थीं। यह तो मानो धूल व गंदगी का घर था। यदि यह हमारे मार्ग में न आता, तो यह स्थान इस योग्य था ही नहीं कि यहाँ कोई आए। वहाँ तो लूटने के लिए कुछ था ही नहीं। हमारे स्वागत के लिए कोई विपक्षी सेना भी तैयार नहीं मिली। इसकी बजाय, भिक्षुकों का एक दल, बाँहें पसारे, भिक्षा की आस में हमारी ओर दौड़ा। हम उलझन में थे और इसी दौरान अपनी जेबें खंगालने लगे ताकि उनके हाथ पर कुछ रख सकें।

लंका व अलकापुरी के वैभव तथा विलासितापूर्ण राजप्रासादों को देखने के पश्चात इस जीर्ण-शीर्ण व ध्वस्त महल को देखना किसी बड़े सदमे से कम न था। फ़र्श हमारे जूतों तले चरमरा रहे थे, स्तंभों को दीमक चाट गई थी, पर्दों में धूल भरी थी और छत में सुराख हुए पड़े थे। एक वृद्ध विष्णु की प्रतिमा के आगे, आलथी-पालथी लगाए नतमस्तक था और मन ही मन कुछ बुदबुदा रहा था। रावण ने कुछ क्षण तक प्रतीक्षा की और फिर उसने वृद्ध का कंधा थपथपाया। पहले कुछ क्षण तक तो कुछ नहीं घटा। फिर धीरे-धीरे वह वृद्ध अपने स्थान से लड़खड़ाते हुए उठा। रावण ने उसे हाथ का सहारा देना चाहा तो वह उसका हाथ परे झटक कर ऐसे स्वर में चिल्लाया, जो उसकी आयु को भी झुठला रहा था, "अरे अस्पृश्य शूद्र! मुझे अशुद्ध मत कर!" हम तो स्तंभित रह गए। एक शक्तिशाली सम्राट, जो अब तक के लगभग आधे परिचित

जगत पर अपना आधिपत्य जमा चुका था, एक अशक्त वृद्ध के सम्मुख खड़ा था, जो बड़ी ही निर्लज्जता से स्वयं को एक ध्वस्त नगर का राजा कहता था। भयकातर होने की अपेक्षा, वृद्ध राजा, सम्राट को आदेश दे रहा था कि वह उसे स्पर्श कर अपवित्र न करे। मैंने अपने राजा को घूरा। वह क्षण भर के लिए तो सकते में आ गया और मन ही मन कुछ बड़बड़ाया जो सुनने में काफ़ी हद तक यही लगा, 'मेरे पिता भी एक ब्राह्मण हैं।'

"अछूत! तुम्हारी माँ की कोई जाति नहीं थी इसलिए तुम भी अछूत हो।" वृद्ध लगभग चिल्ला रहा था।

रावण के नेत्रों में लाल डोरे झलक आए, उसने वृद्ध को गर्दन से दबोच लिया और अपनी तलवार की नोक उसकी गर्दन से सटा दी। "मैं किसी ऐसे अशक्त बूढ़े की हत्या नहीं करना चाहता, जो युद्ध न कर सके। तुम आत्मसर्मपण कर दो और मैं तुम्हें प्राणदान दे दूँगा।"

"मैं एक शूद्र के समक्ष आत्मसर्मपण नहीं करूँगा।"

"तो एक शूद्र के हाथों प्राण त्यागने के लिए प्रस्तुत हो जाओ।" रावण गरजा।

"शूद्र! मैं तुम्हें विष्णु की ओर से श्राप देता हूँ। मेरे वंशज, तुमसे प्रतिशोध लेंगे कि तुमने मुझे अपवित्र किया था। वे तुम्हारे नगर, तुम्हारे वंश व तुम्हारी पत्नियों के मान-सम्मान, तुम्हारे पुत्रों... को विनष्ट कर देंगे...।"

रावण ने एक ही वार में अयोध्या के राजा का काम तमाम कर दिया।

फिर मानो संकेत पाते ही पूरी सेना, मृत राजा के छोटे से देवालय पर टूट पड़ी और उसे गिराने में देर नहीं की। हमें प्रतिमा के भीतर छिपे माणिक्य मिले और प्रतिमा को मंडित करने वाली मालाएँ ठोस सुवर्ण की बनी थीं, जिनमें हीरक जड़े थे। मृतक राजा ने यह कह कर हमारा घोर अपमान किया था कि हमारे स्पर्श मात्र से वह अपवित्र हो जाएगा। इसी अपमान को स्मरण करते हुए, हमारा आक्रोश द्विगुणित हो उठा और हमने उनके मृत देवों व उनकी स्थूल पत्नियों की प्रतिमाओं को लूटने में कोई कसर नहीं छोड़ी। परंतु भीतर ही भीतर, कहीं कोई राक्षस अपने तीखे विषदंतों से मुझ पर प्रहार किए जा रहा था। हमारा सम्राट, असुरों का मुक्तिदाता, देव राजा के सम्मुख लगभग क्षमा-याचना करते हुए, यह बुदबुदाते हुए सुना गया था कि उसका पिता भी एक ब्राह्मण है।

18 असुर राजकुमारी

रावण

मैंने जीर्ण-शीर्ण राजप्रासाद को अपनी सेना के लिए छोड़ दिया ताकि वे उसे लूट सकें। जब मैं नगर के बाज़ारों से निकला तो लोग मुझे देखते ही मार्ग देने के लिए, पीछे हटने लगे। पहले-पहल, मैंने यही सोचा कि संभवतः मुझे एक विजित नरेश के रूप में मान-प्रतिष्ठा देने के लिए ही ऐसा व्यवहार किया जा रहा है परंतु मुझे यह समझने में ज़्यादा देर नहीं लगी कि यह सब इसलिए हो रहा था क्योंकि मैं एक शूद्र था। मैं उनके महान नगर को दूषित कर रहा था। उसे अपनी उपस्थित से अपवित्र कर रहा था। यहाँ तक कि हमें देखना भी बुरा माना जाता था। हमें देखने से ही सामने वाला व्यक्ति अशुद्ध हो जाता। मैंने मैले-कुचैले वस्त्रों में लिपटे ब्राह्मणों को देखा, जो हाथ में पकड़ी लाठी को ज़ोर-ज़ोर से ज़मीन पर पटक रहे थे ताकि शूद्रों को अपने साए से भी दूर रहने की चेतावनी दे सकें। बाज़ार के सभी कार्य भी इस प्रकार किए जाते थे कि किसी भी रूप में, व्यक्तियों का परस्पर स्पर्श न हो या वे एक-दूसरे को अपवित्र न कर सकें। परंतु वे सड़कों तथा मार्गों पर पान के रस की पीकें भी थूक रहे थे और उन्हीं पर निःसंकोच चल भी रहे थे। लोग खुलेआम मल त्याग कर रहे थे परंतु इस विषय में पूरी तरह से सतर्क थे कि कहीं किसी शूद्र से उनका स्पर्श न हो जाए। यदि यह सब इतने विरोधाभास से भरा तथा दयनीय न होता तो निःसंदेह यह एक हास्यास्पद विषय था। यदि मैं इस मूर्खता से परिपूर्ण प्रथा को न रोकता, तो जाति प्रथा की यह अति पूरे भारत में फैल जाती। और यदि ऐसा हो जाता, तो हमें अपनी स्वतंत्रता को सदा के लिए विदा देनी पड़ती।

एक दिन, मैं गहरी झपकी में था कि अपने खेमे के बाहर हो रही हलचल से आँख खुल गई। मैं बाहर निकला तो दृश्य देख कर भौंचक्का रह गया। वहाँ चार-पाँच

असुर खड़े, एक युवती के साथ हाथापाई कर रहे थे। मैं गुस्से से आग हो उठा। बेशक जब आपने कड़े संघर्ष के बाद कोई युद्ध जीता हो और आप किसी युवती को, विशेष रूप से किसी देव युवती को अपने लिए पाना चाह रहे हों तो यह स्वीकार्य था परंतु हर बात की एक सीमा होती है। मेरे अंगरक्षक कहाँ थे? तभी मैंने देखा कि वे भी युवती पर झपटने वाले असुरों में सम्मिलित थे।

"छोड़ दो उसे।" मैं गुस्से से दहाड़ा। तीनों असुर, जिनमें से एक कीचड़ में गिर कर लथपथ हो गया था, वह झट से उठा और वे अलोप हो गए। शेष दो ने मेरे हाथ में नंगी तलवार देखी तो उन्होंने भी भागने में देरी नहीं की। इसके बाद ही मैं देख सका कि भला वे किस के लिए आपस में संघर्ष कर रहे थे? उस युवती के मुख से अवगुंठन हट गया था। कैसा सुंदर मुखड़ा था! काली गहरी आँखें अग्नि की भाँति प्रदीप्त थीं, घनी व मुड़ी हुई पलकें, उसे और भी मासूम बना रही थीं। उसके लाल भरे-भरे होंठ, तीखी व उन्नत नासिका के नीचे बहुत भले लग रहे थे। काले, घुँघराले बालों से माथे पर लटें बन रही थीं। उसकी त्वचा बेदाग थी और किंचित होंठ सिकोड़ने की अदा से, उसकी लज्जा प्रकट हो रही थी। मैं उसे एकटक घूरता रहा। ज्यों ही उसे मेरी वासना भरी दृष्टि का आभास हुआ, वह लज्जा से और भी संकुचित हो उठी। मैंने आज तक उससे अधिक गौर वर्ण युवती नहीं देखी थी। उससे प्रतिक्षण स्त्रैण आकर्षण तथा कोमलता प्रकट हो रही थी। मैं उसे पाना चाहता था। उसने अपनी पोशाक ठीक की और मुझसे नज़रें फेर लीं।

इस स्त्री ने मेरे भीतर एक पाश्विक वासना जागृत कर दी थी। मैं उसकी ओर बढ़ा और उसे कलाइयों से जकड़ लिया। उसने अपनी बाजू पीछे खींची व स्वयं को छुड़ाने का प्रयास किया। मैंने उसे पुन: पकड़ना चाहा और उसने उसी क्षण एक करारा तमाचा मेरे मुँह पर रसीद कर दिया। मेरा गाल दहकने लगा। मैं दंग रह गया। जब मैंने उसे दोबारा पकड़ना चाहा, उसने फिर से मेरे चेहरे पर एक तमाचा दे मारा। इस बार मेरी नासिका से रक्त आने लगा था। वह तो बड़ी ही मज़बूत काठी की औरत निकली। मैंने इस तरह मुड़ने का दिखावा किया मानो उसे छोड़ दिया परंतु उसी क्षण पलटा और चक्कर खाते हुए, उसे धरती से उठा लिया। उसकी चीख़-पुकार व खरोंचों को उपेक्षित करते हुए, सीधा अपने खेमे में ले गया। मैं क्रोधित था परंतु इससे भी बड़ी बात यह थी कि मैं उसे चाहता था। मैंने उसे पलंग पर पटक दिया और जब उसने वहाँ से जबरन उठना चाहा तो मैंने उसे एक करारा तमाचा दे मारा। उसने मुझ पर थूक दिया। मैंने रेशमी चादर से उसके हाथ-पाँव बाँधे और किसी पोटली की तरह बिस्तर पर पटक दिया। इस दौरान उसने मुझे तीन बार काटा व असंख्य खरोंचें दीं।

फिर मैं हाँफ़ते-काँपते हुए, निकट पड़ी कुर्सी पर जा कर बैठ गया। वह मेरी ओर पीठ

किए पड़ी थी; उसके गोल-गोल नितंबों को देख, एक बार पुनः वासना की अग्नि भड़क उठी... *'वह मेरे साथ संभोग क्यों नहीं चाहती? मैं तो भारत का सम्राट हूँ। महान असुर राज रावण!'*

कुछ क्षणों के मौन के बाद, मैंने उसे अपनी ओर मोड़ने की चेष्टा की। "तुम्हारा नाम क्या है?" मैंने उसी क्षण पूछा और पूछते ही मुझे अपनी मूर्खता का आभास हो गया। उसने हौले से अपना मुख ऊपर उठाया, उसके काले घुँघराले बाल, माथे पर लटों के नमूने बना रहे थे। उसकी आँखें मानो मुझे भेदती चली गईं और मैं भयभीत हो उठा। मेरे पूरे मेरुदंड में कँपकँपी सी दौड़ गई।

"क्या तुम्हें किसी युवती का बलात्कार करने से पूर्व, उसका नाम व पता भी जानने की आवश्यकता होती है?" उसने पूछा। मुझे कुछ समझ नहीं आया कि उसे क्या उत्तर दूँ। मेरे मन के किसी कोने को यह बात इतनी हास्यास्पद लगी कि मैं खुल कर ठहाका लगाना चाहता था परंतु फिर मैं एक मूर्ख की भाँति उठ खड़ा हुआ, मेरे पास कोई शब्द नहीं थे, मैं नहीं जानता था कि मुझे इस अवसर पर क्या कहना चाहिए। मैं खाँसा, हकलाया और वहाँ से बाहर निकल आया।

"जब तुम मेरे साथ अपनी इच्छा पूर्ति कर लो, तो कृपया मुझे कुछ क्षण के लिए जीवित छोड़ देना, मैं तुम्हारे राजा, महान असुर सम्राट, रावण से भेंट करना चाहती हूँ।" उसने इन्हीं शब्दों के साथ वहीं धरती पर थूक दिया।

"परंतु... रावण तो मैं ही हूँ।" मेरा स्वर थरथरा उठा।

उसके भीतर से एक पशुवत् चीत्कार निकली और मैं बुरी तरह दहल गया। वह अपने-आप को छुड़ाने के लिए संघर्ष कर रही थी परंतु अंततः पराजित हो कर, सुबकियाँ भरने लगी। मैं कुछ ही दूरी पर खड़ा, उसे देखता रहा। कुछ समय बाद, मैं उसके समीप आया, मैं उसे स्पर्श करना चाहता था परंतु मेरे हाथ काँप रहे थे और मैंने सकुचाते हुए, अपनी भुजा धीरे से उसके कंधे पर रखी। वह ज़रा सा हिली और मुझे गहन घृणा के भावों से देखा। मैंने अपना हाथ पीछे हटा लिया।

"क्या तुम जानते हो कि एक देव विधवा अपना जीवन किस प्रकार व्यतीत करती है?" उसने रिरियाते हुए पूछा। मैं शांत रहा।"क्या तुम जानते हो कि एक देव विधवा के पास क्या विकल्प होते हैं... तुम जानोगे भी कैसे? तुम तो विजेता हो। तुम्हें कुछ लोगों की जानों से भला क्या प्रयोजन होने लगा...?"

मैं बुरी तरह से द्रवित हो उठा। परंतु मैं एक भिन्न सभ्यता से संबंध रखता था। मैंने

भी देव स्त्रियों की दयनीय व शोचनीय दशा के विषय में सुना था और मुझे लगता था कि वे प्रसंग इतने भयंकर थे कि उन्हें निश्चित रूप से, शब्दों का जाल बुनने वाले असुर अथवा नागाओं ने देवों को नीचा दिखाने के लिए ही गढ़ा होगा।

"तुम्हारे लोगों ने मेरे पति की हत्या कर दी। वह एक निर्धन व्यक्ति था... एक ब्राह्मण, जिसने आज तक कभी किसी की कोई हानि नहीं की थी... तुम्हारे लोगों ने उसके प्राण क्यों लिए?"

मैं बुरी तरह से खीझ उठा। *'मैं एक ब्राह्मण की विधवा के साथ क्या कर रहा था? क्या वह एक ब्राह्मण युवती थी, इसलिए मैं उसकी ओर आकर्षित हुआ? क्या उसके गौर वर्ण ने मेरे भीतर पाश्विक वासना को जगाया था?'*

"हम अपने श्वसुर के घर में एक बंदी का जीवन जी सकती हैं... हमें अपने केशों का मुंडन करना होगा... हाथ व कंठों को आभूषणों से रहित करना होगा... जान-बूझ कर स्वयं को अनाकर्षक बनाए रखना होगा... एक जीवित लाश की भाँति... न माथे पर बिंदिया... न हाथों में खनखनाती चूड़ियाँ... न ही रंगीन वस्त्र व साड़ियाँ... केवल कोरे सफ़ेद वस्त्र... कोई जीवन नहीं... बिना किसी वेतन की नौकरानी... एक चलती-फिरती लाश!"

मैं दहल उठा। मैं तो किसी असुर स्त्री के लिए ऐसे जीवन की कल्पना तक नहीं कर सकता था। यदि पति की मृत्यु हो जाती, तो वह निश्चित तौर पर, कुछ समय के लिए उसकी मृत्यु का शोक अवश्य करती और फिर अपने लिए कोई और जीवनसाथी खोज कर, जीवन की राह पर आगे चल देती।

"तुम शक्तिशाली राजा हो, हुँह!... जानते हो, मैं अपने पति की जलती चिता में कूद कर देवी बन सकती थी... एक महिमामयी सती। तब वही लोग, जो मेरे जीवन में मुझसे किसी पशु से अधिक पेश न आते, वही लोग मेरे नाम पर मंदिर बनवाते और मेरा पूजन करते, मेरी जय-जयकार करते।"

"तुम्हारा नाम क्या है?" मैंने उससे पूछा। मैं उसके समीप गया और उसे चिबुक से थाम लिया। उसकी आँखों में अश्रुधारा उमड़ पड़ी और वे चमकने लगीं। मैनें उनमें अपना ही प्रतिबिंब देखा और वह इतना छोटा जान पड़ा कि मैं अपनी ही नज़रों में महत्त्वहीन हो उठा। वह बहुत देर तक, मेरे चेहरे को ताकती रही। अंततः उसके होठों के कोनों पर एक मुस्कान खेल उठी। मैं पिघल उठा। "वेदवती।" उसके मुख से ये शब्द निकले और मैं तत्क्षण इस देव ब्राह्मण युवती से प्रेम करने लगा।

भद्र

जब द्वारपाल ने मुझे निद्रा से झकझोर कर जगाया तो मैं उसे और उसके पूर्वजों को कोसने लगा। मेरे मुख से देसी शराब की बू आ रही थी इसलिए मैंने एक बार और पानी से मुख शुद्धि की और स्वयं को प्रधानमंत्री के खेमे की ओर घसीट ले गया। मुझे क्यों बुलाया गया था? ये पिछले कुछ माह हमारी जाति के लिए किसी अभिशाप से कम नहीं रहे थे। खेमे के अधिकतर लोग इस अभियान के प्रति भ्रमित थे। हम नर्मदा नदी के किनारे, घने वन में खेमे लगाए बैठे थे, हम जंगली बेरों व उन मूर्ख जंगली वानरों को मार कर अपना पेट भरते, जो अपनी मूर्खतावश हमारे खेमों के आसपास मंडराते रहते थे। हम ग़लत तरीक़े से बनी गंदी शराब पीते, और किसी मुहिम पर जाने की अंतहीन प्रतीक्षा करते।

प्रहस्त जैसे बुद्धिमान सिर भिड़ाए, फुसफसा कर बातें करते। परंतु हमारे राजा रावण को तो मनबहलाव का अच्छा साधन मिल गया था। वह अपने साथ अभियान पर निकले सभी मूर्खों को भुला कर, एक हठी ब्राह्मण युवती को फुसलाने व उसका दिल पिघलाने की जी-तोड़ कोशिश में लगा था। उसने अपने मंत्रियों से भेंट करने से इंकार कर दिया था, सेना का निरीक्षण करना त्याग दिया था, और यहाँ तक कि अपने प्रेरणास्पद व्याख्यान देना भी भुला बैठा था। वेदवती नदी के समीप आलथी-पालथी लगा कर, ध्यान रमाती अथवा असुर राजा को बुरी तरह से कोसती, जिसके कारण उसके सभी इष्ट-संबंधी परलोक सिधार गए थे। राजा प्रेम में दीवाने किसी किशोर की भाँति उसके आसपास मँडराता, उसका प्यार पाने के लिए विनती करता रहता। यहाँ तक कि वह उस नन्ही सी जान को भी भुला बैठा था, जिसे वह अपने साथ रक्षा के लिए युद्ध अभियान में ले आया था, नन्ही बच्ची भूख से अकुला कर चिल्लाने लगती परंतु फिर भी वह अपनी प्रेम मूर्च्छा से नहीं जागता था। वह ब्राह्मण युवती उसके सभी आकर्षणों से अछूती रही और इसी बात ने रावण को और भी व्यग्र कर दिया था। मुझे तो यह समझ नहीं आता था कि वह उसे बलपूर्वक अपना क्यों नहीं बना रहा था?

हमारा अभियान दल निरूद्देश्य यहाँ-वहाँ विचरण करता रहा। हम बड़े राज्यों को उपेक्षित करते हुए आगे बढ़े, अधिकतर तो हम वनों में डेरा डालते और यदा-कदा किसी ग्राम के खलिहानों व कोठारों पर धावा बोल कर, कुछ खाने को जुटा लेते। अंततः, कई माह तक भटकने के पश्चात, हम नर्मदा नदी के तट पर पहुँचे और हमारे राजा ने तय किया कि वह अपनी तैरने की कला का परिचय दे कर, वेदवती का दिल जीत लेगा। उसने अपने वस्त्र उतारे और वेग से प्रवाहित नदी में छलाँग लगा दी, फिर वह उस तीव्र वेग के साथ ही कहीं बह गया। कम से कम उस युवती ने परिषद

को तो यही बताया था। हमारे सम्राट ने अंगरक्षकों को भी दूर भेज दिया था, तो उस युवती के अतिरिक्त वास्तव में कोई नहीं जानता था कि हुआ क्या था?

कुछ ही दिन बाद, हमारे पास राजा कार्तीवीरार्जुन का संदेशवाहक आया, उसका दावा था कि असुर राज रावण उनकी क़ैद में था। सारी सेना को गिरवी रखना पड़ा। पूरे तीन दिन तक, असुर परिषद, प्रधानमंत्री के खेमे में बंद रही। वे सब गहन विचार-विमर्श में मग्न थे। इस दौरान खेमा दो भागों में विभाजित हो गया था। विद्युतजिव्हा के अनुयायियों ने अफ़वाह फैला दी थी कि रावण तो पहले ही मारा जा चुका था। उनका तर्क था कि लंका वापिस लौटना ही कहीं बेहतर विकल्प था।

रूद्रक के अधीन दूसरा दल, यह प्रस्ताव रख रहा था कि उन्हें कार्तीवीरार्जुन जैसे वर्णसंकर पर धावा बोल कर, उसे सबक सिखाना चाहिए था, भले ही हमारे राजा के प्राण संकट में क्यों न आ जाएँ। उसके साथ सुमाली तथा माल्यवान जैसे समर्थक थे, जिनका यह मानना था कि असुरों की प्रतिष्ठा दाँव पर लगी थी और एक निश्चित परिणाम के साथ किए जाने वाले तत्काल युद्ध की आवश्यकता थी। निःसंदेह, ये सब अटकलें उन द्वारपालों द्वारा लगाई जा रही थीं, जो परिषद के खेमे के बाहर खड़े थे।

जब मैंने तंबू में प्रवेश किया तो सभी महान व्यक्ति गद्देदार आसनों में धँसे थे। मैंने हल्का सा झुक कर प्रणाम किया और अपने मुँह पर हाथ रख लिया। मेरी आँखें धरती को ताक रही थीं, रीढ़ की हड्डी झुकी थी और मैं इसी कोशिश में था कि उनसे नज़रें न मिलानी पड़ें। राजा का सिंहासन रिक्त था परंतु प्रहस्त समीप ही आसीन था। वहाँ एक व्याकुल कर देने वाली शांति का साम्राज्य था।

फिर प्रहस्त बोला, "भद्र! हम तुम्हें एक विशेष कार्य सौंप रहे हैं। हमें अनुभव होता है कि केवल तुम ही वह कार्य कर सकते हो।"

"हो सकता है कि यह तुम्हें निकृष्ट जान पड़े परंतु जो भी हो, तुम्हें इसे निभाना ही होगा।" मारीच मेरे समीप आए और सांत्वना से भरा हाथ मेरे कंधे पर रख दिया।

विद्युतजिव्हा दुष्टता से मेरी ओर बढ़ा और मैं भयभीत हो उठा। मैं सीधा खड़ा हो कर, उसकी आँखों में आँखें डाल कर देखना चाहता था परंतु मेरा शरीर उसी तरह झुका रहा। वह बोला "तुम उस देव युवती को कहीं ले जा कर समाप्त कर दो। और साथ ही उस दुर्भाग्य को न्यौतने वाली राजकुमारी को भी ले जाना।"

मैंने अभी-अभी जो सुना था, उसे सुन कर मेरा बदन सिहर उठा। मुझे भी वह युवती कभी पसंद नहीं आई परंतु वह हमारे राजा की प्रेयसी थी।

“क्या हमें उसे मार देना चाहिए? उस नन्ही सी राजकुमारी को भी...।” मारीच बुदबुदाए

“थू...!” विद्युतजिव्हा वहीं धरती पर थूकते हुए बोला, “हमारा राजा निर्लज्जों की भाँति उस युवती के पीछे मँडराते हुए, पहले ही हमारे लिए बहुत सा दुर्भाग्य न्यौत चुका है। क्या तुम उन भविष्यवाणियों को भूल गए? रावण की यह नन्ही पुत्री हमारी पूरी असुर जाति के लिए एक अपशकुन है। वह हम सबके लिए मृत्यु तथा विनाश का कारण होगी और हमारा राजा यह मानता है कि ये सब मूर्खता से पूर्ण अंधविश्वास हैं। मैं तो किसी भी तरह का कोई संकट मोल नहीं लेना चाहता।”

मारीच का स्वर सुनाई तक नहीं दे रहा था मानो उन्होंने कुछ निगल लिया हो और साथ ही बोलने की चेष्टा भी कर रहे हों। “हमारा युद्ध अभियान बहुत ही नाज़ुक मोड़ पर आ खड़ा हुआ है। हम बुरी तरह से पराजित होने के कगार पर हैं। हमारा राजा बंदी बना लिया गया है और हमें भय है कि राजा को कार्तीवीरार्जुन से बँधक छुड़ाने में ही हम सब नष्ट हो जाएँगे। हमारी सेनाओं का मनोबल टूट चुका है और परिषद ने अपनी बुद्धिमता व विवेक का परिचय देते हुए, यह निर्णय लिया है। हमारा यह मानना है कि वह स्त्री ही हमारे सम्राट के पतन का कारण रही और वह संपूर्ण असुर जाति के गले में चक्की का पाट बन कर लटक गई है।”

प्रहस्त मेरी ओर बढ़ा और फिर एक ऊँचाई तक पहुँच कर, मेरे कानों में हौले से फुसफुसाया, “उसे ले जाओ और समाप्त कर दो।”

विद्युतजिव्हा भी समीप आया और फुँफकारा, “उस नन्ही बच्ची को मत भूलना।”

मुझे प्रहस्त ने हाथ के संकेत से जाने को कहा और मैं भारी हृदय के साथ अपने तंबू की ओर लौट आया। मैं पछाड़ खा कर, अपने बिस्तर पर गिर पड़ा। मैं इन लोगों के लिए एक श्वान की तरह स्वामीभक्ति दिखाते-दिखाते तंग आ गया था।

‘इन कमीनों को यह दैवी अधिकार किसने दिया कि ये हम जैसे निर्धनों पर अपना रौब दिखाएँ?’ मुझे अपने ही भीतर से रोष व क्रोध उठता दिखाई दिया, परंतु जिस क्षण वह उबाल पर आने को था, उसी क्षण में एक सैनिक ने भीतर प्रवेश किया और सुस्वादु व्यंजनों से सजी थाली मेरे आगे ज़मीन पर रख दी। उसने धातु के एक गिलास से टंकार की और उसमें बढ़िया शराब भर दी। मैं अपने बिस्तर से उठ बैठा और इस कार्य को मन मार कर देखने लगा।

“तुम उनके आगे गिड़गिड़ाए होगे? है न? ख़ैर! तुम्हें भरपेट भोजन दिया जा रहा है।” उसने दाँत भींचे और बाहर चला गया।

हमें पिछले कुछ दिनों से, भोजन के नाम पर केवल कुछ चम्मच चावल तथा तरीयुक्त दलिया ही दिया जा रहा था। वह पेट भरने के लिए कभी पर्याप्त नहीं होता था। परंतु दल के महत्त्वपूर्ण व्यक्तियों के लिए तो कभी किसी वस्तु का अभाव था ही नहीं, उनके लिए सदैव अतिरिक्त व्यंजन उपलब्ध रहते। जब आप कुछ करते, जो उनकी इच्छापूर्ति में सहायक होता, तो वे यदा-कदा अपने मेज से आपके आगे रोटी के कुछ कौर डाल देते। मैं बहुत देर तक बैठा थाली को घूरता रहा। अचानक ही, पेट में भूख के बगूले से उठने लगे। मैंने भूख महसूस की। मैंने धोती से हाथ पोंछे और बड़ी ही आकुलता से अपनी थाली पर टूट पड़ा। फिर मैंने अपनी तसल्ली के लिए थाली तक चाट डाली और एक ही घूँट में मदिरा भी निगल गया। इसके बाद धातु का गिलास बाहर भनका दिया। वह बाहर कहीं अंधकार में जा कर गिरा और खन्न के स्वर के साथ अपनी उपस्थिति दर्ज की।

जब मुझे गहरी नींद से झकझोर कर जगाया गया, तो बाहर अभी अँधेरा ही था। मेरा सिर मारे दर्द के फटा जा रहा था, संभवतः यह मदिरा का प्रभाव रहा होगा। मैं बैलगाड़ी तैयार किए जाने के स्वर को सुन सकता था। मैं बाहर गया और शीतल जल से अपना मुख धोया, पूरा शरीर कँपकँपा रहा था, खुल कर अंगड़ाई लेने से बदन को थोड़ी राहत मिली। मैं मारीच की लंबी आकृति को अपनी ओर आते देख सकता था।

उसने कहा, "भद्र! हमने तुम्हें जो काम सौंपा है, मैं उसके लिए तुमसे क्षमा चाहता हूँ परंतु तुम्हें उसे किसी भी दशा में करना ही होगा, तुम्हारी जाति के लिए, तुम्हारे सम्राट के लिए!"

मैं शांत व अविचल खड़ा रहा। कहीं दूर, समय से पहले ही, मुर्गे ने बाँग दी। "मैं आशा करता हूँ कि हम जो कर रहे हैं, वह बिल्कुल अनुचित नहीं है... मुझे उस कन्या के लिए दुःख है... और निःसंदेह उस ब्राह्मण युवती के लिए भी खेद है। भद्र! बाकी सब भुला दो और केवल अपने कर्तव्य पर ध्यान दो। अपने दिमाग़ पर कोई ज़ोर मत डालो। तुम सब कुछ हम पर छोड़ दो।" और वह मुड़ कर लौट गया।

मैं कुछ क्षणों तक वहीं झुका खड़ा रहा। बेशक मैं सादे दिमाग़ वाला आदमी था परंतु मैंने अपने हाथों को उन निर्दोषों के रक्त से सना पाया। मैं सीधा खड़ा हो कर भीतरी शांति व शक्ति के लिए प्रार्थना की और अपने भीतर से उस भावना के प्रकट होने की प्रतीक्षा की, जो मुझे प्रेरित करने वाली थी कि मैं तो केवल अपने कर्तव्य का पालन कर रहा था। परंतु प्रतीक्षा के बाद भी अपने भीतर केवल आत्म-दया का भाव ही मुखरित हुआ और उस भावना से खीझ कर, मैं गाड़ीवान के स्थान पर बैठ कर,

आने वाले क्षणों की प्रतीक्षा करने लगा।

जब वे उसे लाए तो पूर्व के एक छोर पर लाली दिखने लगी थी। उसे बेहोशी की दवा सुँघा कर बेसुध किया गया था। दो लोग उसे पीठ पर लाद कर लाए और मुझे देख कर आँख मारी। वे उसे वहीं छोड़ कर लौट गए। कुछ देर बाद मारीच ने क़दम रखा। उसने बहुत ही नज़ाकत से उस पोटली को थामा हुआ था जिसमें नन्ही सी बच्ची थी। उसने हौले से उस बच्ची का माथा चूमा और उसे उस युवती के समीप रख दिया। वह पीछे मुड़ा और मेरी नज़रों से नज़रें चुराने का प्रयास किया। मैंने देखा कि बच्ची की जाँघ पर एक आँसू चू गया था। वह हौले से हिली और अपनी निद्रा के बीच किसी देवदूत की तरह मुस्कराई और शांति से पुनः सो गई।

मैंने बैल को झटके से एक कोड़ा फटकारा और बैलगाड़ी हिचकोलों के साथ चलने लगी जब मैं उफनती हुई नर्मदा के किनारे पहुँचा, तब तक सूर्यदेव पूर्व दिशा में पूरे प्रभाव सहित उदित हो चुके थे। चारों ओर रक्तिम आभा छाई थी। प्रातःकालीन सूर्य के प्रकाश ने बूँदाबाँदी को भी हल्के सुनहरे रंग में रंग दिया था। सुदूर क्षितिज पर एक विशाल इंद्रधनुष दिख रहा था और मैंने उससे अपना मुँह मोड़ लिया। बैलगाड़ी घने वन में, पगडंडी पर हिचकोले खाती, देवों के राज्य की ओर बढ़ रही थी। मेरा शिकार अब तक अपनी बेहोशी की नींद में था। वन की सुदंरता ने मुझे लुभाया और मैं कुछ समय के लिए अपने गहरे विचारों से मुक्ति पाने में सफल रहा। मैंने अपने मुख पर आती सुखद शीतलहरी का आनंद लिया, सुगंधित वायु ने मेरे गालों को सहलाया और मैं तो यह भी भूल बैठा कि मुझे क्या कार्य सौंपा गया था। मैं तो सचमुच बहुत ही सीधा और सरल दिमाग़ वाला व्यक्ति था, है न?

जब मैं विश्राम के लिए एक स्थान पर ठहरा तो अंधकार होने को था और सूर्य कहीं सुदूर पहाड़ियों के पीछे अस्त हो रहा था। वह युवती अब भी सो रही थी। मैंने अपने भीतर वासना की लहर दौड़ती अनुभव की। जैसे ही मैं काँपते हाथ से उसकी ओर बढ़ा, नन्ही बच्ची एकदम हिली-डुली। मैं झटका खा कर पीछे बैठ गया और मैंने स्वयं को लज्जित अनुभव किया।

तभी मेरा क्रोध लौट आया। वह मेरी थी और मैं उसके साथ, जो जी में आए, कर सकता था। मुझे ही तो उसे निपटाने का काम सौंपा गया था। हमें यह कहानी प्रचारित करनी थी कि मैं उसे और छोटी बच्ची को, खेमे से कुछ ही मील की दूरी पर स्थित, गाँव के वैद्य के पास ले जा रहा था क्योंकि उन दोनों को ही जंगली बुखार हो गया था, परंतु दोनों को ही मौत के मुँह में जाने से नहीं बचाया जा सका। अब तक, मैं डेरे से कई मील दूर आ चुका था। अगर मैं उसके साथ कुछ करता भी तो भला

कौन जान लेता? संभवत: परिषद मेरे इस कार्य को भी सराहे। मैं फिर से आगे बढ़ा और अपने हाथ उसके वस्त्रों पर रख दिए। मैंने उसके वक्ष से बँधा वस्त्र खोलने की चेष्टा की परंतु मैं अपनी उत्तेजना के कारण यह काम कर नहीं पा रहा था। मैं अपनी कोशिश में सफल होने ही वाला था कि उसने अचानक अपनी आँखें खोलीं और मुझे किसी गाय की तरह एकटक घूरने लगी। मैं भयभीत हो उठा, उसे छोड़ा और पीछे छिटक गया। उसकी आँखों में आँसू छलछला उठे और उसकी आँख से गिरा आँसू, गाड़ी पर बिछे लाल रेशमी वस्त्र को भिगो गया। मैंने स्वयं को लज्जित अनुभव किया और अपना मुख दूसरी ओर फेर लिया। फिर उसके मुख से एक चीख़ निकली – एक ऐसी चीख़ जिसमें पीड़ा, दु:ख व पूर्ण परित्याग के मिश्रित भाव थे। यह सुन कर आसपास के पक्षी चिहुँक उठे।

मैं अपने साथ तेल का जो छोटा दीपक लाया था, वह छलका और रेशमी चादर व उसके वस्त्रों पर तेल के धब्बे पड़ गए। मैंने उसे सीधा करना चाहा पर मारे भय के, मेरे हाथ कँपकँपा रहे थे। वह गला फाड़ कर चिल्लाई, "असभ्य असुर, तूने मुझे छूने का साहस कैसे किया? तेरी इतनी मजाल!" छोटी बच्ची जाग कर, ज़ार-ज़ार रोने लगी।

"आज तक तुम्हारे स्वामी की इतनी हिम्मत नहीं हुई कि मुझे हाथ लगा जाए और तू... दुष्ट। तूने इतना साहस कैसे किया?"

मेरा क्रोध फिर से हावी हो गया था। वह उस घने वन में अकेली थी और मुझे उसका वध करने के निर्देश दिए गए थे। उसने पीछे हटने की चेष्टा की तो मैं उसकी ओर बढ़ा। उसने गाड़ी से बाहर जाने की चेष्टा की परंतु जिस तेल के दीपक ने उसके वस्त्रों पर तेल के धब्बे डाले थे, उसकी फड़फड़ाती लौ एकदम से जीवित हुई और वायु के कारण उसके वस्त्रों में आग लग गई। मैंने सहज स्वभाववश उस आग को बुझाने के लिए हाथ आगे किया परंतु उसने मुझे एक करारा तमाचा जड़ दिया और स्वयं नदी की ओर भागी। वह आग का एक गोला लग रही थी जो गुस्से व पीड़ा के मारे चिल्ला रही थी। वह कभी नदी तक न पहुँच पाती। मैं उसके पीछे भागा ताकि उसे पकड़ सकूँ और यदि संभव हो, तो उसकी प्राण रक्षा कर सकूँ। वह लगातार चिल्लाती रही, पर उसका पूरा शरीर आग की लपटों में घिरा हुआ था। वह नदी के किनारे से कुछ ही दूरी पर गिर पड़ी और उसके पास कोई सहायता उपलब्ध नहीं थी। मैंने भी उसे बचाने का प्रयास त्याग दिया। जो भी हो, मुझे तो समाप्त करने का ही कार्य सौंपा गया था। यद्यपि, वह एक लंबे समय तक जीने के लिए संघर्ष करती रही। नदी के किनारे पड़ी वेदवती, किसी अधजली गेंद की तरह लग रही थी और उसे देख कर, भय का अनुभव हो रहा था। वह निरंतर पूरी असुर जाति को कोसती रही।

वह चिल्लाई कि रावण ने उसकी यह दशा की है अतः वह अगले जन्म में लौट कर, उसे भूत बन कर सताएगी। मैं उसे एक उदासीनता के साथ मरते हुए देखता रहा, जो काफ़ी हद तक नीरसता में बदल गई। वह अंतिम साँसें लेने से पहले चिल्लाई कि वह एक आत्मा के रूप में नन्ही असुर राजकुमारी के शरीर में प्रवेश करेगी और यह प्रयत्न करेगी कि पूरी असुर जाति का नाश हो जाए और उसके इस श्राप, पवित्रता व मूर्खता के कारण ही ज्योतिषियों की वह भविष्यवाणी सत्य सिद्ध हो जाएगी। अंततः जब उसने दम तोड़ा तो सूर्य लगभग अस्त हो चला था।

नन्ही बच्ची का रोना भी थम गया था। मैं छकड़े की ओर भागा उसने मुझे बड़ी ही निर्दोष मुस्कान के साथ देखा। मुझे नहीं पता था कि अब क्या करना चाहिए और मैंने विचार किया कि मुझे पास ही दिख रही चट्टान पर बच्ची को पटक कर, उसकी जान ले लेनी चाहिए फिर मुझे अपने ही घर में, देवों द्वारा मार कर फेंकी गई, एक बच्ची की खोपड़ी की झलक दिखाई दी। क्या मैं इस बच्ची के साथ बिल्कुल वैसा ही करना चाहता था? मैंने उसे उठाया और उसकी नन्ही सी मुट्ठी, मेरी छोटी अंगुली के आसपास कस गई। मैं नहीं कर सकता था। मैं ऐसा कभी नहीं कर सकता था। मैं बच्ची को गोद में ले कर वहीं ढेर हो गया और फूट-फूट कर रोने लगा।

मैं वहाँ काफ़ी देर तक, नन्ही बच्ची को गोद में लिए सोता रहा और अचानक ही कोलाहल से मेरी निद्रा टूटी। एक विशाल शिकारी दल दिखाई दिया – मैंने सैकड़ों अश्वारोहियों तथा पैदल सैनिकों को अस्त्र-शस्त्रों से लैस देखा। वे नदी के समीप खाली स्थान पर खेमा लगा रहे थे। बच्ची एकदम निढाल पड़ी थी, संभवतः उसकी भी मृत्यु हो गई थी। मुझे वहाँ से निकलना था। शिकारी दल इतना शोर कर रहा था कि पूरा एक गाँव जाग जाता। मुझे भय था कि कहीं बच्ची जग कर रोने न लगे। वे लोग देव प्रतीत होते थे, यद्यपि उनमें अनेक अश्वेत वर्ण के लोग भी शामिल थे। मैं नहीं चाहता था कि वे उस मृतक ब्राह्मण युवती, बच्ची और मुझे एक साथ देखें... मुझे किसी भी तरह, वहाँ से निकलना था।

परंतु जैसे ही मैं जाने के लिए मुड़ा, मेरा पाँव उलझा और मैं एक निचली ढलान में जा गिरा। बच्ची मेरे हाथ से छूटी और सीधे कीचड़ से भरे गड्ढे में जा गिरी, वह गला फाड़-फाड़ कर चिल्लाने लगी। यह देख कर तो मैं अधमरा ही हो गया कि एक सिपाही मेरी ओर मुड़ा और उसने इस ओर संकेत करते हुए, दूसरे सिपाहियों का ध्यान भी इस ओर आकर्षित किया। वे छानबीन के लिए हमारी ओर आने लगे। मैं बरगद के एक बड़े वृक्ष पर जा चढ़ा और यही उम्मीद रखी कि उनकी नज़र मुझ पर नहीं पड़ी होगी। मैं किस्मत वाला था कि उन लोगों ने ऊपर की ओर नहीं देखा। मैंने और सिपाहियों को इसी दिशा में आते देखा और फिर सबको चौकस रहने का

संकेत भी दिया गया। उन्हें नदी के समीप, अधजली अवस्था में मृतक युवती भी मिल गई थी। मैंने उनमें से एक को मुख्य डेरे की ओर, भाग कर जाते देखा। फिर आपस में कोलाहल का स्वर सुनाई दिया, वे लोग कीचड़ से लथपथ जोहड़ से बच्ची को निकालने की कोशिश कर रहे थे। हालाँकि वह गहरा नहीं था परंतु बच्ची धीरे-धीरे डूब रही थी। सैनिक जानते थे कि जिस क्षण वे उसमें क़दम रखेंगे, वे भी उस दलदली जोहड़ में फँस जाएँगे।

तभी एक महत्त्वपूर्ण सा दिखता व्यक्ति आया, उसकी पीठ झुकी हुई थी। सारे दल ने उसे झुक कर प्रणाम किया और उत्साहित स्वरों में वार्तालाप करने लगे। उसने जोहड़ में झाँका और अपने एक अनुचर को हल लाने का आदेश दिया। उसने उस हल की सहायता से, बच्ची को सावधानीपूर्वक बाहर निकाल लिया। उसने बच्ची के दिल की धड़कन को महसूस किया और बहुत सी चीज़ें लाने का आदेश दिया। उसके सिपाही आदेश की पूर्ति के लिए यहाँ-वहाँ छिटक गए। कुछ ही क्षणों बाद, बच्ची रोने लगी और वे सब प्रसन्न हो उठे। मेरा दिल चाहा कि वृक्ष की झुरमुट से चिल्ला कर, मैं भी प्रसन्नता प्रकट करूँ परंतु मैंने किसी तरह अपने-आप को रोक लिया।

मैंने शाखाओं की ओट में ही छिपे-छिपे देखा कि उन्होंने वेदवती के शरीर के बचे अंशों का अंतिम संस्कार कर दिया था और लोगों की आपसी बातचीत से पता चला कि वह विद्वान सा दिख रहा व्यक्ति, मिथिला का राजा जनक था। उस दोपहर, सभी अपने राजा तथा मंत्रजाप कर रहे ब्राह्मण पुरोहित के पास एकत्र हुए, राजा ने झुक कर, उस बच्ची को दिया गया नाम हौले से कहा। सारे दल में प्रसन्नता की लहर दौड़ गई। वे बच्ची का नाम ले कर जयजयकार करने लगे। उसका नाम 'सीता' रखा गया अर्थात ऐसी बालिका जिसका जन्म हल की नोक से हुआ हो। मैं उस बच्ची के लिए प्रसन्न था। किसी हिंसक वन्य पशु का आहार बनने के स्थान पर, अब वह एक देव राजकुमारी थी। मिथिला के राजा जनक की पुत्री! वह एक भाग्यशाली बच्ची थी और मैंने आशा प्रकट की कि उसका यह भाग्य सदैव उसके साथ रहेग। वह मेरे स्वामी की पुत्री थी, लंका की राजकुमारी, एक असुर राजकुमारी; परंतु एक ऐसी राजकुमारी, जो एक अभिशाप के रूप में जन्मी थी, अपनी ही बिखरी हुई जाति के लिए मृत्युपत्र थी!

बाद में, जब उनकी मौज़-मस्ती समाप्त हुई और उनमें से तकरीबन या तो सो गए या मदिरा के नशे में चूर हो गए तो मैं पेड़ से उतरा और झट से डेरे में जा घुसा। मैंने रसोई से थोड़ा भोजन चुराया और उनके आधे खाली जगों से ले कर मदिर भी पी। असुर राजकुमारी को एक बार देखने की तीव्र इच्छा मन में पैदा हो रही थी। मैंने बहुत ही वैभवपूर्ण दिख रहे खेमे में क़दम रखा। दीपक के मंद प्रकाश में देखा कि तेज़ी से नाक बजा रहे राजा के समीप ही, बच्ची सफ़ेद रेशमी चादर में लिपटी पड़ी थी। मैंने

पास जा कर, उसके ख़ूबसूरत चेहरे को ध्यान से देखा। मैं झुका और उसके गाल पर एक चुंबन अंकित कर दिया। संभवतः उसे जलन की दुर्गंध अनुभव हुई होगी, उसने अपना मुँह बनाया और दो-तीन बार होंठ चाटे। मैं वहाँ कुछ देर खड़ा, उसके नन्हे हाथ-पाँव देखता रहा। फिर बेमन से ही, खेमे से बाहर आया। मेरे गालों से अश्रुधार प्रवाहित हो रही थी और टाँगें भावों के कारण दुर्बल प्रतीत हो रही थीं। जैसे ही बाहर की ओर जाने लगा तो मैंने एक बार, फिर से मुड़ कर देखा। ऐसा लग रहा था मानो मैं अपनी ही पुत्री को वहाँ छोड़े जा रहा था। मैंने शिव के आगे प्रार्थना की कि वे उसे प्रसन्न रखें। मैंने प्रार्थना की कि वह एक प्यारी सी राजकुमारी के रूप में बड़ी हो और उसका विवाह किसी ऐसे अच्छे देव राजा से हो, जो उसे आजीवन प्रसन्न रख सके। यह राजा दिखने में भला, विद्वान तथा बुद्धिमान जान पड़ता था। जब मैं जंगल में, असुरों के खेमे की ओर चला तो दिल में आ रहा था कि बच्ची को वापिस ले चलूँ और उसे अपनी बेटी बना कर पालूँ।

जब मैं स्पष्ट चिंतन करने योग्य स्थिति में आया तो सबसे पहले एक ही विचार मन में आया। 'मुझे तो उस बच्ची का वध कर देना चाहिए था।' मैं एकबारगी वहीं ठिठक गया परंतु मन ही मन मुझे यह आशंका भी थी कि एक दिन वह बच्ची लौट कर आएगी और अपने पिता तथा उसके वंश का समूल नाश कर देगी। मैं नहीं जानता कि मैं यह सब कैसे जानता था परंतु ये विचार बार-बार मेरे मस्तिष्क को आंदोलित करते रहते। मैंने शिव के आगे हाथ जोड़े परंतु भीतर ही भीतर मैं यह भी जानता था कि यहाँ तो शिव भी असहाय थे। इस मामले में वे भी कुछ न कर पाते।

संभवतः यही उसका प्रतिशोध होगा - एक घमंडी व हृदयहीन जाति के प्रति असुर राजकुमारी का प्रतिशोध, जो उसे तभी मार देना चाहता था, जब उसने जीवन के सही मायने तक नहीं जाने थे। वह मनुष्य जाति के इतिहास को बदल देगी। परंतु मैं तो अपने से भी आगे भाग रहा हूँ। मुझे संदेह है कि मैं सचमुच इतना कुछ जानता था या मन ही मन यह कल्पनाएँ कर रहा था। यह सब कुछ आगे आकर, हमें लील जाने वाला था और मेरे देश को आने वाले अनेक सहस्र वर्षों तक अंधकार में डुबो देने वाला था।

19 उसे जीवित रहने दो

रावण

मैं किसी को भी अपना मुँह दिखाना नहीं चाहता था। मुझे बाज़ार में बिक रहे किसी बैल की तरह, सामान के साथ अदला-बदला गया था। मेरे लोग मुझे वह सब दे कर खरीद लाए थे, हमने जो कुछ भी अभियान में एकत्र किया था। अपमान का यह चरण पूरा हो चुका था। कार्तीवीरार्जुन ने एक ही झटके में मेरी सारी सेना को निष्प्रभावी कर दिया था। हमारे पास लंका वापिस ले जाने के लिए कुछ नहीं बचा था। हमें केवल निजी तलवारों को छोड़ कर, सारे शस्त्रों, अश्वों, हाथियों तथा सुवर्ण का आत्मसमर्पण करना पड़ा। और बदले में हमें जो मिला, वह था मेरा 'निरर्थक जीवन'। मैं अपने प्राण त्याग देना चाहता था परंतु इससे तो यह सारा बलिदान ही व्यर्थ हो जाता। इससे भी खेदजनक बात यह थी कि मैं युद्ध भी नहीं कर सका था।

वेदवती ने मुझे तीव्र वेग से बहती प्रवाहित नदी को पार करने की चुनौती दी और मैं भी कैसा मूर्ख निकला, मैंने पल भर में ही हरहराती नर्मदा में छलाँग लगा दी। मुझे ऐसा लगा कि मानो कोई किशोर अपनी प्रेयसी को प्रभावित करने की चेष्टा कर रहा हो परंतु मैंने तीव्र वेग से बहती जलधारा का ग़लत अनुमान लगाया था। और इससे पहले कि मैं अनुपयुक्त रूप से लगाई गई छलाँग से उबर पाता, मेरा सिर एक भूमिगत चट्टान से टकराया। मैं लगभग डूब ही गया और फिर एक धारा मुझे बहा कर ले गई। जब मैंने अपनी आँखें खोलीं तो स्वयं को एक अंधकूप कारागार में पाया, मुझे किसी उन्मादी की तरह, लोहे के पलंग से, ज़ंजीरों से बाँधा गया था। प्रारंभ में, मुझे अपने पर, वेदवती पर, असुरों पर, कार्तीवीरार्जुन पर, बहुत क्रोध आया, मुझे ऐसा लगा कि मैं उसके हाथों ही बंदी बनाया गया हूँ। परंतु शीघ्र ही उस अंधकूप के

अंधकार में वह क्रोध कहीं खो गया। जब बासी भोजन अंदर फेंकने के लिए हल्का सा दरवाज़ा खुला तो मेरे मन में आशा की एक किरण जगी। कुछ ही दिन बाद, वह आशा की किरण भी जाती रही। शीघ्र ही मैं दिनों व समय की गिनती भी भूल गया और साथ ही अपनी महत्त्वाकांक्षा, पद की मर्यादा तथा अभिमान को भी भुला बैठा। मैं तो केवल एक चूहा था, जो जीवित रहने के लिए अंधकूप में बैठा भोजन कुतरता रहता था।

उन्होंने कुछ दिन बाद, मुझे ज़ंजीरों की क़ैद से आज़ाद कर दिया था। मेरी हिम्मत जवाब दे चुकी थी परंतु मैंने बाहर चहलक़दमी कर रहे दरबानों की पदचाप गिनने के साथ स्वयं को सजग बनाए रखा। मुझे निम्न श्रेणी के उन दरबानों द्वारा पीटा गया। यदि कार्तीवीरार्जुन स्वयं मेरी यंत्रणा का जायज़ा लेने आया होता तो संभवतः मुझे इतना बुरा न लगता। मैंने उसे सदमा पहुँचाने के लिए कहे जाने वाले कुछ शब्दों का अभ्यास भी कर लिया था। मैं उसे दिखाना चाहता था कि मैं किसी भी प्रकार की यंत्रणा या पीड़ा सहन कर सकता था और मेरी आत्मा पर कभी विजय नहीं पाई जा सकती थी। परंतु वह नहीं आया और मुझे लगता है कि इसी बात ने मुझे सबसे अधिक ठेस पहुँचाई थी। मैं उस अंधेरे कक्ष में किसी बालक की भाँति फूट-फूट कर रोया; मैंने अपनी खोई हुई कीर्ति, स्वतंत्रता व मेरी महत्त्वकांक्षाओं के लिए विलाप किया। कभी-कभी मुझे अपनी लंका तथा लगभग विस्मृत पत्नी का भी स्मरण हो आता।

मंदोदरी! मैं पके हुए आमों की गंध के लिए तरसा। पूर्णा नदी के जलप्रपातों से आते जल के छींटों की फुहार के लिए तरसा, मुजूरी के निकट, श्वेत रेत से अठखेलियाँ करती लहरों के लिए तरसा, पूर्णिमा की रात्रि में झूमते नारियल के वृक्षों के लिए तरसा, बेले के पुष्पों की गंध..."

और फिर एक दिन, जब मेरी सारी आशाएँ दम तोड़ चुकी थीं और मेरे भीतर ही दफ़न हो कर, सड़ गई थीं, मेरे लिए बाहरी दुनिया का द्वार खुला। कार्तीवीरार्जुन के अनेक सिपाही तथा अनुचर कतारों में खड़े, मुझे विदा देने आए थे। दिन की उज्ज्वल प्रकाश मेरी आँखों में चुभने लगा और मैंने अपनी आँखें बंद ही रखीं। मैं किसी नेत्रहीन की तरह मुक्त होने के लिए छटपटा रहा था। मुझे तो उस क्षण में अपने शत्रु से प्रतिशोध लेने का संकल्प लेना चाहिए था, उससे पार पाने के लिए योजनाएँ बनानी चाहिए थीं परंतु बड़े खेद से कहना पड़ता है कि मुझे उस समय एक उस्तरे के सिवा दिमाग़ में कुछ नहीं आ रहा था। मेरी दाढ़ी बहुत बढ़ गई थी और उसे मूँडने के अलावा दिमाग़ में कोई बात नहीं आ रही थी। यहाँ तक कि अब भी मुझे यह याद करके शर्मिंदगी हो रही है कि मेरे दिमाग़ में और कोई विचार क्यों नहीं आया?

जब मैं डेरे पर पहुँचा तो उन लोगों ने मेरी उपेक्षा की। अब मैं कोई राजा नहीं रहा था, कम से कम उनकी सोच के दायरे में तो राजा नहीं रहा था। मैंने अपनी प्रिया व पुत्री को हर संभव स्थान पर तलाशा। मुझे अपने किसी भी मंत्री का सामना करने से भय हो रहा था। वे सब भी घर वापिस जाने की तैयारी से जुड़े निर्देश देने में व्यस्त थे - निःसंदेह खाली हाथ वापसी! अंततः मैंने निराश हो कर, मारीच की शरण ली। उन्हें एक कोने में ले गया, पहले उन दोनों का समाचार माँगा और फिर उनके आगे विनती की, मैं किसी भी दशा में वेदवती तथा अपनी पुत्री का समाचार पाना चाहता था।

"पुत्र! स्वयं को दुर्भाग्यपूर्ण समाचार सुनने के लिए तैयार कर लो।" उनके शब्दों ने मेरे मन में छिपे उस भय की पुष्टि कर दी, जो कारागार से लौटने के बाद से, मुझे आशंकित किए हुए था। मैं वहीं धरती पर बैठ गया।

"कैसे और कब?" मैंने किसी प्रकार साहस बटोर कर पूछा

"इन घने वनों में अनेक व्यक्ति रोगी हुए और अनेक व्यक्तियों की जानें गईं। वह भी आसपास फैले रोग की चपेट में आ गई और नन्ही राजकुमारी को भी रोग से बचाया नहीं जा सका। उन्हें कुछ ही दूरी पर स्थित वैद्य के पास भी ले जाया गया, परंतु दोनों ने हमेशा के लिए वन में ही अंतिम समाधि ले ली। जंगली बुखार ने उनके प्राण ले लिए।" यह कह कर वे दूसरी ओर देखने लगे।

मैं फूट-फूट कर रोया। मुझे अब किसी भी तरह का दिखावा करने की आवश्यकता न थी। मैं कोई कीर्ति अथवा राज्य नहीं चाहता था, असुर जाति स्वयं ही अपनी देखरेख कर लेगी। प्रहस्त, विद्युतजिव्हा अथवा जो कोई भी चाहे, यह राज्य ले सकता है। मैं जाने क्या-क्या बड़बड़ाता चला गया। मुझे मारीच के गर्म आँसू अपने कंधों पर गिरते महसूस हुए। तभी एक निरंतर क्षय करने वाले भद्दे से संदेह ने सिर उठा लिया, "नहीं, यह सत्य नहीं हो सकता। कम से कम मारीच तो मेरे मित्र थे, वे भला मेरे साथ ऐसा क्यों होने देंगे?" मैंने अपना सिर झटक दिया और इस सोच से मुक्ति पा कर मारीच से पूछा, "उन्हें वैद्य के पास कौन ले गया था?"

मारीच की आँखें जाने कहाँ खोई थीं। वे दीवार पर एक बिंदु पर नज़रें गड़ाए, बोले, "शायद कोई सैनिक या कोई और...। मैं तुम्हें पूछ कर बता दूँगा परंतु पुत्र, तुम्हें इन बातों को त्याग कर, अब आगे बढ़ना होगा...।"

"नहीं! मैं चिल्लाया। मुझे बताओ कि उन्हें वैद्य के पास कौन ले गया था।" मैंने उन्हें पकड़ कर झकझोर दिया और मैं उनकी आँखों में लहराते भय के सायों को पहचान सकता था परंतु उनके होंठ कस कर भिंचे थे और वे मेरी नज़रों से नज़रें मिलाने से

हिचकिचा रहे थे। "क्या यह काम भद्र का था?" मैं ज़ोर से चिल्लाया क्योंकि यह नाम अपने मुख से लेते ही मेरी रग-रग में ज़हर भर गया था।

एक गहरी ख़ामोशी... और फिर वे बोले, "रावण! कृपया, इस बात को भुला दो... जाने दो...।"

मैंने उन्हें लगभग धक्का दे कर गिरा ही दिया और वहाँ से भागा। मेरे हाथ में नंगी तलवार थी और मैं भद्र को पुकार रहा था। जब नीच भद्र आया, तो मैं मुड़ा और उसे अपने पीछे आने का संकेत किया। जैसे ही मैं अपने खेमे में पहुँचा, मैंने भद्र को गले से दबोच लिया और अपनी तलवार की धार से उतनी ज़ोर से दबाया कि उसकी गर्दन से रक्त की एक बूँद छलछला उठी। वह भयभीत हो उठा और जाने मन ही मन क्या बके जा रहा था।

"तुमने मेरी नन्ही सी पुत्री और वेदवती के साथ क्या किया?" मैं चिल्लाया।

वह सुबकियाँ भरते हुए, क्षमायाचना करने लगा। उसने मुझे बताया कि वेदवती और मेरी पुत्री के साथ क्या हुआ था, और मैं वहाँ किसी स्तंभ की भाँति खड़ा, उन बातों को चुपचाप सुनता रहा। मुझे भय था कि वे मारी जा चुकी थीं, परंतु मैंने जो भी सुना, उसने मुझे गहरे खेद और शोक के सागर में डुबो दिया। मैं अपने पैरों पर बिसूर रहे अहमक को ठोकर मार कर, दूर धकेल देना चाहता था, परंतु उसने मुझे किसी अजगर की तरह ज़ोर से जकड़ रखा था। उसके मुख से निकल रहे असंबद्ध स्वरों तथा बुड़बुड़ाहट के बावजूद, कुछ बातें छन कर मेरे मस्तिष्क की तहों तक जाने लगीं और मैंने उनका अर्थ निकालने की चेष्टा की। धीरे, बहुत धीरे, सब कुछ स्पष्ट होता चला गया। "मेरी पुत्री अभी जीवित थी। उसे एक दयालु राजा ने गोद ले लिया था, एक देव राजा, वह अब भी एक राजा की ही पुत्री थी, अब वह एक देव राजकुमारी के रूप में पल रही थी।"

क्षण भर के लिए मेरे चेहरे पर प्रसन्नता की लहर दौड़ गई। मेरी पुत्री अभी जीवित थी परंतु अब वह शत्रु पक्ष की राजकुमारी थी। मेरे भीतर एक नई ऊर्जा का संचार हुआ। मैं अपनी सेना को नए सिरे से तैयार करके, जनक के राज्य पर हमला कर दूँगा। मैं उसकी सेनाओं को कुचल दूँगा, राज्य को नष्ट-भ्रष्ट कर दूँगा और अपनी पुत्री को छीन कर वापिस ले आऊँगा। वह एक असुर राजकुमारी थी और कोई भी देव राजा उसे मुझसे छीन कर नहीं ले जा सकता था। वह लंका की राजकुमारी थी, उसका पालन-पोषण एक असुर राजकुमारी के रूप में ही होना चाहिए। फिर मैं भयभीत हो उठा। मुझे नए सिरे से अपनी शक्ति संजोनी थी, उसे वापिस लाने के लिए अपने

बल में वृद्धि करनी थी। 'क्या मेरी सेना इतनी बलशाली थी? मेरे पास अब सेना थी भी या नहीं?' हालाँकि सफलता मिलने के बाद भी, मैं उसकी सुरक्षा के विषय में आश्वस्त कैसे हो सकता था, जब प्रहस्त और विद्युतजिव्हा जैसे रक्तपिपासु मेरे राज्य में खुलेआम घूम रहे थे। मैंने स्वयं को असहाय व कुंठित अनुभव किया। मैंने भद्र को बुरी तरह से ठोकर मारी और उसकी नासिका से रक्त छलछला उठा। 'नीच प्राणी'। कभी-कभी तो ऐसा लगता है कि देवों द्वारा बनाई गई जाति-प्रथा निरर्थक नहीं है, इसमें कोई न कोई तर्क अवश्य है। वह नीच और मैं, एक समान हो भी कैसे सकते थे?

मेरे मस्तिष्क में नन्ही सी बिटिया की यादें चक्कर काटने लगीं। 'वह मेरे जैसी दिखती थी या वह अपनी माँ मंदोदरी जैसी दिखाई देती थी?' मंदोदरी की याद आते ही, पूर्ण व कावेरी नदी के तट पर बीती, वे सुहावनी शामें एक बार फिर से साकार हो उठीं, पुष्पित वृक्षों की गंध, मंदोदरी की गौर व कोमल त्वचा, बेला की गंध, सुखद शीतल समीर, सैकड़ों मधुमक्खियों की भिनभिनाहट तथा गिलहरियों की कुटकुट का स्वर, हमारा परस्पर आलिंगन में बँध कर, पड़े रहना, एक-दूसरे के प्रति निश्चल-कोमल स्नेह...

मैंने स्वयं को बमुश्किल उस अधम असुर की जकड़ से मुक्त किया और पाँव घसीटते हुए, नदी की ओर बढ़ गया। मैं अपनी यादों के साथ कुछ समय अकेले बिताना चाहता था। मेरी सभी वासनाएँ व कामनाएँ, मेरी आत्मा की सुबकियों में कहीं खो कर रह गईं।

भद्र

हम मध्य भारत से खाली हाथ लौट आए। प्रत्येक व्यक्ति हमारे राजा से व परस्पर कुपित था, हमारी सेना, हमारे मंत्री! मेरे लिए तो परिस्थितियाँ और भी बदतर थीं। विद्युतजिव्हा कुछ मंत्रियों के साथ पहले ही लंका के लिए प्रस्थान कर गया था, तब रावण कैद में ही था। मुझे पूरा विश्वास था कि उस दुष्ट ने माला के साथ अपने प्रेम-प्रसंग को पुनः जीवित कर लिया होगा और मैं यही सोच-सोच कर ईर्ष्या से जल-भुन रहा था।

हमने लंका से वापसी के दौरान, अपने अपमानों की श्रृंखला में एक और कड़ी जोड़ ली। विंध्य पहाड़ियों की दक्षिणी तलहटी में, शक्तिशाली वर्णसंकर बाली का राज था। वह अपमानजनक तरीक़े से वानर-राज कहलाता था और उसकी प्रजा वानर कहलाती थी। वानरों की यह जाति, किष्किंधा में निवास करती थी और उत्तर के देव साम्राज्यों

तथा दक्षिण के असुर राज्यों; दोनों के लिए ही संकट का कारण बन गई थी। चूँकि उन्होंने स्वयं को मध्य भारत के वनों तक ही सीमित कर लिया था इसलिए, हम तटीय मार्ग पर चलते हुए, उत्तर दिशा वाले अभियान में, उनके संपर्क में नहीं आए थे।

बाली का छोटा भाई सुग्रीव, वानर-राज बाली का शत्रु था तथा हनुमान जैसे विख्यात योद्धा बाली को त्याग कर, सुग्रीव के पक्ष में चले गए थे, इस तथ्य ने निश्चित रूप से हमारे सम्राट को प्रेरित किया होगा, जो पुनः अपनी खोई प्रतिष्ठा पाने के लिए जी-तोड़ प्रयत्न कर रहा था। रावण की दशा बहुत ही शोचनीय थी। वह निरंतर इसी भय के साए में जी रहा था कि प्रहस्त या विद्युतजिव्हा में से कोई, राज्य पर अधिकार न जमा ले। वे लोग उसके क़ैद से छूटने से पहले ही लंका लौट गए, यही तथ्य बारंबार संदेह को जन्म दे रहा था और उसने किष्किंधा पर आक्रमण करने की योजना बना ली। उसे पूर्ण आशा थी कि यह अभियान उसकी खोई हुई प्रतिष्ठा लौटाने में सहायक होगा।

अमावस्या की रात्रि को हमारे टूटे हुए मनोबल वाले दल ने आक्रमण किया और हमें तत्क्षण खदेड़ दिया गया। हमने बहुत ही सरलता से आत्मसमर्पण कर दिया। जब अगली सुबह, वानर-राज अपने कैदियों से मिलने आया, उसे यह जान कर आश्चर्य हुआ कि उस पर असुर सेना ने आक्रमण किया था। उसने कहा कि उसे लगा, हम कोई राह चलते लुटेरे थे, जो रात को धावा बोलने निकले थे, यह सुन कर हमें ऐसी चोट लगी, जो असंख्य युद्धों में मिले घावों से भी नहीं लगी थी। इसके बाद, वह हम पर कृपा करते हुए, जिस विनीत भाव से पेश आया, वह तो और भी अपमानजनक था। उसने हम सबको एक समान भाव से आदर-मान दिया और उसके कारण हमें हुई असुविधा के लिए क्षमायाचना भी की। फिर बड़े ही सम्मानित अतिथियों की भाँति हमें भोजन करवाया गया। हमने ठूँस-ठूँस कर, बहुत सारा खाना खाया और लंबे समय के बाद, जी भर कर मदिरापान किया। हम वन्य वानरों के नगाड़ों की धुन पर सारी रात नाचते रहे, थिरकते रहे। अगली सुबह तक हम अपनी लज्जा व ग्लानि भूल कर, परम मैत्री की डोर में गुँथ चुके थे। हमने वानरों तथा असुरों के मध्य शाश्वत मैत्री के संकल्प लिए। हमने देखा कि रावण वानर-राज को गले से लगा रहा था और ऐसा लग रहा था मानो वह असुर राज को कोई परामर्श दे रहा हो। हम सबने बड़ी उमंग व उत्साह के साथ उनसे विदा ली और मैंने सुना कि वानरों के राज्य के साथ शाश्वत मैत्री संधि पर हस्ताक्षर किए गए थे। बाली हमारे असुर राज का मित्र, दार्शनिक व मार्गदर्शक बन गया था। हालाँकि मुझे यह देख कर कौतूहल हुआ पर मेरे जैसे सीधे दिमाग़ वाले व्यक्ति के लिए ऐसे मामले समझ से कहीं परे थे। मेरे लिए तो अगले समय का भोजन ही चिंता का विषय था।

हमें अपनी मुख्य भूमि के दक्षिणी छोर तक जाने में करीब एक माह का समय लगा। हम सभी शीघ्रता से सागर लांघ कर, अपने प्रिय द्वीप तक पहुँचना चाहते थे। परंतु हमें वरुण के वे जहाज़ कहीं दिखाई नहीं दिए, जो हमें द्वीप से यहाँ तक लाए थे। हमने पूरे एक पखवाड़े तक प्रतीक्षा की, हर बीतते दिवस के साथ हमारी व्यग्रता बढ़ती ही जाती थी, अंततः रावण ने ही इस कार्य का बीड़ा संभालने का निर्णय लिया। उसने हमें वृक्ष काटने का आदेश दिया और कुछ ही समय बाद हमारे पास कुछ नौकाएँ तैयार थीं। यह एक साहसिक योजना थी परंतु मारीच बहुत ही व्यथित थे।

अंततः, उन्होंने सुझाव दिया कि केवल कुछ ही लोगों को लंका की ओर प्रस्थान करना चाहिए। उन्हें यह संदेह लगातार खाए जा रहा था कि अब हमारा सम्राट, सम्राट नहीं रहा था और प्रहस्त या विद्युतजिव्हा में से, किसी एक ने लंका पर आधिपत्य स्थापित कर लिया था। जब तैयारियाँ चल ही रही थीं तो हमें कावेरी नदी के मुहाने से, बंदरगाह की ओर आता, ज़हाज़ी बेड़ा दिखाई दिया।

रावण ने हमें जंगल में लौटने का आदेश दिया और हम वहीं छिपे, जहाज़ों को लंगर डालते हुए देखते रहे। हमने देखा कि छोटी नौकाओं में लोग सवार हुए और उसी किनारे की ओर बढ़ने लगे, जिस ओर हम ठहरे हुए थे। हम लगभग आधे घंटे तक वहाँ प्रतीक्षा करते रहे। फिर हमें प्रहस्त व अन्य कुछ सैनिक चप्पू चलाते, छिछले पानी की ओर आते दिखाई दिए। हमने वहीं अपने डेरे लगा रखे थे। रावण व मारीच अपनी नंगी तलवारों के साथ छिपने के स्थान से बाहर आ गए और प्रहस्त की ओर बढ़े।

प्रहस्त ने अपना सिर ऊँचा रखते हुए, रावण की ओर अवज्ञापूर्ण भाव से देखा और रावण ने अपना मुख दूसरी ओर कर लिया। मारीच ने जल्दी ही खुद को संभाल लिया और प्रहस्त व रावण के बीच आ खड़े हुए। हम यह देख आश्चर्यचकित रह गए कि प्रहस्त अचानक नीचे झुका व रावण को प्रणाम किया। हम सभी प्रसन्नता से झूम उठे। मारीच भी सकते में आ गए और इस प्रसन्नतापूर्ण आश्चर्य से मंत्रमुग्ध हो उठे। उन्होंने प्रहस्त को अपने वक्षस्थल से लगा लिया।

हम अपना अनुशासन भूल कर, आगे की ओर दौड़े। प्रहस्त बहुत व्याकुल अनुभव कर रहा था परंतु मारीच ने उसे सांत्वना दी और फिर पूछा कि आख़िर हुआ क्या था। प्रहस्त ने बेमन से कहा, "मेरा मानना था, जब मैंने आपको व राव..., मेरा मतलब है, महाराज को छोड़ कर विद्युतजिव्हा के साथ जाने का निर्णय लिया, तो वह मेरी एक भूल थी। मुझे आरंभ से ही उस कमीने पर संदेह था परंतु मैं यह नहीं समझ पाया कि वह इतनी नीचता पर उतर आएगा। हमारे लंका पहुँचने तक वह बहुत ही मधुर व कूटनीतिपूर्ण स्वभाव के साथ पेश आया परंतु जैसे ही हम लंका पहुँचे, तो वह आपकी

वापसी तक, एक अस्थायी नरेश की व्यवस्था के लिए दबाव देने लगा। मैंने बल दिया कि असुर परंपरा में तो अभी राजा को गद्दी पर बैठाने की व्यवस्था भी नई ही थी।" इसके बाद प्रहस्त ने रावण की ओर देखा, जिसने अपनी नज़रें दूसरी ओर घुमा ली थीं।

प्रहस्त ने अपनी बात जारी रखी, "परंतु आप सब तो जानते ही हैं कि वह कितना वाक्पटु वक्ता है, उसने परिषद के दूसरे सदस्यों को भी साम-दाम-दंड व भेद की नीति अपना कर, अपने साथ मिला लिया। केवल जंबूमाली और मैंने ही उसका विरोध किया। मैंने विरोध प्रकट करते हुए, परिषद से त्याग-पत्र दे दिया और यदि इस नए सम्राट विद्युतजिव्हा ने चारों ओर आंतक का साम्राज्य न फैलाया होता तो संभवत: मैंने राजनीति से ही सेवानिवृत्ति ले ली होती।। विद्युतजिव्हा के अधिकतर कार्य अनावश्यक थे। उसने तीन ही माह के भीतर, अर्थव्यवस्था को नष्ट-भ्रष्ट कर दिया, हर जगह मनमाने कर तथा लगान आदि लगा दिए। उसने दस्यु राज को लूटमार मचाने की छूट दे दी और उसके साथ लूट का माल बाँटने लगा। परंतु अब वे दोनों फिर से अलग हो गए हैं। वरुण उस जहाज़ में राव... मेरा अर्थ है कि महाराज रावण की प्रतीक्षा कर रहा है कि वे आएँ और अपनी नौसेना की बाग़डोर संभाल लें। वह उस दुष्ट से प्रतिशोध लेने के लिए तड़प रहा है।

रावण एक क़दम आगे बढ़ा व प्रहस्त से पूछा, "परंतु मेरे भाइयों, मेरी पत्नी व बहन का क्या हुआ, वे लोग कहाँ हैं?"

"महाराज! आपकी बहन सुरक्षित किंतु अप्रसन्न है। वह अब भी अपने पति से हार्दिक स्नेह रखती है। मैं आपकी पत्नी को पहाड़ियों में छिपने के एक ठिकाने पर ले आया था और बाद में उन्हें उनके पिता के घर भेज दिया। इस समय राजकुमार कुंभकर्ण, हमारे लिए चिंता का सबसे बड़ा विषय हैं, जो अपनी बहन के पति द्वारा ढाए जा रहे अत्याचारों के विरूद्ध आवाज़ उठाने वाले एकमात्र व्यक्ति थे। महाराज! वे साहसी हैं परंतु मैं यह कहने के लिए क्षमा भी चाहूँगा कि वे बहुत अधीर भी हैं। वे बड़ी ही सरलता से भूलें कर बैठते हैं। उन्हें तत्क्षण उनके ही मित्रों द्वारा छला गया, बंदी बना कर यातनाएँ दी गईं और फिर उन्हें यम के राज्य में भेज दिया गया। उनकी मृत्यु नहीं हुई। उन्हें घने वनों के मध्य स्थित, सह्य की पूर्वी ढलानों पर बसे भयंकर मादक पदार्थों के राज्य में भेज दिया गया है। जहाँ यम नामक एक बटमार विषैले आसव तथा पेय पदार्थ तैयार करता है तथा कई प्रकार मादक पदार्थ भी तैयार किए जाते हैं। विद्युतजिव्हा मादक पदार्थों के स्वामी यम का शिष्य था, और उसने अपने गुरू को पुरस्कार के रूप में एक असुर राजकुमार भेंट कर दिया ताकि वह उन पर मनमाने प्रयोग कर सके।"

रावण मारे क्रोध के काँपने लगा। मारीच ने सांत्वना से भरा हाथ राजा के कंधे पर रखा, पर रावण ने रूक्षता से उसे परे झटक दिया। "युद्ध की तैयारी करो। हम इस बहुरूपिए को सबक सिखा देंगे।" वह चिल्लाया।

अचानक ही वहाँ कोलाहल सा मच गया। अब हमारे पास एक उद्देश्य था, यह किसी एक व्यक्ति की कीर्ति के लिए किया जा रहा, अर्थहीन युद्ध नहीं था। यह तो एक आततायी के हाथों हमारे भाई-बहनों, हमारी पत्नियों व संतानों तथा माता-पिता को मुक्त कराने की मुहिम थी।

परंतु प्रहस्त के हाथ उठाते ही चारों ओर मौन पसर गया। "महाराज! पहले हमें राजकुमार कुंभकर्ण को मुक्त कराना होगा। हम नहीं जानते कि उन प्रयोगों के बाद वे किसी दशा में होंगे।"

रावण ने प्रत्युत्तर देने से पूर्व कुछ क्षण की प्रतीक्षा की। फिर वह हल्का सा झुकते हुए बोला, "मेरे प्रधानमंत्री! मैं तुम्हारे बुद्धिमता से भरे परामर्श को मान देता हूँ और तुम्हारे पद को प्रणाम करता हूँ। भविष्य में भी मैं तुम्हारा मार्गदर्शन लेता रहूँगा।" फिर वह मारीच की ओर मुड़ा, जिसका चेहरा प्रसन्नता से दमक उठा था, उसने कहा, "मारीच मामा श्री! कृपया हमारे मित्र बाली के पास एक संदेशवाहक भेज दें कि वह मादक द्रव्यों के स्वामी यम को समाप्त करने में हमारी सहायता करे। हमें उसकी सहायता की आवश्यकता होगी।" मारीच ने झुक कर प्रणाम किया और हमारे शाही संदेशवाहक को बुलाने चल दिए।

फिर रावण ने कुछ क्षण विचार करने के बाद प्रहस्त से पूछा, "हमारे छोटे भाई विभीषण का क्या हुआ?"

प्रहस्त ने एक दबी सी मुस्कराहट के साथ उत्तर दिया, "वह, महाराज! उन्होंने स्वयं को एक छोटे से मंदिर में बंद कर लिया, जिसे उन्होंने अपने हाथों से निर्मित किया था। वे देवों के प्रभु विष्णु से प्रार्थना करते रहते हैं कि वे उन्हें इस अशुभ तथा दुर्गुण से मुक्त करें। वे पूजा-पाठ करने के अतिरिक्त कुछ नहीं करते।"

"धिक्कार है!" रावण ने घृणा तथा अवमानना के भाव से वहीं थूक दिया और हममें से बहुत से लोग मक्कारी से, हिनहिनाते हुए हँस दिए।

20 देशभक्त

रावण

हमने यम के नगर-दुर्ग पर कब्ज़ा जमा लिया था और मेरे भाई कुंभकर्ण की तलाश अभी जारी थी। मेरे हज़ारों घावों व खरोंचों से रक्त निकल रहा था और मैं बेसुध सा अपने अश्व पर सवार था। मृतप्राय: मनुष्यों तथा पशुओं की कराहों तथा आहों के अतिरिक्त वह स्थान बिल्कुल ही निर्जन व शांत था। हम अब तक रक्त की दुर्गंध के अभ्यस्त हो चले थे अत: इससे कोई अंतर नहीं पड़ता था। मैंने प्रहस्त और मारीच को देखा और अपना अश्व उसी ओर बढ़ा दिया। मारीच ने देख कर मुस्कराहट दी, परंतु प्रहस्त ने हल्का सा झुक कर अभिवादन करने के पश्चात खोजी दलों को आदेश देने का काम जारी रखा। मारीच अचानक मुड़े और बोले, "यह प्रहस्त का ही विचार था कि हम दुर्ग पर पश्चिम दिशा से आक्रमण करें। उसका एक साथी पहले से दुर्ग में उपस्थित था, जिसने हमारे लिए द्वार खोल दिए, और जैसे ही युद्ध आरंभ हुआ, हम पश्चिम की ओर बढ़ते चले गए। वस्तुत: प्रहस्त ने युद्ध आरंभ होने से बहुत पहले ही, अपने अनेक व्यक्तियों को पश्चिम दिशा में तैनात कर दिया था।"

मैं क्रोध के मारे आगबबूला हो उठा। मुझे एक आम सिपाही की तरह युद्ध में प्रयुक्त किया गया था और मैं अपने ही मंत्रियों की विविध रणनीतियों का शिकार हुआ था। मुझे इस बात का भी रोष था कि इस योजना के बारे में मैंने स्वयं विचार क्यों नहीं किया? इसके अतिरिक्त मेरे मस्तिष्क में हज़ारों बेतुकी बातें चक्कर काटती रहीं और मैं उसी नकारात्मकता से घिरा रहा। तालियों की तेज़ गड़गड़ाहट सुन कर, मेरा ध्यान दुर्ग के पश्चिमी छोर पर गया, जहाँ मुझे सिपाहियों का एक दल नाचता-गाता दिखाई दिया, उन्होंने अपने कंधों पर एक विशालकाय मनुष्य को लादा हुआ था। जैसे ही मैं और पास गया तो दिखाई दिया कि मेरा भाई कुंभकर्ण ही उनके अश्वेत कंधों पर

उछाला जा रहा था। यह बहुत ही हास्यास्पद दृश्य था। मैं मुस्कराया और मारीच की ओर मुड़ा। प्रहस्त मेरे पास अपनी चिर-परिचित कठोर मुखमुद्रा के साथ खड़ा था। मैं उससे पूछना चाहता था कि उसने मुझे अंधेरे में क्यों रखा और यही विचार मस्तिष्क में आते ही मेरा क्रोध पुनः भड़क उठा। मैं प्रहस्त से यह प्रश्न पूछने ही वाला था कि अचानक मेरी नज़रें मारीच से टकराई और वे तत्काल मेरे कानों में फुसफुसाए, "हमें संदेह था कि हमारे बीच शत्रु के गुप्तचर उपस्थित थे। मैं तुम्हें बताना चाहता था किंतु प्रहस्त ने ही ज़ोर डाला कि तुम्हें इस विषय में नहीं बताना चाहिए। उसने तर्क दिया कि इस तरह तुम युद्ध के दौरान नेतृत्व के लिए अपना श्रेष्ठ प्रदर्शन न दे पाते और शत्रु को हमारे छल-बल के बारे में संदेह हो जाता, अतः हमने तुम्हें वीरता व शौर्य से परिपूर्ण युद्ध करने के लिए छोड़ दिया और स्वयं पीछे से ताँक-झाँक करते रहे।"

मुझे ऐसा लगा मानो मुझे छला गया हो। मैंने स्वयं को बहुत ही हीन अनुभव किया। मैं उनके हाथों का एक खिलौना बन कर रह गया था। *'मैं एक राजा था और ये जराचिकित्सक मुझसे ही चालें चल रहे थे।'* मैं उस वृद्ध पर अपना क्रोध शांत करने के लिए मुख से कुछ कहने ही वाला था कि उसी समय प्रहस्त ने अपना सिर घुमाया और मुझे एक मुस्कान दी। मारीच भी मुझे देख कर मुस्कराए।

"हम जीत गए रावण, हमारी विजय हुई। यदि तुमने इतनी वीरता से यह युद्ध न लड़ा होता तो संभवतः हम कभी न जीत पाते।" उन्होंने आवश्यकता से अधिक तेज़ सुर में यह बात कही और हमारी पूरी सेना जयजयकार करने लगी। जल की लहरों की भाँति सैनिकों ने अपने हथियार ऊँचे किए और नारे लगाने लगे। *'हर हर महादेव', 'शिव जी की जय हो', महाराज रावण की जय हो, असुरों के महान सम्राट की जय हो!', 'असुरों की जय हो'!*

मेरा सीना गर्व से फूल उठा। मैं नहीं जानता था कि मुझे क्या करना चाहिए इसलिए मैंने भी बस अपना खड्ग ऊँचा उठा दिया। मेरी सेना की जयजयकार में और भी बुलंदी आ गई। अचानक ही मुझे याद आया, *"मैं इन दोनों वृद्धों का आभारी हूँ।"* परंतु फिर अचानक ही मेरा रोष जाग उठा और मैंने अपना मन बदल लिया। मैंने उनसे पूछा, "मामा श्री! यम के डेरे में छिपा वह गुप्तचर कहाँ है, जिसने हमारी सहायता की?" मैंने आश्चर्य के मारे विस्फारित नेत्रों की पूरी तरह से उपेक्षा कर दी और अपने कंठ से हीरक हार उतार कर कहा, "मैं उसे पुरस्कार देना चाहता हूँ।"

"रावण! क्या तुम पगला गए हो?"

मेरी व्याकुलता और भी भड़क उठी। मैंने आदेश दिया, "आप उसके विषय में बता दें अन्यथा मैं स्वयं पता लगवा लूँगा।" मारीच बड़ी उदासी से अपनी गर्दन हिलाते हुए

बोले, "रावण! कभी-कभी तो तुम सचमुच मुझे आश्यर्च में डाल देते हो। जब प्रहस्त ने दुर्ग में पहला क़दम रखा तो सबसे पहले उसकी तलवार की धार ने उसी गुप्तचर के रक्त का स्वाद चखा था।"

मेरे चेहरे पर सदमे की रेखाएँ देख, उन्होंने आगे कहा, "रावण, यह तो राजनीति का आधारभूत पाठ है। किसी द्रोही पर कभी विश्वास मत करो, भले ही उसने तुम्हारे लिए कोई कुकृत्य भी क्यों न किया हो। हो सकता है कि आने वाले समय में, वह तुम्हारे ही विरूद्ध हो जाए।" एक क्षण के पश्चात, उन्होंने आगे कहा, "खैर, तुम ऐसी बातों के विषय में चिंता मत करो। हम इस युद्ध में विजयी रहे, हालाँकि यम बच कर भाग निकला, परंतु तुम्हारा भाई सुरक्षित है।"

अपनी मुट्ठी में भिंचे हीरक हार के साथ, मैं किसी मूर्ख से कम नहीं लग रहा था। इससे पहले कि प्रहस्त मुड़ कर उसे मेरे हाथ में देखता, मैं उसे दूर भनका देना चाहता था। मैं उसकी हेय व अपमानजनक मुस्कराहट का सामना न कर पाता। मैंने आसपास नज़र दौड़ाई तो एक सिपाही को देखा, जो दुर्ग की दीवार से पीठ टिकाए बुरी तरह से हाँफ रहा था, उसकी टाँगें खुली थीं और कटी नाक का रक्तरंजित हिस्सा बहुत ही भयंकर जान पड़ रहा था। उसके शरीर के अनेक घावों से रक्त रिस रहा था और मेरे मन में अचानक ही उसके लिए सहानुभूति व दया की लहर उमड़ पड़ी। इस व्यक्ति ने मेरे लिए कष्ट उठाया था; उसने लगभग अपने प्राणों की बाजी लगा दी थी।

मेरा मन पिघल गया। कुछ क्षणों के लिए वह बड़े ही अबूझ तरीक़े से पलकें झपकाता रहा। फिर अचानक ही उसके चेहरे पर भय के साए लहरा उठे। उसने उठने की चेष्टा की परंतु वहीं ढेर हो गया। फिर वह रेंगता हुआ मेरी ओर बढ़ा। मैंने एक अजीब सी कुढ़न महसूस की। वह किसी घायल कुत्ते की तरह मेरी ओर रेंगता आ रहा था। मैंने अपने हाथ में थामे हुए हीरों के हार को देखा। वह हार उस जैसे भिक्षुक के लिए नहीं बना था इसलिए मैंने अपने कंठ से मोतियों की माला उतारी और उसे कुछ क्षण के लिए पश्चाताप के साथ निहारा परंतु इससे पहले कि मैं उसे देने के विषय में अपने निर्णय पर दोबारा विचार कर पाता, मैंने उसे उस झुकी हुई देह-आकृति पर फेंक दिया। वह उससे कुछ क़दमों की दूरी पर जा गिरा। वह व्यक्ति किसी उल्लू की तरह आँखें फड़फड़ाने लगा, दरअसल वह समझ ही नहीं पाया कि उसके आगे क्या फेंका गया था। फिर उसने उसे झपट्टा मार कर उठाया और किसी वानर की तरह सूँघने लगा। *'उस व्यक्ति ने मेरे उपहार की अवहेलना की थी। उसका इतना दुःसाहस?'* फिर उसके दिमाग़ में जैसे हौले-हौले बात घुसी और उसने मुझे बड़ी भयभीत दृष्टि से देखा। पहले-पहल मुझे उसकी आँखों में अवेहलना तथा तिरस्कार के भाव दिखे

जो अचानक ही आभार तथा धन्यवाद के भावों में बदल गए। वह बड़े ही अहोभाव से मुझे प्रणाम करते हुए धरती पर झुका और उसे चूम लिया।

मैंने उसके काँपते हुए शरीर को देखा, जिसे देख कर लग रहा था कि वह अभी प्राण त्याग देगा। उसने धीरे से अपना सिर उठाया और गालों से बहती अश्रुधारा के बीच, मुझे देख कर मुस्कान दी। उसके आगे के दो दाँत गायब थे और उसके चेहरे को देखते ही अचानक ऐसा लगा कि मैं शायद उस भिक्षुक को जानता हूँ। मैं उसे निकट से देखना चाहता था इसलिए अपना अश्व उसी ओर बढ़ा दिया। भद्र! 'यह नीच व्यक्ति सदा मेरे जीवन में घुसपैठ क्यों करता रहता है?' दिल में तो आया कि उससे अपना हार छीन लूँ और उस भद्दे चेहरे पर ठोकर जमाते हुए, उसकी काली चमड़ी पर कोड़े बरसा दूँ। तब अचानक ही उपहार लेते समय उसके चेहरे के कृतज्ञता भाव स्मरण हो आए और मैं शांत हो गया। 'सब ठीक है।'

मैंने स्वयं को भरसक शांत किया। वह व्यक्ति भी कभी-कभार छोटे-मोटे पुरस्कार पाने का अधिकारी था। मैंने स्वयं को प्रसन्न व संतुष्ट पाया क्योंकि मुझे लग रहा था कि मैंने उसे पुरस्कार देने का निर्णय ले कर अनुचित नहीं किया। बाद में जब दावत समाप्त हो गई और सभी अपने-अपने विश्राम कक्षों में लौट गए और मैं नींद में डूबने-उतरने लगा तो उस समय मुझे भद्र का आभार व कृतज्ञता के भावों से भरा चेहरा याद नहीं आ रहा था। इसकी बजाय, मेरे उपहार को पहली बार स्पर्श करते समय उसके चेहरे पर तिरस्कार के जो भाव तिर आए थे, वही मेरे मस्तिष्क में चक्कर लगाते रहे। व्याकुलता से करवटें बदलते हुए, मैंने स्वयं को असुरों के काले और भद्दे चेहरों की यादों से परे ले जाना चाहा ताकि कीर्ति, महत्त्वाकांक्षा तथा अपनी नियति के सुवर्ण-मंडित पथ के स्वर्णिम स्वप्नों में उतर सकूँ।

भद्र

हम मुख्य द्वीप से लौट आए थे। रावण विद्युतजिव्हा व उसके साथियों को समाप्त करने की धमकी दे चुका था, जो देश में लूट-खसोट मचाने में व्यस्त थे। विद्युतजिव्हा इस धमकी से भयभीत हुआ और उसने रावण के आगे शांति का प्रस्ताव रख दिया। उसने लंका के दक्षिणी भागों को छोड़ कर, बाकी पूरे भारत पर रावण का आधिपत्य स्वीकार किया, जिसे रावण पहले ही विजित कर चुका था। लंका के दक्षिणी भागों को वह अपने लिए चाहता था। रावण अपने पूरे राज्य को वापिस लेना चाहता था किंतु यहाँ शूर्पणखा हमारे राजा की इच्छा पूर्ति में बाधा बन गई। जब दोनों पक्ष मदिरा व सुस्वादु व्यंजनों के बीच आपसी समझौते पर विचार-विमर्श कर रहे थे, तो सड़कों पर लोग भोजन, जल, दवाओं के लिए लड़ते हुए दम तोड़ रहे थे।

शीघ्र ही हमें वह भयंकर आदेश सुनने को मिला। मैंने उस छोटे संदूक में उस मोतियों की माला को खोजा, जहाँ उसे होना चाहिए था। 'आख़िर वह गया कहाँ?' उस दिन जब मैं स्वयं को घसीटते हुए डेरे तक लौटा तो मैंने उसे बिस्तर पर गिरने से पहले, वहीं फेंक दिया था। अब अगर महाराज मुझे उस माला के बिना देखते तो वे सोच सकते थे कि मैंने उनके उपहार की कद्र नहीं की, जो कि काफ़ी हद तक सच भी था। मैंने उसे गले में पहना और अपने सीमित कोष में संभाले गए, बहुमूल्य छोटे दर्पण में, स्वयं को निहारा। मैं देखना चाहता था कि मोतियों की माला मुझ पर कितनी फबती थी। नाक के कटे कोने, बाएँ गाल पर घाव के गहरे निशान तथा डेढ कान के साथ मैं बहुत ही भयावह दिख रहा था। मैंने खीसें निपोरीं और आगे के दो गायब दाँतों के बीच के अंतराल के कारण मेरा चेहरा हास्यास्पद, वीभत्स व घृणित दिखने लगा।

मैंने स्वयं को बड़ी कठिनाई से, बिस्तर से उठाया। अँगुलियों की मदद से बाल सँवारे और परिषद के खेमे की ओर चल दिया। मैंने भीतर प्रवेश किया और यथासंभव झुक कर प्रणाम किया।

"भद्र!" मुझे मारीच का दयापूर्ण स्वर सुनाई दिया। "एक बार पुनः पूरी असुर जाति तुम्हारा मुँह जोह रही है। वे सब तुम पर ही निर्भर हैं। तुम्हारे देश और तुम्हारे महाराज को आज तुम्हारी फिर से आवश्यकता आन पड़ी है...।" वह जाने क्या-क्या बड़बड़ाता रहा। यदि वे मुझे केवल इतना ही बता देते कि वे मुझसे कौन सा नीच व घिनौना कृत्य करवाना चाहते थे, तो वह कहीं बेहतर होता। देशभक्ति व जाति के लिए प्रेम की ये बड़ी-बड़ी बातें सुन कर मेरा दिमाग़ ख़राब हो रहा था परंतु मैं अवज्ञा के भय से एक भी शब्द मुख से नहीं निकाल सका। मैं अपने अन्य देशवासियों व विशेष रूप से काली चमड़ी वाले, अल्पबुद्धि, अशिक्षितों, करोड़ों निम्नवर्गीय तथा मासूमों की भाँति विनम्र, शांत तथा शासक का आज्ञाकारी सेवक दिखने की कला में पारंगत हो चुका था, जबकि वास्तव में मेरे भीतर करोड़ों विद्रोही क्रोध से खौल रहे थे।

मुझे यह समझने में कुछ समय लगा कि मुझे विद्युतजिव्हा को समाप्त करने का नीच कार्य सौंपा गया था। मेरा दिल बल्लियों उछलने लगा। मैंने संभवतः परिषद के बारे में बहुत ही जल्दबाजी में और रूखेपन के साथ धारणा बना ली थी। ये तो मेरे लिए एक देव-प्रदत्त अवसर से कम नहीं था। मैंने नीचे झुक कर प्रणाम किया और परिषद की ओर पीठ किए बिना, हौले-हौले चलते हुए, कक्ष से बाहर हो गया।

मुझे शाम का अंधेरा गहराने तक प्रतीक्षा करनी थी। यह कार्य बहुत ही रोमांचक व ख़तरनाक था। दुर्ग में गुप्त रूप से, छल द्वारा प्रवेश करना और विद्युतजिव्हा को मौत के घाट उतारना कोई सरल कार्य न था परंतु उस व्यक्ति के प्रति मेरी व्यक्तिगत

घृणा तथा कुछ विशेष कर दिखाने की महत्त्वाकांक्षा ने मुझे इस कार्य को करने की प्रेरणा दी। जैसे ही मैं परिषद से लौटा, तो मैंने म्यान से अपनी कटार निकाली और उसकी धार जाँची।

मैंने अपने काम के लिए प्रातःकाल से पूर्व कुछ घंटे चुने थे, जब अंधकार बहुत घना होता है। मैं सूर्योदय से तीन घंटे पूर्व ही अपने खेमे से निकला और पिछले द्वार के पास प्रतीक्षा करने लगा। दो दरबान पहरे पर थे परंतु निद्रा में लीन थे। एक और सिपाही पहरे पर था परंतु वह युवक दरबान संभवतः कोई नया रंगरूट था, वह अपने मालिकों को प्रसन्न करने के लिए ऊर्जा व उमंग से भरपूर दिखाई दे रहा था। मैं चोरी से उसके पास से निकला और दुर्ग के पिछले द्वार की चाबियाँ चुराने की कोशिश करने लगा, वे निद्रा में मग्न एक दरबान की धोती के छोर से बँधी लटक रही थीं। मैं अभी अंधेरे में हाथों से टटोलते हुए चाबियाँ निकाल ही रहा था कि अचानक चाबियों का गुच्छा झनझनाहट के साथ धरती पर गिरा। मैं तो वहीं सुन्न हो गया। सोता हुआ दरबान हौले से कुनमुनाया परंतु उसकी आँख नहीं खुली। मैं झट से वहाँ से हिला और द्वार के विशालकाय स्तंभों की परछाइयों के पीछे जा छिपा। वह दरबान लड़का कुछ ही क़दम की दूरी पर था, वह उसी अंधकार में आँखें फाड़-फाड़ कर देख रहा था, जहाँ मैं कुछ ही क्षण पहले अलोप हुआ था। ऐसा लग रहा था मानो वह दुविधा में हो कि स्वयं ही आगे आकर जाँच-पड़ताल की जाए या अपने वरिष्ठों को जगा कर इस शोर के बारे में सचेत किया जाए। अंत में उसने स्वयं ही देखने का निर्णय लिया। हालाँकि उसे यह निर्णय लेने में कुछ ही क्षण लगे होंगे परंतु मुझे लगा मानो उसने निर्णय लेने में घंटों लगा दिए हों। वह हौले से मेरी ओर बढ़ा और आँखों को घने अंधकार के बीच अभ्यस्त करने की चेष्टा करने लगा। मेरे पास अपना जौहर दिखाने के लिए एक क्षण का सौवाँ अंश ही था। मैं अपनी कटार के साथ उस पर झपटा और इससे पहले कि वह कोई प्रतिक्रिया दे पाता, मैं अपनी तीखी कटार उसकी गर्दन की कोटर में उतार चुका था। वह बिना किसी आहट के धरती पर जा गिरा।

मैं तेज़ी से उन दोनों दरबानों की ओर मुड़ा, जो अब तक जाग गए थे, मेरी कटार से रक्त टपक रहा था। उनमें से एक ने मुझे देख कर मछली की तरह पलकें झपकाई, एक चीख़ उसके गले में ही फँस कर रह गई। मैं चुपके से उसकी ओर बढ़ा और उसका गला रेत दिया। तीसरा दरबान शायद सबसे अनुभवी था। उसने झट से अपना हाथ तलवार पर रखा। मैं उस पर झपटा परंतु वह मुझसे भी तेज़ निकला। उसने मुझे बड़ी ज़ोर से ठोकर दे मारी और मैं ज़मीन पर औंधे मुँह जा पड़ा। तभी उसने अपनी तलवार ऊँची उठा ली ताकि उसे मेरी छाती के आरपार कर दे। मुझे अपना अंत निकट दिखाई दिया परंतु मेरे पास खोने के लिए था ही क्या? मैंने अपनी

कटार उसके मुख पर दे मारी और वह वीभत्स सी मुद्रा में वहीं खड़ा रह गया। मुझे भय हुआ कि शायद मैं निशाना चूक गया परंतु अचानक ही उसकी रक्त से लथपथ, बाईं आँख में घुसी कटार दिखाई दी, वह क्षण भर के लिए थरथराया और फिर मेरे ऊपर ही ढेर हो गया। उसकी तलवार, मेरे सिर से परे, कुछ क़दम की दूरी पर जा गिरी। निशाना लगने के भी अपने फ़ायदे होते हैं। मैंने उसके नीचे से अपने-आप को निकाला और अपनी कटार वापिस खींच ली।

तभी मुझे कुछ क़दमों की आहट सुनाई दी। कुछ और सैनिक छानबीन करने आ रहे थे। मैं दीवानों की तरह बचने का मार्ग खोजने लगा। दरवाज़ा खोलने के लिए चाबियों से हाथ उलझने लगा। *'ताला नहीं खुलेगा'* मेरे पसीने से लथपथ हाथ, भय के मारे थर्रा उठे। *'वहाँ सही चाबी कौन सी थी?'*

"अरे! तुम कौन हो?" कोई चिल्लाया। मेरी चाबी की तलाश और भी तीव्र हो गई। एक तीर, मेरे कान के पास से सरसराते हुए निकला और लकड़ी के दरवाज़े में जा घुसा। मैं अब भी उसके आने की ध्वनि कानों में महसूस कर सकता था। अगला तीर, मेरे बाएँ कंधे के पास से होते हुए निकल गया। उसके पंखों ने मुझे छुआ। मैं अपनी ओर आती पदचापें सुन सकता था परंतु अंततः वह दरवाज़ा खुल ही गया। जैसे ही एक तलवार की धार ने, दरवाज़े की धातु की किनारी से टकरा कर आवाज़ की, मैंने दुर्ग में क़दम रखा और धकेल कर दरवाज़ा बंद कर दिया। मैं एक बार फिर से, उन चाबियों से उलझने लगा। वे लोग दरवाज़ा खोलने की पूरी कोशिश कर रहे थे परंतु मैंने अपना पूरा बल लगाते हुए, दरवाज़े को बंद रखा और उसे ताला लगाने में सफल रहा। फिर मैं सिर पर पाँव रख कर वहाँ से भागा।

मैं देख सका था कि जब मैं महल में स्थित राजा के कक्ष की ओर भागा जा रहा था तो दुर्ग के अलग-अलग कोनों से मशालें जलने लगी थीं। मैं प्रांगण में लटक रही बेलों के सहारे, किसी बिल्ली की तरह ऊपरी बरामदे में जा पहुँचा। मैं भी कोई कम खिलाड़ी नहीं था। वहाँ खड़े सिपाहियों ने कठघरे में खड़े हो कर, कोलाहल का कारण जानना चाहा तो मैंने उन्हें उसी क्षण नीचे धकेल दिया। फिर एक ठोकर मार कर कक्ष का दरवाज़ा खोला। मैं हाथ में कटार लिए प्रतीक्षा करता रहा परंतु कुछ नहीं हुआ। कुछ भी हिलने-डुलने का स्वर सुनाई नहीं दिया।

एक छोटा सा तेल का दीपक टिमटिमा रहा था और एक गहरी आकृति पलंग पर लेटी दिखाई दी। मैंने हौले से दरवाज़ा सटा कर उसे भीतर से बंद कर दिया। फिर मैं चुपके से दीपक की ओर बढ़ा और उसकी लौ तेज़ कर दी। *'राजकुमारी शूर्पणखा? वह कमीना कहाँ था? क्या वह बच निकला?'* मेरा मन निराशा से भर उठा। मैं वहाँ

जितने भी क्षण ठहर रहा था, मृत्यु के उतने ही निकट होता जा रहा था। जब मैंने किसी घंटी के खनकने की तरह मधुर हास्य लहरी सुनी तो मैं मारे कुंठा के, ज़ोर से चिल्लाना चाहता था। भले ही यह बहुत मद्धम थी परंतु इसे तो मैं मीलों दूर से भी पहचान सकता था। *'माला! वह यहाँ क्या कर रही थी?'* मैं इस तरह आवाज़ को सुनने लगा मानो कोई जंगली बिल्ली घात लगाए बैठी हो। हास्य का स्वर साथ वाले कक्ष से आ रहा था और तभी अचानक मुझे समझ में आ गया कि माला विद्युतजिव्हा के साथ होगी। मैं दीवानों की तरह, साथ वाले कक्ष का द्वार तलाशने लगा। मैं सुन सकता था कि द्वारपाल मेरी तलाश में थे और हर बीतते क्षण के साथ मेरे बच निकलने के अवसर घटते जा रहे थे। किसी ने दरवाज़ा खटखटाया और राजकुमारी हिली। मैंने खुद को दीवार के साथ चिपका दिया। उसने अपनी आँखें खोल कर, दरवाज़े की ओर देखा। फिर उसने हाथों से पलंग को टटोलते हुए, अपने पति को देखा और जब वह नहीं दिखा तो उसकी भृकुटि तन गई। जब मैं अपनी अंगुलियों से टटोल कर दूसरे कक्ष के दरवाज़े की अर्गला खोल रहा था तो बाहर से खटखटाने का स्वर तेज़ हो गया।

"कौन है?" उसने पूछा।

"कोई आपके कक्ष में घुसा है, महारानी जी।" बाहर से किसी ने पुकारा। मेरा दिल वेग से धड़कने लगा। उसे यह बात समझने में कुछ समय लगा कि क्या कहा गया था। फिर वह पलंग से उतरी और कुछ क्षणों के संकोच के बाद द्वार की ओर बढ़ी। मैंने सोचा, *"आज तो मैं गया!"* सैनिक भीतर घुसे चले आए और राजकुमारी को पीछे धकेल दिया। तभी मेरे हाथ से वह अर्गला खुल गई। दरवाज़ा खुलते ही, मैं अपनी पीठ के बल जा गिरा। मैंने पैर से ही दरवाज़े को बंद किया और उठ कर,उसे झट से बंद कर दिया। ज्यों ही मैं मुड़ा तो मुझे विद्युतजिव्हा और माला दिखाई दिए। वह मेरी प्रेयसी के साथ वहाँ था! वे दोनों मारे भय के जड़ हो गए।

बाहर से दरबानों ने द्वार को धकेला। वे किसी भी क्षण, उसे तोड़ कर भीतर आ सकते थे। मैंने अपने बाएँ हाथ के पिछले हिस्से से माला के मुख पर इतनी ज़ोर से मारा कि वह तीन फुट दूर की दीवार से जा टकराई। एक छलाँग मारी और विद्युतजिव्हा के पेट पर चढ़ बैठा। मैं अपनी व्यंग्यात्मक मुस्कान को रोक न सका। पता नहीं उस दिन मुझमें इतनी क्रूरता कहाँ से आ गई थी। मैं निरंतर, अपने विषैले खंजर से उसके चेहरे पर प्रहार पर प्रहार करता चला गया।

मैंने यह अनुभव तक नहीं किया कि माला अपने प्रेमी को बचाने के प्रयत्न में, मेरी पीठ को अपने नखों से कुरेद रही थी या बाहर से द्वारपाल जबरन द्वार खोलने के लिए

कोशिश कर रहे थे। केवल राजकुमारी की चीखें ही मुझे मेरे होश में वापिस ला सकीं। अन्य जन भी उस वीभत्स दृश्य को देख कर स्तब्ध रह गए और मुझ पर आक्रमण तक नहीं कर सके। मैं यह निश्चित रूप से नहीं कह सकता कि राजकुमारी अपने पति का वध होते देख चिल्लाई या वह उसके छल से दु:खी हुई थी। मुझे उस तरस भी आया। मेरे शरीर से रक्त टपक रहा था और मैं थकान महसूस कर रहा था। जब शूर्पणखा अपने पूरे ज़ोर के साथ चिल्लाई तो मैं लगभग अपनी हिम्मत हार चुका था, "भद्र! भद्र!... मेरे भाई ने तुम्हें मेरे पति की हत्या करने के लिए भेजा... रावण... क्यों, क्यों, क्यों?" वह दोनों हाथों से अपन सिर पीटने लगी।

सैनिकों का ध्यान, विलाप करती राजकुमारी की ओर गया। खिड़की खुली थी और मैंने वहाँ से छलाँग लगाने में देर नहीं की। ज्यों ही मैं गिरा तो उनका अधिनायक चिल्लाया। मैं सीधा अशोक के एक पेड़ पर जा गिरा और उसकी शाखाओं से उलझते हुए, धरती पर आ पड़ा। मैंने इसे तब नहीं जाना परंतु मेरी तीन पसलियाँ टूट गई थीं और गिरने से बाईं बाजू में भी चोट आई थी। परंतु उस समय तो कुछ भी महत्त्व नहीं रखता था। मैं अपनी प्राणरक्षा के लिए भागा, मुझे इस बात की प्रसन्नता थी कि मैंने अपने स्वामी, अपने वंश, अपनी जाति, अपने राष्ट्र और मेरे अपने लिए कितनी महान उपलब्धि अर्जित की थी। चारों दिशाओं से तीरों की वर्षा हो रही थी परंतु यह भी विचित्र चमत्कार था कि उनमें से एक भी मुझे स्पर्श नहीं कर सका। मैं पश्चिमी दीवार में एक दरार के बारे में जानता था, जहाँ से सागर में छलाँग लगाई जा सकती थी, बस वहाँ तक पहुँचने की देर थी। मैं अपनी देह की बची-खुची शक्ति बटोर कर भागा। कुछ और क़दम, बस कुछ और क़दम, इसके बाद सागर माता मुझे अपने वक्ष में छिपा कर सुरक्षित कर लेती।। जैसे ही मैं दीवार की उस सेंध तक पहुँचा, मुझे एक विचित्र सा अनुभव हुआ – कोई भी मेरे पीछे नहीं आ रहा था। 'क्या यह कोई स्वप्न था?' मैं इतना भयभीत था कि रुक कर देखने का साहस ही नहीं था।

तभी मैंने शंख फूँकने का स्वर सुना। मैंने आश्चर्य से पीछे मुड़ कर देखा। दुर्ग के विशाल चौड़े द्वार से एक शोभायात्रा भीतर प्रवेश कर रही थी। रावण एक सम्राट के रूप में हाथी पर आसीन था और उसके पीछे हाथियों, अश्वों, रथों व पैदल सैनिकों के साथ सेना चली आ रही थी। उनके साथ ही संगीतज्ञों का दल भी था। वे सभी क़दमताल करते आगे बढ़ रहे थे। पूरी शोभायात्रा की भव्यता दर्शनीय थी। पूरे जोश व उल्लास के साथ चेंड पीटे जा रहे थे, तुरहियाँ बजाई जा रही थीं व झाँझ – मंजीरे खनक रहे थे। एक के बाद एक, विद्युतजिव्हा के निष्ठावान सैनिकों ने अपने हथियार डाल दिए। *जय शंकर! हर हर महादेव! रावण की जय हो! विजयश्री हमारी हुई!* अंतत हम विजयी रहे! मैं तो मंत्रमुग्ध हो उठा। गर्व से सीना फूल गया और मैं अपनी देह में

बसी पीड़ा को भुला कर, शोभायात्रा की ओर दौड़ा।

ज्यों मैं समीप पहुँचा तो लज्जित हो उठा। मैं केवल धोती में था। मैं बहुत ही भद्दा व काला था और शरीर के सैकड़ों घावों से रक्त टपक रहा था। यहाँ सभी असुर प्रमुख व मंत्री कितने वैभव के साथ शोभायात्रा में भाग ले रहे थे। जब मैं मार्ग में खड़ा, इस विषय में विचार कर ही रहा था कि दो सैनिक आगे आए और मुझे वहाँ से घसीट कर, पास बने फुटपाथ पर डाल दिया। मैं वहीं लज्जित भाव से पड़ा रहा। ऐसा लग रहा था कि मैं बुरी तरह से ठगा गया था और छले जाने का यह एहसास मेरी छाती पर चढ़ बैठा था। मैं शाही हाथी के गले में बँधी घंटी का स्वर सुन सकता था। रावण का हाथी समीप आ गया था। मैंने अपना सिर उठाया और रावण से मेरी दृष्टि मिली। क्या उनमें निराशा थी, घृणा थी अथवा आभार दिख रहा था, क्या था उनमें? देख कर तो यही लगता था कि संभवतः रावण ने मुझे पहचाना तक नहीं था।

मैं अचानक ही बेतरह कड़वाहट से भरी हँसी हँसने लगा। मैं उसी गड्ढे में पड़ा, विक्षिप्तों की भाँति खिलखिलाता रहा। जब सूर्य निकला और दोपहर होने को आई तो ताप व उष्णता बढ़ने लगे, मैंने थोड़ी शक्ति बटोर कर, अपनी कुटिया की ओर देखा। चारों ओर, समारोह के स्वर सुने जा सकते थे। कुछ लोगों ने मेरी ओर सिक्के उछाल दिए थे और कुछ क्षण के संकोच के बाद मैंने उन्हें सहेज लिया। मुझे इस बात का भरोसा नहीं था कि मैं आने वाले दिनों में पेट भरने के लिए कोई काम भी कर सकूँगा या नहीं क्योंकि पीड़ा तीव्र होती जा रही थी। हर सिक्का मेरे लिए बहुमूल्य था। हर ओर समारोह का वातावरण था। सम्राट, राजकुमार तथा मंत्री, सभी उल्लिसत थे। उन्होंने विजयश्री जो प्राप्त की थी परंतु मेरे पास तो जाने के लिए अपनी कुटिया ही थी, एक ऐसा छेद, जिसमें मुझे रेंग कर जाना था और अपने घाव चाटने थे, एक विश्वासघातिनी स्त्री से निपटना था और आजीविका चलाने के लिए कुछ करना था। जहाँ तक मेरा प्रश्न था, मेरे लिए ये बातें सम्राटों के राज्याभिषेक समारोहों से कहीं अधिक महत्त्व रखती थीं। इसलिए मैं लगातार चलता ही गया।

21 अंधकार का पुत्र

रावण

वह अपने आपे से बाहर हो गई थी और विक्षिप्तों की भाँति विलाप कर रही थी। शूर्पणखा मेरे चेहरे पर लपकी और अपने हाथों से मेरे गाल फाड़ दिए। जिसने भी उसके पास जाने की चेष्टा की, उसने उसी को काटना व खसोटना चाहा। उसके केश बिखरे थे, चेहरा काला पड़ गया था, वह मुझे और लंका के सभी मंत्रियों को कोस रही थी, बीच-बीच में वह अपनी बँधी मुट्ठियों से छाती पीटने लगती। वह किसी शिकारी श्वान की भाँति विद्युतजिव्हा के शव की रक्षा कर रही थी। उसने पुजारी को भी आगे नहीं आने दिया और स्वयं अपने पति के अंतिम संस्कार की तैयारी करने लगी। उसने हम सभी को और विशेष रूप से मुझे कोसते हुए, अपने पति के शव को नए वस्त्र धारण करवाए। मैं उसे सांत्वना नहीं देना चाहता था। यह सच था कि मैं उसके पति की मृत्यु चाहता था और मैं ही उसके लिए दोषी भी था परंतु उसने स्वयं ही अपने लिए यह नियति चुनी थी। जब उसने मेरा राजसिंहासन छीनना चाहा तो उसी दिन अपने मौत के परवाने पर दस्तखत कर लिए थे। उसने स्वयं ही अपने लिए इस संकट को निमंत्रण दिया था।

भद्र ने मेरे लिए यह काम कर दिखाया था। उसके इस नीच व निंदनीय कृत्य के दौरान, मुझे एक ही बात से घृणा का अनुभव हो रहा था कि मैं उस मूर्ख का एहसानमंद हो गया था। *'या मैं उसका एहसानमंद नहीं था?' वह तो एक दास मात्र था, दास तो वही करते हैं, जो उनके स्वामी आदेश देते हैं, इसमें एहसान या आभार वाली बात कहाँ से आ गई?'* मैंने अपनी बहन के पति के शव को निहारा। उन्होंने इसे साफ़ कर दिया था परंतु वह अब भी वीभत्स दिख रहा था। जब मैंने पहली बार शव को देखा तो कै करने की इच्छा होने लगी थी। सच कोई विकृत मानसिकता वाला

व्यक्ति ही ऐसा अमानवीय व घृणित कार्य कर सकता था। यह भद्र भी कैसा जीव था! कमीना कहीं का! अचानक एक तेज़ चीख़ के साथ हो रहे विलाप ने मुझे मेरी तंद्रा से जगा दिया। शूर्पणखा अपना सिर फ़र्श पर पटक रही थी।

और उसके पीछे, उससे भी तेज़ सुर में, मेरी माँ का विलाप जारी था। मैंने उनकी इतनी शीघ्रता से आ पहुँचने की अपेक्षा नहीं की थी। "रक्तपिपासु राक्षस! अब तेरी संतुष्टि हो गई?" मैं इस अनपेक्षित आक्रमण से पीला पड़ गया "तूने अपनी ही बहन को विधवा कर दिया। मैं शर्मिंदा हूँ कि मैंने तुझ जैसे राक्षस को नौ माह तक अपनी कोख़ में रखा!"

मैंने अपनी मुट्ठी भींच ली ताकि अपने-आप को विस्फोट से बचा सकूँ। माँ के हर आक्षेप के साथ शूर्पणखा की चीखें एक नए शिखर पर पहुँच जातीं। "आततायी!... कुत्ते... आज तेरे कारण मेरी बेटी इस तरह बिसूर रही है।... तुम्हें इसका मोल चुकाना होगा... एक न एक दिन तुम्हें इसका बदला चुकाना होगा। वह अगले आधे घंटे तक इसी टेक के साथ चालू रही और बीच-बीच में, अपने दामाद के गुणों का गुणगान भी करती रही। यदि मुझे उसने इस प्रहसन में न खींचा होता तो निःसंदेह यह सब मेरे लिए हास्यास्पद होता। "तुम सत्ता के मद में चूर हो गए हो, तुम्हें महत्त्वाकांक्षा के मद ने बेसुध कर दिया है।"

"मार दे! मुझे भी मार दे! मेरे बूढ़े शरीर को अपनी राजनीतिक सफलता के लिए पायदान बना कर प्रयोग कर ले।" मेरी माँ ने अपना माथा व छातियाँ पीटते हुए कहा। फिर वह अचानक मेरी छाती पर दोहत्थड़ बरसाने लगी।

मेरे पिता भी साथ आए थे, वे एक कोने में बैठे, उन दो ब्राह्मणों के साथ विचार-विमर्श कर रहे थे, जो सदैव उनके साथ रहते थे। वे अपने दामाद के लिए देवोचित अंतिम संस्कार की योजना बना रहे थे, जिसमें कुछ दुरूह व जटिल अनुष्ठान तथा ब्राह्मणों को उपहार दिया जाना भी सम्मिलत था। मैं जल्द से जल्द इन बातों से छुटकारा पाना चाह रहा था।

भले ही शूर्पणखा ने कितना भी कठोर अभिनय क्यों न किया हो, उसकी तुलना कुंभकर्ण से नहीं की जा सकती थी। जब से हम उसे बचा कर लाए थे, वह पूरी तरह से बदल गया था। यम का बंदी होने के बाद से, वह अधिकतर समय किसी पाषाण मूर्ति की भाँति जड़वत बना रहता। वह दिन के अधिकतर समय में सोता रहता और उठने पर उपद्रव मचाता।

मुझे अपनी बहन के लिए खेद का अनुभव हुआ, जो भी हो, वह व्यक्ति उसका पति

था, जो आज एक निष्प्राण शव बन कर, धरा पर पड़ा था। वह मेरे बारे में जो भी सोचती थी, उसे वह सोचने का पूरा अधिकार था। *'बेचारी लड़की! संभवतः मुझे इतना कठोर नहीं होना चाहिए।'* मुझे उसके पति को बंदी बना लेना चाहिए था। मैं कोई समझौता कर सकता था।

विद्युतजिव्हा का चेहरा बुरी तरह से कुचला गया था। मुझे भद्र के प्रति तीव्र घृणा का आवेग अनुभव हुआ। *'वह ऐसा बर्बर तथा जघन्य कृत्य कर भी कैसे सका?'* *वह एक असुर सज्जन था, जिसे एक वन्य पशु की तरह हलाल कर दिया गया था और वह भी एक नीच व निंदनीय व्यक्ति के हाथों!* मैंने शर्मिंदा महसूस किया कि मैंने यह कार्य उस भद्र को सौंपा।

इस विजयश्री में कोई उपलब्धि नहीं थी और न ही इसमें कोई नायकत्व था। *मैं भी तो भद्र के समान एक नीच ही तो था। मैंने प्रहस्त की बातों पर ध्यान क्यों दिया? दंभी गँवार। हे शिव! मैंने अपनी ही बहन के साथ यह क्या किया?* मैंने उसके जीवन से उस छोटी सी प्रसन्नता को भी क्यों छीन लिया? क्या मेरे लिए साम्राज्य इतना महत्त्व रखता था? क्या लंका और यहाँ तक कि भारत मेरी महत्त्वाकांक्षा की पूर्ति के लिए पर्याप्त थे? और यह क्या था, जिसकी आधारशिला मैं अपने ही लोगों के शवों पर रख रहा था? मैं जाने कितनी मौतों के लिए उत्तरदायी अनुभव कर रहा था? क्या हम उस खड़ी चट्टान पर ख़तरनाक तरीक़े से झूलती कुटिया में अधिक सुखी नहीं थे? जीवन की सबसे बड़ी त्रासदी यह थी कि हमने बड़े हो कर, अपने बालपन के सपनों को साकार किया।

चेहरे पर पड़े एक करारे तमाचे ने मुझे मेरे अपरिपक्व दार्शनिक चिंतन से बाहर ला पटका। सारा कक्ष मेरी आँखों के आगे नाच उठा और मैं लड़खड़ा कर गिर गया। मैं कुछ क्षणों के लिए जैसे नेत्रहीन हो उठा और मेरा सिर गोल-गोल घूमने लगा। मैंने उठने की चेष्टा की, और तभी मेरे श्रोणि प्रदेश में एक ज़ोरदार ठोकर आकर लगी। "कमीने श्वान....!" मैं कुंभकर्ण की चिल्लाहट सुन सकता था और ऐसा लग रहा था मानो वे किसी गहरे कुएँ से निकल कर आ रही हो। उठने की चेष्टा में सिर एक बार फिर से भन्ना उठा पर ठोकर ने दोबारा लेटने पर विवश कर दिया। मेरी आँखें सूज गई थीं और होंठ बुरी तरह कट गए थे। मैं किसी तरह खड़ा हुआ, कक्ष में खड़े स्तंभ का सहारा लिया ताकि स्वयं को गिरने से बचा सकूँ। धीरे-धीरे, सारा दृश्य स्पष्ट हो गया।

मारीच तथा अन्य तीन सैनिक कुंभकर्ण को वश में करने की चेष्टा में लगे थे। उसकी आँखें देख कर ऐसा लग रहा था मानो कोई बहुत बड़ा हत्यारा हो और इसके बाद वह फिर से जड़ हो गया। उसने अपने-आप को छुड़ा कर, मेरी ओर लपकने व दोबारा

ठोकर मारने की चेष्टा की पर मुझ तक पहुँच नहीं सका।

मैंने मुड़ कर देखा कि मेरे पिता तथा दो तोंदियल ब्राह्मण बड़े ही व्यंग्य से मुस्कराते हुए, इस दृश्य का आनंद ले रहे थे। मेरी माँ नाटकीय रूप से अपने हाथों से सिर पीट रही थी और शूर्पणखा आँखों में जड़वत भाव लिए शून्य में ताक रही थी। कुछ द्वारपाल लगभग मुस्करा रहे थे पर किसी तरह अपनी हँसी को दबाए खड़े थे। हमारे समाज के निम्नवर्गीय लोगों को इस तरह के पारिवारिक नाटक बहुत ही उत्तेजित करते हैं। संध्या तक, पूरा नगर, यहाँ घटे प्रहसन को, अतिशयोक्तिपूर्ण संस्करण के साथ गा रहा होगा। इस अनपेक्षित आक्रमण की तुलना में, लज्जा का बोझ अधिक दंश दे रहा था।

मेरे चेहरे पर बढ़ता कालापन देख कर, मारीच कुंभकर्ण को कक्ष से बाहर घसीट ले गए। मैं उसे वहीं जान से मार देता पर जाने क्यों, मुझ पर अपराधबोध हावी हो गया था। मैं लज्जा व अपराधबोध से ग्रस्त, वहीं सिर झुकाए खड़ा रहा, मेरा पोर-पोर आक्रोश से सुलग रहा था पर मैं अपनी अँगुली तक नहीं हिला सका। कुंभ मेरी महत्त्वकांक्षाओं, मेरे अहंकार, मेरी स्वार्थपरता, लोगों के प्रति मेरे हेय भाव, मेरे अयोग्य अभिमान तथा मेरे वास्तविक व कल्पित दोषों को चीख़-चीख़ कर गिनाता रहा। उसने मुझे जी भर कर अपशब्द कहे और इच्छा प्रकट की कि मुझे अपने प्राण त्याग देने चाहिए थे।

मैं अब यह सब और नहीं सह सकता था। जी में तो यही आ रहा था कि कक्ष छोड़ कर निकल जाऊँ और इतनी मदिरा पी लूँ कि अपनी भी सुध न रहे। मैं मुड़ा तो बाहर बाग़ में दृष्टि गई, मेरा धार्मिक स्वभाव का भाई विभीषण आलथी-पालथी मारे बैठा था, उसकी आँखें बंद थीं और चेहरे पर संतोष के मूर्खतापूर्ण भाव परिलक्षित हो रहे थे। *जब सारा घर इतनी गहन पीड़ा के बीच घिरा हो तो इसमें आँखें मूँद कर इतना संतुष्ट व प्रसन्न होने वाली क्या बात थी?* मैं उसके समीप जा कर, उसके चेहरे पर चिपकी उस मुस्कान को धो-पोंछ देना चाहता था परंतु वह संभवतः हमारे पूरे वंश में सबसे अधिक हानिरहित जीव था। उससे किसी भी प्रकार की हानि की कल्पना तक नहीं की जा सकती थी। वह महत्त्वाकांक्षा रहित युवक, अपने-आप में ही संतुष्ट था तथा स्वयं को जीवन व इसके प्रपंचों से अनासक्त रखने की चेष्टा करता। आवेगप्रिय कुंभकर्ण, माँ, शूर्पणखा व यहाँ तक कि मेरे भी बाद, वह हमारे परिवार में परिवर्तन के एक अप्रत्याशित सुखद झोंके की तरह था। मेरे पास इतना सहज व शांत रहने वाला मन नहीं था और मैं अपने भाई के इस आत्म-संतोष तथा सरल जीवनशैली से ईर्ष्या रखता था। संभवतः, एक महत्त्वकांक्षा रहित जीवन ही जीने के सर्वथा योग्य माना जाना चाहिए। यदि मैं चाहता भी, तो भी कभी विभीषण नहीं बन सकता था, परंतु मैंने

रावण बनने के अतिरिक्त कभी कुछ चाहा ही नहीं!

मैंने आह भरी और अपने दार्शनिक भाई को उसकी आनंददायी मूर्खता के बीच छोड़ कर, अपने कक्ष में लौट आया। मैं मदिरा पान करना चाहता था। जैसे ही मैंने प्रवेश किया, तो मंदोदरी को शैय्या पर बैठा पाया। वह चमचमाते रेशमी वस्त्रों तथा स्वर्ण व हीरक आभूषणों से सुसज्जित थी मानो कोई चलता-फिरता कोष हो। मुझे देखते ही उसका चेहरा उज्ज्वल हो उठा।

मैं अचानक ही लज्जा व अपराध बोध से घिर गया। वेदवती का गौर वर्ण अभी मेरे मस्तिष्क में ताज़ा था और मैं अपनी पत्नी से उसकी तुलना किए बिना रह नहीं सका। मंदोदरी का सौंदर्य एक प्रकार से मंत्रमुग्ध तो करता था परंतु वह किसी भी दृष्टि से कामोत्तेजक नहीं था। वह किसी साध्वी से कम नहीं थी और मैं प्राय: उसके पास जा कर स्वयं को भयभीत व घबराया हुआ पाता। मानो उसने मुझे मेरी अंतरात्मा के दर्शन कराने के लिए एक दर्पण हाथ में ले रखा हो और वह निरंतर मुझे मेरे छिपे हुए, भद्दे दाग तथा मस्से दिखाती रहती। मैंने घृणा तथा खीझ के बीच अपनी घबराहट को ढाँपने का प्रयत्न किया। आश्चर्य की बात तो यह थी कि उस लंबे अभियान के दौरान, मुझे कभी उसकी याद नहीं सताई थी, यहाँ तक कि जब मैं कार्तीवीरार्जुन के गहरे अंधेरे तहखाने में बंदी था या जीवन व मरण के निर्णायक प्राणघातक युद्ध लड़ रहा था, तब भी मैंने कभी उसे स्मरण नहीं किया। मैं उस काल में भी केवल वेदवती के लिए तड़पा था और अपनी पहली नवजात कन्या का मुख देखने को तरसा था।

जब मैं चेहरे पर एक अटपटी सी मुस्कान के साथ जड़वत खड़ा था तो वह चेहरे पर उदासी से भरी मुस्कान लिए खड़ी हो गई। उसकी मुस्कान ने चेहरे को चमचमा दिया और मैं उसके चेहरे की चमक की ताब न ला सका। मुझे अपनी नज़रें घुमानी पड़ीं। मैंने बाहर देखा तो अपने भाई को अब भी ध्यानमग्न देख, मेरी खीझ व कुढ़न और भी बढ़ गई। जब मैं मुड़ा, तो वह मेरे इतना निकट आ गई थी कि मैं उसकी देह गंध अनुभव कर सकता था। उसकी देह से ताजे बेला व कपूर की गंध आ रही थी। उसने पलकें फड़फड़ाई तो उनमें अश्रुकण झिलमिला उठे। वह बहुत ही संकोची व लज्जाशील दिखाई देने लगी। दिल तो चाहा कि उसे अंक में भर लूँ और आँखें में छलक रहे मोती पोंछ दूँ पर मैं अपना एक भी अंग नहीं हिला सका। जाने क्या था, जो मुझे ऐसा करने से रोक रहा था।

“औरत! तूने शराब कहाँ रखी है?” अपना ही स्वर मेरे कानों को कर्कश जान पड़ा और मैं दूसरी ओर देखने लगा। मैं उसके दिल को लगी ठेस को अनुभव कर सकता था इसलिए उसकी ओर देखना नहीं चाहता था। मैं आगे पड़ी कुर्सी पर जा बैठा व

छत को ताकने लगा। *वह कैसा महसूस कर रही थी? विद्युतजिव्हा उससे कैसे पेश आया होगा? क्या उसने मुझे याद किया?* मेरे दिमाग़ में सैकड़ों सवाल चक्कर काट रहे थे, परंतु मैं एक भी शब्द नहीं बोला। मैं अपने अभियानों के विषय में डींगें हाँकना चाहता था, उन सभी दृश्यों के बारे में बताना चाहता था, जो मैंने इस दौरान देखे, देवों की विचित्र व आकर्षक भूमि के विषय में बताना चाहता था, ओझल हो चुकी जातियों, कारागार में सही पीड़ा तथा वानर-राज बाली के हाथों मिली पराजय व यहाँ तक कि उसे उस देव ब्राह्मण कन्या के साथ हुए प्रचंड आवेगयुक्त प्रेम के विषय में भी बताना चाहता था - परंतु मैं चुपचाप बैठा छत को ही ताकता रहा।

मंदोदरी ने मेरे लिए मदिरा उड़ेली और अपनी शैय्या के पास लौट गई। मैंने एक भी शब्द कहे बिना, सारी मदिरा अपने भीतर उड़ेल ली और व्याकुलता से, कुर्सी के काठ पर अपनी अँगुलियाँ ठकठकाने लगा। वह तत्क्षण लौटी और मेरे लिए दूसरा गिलास भर दिया। मैं निरंतर पीता रहा। पूरे महल में एक विचित्र सी चुप्पी छाई थी। यदा-कदा, कहीं से माँ अथवा बहन के विलाप का स्वर सुनाई दे जाता। जब मैंने उन दयनीय स्वरों को सुना, तो अपनी भावनाओं को मदिरा में ही डुबो देने का निर्णय लिया। फिर उस कक्ष से वेदमंत्रों के स्वर सुनाई देने लगे, जहाँ शव को रखा गया था। वे ब्राह्मण मेरे बहनोई की आत्मा को तैयार कर रहे थे ताकि वह मक्खन, मधु, आदि से बनी नदियों को पार करते हुए, निर्विघ्न देवों के स्वर्ग तक जा पहुँचे। कुछ द्वारपाल द्वार तक आए व कहा कि वे लोग विद्युतजिव्हा के शव को अंतिम संस्कार के लिए शमशानभूमि ले जा रहे थे और मेरी प्रतीक्षा की जा रही थी कि मैं आकर मृतक को अपनी ओर से अंतिम श्रद्धांजलि अर्पित करूँ।

मैं क्रोध से आग-बबूला होते हुए खड़ा हो गया और मदिरा का धातु पात्र, एक तेज़ खनक के साथ लुढ़कता चला गया। सारे कालीन पर धब्बे पड़ गए। मैं उस दरबान पर चिल्लाया और वही पात्र उठा कर उसे दे मारा। मैंने इतनी ज़ोर से उसे फेंका कि यदि वह उसे लग गया होता तो बेचारा वहीं दम तोड़ देता। वह सिर पर पाँव रख कर, वहाँ से भागा। मैंने उसके जाते ही भड़ाम के साथ दरवाज़ा बंद कर दिया और वातायन बंद करने लपका ताकि वहाँ से हास्यास्पद यौगिक मुद्रा में ध्यानरत विभीषण की छवि से मुक्ति पा सकूँ। संभवत वह ऐसा करके ब्राह्मणों को अपना सहयोग दे रहा था।

फिर मैं अपनी पत्नी की ओर मुड़ा। वह मारे भय के थर-थर काँप रही थी। मैंने उसे कमर से जकड़ा तो उसने आश्चर्यजनक बल के साथ मुझे पीछे धकेल दिया, चूँकि मैं मदिरा के नशे में चूर था, मैं लड़खड़ा कर गिर गया। "मेरी देह का स्पर्श मत करना।" उसने धीमे किंतु दृढ़ स्वर में कहा। मैं वहीं फ़र्श पर, मूर्खों की भाँति बैठा पलकें झपकाता रहा, मैं ऐसी भीरु स्त्री द्वारा ऐसे शक्ति प्रदर्शन को देख स्तब्ध

तथा उलझन में था। "तुम मदिरा के नशे में चूर हो। मुझे हाथ लगाने की चेष्टा भी मत करना।" वह अपना सिर ऊँचा किए, वहीं खड़ी थी। मुझे चुनौती दे रही थी। मुझे धमका रही थी कि मैं उसे स्पर्श तक न करूँ।

मैं क्रोध में आकर खड़ा हुआ और उसकी ओर पुनः लपका। उसने सामने रखे पात्र से, फल तराशने वाला चाकू उठा लिया और उसे मेरी ओर तान दिया। *'ओह, मुझे अच्छा लगा। ये तो बड़ी जीवट वाली निकली। मुझे इस खेल में आनंद आ रहा था!'* अरे ये क्या! उसने अचानक ही उस चाकू की नोक को अपनी ओर मोड़ लिया, वह चाकू को अपने उदर से सटा कर बोली, "अगर मुझे स्पर्श करने की जरा सी भी चेष्टा की तो...।" फिर वह सुबकियाँ भरने लगी, जिनसे उसकी देह रह-रह कर काँप उठती और मैं इस सारे प्रसंग से कुंठित हो उठा।

मैं बड़ी सरलता से, बलपूर्वक उसे अपने वश में कर सकता था पर अब ऐसा करना नहीं चाहता था। इसकी बजाय मैंने उसे कोसा, अपशब्द कहे, तकिए फाड़ दिए, पलंग की रेशमी चादर उतार कर, उस पर दे मारी। कुछ ही क्षण बाद, मुझे अपनी मूर्खता का भान हुआ और मैं उसे कोसते हुए, कक्ष से बाहर आ गया। बाहर आते समय, भड़ाम से द्वार बंद करना भी नहीं भूला।

मैं बहुत क्रोध में था। जी में आ रहा था कि किसी के प्राण ले लूँ। यह बड़ी ही दुर्भाग्यपूर्ण बात थी कि उस समय एक सुंदरी दासी, प्रांगण बुहार रही थी। जब उसने मुझे पाँव पटकते हुए, शाही कक्ष से निकलते देखा तो वह मूर्खों की तरह दंग रह गई, फिर वह अपने हाथ का झाड़न वहीं छोड़ कर, ज़ोर से भागी। मैंने उसकी ओर ध्यान तक न दिया होता परंतु उसकी घबराहट मुझसे छिप न सकी। मैंने उसका पीछा किया और लगभग छलाँग लगाते हुए, उसे कलाई से थाम लिया। मैंने अपनी हथेली के ज़ोर से उसकी चीख़ों को रोकना चाहा और उसे पास वाले कक्ष में घसीटता ले गया। वहाँ मैंने उसके साथ बलात् संभोग किया। प्रारंभ में, वह इच्छुक नहीं थी; संभवतः उसने सोचा होगा कि मैं उसकी हत्या करने जा रहा था परंतु एक ही क्षण बाद, वह शांत हो गई और कोई विरोध न करते हुए, परिस्थिति के आगे घुटने टेक दिए। तो इस प्रकार जब मेरी बहन अपने पति की हत्या पर विलाप कर रही थी; मेरी माँ मुझे कोस रही थी; मेरे भाई मेरी बहन के पति की चिता को अग्नि दे रहे थे; मेरी पत्नी हृदय विदारक सुबकियाँ भर रही थी तो मैं राजा, भारत का सम्राट एक नीची जाति की दासी के साथ व्यस्त था। और फिर उसी अपराध व ग्लानि से मेरे काले रंग के, मोटे व भद्दे पुत्र, अतिकाय का जन्म हुआ था।

22 उपद्रव

भद्र

मुझे पूरी तरह से संभलने में एक वर्ष का समय लगा। जब असुर लूट-मार मचाने तथा परस्पर संघर्ष करने में व्यस्त थे तो मेरी कुटिया पर दुःखों की काली छाया मँडरा रही थी। न केवल मेरा मुहल्ला, बल्कि उन दिनों अधिकतर दुकानें व घर, अग्नि की लपटों में जल कर स्वाहा हो गए थे, जब रावण तथा विद्युतजिव्हा के मध्य सत्ता को पाने के लिए वीभत्स तांडव रचा जा रहा था। कुछ दिन तक मेरा मन कड़वाहट से भरा रहा। माला, उसी फूस की जीर्ण कुटिया में लौट आई थी, जो मैंने, शाही मार्ग के एक ओर, बरगद के वृक्ष तले डाली थी। उससे पूर्व, मैं उसके बारे में अपनी ओर से पता लगा चुका था और मैंने पाया कि वह महल में काम करने वाली एक तुच्छ दासी के अतिरिक्त कुछ नहीं थी। यह अफ़वाहें भी प्रसारित हो चुकी थीं कि राजा ने उसे गर्भवती किया था और रावण ने उसे अपनी दूसरी रानी बना लिया था। मुझे ईर्ष्या का अनुभव हुआ और दिल को ठेस भी लगी। मैं उसकी हत्या कर देना चाहता था परंतु अब वह पद में मुझसे कहीं ऊपर थी इसलिए मैं ऐसा चाह कर भी नहीं कर सकता था।

फिर एक दिन, वह मेरे पास आई। वह तो कहीं से भी, रानी जैसी नहीं दिखती थी। वह बिल्कुल सादी पोशाक में थी और धूल से मैली-कुचैली लग रही थी, उसके कंधों पर चीथड़ों की एक पोटली थी, विदा लेती सुंदरता के निशानों ने उसे और भी बदसूरत बना दिया था। एक राजा की रखैल अथवा उपपत्नी कहलाने के लिहाज़ से तो माला की दशा बहुत शोचनीय थी। मुझे उसके छल से जो क्रोध आया था, वह अब एक ऐसी पीड़ा में बदल चुका था, जो सुन्न हो गई थी। वह निश्चित रूप से थोड़े से भोजन व विलासिता की वस्तुओं के लिए अपनी देह का व्यापार करती रही होगी, या फिर किसी

भी निर्धन किंतु ख़ूबसूरत स्त्री के लिए विद्युतजिव्हा तथा रावण जैसे राजाओं के राज में जीने का और कोई साधन हो भी क्या सकता था? अपने कारनामों को अंजाम देने बाद, मैं कुछ माह तक क्रोध, आत्म-दया तथा ईर्ष्या के बीच जलता-भुनता रहा। परंतु जब तक वह मेरे पास आई, मेरा रोष शांत हो चुका था। जिस दिन वह मेरी कुटिया में आई, उसी दिन मुझे ज़ोरों का ताप चढ़ा था, वह एक भी शब्द कहे बिना मेरी सेवा करने लगी। मैं नहीं जानता कि उसने उन थोड़े से चावलों की भिक्षा माँगी अथवा उन्हें चुरा कर लाई पर उसने मेरे लिए थोड़ा सा पतला दलिया बनाया। वह मुझे खिलाने लगी और जाने क्यों मैं फूट-फूट कर रोने लगा। वह कुछ नहीं बोली परंतु पत्ते से बने चम्मच से दलिया खिलाती रही।

जब तक मेरी तबीयत संभली, तब तक ये बातें पूछने के लिए बहुत देर हो चुकी थी। मुझे उसकी आवश्यकता थी और मेरा मानना था कि उसे भी मेरी ज़रूरत थी, जब तक कोई और धनी पुरुष अपनी वासनापूर्ति के लिए संकेत न करता, तब तक तो उसे मेरी आवश्यकता थी ही। धीरे-धीरे मेरा जीवन एक निश्चित दिनचर्या में ढलने लगा। यह समय काफ़ी हद तक शांत था और हम अधिकतर दिनों में इतना तो कमा ही लेते थे कि कम से कम एक वक्त की रोटी पेट भर कर खा लेते थे। नगर, महल, मंदिरों, हाट-बाज़ारों व ग्रामों की चौड़ी-संकरी गलियों में लगातार घूमने वाले भिक्षुक व अनाथ, जादूगर व सँपेरे, नट व बंजारे, प्रायः उस बरगद की छाँव तले सुस्ताने आ जाते। यह राहगीरों के सुस्ताने के लिए प्राकृतिक आश्रयस्थली थी। अपनी नीरसता से पार पाने के लिए, मैं तरह-तरह के खाद्य पदार्थों के साथ प्रयोग करने लगा और उसे राह चलते लोगों के बीच बाँट देता। माला ने मुझे हमारी पहली छाजन वाली दुकान बनाने में सहायता की, जहाँ हम नमकीन नाश्ता व मिठाइयाँ बेचते थे। परंतु यदा-कदा, वह महल के भी ऊट-पटाँग काम करती और वह अपने पुत्र अतिकाय को भी नियमित रूप से महल ले जाती। यद्यपि मैं इस बात के लिए उससे घृणा करता था परंतु जीवन में अनेक वर्षों के बाद ऐसा ठहराव आया था, जब मैं शांति के साथ भरपेट भोजन कर पा रहा था इसलिए मैं किसी भी तरह का ख़तरा मोल नहीं लेना चाहता था।

माला ने भोजन व नाश्ता पकाने व उसे परोसने का दायित्व संभाल लिया। मैंने पाया कि मेरे पास एक और हुनर भी था। मैं थोड़ी सी धनराशि में ही यात्रियों के वस्त्र धो देता। मैं जानता था कि किस पौधे या बीज से कपड़ों को अच्छी तरह धोया जा सकता है और मैं इस दिशा में लगातार प्रयोग करता रहता। यद्यपि एकाध बार किसी कपड़े का रंग भी चला गया था परंतु मैंने शीघ्र ही, घोल का सही अनुपात बनाना सीख लिया और लोग मुझे एक अच्छे धोबी के रूप में जानने लगे। मैंने अपने संरक्षक भी

बदल लिए थे और मैं जिन धनी व्यापारियों के लिए काम करता था, वे अपने महँगे, आयातित, चीन से आए रेशमी वस्त्रों, बढ़िया छपाई के सूती वस्त्रों तथा मूल भूमि भारत के मलमल के लिए, मुझ पर विश्वास करने लगे थे।

यह राह चलती छप्पर वाली दुकान, शीघ्र ही गप्पबाज़ी तथा दिलबहलाव का अच्छा साधन बन गई। मैंने सुना था कि राजकुमारी शूर्पणखा अपने माता-पिता के साथ लंका त्याग कर, मुख्य भूमि पर चली गई थी। उसने कसम खाई थी कि वह कभी अपने बड़े भाई रावण का मुख तक नहीं देखेगी।

मैंने शारीरिक रूप से, माला को कई बार महल जाने से रोकना चाहा, परंतु वह किसी प्रकार आँख बचा कर निकल ही जाती। जब वह लौटती तो मैं उसका जीना नर्क कर देता, पर वह मेरी मार-कुटाई और ठोकरों को अदम्य सहनशक्ति के साथ सहन कर जाती। अंततः, एक दिन उसने स्वीकार ही लिया कि रावण ने उसके साथ बलात् संभोग किया था और अतिकाय राजा का ही पुत्र था। परंतु उसने दावा किया कि उस घटना के बाद, राजा ने उसे कभी नहीं सताया और सदा घृणित अवमानना व हेय दृष्टि से ही देखा है। वह प्रायः रानी मंदोदरी के बुलावे पर महल में जाती थी। रानी का अतिकाय के प्रति स्नेह ही, माला को बार-बार महल के द्वार पर ले जा कर खड़ा कर देता। जब भी नियमित रूप से महल का चक्कर लगा कर आती, मैं कुछ भी सोचे-समझे बिना उसे पीटता, इस तरह यह एक प्रकार का दस्तूर सा बन गया था। और हमारा विवाह, अगर इसे विवाह कह सकते हैं, तो वह किसी प्रकार जीवित रहा।

रावण के इस अवैध पुत्र के जन्म के लगभग एक माह बाद, रानी मंदोदरी ने रावण के जायज़ पुत्र को जन्म दिया। चूँकि वह बालक गहरी अंधकार से भरी मानसूनी रात्रि में जन्मा था, उसे मेघनाद नाम दिया गया, *'एक ऐसा व्यक्ति जिसका स्वर गरजते मेघ के समान हो'।*

शीघ्र ही राजकुमार कुंभकर्ण के घर एक सुंदर सी कन्या ने जन्म लिया और विभीषण भी स्वस्थ व हृष्ट-पुष्ट पुत्री का पिता बना। हमारे लिए ये सभी घटनाएँ महत्त्वपूर्ण रहीं। ऐसा इसलिए नहीं था कि हम शाही उर्वरता को ले कर बहुत चिंतित थे, बल्कि इनसे द्वीप तथा प्रायद्वीप के, ग्रामीण इलाक़ों के लोग, नगर आने के लिए आकर्षित होते थे और यह हमारे व्यापार के लिए बहुत अच्छा व लाभदायक था। धीरे-धीरे, समय के साथ-साथ, राजा ने अपनी प्रजा का दिल जीत लिया। संभवतः वह अपनी प्राकृतिक महत्त्वाकांक्षा को त्याग चुका था अथवा एक पुत्र के जन्म ने उसके हृदय से युद्ध व नए क्षेत्रों को विजित करने की पिपासा को शांत कर दिया था। धीरे-धीरे, इस द्वीप सहित भारत के क्षेत्र समृद्धि अर्जित करने लगे और फिर से उस शिखर पर जा पहुँचे, जहाँ

समृद्धि तथा वैभव उनके चरण पखारते थे। व्यापार एक बार पुनः फलने-फूलने लगा।

प्रारंभ में, विभीषण को सभी पसंद करते थे। उसने गली-नुक्कड़ों में बने, विस्मृत शिव मंदिरों तथा अन्य देवों के मंदिरों को पुनः प्रतिष्ठित किया तथा मंदिरों के प्रशासन के विषय में उसकी नीतियों ने, अनेक प्रशंसकों को उसकी ओर आकर्षित किया परंतु वह शीघ्र ही छोटे विष्णु मंदिर बनवाने लगा और उसने बड़े ही विचित्र देव रीति-रिवाज़ लागू करने आरंभ कर दिए। वह कुछ ब्राह्मणों को भी साथ ले आया और धीर-धीरे, ये लोग जाति प्रथा की घृणित व निंदनीय देव परंपरा को भी लागू करने लगे। निःसंदेह, कुछ ऐसे मूर्ख भी थे, जिन्होंने विभीषण के इन कामों को सराहा और इन लोगों ने तत्काल ब्राह्मणों के कर्मकांडों को अपना लिया। सभ्रांत वर्ग, पूरा दल बना कर, इनका साथ देने लगा और वे पवित्र यज्ञोपवीत धारण करने लगे, जो ब्राह्मणों को सदा पहनना होता था। वे प्रत्येक उस व्यक्ति को तिरस्कृत दृष्टि से देखने लगे, जो कोई उपयोगी काम करता हो।

जब तक हम इस बात को समझते, हमने अपने-आप को मुख्य धारा से बाहर पाया। राजकुमार विभीषण द्वारा एक गुप्त अभियान चलाया जा रहा था, जिसमें सभी महत्त्वपूर्ण सरकारी पद ब्राह्मणों के लिए सुरक्षित थे। तीन ही वर्षों के भीतर, सभी महत्त्वपूर्ण व्यापारिक कार्य व पद, या तो नव-दीक्षितों अथवा उन ब्राह्मणों के हाथ आ गए थे, जो उत्तर से, यहाँ आकर बस गए थे। लोगों में रोष पनपने लगा। उत्तरी भारत से गोरी चमड़ी वाले ब्राह्मणों के झुंड के झुंड आने लगे और वे सभी महत्त्वपूर्ण नगरों व ग्रामों में आकर फैल गए।

जिन व्यापारियों ने देव तौर-तरीक़ों को नहीं अपनाया था, उन्हें धीरे-धीरे महल से निष्कासित कर दिया गया। सड़कों तथा मंदिरों के सार्वजनिक ठेके, केवल नव-दीक्षितों को ही दिए जाने लगे। फिर हम जैसे लोगों के लिए सड़कें भी बंद कर दी गईं। हमारी अपनी ही धरती पर, हमसे कैसा व्यवहार हो रहा था, मेरी दुकान प्रतिदिन इस क्रोध व नपुंसक रोष की साक्षी बनती। नव निर्मित विशाल व भव्य मंदिरों में हमारा प्रवेश निषिद्ध कर दिया गया। पुराने पुरोहितों को मंदिरों से निकाल दिया गया और उनमें ब्राह्मणों की तत्काल भर्ती कर दी गई। लोग बहुत ही स्नेह से महाबलि के शासन को स्मरण करते, जब सबके साथ समान भाव से पेश आया जाता था। धीरे-धीरे अतीत की यश-गाथा पर धूल की परतें जमने लगीं।

यह दबा हुआ आक्रोश अंततः उपद्रवों व दंगों के रूप में सामने आया और हम अपना सबक तभी सीख सके, जब हमारे हज़ारों लोग सैनिकों के हाथों मारे गए। हम शीघ्र ही इस भुवन में अपना स्थान पहचान गए। यह श्वानों से कोई बहुत बेहतर नहीं था।

23 द्वंद्व युद्ध

रावण

निद्रा मुझे छल रही थी। भ्रद का काला व भद्दा चेहरा, मेरे मन में वीभत्स आकारों में तांडव रच रहा था, कभी मुझे भयभीत करने लगता तो कभी मेरे आगे विनती करने लगता। मैं अपनी चादर पर पड़ा करवटें बदल रहा था। कल मैं मारीच को उसके पास भेजूँगा। संभवत: कुछ सुवर्ण मुद्राएँ उसके मुख पर मार कर, मैं इस ग्लानि से मुक्त हो सकूँ। परंतु साथ ही मैं इस व्यक्ति पर क्रोधित व शर्मिंदा भी था। यह सब कुछ दुर्बलता के एक क्षण के भीतर आरंभ हुआ। मैं इतना नीचे कैसे गिर गया? मेरे आचरण के विषय में कोई सफ़ाई नहीं दी जा सकती थी। मैं इस बात को भुला कर, अपने जीवन में आगे बढ़ सकता था, परंतु शिव की ओर से मिले इस उपहार का क्या? यह तो मेरी समझ से भी परे था कि वासना से भरा एक कुकृत्य, एक संतान को जन्म दे सकता था जबकि मैं और मेरी पत्नी, अपने पुत्र मेघनाद को एक भाई देने के लिए, बारह वर्ष तक प्रयास करने के बाद सफल हुए थे। अक्षय कुमार का जन्म अनेक वर्षों बाद हुआ परंतु तब तक मेघनाद के जीवन में उसका एक सौतेला भाई जन्म ले चुका था – अतिकाय। मंदोदरी जानती थी और उससे इतनी घृणा करती थी कि वह उस दासी और उसके पुत्र से कुछ अधिक ही दयालुता से पेश आती। अंधकार के कुछ क्षण; पत्नी, जाति और मेरे जीवन के लिए मेरा क्रोध – बस अंधकार में जन्मे इस जीव के लिए इन्हीं चीजों की आवश्यकता पड़ी थी – अतिकाय, मेरी अवैध संतान! चाहता तो माँ व पुत्र को एक ही शाही आदेश से हमेशा के लिए ओझल कर सकता था परंतु जाने किस बात ने मुझे रोक लिया – संभवत: मेरे भीतर कोई थोड़ी-बहुत मानवता का अंश शेष रह गया होगा या हो सकता है कि खोए हुए प्रेम अथवा एक देव राजा द्वारा छल से हथिया ली गई असुर राजकुमारी की स्मृति में ऐसा

हुआ हो। जो भी हो, काला तथा भद्दा व लंबे दांतों वाला अतिकाय, मेरा ही तो पुत्र था और मैं समझदार, विवेकी व बुद्धिमान होता जा रहा था; आप यह भी कह सकते हैं कि शायद मैं ऐसा मूर्ख था कि इतना जघन्य कृत्य नहीं कर सकता था। जिस प्रकार मेरी पुत्री देव साम्राज्य में पल-बढ़ रही थी, उसी प्रकार मेरे पाप से जन्मा पुत्र भी, शीघ्रता से बड़ा हो गया।

यह सत्य था कि मैं दिन-प्रतिदिन के शासन के कार्यों में रुचि नहीं ले रहा था। मेरे मंत्री सुयोग्य थे और मैंने खुद को पारिवारिक जीवन में मग्न कर दिया था। मेरे कोष लबालब भरे थे और मेरे भीतर किसी और विजय की महत्त्वाकांक्षा शेष नहीं रही थी। मैं पचास वर्ष के लगभग हो गया था और पूरी तरह से संतुष्ट था। मैं जानता था कि मैं एक अच्छा और दयालु राजा था और मेरे जाने के बाद भी प्रजा, लंबे समय तक मेरे शासन को स्मरण करेगी। मध्यम आयु के अधिकतर शासकों की भाँति, मैं अपने पीछे एक विरासत छोड़ कर जाने में अधिक रुचि रखता था। अब मैं मृत्यु के पंजों से बहुत दूर नहीं था। मैं अपनी गर्दन पर उसकी श्वास अनुभव कर सकता था। अब मैं कोई अजेय या अमर नहीं रहा था। कितनी विचित्र बात थी, मैं जीवन को मान देने लगा था। मैं प्रत्येक क्षण का आनंद लेने लगा था। अब मैं छोटी बातों पर भी अपना ध्यान केंद्रित करने लगा था जैसे; सुदूर देवालय से आते घंटियों के स्वर, तलवारबाज़ी का हुनर सीखते, पुत्र मेघनाद की तलवार के टकराने का स्वर; मेरी पत्नी द्वारा छोटे पुत्र अक्षय को दुलारने का स्वर; महल के प्रांगणों में यहाँ-वहाँ कुलाँचे भरती, किशोरी भतीजी त्रिजटा की कलाइयों में बजती चूड़ियों की खन-खन... जीवन के इन छोटे-छोटे आनंदों में ही मुझे असीम प्रसन्नता मिलने लगी थी।

माला से जन्मा मेरा पुत्र अतिकाय, विवाद का केंद्र था। मैं इस संसार में सबसे अधिक अपने पुत्र मेघनाद से प्रेम करता था, यहाँ तक कि अपने-आप से भी अधिक! मेघनाद जो भी था, अतिकाय वह नहीं था। मेघनाद इतना सुंदर था कि मैं उसे आँख भर कर देखने से भी क़तराता था। अतिकाय मानो काले माँस का बड़ा सा लोंदा था, वह इतना भद्दा व बदसूरत था कि लोग उसे देख कर, आश्चर्य से अपना मुँह तक बंद करना भूल जाते। जहाँ मेघनाद किसी विशुद्ध नस्ल के अश्व की भाँति मर्यादित था वहीं माला का पुत्र गँवार, अपरिष्कृत तथा फूहड़ था। मेघनाद आकर्षण तथा बुद्धिमता का जीता-जागता प्रतिरूप था जबकि अतिकाय दिन-ब-दिन, स्वयं को अपनी ही मूर्खता तले दबाता चला जाता था। मानो प्रकृति माता ने अपना सब कुछ मेघनाद को ही सौंप दिया था और उसके पास अतिकाय को देने के लिए कुछ बचा ही नहीं था। मुझे तो इस बात से उलझन होती थी कि भला एक ही पिता के पुत्र, आपस में इतने अलग कैसे हो सकते थे? मैं अतिकाय से उतनी ही घृणा करता था, जितना मुझे मेघनाद

से स्नेह था। परंतु अतिकाय मुझसे सदा अपशब्द सुनने के बावजूद किसी पालतू पिल्ले की तरह पीछे लगा रहता। मैं उससे जितना भी बचने की कोशिश करता, वह किसी न किसी रूप में मेरा साथ बने रहने की कोशिश करता। प्रायः मैं उसके साथ क्रूरता से पेश आता, सार्वजनिक रूप से तमाचा जड़ देता या फिर एकाध बार तो ठोकर भी दे मारी थी, उस पर बुरी तरह से चिल्लाया था, फिर भी वह खड़ा मूर्खों की भाँति खी-खी करके, दाँत निपोरता रहता, अपने गंदे पीले व बाहर की ओर निकले दाँतों का प्रदर्शन करता रहता। यदि मेघनाद आसपास होता, तो वह खिलखिला कर हँसता। अतिकाय उसके लिए दिल-बहलाव का साधन था। जब मेरी आयु कम थी तो संभवतः मुझे इस भावना का एहसास नहीं हो सका परंतु अब मैं समझ सकता था कि मैं अपने इस मूर्ख पुत्र से भी एक अलग ही प्रकार से स्नेह रखता था। यद्यपि यह उस स्नेह से अलग था, जो मैं मेघनाद, मंदोदरी, अपने भाइयों, तथा बहुत सारे भतीजों तथा भतीजियों के लिए रखता था। यह प्यार कुछ ऐसा ही था मानो आप जब किसी आवारा कुत्ते को एक बार कुछ खिलाने के बाद, उसे दुलार तो देने लगते हैं, परंतु उसकी बदसूरती व दुर्गंध के कारण उसे अपना पालतू नहीं बना सकते।

यदि भद्र बीच में न होता, तो शायद मैंने इस लड़के से बहुत पहले ही पीछा छुड़ा लिया होता। भ्रद मेरे जीवन में पुनः तब लौटा, जब मेरे जीवन में उसके जैसे लोगों के विषय में विचार तक करने के लिए समय नहीं रहा था। यह सब उस सामूहिक हत्याकाँड के बाद घटा, जब विभीषण ने ब्राह्मणों के विरुद्ध आवाज़ उठाने वाले असुर विद्रोहियों को कुचला था। मैं ब्राह्मणों का कोई बहुत बड़ा प्रशंसक नहीं था और सच कहूँ तो, मुझे तो इन उपद्रवों से प्रसन्नता ही हुई थी। जब विभीषण क्षत-विक्षत व रक्त से लथपथ ब्राह्मणों के साथ दरबार में आया तो सबसे पहले मुझे यही लगा था कि क्यों न खुल कर एक ठहाका लगा लिया जाए। परंतु सदा की भाँति, इस बार भी प्रहस्त ने ही मुझे राह दिखाई। तब वह पचास के उत्तरार्ध में था परंतु अब भी मुझे अपने प्रवचन व उपदेश सुना-सुना कर खिझाता रहता था। हमारे बीच अब भी बहसें होती थीं पर मैं काफ़ी हद तक, उस पर निर्भर रहने लगा था। मैं उसे रोज़मर्रा के शासन संबंधी कार्यों में सब कुछ संभालने देता, परंतु जब भी कोई महत्त्वपूर्ण अवसर या घटना होती तो मैं अपने पद की गरिमा व मर्यादा स्मरण कराने में देर नहीं करता था। हम दोनों सही मायनों में मित्र नहीं थे, परंतु मैं उसका आदर करता था। दरअसल वह उन कुछ लोगों में से था, जो मुझसे भयभीत नहीं होते थे और न ही वे चाटुकार थे। उसने उस दिन, भरी सभा में मेरे साथ इस विषय पर चर्चा नहीं की, उसने क्षमा माँगी और मुझे एकांत में ले जा कर बोला कि यह तो वही अवसर है, जिसकी बहुत समय से प्रतीक्षा की जा रही थी। हमें विद्रोहियों को दल-बल सहित कुचलना था ताकि उस दिन के बाद, कोई भी असुर, कभी न्याय तथा व्यवस्था को अपने हाथों में लेने का

दुःसाहस न कर सके। प्रहस्त का तर्क था कि राजा ही सर्वोच्च सत्ता है, किसी में भी इतना साहस नहीं होना चाहिए कि वह उसे चुनौती दे सके या उसके विरुद्ध आवाज़ उठा सके।

चूँकि मैं ही सर्वोच्च सत्ता था इसलिए मुझे उसकी बात मानने में कोई समस्या नहीं आई परंतु मैं ब्राह्मणों का पक्ष लेने की बात सोच कर व्याकुल हो रहा था। तभी अचानक मस्तिष्क में आया कि मैं एक ही तीर से दो निशाने लगा सकता था। इस तरह, हमने कुछ घंटों के लिए लंका नगरी को उसके हाल पर छोड़ दिया, उसे आग की लपटों में जलने दिया और लुटेरों को लूट मचाने की पूरी आज़ादी दी गई। फिर हम मोर्चे पर लौटे। हमारे सिपाहियों ने बिना किसी पक्षपात के, ब्राह्मणों व असुरों, दोनों की ही गर्दनें काटनी आरंभ कर दीं। मैंने अपने असुर सैनिकों को पूरी छूट दी कि वे विष्णु के नाम पर बने मंदिरों को ध्वस्त कर दें। उन्होंने बड़े ही मनोयोग से यह कार्य किया और उन देवालयों को शिवालयों में बदल दिया गया। ब्राह्मण पूरे दल के दल बना कर, अपनी जन्मभूमि की ओर दौड़े और वरुण ने अच्छे-खासे शुल्क के बाद सागर के दूसरी ओर जाने का प्रबंध करवाया। परिस्थितियाँ चाहे जो भी हों, वरुण को लाभ कमाने के सब तरीक़े आते थे। रुद्रक ने अपना काम इतनी दक्षता से किया कि उसके बाद मुझे कभी किसी विद्रोही का मुँह तक नहीं देखना पड़ा। यह तो सच था कि कुछ क्षणों के लिए विभीषण सकते में आ गया था, परंतु उससे भला किसी को क्या अंतर पड़ने वाला था। यद्यपि, भाई के लिए मुझे खेद हुआ था और मैंने उसे यह कह कर सांत्वना दी थी कि मैं उन ब्राह्मणों को किसी प्रकार की यातना नहीं दूँगा, जो किसी प्रकार लंका छोड़ कर नहीं जा पाए थे। धीरे-धीरे वह सहज हो गया और मैंने सोचा कि मैंने अपने छोटे भाई की सनक तथा व्यक्तिगत विशिष्टता को वश में कर लिया। संभवतः ऐसा केवल मैंने ही सोचा था।

जब भद्र मेरे सम्मुख आया, तो मैं भाँप सकता था कि वह भीतर ही भीतर क्रोध से सुलग रहा था और मेरा हाथ तलवार तक जा पहुँचा। मैंने किसी छोटे बालक की भाँति अपनी खड्ग को चंद्रहास नाम दे रखा था और उस पर पूरा अधिकार रखता था। यह एक दर्शनीय तलवार थी जिसे एक विख्यात लुहार ने गढ़ा था और यह हमेशा मेरे म्यान में लटकी रहती। फिर अचानक ही, भद्र फूट-फूट कर रोने लगा। पहले उसकी चीख़ें हल्की रहीं और फिर उसकी पूरी देह, रह-रह कर काँप-काँप उठती। पहले वह घुटनों के बल गिरा और फिर मेरे पाँवों में लोट गया। यदि पहले का समय रहा होता तो ऐसी परिस्थिति में, मैंने उसके मुख पर एक ज़ोरदार ठोकर दे मारी होती। मैं किसी भी व्यक्ति की ऐसी दुर्बलता सहन कर ही नहीं सकता था परंतु मैंने देखा कि भद्र के ये अश्रु किसी दुर्बलतावश नहीं अपितु अपनी उत्तरजीविता के

लिए थे। अपना अभिमान त्याग कर भी, जीवित रहना, इसके लिए कितने साहस की आवश्यकता होती है। अपने चिल्लाते अहं-बोध को दबा कर, किसी दूसरे के सम्मुख गिड़गिड़ाने के लिए भी कितनी संकल्प शक्ति की आवश्यकता होती है। अंदर ही अंदर गुस्से से आग होने के बावजूद, अपना शीश झुका कर, विनम्रता के प्रदर्शन के लिए भी कड़े संकल्प की आवश्यकता होती है। अंततः विजयश्री, अभिमान, गर्व तथा कीर्ति व यश; इनमें से कुछ भी तो महत्त्व नहीं रखता, महत्त्व रखती है तो वह है 'उत्तरजीविता'! उत्तरजीविता के ये विषय ही तो व्यक्ति के लिए सब कुछ होते हैं – उसका जीवन, उसके उत्तराधिकारी, उसका वंश, उसकी जाति व भाषा! बाकी सब वस्तुएँ अर्थहीन थीं, अनुपयोगी थीं परंतु मैं तो मैं ही था और वह, वही था, जो वह बन चुका था। हम दोनों में से कोई भी, इस विषय में कुछ कर ही नहीं सकता था। तो मैं नीचे झुका और उसे उठने में सहायता की।

"भद्र!" मैंने उसकी सुरमा लगी आँखों में झाँका। एक घृणा की तीव्र लहर आई और फिर तत्काल एक मृत भाव का रूप ले लिया। मैंने उस घृणा को उपेक्षित किया। मैंने उस दुर्गंध को उपेक्षित किया। जीवन इतना छोटा था कि उसमें ऐसी तुच्छ बातों के लिए कोई स्थान नहीं था। मैंने अपने-आप को काफ़ी हद तक, भला महसूस किया।

"क्या तुमने कुछ खाया" मैंने अपने उसी सुर में पूछा, जो मेरी कल्पना में दया से भरपूर था। उसने अपना सिर हिलाया। "जाओ, पाकशाला में जा कर, कुछ खा लो। मैं उन्हें निर्देश भेज दूँगा।"

वह वहीं अविचल भाव से खड़ा रहा। यह बड़ी ही विचित्र सी परिस्थिति थी। वह कुछ बोल नहीं रहा था और मेरे पास कुछ कहने के लिए शब्द नहीं थे। उसकी दुर्गंध मेरे दिमाग़ को चकराने लगी थी। मैंने उस क्षुद्र जीव के प्रति दया व सहानुभूति का जो आवरण ओढ़ा था, उसे बनाए रखने का भरसक प्रयत्न किया, परंतु भीतर ही भीतर एक अस्वीकृति उभरने लगी थी। मैंने उससे लड़ना चाहा, अपनी आँखें उसकी काली व दरारों से भरी चमड़ी, बिखरे व धूल में लिपटे बालों, टाँगों पर पड़े व्रणों, बाहर को निकली तोंद तथा बदबूदार गंदे दाँतों से हटा लीं। परंतु वह दुर्गंध रह-रह कर मेरे नासापुटों से टकराने लगी। मैं अपने हाथ धोना चाहता था, मैं खुद को बहुत ही अशुद्ध व दूषित अनुभव कर रहा था। न चाहते हुए भी, मैंने एक रेशमी रूमाल से अपने हाथ पोंछ लिए और जब उसने मेरी इस गतिविधि को गौर से देखा तो मैं असहज हो कर, ग्लानि से भर उठा।

तभी तीन वर्षीय मेघनाद कक्ष में दौड़ा चला आया और पूरे वातावरण को अपनी खिलखिलाहट से गुलज़ार कर दिया। वह अचानक ठिठक गया। उसकी प्यारी आँखें,

उस गंदे व काले असुर को देख आश्चर्य से भर उठीं जो उसके पिता, महाराज रावण के सम्मुख, आदर से शीश झुकाए खड़ा था। मैं अपने पुत्र को उठाना चाहता था और उसकी ओर बढ़ा भी पर तभी मुझे कुछ ध्यान आ गया और मैंने उसे स्पर्श करने का विचार त्याग दिया। मैं नहीं चाहता कि उसे उन्हीं गंदे हाथों से स्पर्श करूँ, जिनसे अभी भद्र को छुआ था। एक बार फिर मैंने अपने हाथ पोंछे और उस भद्दे जीव की ओर से क्रोध की अनदेखी लहर को अनुभव किया। मेरे भीतर एक ज्वार की भाँति क्रोध उठा और मैं उसकी ओर पलटा तभी मेरा अवैध पुत्र, काला व बदसूरत अतिकाय भी कक्ष में दौड़ा चला आया। उसने अपने शरीर पर धोती के सिवा कुछ नहीं पहना था। उसकी तीन वर्षीय अंगुलियाँ, अधखाए पके आम से सनी थीं। उसकी आँखें भद्र पर जा टिकीं। मैं नहीं जानता कि उस तीन साल के लड़के के दिमाग़ में क्या था, वह भूख से अधमरे भद्र की ओर बढ़ा और अपना आम उसके आगे कर दिया। इससे पूर्व कि मैं कोई प्रतिक्रिया दे पाता, भद्र उसे ले कर, इस तरह खाने लगा मानो इसके बाद उसे संसार में कभी खाने को कुछ मिलेगा ही नहीं! ये क्या! मेरे देखते ही देखते, मेघनाद ने अपना हाथ उसके आगे फैला दिया और उसने वह अधखाया व चुसा हुआ आम, उसके हाथ पर रख दिया। मैंने हाथ को ज़ोर से ठोकर मारी और वह आम छत से बाहर जा पड़ा। मैंने अपने हाथ के पिछले हिस्से से भद्र पर प्रहार किया। मेरा सारी दया व सहानुभूति हवा हो गए थे। *'इस नीच ने मेरे महल में घुसने और फिर राजकुमार को अपनी जूठन देने की हिम्मत कैसे की?'* भद्र एक विचित्र से संतोष के साथ, वहीं ज़मीन पर जा गिरा।

दोनों लड़के गला फाड़-फाड़ कर चिल्लाने लगे। मैंने अतिकाय को कंधों से पकड़ा और बुरी तरह से झकझोर दिया। मेघनाद ने अपने सौतेले भाई को मुझसे छुड़ाना चाहा। वह नन्हे हाथों से मुझसे जूझने लगा और तभी मंदोदरी वहाँ भागती हुई आई, उसने अतिकाय को मेरे हाथों से खींच लिया।

"रावण तुम पगला गए हो? क्या तुम इस बालक की हत्या करना चाहते हो?" वह चिल्लाई

उसने विलाप कर रहे अतिकाय को वहीं छोड़ा और मेघनाद को गोद में खींच लिया। वह माँ के वक्ष से लग कर रोने लगा। यह दृश्य देख कर, अतिकाय का शोर और भी ज़्यादा हो गया।

"तुम मेघ को इस गंदे बालक के साथ खेलने क्यों देती हो?" मुझे अपने ही शब्द खोखले जान पड़े।

मेरी पत्नी झपटी। "रावण! यह तुम्हारा गंदा बालक है।" उसने अपने रोते हुए, पुत्र

को बाँहों में उठाया और पाँव पटकते हुए बाहर निकल गई। मैं स्तंभित रह गया। *'उसने मुझसे इस तरह बात की, उसका इतना साहस?'* वह तो मेरे समीप आने से भी भयभीत हुआ करती थी परंतु जब से एक पुत्र का जन्म हुआ था, वह इस तरह से पेश आती थी मानो मेरी स्वामिनी हो। अब वह मुझसे भयभीत नहीं होती थी। अब उसे अपना काम निकलवाने के लिए मुझसे ऊँचे सुर में बात करने, अपशब्द कहने या उलाहने देने में भी लज्जा नहीं आती थी। मैं यदा-कदा क्रोधित होने के अतिरिक्त, प्रायः द्रवित हो जाया करता था। लोग कह सकते थे कि मैं उसका दासत्व ग्रहण कर चुका था। भले ही मैं चीख़-चिल्ला कर, अपना रोब जमाने की चेष्टा करता था परंतु अधिकतर तो वही बाजी मार ले जाती थी। वह मुझे वश में करने के लिए, उसके प्रति मेरे स्नेह तथा मेरे पुत्र को ही अपना अस्त्र बनाती और सच कहूँ तो मैं इन बातों से प्रसन्न ही था।

मुझे यह पता लगाने में कुछ क्षण का समय लगा कि वहाँ सन्नाटा छा गया था। मैंने आसपास देखा। अतिकाय और भद्र भी मुझे अकेला छोड़ कर, वहाँ से अलोप हो गए थे। मैंने बाहर जा कर, नीचे झाँका। मैं एक झुकी हुई, काली सी आकृति को, गंदे बालक का हाथ थामे, पाकशाला की ओर जाते देख सकता था। तभी सागर की ओर से वायु का एक खुशनुमा झोंका आया और साथ ही उनके वार्तालाप के कुछ सुर भी तैर उठे। उनके हास्य में लिपटे, एक शब्द ने मेरे हृदय के मर्म स्थान पर तीखा प्रहार किया। अतिकाय, जिस पुत्र को मैंने कभी नहीं चाहा, उसने अपने मासूम से स्वर में, भद्र को अपना 'बाबा' कह कर पुकारा था। मैं नहीं जानता कि भद्र ने उसे ऐसा पुकारने के लिए कहा था या बालक ने स्वयं ही कहा होगा। परंतु इससे मेरे दिल को ठेस लगी। फिर मुझे यह सोच कर थोड़ी राहत मिली कि वह गंदा लड़का, मुझसे और मेरे प्रिय पुत्र मेघनाद से तो दूर रहेगा।

यद्यपि प्रत्येक व्यक्ति यह जानता था कि मेघनाद मेरा पुत्र था, फिर भी जब भद्र ने उस दासी से विवाह कर लिया, जिसके साथ मैंने बहुत पहले बलात्कार किया था, तो इससे मुझे सहायता ही मिली। तो इस तरह भद्र व अतिकाय के संबंध में यह अपनापन स्वाभाविक ही था। मुझे यह सोच कर ग्लानि होती थी कि मैं अपने अनुचर की पत्नी से बलात् संभोग कर चुका था और मैंने उस परिवार को एक संतान दी थी, परंतु धीरे-धीरे मैं इस शर्मिंदगी का अभ्यस्त होता चला गया। व्यक्ति चाहे तो किसी भी चीज़ का अभ्यस्त हो सकता है, भले ही वह शर्मिंदगी ही क्यों न हो! विशेष छूट के रूप में, मैंने शाही अध्यापकों को निर्देश दे दिया था कि वे मेघनाद का सबक पूरा होने के बाद अतिकाय को भी पढ़ा दिया करें। और मैं यह जान कर आश्चर्यचकित रह गया था कि वह अस्त्र-शस्त्रों के चालन में बहुत निपुण था। उसने निश्चित रूप से

यह कौशल मुझसे ही लिया होगा। मैंने सोचा था कि उसे मेरे पुत्र के शस्त्र अभ्यास के लिए अच्छे प्रतिद्वंद्वी के तौर पर खड़ा किया जा सकता था।

समय बीतता गया और वे दोनों लड़के बड़े हो गए। मैंने बहुत ही गर्व के साथ अपने पुत्र मेघनाद के स्नातक होने के उपलक्ष्य में किए जा रहे कार्यक्रम की घोषणा की। यह समारोह श्रावण मास की पूर्णिमा को मनाया जाने वाला था। मेरा निकटतम मित्र बाली, राजकीय अतिथि के रूप में पधार रहा था। मेरी युवावस्था की उस भूल के बाद, हमारी मित्रता में वृद्धि हुई और मैं बाली का बहुत बड़ा प्रशंसक बन गया, मेरा विश्वास था कि यही भाव बाली के हृदय में भी थे। उसकी पत्नी तारा और मेरी पत्नी की भी गहरी मित्रता थी। बाली और मेरे, दोनों के ही भाई उद्दंड व धृष्ट थे और प्रायः हम दोनों इस विषय में चर्चा किया करते। बाली मेरी भ्रष्ट बहन पर निगरानी रखता था, जो उसके राज्य की बाहरी सीमा के समीप जा बसी थी। वह कहता था कि वह एक दिन सबके लिए विनाश का कारण बनेगी क्योंकि वह बहुत ही आत्मकेंद्रित थी, परंतु मैंने यह सोच कर उसकी बात को अनसुना कर दिया कि शूर्पणखा इतनी महत्त्वपूर्ण नहीं थी कि किसी भी प्रकार का प्रभाव उत्पन्न कर सके। उसे तो अपने लिए पुरुषों की आवश्यकता रहती थी और वह बिना किसी भेदभाव के उन्हें प्राप्त करती रहती थी। वह परिवर के नाम पर एक कलंक थी, परंतु जब तक वह, मेरी माँ अथवा मेरे धूर्त पिता, लंका से बाहर थे, मैं लोगों की बातों की परवाह नहीं करता था। बाली जब मेरे पुत्र के स्नातक समारोह के लिए त्रिकोट आया तो उस समय वह कीर्ति के उत्तुंग शिखर पर था। उसका अपना पुत्र अंगद, मेघनाद से कुछ ही वर्ष बड़ा था, वह भी साथ आया। वह दिखने में थोड़ा विद्रोही स्वभाव का किशोर लगता था परंतु किशोरावस्था में ऐसा कौन सा किशोर होता है जो विद्रोही भाव नहीं रखता? मैंने अनुभव किया कि मेरा मित्र अपने पुत्र के साथ कुछ अधिक ही रुक्षता के साथ पेश आता था।

बच्चों को फलने-फूलने के लिए स्वतंत्र वातावरण की आवश्यकता होती है, यदि वे विशाल बरगद सरीखे पिता की छाँह में ही रहें तो ऐसा हो पाना संभव नहीं होता। उस विशाल बरगद के तले तो कुछ भी नहीं पनप सकता। वह लड़का प्रायः शांत ही रहता और कई बार कड़े स्वभाव वाले पिता के प्रति खुल कर कड़वाहट उड़ेल देता। अंगद की तुलना में, मेरा पुत्र किसी देवदूत से कम नहीं था। वस्तुतः, मेरा पुत्र तो किसी भी दूसरे व्यक्ति की तुलना में एक देवदूत ही था। मुझे अंगद के साथ उसकी मित्रता से हमेशा ही भय रहता था, परंतु मेघनाद दुर्बलों के प्रति आवाज़ उठाने वालों में से था। मेरा यह मानना था कि हम जिस आधुनिक युग में रहते थे, यह उसके सर्वथा अनुपयुक्त था। मेरे पुत्र के पास एक बीत चुके, पारंपरिक युग के, सदियों पुराने

नैतिक मूल्य थे। गुप्त रूप से, मैं उसके भविष्य के प्रति चिंतित ही रहता था। परंतु वह सदा पूरे आवेग के साथ तर्क देता कि लोग बुनियादी रूप से अच्छे व भले ही होते हैं, सभी मनुष्य अपनी जाति, वंश अथवा धर्म के बावजूद एक समान ही होते हैं। उसके अनुसार मूल्य, सत्य, नैतिकता तथा सदाचार आदि शाश्वत थे और मानव जाति द्वारा की गई, कोई भी प्रगति उन्हें बदल नहीं सकती थी। मैं उसके लिए गर्व का अनुभव करता और साथ ही उसके भविष्य के प्रति चिंतित भी रहता।

दुर्भाग्यवश, मैं सत्य सिद्ध हुआ। बेचारा लड़का, वह छल-कपट करने वालों के बारे में जानता ही क्या था? वह भाइयों व मित्रों के हाथों मिले विश्वासघात, पाखंड, बदसूरत व एक-दूसरे को फाड़ कर खा जाने वाले इस संसार के विषय में जानता ही कितना था? निःसंदेह! कभी मैंने भी पूरे संसार में परिवर्तन लाने के बड़े-बड़े स्वप्न देखे थे और जब उसकी आयु का था तो एक महान व समृद्ध समाज की स्थापना भी की थी परंतु फिर मैं बड़ा हो गया और ऐसे सपनों के लिए, मेरे पास कोई स्थान नहीं रहा। मेघनाद विलासिता के बीच पला था और उसकी आयु में, मेरे पास केवल एक ही वस्तु थी, भूख! केवल भूख!

परंतु मैं विषयांतर कर रहा हूँ। सियारों ने भी मुझे अकेला छोड़ दिया है। वे मेरे इस चंचल व उत्तेजित मस्तिष्क को खा कर, सभी विचारों का एक ही बार में अंत क्यों नहीं कर देते? कितना कुछ है, जो मुझे याद करना होगा। हे शिव! अब तो मुझे अपने धाम में बुला लो। यदि वास्तव में तुम हो, तो मेरी विनती सुनो! वैसे तो मैं स्वयं भी यह सब जल्द ही जान लूँगा कि तुम हो अथवा नहीं! जाने कितनी छवियाँ मेरे मस्तिष्क में चक्कर काट रही हैं, जाने कितनी...! उनमें से मेरे पुत्र के स्नातक समारोह की झलकियाँ प्रमुख हैं। मैं मंदोदरी के मुख पर आत्मतुष्टि के भाव देख सकता हूँ। मैं जानता था कि उस दिन उसके चेहरे पर यह उजास इसलिए नहीं थी कि उसका पुत्र सुंदर था, जब वह हमारे पास से अपना अश्व दौड़ाता निकला तो उसके काले घने केश हवा में लहरा रहे थे और वह दर्शनीय जान पड़ रहा था, अथवा वह कितनी तत्परता से अश्वारोहण के दौरान ही, अपने धनुष-बाण से पक्षियों अथवा मछलियों पर निशाना साध रहा था। दरअसल उसे अपने पुत्र पर गर्व इसलिए था क्योंकि वह उसकी सखी तारा के पुत्र से कहीं अधिक श्रेष्ठ था। उसका पुत्र मेरे अवैध पुत्र से कहीं अधिक श्रेष्ठ था। गर्व की अनुभूति तो मुझे भी थी परंतु मंदोदरी को तो देख कर लगता था मानो उसने मातृत्व की कोई दौड़ ही जीत ली हो। जाने ये माता-पिता इतने प्रतियोगी कब बन जाते हैं?

और उसी दिन, मेरे जीवन की सबसे लज्जाजनक घटना घटी। मेरा पुत्र अचानक ही

अश्व की पीठ से फिसल कर, लड़खड़ा गया, लोग अवाक् रह गए। बाली और तारा के मध्य बैठा अंगद खिलखिला उठा। मेरे पुत्र ने क्षण भर में अपना संतुलन साध लिया और बड़े ही मर्यादित रूप में अपना अश्वारोहण जारी रखा। यद्यपि मैं भीतर ही भीतर गुस्से से जल रहा था किंतु मैंने अंगद के पैशाचिक हास्य को उपेक्षित करने का निर्णय लिया। परंतु घटना तो अभी शेष थी, इसके बाद जो हुआ, वह किसी भयंकर विनाश से कम न था। इसने मेरे देश को लगभग युद्ध के कगार पर पहुँचा दिया और मेरी राजधानी विनष्ट होते-होते बची। मैंने कोलाहल सुना तो मुड़ कर देखा... ये क्या! मैं तो दृश्य देखते ही स्तंभित हो उठा। अंगद धूल में पड़ा लोट रहा था। चारों ओर व्याकुलता से भरी चुप्पी छाई थी। जैसे ही हमारे पुत्र ने, हमारे पीछे, कुछ दूरी पर अपना अश्व रोका व उससे उतरा तो अतिकाय की काली व भारी-भरकम देह, अपने स्थान से उठ कर खड़ी हो गई। फिर वह हौले से वहाँ से खिसका... *'ओह इस मूर्ख ने ये क्या कर दिया था? ये नीच दासी का पुत्र!'*

"पकड़ो इस मूर्ख को!" मैंने गर्जना की। सैकड़ों द्वारपाल तलवारें खींच कर आगे आए और उन्होंने अंगद व अतिकाय, दोनों के आसपास घेरा डाल दिया। बाली का चेहरा क्रोध से लाल हो गया था।

अतिकाय अपने मोटे व काले होंठ खोले खड़ा था, उसकी काली घुँघराली लटें हवा में लहरा रही थीं, वह सकारात्मक रूप से विस्मित दिखा। वह किसी मूर्ख वृषभ की भाँति दिख रहा था परंतु मैं उसके हाथों के तनाव को देख सकता था। रुद्रक अपनी नंगी तलवार लिए, उसकी ओर बढ़ा।

"उस... उस... उसने मेरे भाई... मेरा मतलब है... राजकुमार मेघनाद... क...का अपमान किया।" अतिकाय हकलाया। सारी भीड़ में एक विचित्र सी बुदबुदाहट फैल गई। मेघनाद के मुख पर स्नेह व मनोरंजन के भाव थे।

"इसे कारागार में डाल दो। हम कल इसके भाग्य का निर्णय करेंगे।" मैं चिल्लाया, मैंने कोशिश की कि बाली की नज़रों से सामना न हो।

"इससे तो मैं यहीं और अभी निपटूँगा।" यह अंगद का स्वर था।

"अंगद..." बाली ने हिमशीतल स्वर में कहा परंतु उसके पुत्र ने अपने पिता के क्रोध की उपेक्षा कर दी।

मैंने उस दिन अंगद की दृष्टि में वही घृणा देखी, जो मैं अपने पिता के लिए रखता था। मैं अपने ही सिंहासन में वापिस धँस गया, मैं जान गया था कि अब यह मामला

मेरे हाथों से निकल गया था, यह बात मेरे वश में नहीं रही थी। मेरी एकमात्र प्रार्थना यही थी कि अंगद तत्काल इस मूर्ख अतिकाय को समाप्त कर दे और प्रसंग यहीं समाप्त हो जाए, कार्यक्रम निर्विघ्न समाप्त हो।

"ऐ मूर्ख...!" बाली ने गुस्से से दाँत पीसे परंतु अंगद कहाँ सुनने वाला था। उसने नाटकीय रूप से सभी सैनिकों व रुद्रक को पीछे हटने का संकेत किया और उन्होंने आदेश के लिए मुझे देखा। मैंने भी तत्काल हामी दी और रुद्रक के आदेश से सभी सैनिक पीछे हट गए।

"उसने मुझे ठोकर मारी है और मैं अपना खोया हुआ मान, पुन: वापिस पाना चाहता हूँ।" अंगद ने अपने पिता को देख हुँकार भरी। फिर उसने पूरी सभा में घोषणा की, "लंकावासियों! अब तुम देखना कि हम वानर उन गधों से कैसे पेश आते हैं, जो अपने-आप को सिंह समझने की भूल करते हैं!" अतिकाय वहाँ मूर्खों की भाँति मुँह बाए खड़ा रहा, उसकी आँखें किसी उलूक की तरह झपक रही थीं। मेघनाद अपने अश्व से उतर कर, अतिकाय के समीप आया। उसने उसका हाथ थामा, उसके कान में कुछ हौले से कहा और फिर हाथ थाम कर, उसे अखाड़े के मध्य में ले आया। जब मेरे पाप से उपजा पुत्र, मेरे प्रिय पुत्र मेघनाद के साथ, वहाँ पहुँचा तो प्रजा ने भारी गर्जन के साथ उनका स्वागत किया। राजकुमार के उस एक संकेत के कारण, अतिकाय उस दिन अकस्मात् सबका प्रिय बन बैठा था। मेघनाद ने अपनी तलवार खींच कर हवा में उछाल फेंकी और अतिकाय ने जिस प्रकार उसे हवा में ही लपका, उसे देख कर तो मैं सकते में आ गया। सचमुच लड़के में कुछ तो बात थी। अब मैं बुरी तरह से पस्त था। मैं चाहता था कि अतिकाय की पराजय हो ताकि मैं अपने देश तथा बाली के साथ पुरानी मित्रता को जीवित रख सकूँ। परंतु कहीं भीतर ही भीतर, मेरा पिता सुलभ अभिमान भी श्वास ले रहा था, हौले से धड़क रहा था। मैं चाहता था कि अतिकाय को विजयश्री मिले। जो भी हो, वह था तो मेरा ही रक्त!

अंगद भी आगे बढ़ा। मुझे चारों ओर से अलग-अलग स्वर सुनाई देने लगे। तभी भीड़ चिल्लाने लगी, 'वानरों का नाश हो; वानर नर्क में सड़ें; वानरों की हाय-हाय!' मैंने कनखियों से बाली को देखा, उसके हाथों ने अपने सिंहासन को कस कर थामा हुआ था और यह पकड़ हर बीतते क्षण के साथ कड़ी होती जा रही थी। उसकी विशाल भुजाओं के कड़े स्नायु कँपकँपा रहे थे परंतु वह स्वयं निर्लिप्त मुख लिए बैठा था। भीड़ ने वानरों को अपशब्द कहना आरंभ कर दिया था, वे उन्हें वर्णसंकर तथा नर-वानर कह कर पुकार रहे थे। कईयों ने तो वानर-राज के लिए भी अपशब्दों का प्रयोग किया। मैंने रुद्रक को खोजना चाहा परंतु मुझे यह देख कर बहुत आश्चर्य हुआ कि वह भी मेरी ओर पीठ किए, बड़े ही उत्साह से द्वंद्व युद्ध आरंभ होने की राह देख

रहा था। वहाँ होने वाले कोलाहल से कानों के पर्दे फटने को आ रहे थे। तभी उस कोलहाल के मध्य, तलवारों की पहली टकराहट की खनक सुनाई दी। और फिर उन दोनों में युद्ध हुआ – मेरे मित्र का विशालकाय पुत्र तथा मेरी दासी का पुत्र। पहले कुछ क्षणों के भीतर, अंगद कई बार सफल रहा। वह अतिकाय से कहीं अधिक फुर्तीला व तत्पर था। अतिकाय अभी पूरी तरह से प्रत्युत्तर नहीं दे पा रहा था, लाख प्रयास करने पर भी वह अंगद को छू तक नहीं सका। मैं थोड़ा निश्‍चिंत होने लगा परंतु मन उदास भी था। सारी भीड़ शांत व तनावग्रस्त थी। मैं वायु में घुल रही रुक्षता की गंध को अनुभव कर सकता था। मैं भाँप सकता था कि बाली भी थोड़ा सहज हो चला था। तभी, उरुमूल में एक तेज़ ठोकर के साथ ही, अंगद ने अतिकाय को धूल चटा दी, वह औंधे मुँह जा गिरा। धड़ाम का एक स्वर सुनाई दिया। सारी भीड़ यह दृश्य देख अवाक् हो उठी। अंगद बड़ी ज़ोर से हँसा व गर्जना की।

अतिकाय एक ढेर सा बना बेसुध था या कौन जाने, संभवतः प्राण ही त्याग चुका था। अंगद ने अपनी तलवार प्रजा की ओर लहराई। वह चाहता तो अपनी तलवार के एक ही वार से अतिकाय का वहीं प्राणांत भी कर सकता था परंतु उसने ऐसा कुछ नहीं किया। उसके लिए यह सब बहुत ही साधारण व्यवहार होता। वह एक असुर पर वानर राजकुमार को मिली विजय के उन क्षणों का रसास्वादन कर रहा था और एक-एक क्षण का भरपूर रस लेना चाहता था। मैं बाली के मुख के एक कोने में खिंच आई तिरछी मुस्कान और चेहरे पर तिर आए, हल्के से गर्व के भाव को भी देख सकता था। मैं उदास किंतु निश्‍चिंत था। एक दुखद घटना होते-होते टल गई थी। पंरतु फिर मैंने अपने पुत्र की लंबी-चौड़ी आकृति को अपने अधमृत पड़े सौतेले भाई की ओर बढ़ते देखा। अंगद अपने करतब बंद कर, मेरे पुत्र को कड़वाहट के साथ देखने लगा। मैंने प्रार्थना कि कहीं अंगद उसे परस्पर द्वंद्व के लिए चुनौती न दे बैठे। मेरे पुत्र को उसे स्वीकार करना ही पड़ता और इसके परिणाम चाहे जो भी होते, हमारे लिए भयंकर व विनाशकारी ही होने थे। जब मैं उस ओर देख रहा था तो मैंने लक्ष्य किया कि मेरा पूरा शरीर थरथर काँप रहा था। *'बाली का मूर्ख पुत्र। मैं तो आज उसकी हत्या कर देता। समझ नहीं आता कि लोग अपनी संतानों का सही तरह से पालन-पोषण क्यों नही करते?'*

मेघनाद ने अतिकाय का सिर अपनी गोद में रखा व उसके कान में हौले से कुछ कहा। वातावरण में एक असहज सी चुप्पी छाई थी। समय मानो कहीं थम सा गया था। यह एक गर्मी व उमस से भरा दिन था और उस दिन सागर से आने वाली हवा भी थमी हुई थी। कहीं दूर, कोई बकरी रंभाई और फिर उसके मेमने ने अपनी माँ की पुकार का उत्तर दिया। मेरी पीठ, अपने ही स्वेद से भीग चुकी थी। अतिकाय के हिलते ही

भीड़ में हल्की बुदबुदाहट आरंभ हो गई। फिर उसने, मेघनाद के एक कंधे पर हाथ रख कर, उठने की चेष्टा की। वह दो बार लड़खड़ाया परंतु मेघनाद ने उसे मज़बूती से थामे रखा। फिर उसने मेघनाद को भी पीछे धकेल दिया और दो लड़खड़ाते डग भरते हुए, अंगद की ओर बढ़ा। उसने अपने-आप को स्थिर करते हुए, हुँकार भरी। यह किसी मनुष्य की हुँकार नहीं लगती थी, उसकी प्रतिध्वनि पूरे अखाड़े की क्षणिक चुप्पी के बीच गूँजी और फिर कहीं खो गई। फिर भीड़ ने हज़ारों कंठों से उससे कई गुना तेज़ स्वर में हुँकार दी। वह स्वर सुन कर मैं जड़ हो उठा।

मेघनाद ने मारीच के हाथों से गदा ली व अतिकाय की ओर चल दिया। अतिकाय के नेत्र, अपने शत्रु पर टिके थे, उसने मेघनाद की ओर देखे बिना ही, बाएँ हाथ से गदा ली और उसे अपने दाएँ हाथ में थाम लिया। वहाँ वह अपनी टाँगें चौड़ी किए खड़ा था, सैकड़ों घावों से रक्त निकल रहा था, उसका विशाल बाँया हाथ नितंब पर टिका था और उसका काला व भद्दा चेहरा अंगद को लगातार घूरे जा रहा था। अंगद के पास कोई चुनाव नहीं था। वह भी विवश था कि अपनी तलवार नीचे रख कर, गदा से परस्पर संघर्ष के लिए प्रस्तुत हो जाए। जैसे ही उसने गदा ली, सारी भीड़ समवेत स्वर में चिल्लाई, *"वानरों का नाश हो। नर-वानर की मृत्यु हो! वानर- हाय! हाय!"*

सारा पाँसा जैसे क्षण भर में ही पलट गया। अतिकाय अपनी तलवार के साथ अपना हुनर नहीं दिखा सका था। उसका भारी शरीर, अंगद की भाँति लचीला नहीं था इसलिए उसने मात खाई। परंतु अब भारी गदा के साथ, उसके शरीर का भार किसी लाभ से कम न था। अंगद अब भी पूरे कौशल व तीव्रता के साथ अतिकाय पर प्रहार कर रहा था परंतु अतिकाय ने सटीकता के साथ जितने भी प्रहार किए, उन्होंने प्रतिद्वंद्वी को चोट अवश्य पहुँचाई। अंगद का हुनर यहाँ, भारी शरीर वाले अतिकाय के सामने फीका पड़ने लगा। निःसंदेह वह तलवारबाज़ी में निपुण था परंतु गदा के साथ, जब तक ज़ोर से निशाने पर साध कर प्रहार न किया जाए, तब तक उसका कोई प्रभाव नहीं होता। ख़ासतौर पर जब सामने वाला व्यक्ति अतिकाय जैसा हो, जो भीड़ की जयजयकार के बीच और भी बलशाली होता जा रहा था।

मैंने अपने पुत्रों के लिए गर्व का अनुभव किया। *'यदि एक वर्णसंकर नर-वानर ने यह सोचा कि वह अपने बर्बर पुत्र के साथ आएगा और हमारे ही योद्धाओं को धूल चटा देगा तो वह उसकी भूल थी!'* फिर मैंने अपने-आप पर ही वार किया। वस्तुतः मैं भयभीत था कि यदि अतिकाय की विजय हुई तो क्या होगा? मैं बाली का मित्र बने रहना चाहता था। वह मेरा सामरिक मित्र था, वह ऊपरी गंगा मैदानों से आए क्रूर देव दलों को मुझसे दूर रखता था। उनसे हमारे राज्य की रक्षा करता था। ऐसी मित्रता को त्यागा नहीं जा सकता था। हाँ, अवैध पुत्र को त्यागने में कोई कठिनाई नहीं थी।

परंतु वह मेरा रक्त था, यह दासी की विशालकाय तथा मूर्ख संतान, जिस तरह से वह वार पर वार किए चले जा रहा था, उसे देख कर तो यही लगता था कि वह बाली को मेरा सबसे बड़ा शत्रु बना कर ही दम लेगा।

अंगद धरती पर जा गिरा। उसकी दोनों भुजाएँ टूट कर, बुरी तरह से मुड़ गई थीं। अतिकाय भी रक्त से सराबोर था और उसके बाएँ पाँव के निकट रक्तकुंड एकत्र होता जा रहा था। उसने अपना दाँया पाँव ज़ोर से अंगद की छाती पर रखा और अंगद के तो जैसे प्राण ही सूख गए। बाली अपने स्थान से उठ खड़ा हुआ। उसकी मुट्ठियाँ भिंची हुई थीं और भुजाएँ फड़क रही थीं। चेहरे पर बहुत ही सख़्त भाव थे। उसकी रानी का चेहरा, भय के मारे जड़ हो गया था। भीड़ दीवानों की भाँति चिल्लाई, "मार दे! मार दे! मार दे इसे, इस वानर के पुत्र को मौत के घाट उतार दे!" वह गर्जना हर ओर सुनी जा सकती थी।

अतिकाय ने अपनी गदा को पीठ के पीछे ले जाते हुए, ऊँचा उठा दिया। वह उसे ज़ोर से, अंगद के मुख पर मारते हुए, बुरी तरह से चेहरे को कुचल देता।

"रुद्रक!" मैं अपनी पूरी शक्ति के साथ चिल्लाया। मुझे यह पता नहीं था कि उसने मेरा स्वर सुना भी या नहीं? ऐसा लगा मानो कितने ही युग बीत गए। पर तभी अतिकाय ने अपना चेहरा मेरी ओर घुमाया। *'मैंने उस दिन, उसकी आँखों में यह क्या देखा – घृणा, आश्चर्य, सहानुभूति अथवा विशुद्ध तिरस्कार?'* वह एक क्षण के लिए यूँ ही खड़ा, मुझे ताकता रहा। सारी भीड़ शांत हो गई थी। वे छवियाँ आज भी मेरे दिलो-दिमाग़ में बसी हैं। फिर रुद्रक की नज़रें मुझसे मिलीं और वह सब समझ गया। उसने केवल हाथ लहराया और लगभग बीस सैनिक मध्य में अखाड़े की ओर दौड़ पड़े। बीसियों सैनिक अपनी गदा व लाठियों के साथ, चारों दिशाओं से उस पर पिल गए। अतिकाय वहीं खड़ा, मानो मेरी आत्मा में झाँक रहा था, ऐसा पुत्र, जिसे मैंने कभी नहीं चाहा। वह अपने ऊपर पड़ रही उस मार की वृष्टि से अचेत, यूँ ही किसी विशाल वट वृक्ष की भाँति खड़ा रहा, उसे उसके लिए रचे जा रहे मौत के तांडव से भी भय न था। अंगद अब भी उसके विशालकाय पाँव के नीचे दबा था। भीड़ से एक गहरी आकृति निकली और लगातार सैनिकों की मार खा रहे, अतिकाय के समीप जा पहुँची परंतु रुद्रक ने अपनी तलवार की मूठ से ऐसा तेज़ प्रहार किया कि वह आकृति वहीं धराशायी हो गई। बाद में मुझे पता चला कि वह तो मूर्ख भद्र था। वह कुछ क्षणों के लिए, भागते सैनिकों के पाँवों के नीचे कुचला गया और फिर निश्चेष्ट हो गया। मैं देख सकता था कि मेघनाद तथा मारीच रुद्रक को रोकने का प्रयत्न कर रहे थे। भीड़ इतनी स्तंभित थी कि कोई प्रतिक्रिया नहीं दे पा रही थी। यह बिल्कुल अनुचित हो रहा था और मुझे तो भय था कि जब भीड़ अपनी तंद्रा से जगेगी तो कैसे पेश आएगी? मैं

सुन सकता था कि प्रहस्त अपने सैनिकों को निर्देश दे रहा था, उन्हें सब कुछ संभालने के आदेश दिए जा रहे थे। यह देख कर तो मैं ही सकते में आ गया, मेरा अपना पुत्र व मेरे मामा, मेरे अवैध पुत्र के बचाव के लिए मेरे सेनापति व उसके सैनिकों से लोहा लेने लगे थे। यह सब किसी दु:स्वप्न से कम नहीं था। भीड़ भी सैनिकों से लड़ने लगी और कहीं से आग चटकने के स्वर भी सुनाई दिए। वहाँ चारों ओर भगदड़ मच गई।

तभी मैंने बाली को मैदान के बीच भाग कर जाते देखा। जब बाली सबके बीच मार्ग बनाते हुए वहाँ तक पहुँचा तो मेघनाद और मारीच काफ़ी हद तक सैनिकों व रुद्रक को वश में कर चुके थे। बाली को देखते ही मेघनाद उसकी ओर पलटा और मेरा हाथ झट से तलवार पर जा पहुँचा। परंतु इससे पूर्व कि मैं कुछ कर सकता, बाली ने मेघनाद को कलाई से पकड़ा व उसकी तलवार को दूर भनका दिया। फिर एक ज़ोरदार ठोकर के साथ, उसने रुद्रक को धूल चाटने पर विवश कर दिया। उसने मेघनाद को धकेला तो वह लड़खड़ा कर, दो क़दम पीछे जा गिरा। इसके पश्चात मेरे साहसी मामा श्री की बारी थी। बाली ने मारीच को उठाया और उन्हें करीब दस फ़ुट की दूरी पर उछाल फेंका। दूसरे सैनिकों ने आगे आने का साहस ही नहीं किया और वहाँ से तितर-बितर हो गए। अतिकाय अंगद पर ही ढेर हो चुका था और बुरी तरह से कराह रहा था। बाली ने उसकी विशालकाय देह को बड़ी ही सरलता से अपनी भुजाओं में उठा लिया। *'वह अब मेरे पुत्र को उठा कर, ज़मीन पर पटकने ही वाला है। उसने आगे आकर मेरे ही पुत्र को जान से मारने का साहस कैसे किया?'* मैंने सोचा

भीड़ वानरों से दो-दो हाथ करने को तैयार थी और कुछ लोग सुरक्षा घेरा तोड़ कर आगे भी निकल आए थे। मुझे लग रहा था कि बाली अपने पुत्र को देखने से पहले, अतिकाय को वहीं पटक कर समाप्त कर देगा परंतु बाली ने तो अपने व्यवहार से सबको आश्चर्यचकित कर दिया। वह मेरे पुत्र को अपनी भुजाओं में लिए चल दिया - मेरा रक्त से लथपथ, क्षत-विक्षत, परास्त, अश्वेत व बदसूरत पुत्र! और भीड़ के बीच सन्नाटा छा गया। जो लोग बाली से लड़ने के लिए भागे चले आ रहे थे, वे वहीं थम गए और नज़ारा देखने लगे। तारा सुबकियाँ भरने लगी और मेरी पत्नी ने भी उसका साथ दिया। परंतु तभी मेरी अपनी आँखों में भी अश्रु छलक उठे। मैं उन्हें छिपाना चाहता था इसलिए अपना मुख घुमा लिया और सैनिकों को चीख़-चीख़ कर आदेश देने लगा।

परंतु किसी ने भी मेरी बात पर ध्यान नहीं दिया। और फिर मेरा मित्र, वह भला योद्धा, संभवत: मैंने अपने जीवन में उससे निष्पक्ष व्यक्ति नहीं देखा था, सही मायनों में सच्चा योद्धा, वह महान व्यक्ति मेरे परास्त पुत्र को भुजाओं में लिए मेरी ओर आया। उसका पुत्र वहाँ जीवित पड़ा था अथवा अंतिम श्वासें भर रहा था, यह हममें से कोई

नहीं जानता था। परंतु उस व्यक्ति के भीतर न्यायप्रियता तथा निष्पक्षता कूट-कूट कर भरी थी। वह तो खरे सोने जैसे हृदय का स्वामी था। मैंने जो भी किया, मैं उसके लिए लज्जित था। उस दिन, मैं, असुरों का बलशाली सम्राट, अपने हज़ारों प्रजावासियों के सम्मुख रो दिया था। मैंने संसार से अपना चेहरा छिपाया और फूट-फूट कर रो दिया।

वे अतिकाय तथा मूर्ख भद्र को भी शाही वैद्य के पास ले गए। वे मेरे मित्र के पुत्र को भी वहाँ से उठा ले गए, जो पराजय की लज्जा व ग्लानि के साथ-साथ, अतिकाय के भारी-भरकम घूँसों की मार से भी अधमरा हुआ पड़ा था। उनके घाव तो भर जाते परंतु हमारे हृदयों पर लगे घावों का क्या होगा? क्या वे कभी भरेंगे? मित्रता विश्वासघात तो सह सकती है, किंतु क्या यह दयालुता तथा हृदय की विशालता के इस असाधारण कृत्य के बीच भी कहीं जीवित रह सकती है?

भीड़ छितरा गई परंतु उन्हीं मंद होते स्वरों के बीच मैंने कुछ ऐसा सुना, जो आने वाले क़हर का संकेत देता प्रतीत हो रहा था। दुष्ट अंगद अपने पिता के समीप से निकलते हुए फुँफकारा, "कायर! तुझसे तो मैं बाद में निपट लूँगा" बाली वहीं खड़ा सुदूर में ताकता रहा मानो उसने कुछ सुना ही न हो। मैंने देखा कि तारा अपने पति को विशुद्ध घृणा के साथ ताक रही थी और मुझे अपने प्रिय मित्र के लिए भय का अनुभव हुआ। उसी क्षण, मैं भयभीत हो गया कि मैं जिस संसार को जानता था, वह बदल चुका था। हमारी पीढ़ी व हमारे मूल्यों को अंगद जैसे घमंड़ी व असंस्कारी युवाओं को यह जगत सौंपना था। मुझे भय था कि हम सरीखे लोगों का तो आने वाले समय में नामोनिशान तक मिटा दिया जाएगा। हमारे मूल्य कहीं खोते जा रहे थे और जीवन इतनी तीव्र गति से भागा जा रहा था कि मेरे जैसा व्यक्ति उसके साथ दौड़ नहीं लगा सकता था। मैं बहुत तेज़ी से वृद्धावस्था की ओर जा रहा था। मैंने धीरे से अपनी पत्नी का हाथ थामा और रथ की ओर बढ़ गया। उस दिन मेरी पत्नी ने भी मुझे मेरी दुनिया में अकेला छोड़ दिया और मैं अपने ही अंधकार के भीतर एक कीड़े की तरह सिमट कर रह गया। अगले दिन, प्रातःकाल, बाली और तारा अपने घायल पुत्र को साथ ले कर लौट गए। और इसके बाद मैंने अपने मित्र को फिर कभी नहीं देखा।

24 देश ने अपने नायक को धन्यवाद दिया

भद्र

जब वे उसके खरोंचों से भरी देह को, पट्टियों में बाँध कर, घर लाए तो पौ लगभग फटने को थी। जब वे भीतर आए, तो वह हौले से कराहा। उन्होंने एक भी शब्द कहे बिना, अतिकाय को नीचे लेटा दिया और वे एक भी शब्द कहे बिना वहाँ से लौट गए। अतिकाय मेरी बाँहों में पला-बढ़ा था। जब वह तीन वर्ष का हुआ था, तब से वह मुझे ही अपना पिता मानता आया था। प्रारंभ में उसने मुझे बाबा कह कर पुकारा तो मैं भयभीत हो उठा। वह एक राजकुमार था, भले ही अवैध ही क्यों न हो, और मैं तो वही था, जो मैं था। मैं उस पर चिल्लाया था, उसके आगे हाथ जोड़े थे और यहाँ तक कि रोया भी था, वह मुझे अपना पिता कह कर न पुकारे, परंतु फिर भी उसने अपनी टेक नहीं छोड़ी। यद्यपि, मन ही मन मैं चाहता था कि अतिकाय मुझे पिता कह कर पुकारे। अब वह मेरा पुत्र था। कोई भी राजा उस पर यह दावा नहीं कर सकता था कि वह उसका पुत्र था। उसने मुझे इस धरती से सदा बाँधे रखा। हम दोनों मिल कर त्रिकोट नगरी, वनों तथा उसके आसपास स्थित अप्रवाही जल व पहाड़ियों की ख़ाक छानते। मैंने उसे अस्त्र चलाना सिखाया। वह मेरी विनीत कुटिया का राजकुमार था। और वह मेरा अभिमान था, मेरा भविष्य! जब उसका उपहास किया जाता; जब उसे जारज पुत्र के साथ किसी कुत्तिया के पिल्ले की तरह घसीटा जाता तो मुझे पीड़ा होती! वह घमंडी मेघनाद, उसे कौन नहीं जानता। परंतु अतिकाय अपने सौतेले भाई के प्रति असीम स्नेह का भाव रखता था। वह उसके प्रति और मेरी पत्नी माला के प्रति जो स्नेह भाव रखता था, उसे देख कर मुझे ईर्ष्या का अनुभव होता। मैंने उसे कई बार महल के भीतर जाने से रोका भी परंतु प्रायः राजा अथवा उसके पुत्र की ओर से बुलावा आता ही रहता। उन्हें बेतुके कामों के लिए किसी की आवश्यकता तो पड़ती

ही थी। अतिकाय राजा तथा उसके पुत्र के प्रति किसी श्वान की भाँति स्वामीभक्ति रखता था। वह सचमुच इतना सीधा, मासूम व सरल स्वभाव का था। वह देह से भले ही बलशाली था परंतु उसका मस्तिष्क दुर्बल था। वह प्रायः लोगों की सहायता करना चाहता पर चूँकि वह समाज के निम्न वर्ग से था अतः उसकी अच्छाई को भी सही अर्थों में न लिया जाता।

प्रत्येक व्यक्ति उसे मूर्ख ही समझता था। परंतु मुझे इस बात का पूरा विश्वास था कि उस कोमल व दयालु चेहरे के पीछे, एक बहुत ही सशक्त चरित्र छिपा था। यदा-कदा, मुझे उस छिपे इस्पात की झलक भी दिखती, परंतु अधिकतर तो अतिकाय एक युवा, सरल व निर्दोष लड़का ही था, और इस संसार के लोग उसके भोलेपन का नाजायज़ फ़ायदा उठाने पर तुले थे। दयालुता, साहस, नैतिकता, सिद्धांत व सहानुभूति जैसे मूल्य, हमारे जैसा सामाजिक पद रखने वालों के लिए ख़तरनाक माने जाते थे। काली चमड़ी के तले, सोने जैसा दिल रखना सुरक्षित नहीं माना जाता था। ये तो धनी, दयालु, उच्च-वर्गीय तथा गोरी चमड़ी वालों के लिए थे, वे भी इन्हें तभी प्रयोग में लाते थे जब उन्हें इससे कोई लाभ होता दिखाई देता। मेरा विशाल देह वाला, काला व भद्दा पुत्र, उनके बिना भी अपना गुज़ारा चला सकता था परंतु ज़रा सी चमचागिरी, हल्की सी निर्ममता, उत्तरजीविता के लिए किसी भी स्वामी की सेवा करने की तत्परता, अपने भीतर उफन रहे क्रोध को छिपाने की योग्यता तथा अपने से शक्तिशाली लोगों के सम्मुख कायरता दिखाना ही हमारे जगत में, जीवित बने रहने के प्रमुख साधन थे। और मैं इनमें से किसी भी बात के लिए मूर्ख अतिकाय को राजी नहीं कर सका।

उस दिन बहुत ही गर्मी थी और मैं जैसे अपने ही स्वेद से नहा उठा। मैं धीरे से उठा तो देह दुखने लगी। भूख से आँतें कुलबुला रही थीं। मैंने उठने की चेष्टा की पर सिर चकरा गया। मैंने दीवार पकड़ ली और कुछ क्षणों तक वहीं खड़ा हाँफता रहा। फिर मैं लेट गया और निश्चेष्ट पड़ा रहा। अपने अश्रुओं व क्रोध के घूँट भरते हुए मैं आत्म-दया से द्रवित हो उठा। मैं मुड़ा और रेंगते हुए रसोई की ओर चल दिया। मैं ऊबड़-खाबड़ फ़र्श पर सुराख देख सकता था। वहाँ चारों ओर धूल ही धूल थी, जिस पर मैंने आज से पहले शायद कभी ध्यान नहीं दिया था। मैं धरती के इतना समीप था कि उसे लगभग सूँघ सकता था। यह कमीनी औरत घर को साफ़ क्यों नहीं रख सकती? मैं अपनी पत्नी से रूष्ट था। *आज इसे वापिस आने दो, मैं इसे सिखाऊँगा कि घर को साफ़-सुथरा कैसे रखा जाता है?*

ज्यों ही मैंने रसोई में प्रवेश किया तो एक बड़ा सा काला मकड़ा तेज़ी से निकल कर भागा। मैं कुछ क्षणों तक उसे घूरता रहा परंतु शीघ्र ही यह एहसास हो गया कि केवल

देखने भर से मकड़ों को जान से नहीं मारा जा सकता। मैं किसी तरह रेंगते हुए चूल्हे के पास पहुँचा और वहीं पाँव पसार कर, किसी तरह बैठ गया। फिर मैंने एक-एक कर, सभी बर्तनों व डिब्बों के ढक्कन खोल कर देखे। खाली। कुछ भी नहीं! मेरा पेट मारे भूख के ऐंठने लगा। एक कोने में डोरी से एक बर्तन टँगा था। शायद उसमें दही हो। माला ने उसे चूहों से बचाने के लिए इतनी ऊँचाई पर टाँगा होगा। या हो सकता है कि उसमें गुड़ या फिर कोई दूसरा सुस्वादु व्यंजन हो। मैं उस तक कैसे पहुँच सकता था? मैं तो खड़ा भी नहीं हो सकता था। फिर मैं हँस दिया। सुस्वादु व्यंजन और यहाँ? एक शूद्र के घर में? संभवतः रावण के अहंकार का थोड़ा सा अंश मुझे भी छू गया था। मैं भी बड़ा सपना देख रहा था।

'ये माला कहाँ गई?' मैंने दूर से आती एक गाड़ी का स्वर सुना, जो घर के बाहर आकर थम गया। क्या राजा अब उसे रथ में घर वापिस भेजने लगा था? मैं रेंगते हुए प्रवेश द्वार की ओर बढ़ा। बाहर से फुसफुसाहट के से स्वर सुनाई दिए और फिर किसी ने आधे भिड़े हुए द्वार को खटखटाया। मैंने बड़ी शांति से प्रतीक्षा की। एक आभूषण मंडित हाथ ने चरमराते द्वार को खोल दिया, जिससे फ़र्श व दीवारों पर सूर्य की किरणों का जाल सा बिछ गया। मेरा पुत्र फिर से कराहा। गर्द भरी हवा चलने से, कोने में रखे वस्त्र लहराए और पीछे खुली खिड़की से बाहर जा गिरे। मैं बाहर से आ रही सूर्य की रोशनी के बीच ऊकड़ूँ हुआ बैठा था। तभी मुझे कुमार मेघनाद की लंबी आकृति भीतर आती दिखाई दी। उसके साथ ही मारीच की भारी-भरकम देह ने क़दम रखा। एक अछूत की कुटिया में दो कुमार! मैं तो इस दृश्य पर विश्वास नहीं कर सका। मैंने न चाहने पर भी उठने की चेष्टा की परंतु फिर से ढेर हो गया। मारीच मुस्कराते हुए आगे आया और मुझे हौले से उठा कर, टूटी हुई कुर्सी पर बैठा दिया। मैंने विरोध प्रकट करते हुए, खड़े रहने का प्रयास किया, पर उसने मुझे फिर से कुर्सी पर बैठने को विवश कर दिया। *मेरे प्रिय ईश्वर! मैं अपनी कुटिया में इन लोगों के प्रति अपना आतिथ्य धर्म कैसे निभाऊँ?* एक राजकुमार और वह भी मेरी कुटिया में! मैं क्रोधित था कि वे मेरी निर्धनता, मेरी टूटी कुर्सी, मेरे चीथड़े, मेरे बिस्तर की फटी चादर, मेरी दरारों से भरी दीवारें और मेरी दुर्बल देह देख रहे थे। यह मेरा घर था और मैं अपने लिए थोड़ी सी गोपनीयता चाहता था ताकि अपनी असफलता को उस निर्मम जगत की दृष्टि से छिपा सकूँ, जिसमें इन दोनों जैसे जाने कितने धनी राजकुमार रहते थे। क्या ये लोग हमारे दुःखों को, बड़े ही लालसा से ताकने आए थे। मैं एक उल्लू की तरह बैठा रहा, निःशब्द सब कुछ ताकते हुए...!

"भद्र कैसे हो अब तुम?" मारीच के सुर का भी जवाब नहीं!

'मुझे आपके सैनिकों के हाथों जो पिटाई खाने का सौभाग्य मिला, उसके लिए आपका

आभार' मैं चीख़-चीख़ कर कहना चाहता था परंतु मुख से एक भी शब्द नहीं फूटा। मेघनाद बिस्तर पर अतिकाय के समीप बैठ गया और उसके घावों को देखने लगा। वह बहुत धीरे-धीरे बोल रहा था और अतिकाय ने ऐसे प्रत्युत्तर दिया मानो वह कोई खोया हुआ पिल्ला हो, जिसे अंततः अपने स्वामी मिल गए हों।

मैंने बहुत ही निराशा के साथ विचार किया, *'अगर अतिकाय के शरीर पर कोई पूँछ होती तो वह निश्चित रूप से, इस समय ज़ोर-ज़ोर से हिल रही होती।'*

"मैं जानता हूँ भद्र! हमने तुम्हारे साथ बहुत ग़लत व्यवहार किया। तुम्हें ग़लत समझा।" मारीच का हाथ मेरे कंधे पर था और हम इतने निकट थे कि मैं उसके शरीर से आती दामी इत्र की गंध भी सूँघ सकता था। मैंने अपनी दृष्टि घुमा ली। मैं इतनी दयालुता सह नहीं सकता था। मैंने कनखियों से यह देखना चाहा कि कहीं मारीच ने भी रावण की तरह मेरी काली चमड़ी को हाथ लगाने के बाद, पहने हुए वस्त्र से हाथ तो नहीं साफ़ किए? नहीं, उसने नहीं किए। मैं निराश हो गया। संभवतः, वह अपने महल में वापिस पहुँच कर स्नान करेगा।

"भद्र! तुम्हें यह नहीं समझना चाहिए कि तुम्हारे राजा को तुम्हारी परवाह नहीं है।" मैं बिल्कुल प्रभावित नहीं हुआ। उस वृद्ध ने मुझे अपने आलिंगन में ले लिया और उसकी आँखों में अश्रु छलक उठे। संभवतः उसे मुझे छूते हुए, अपनी महानता का एहसास हो रहा हो या मेरे साथ इतने उच्च विचारों की बातें करने से मन भर आया हो। मुझे उसे इन महानता से भरे क्षणों का आनंद लेने देना चाहिए। संभवतः इन बीते वर्षों ने मुझे बहुत ही कठोर बना दिया था। मैं सुन सकता था कि अतिकाय कैसे सुबकियाँ भर रहा था! बेचारे लड़के का दिल पिघल गया था। वह भाग्यशाली था कि उसे अब तक ऐसी बड़ी-बड़ी बातों पर विश्वास था। वह अभी तक उस रुग्णता से ग्रस्त नहीं हुआ था, जिसमें हमारी आयु के लोग प्रायः जकड़े जाते हैं - असाध्य निराशावाद! परंतु मेरी गंधाती कुटिया के भीतर खड़े व्यक्ति शक्तिशाली तथा महत्त्वपूर्ण थे। अतः मैंने अपना आडंबर बनाए रखा। मैंने कृत्रिम रूप से यही दर्शाया कि मैं उनके प्रति बहुत ही आभार तथा कृतज्ञता अनुभव कर रहा था। मैं देख सकता था कि, मूर्ख वृद्ध मेरे चेहरे के भावों से ही विगलित हो गया था। बेचारा मूर्ख, उसे तो कोई भी सहजता से छल सकता था। फिर अचानक ही उस वृद्ध के लिए मेरा हृदय द्रवित हो उठा। यदि हमारे सभी ठग मंत्रियों में से कोई व्यक्ति वास्तव में धीर-गंभीर कहा जा सकता था, तो वह यह कठोर, गंदमी रंग का बूढ़ा मारीच ही था।

"महाराज चाहते हैं कि तुम्हें उनकी ओर से सद्भावना प्रदर्शन के रूप में यह उपहार दिया जाए। निःसंदेह आज तक तुमने जो भी सेवाएँ दी या फिर तुमने हमारी जाति

तथा देश के गौरव व मान को बनाए रखने के लिए जितने भी कष्ट सहे हैं, इस उपहार से उनकी पूर्ति तो नहीं की जा सकती, परंतु कृपया हमारे दयालु महाराज की ओर से यह उपहार स्वीकार करो।" यह कह कर मारीच ने, सिक्कों से खनखनाती कपड़े की एक पोटली मेरी गोद में रख दी। उसके चेहरे पर संतोष के भाव थे। उसने मेरी ओर से आभार व कृतज्ञता प्रदर्शन की अपेक्षा की परंतु मैं शांत रहा, मैंने कुछ नहीं कहा। मैं केवल उस पोटली को एकटक घूरता रहा।

मेघनाद ने अतिकाय से विदा ली और मैंने अपने पुत्र को राजकुमार से कहते सुना, "जब आपने मुझे अपने लिए ऐसा करने को कहा तो मैं सब कुछ भुला बैठा था। महाराज! मैं तो आपके लिए अपने प्राणों का भी बलिदान कर दूँगा। अपने प्राणों को आपके लिए अर्पित कर दूँगा।" और उसने मेघनाद के हाथों को चूम लिया। मेरे भीतर ही भीतर जैसे कुछ कचोट उठा। *यह मूर्ख इस राजुकमार के लिए अपने प्राणों की आहुति देगा?* क्या हमारा यही भाग्य था – हम इस उच्च व शक्तिशाली वर्ग के लिए संघर्ष करें, जीएँ, दिन-रात एड़ियाँ रगड़ें और फिर एक दिन अपने प्राणों का त्याग कर दें। मैंने भी एक बार इसी राजकुमार के पिता के लिए ऐसा किया था, और हो सकता है कि मुझे पुनः ऐसा करने के लिए विवश किया जाए! हे शिव! क्या हमारे लिए बचाव का कोई उपाय नहीं था? और अब मेरा पुत्र कहता है कि वह स्वयं को तथा अपने माता-पिता को भी भुला कर, अपने स्वामी के लिए प्राणों का बलिदान कर देगा। क्या ये व्यक्ति दंभ रखते हैं कि ये हम सरीखे निकृष्ट जीवों को मरने का आदेश दे सकते हैं? क्या इन्हें लगता है कि ये सदैव हम जैसे अश्वेतों, अभिशापित, अप्रासंगिक तथा छोटे लोगों को अपने पैरों तले कुचलते हुए, कीर्ति, समृद्धि तथा नियति की ओर क़दम बढ़ा सकते हैं?

मैं उठ खड़ा हुआ। मेरा सिर चकरा गया परंतु भीतर कुंडली मार कर बैठे क्रोध ने मेरे दुर्बल व जर्जर शरीर को एक नई शक्ति से परिपूरित कर दिया। "बाहर निकल जाओ! बाहर निकलो, कमीनों!"

मैं चिल्लाया। मैंने सिक्कों की पोटली दूर भनका दी जो खुले द्वार से सीधा बाहर जा गिरी। थैली का कपड़ा फट गया और धूल भरी सड़क तथा नाली के समीप सिक्के ही सिक्के बिखर गए। शरारती बच्चे व भिक्षुक वहीं आ जुटे थे परंतु किसी ने चमचमाते सिक्कों को छूने का साहस नहीं किया। राजकुमार तथा मंत्री की उपस्थिति तथा ज़ोर-ज़ोर से चिल्ला रहे बूढे भद्र की चीख़-पुकार के आगे, सिक्कों का आकर्षण भी मंद हो गया था। मैं अपनी सीमाएँ पार कर चुका था इसलिए तय किया कि आज तो मन में छिपी कुढ़न को निकाल ही लेना चाहिए। "तुम सोचते हो कि मेरी कुटिया में आकर, तुमने मुझ पर कोई बहुत बड़ा एहसान किया है? तुमने तो मेरे और मेरे पुत्र के

प्राण लगभग ले ही लिए थे। तुम्हारे सिक्के कौन चाहता है? उन्हें अपने पास ही रखो। तुम कहते हो कि राजा बड़ा दयालु है?" मैंने अपनी बात को वज़नी बनाने के लिए वहीं थूक कर कहा, "क्या वह जानता है कि जब किसी व्यक्ति से किसी संक्रामक रोग की तरह पेश आया जाता है तो उसे कैसा प्रतीत होता है? क्या वह भूख की पीड़ा को जानता है? असफलता के दंश से परिचित है? क्या उसे असहायता के धधकते संताप के विषय में पता है? क्या वह बेघर होने का दुःख जानता है? वह नहीं चाहता कि अश्वेत व निर्धन असुरों के साथ अस्पृश्यों जैसा व्यवहार किया जाए। वह चाहता है कि हम नगरों में ही रहें। मैं जानता हूँ कि वह ऐसा क्यों चाहता है। तुम महान, धनी तथा तथाकथित ब्राह्मण-वर्ग हमारी काली चमड़ी, हमारी दुर्गंध और हमसे बैर रखते हो... परंतु हमसे ज़्यादा तुम्हें हमारी आवश्यकता है। अगर हमें यहाँ से हटा दिया गया तो तुम्हारा कचरा कौन ढोएगा? तुम्हारी सड़कों पर सफ़ाई कौन करेगा, तुम्हारी गाड़ियाँ कौन हाँकेगा, तुम्हारे छोटे-मोटे युद्धों में, तुम्हारे लिए प्राणों का उत्सर्ग कौन करेगा?"

ऐसा लगा मानो मेरा कंठ शीतल हो गया हो। मैंने उस शीतल लौह धार को महसूस करते ही, मेघनाद की चमकती आँखों को घूरा और उसी क्षण मेरा सारा साहस हवा हो गया। मैं मारे भय के थर-थर काँपने लगा। मैं धड़ाम से धरती पर जा गिरा।

मैंने जो कुछ भी बका था, वह सब बर्बरता के साथ मेरे आगे नाचने लगा। भय तथा बेचारगी के अश्रु गालों से बहने लगे। मेरे लिए तो सब कुछ समाप्त हो गया था। तलवार की धार का दबाव बढ़ता गया और मैंने अपनी ही ग्रीवा से निकलती रक्तधार की उष्णता को अनुभव किया। निःसंदेह आज मुझे मेरी इस धृष्टता के लिए अपने प्राण त्यागने होंगे।

"मेघनाद! इसे छोड़ दो। मुझे लगता है कि यह मदिरा के नशे में चूर है।" मैंने मारीच को कहते सुना। धीरे-धीरे वह दबाव घटा और मेघनाद ने अपनी तलवार हटा ली। उसने अपने हाथ से, तलवार पर लगे मेरे रक्त को पोंछा व उसे म्यान में रख लिया परंतु इस दौरान वह लगातार मुझे ही घूरता रहा। मैं धरती से उठा और थर-थर काँपता, कुर्सी पर ही ढेर हो गया।

"भद्र! अब हम चलेंगे। अपनी सेहत संभालो और इतनी मदिरा मत पीया करो। सच कहूँ तो तुम पागल होते जा रहे हो।" मारीच ने मुस्कराते हुए कहा परंतु मैं देख सकता था कि उसकी आँखों में मुस्कराहट नहीं थी। मैं उन आँखों में तिरस्कार का भाव देख सकता था। मेघनाद आगे गया और सुबकते अतिकाय को गले से लगा लिया। फिर राजकुमार तथा मंत्री, चमचमाती धूप में बाहर निकल गए। मैंने घोड़ों को फटकारने और फिर रथों के चलने का स्वर सुना। मैं वहीं पड़ा रहा, दिमाग़ जैसे सुन्न हो गया

था। फिर मैंने बाहर कुछ लोगों के आपस में भिड़ने का स्वर सुना। पहले तो कुछ समझ नहीं आया पर धीरे-धीरे ध्यान आया कि वे लोग उन चाँदी के सिक्कों के लिए लड़ रहे थे, जिन्हें मैंने ही बाहर भनकाया था। वे तो मेरे सिक्के थे! मैंने उठना चाहा परंतु संतुलन बिगड़ा और मैं मुख के बल गिर पड़ा। फिर मैं रेंग कर बाहर गया और वहाँ भीड़ के बीच छलाँग लगा कर अपने लिए जगह बना ली। मेरे तकरीबन सभी सिक्के वहाँ से गायब हो चुके थे। मैं रेंग-रेंग कर अपनी ओर से संघर्ष करता रहा। मैंने दो लड़कों को कुचला व एक भिक्षुक को ठोकर मारी, बेशक मुझे भी बदले में यही मिला, परंतु मैं तो पीड़ा की सीमाओं से परे जा चुका था। वह मेरा पैसा था, मेरी गाढ़े खून-पसीने की कमाई! अंततः मैं नाली के पास से एक मुट्ठी धूल से सने सिक्के चुनने में सफल रहा। यद्यपि कई लोगों ने उन्हें भी झपटने का प्रयास किया। मैंने उनकी ठोकरों व घूँसों के बीच भी अपनी संपत्ति को अपने से विलग नहीं होने दिया। अंत में भिखारियों व मेरे पड़ोसियों ने हार मान ली और वे परस्पर कोसते हुए, अपनी-अपनी राह चल दिए। मैं नाली के पास से उठा व अपने सिक्के गिने। वे इक्कीस थे। संभवतः वे मूल राशि का सौवाँ हिस्सा थे। मैं उन्हें बहुत देर तक एकटक देखता रहा। मैं इससे पूर्व भी उन सभी अवसरों को गँवा चुका था, जो जीवन ने मेरे आगे रखे थे। संभवतः मैं इसी योग्य था। ख़ैर, कोने वाली ताड़ी की दुकान तो अब भी खुली होगी। वहाँ बहुत सी देसी शराब मिल सकती है। ओह! मुझे यही तो चाहिए! मैं विदा लेते सूरज के साथ, लड़खड़ाते क़दमों से चल दिया, मुट्ठी में वे सिक्के थे, जिन्हें जान पर खेल कर वापिस पाया था। एक शराब का प्याला - बस, जीवन यही तो है।

25 पुत्री का विवाह

रावण

मुझे बहुत ही व्याकुल कर देने वाले समाचार प्राप्त हो रहे थे। मैं अपने द्वारा चित्रित किए जा रहे भित्ति चित्र पर अपना ध्यान केंद्रित करना चाहता था परंतु जाने क्यों, मेरा ध्यान एकाग्र ही नहीं हो सका। रंग तथा उनके हल्के रंगों का संयोजन, वैसा नहीं बन पा रहा था, जैसा मैं चाहता था। समाचार बहुत ही व्याकुल कर देने वाला था और मैं यही विचार कर रहा था कि उसे किसके साथ बाँटा जा सकता था? परंतु यह तो एक ऐसा रहस्य था, जिसे बहुत ही गुप्त रूप से पोसा गया था। मारीच, नहीं, यहाँ तक कि वे भी नहीं! वे इस निश्चित संबंध को ले कर बहुत सहानुभूतिपूर्ण रवैया नहीं रखते थे और हो सकता है कि वे मेरी बड़बड़ाहट और आत्म-दया से भरपूर बातें न सुनना चाहें।

मैंने स्वयं को शरीर तथा आत्मा, दोनों से ही वृद्ध अनुभव किया। मैंने उसे अनेक वर्षों पूर्व देखा था। तब वह सोलह अथवा सत्रह वर्ष की रही होगी। यह एक बहुत ही ख़तरनाक मुहिम थी, जो मेरे पुत्र के स्नातक होने के तुरंत बाद घटित हुई। मैं अतिकाय से जिस तरह पेश आया था, उससे मेरा हृदय तार-तार हो उठा था और मैं पश्चाताप की अग्नि में जल रहा था, जब मारीच आए और मुझे उससे, एक ही झटके में बाहर निकाल दिया। उन्होंने पूरी निर्ममता के साथ खुले शब्दों में कहा कि मुझे इस बात के लिए खेद मनाने की कोई आवश्यकता नहीं थी। मैं ही तो था, जिसने अपने पहली संतान को जाति से बहिष्कृत कर दिया था। मैं बुरी तरह से झल्ला उठा और उन्हें स्मरण करवाया कि उनके बुद्धिमान परिषद सदस्यों ने ही यह निर्णय लिया था। उन्होंने उपालंभ दिया कि मैंने भी तो उसके बाद कुछ नहीं किया था। यह सुन कर तो मैं विस्मय विमूढ़ हो उठा। मैंने बड़े ही घमंड का परिचय देते हुए, उन्हें कक्ष से बाहर जाने को कहा और अपने ही खोल में सिमट गया। मैं अपनी पत्नी पर चिल्लाया और

यहाँ तक कि पुत्र मेघनाद को भी कक्ष से बाहर धकेल दिया। आधी रात को, अचानक ही आँख खुली तो मैं ठंडे पसीने से लथपथ था। मैंने एक भूत देखा था। यदि यह बात किसी और ने कही होती कि उसने असुरों के सम्राट के राजप्रासाद के भीतर भूत देखा है, तो निश्चित तौर पर मैंने उसकी खिल्ली उड़ाई होती।

तब तक, मेरे लिए भूत एक ऐसा अस्तित्व था, जो बचपन की कहानियों में ही ताँक-झाँक करता है। परंतु उस रात्रि, मैंने उसे स्पष्ट रूप से देखा। मैंने एक महिला को देखा, जिसका चेहरा घूँघट की आड़ में था। जब वह कक्ष के वातायन के समीप खड़ी, मुझे ही एकटक देखने लगी तो उसका चेहरा कुछ चिर-परिचित सा जान पड़ा, मैं अपना एक भी अंग तक नहीं हिला सका। मैं अपने ही भय का अनुमान लगा सकता था। धीरे-धीरे वह चेहरा स्पष्ट होता चला गया, मैं हौले से छू कर, मंदोदरी को जगाना चाहता था परंतु मेरे हाथ हिलने को राजी नहीं थे। वह चेहरा क्षण-प्रतिक्षण स्पष्ट हो रहा था और मैं गहन भय व प्रत्याशा के मध्य, उस अंतिम प्रकटीकरण हेतु स्वयं को प्रस्तुत कर रहा था। और फिर हवा के एक ही झोंके से वह अवगुंठन हट गया। यह तो वेदवती थी! मेरा कंठ शुष्क हो उठा। मैंने जितने भी भावों को अपनी आत्मा में दफ़न कर रखा था, वे सब एकदम मेरे कंठ में आ अटके। वेदवती विक्षिप्तों की भाँति खिलखिलाने लगी। फिर धीरे-धीरे, वह उस कुहासे में विलीन हो गई। मैं अपने ही भय के साए से लिपटा पड़ा रहा, मेरे उस अधूरे अनुत्तरित प्रेम तथा उसके बाद घटने वाली त्रासदी की छवियाँ मेरा कंठ अवरूद्ध करती रहीं।

धीरे-धीरे, मैंने अपने हाथ-पैर हिलाए और पलंग से उतर कर, अपनी खड़ाऊ तलाशने लगा। मैं एक क्षण के लिए किसी भी विचार तथा भाव के बिना अडोल खड़ा रहा, मेरी दृष्टि दूर स्थिर भाव से पूर्णिमा के उजास में खड़े, नारियल वृक्ष की पत्तियों पर टिकी थी। फिर मैं जानता था कि मुझे क्या करना होगा। मैं कक्ष का द्वार खुला छोड़ कर, तत्काल बाहर निकल आया। मैंने खर्राटे भर रहे दरबानों को उपेक्षित किया और प्रांगण से भागते हुए, मारीच के कक्ष तक जा पहुँचा। मैंने दरवाज़े को तब तक भड़भड़ाना जारी रखा, जब तक उन्होंने उसे खोल नहीं दिया। जैसे ही उन्होंने मेरा चेहरा देखा तो एक अपशब्द उनके होठों तक आकर ही दम तोड़ गया।

"हमें अभी जाना होगा... मुझे उससे अभी मिलना है।" मैंने उनसे कहा

"किसे?

"जल्दी से अपनी पोशाक पहनिए और मेरे साथ चलिए। मैं उससे अभी भेंट करना चाहता हूँ और आप मेरे साथ चल रहे हैं।"

"किसे?"

मैंने उन्हें कक्ष से बाहर खींच लिया। मैं मारीच को बाहर बाग में खींच ले गया व बोला, "मैंने उसे देखा... वेदवती को।" मैंने मारीच के मुख पर उभर आए संदेह तथा भ्रम की उपेक्षा करते हुए अपनी बात कहना जारी रखा, "मैं अपनी पुत्री से तत्काल भेंट करना चाहता हूँ।"

"क्या तुम मदिरा के नशे में चूर हो?" मारीच ने मेरी पकड़ से स्वतंत्र होने के लिए संघर्ष किया।

मैंने अधैर्य से अपना पाँव पटका व उनसे पूछा, "बड़े वाले छाजन की कुँजियाँ किसके पास होती हैं?"

"रावण अपने होश में आओ। तुम इस समय मिथिला जाना चाहते हो? मिथिला, देव देश के मध्य में, और तुम चाहते हो कि मैं तुम्हारे साथ, तुम्हारे श्वसुर द्वारा निर्मित मृत्यु जाल में उड़ान भरूँ? तुमने आख़िरी बार उस उड़नखटोले को कब उड़ाया था?"

"मुझे कुँजियाँ दो और मय को जगा दो।" मैं लगभग अपने होशो-हवास खो बैठा था।

यह कोलाहल सुन कर, एक दरबान दौड़ा आया और मैं उस पर चिल्लाया कि वह बड़े छाजन की कुँजी ले कर आए, जहाँ कि वह *पुष्पक* विमान रखा था। मेरे पगले और हमेशा बड़बडाते रहने वाले श्वसुर ने उस उड़ने वाले यंत्र को यही नाम दिया था। मेरे हाथ के संकेत से वह दरबान भागा पर मारीच अब भी मुझे ही ताके जा रहे थे।

"हम अभी जा रहे हैं। मैंने बात को अंतिम रूप देते हुए कहा। मारीच ने गर्दन हिलाई और एक ओर चल दिए। "अब आप कहाँ चल दिए?" हर बीतते क्षण के साथ मेरा क्रोध भी बढ़ता जा रहा था। मुझे कोई उत्तर दिए बिना, उन्होंने यहाँ से जाने की हिम्मत कैसे की?

"वस्त्र बदलने जा रहा हूँ।" उन्होंने भी चिल्ला कर प्रत्युत्तर दिया और अपने कक्ष का द्वार भड़ाक से बंद कर लिया। मैं उस वृद्ध को देख कर मुस्कराया। फिर मैं वहीं खड़ा सोचता रहा कि इसके बाद क्या होने वाला था? जैसा कि मारीच ने कहा था, यह मुहिम बड़े संकटों से परिपूर्ण थी। यह भी सही था, मैंने एक लंबे अरसे से *पुष्पक* विमान को नहीं उड़ाया था। मुझे आकाश में उड़ना बिल्कुल नहीं भाता था। मनुष्य उड़ने के लिए नहीं बने। यदि ऐसा होता तो निश्चित रूप से ईश्वर ने उसे भी पंख दिए होते। यह उड़ने वाला यंत्र, एक प्रकार से ईश्वर के लिए एक चुनौती थी। मैंने अपने-आप से यह भी प्रश्न किया कि अंततः किस भाव के वशीभूत हो कर, मैं अपनी

पुत्री से भेंट करना चाह रहा था। जब वह बड़ी हो रही थी, मेरा मतलब है कि उस देव राज्य में उसका पालन-पोषण हो रहा था, तो उस दौरान मैंने उसकी पूरी निगरानी रखी परंतु जब मेरे पुत्रों का जन्म हुआ, तो मैंने अपने गुप्तचरों द्वारा, उसके विषय में भेजे गए दस्तावेज़ों तक को भी पढ़ना छोड़ दिया था। मिथिला बहुत दूर थी और इतनी छोटी थी कि उसका मेरे विशाल और दिन दूनी रात चौगुनी प्रगति कर रहे साम्राज्य से कोई लेन-देन नहीं था। चूँकि वह मुझसे बहुत दूर थी अतः मेरे मन में उसके लिए कोई विचार तक नहीं आता था। शीघ्र ही वह मेरे लिए किसी मृतक के समान हो गई थी। मानो उसकी यादों को मैंने दिल के किसी अंधेरे कोने में दबा दिया हो और उससे भी बदतर, मानो उसका जन्म कभी हुआ ही नहीं था। तो सेना के बिना, शत्रु के इलाक़े में ख़तरनाक घुसपैठ, वास्तव में कोरी मूर्खता ही थी।

"रावण!... पुत्र रावण, मैं बहुत प्रसन्न... हूँ!" मेरे श्वसुर मेरे समक्ष खड़े किसी प्रसन्नमन बालक की भाँति हाँफ रहे थे। वृद्ध महाशय, कुछ ही क्षणों में अपनी कमर में बँधी कुँजियों का गुच्छा छनकाते, दौड़े चले आए थे। मैं इस भुलक्कड़ प्राध्यापक को पसंद करने लगा था। जब तक उन्होंने गोकर्ण के विशाल मंदिर के निर्माण का कार्य-भार नहीं संभाला था, तब तक मैंने कभी उन्हें गंभीरता से नहीं लिया था। तब से वे हमारी पवित्र नदियों के तट पर, वैसे ही जाने कितने भव्य ढाँचे निर्मित करवा चुके थे। वे तो वास्तव में एक कुशल कारीगर तथा अभियंता थे।

वृद्ध मय दुलकी चाल से उस छाजन की ओर भागे, जहाँ विशालकाय *पुष्पक* विमान को रखा गया था। पहले तो वे कुँजियों से उलझते रहे और फिर चौड़ा सा प्रवेश द्वार खोल दिया। मैंने सदैव इस विचित्र यंत्र के कलपुर्जों की बनावट को सराहा था। इसके विशाल पंख बहुत तेज़ी से गोल-गोल चक्कर काटते थे। यह दिखने में एक पक्षी की भाँति था परंतु फिर भी काफ़ी हद तक एक मत्स्य की भाँति भी लगता था। इसे उड़ाने के लिए इसमें कुछ कलें लगी थीं और इन वर्षों में, मैं इन्हें संभालने में सिद्धहस्त हो चला था। यद्यपि मैं इसे उड़ाने की कला में पारंगत नहीं था, परंतु फिर भी, संभालना तो जानता ही था। मय विभिन्न कलों व पुर्जों के प्रयोग के बारे में जाने क्या बड़बड़ाते रहे, उन्होंने यह भी बताया कि एक निश्चित ऊँचाई पर जाने के बाद, इसे हवा में इस तरह छोड़ा जा सकता मानो यह हवा में तैर रहा हो। परंतु मेरे कानों में तो कुछ नहीं जा रहा था। *क्या मुझे मंदोदरी को बताना चाहिए?* यह दो हज़ार मील से अधिक लंबी यात्रा थी और इसमें तीन दिन का समय लग सकता था।

अंततः मैंने उसके नाम एक संदेश छुड़वा दिया कि मैं एक सप्ताह में लौट आऊँगा। फिर मैं एक क्षण के लिए सकुचाया और साथ ही मेरे अपराध-बोध ने मुझे यह भी स्मरण करवाया कि मैं उससे प्रेम करता था। तब तक मारीच लौट आए थे, उन्होंने

अपने सामान व वस्त्रों के साथ-साथ मेरे लिए भी वस्त्र, थोड़ा भोजन व मदिरा तथा अस्त्र-शस्त्र बाँध लिए थे। उन्होंने वह सारा सामान विमान के पिछले हिस्से में फेंका और पूरी आशा के साथ पूछा, "रावण, क्या तुम वास्तव में जाना चाहते हो?"

उन्होंने अपनी गर्दन हिलाई तो मैं झट से विमान में कूद गया और उन्होंने भी ऐसा ही किया। पहले-पहल मैं थोड़ा व्यग्र था परंतु फिर मन ही मन शिव का जाप करने के बाद, मैंने कल दबा दी और वह यंत्र धीरे-धीरे गोल-गोल घूमने लगा। मैंने एक और कल दबाया, तो पंखे तेज़ी से गोल-गोल चक्कर काटने लगे और तब तक घूमते रहे, जब तक विमान एक झटके से हवा में नहीं उठ गया। मैं देख सकता था कि मारीच ने अपने बैठने के स्थान के आगे लगी धातु की छड़ को कस कर थाम रखा था। मैं भी थोड़ा भयभीत था परंतु मैंने बलपूर्वक अपने मन की दुविधा तथा द्वंद्व को परे धकेल दिया। यह सोचते ही भय से झुरझुरी आ जाती थी कि हम पक्षी के मल की भाँति, धरती पर गिर सकते थे जो नीचे खड़ी चट्टानों पर यहाँ-वहाँ फैल जाता।

हमारे नीचे लंका का दृश्य ओझल होता चला गया, वह उस सागर में एक हरे रंग के अश्रुबिंदु के समान दिखने लगी, जो रात की रूपहली चाँदनी में चमचमा रहा था। घने काले आकाश में हज़ारों तारे यहाँ-वहाँ बिखरे थे, मानो देवता अपने ओढ़ने के कंबलों से बाहर झाँक रहे हों। हमारे आसपास दुर्बल व धुँधले बादलों के टुकड़े तैर रहे थे। मेरे घने केश, फरफराती हवा में लहरा रहे थे। मैंने कल्पना की कि किसी अजनबी को मैं कितना प्रभावशाली दिख रहा होऊँगा और यह सोचते ही मेरे चेहरे पर एक मुस्कान खेल गई। अब तक मारीच भी थोड़ा सहज हो चले थे। जैसे ही हम सागर से बाहर आकर मुख्य भूमि वाले क्षेत्र में आए तो मैंने प्रसन्नता से हुँकार भरी और मारीच ने भी मेरा साथ दिया। मैंने अपनी किशोरावस्था में गाए जाने वाले उन भद्दे गीतों को स्मरण करने का प्रयास किया। और हम उत्तर की ओर, बर्बरों के देश उड़ चले, हमारे होठों पर असुरों के वे नटखट गीत थिरक रहे थे – साठ वर्षीय वृद्ध तथा चालीस वर्षीय अधेड़ व्यक्ति, ऐसे दो किशोरों की तरह पेश आ रहे थे मानो उन्हें इस जगत में कोई चिंता ही न हो और वे घर के बुजुर्गों के साथ के बिना, अपनी पहली मनोरंजक यात्रा पर निकले हों।

मैंने पाल समेट लिए थे और हम बड़ी तेज़ी से आगे जा रहे थे। पंखों की आवश्यकता तभी पड़ती थी, जब नीचे उतरना हो। हमारे नीचे, भारत अपनी समृद्धि तथा दुःखों के साथ पसरा था। वहाँ कुहासे से भरे, घने विशाल वन थे, जो पश्चिम में लगभग सागर को छूते थे, खुले मैदानों के बीच छोटी पहाड़ियाँ दिखती थीं। सागर से लौटी जलराशियों के समीप नारियल के वृक्ष प्रहरी बने खड़े थे। केवल कुछ देवालय थे, जो लंबाई में, उन्हें भी मात करते थे। धरती के कानों से रूपहली नदियाँ झाँक रही

थीं और धान के हरे-भरे खेतों पर, रूपहली चाँदनी खिल उठी थी, यह सब बहुत ही मनोरम था। जब मेरी दृष्टि उस शुष्क ग्रामीण इलाके पर पड़ी, जिसे मैंने समृद्ध बनाने में कोई कसर नहीं छोड़ी थी, तो मेरा हृदय गर्व से फूल उठा। यह मेरा भारत था, मेरा साम्राज्य, असुरों की प्राचीन भूमि! मैं जानता था कि कल रात्रि तक मैं, उस धरती के ऊपर से उड़ान भर रहा होऊँगा, जो घने वनों, लताओं-पत्रों तथा मध्य भारत के रेतीले टीलों से भरी है। यह निषिद्ध स्थल था, जो पवित्र गंगा, यमुना व सरस्वती नदी के किनारों व उससे भी परे स्थित बर्बर देव राज्यों को मेरे राज्यों से अलग करता था। मुझे खेद का अनुभव हुआ कि मैंने भगवान शिव के धाम तक अपने राज्य का विस्तार क्यों नहीं किया था?

हिमालय भी असुरों से संबंध रखता था, जिस प्रकार गंगा, जो कि एक असुर देवता - देवों के देव, परमेश्वर महादेव की जटाओं से निकली थी। मैंने अपने अभियान को मध्य में ही क्यों रोका? मुझे अपने राज्य को अपनी संपूर्ण प्राचीन भूमि तक लाना चाहिए था और देवों को सरस्वती व सिंधु से भी परे, एकांत व निर्जन प्रदेश में फेंकना चाहिए था। मैंने कितनी महत्त्वाकांक्षा के साथ अभियान का आरंभ किया था, परंतु जाने कैसे, इतने वर्षों के दौरान, मेरी महत्त्वाकांक्षा ने मानो दम तोड़ दिया था और मेरे स्वप्न भी जैसे कहीं सो गए थे। मैं लगभग आधे भारत को ही समृद्ध व धनवान बना कर प्रसन्न था। संभवतः यह एक बुद्धिमानी से भरा निर्णय था।

मारीच शांत हो गए थे और शायद ऊँघ रहे थे। मैंने फिर से नीचे देखा और धरती माँ के विशाल आकार को देख कर विचार करने लगा। मैंने स्वयं को विनीत अनुभव किया। मेरे यश पाने के जितने भी स्वप्न थे, मैंने जितने भी युद्ध लड़े थे, जितने भी राज्य प्राप्त किए थे - वे सब इसकी तुलना में कितने तुच्छ, कितने बौने व हेय थे। यह धरती ही केवल शाश्वत थी, शेष सब नष्ट हो जाने वाला था। जाने कितने मनुष्यों ने मेरी तरह महत्त्वाकांक्षी स्वप्न पाले होंगे और उन्हें प्राप्त किया होगा, जाने कितनों ने अपने भाग्य सँवारे होंगे? जाने इस धरा ने कितने सम्राट देखे होंगे और अभी न जाने कितने आने शेष हैं। अंततः, क्या उनका यह परिश्रम धरती माँ के लिए कोई महत्त्व रखता है? वह मनुष्यों के ऐसे तुच्छ प्रयासों से अछूती रहती है। मनुष्य छल, कपट, प्रेम, संघर्ष, असफलता, पतन व उत्थान में मग्न रहता है और मरने तथा सदा के लिए नष्ट होने अथवा पुनर्जन्म की प्रक्रिया को दोहराता रहता है। परंतु धरती इन सब बातों से सुदूर तथा अपरिवर्तनशील रहती है। मैं तो इस शक्तिशाली ब्रह्माण्ड में तैर रहा, एक छोटा सा कण मात्र था। आने वाले दिवस में, अथवा संभवतः अगले ही क्षण में, मैं यहाँ से विदा ले लूँगा। क्या इससे किसी को कोई अंतर पड़ेगा? कुछ लोग उदास अवश्य होंगे परंतु प्रसन्न होने वालों की संख्या ही अधिक होगी, परंतु यह

सब कुछ क्षणों के लिए ही प्रासंगिक होगा। बीतते समय के साथ, मेरी उपलब्धियाँ, मेरा जन्म व मेरी मृत्यु भी अप्रासंगिक हो जाएँगे। अतः मेरे साम्राज्य का आकार कोई महत्त्व नहीं रखता था और अब किसी भी तरह के रक्तपात की आवश्यकता नहीं थी। जीवन इतना छोटा है कि इसमें युद्ध लड़ने के लिए समय नहीं है और इतना प्यारा है कि महत्त्वाकांक्षा जैसी तुच्छ भावनाओं को इससे बाहर धकेल दिया जाना चाहिए। मैं इस बात पर विश्वास करना चाहता था कि मैं मृत्यु से भयभीत नहीं था। एक दिन, सभी को मृत्यु के मुख में समाना है। प्रकृति इसी तरह अपना कार्य करती है। यह उसका स्वाभाविक कर्म है। आपको अपने आगे आने वाले जीवित प्राणियों को स्थान देना होगा। मानसिक रूप से, मैं कभी मृत्यु से भयकातर नहीं हुआ था। परंतु मैं इस ख़ूबसूरत जीवन को इतनी सरलता से छोड़ भी कैसे सकता था? हवा मेरे कानों में सीटी का मधुर संगीत सा घोल गई और मैंने प्रातःकाल की शीतल वायु में एक गहरी श्वास ली। मैंने जीवन की एक श्वास ली थी।

पूर्व दिशा में लाली छा गई, बादल यूँ तैर रहे थे मानो लाल रंग से रंगी कपास, पूर्वी क्षितिज पर फैला दी गई हो। पश्चिम में अब भी अंधकार का साम्राज्य था, जहाँ से अस्त हो रहे दुर्बल व धुँधले चंद्रमा को देखा जा सकता था। मारीच अपनी निद्रा में ही हिले। मैंने उस व्यक्ति को देखा, जो मेरे लिए किसी भी दूसरे व्यक्ति की तुलना में सर्वाधिक निष्ठावान रहा था। मैंने उनके श्वेत केशों, और केशों से रहित होते सिर व उनकी स्थिर बलशाली भुजाओं को देखा और मन ही मन उदास हो उठा। जीवन बहुत तेज़ी से, हमारे निकट से गुज़र रहा था। एक दिन वे भी इस भुवन को त्याग कर चल देंगे और मैं निपट अकेला रह जाऊँगा। *वह इस समय क्या कर रही होगी? वह किसकी तरह दिखती है? संभवतः अपनी माँ जैसी दिखती होगी?* जैसे ही मुझे अपने वर्षों पुराने विस्मृत प्रेम का स्मरण हुआ, तो भीतर से जैसे कुछ चटकने का स्वर सुनाई दिया। क्या सचमुच उसके आगे सारा साम्राज्य फीका था? संभवतः मंदोदरी मेरे लिए एक आदर्श जीवनसंगिनी रही थी। वेदवती भी ऐसी ही सुयोग्य थी कि वह मेरी पत्नी अथवा रानी बन सकती थी। मैं उस समय अपनी पुत्री का मुखड़ा देखने के लिए बुरी तरह से तरस रहा था। मैंने उसके इलाक़े से आने वाले विवरणों को कुछ समय से नहीं पढ़ा था परंतु कुछ अस्पष्ट सा स्मरण था कि उसके विवाह के लिए कुछ प्रबंध किए जा रहे थे।

इन उत्तरी इलाक़ों में रहने वालों के भी विचित्र ही रीति-रिवाज़ हैं। भावी वधू का पिता, अपनी पुत्री के लिए उपयुक्त वरों के मध्य एक प्रतियोगिता की घोषणा करता। मुझे तो यह बहुत ही असभ्य जान पड़ता। क्या वधू कोई पुरस्कार थी, जिसे प्रतियोगिता में जीत कर ले जाया जा सकता था? मैंने तो यहाँ तक सुना था कि देव पुरुष अपनी पत्नियों को दासों की तरह बेच देते, गिरवी रख देते या फिर उन्हें दाँव पर लगा देते।

यह सब बहुत ही भयंकर था परंतु आप अर्ध-सभ्य तथा घुमंतू जाति से, इससे अधिक अपेक्षा भी क्या रख सकते थे? देव पुरुष स्त्रियों से इस प्रकार पेश आते, मानो वे उपभोग के लिए बनी कोई वस्तु हों। संभवतः मैं पूर्वाग्रही हो रहा था क्योंकि मैं एक पूरी तरह से अलग सभ्यता से संबंध रखता था। परंतु मेरा हमेशा से यही मानना था कि एक समाज तभी सभ्य कहा जा सकता है जब यह स्त्रियों तथा दलितों के साथ सही तरह से पेश आए, जातिप्रथा का तो विचार ही बड़ा कठोर था। निचले वर्गों से जुड़े लोगों की दयनीय दशा, कल्पना से भी परे थी।

निःसंदेह असुरों के पास अलग तरह की समस्याएँ थीं। असुर पुरुष भौतिक वस्तुओं से बहुत मोह रखते थे। असुर स्त्रियाँ आक्रामक तथा लगभग अनैतिक स्वभाव की होतीं, परंतु हमारे यहाँ पुत्रियों का पालन-पोषण भी पुत्रों की भाँति ही किया जाता। असुरों में भी जाति प्रथा जैसे सामाजिक भेदभाव थे परंतु वे जन्म अथवा चमड़ी के रंग पर आधारित नहीं थे। कोई भी व्यक्ति अपने भाग्य तथा कड़े परिश्रम के बल पर, किसी सर्वोच्च पद अथवा सत्ता तक जा सकता था। मैं तो इस तथ्य का सर्वश्रेष्ठ उदाहरण था।

मैंने अपनी पुत्री के स्वयंवर आरंभ होने तक, वहाँ पहुँचने की आशा की। मुझे बहुत व्याकुलता अनुभव हो रही थी। कौन सा असभ्य देव मेरी पुत्री से विवाह रचाने जा रहा था? उसका जीवन कितना बदल जाएगा? जाने क्यों, मुझे आशंका थी कि उसका जीवन इतना सरल नहीं होने वाला था। मैं इस बात को और अधिक स्पष्ट नहीं कर सकता परंतु प्रायः यह भावना मेरे मन को कचोटती रहती थी। मुझे आज भी वेदवती की विक्षिप्तों जैसी हँसी याद थी। उसका अभिशाप निरंतर मुझे कोंचता रहता था। मेरी बेटी ही असुरों के विनाश तथा मृत्यु का कारण होगी, यदि यह ज्योतिषीय भविष्यवाणी सत्य सिद्ध हुई तो क्या होगा? यदि अग्नि की लपटों में घिरी वेदवती के मुख से निकला श्राप सत्य हो गया तो...? यह तो कोरी बकवास थी। मैं जाने कौन से भ्रम में घिरा था।

मैं नर्मदा के समीप आता जा रहा था और अचानक ही मैं अपनी आगे की यात्रा के बारे में विचार करने लगा। हमें अभी एक दिन की यात्रा और करनी थी। उड़ान भरने का उत्साह मंद हो गया था और नीचे दिखाई दे रहे शुष्क मैदान, किसी भी तरह की प्रेरणा देते नहीं प्रतीत हो रहे थे। मैं भी कई बार ऊँघा। मैं चाहता था कि किष्किंधा की ओर से होता हुआ जाऊँ ताकि बाली से अपनी मित्रता की संधि को नए सिरे से तरोताज़ा किया जा सके परंतु मेरा अहं तो सदा मेरे कंठ से चक्की के पाट की भाँति बँधा रहता था, मैंने वह मार्ग चुना, जिस पर जाने से किष्किंधा जाने की आवश्यकता न रहती। हम तुंगभद्रा नदी के किनारे कुछ घंटों के लिए ठहरे ताकि कुछ खा-पी कर सुस्ता सकें, परंतु मैं हड़बड़ाहट में था, मुझे शीघ्र-अतिशीघ्र अपनी पुत्री का *स्वयंवर* आरंभ होने से पूर्व मिथिला पहुँचना था।

26 समय आ गया है

रावण

हम प्रातःकाल के आरंभिक चरण में, मिथिला के समीप जा पहुँचे। मैंने नगर से कुछ मील की दूरी पर, एक ऐसा वीरान व एकांत कोना खोज लिया था, जहाँ किसी की नज़र नहीं जा सकती थी। फिर हमने *पुष्पक* को पौधों व लताओं के झुरमुट में छिपा दिया और देवों के वस्त्र पहन कर बाहर आ गए। हम महल की ओर बढ़ने लगे। अनेक व्यक्ति उसी दिशा में जा रहे थे। सैकड़ों फेरी वाले अपनी वस्तुएँ बेच रहे थे। यहाँ-वहाँ आवारा घूम रही गौओं तथा लोगों के कारण चारों ओर अफ़रा-तफ़री सी मची थी। मैंने देखा कि सड़कें संकरी थीं और वहाँ जल निकासी की कोई व्यवस्था नहीं थी। घर भी बहुत साधारण तथा अपरिष्कृत थे और महल देख कर लगता था मानो लंका के किसी मध्यमवर्गीय किसान का विशाल घर हो। मैं प्रभावित नहीं हुआ परंतु मैंने इससे अधिक की अपेक्षा भी नहीं की थी। सांस्कृतिक व आर्थिक; दोनों ही रूपों में यह सब समाप्तप्राय था जबकि इसे उत्तर के श्रेष्ठ नगरों में गिना जाता था। अधिकतर लोगों के हल्के भूरे रंग के बाल तथा हल्का गौर वर्ण था जबकि कुछ लोग अश्वेत वर्णीय भी थे। मुझे महल में अनेक अश्वेत स्त्री-पुरुष दिखे। संभवतः वे आने-जाने के लिए किन्हीं दूसरे मार्गों का प्रयोग करते होंगे। मैंने अनुमान लगाया कि वे बेचारे, दलित जन थे। अच्छे वस्त्रों में सजे, ये गौर वर्णीय लोग इन बेचारों की उपेक्षा करते और ये अर्धमानव अछूत बड़े ही धैर्य से प्रतीक्षा करते कि तथाकथित संभ्रांत व पवित्र स्त्री-पुरुषों के जाने के बाद ही निकलें। ये किस तरह के प्राणी थे? क्या मेरे साम्राज्य में ऐसा कभी होता?

यद्यपि जनक को प्रबुद्ध राजाओं में से एक माना जाता था किंतु फिर भी वह अपनी दुर्भावना से मुक्त नहीं हो सका था। मैं उससे कहीं श्रेष्ठ सम्राट था। केवल रावण ही

एक समृद्ध व न्यायी समाज की स्थापना कर सका था। मैंने गर्व तथा तिरस्कार के मिश्रित भावों सहित उस विशाल कक्ष में प्रवेश किया, जहाँ एक विचित्र से आकार का धनुष मध्य में रखा था। मैंने सोचा *'यह तो इतना भारी है कि किसी काम आ ही नहीं सकता।'* अनेक गणमान्य हस्तियाँ ऊँचे स्थानों पर विराजमान थीं। संभवतः वह राजसिंहासन काष्ठ का रहा होगा, उस पर मेरी ही आयु का व्यक्ति बड़ी ही मान-मर्यादा सहित बैठा दिखा। मैं उसके ऊपर बने कठघरे में, कुछ आकृतियाँ देख पा रहा था, वे सभी ढके हुए चेहरों में थीं। मेरा हृदय तेज़ी से धड़कने लगा। उनमें से ही कोई एक मेरी पुत्री हो सकती थी। मैंने दीवानों की भाँति उस ओर देखा। *'वह कैसी दिखती होगी?'* मैंने देवों की इस परंपरा को कोसा, जिसके अनुसार वे अपनी स्त्रियों को घूँघट की ओट में रखते हैं।

राजा जनक खड़े हो गए और सभी उसके मुख से निकलने वाले शब्दों की प्रत्याशा में झूलने लगे। उसका स्वर, विशाल कक्ष में गूँज उठा। "बलशाली नरेशों व युवराजों! आज का दिन बहुत ही शुभ है। आज मेरी प्रिय पुत्री सीता का स्वयंवर है। आप में से सर्वाधिक शक्तिशाली, वीर तथा निपुण व्यक्ति ही, आज मेरी सुंदरी पुत्री से विवाह रचा सकेगा।" वह एक क्षण के लिए रुका और मैंने यहाँ-वहाँ ताका। अनेक तोंदयुक्त तथा मरियल से दिख रहे राजा भी बड़ी आस लगाए बैठे दिखे। "इस प्रतियोगिता के नियम बहुत ही सरल हैं। यहाँ रखे इस भारी धनुष को उठा कर, उसकी प्रत्यंचा चढ़ानी है। सज्जनों! यह कोई सरल कार्य नहीं है। यह धनुष 'त्रयम्बक' कहलाता है और एक बार स्वयं भगवान शिव ने इसका प्रयोग किया था। जो भी इसे उठा कर, प्रत्यंचा चढ़ाने में सफल होगा, वही मेरी पुत्री सीता के वरण का अधिकारी होगा।"

मुझे तो इतनी हँसी आई कि उसे दबाते-दबाते गला ही रुँध गया। *'ये लोग शिव के धनुष को उठा भी कैसे सकते थे?'* शिव का धनुष, भाड़ में जाए सब! संभवतः उन्हें इस कल्पना से ही रोमांच हो रहा होगा कि कोई तो शिव के धनुष को उठा कर, उसकी प्रत्यंचा चढ़ाने में सफल होगा, आदिकालीन असुर नरेश तथा देवता शिव का धनुष! "नरेशों तथा युवराजों! मेरी पुत्री सभा में उपस्थित है।' जनक के स्वर को सुनते ही मैं अपनी उधेड़-बुन से बाहर आ गया। मैं प्रत्याशा में काँप रहा था। सारी सभा में गहरा सन्नाटा छाया था। तभी बहुत सी घंटियों वाला द्वार खनखनाहट के स्वर के साथ खुला और एक आभूषण मंडिता नारी आकृति ने अपनी दासियों के साथ प्रवेश किया। मैंने मारीच का हाथ कस कर थाम लिया। मैं अपने चेहरे की माँसपेशियों की ऐंठन अनुभव कर सकता था और हृदय उछालें भर रहा था। वह सैकड़ों पुरुषों के मध्य खड़ी, थर-थर काँप रही थी, इस दौरान अनेक वासना से भरे नेत्र उसे लील रहे थे – एक मूर्खतापूर्ण प्रतियोगिता का पुरस्कार! एक दासी आगे आई और उसने हौले

से सीता का घूँघट उठा दिया। सारी सभा अवाक् हो उठी। वह वहाँ खड़ी इतनी प्यारी और सुंदर दिख रही थी कि मैं लगभग रो ही दिया। वह अपनी माँ जैसी दिखती थी पर उसका वर्ण गहरा था, मानो उसके वर्ण में मधु मिला दिया गया हो। उसके केश काले व घने थे। वह मेरी पुत्री थी, असुर राजकुमारी!

मैं अपनी पुत्री से आँखें ही नहीं हटा पा रहा था। उसने बड़ी ही गरिमा से अपना सिर उठाया और उन लोगों की भीड़ को निहारा, जो उसे आँखों ही आँखों में पी रहे थे। उसने किसी भी मुख पर, कुछ क्षण से अधिक अपनी दृष्टि नहीं टिकाई। जब उसने मुझे घूरा तो मेरा दिल मानो धड़कना ही भूल गया। उसने मुझे एकटक घूरा और मैं भयभीत हो उठा। भीतर ही भीतर मानो एक कचोट सी उठी। क्या वह अपराध-बोध था अथवा मेरा भय? मैं नहीं जानता और फिर मैंने तत्क्षण मुख घुमा लिया। जब मैंने दोबारा उसकी ओर देखा तो वह एक अट्ठारह वर्ष के लगभग युवक को ताक रही थी। वह कोई राजकुमार नहीं था। वह साधारण श्वेत परिधान में था परंतु उसके कंधे पर धनुष लटक रहा था और बालों की जटाएँ बाँधी गई थीं। वह बहुत लंबा और गठीले बदन का था और उसमें कुछ तो ऐसा था, जो अनायास ही अपनी ओर ध्यान आकर्षित करता था। वह बिल्कुल शांत चित्त व सहज दिख रहा था। उसकी आयु के युवक के लिहाज़ से तो उसकी सहजता व आत्मसंयम प्रशंसनीय थे।

मैंने देखा कि मेरी पुत्री के नेत्र मानो उससे जुड़ गए थे। वह उसे देख कर लजाई और उसके साँवले गालों का गड्ढा दमक उठा। वह झट से नीचे देखने लगी, मुड़ी और आगे चली गई। मैंने उस गहरे रंग के युवक को ध्यान से देखा। ऐसा लगा मानो मेरी शिराओं में उसके प्रति ईर्ष्या व घृणा धधक उठी हो। संभवतः उसे भी मेरी भावनाओं का अनुमान हो गया होगा, वह मुड़ा और मुझे देख कर मुस्कराया। मैं भीतर ही भीतर सिकुड़ गया। मैं नहीं जानता कि क्यों व कैसे परंतु मैं इतना जान गया था कि वह व्यक्ति ख़तरनाक था। मुझे पूरा विश्वास था कि वही मेरी पुत्री का वरण करने जा रहा था। मैं अपने लिए तथा अपनी पुत्री के लिए भयभीत हो उठा। मैं चाहता था कि भाग कर आगे जाऊँ और अपनी पुत्री को उस आसन्न संकट से बचा लूँ। मैं उसे यहाँ से निकाल कर, लंका ले जाना चाहता था परंतु अपने भय तथा आशंकाओं सहित वहीं जड़मति बन कर खड़ा रहा और किसी चमत्कार की प्रार्थना करता रहा, जो संभवतः मेरी पुत्री की रक्षा कर पाता।

एक लंबी लहराती हुई श्वेत दाढ़ी वाला वृद्ध ब्राह्मण, उस युवक के पास खड़ा था। उनके समीप ही एक और युवक खड़ा था, जो निरंतर अपने मस्तक पर त्यौरियाँ डाले, मुझे ही घूरे जा रहा था। जब मेरी दृष्टि उससे मिली तो उसने मुझे ऐसी तिरस्कृत दृष्टि से देखा कि मैं भीतर ही भीतर सिकुड़ कर रह गया। *'इतनी अल्पायु में*

ऐसा आत्मविश्वास व घमंड, भला आया कहाँ से?' मैं कभी युवा था परंतु मैं तो कभी किसी से इस प्रकार पेश नहीं आया। मैं सदैव अपने से बड़ों के प्रति विनम्रता तथा सौजन्य का प्रदर्शन करता था। मुझमें तो घमंड लेशमात्र भी न था।

प्रतियोगिता आरंभ हुई। एक के बाद एक, प्रतियोगी आगे आते व भारी धनुष को उठाने की चेष्टा करते और असफल हो कर लौट जाते। उनमें से कुछ को देखने के बाद मैंने पता लगा लिया कि धनुष का भार, दोनों ओर से अलग-अलग था। पहले उसे उठाने के सही तरीक़े के विषय में विचार करना होगा, उसके बाद ही उसे उठाया जा सकता है। शीघ्र ही, सभी निमंत्रित अतिथियों ने अपना हाथ आज़मा लिया और निराश हो गए। कक्ष में एक व्याकुल कर देने वाली चुप्पी छाई थी परंतु मुझे बहुत अच्छा लग रहा था।

अब कोई भी क्रूर देव मेरी पुत्री को ब्याह कर नहीं ले जा सकता था। अब समय आ गया था कि मैं जनक के सामने अपना वास्तविक परिचय प्रकट कर दूँ और उससे अपनी पुत्री वापिस माँग लूँ। मैं उसे अपने साथ लंका ले जाता और एक ऐसा जीवन देता, जो सही मायनों में एक असुर राजकन्या के लिए होता। वह स्वेच्छा से अपने लिए वर तलाश लेती अथवा मैं उसके लिए सुयोग्य वर का संधान कर देता। मैं मंदोदरी को सब कुछ बता कर, उससे क्षमा-याचना कर लेता। अपनी युवावस्था में की गई मूर्खताओं के लिए केवल मैं ही दोषी था और मैं ही उनके लिए क्षमा माँग सकता था। मैंने अपने क़दम आगे बढ़ाए।

मैंने अनुभव किया कि जब मैं राजा की ओर जा रहा था तो पूरी सभा मुझे घूर रही थी। परंतु तभी मुझे अपनी भूल का एहसास हुआ। प्रत्येक व्यक्ति यही सोच रहा था कि मैं भी स्वयंवर में भाग लेने आया था। पहले तो जनक ने मुझे आशा भरी निगाहों से देखा और फिर उसके मस्तक पर बल आ गए। संभवतः उसे मैं अपनी पुत्री के लिए बहुत अधिक आयु का वर लगा होऊँगा। मैं केवल छियालीस वर्ष का था परंतु जिस समाज में छह वर्ष की कन्याओं का विवाह कर दिया जाता हो, उनके लिए तो मैं एक प्राचीन आदिम था। मैं धनुष के निकट जा कर ठिठक गया। मैं उत्सुक था। मैंने उसे स्पर्श किया, उसके उभरे हुए हिस्सों पर अपनी अँगुलियाँ फेरीं। मैंने उस पर अपनी पकड़ बना ली। उसकी कारीगरी कोई बहुत अच्छी नहीं थी और मुझे पूरा विश्वास था कि उस पर प्रत्यंचा चढ़ ही नहीं सकती थी। यदि कोई उसे उठाने की चेष्टा भी करता, तो वह वहीं टूट जाता। शिव भी निश्चित रूप से इस निकृष्ट कोटि के धनुष का प्रयोग नहीं कर सके होंगे।

जनक ने इसे अस्त्र-शस्त्रों का निर्माण करने वाले किसी केंद्र से लिया होगा, जहाँ

प्रशिक्षु धनुष-बाण निर्मित करने का प्रशिक्षण पाते हैं। यह एक अपूर्ण व अपरिष्कृत नमूना था और ये लोग इसके सहारे मेरी पुत्री का विवाह रचाने की प्रतियोगिता कर रहे थे।

"श्रीमान! यदि आप भी इसे उठा कर देखना चाहते हैं तो आपको थोड़ी शीघ्रता दिखानी होगी", एक मंत्री बोला। मैंने उसे घूरा। *'यदि मैं उसे उठा भी लेता तो क्या करता? अपनी ही पुत्री से विवाह रचाता?'* तभी वह साँवला सलोना युवक आगे आया तथा राजा को प्रणाम किया। मैंने ऊपर देखा। सीता अपने चेहरे का घूँघट हटा चुकी थी और बड़ी ही प्रत्याशा से उस युवक को ताक रही थी। मेरे हृदय का कोई कोना चाह रहा था कि उस युवक की विजय हो। कम से कम मेरी पुत्री को ऐसा वर तो मिल जाएगा जिसे वह पसंद कर रही है, भले ही अभी उनके बीच प्रेम न हुआ हो परंतु मन का कोई अंधकार से भरा कोना, बार-बार ये चेतावनी भी दे रहा था कि सीता उस युवक के साथ कभी प्रसन्न नहीं रह पाएगी। मैं पूरी तरह से निश्चित था कि वह युवक धनुष उठा भी लेगा तो भी प्रत्यंचा चढ़ाने के प्रयत्न में ही धनुष टूट जाएगा। यदि ऐसा होगा तो अस्थायी रूप से सीता इस प्रतियोगिता से बच जाएगी।

मैं भी उस युवक की बात सुनने के लिए प्रतीक्षा करने लगा। "महाराज! मैं अयोध्या के राजा दशरथ की पहली संतान, अयोध्या का राजकुमार 'राम' हूँ," फिर उसने राजा जनक को प्रणाम किया। अयोध्या? हम्म... मैंने ये नाम पहले कहाँ सुना था? संभवत: यह उन्हीं में से एक है, जो धूल-धूसरित उत्तरी मैदानों में छोटे व अप्रासंगिक, ग्राम्य राज्यों में से एक है।

अनायास मस्तिष्क में एक नाम कौंध गया, *राजा अनारण्य तथा मेरा अभियान...। हे ईश्वर! वह भयंकर निर्धनता के साम्राज्य में डूबा, एक छोटा सा राज्य, जो आकार में मिथिला से आधा भी नहीं था।'* मुझे स्मरण हो आया कि वह स्थान कितना साधारण तथा आदिम था। मैंने तो उसके अंतिम सम्राट को बहुत पहले समाप्त नहीं कर दिया था? इन मैदानी इलाक़ों में तो कुकरमुत्तों की खेती की तरह राजा उग जाते हैं।

मैं पीछे की ओर हटा। राम ने धनुष की तीन-चार बार परिक्रमा करते हुए, उसे सावधानी से देखा। मैं प्रभावित हुआ। यह युवक बुद्धिमान तथा संसाधनपूर्ण था। उसे अपनी शक्ति के प्रदर्शन की कोई जल्दी नहीं थी। उसने अपनी मध्यमा अँगुली तथा अँगूठे से पहले धनुष को मापा और फिर उसे मध्य से तीन अँगुल ऊपर एक स्थान मिल गया। उसने बड़े ही आराम से उस धनुष को वहाँ से उठा लिया। वह उस भार से लगभग लड़खड़ा गया था परंतु उसने स्वयं को शीघ्र ही संतुलित कर लिया। मेरी देह से स्वेदधारा प्रवाहित हो उठी। *'क्या वह प्रतियोगिता जीत लेगा?'* यदि मुझे अपने

अस्त्र-शस्त्र ज्ञान पर भरोसा था तो मैं दावे से कह सकता था कि प्रत्यंचा चढ़ाने का प्रयत्न करते ही, उसके दो टुकड़े हो जाते। मैंने सीता की ओर देखा। वह तनावग्रस्त थी। उसके दोनों हाथ मौन प्रार्थना की मुद्रा में जुड़े थे।

राम ने नीचे से डोरी उठाई और उसे बाँधने की चेष्टा की। उसकी माँसपेशियाँ गठी हुई थीं और मुख से प्रयास का तनाव प्रकट हो रहा था। मैं आकर्षित हो कर देखता रहा। 'यह युवक एक अच्छा योद्धा था।' हो सकता है कि मेघनाद जैसा कुशल योद्धा! धनुष झुका और राम ने डोरी से पहली टँकार की। मैं वातावरण में फैले तनाव को अनुभव कर सकता था। प्रत्येक व्यक्ति देख रहा था कि यह व्यक्ति इस असंभव कार्य को कैसे कर दिखाएगा? अद्भुत, उसने तो धनुष की प्रत्यंचा चढ़ा दी। भला यह कैसे संभव हुआ? *'क्या इस विषय में मेरा ज्ञान इतना खोखला निकला?'* मैंने अयोध्या कुमार के गठीले बदन से निगाहें हटा कर अपनी पुत्री की ओर देखा और उसी एक क्षण में कुछ टूटने की आवाज़ सुनाई दी। मैं झट से मुड़ा। मेरा हृदय तेज़ी से धड़क रहा था। मैं वह ध्वनि पहचानता था। अगले ही क्षण धनुष के दो टुकड़े हो गए। राम भी एक क्षण के लिए स्तंभित हो उठा। प्रत्येक व्यक्ति इस प्रकार स्तब्ध था कि किसी के मुख से बोल नहीं फूटे। मेरे उल्लास की सीमा न रही। कोई भी प्रत्यंचा नहीं चढ़ा सका था। अब मैं सीता को लंका ले जा सकता था। मैंने मारीच की ओर देखा। परंतु उन्होंने बड़ी ही उदासीनता से अपनी गर्दन हिला दी। मैं भ्रमित था और मैंने प्रश्नसूचक दृष्टि फेरी।

तभी चारों ओर हर्षोल्लास का स्वर सुनाई देने लगा। मैंने बहुत ही विस्मय तथा निराशा के साथ देखा कि मेरी पुत्री ने आगे आकर, अयोध्या कुमार के गले में वरमाला पहना दी। उसी क्षण से, राम व सीता पति-पत्नी बन गए। मेरे नेत्रों में अश्रु उमड़ आए। मैंने युगल दंपत्ति को देखा और मैं राम के नेत्रों में प्रसन्नता तथा गर्व के मिले-जुले भाव को देख सकता था जो इस अनपेक्षित विजय व पुरस्कार को पाने के कारण उत्पन्न हुए थे। यह देख कर मैं व्याकुल हो उठा। युवक! तुम सीता के योग्य नहीं हो! मैं चीख़-चीख़ कर कहना चाहता था। तभी मुझे सीता के नेत्रों में विशुद्ध व निश्चल स्नेह छलकता दिखाई दिया और मैंने स्वयं को असहाय अनुभव किया। मुझे अपनी पुत्री की प्रसन्नता को नष्ट करने का क्या अधिकार था? *'पुत्री मैं तुम्हारा योग्य पिता नहीं बन सका।'* मैंने आशा प्रकट की कि उसने अपने लिए जिस व्यक्ति को चुना था, वह एक पति के रूप में सदा उसकी प्रसन्नता का कारण होगा। वह उसके साथ आदर-मान से पेश आएगा और उसे उतना ही प्रेम करेगा, जितना वह करती है। मैंने ईश्वर से प्रार्थना की कि वह युवक सीता के सुयोग्य निकले। मेरा अपनी पुत्री पर कोई अधिकार नहीं किंतु मैं उसकी प्रसन्नता के लिए प्रार्थना तो कर ही सकता हूँ। मन ही मन जैसे

कोई कह रहा था कि सीता ने जिसे अपना पति चुना था अथवा जिस व्यक्ति ने सीता को पुरस्कार के रूप में पाया था, वह केवल उसके लिए दुःख का ही कारण होगा। मैंने मन ही मन चाहा कि मेरा अनुमान ग़लत निकले परंतु मैंने यह निर्णय भी लिया कि मैं आज से सीता पर निगरानी रखूँगा ताकि उसका पति उसका किसी भी प्रकार अहित न कर सके। सीता को अपने पिता रावण की ओर से संरक्षण मिलेगा। वह धरती के महाशक्तिशाली सम्राट की पुत्री थी। यदि मुझे कभी भी लगा कि वह युवक उसके योग्य नहीं था तो मैं उसे सबके बीच से उठा कर, उसके घर लंका वापिस ले जाऊँगा। उसे अपने महल, अपने अंक में छिपा कर, किसी भी प्रकार की हानि से उसकी रक्षा करूँगा। मैं मुड़ा और हरहराती भीड़ के मध्य राह बनाते हुए बाहर निकल आया। मैं बुरी तरह से थक गया था और पसीने से लथपथ था, लाख चाहने पर भी नेत्रों से अश्रुधारा रोके नहीं रुक रही थी। मैंने सीता को अपने मस्तिष्क से बाहर निकालना चाहा और स्वयं को कोसा कि मुझे इस यात्रा पर आना ही नहीं चाहिए था।

मैंने उस स्थान की तलाश की, जहाँ हमने *पुष्पक* विमान को छिपाया था। मैं इस देव राजधानी और इसके विचित्र रीति-रिवाज़ों से थक गया था। मैं अपनी लंका, अपनी पत्नी, अपने पुत्रों व अपनी प्रजा के पास लौट जाना चाहता था। छिपने के स्थान पर पहुँचा तो वहीं जा कर एहसास हुआ कि मारीच मेरे साथ नहीं थे। मारीच थोड़ी देर बाद आए। मैं अब भी अपनी पुत्री को ले कर चिंतित था। 'चलो, कम से कम उसका पति एक योग्य योद्धा तो दिखता था। देखें कि आगे क्या होता है!' पुष्पक में सवार होते समय भी, सीता के भविष्य को ले कर मन में आने वाले विचारों को परे नहीं धकेल पा रहा था। मैंने मारीच को पीछे आने का संकेत किया।

"मारीच! हमारे लोगों से कहना कि वे इन पर निगरानी रखें। इस लड़के पर भी नज़र रखें।" उन्होंने हौले से अपनी गर्दन हिलाई और बोले, "हमें सीता को वापिस ले जाने के लिए इतनी देर नहीं करनी चाहिए थी।" मुझे लज्जा का अनुभव हुआ परंतु अब इन बातों के बारे में सोचने से कोई लाभ नहीं था।

हम दो दिन में लंका पहुँचे। मैंने मंदोदरी को उस देव युवती के साथ अपने प्रणय-प्रसंग के विषय में बता दिया था। भले ही ऐसा करना आसान नहीं था परंतु मैंने सब कुछ बता दिया। मैंने उसे अपनी पुत्री और उससे जुड़े भय के बारे में बताया। वह मेरे इस विश्वासघात के लिए रोने लगी परंतु फिर उसने मुझे क्षमा भी कर दिया। मुझे ऐसा लगता था कि मंदोदरी इस विषय में पहले से ही सब कुछ जानती थी परंतु उसने अपने मुख से कभी एक शब्द भी नहीं कहा था। जब मैंने अपने दिल की हर बात उसके सामने रखी तो इससे हम दोनों के लिए ही अच्छा हुआ। मुझे ऐसा लगा कि उस दिन से उसकी नज़रों में मेरे लिए प्रतिष्ठा और भी बढ़ गई थी। मंदोदरी ने बताया कि

वह भी अपनी पुत्री को वापिस लाना चाहती थी परंतु चूँकि अब उसका विवाह हो चुका था अतः बेहतर यही था कि हम उसे, उसके पति के पास ही रहने दें। अंततः मैं चैन की नींद सो सका।

जैसा कि मैंने स्वयं को वचन दिया था, मैंने उस पर निकट से निगरानी रखी। मुझे यह जान कर बहुत दुःख तथा विस्मय हुआ कि राम ने राज्य के प्रति अपना उत्तराधिकार केवल इसलिए त्याग दिया क्योंकि उसकी विमाता अपने पुत्र को अयोध्या का राजा बनाना चाहती थी। उसकी विमाता ने अपने पति से वचन भरवा लिया कि उसका बड़ा पुत्र राम चौदह वर्ष के लिए वनवास करेगा और उसके पुत्र भरत को अयोध्या की राजगद्दी सौंपी जाएगी। मेरा दामाद भी... कैसा मूर्ख निकला, वह स्वेच्छा से राज्य को त्यागने तथा वनों में भटकने के लिए राजी हो गया। यद्यपि अयोध्या की प्रजा यही चाहती थी कि राम को ही राजा बनाया जाए, उसने अपने मरणासन्न पिता की अंतिम इच्छा पूरी करने के लिए जन सामान्य की इच्छा की भी उपेक्षा कर दी। मुझे राम के इस झूठे अभिमान तथा संसार के सामने अपनी सत्य-निष्ठा प्रमाणित करने की तत्परता के कारण घृणा हुई। मैं तो उसका तर्क कभी नहीं समझ सका। और उसके पिता को तो देखो... भला वह व्यक्ति ऐसा वचन कैसे दे सका? एक राजा कभी ऐसा नहीं कर सकता। यह तो राजधर्म के विरुद्ध था। उत्तराधिकारी होने के नाते, राम का दायित्व बनता था कि वह उस राजा के ख़िलाफ़ खड़ा होता जिसने ऐसा अन्याय किया था। उसे तो अपने पिता को राजगद्दी से उतार कर, स्वयं राजा बन जाना चाहिए था। इसकी बजाय उसने अपने सौतेले भाई के लिए गद्दी का त्याग कर दिया। और उसका छोटा भाई लक्ष्मण, वह भी उसके साथ वन में आ गया। और अब मेरी प्यारी पुत्री भी उन दोनों के साथ वन में मारी-मारी फिरती थी।

मैंने अपने सैनिकों को निर्देश दिए कि वे उन तीनों की शत्रुओं से रक्षा करें और मुझे उनके विषय में सूचित करते रहें। मुझे पता चला कि राम पूरे भारत के वन-प्रांतरों में भटक रहा था और कभी-कभी मेरे गुप्तचरों ने सीता को अकेले में, मूक क्रंदन करते भी देखा था। मुझे संदेह था कि लक्ष्मण एक असभ्य तथा दुष्ट व्यक्ति था और मुझे हमेशा यही भय सताता रहता कि कहीं वह मेरी पुत्री को कोई हानि न पहुँचा दे।

परंतु मेरे सभी भय निर्मूल तथा निराधार निकले। लक्ष्मण तो अपने भैया-भाभी के प्रति बहुत निष्ठावान निकला। इस दौरान, लंका फलने-फूलने लगी और मैंने अपनी नगरी में अनेक सुधार भी लागू किए। परंतु सीता हमेशा मेरे विचारों में बनी रही। मैं उसके लिए चिंतित था। तब एक दिन, शूर्पणखा मेरे दरबार में दौड़ी-दौड़ी आई। समय आ गया था।

27 असुर राजकुमारी की वापसी

भद्र

मैं पचास के लगभग हो गया हूँ, सिर पर अब केश नहीं रहे, मेरे अंगों तथा मस्तिष्क की शक्ति भी अब पहले जैसी नहीं रही। प्रत्येक दिन, बीते हुए दिन जैसा ही प्रतीत होता है। मैं सुबह होने पर उठता, दैनिक चर्या पूरी करता, कुछ जलपान करता, जीवन में कहीं न कहीं देखी गई सुंदरी युवतियों की कल्पना करता, आसपास की परिस्थितियों पर सिर धुनता, शराब पीता, दुनिया के ताज़ा हालात को ले कर बिसूरता, श्रोताओं को अपनी युवावस्था की वास्तविक व काल्पनिक कथाएँ सुना-सुना कर पकाता और दिन के अंत में, अपने बिस्तर पर जा कर ढेर हो जाता ताकि अगले दिन फिर से उठ सकूँ। इसी तरह यह चक्र चलता रहा। रावण की क्रांति से हम जैसे लोगों के हाथ कुछ नहीं आया था। संभवतः हम पहले से कुछ बेहतर हुए थे परंतु हमें हमारे ही स्थान पर रखा गया था और शीघ्र ही यह भी सिखा दिया गया था कि हमें कैसे पेश आना चाहिए। उनके पास बहुत से भद्र जन तथा संपन्न व्यक्ति थे। पहले वे सुविधाभोगी लोग आते थे और फिर हम जैसे लोगों की बारी आती। जब तक हम अपने स्थान पर टिके हुए थे, तब तक हम आराम से जी सकते थे परंतु हममें से भी अधिकतर लोग उच्च पदों तक जा पहुँचे थे, इसमें उनका भाग्य था या श्रम या फिर उनकी चाटुकारिता! मैं नहीं बता सकता। सेना में मेरे साथ रहे, अधिकतर साथी मेरी तरह निर्धन ही रहे परंतु कुछ तो सचमुच बहुत ही अहम पदों तक जा पहुँचे थे।

पिछले कुछ वर्षों में जिस प्रकार ब्राह्मण वर्ग ने प्रगति की थी, यह बात वास्तव में खिझाने वाली थी। सेना द्वारा ब्राह्मणों के दमन तथा नृशंस मार-काट के कुछ समय तक, ब्राह्मणों ने अस्थायी रूप से दक्षिण की ओर आना त्याग दिया था। यहाँ उनके

धर्म के बहुत ही कम अनुयायी शेष रह गए थे। परंतु कुछ समय पश्चात, वे लोग फिर से पनपने लगे। तब तक रावण ने भी अपनी विचारधारा तैयार कर ली थी कि एक महान राजा को अपनी प्रजा से किस तरह पेश आना चाहिए। मुनि अगस्त्य के नेतृत्व में साधुओं के एक दल ने, असुर राज्य में शरण पाने के लिए विनती की। प्रहस्त ने उन्हें आश्रय देने का विरोध किया तथा प्रजा ने भी इसका खुल कर विरोध प्रकट किया परंतु रावण ने एक भले नरेश की भूमिका में आते हुए, उन्हें आश्रय देने का निर्णय ले लिया।

कुछ वर्षों तक, अगस्त्य व उनके ब्राह्मणों का दल, नगरों से दूर ही रहा और शांतिपूर्ण अस्तित्व के साथ जीवित रहा। वे अपने तक ही सीमित रहे और उनके कारण किसी को कोई कष्ट नहीं हुआ। अगस्त्य लगभग प्रतिदिन महल में जा कर, रावण से आग्रह करते कि उन्हें हमारे राज्य के भीतर अपने ग्राम बसाने की अनुमति दी जाए। विभीषण भी उस मुनि का ही पक्ष लेता और उसकी ओर से आग्रह करता। अंततः उन्होंने दक्षिण भारत के पश्चिमी व पूर्वी तटों पर अपने ग्राम बना ही लिए, जिनमें लंका का द्वीप भी शामिल था। यह सब बहुत धीरे-धीरे आरंभ हुआ। गौर वर्ण ब्राह्मणों ने साम्राज्य के लगभग सभी प्रमुख नगरों व कस्बों में अपने नन्हे द्वीप निर्मित कर लिए। और इससे पूर्व कि हम जान पाते कि ये सब क्या हो रहा था, वे सभी सरकारी पदों पर अपना अधिकार जमा चुके थे, मंदिरों को अपने अधीन कर चुके थे और अन्य लोगों को बड़ी ही प्रभावोत्पादकता के साथ लाभप्रद तथा महत्त्वपूर्ण पदों से परे ले जा चुके थे।

रावण का मानना था कि यदि उसे संसार में मान पाना है तो उसे एक धर्मनिरपेक्ष सम्राट बनते हुए, प्रत्येक धर्म के साथ सम्मान तथा सहिष्णुता का भाव अपनाना होगा। जिन आदर्शों के लिए मेरे जैसे, जाने कितने ही असुरों ने युद्ध किया था, उन्हें पूरी तरह से विस्मृत किया जा चुका था। वह तो इस सीमा तक कहने लगा था कि अल्पसंख्यक भी देश के संसाधनों पर समान अधिकार रखते थे और एक सम्राट होने के नाते, उसका कर्तव्य बनता था कि वह उन्हें संरक्षण प्रदान करे।

लोग अंदर ही अंदर सुलगते रहे। असुरों की कीर्ति व यश के लिए युद्ध करने तथा आदर्श असुर साम्राज्य के लिए सब कुछ बलिदान करने के बाद, क्या हम यही पाने के अधिकारी थे? ऐसा जान पड़ता था कि केवल अल्पसंख्यकों के अधिकार तथा धार्मिक भावनाएँ ही महत्त्व रखते थे और हमारी भावनाएँ कोई महत्त्व नहीं रखती थीं। ब्राह्मणों का आभार, असुरों के प्रमुख खाद्यपदार्थ 'गौ माँस' को निषिद्ध कर दिया गया था। ब्राह्मण हमारे देवालयों में प्रवेश कर सकते थे और हमारे साधारण देवों को अपशब्द कह सकते थे और इससे भी बदतर, उन्हें मंदिर में अच्छा चढ़ावा

चढ़ता दिखाई देता, तो वे उसे अपने अधिकार में भी ले सकते थे। अंततः वे ऐसी परिस्थितियाँ पैदा कर देते कि हमें हमारे ही मंदिरों में जाने की मनाही कर दी जाती। जो भी हो, हम अशुद्ध व अपवित्र जन थे। शासित वर्ग के लिए अल्पसंख्यकों के अधिकारों का मामला एक दीवानगी बन गया था। अनेक असुर देव धर्म में दीक्षित हो गए परंतु अब भी मुझ सरीखे अनेक अड़ियल सूकर बचे थे, जिन्होंने ऐसा करने से इंकार कर दिया था।

जब मुझे और अतिकाय को उस द्वंद्व युद्ध के बाद निर्ममता से पीट कर, लगभग अर्धमृत कर दिया गया था तो उस घटना के बाद से, मैं महल में क़दम तक नहीं रखना चाहता था। मैं उनके लिए एक पायदान की भूमिका निभाते-निभाते थक चुका था। मैं अपना व्यापार पुनः आरंभ करना चाहता था परंतु अब वह स्थान ही कहाँ रहा था? उन्होंने वे सड़कें चौड़ी कर दी थीं और जहाँ कभी मेरा पुराना वट वृक्ष खड़ा रहता था, वहाँ अब बगीचा बना दिया गया था। चारों दिशाओं से त्रिकोट का विस्तार होने से, हम जैसे लोग सीमांतों पर खदेड़ दिए गए थे। वहाँ आने वाले यात्रियों का कहना था कि यह नगर मुज़ूरी के प्रमुख बंदरगाह नगर से भी ख़ूबसूरत दिखता था परंतु मेरे जैसे लोगों के लिए तो कुछ भी नहीं बदला था। हम अब भी लोगों की आँखों की किरकिरी थे और हमें महत्त्वपूर्ण लोगों की दृष्टि से छिप कर रहना पड़ता था, परंतु उन्हें हमारी आवश्यकता भी थी। भई, यदि हम न होते तो उनके बाग़ों की देखरेख कौन करता? उनके घरों में दासियाँ व सेवक कौन बनता? उनके लिए पानी कौन भरता? लकड़ियाँ कौन काटता? सड़कें कौन बुहारता? उनकी गंदगी कौन साफ़ करता?

इस प्रकार, यद्यपि वे लोग हमें पसंद नहीं करते थे परंतु उन्होंने हमें सहन किया। हमने भी अदृश्य बन कर जीना सीख लिया था। हममें से अधिकतर, सुबह नगर के जागने से पूर्व ही अपने कार्य करते और कहीं ओझल हो जाते। इसी प्रकार जीवन चलता रहा। जब उन्होंने मुझे और मेरे पुत्र को पीटा था, उस बात को लगभग चौदह वर्ष बीत गए थे। जब त्रिकोट फली-फूली और उसका विस्तार हुआ तो मैं अपने परिवार सहित एक छोटी कुटिया में आ गया, जो नगर के दक्षिण में कई मील की दूरी पर थी। वहाँ मैंने कृषि कार्य करना आरंभ किया। मैंने थोड़ा सा वन-प्रांतर का क्षेत्र साफ़ किया और निर्णय लिया कि वहाँ काली मिर्च तथा इलायची की खेती करूँगा। मेरे पास बीज नहीं थे इसलिए मुझे एक स्थानीय जमींदार से कुछ धन उधार लेना पड़ा। और फिर हम धनी होने के स्वप्न देखने लगे। कुछ समय बाद, वे स्वप्न केवल आरामदेह तरीक़े से जीने के स्वप्नों में बदल गए। इसके बाद हम केवल यही स्वप्न देखने लगे कि किसी तरह दो जून की रोटी नसीब हो। फिर हम स्वप्न देखने लगे कि कम से कम ऋण के

बोझ से तो मुक्त हो जाएँ और अंत में आकर, हमने स्वप्न देखना ही छोड़ दिया।

परंतु धनी व संपन्न प्रजा और भी धनी होती गई। वे पूरे संसार को अपनी संपदा तथा वैभव के अतिशय प्रदर्शन से चकाचौंध कर देते। और कहा जाता था कि रावण के राज में, असुर साम्राज्य ने दिन-दूनी-रात-चौगुनी प्रगति की। यह अक्षरक्षः सत्य था। संभ्रात वर्ग ने प्रगति की इसलिए देश ने भी प्रगति की। क्या इस बात से सचमुच कोई अंतर पड़ता है कि बहुसंख्यक संघर्ष करते रहें अथवा कृषक अपने शोषकों के चंगुल से बचने के लिए आत्मघात करते रहें?

हम तो अदृश्य लोग थे, जो किसी भी गिनती में ही नहीं आते थे। मुझे इसी तथ्य से बहुत सांत्वना मिलती थी कि मेरा देश, संसार के, सबसे तीव्रता से प्रगति कर रहे राष्ट्रों की गणना में सर्वोपरि था। यद्यपि इस तथ्य से मेरा पेट तो नहीं भरता था परंतु इससे मुझे शेखी बघारने में सहायता मिलती और अहं की तुष्टि होती। मेरे साथ मेरे ही जैसे कई और साथी भी थे। हम प्रतिदिन किसी स्थानीय ताड़ी की दुकान पर बैठ कर, ताड़ी पीते और अपने राजा व असुर साम्राज्य के नाम जाम पेश करते।

वह दिन भी आम दिनों जैसा ही एक दिन था। गर्म, उमस से भरा, नीरस व उबाऊ! उस दिन संध्या समय, हवा नहीं चल रही थी और मैं एक स्थानीय ताड़ी की दुकान पर बैठा, कई मटकियाँ घटिया ताड़ी चढ़ाने के बाद लगभग बेसुध हो चुका था। मैं घर नहीं जाना चाहता था। यदि मैं वहाँ कुछ देर और बैठ पाता तो मुझे अच्छा लगता था, कोई न कोई मूर्ख मुझे थोड़ी और ताड़ी दिलवा ही देता। तो मैं वहीं बैठा, राजकुमारी शूर्पणखा के रसीले किस्सों तथा कामुक रोमांचों को चटकारे ले कर सुन रहा था। वहीं मुझे पता चला कि वन में घूम रहे किन्हीं दो पुरुषों ने उसे बुरी तरह से अपमानित किया, अफ़वाहों के आधार पर संभवतः वे कोई देव, वानर अथवा नाग थे; जिन्होंने राजकुमारी के साथ बलात् संभोग करने के बाद उसकी नाक व स्तन काट दिए थे। लोग तो यह भी कह रहे थे कि रावण अपनी बहन के साथ हुए अत्याचार व अपमान का प्रतिशोध लेने के लिए, विशाल स्तर पर एक युद्ध आरंभ करने जा रहा था। तभी हमें उड़नखटोले का कर्णभेदी स्वर सुनाई दिया। हम सभी बाहर की ओर भागे। एक बहुत बड़ी भीड़ आकाश की ओर नज़रें गड़ाए खड़ी थी। लोगों ने चारों ओर धक्कामुक्की मचा रखी थी। मैं भी उस भीड़ में धक्के खाते हुए, अपने लिए स्थान बनाने में सफल रहा।

सड़कों का सारा यातायात थम गया था। क्या पगला मय पुनः कोई आकाशीय करतब दिखाने के चक्कर में था? तभी सारी भीड़ के बीच एक चुप्पी सी छा गई। मैं रावण की गहन-गंभीर आकृति देख सकता था, जो *पुष्पक* विमान के कलपुर्जों के साथ व्यस्त

था और उसे वश में करने की चेष्टा कर रहा था क्योंकि वह विशालकाय लौह पक्षी हमारे सिरों पर मँडरा रहा था। अस्त हो रहे सूर्य की लालिमा के मध्य, मुझे एक ऐसा दृश्य दिखा जिसने मेरा सारा नशा दूर कर दिया, मैंने देखा कि विमान में एक युवती बैठी सिर झुकाए रो रही थी। सूर्य का प्रकाश इतना पर्याप्त था कि उस स्त्री का मुख देखा जा सकता था। मेरी पूरी देह में सिहरन दौड़ गई। यह चेहरा तो मेरे बहुत पुराने अतीत से जुड़ा लग रहा था। क्या वह मंदोदरी थी? वह युवती दिखने में युवावस्था की मंदोदरी के समान दिखी परंतु इसका वर्ण उसकी अपेक्षा थोड़ा साँवला था। *'अब राजा के दिमाग़ में क्या चल रहा था?'* मैं नहीं जान सका, मैं बस इतना जानता था कि मेरे पूरे शरीर में एक विचित्र सा भय व्याप्त हो रहा था। मन ही मन मैं जानता था कि हम सभी किसी मुसीबत में पड़ने वाले थे, कोई संकट सामने आने वाला था – बहुत बड़ा संकट!

28 अलविदा मारीच

रावण

मारीच मारे जा चुके थे। वस्तुतः उनकी नृशंस हत्या की गई थी और इसके लिए मैं उत्तरदायी था। मैं उनके लिए कुछ न कर सका। यह एक मूर्खतापूर्ण व संकट से भरी हुई योजना थी। मैं किसी रोमांचप्रिय किशोर की भाँति बड़ी ही निर्ममता से इसे क्रियान्वित कर बैठा और इसके बदले में उन्हें गँवाना पड़ा। उन्होंने तो मुझे ऐसा न करने का परामर्श दिया था। मैं राम से अपनी प्रिय पुत्री को तो छुड़ा लाया परंतु अपने प्रिय मामा श्री मारीच का बलिदान करना पड़ा। आज जब पलट कर विचार करता हूँ तो समझ आता है कि कुल मिला कर पूरी योजना ही मूर्खतापूर्ण थी। हमें उस अभियान पर जाना ही नहीं चाहिए था। जब मैंने पिछली शाम अपनी सभा में, वक्षस्थल तथा नासिका रहित शूर्पणखा को चिल्लाते देखा तो तत्काल अपनी प्रतिक्रिया दे बैठा। पूरी सभा सकते में आ गई थी। कुछ क्षणों के लिए तो हम समझ ही नहीं पाए कि दरअसल वह कहना क्या चाहती थी। उसके सारे शब्द बड़बड़ाहट मात्र लग रहे थे। वह बिल्कुल ही विक्षिप्तों की भाँति प्रलाप कर रही थी और गहरे सदमे में थी। लगभग आधे घंटे बाद, हमें उसकी कुछ-कुछ बात समझ में आने लगी। जब मैं उसकी बात समझा, तो पूरी देह में मानो आग सी दौड़ने लगी। *'उस नीच व्यक्ति का इतना साहस कि उसने मेरी बहन पर हाथ उठाया?'* और वह बेचारी कितनी दयनीय दशा में थी। वह कभी सुंदरी नहीं रही, यहाँ तक कि अपनी युवावस्था में भी सुंदर नहीं दिखी परंतु तीस के उत्तरार्ध में, अपनी कटी नासिका के साथ तो और भी भयंकर दिख रही थी। वह लगातार बड़बड़ाती रही कि कैसे उसने एक सुंदरी युवती को वन में दो युवकों के साथ विचरण करते देखा और उस युवती से केवल यही पूछा कि क्या वह उसके असुर सम्राट भाई से विवाह करना चाहेगी।

यह सुन कर, छोटा युवक उस पर लपका और उसने उसकी जो दुर्दशा की थी, वह तो सबको दिखाई ही दे रही थी। मैंने उसके कंधों पर हाथ रखते हुए सांत्वना देनी चाही परंतु वह बुरी तरह से बिफर उठी, मुझे कोसते हुए, उलाहना देने लगी कि उसका भाई बिल्कुल ही कायर था और किसी रीढ़विहीन प्राणी की तरह निष्प्राण था।

मैं अपनी बहन के अपमान से उत्तेजित हो उठा परंतु यह तथ्य कहीं अधिक लज्जाजनक था कि वह स्त्री मेरी बहन थी। वह बहुत समय पहले, हमारे दूर के संबंधी भाइयों खर व दूषण के साथ रहने चली गई थी, वे उत्तरी देव भूमि के सीमांत पर स्थित मेरे दो छोटे राज्यों के राजा थे। तब से मुझे उस पर नज़र रखनी पड़ती थी। प्रारंभ में मेरे लिए यह कौतुक का विषय था कि उसने कितने पुरुषों को लुभाने में सफलता अर्जित की परंतु बाद में मैं इस बात से लज्जित सा अनुभव करने लगा था। भले ही असुरों के सामाजिक नियमों के अनुसार यह कोई अपराध न था, परंतु समय पहले से बहुत बदल गया था। देवों के कुछ लक्षण जैसे कि नैतिकता आदि मुझ पर भी हावी होने लगे थे। यह घटना संभवत: तभी घटी होगी जब वह किसी पुरुष का पीछा कर रही होगी और इसी अवधि में उसने उन दो पुरुषों व उस स्त्री को देखा होगा, जो निश्चित रूप से मेरी पुत्री, उसका पति व देवर ही थे। नि:संदेह शूर्पणखा हमारे इस संबंध से अनजान थी, अन्यथा उसने मेरे आगे कोई और असत्य कहा होता।

एक और विचार ने मुझे चिंता में डाल दिया, *'इन दो ख़तरनाक पुरुषों के साथ मेरी अपनी पुत्री कितनी सुरक्षित थी?'* मैं सभा को जारी रखने की मन:स्थिति में नहीं था इसलिए मैंने सभा स्थगित की और अपने निजी कक्ष में आ गया। मैंने मंदोदरी को बुलवा कर अपने निर्णय से अगवत करवाया। यह सरल नहीं था। उसे मेरी योजना के विषय में सुन कर कोई प्रसन्नता नहीं हुई परंतु मैंने उससे कहा कि मैं अपनी पुत्री को उन पुरुषों के साथ कभी नहीं छोड़ सकता था जो इतनी निर्ममता से किसी स्त्री के कान व नाक काट सकते थे। मैं अपनी पुत्री की सुरक्षा के लिए व्यथित था।

तब मंदोदरी ने ही परामर्श दिया कि मुझे युद्ध की घोषणा करते हुए, सीता को पकड़ लेना चाहिए। मैं उन दो तुच्छ प्राणियों के साथ युद्ध करने के विचार मात्र से ही खिलखिला कर हँस दिया। इसमें बड़ी सिरदर्दी थी और काम भी कुछ कम व्ययसाध्य नहीं था। मैं जानता था कि मैं क्या करने जा रहा था और अब पीछे मुड़ कर देखने या पुनर्विचार करने का प्रश्न ही नहीं उत्पन्न होता था।

मैंने मारीच को अपनी योजना से अवगत करवाया। उन्होंने इसे उपयुक्त नहीं माना और कहा कि मैं भावुक हो कर, बचकाना निर्णय ले रहा था। मैं बुरी तरह से खिसिया

गया और अपनी नाराज़गी प्रकट की। मैं उस वृद्ध की आँखों में पीड़ा व कचोट देख सकता था परंतु वे निरंतर मुझसे तर्क-वितर्क करते रहे। मैं इतने क्रोध में था कि मैंने अकेले ही उस अभियान को पूरा करने की ठान ली। अंततः, वे मेरी योजना के अनुसार चलने के लिए सहमत हो गए और हम आकाश मार्ग से, मेरी पुत्री की खोज में निकल पड़े। जब हमने उत्तर की ओर प्रस्थान किया तो मारीच ने एक बार पुनः मुझे फुसलाना चाहा। मैंने उन्हें उपेक्षित कर दिया। वे बोले, "तुम राम और उसके भाई का वध करके सीता को वापिस ला सकते हो और साथ ही उसे यह भी बता देना कि उसके जन्म का सत्य क्या है।" परंतु मैं राम का वध नहीं करना चाहता था। मेरी पुत्री उसके प्रति निष्ठावान थी और मैं उसे किसी भी रूप में, दुःख के सागर में नहीं डुबोना चाहता था।

मेरी योजना केवल यही थी कि सीता को तब तक लंका में रखा जाए, जब तक राम का वह स्वैच्छिक वनवास समाप्त नहीं हो जाता। तब वह अपने पति के साथ उसके उस तुच्छ राज्य की रानी बनने के लिए जा सकती थी। मन ही मन, कहीं यह आस भी छिपी थी कि संभवतः जब मैं उसे लंका ले आऊँगा तो पिता के जगमगाते राजप्रासाद देख कर, वह अपने पति को भी वहीं रहने के लिए मना ले। ऐसा नहीं था कि मैं अचानक ही उस व्यक्ति को पसंद करने लगा था परंतु मैं उसे भी स्वीकार करने के लिए प्रस्तुत था। मैं राम को अपनी उत्तरी साम्राज्य का एक अंश देने के लिए भी मन ही मन तैयार था।

परंतु सब कुछ प्रारंभ से अनुचित होता चला गया। जब हम उस स्थान पर पहुँचे, जहाँ राम सीता व अपने अनुज के साथ रह रहा था तो उस समय प्रातःकाल की बेला थी। वन बहुत ही रमणीक जान पड़ रहा था यदि वह कोई और अवसर होता तो मैंने अपनी सारी चिंताएँ भुला दी होतीं और हाथ में कूची थामे, ताड़पत्रों पर वन के वे प्रिय रहस्य उकेरता, जो कितनी उदारता से मेरे आसपास बिखरे थे। वृक्षों पर धुँध का हल्का सा आवरण आच्छादित था और घास का एक - एक क़तरा, सूर्य की चमचमाती किरणों से सजी धूप में, जगमगा रहा था। गड़गड़ करते नाले के समीप, ढलान पर ही फूस से बनी एक कुटिया दिखाई दी। वहाँ अनेक रंगों की हज़ारों तितलियाँ मँडरा रही थीं। शीतल वायु में हौले-हौले झूल रहे वृक्षों के झुरमुट से छन कर आती सुनहरी रोशनी कभी दिखने लगती तो कभी ओझल हो जाती। पक्षी व झींगुर, मधुमक्खियों की गुँजार तथा पतंगों के स्वर, कुल मिला कर वन के इस वातावरण को और भी समृद्ध बना रहे थे। हिरण आलस्य से चर रहे थे और धूप में चमकते घास के कतरे को संशय से निहारते ख़रगोश व गिलहरियाँ हर आहट पर चौकन्ने हो कर यहाँ-वहाँ ताकने लगते। वहीं चट्टान पर मेरी पुत्री

सीता किसी वनदेवी के समान बैठी, अपने ही विचारों में मग्न दिखाई दी। उसके हाथ नाभि के पास बँधे थे, उसकी टाँगों की मुलायम व साँवली त्वचा पर पानी कुछ बूँदें अठखेलियाँ करती दिखीं, जो संभवतः उस नाले से उड़ कर आ गई होंगी।

मारीच ने कंधे पर हाथ रखा तो मानो मैं एक सम्मोहन से जगा। तभी मुझे वह दृश्य दिखाई देना आरंभ हुआ, जो कि वह वास्तव में था। वह शत्रु का इलाका था। शत्रु हमारे निकट ही हो सकता था। यदि मेरा सामना राम से होता तो मुझे उसे मारना पड़ता। मेरे गुप्तचरों ने जो सूचना दी थी, उसके विपरीत सीता तो बहुत प्रसन्न दिख रही थी। *'कायर कहीं के! उन्होंने मुझे वही बताया, जो मैं सुनना चाहता था'* उन्होंने यही अनुमान लगाया होगा कि मैं उस युवती में रुचि रखता था। अब मैं वार्तालाप के कुछ टुकड़े सुन पा रहा था और मैं भी वहीं उसी दिशा में ताकने लगा, जहाँ मारीच एकटक देख रहे थे। वन की ओर से निकल कर, दो पुरुष आते दिखाई दिए। वे शिकारियों जैसे दिख रहे थे और मैं एक ही झटके में राम-लक्ष्मण को पहचान गया। दोनों भाई पहले से अधिक साँवले व बड़े हो गए थे। मुझे उन्हें देखे भी तो लगभग चौदह वर्ष होने जा रहे थे। मेरी आँखों को वे भद्दे व कुरूप जान पड़े, यद्यपि अब भी राम के चेहरे पर कुछ आंतरिक आभा विराजमान थी। *'देव कुमार इतने साँवले क्योंकर हुए? यहाँ तक कि मेरा वर्ण भी उनसे साफ़ था?'*

मारीच मेरे कान में हौले से बोले और पलक झपकते ही वन में अदृश्य हो गए, "मैं राम को राजकुमारी से दूर ले जाता हूँ। मुझे लगता है कि उसके अनुज को तो तुम संभाल ही लोगे।" मैं उन्हें बताना चाहता था कि मैं तो दोनों को ही संभाल सकता था परंतु वे तो ओझल हो चुके थे। बस मैंने उन्हें अंतिम बार वहीं देखा था। जैसा कि मैंने पहले भी कहा कि यह योजना मूर्खतापूर्ण थी तथा बहुत ही हड़बड़ाहट में बनाई गई थी, जो कि मारीच सरीखे अनुभवी के अनुसार बिल्कुल अनुपयुक्त थी। ऐसा नहीं कि मुझमें अनुभव का अभाव था परंतु उस दिन अब भाग्य को दोष दें या नियति का नाम लें परंतु मैं एक के बाद एक भूलें करता चला गया। मैं पिछले दो घंटों से प्रतीक्षा में था और अब लगभग अधीर हो चला था। *'क्या मुझे वहाँ भाग कर जाना चाहिए और उन दोनों से दो-दो हाथ करने के बाद, अपनी पुत्री को ले आना चाहिए?'* मैंने तकरीबन ऐसा ही करने का निश्चय कर लिया था कि नाले के दूसरे किनारे पर एक चमकीली सी वस्तु दिखाई दी। मैं भी आकर्षित हो उठा। यह तो सोने का एक हिरण था। केवल उसका अगला हिस्सा तथा तराशे हुए सींग दिख रहे थे परंतु दूर से देखने पर यह कोई स्वर्गीय जीव दिखाई दे रहा था। उसने बहुत ही कोमल तथा मधुर सुर निकाला और झाड़ियों के पीछे ओझल हो गया। वे दोनों व्यक्ति तथा सीता भी एकदम पीछे मुड़े और विमुग्ध भाव से हिरण को ताकने लगे। हवा से सरसराती पत्तियों तथा

पक्षियों के चहचहाने के मधुर स्वर के अतिरिक्त पूरे वन में शांति का साम्राज्य था। सीता ने हिरण को देखते ही तीव्र स्वर में अपना उल्लास प्रकट किया। मैंने देखा कि वह स्वर्ण हिरण एक बार फिर आगे आया और पलक झपकते ही झाड़ियों में ओझल हो गया। मैंने देखा कि लक्ष्मण ने इसी दौरान उस पर निशाना साधने की तैयारी भी कर ली थी। उसने अपना धनुष झाड़ी की ओर तान दिया। कुछ क्षणों के लिए राम व सीता सब भुल कर, उसी ओर ताकते रहे। मानो युगों के बाद, हिरण ने पुनः वहाँ दर्शन दिए। लक्ष्मण के धनुष से एक बाण सनसनाता हुआ निकला और उस वृक्ष को भेद दिया, जिसके तले, कुछ क्षण पूर्व स्वर्ण हिरण दृष्टिगोचर हुआ था। वृक्ष में धँसा बाण प्रकंपित होता रहा। मेरी दृष्टि में उसके लिए अचानक ही प्रशंसा का भाव आ गया। *'भले ही असभ्य हो परंतु वह अच्छा धनुर्धारी था और उसे बड़ा अच्छा प्रशिक्षण दिया गया था।'*

मैं तकरीबन ज़ोर से ही हँस पड़ा। मैं जानता था कि हिरण के वेष में मारीच ही थे और उन्हें तीर के निशाने पर लाना कोई सरल कार्य नहीं था। मारीच ने ही किसी हिरण को मारा होगा और उसकी खाल पहन कर, कौतुक रचा रहे थे। यह एक बहुत ही बढ़िया और सादा भेष था। मैं देख सकता था कि पहले सीता ने लक्ष्मण को बाण चलाने के लिए फटकारा और फिर राम के आगे निहोरा करने लगी कि उसे वह हिरण ला दिया जाए। मैंने देखा कि पहले तो राम कुछ समय के लिए संकुचित हुआ और फिर हिरण के छिपने के स्थान की दिशा में चल दिया। जब वह दूसरे किनारे की ओर पहुँचने ही वाला था तो हिरण दुगनी चपलता से, वहाँ से निकल लिया। राम ने लक्ष्मण को चिल्ला कर कहा कि वह हिरण की खोज में जा रहा है और इस अवधि में लक्ष्मण सीता का ध्यान रखे।

जी में तो आया कि एक बढ़िया से बाण से निशाना साध कर लक्ष्मण का वहीं प्राणांत कर दूँ। मैं लगभग इस काम के लिए प्रस्तुत ही था परंतु यह तो कायरों का काम होता है। किसी वृक्ष के पीछे छिप कर, अपने शत्रु पर वार करने का काम तो नपुंसक करते हैं। मैं तो एक असुर था, एक सम्राट था। ऐसा कार्य मेरे पद, मर्यादा व गरिमा को शोभा नहीं देता था। यह मेरी न्याय तथा निष्पक्षता की नीति के भी विरुद्ध था। परंतु यदि मैं उस समय यह जानता कि राम व उसका भाई लक्ष्मण किस स्तर तक नीचे जा सकते थे, तो मैंने उन दोनों को उसी स्थान पर और उसी समय समाप्त कर दिया होता। मैं एक मूर्ख था और मुझे हाथ आए अवसर को गँवाना नहीं चाहिए था? यदि मैंने उस दिन ही उन दोनों का वध कर दिया होता, तो मैं बहुत से स्त्री-पुरुषों को पीड़ा के गर्त में गिरने से बचा सकता था, जिन्होंने मुझ पर विश्वास किया और यह मान कर चले कि मैं हर संभावित संकट तथा बुराई से उनकी रक्षा करूँगा।

जब उस दिन, मेरे हाथ काँपे तो मुझे जान लेना चाहिए था कि मै जीवन में असफल रहा। परंतु आज मैं अपने व अपनी प्रजा के रक्त में स्नात, यहाँ पड़ा हूँ; अपनी प्रिय संतानों की चिता को मुखाग्नि देने के पश्चात, वह सब भी गँवा बैठा हूँ, जो मैंने वर्षों के कड़े परिश्रम से पाया था; मैं जानता था कि यदि वही परिस्थिति मेरे सामने रही होती; राम व लक्ष्मण बड़ी सरलता से निशाने पर होते और मैं विषबुझा तीर लिए, वृक्ष के पीछे छिपा होता तो भी मैं उन पर वार न करता अथवा कोई दूसरा भी न करता। यह तो कायरों का काम था। संभवतः यही कारण था कि इस समय मृत्यु मेरे सिर पर तांडव रच रही थी, परंतु मैं कम से कम अपना सिर गर्व से ऊँचा रख कर तो मर सकूँगा। मुझे ऐसे व्यक्ति के लिए और कुछ नहीं बस केवल दुःख का अनुभव होता है जो अच्छा व नेक कहलाने के लिए इस स्तर तक नीचे गिर गया। *'राम, क्या यह सब पाने के लिए इसे करना ज़रूरी था?'* तुमने जो भी रक्तपात किया, वह मेरे और तुम्हारे जाने के युगों बाद भी तुम्हें और इस देश को सताता रहेगा। तुम अनैतिक साधनों से अर्जित पुण्य व नेकनामी को अपने पास रखो और मैं अपने मनुष्यत्व को अपने साथ रखते हुए, किसी सच्चे योद्धा की भाँति अपने प्राणों का त्याग करूँगा।

अभी मैं बैठा स्वयं ही तर्क-वितर्क के जाल में उलझा था कि मुझे लक्ष्मण का वध करना चाहिए अथवा नहीं, उसी समय हमने हृदय को कातर कर देने वाली पुकार सुनी। उसे सुन कर ऐसा लगता था मानो मारे भय के रक्त जम जाएगा। सीता व लक्ष्मण ने भी इसे सुना और वे भी स्तंभित रह गए। मैं उस स्वर को पहचानता था परंतु तब मैं यह नहीं जान सका कि यह मेरे प्रिय मामा श्री का वह स्वर था, जो उन्होंने भावी मृत्यु की पदचाप को सुन कर कंठ से निकाला था। मैं भी सकते में आ गया और कुछ क्षण के लिए समझ ही नहीं सका कि मुझे अब करना क्या चाहिए। मैंने अपने-आप को समझाना चाहा कि संभवतः यह भी मारीच की ही योजना का एक अंश होगा। मैंने सीता के विलाप करने तथा लक्ष्मण के तेज़-तेज़ बोलने का स्वर सुना। मैंने देखा कि वह भी उसी दिशा में लपका, जहाँ से कुछ देर पहले, उसका भाई गया था। मैं अब भी संकोच में था। *'क्या मुझे उसका पीछा करना चाहिए और अगर मारीच वास्तव में संकट में हैं, तो उनकी रक्षा करनी चाहिए?'* परंतु मारीच एक अनुभवी योद्धा थे। वे स्वयं अपनी देख-रेख कर सकते थे। फिर मैंने फुर्ती दिखाते हुए, अपने अस्त्र-शस्त्र छिपा दिए क्योंकि मैं अपनी पुत्री को भयभीत नहीं करना चाहता था। मैंने अपने आभूषण खोले और पोटली में बाँध कर, कमर में खोंस लिये। मेरे माथे पर पहले से ही भस्म से ऐसा टीका व रेखाएँ बने थे कि मैं देखने में कोई शिवभक्त जान पड़ रहा था। आभूषण उतारने के बाद तो मैं बिल्कुल ही एक भिक्षा माँगने वाला भिक्षुक लगने लगा। जब उसने पीछे मुड़ कर, मुझे देखा तो मैं उसके निकट पहुँच गया था। उन प्यारी व गहरी आँखों को अपनी ओर ताकते देख, मैं द्रवित हो उठा और

ऐसा लगा मानो कंठ में कुछ अटक गया हो। मैं उसे स्पर्श करना चाहता था, अपनी भुजाओं में भरना चाहता था। *'सीता, मेरी पुत्री! मेरी नन्ही बिटिया!'* मैं मुड़ा व अपने नेत्र मूँदे वहीं खड़ा हो गया। मैं अपने-आप को समाप्त कर देना चाहता था। *'मैंने उसे अकेला क्यों छोड़ा? मैंने उसे क्यों भुला दिया? मैंने उसका सारा बालपन गँवा दिया था। मैं मिथिला पर धावा बोल कर, उसे वापिस क्यों नहीं ला सका?* संभवतः यदि मैंने जनक को सब कुछ सत्य बता दिया होता, तो रक्तपात की भी नौबत न आती। जनक भले देव राजाओं में से था। वह एक ज्ञानी तथा विवेकवान व्यक्ति था, वह निश्चित रूप से मेरी पुत्री लौटा देता परंतु मैं उसके पति पर भरोसा नहीं कर सकता था। उन दोनों भाइयों ने मेरी बहन के साथ जो किया, उसके लिए मैं उन्हें क्षमा नहीं कर सकता था। सीता उनके साथ सुरक्षित नहीं थी और एक असुर राजकुमारी तथा रावण की पुत्री का जीवन इसलिए नहीं था कि वह उसे एक भिक्षुक की भाँति वनों में विचरण करते हुए व्यतीत कर दे। मैंने जो कुछ भी पाया तथा अर्जित किया, सोने की लंका, संपूर्ण असुर साम्राज्य; सब कुछ मेरी पुत्री का ही तो था।

परंतु यदि वह मेरे वैभव, मेरी संपन्नता, मेरे राज्य तथा स्नेह को ठुकरा दे तो क्या हो? वह अपने पति के प्रति जितना गहरा प्रेम तथा श्रद्धा रखती थी, उसे जान कर मेरा मन भयभीत था। मुझे भय था कि कहीं मैं वर्षों पूर्व की गई उस ज्योतिषीय भविष्यवाणी को आकार देने की भूमिका तो नहीं रच रहा था? मुझे उन सभी शब्दों का भय सता रहा था, जो वेदवती ने मृत्यु के समय कहे थे। तब अचानक ही वे विचार जिस प्रकार मन में सेंध लगा रहे थे, उसी प्रकार अचानक गायब भी हो गए। मैं मन ही मन प्रार्थना करते हुए मुड़ा और पाया कि वह तो वहाँ से जा चुकी थी। वह मेरे लिए कुटिया से भिक्षा लेने गई थी। वह मेरे पास आई और मेरे हाथ का कटोरा देखने लगी। परंतु मैंने उसे उसी क्षण अपनी ओर खींच लिया, अपने हाथों से उसकी कमर के आसपास घेरा कसा व उसे अपने कंधों पर उठा लिया। फिर मैं उस ओर भागा, जहाँ हमने *पुष्पक* विमान को छिपाया था। सीता प्रारंभ में तो इतना हतप्रभ हो गई कि किसी भी प्रकार की प्रतिक्रिया ही नहीं दे सकी परंतु कुछ ही क्षणों में संभलने के बाद, उसने रोना तथा मुझसे हाथापाई करना आरंभ कर दिया। उसने अपने हाथों से मेरा मुख नोंच लिया। मैं उन खरोंचों से रिसते रक्त को महसूस कर सकता था। मुझे यह सब सोच कर विचित्र सी प्रसन्नता का बोध हुआ कि मैं इसी व्यवहार का अधिकारी था क्योंकि मैंने उसका त्याग किया था; एक अवैज्ञानिक भविष्यवाणी पर ऐसा विश्वास किया कि अपनी ही पुत्री से भयभीत हो उठा और एक पिता के रूप में, उसे कुछ नहीं दे सका।

अंततः मैंने उसे पुष्पक विमान में पटका और द्वार बंद कर दिया। फिर मैं मारीच की प्रतीक्षा करने लगा। मैंने तब तक प्रतीक्षा की, जब तक सूर्य आकाश में, पश्चिम की

ओर तीन-चौथाई यात्रा कर चुका था। मेरी पुत्री की सुबकियों के स्वर तथा सुदूर से आ रहे पक्षियों व पशुओं के स्वरों के अतिरिक्त वन में कोई शोर नहीं था। मैं उसे अकेला छोड़ कर, मारीच की तलाश में नहीं जाना चाहता था। अंततः, भारी हृदय के साथ, अपनी मामी का सामना करने का साहस संजोते हुए, मैंने पुष्पक विमान में लंका की ओर जाने के लिए यात्रा आरंभ की। यह वापसी की यात्रा बहुत ही नारकीय रही। एक बड़ा सा पक्षी, एक विशालकाय गिद्ध पुष्पक के पंखों में उलझ गया। यह एक भयावह क्षण था। पंखों की गति बाधित होने से हमारा विमान लड़खड़ाने लगा और हम किसी पाषाण की तरह सीधा धरती की ओर आने लगे। ऐसा लगा मानो धरती पर मृत्यु हमें आलिंगन में लेने के लिए तैयार थी। पक्षी ने अपने प्राण बचाने के लिए संघर्ष किया और पंखों में ज़्यादा उलझ गया। मैंने एक मूर्खतापूर्ण आकर्षण के साथ मृत्यु को हमारी ओर आते देखा। सीता की चीख़ सुन कर, मैं तंद्रा से जगा और अपनी तलवार ले कर उस पक्षी के पंख काटने की चेष्टा की। पुष्पक लड़खड़ा रहा था। फिर अचानक ही उसने कलाबाजी खाई और यंत्र नीचे की ओर जाने लगा। सीता फिसली और बस काल के गाल में समाने ही वाली थी कि मैंने उसे अपने एक हाथ से, कमर से पकड़ लिया।

मेरे हाथ की तलवार हवा में झूल रही थी और वह हम दोनों में से किसी को भी चोट पहुँचा सकती थी, अगले ही क्षण वह विमान में गिर गई। हवा का वेग तेज़ था और सीता विमान से बाहर लटक रही थी। मैंने उसे एक हल्के से झटके के साथ वापिस खींचा और विमान थोड़ा और लड़खड़ा गया। यह सब कुछ ही क्षणों में घटा। फिर मैंने अपने एक हाथ को पुत्री की कमर पर कस लिया और दूसरी टाँग से, नीचे गिरी चंद्रहास लपकी। मैंने अपनी तलवार के तीखे प्रहारों से पक्षी के टुकड़े-टुकड़े करने आरंभ किए। धरती बहुत जल्दी निकट आ रही थी और अब मुझे वृक्षों की पत्तियाँ दिखने लगी थीं। मैंने पक्षी पर अपने कुछ अंतिम वार किए और अपनी पूरी शक्ति लगा दी। विमान अब भी डावाँडोल हो रहा था। यदि पाल ढीले हो जाते तो हमें प्राणों से हाथ धोना पड़ता।

अंततः पक्षी, अथवा वह जो भी प्राणी था, नीचे गिर गया। हम उसके रक्त से नहा गए थे। मैंने आगे बढ़ कर, कल पुर्जों को घुमाया ताकि यंत्र का संतुलन साधा जा सके। पंखे घूम नहीं रहे थे। मैंने उन्हें बहुत आगे-पीछे धकेला परंतु शायद वे जाम हो गए थे। लंबे वृक्ष इतने समीप आ गए थे कि उन पर मँडराते पक्षियों के वे झुँड भी देखे जा सकते थे, जो अपनी ओर आते एक विशालकाय लौह पक्षी को देख भयभीत हो उठे थे और यहाँ-वहाँ पर फड़फड़ाते उड़ रहे थे। 'बस यही अंत था' मुझे लगा कि मैं उस त्रिशंकु समान अवस्था में ही दम तोड़ने जा रहा था और वह भी तब जब मैं अपनी

पुत्री को उसके घर वापिस ले जा रहा था। मेरा पूरा जीवन नेत्रों के सामने कौंध गया। मैं असहाय सा देखता रहा। अचानक सीता के कंठ से निकली सिसकी का स्वर सुन कर, मैं चौंका। नहीं, मैं उसे तो इस तरह मृत्यु के मुख में समाने नहीं दे सकता। वह तो अभी युवती है। उसने अभी जीवन में देखा ही क्या है! क्या मैं उसे उसके पति से बचा कर केवल इसलिए लाया था कि यहाँ बीच आकाश में उसे प्राण त्यागते देखूँ? मैंने अपनी पूरी शक्ति के साथ विमान के कलपुर्जों को हिलाया-डुलाया और अचानक ही विमान के पंख काम करने लगे। मैंने राहत की साँस लेते हुए नेत्र मूँदे परंतु आधे ही क्षण बाद एक और आतंक का साया सिर पर मँडरा रहा था। नहीं, अब बहुत देर हो चुकी थी! विमान के पंख वृक्षों की पत्तियाँ कतर रहे थे। *'क्या हम बच पाएँगे? हे शिव!'* फिर धीरे-धीरे विमान ऊपर की ओर जाने लगा। अब हम सबसे लंबे पेड़ से कुछ फुट की ऊँचाई पर थे। मैं अपनी ओर से हर संभव कोशिश में लगा रहा और हम इस तरह करीब बीस फुट तक आ गए। जिस क्षण में मुझे लगा कि शायद अब हम बच जाएँगे, उसी क्षण में हमारे आगे एक विशाल चट्टान आ गई। हम अब सीधा उसमें टकराने वाले थे। *'क्या हम उससे बचेंगे?'* मेरे पसीने छूट रहे थे और अँगुलियाँ दुखने लगी थीं। अब वह भारी पाषाण केवल बीस फुट की दूरी पर था और उसे पार करने के लिए हमें अभी तीस फुट की ऊँचाई तक जाना था। पंखे ने उस चट्टान को छुआ और जिस एक क्षण में मुझे लगा कि हम टकराने वाले थे, उसी क्षण पुष्पक ने गति पकड़ ली और हम उससे टकराते-टकराते बचे। मैं विमान की ऊँचाई बढ़ाता रहा और जब हम सुरक्षित ऊँचाई तक पहुँचे तो मैंने पंखे मोड़ कर संभाले और पाल भी उतार दिए। मैं विमान में निढाल हो कर गिर पड़ा। मेरी पुत्री किसी पाषाण की तरह जड़ थी और मुझे उसके लिए खेद भी हुआ। तब मुझे मारीच की याद आई। मैं उन्हें खो चुका था। पिता व पुत्री, अपने-अपने दुःखों व हानि के मूक जगत में खोए बैठे थे, इतने समीप परंतु फिर भी कितने दूर! और हम लंका की ओर चल दिए।

जब सीता ने पहली बार लंका के दर्शन किए तो मैं उसके विस्फारित नेत्रों में छिपे आश्चर्य के भाव को देख सकता था। एक क्षण के लिए मानो वह अपना दुःख भी भुला बैठी। मेरा हृदय गर्व से फूल उठा। मैं उसे दिखाना चाहता था कि मैंने उसके लिए कितनी कीर्तियाँ अर्जित कर रखी थीं। *'सीता! मेरी बच्ची! यह लो तुम्हारी लंका!'* वह उस सुवर्ण महल में रहने वाली थी। मैं चाहता था कि वह उन बगीचों को देखे तथा सागर की गंध का अनुभव करे; जगमगाते हाट-बाज़ारों; हरियाली से लहलहाते धान के खेतों; नारियल व ताड़ के झूमते वृक्षों तथा मसालों के बगीचों; शाही राजमार्गों, गगनचुंबी दुर्गों तथा राजप्रासादों को देखे। परंतु मैं मौन था। मैं केवल उसके आश्चर्य से विस्फारित नेत्रों को देखता रहा, जब सूर्यास्त की लालिमा मेरे महल के सुवर्ण गुंबदों पर प्रतिबिंबित होने लगी तो मैंने विशालकाय लौह पक्षी को उतारने की तैयारी

की। इससे पूर्व कि उसके पंख रुकते, मैंने छलाँग लगा दी और तब शायद मैं कुछ क्षणों के लिए सीता को भी भूल ही गया था। मंदोदरी दौड़ी आई और उसके पीछे ही त्रिजटा व मेघनाद भी आ गए। उन्हें भी हमारे अतिथि को देखने का कौतूहल हो रहा था।

मेरी मामी अपने पति को खोज रही थीं परंतु मैं अपनी नज़रें चुराता रहा। वह भयंकर क्षण आ पहुँचा था और मैं नहीं जानता था कि अब क्या कहना चाहिए। मैं बिल्कुल सुन्न पड़ गया था। मारीच मर चुके थे। यह मेरे इस दुर्भाग्यपूर्ण रोमांच का एक नग्न सत्य था। उस घने वन के मध्य कहीं, वह वृद्ध मृत पड़ा था। मैं उन्हें उन दो नृशंस युवकों की दया के आसरे छोड़ आया था। उस समय मैंने उनके बारे में, उनके निःस्वार्थ स्नेह तथा उन बलिदानों के बारे में नहीं सोचा, जिनके बल पर मैं वह बन सका, जो आज मैं था। मैंने उनकी चीख़ सुनी थी परंतु उसके बावजूद मैं उनका बचाव करने नहीं गया। मैंने सुना कि राम के तीर ने निश्चित रूप से उनके बूढ़े शरीर को भेद दिया था और यह भी जानता था कि वे अपने जीवन के उन अंतिम क्षणों में भी मेरे ही हित के विषय में विचार कर रहे होंगे परंतु मैं फिर भी उनके पास नहीं गया। जब वे चीख़े तो उनका स्वर राम के स्वर से इतना मिलता-जुलता लगा था कि सीता उसे अपने पति का स्वर मान बैठी और उसने लक्ष्मण को अपने भाई की सहायता के लिए भेज दिया। मैंने इस दौरान सीता को उठाया और मारीच के विषय में विचार तक किए बिना, लंका के लिए रवाना हो गया। अभी तक तो वापसी की संघर्षपूर्ण यात्रा तथा अपनी पुत्री सीता को लंका वापिस लाने के उछाह ने, मारीच की मृत्यु के शोक को कहीं दबा रखा था परंतु जब मैंने अपनी मामी श्री का मुख देखा तो मुझ पर असफलता, ग्लानि तथा अपनी निरर्थकता के भाव हावी हो गए। मैंने उन्हें आलिंगन में बाँध लिया और अपने होंठ कस कर भींच लिए ताकि अपने अश्रुओं की धारा को वश में कर सकूँ। उन्होंने मेरी आँखों में झाँका, फिर वह सब पढ़ लिया जो स्पष्ट अक्षरों में अंकित था और वे मेरी भुजाओं में ही अचेत हो गईं।

उसने मेरे महल में प्रवेश करना स्वीकार नहीं किया। उसने अशोक वृक्ष के तले एक छायादार कोने में अपना आवास बनाया, जहाँ मेघनाद बचपन में प्रायः खेला करता था। मेरी ओर से उसे महल में रहने के लिए मनाने की हर संभव कोशिश व्यर्थ रही और मुझे हार कर, त्रिजटा को उसकी रक्षा व देख-रेख का भार सौंपना पड़ा। इसके बाद, मैंने स्वयं को अपने कक्ष में बंद कर लिया और अपने प्रिय मित्र व परामर्शदाता मारीच की याद में फूट-फूट कर रोया; इसके पश्चात मैंने उनकी शोकसंतप्त विधवा तथा अपनी संदेहग्रस्त पत्नी को बताया कि मुझे उन्हें किन परिस्थितियों में शत्रुओं की दया के सहारे छोड़ कर आना पड़ा; और फिर जब मैं उनके पास से आया तो ग्लानि

व अपराधबोध के भँवर में गोते लगाने लगा, मैं अपने ही मामा के प्राणों की रक्षा नहीं कर सका था।

रात बीतती रही और मैं अपने पलंग पर करवटें बदलता रहा। यह एक उदासी से भरी अमावस्या की रात थी और मैं महसूस कर सकता था कि मंदोदरी भी जाग रही थी। मैं उसके समीप गया व उसे स्पर्श किया किंतु वह ज़रा भी नहीं हिली। मैंने उसकी प्रतिक्रिया के लिए प्रतीक्षा की; मैं चाहता था कि वह मुझे अंक में भर कहे कि मैंने जो भी किया, उसमें कुछ भी अनुचित नहीं था परंतु वह बिल्कुल नहीं हिली। धीरे-धीरे मैंने अपना हाथ हटाया और दूसरी ओर मुख कर लिया।

मैं एक झटके से उठ बैठा। मुझे लगा कि मैंने किसी की सुबकियों का स्वर सुना था। यह मंदोदरी की ओर से तो नहीं आ रहा था। *'क्या यह मेरे मन की कल्पना थी?'* मैं वातायन के समीप गया तथा बाहर झाँका। बाहर तो घने अंधकार का साम्राज्य था। बाग़ में कुछ अधजली मशालें, अंधकार से लड़ने का हर संभव प्रयत्न कर रही थीं। फिर बिना किसी चेतावनी के, अचानक ही वर्षा होने लगी। मशालें फड़फड़ाते हुए बुझ गईं और कहीं कोई खुली खिड़की, तेज़ स्वर में बजने लगी। उस पट के हिलने की प्रतिध्वनि, भाँय-भाँय करते प्रांगण में गूँज रही थी।

मेरे भीतर गहन भय का भाव उत्पन्न हुआ। मैंने अपनी पुत्री की कल्पना की, जो उस अंधकार में, बिल्कुल अकेली बैठी भीग रही थी। परंतु मैं वहाँ से नहीं हिला। मैं भयभीत था। मैं स्वयं से भयभीत था। आकाश में गर्जना बढ़ती गई और धरती स्वर्ग से गिरते अश्रुकणों से भीगने लगी तो मैं अपने पलंग पर ही बैठा रहा। अकेला ही भयभीत होता रहा; उस भविष्यवाणी तथा वेदवती के श्राप को स्मरण करते हुए भयभीत होता रहा।

29 कोतवाली

भद्र

उस दिन मैंने एक बड़ा ही विचित्र सा दृश्य देखा तथा विचार करने लगा कि क्या मुझे उस विषय में रावण के उच्चाधिकारियों को बताना चाहिए? बहुत देर होती जा रही थी। मैं सारा दिन यहाँ-वहाँ मँडराता रहा था और धनी व्यापारियों के रथों की साफ़-सफ़ाई से जो चंद सिक्के हाथ आए थे, उन्हें भी ताड़ी पर व्यय कर चुका था। मैं भूखा था परंतु मुझे यह भी पता था कि घर पर भी खाने के लिए कुछ नहीं मिलने वाला था। दरअसल, लगभग पूरे छह माह होने को थे, मुझे अच्छा भोजन करना नसीब नहीं हुआ था।

मुझे मारीच के भव्य अंतिम संस्कार का समारोह स्मरण हो आया। प्रारंभ में तो हममें से कोई नहीं जान सका कि अंततः मारीच की मृत्यु हुई कैसे? वह वृद्ध था परंतु रोगी नहीं था और जब मैंने उसे अंतिम बार काले अश्व पर सवार देखा था तो वह अच्छा-खासा स्वस्थ दिखा था। उसकी मृत्यु हम सबके लिए किसी गहरे सदमे से कम नहीं थी। राजकीय रूप से घोषणा की गई कि मारीच की मृत्यु वृद्धावस्था के कारण हुई और उनका निधन, प्रायद्वीप पर, असुर राज्य की उत्तरी सीमाओं के निकट हुआ था। यह भी कहा गया कि उनका अंतिम संस्कार भी वहीं कर दिया गया। वे अपनी मृत्यु से पूर्व इतनी दूर क्यों व कैसे पहुँच गए, यह रहस्य भी कुछ कम नहीं था। लोगों ने उन्हें एक दिन पूर्व ही देखा था और किसी व्यक्ति द्वारा एक ही दिन में इतनी लंबी दूरी तय करना असंभव था। लोग दबे स्वरों में मय के उड़नखटोले की बातें भी कर रहे थे परंतु इससे कोई अंतर नहीं पड़ता था। वहाँ खड़े हो कर यहाँ-वहाँ की हाँकने से कोई लाभ नहीं होने वाला था अतः मैं व मेरी पत्नी महल की ओर लपके, हमने सुना था कि वहाँ उस दिन निर्धनों को अच्छा भोजन कराने के साथ-साथ वस्त्र भी दिए जाने थे।

महल की ओर जाने वाले सभी मार्गों पर लोगों का ताँता बँधा था। मैं महल के निकट पहुँचा तो पाया कि वहाँ तो पहले से ही अच्छी खासी भीड़ एकत्र थी। लोग स्थान के लिए आपस में धक्का-मुक्की कर रहे थे; कानों को चीर देने वाला कर्कश कोलाहल सुनाई दे रहा था; बड़े ही तेज़ तथा तीखे स्वरों में चुनी हुई गालियों व अपशब्दों की बौछार जारी थी। भीड़ ठुँसी हुई थी, सब ओर से धक्के आ रहे थे और भगदड़ सी मची थी। लोगों की देह पसीने से और पाँव कीचड़ से लथपथ थे; अपने फेफड़ों में धूल के गुबार भरे, ज्यों ही भीड़ आगे को करीबन एक इंच खिसकती, पीछे से और लोगों के आने से ज़्यादा धक्के पड़ने लगते। निर्दयी सूर्य अपना पूरा ताप उगल रहा था और हज़ारों भूखे लोगों की पसीने व देह से आती दुर्गंध सहन कर पाना कठिन होता जा रहा था। मैंने अपनी पत्नी की बाईं कलाई जकड़ी हुई थी ताकि उसे धक्कों से बचा सकूँ परंतु भीड़ में शामिल हर स्त्री की तरह वह भी पूरी तरह से कुचली जाती रही, उसके पास यह सब सहन करने के सिवा कोई उपाय नहीं था। वहाँ नि:शुल्क सामान मिलने वाला था इसलिए लोगों द्वारा दबाया या कुचला जाना, छातियों पर हाथ मारना या कमर में चिकोटी काटने जैसी बातों से हमें कोई अंतर नहीं पड़ता था। हम आगे की ओर धकेले जाते रहे।

ज्यों ही हम और आगे बढ़े, धक्का-मुक्की भी पहले से ज़्यादा हो गई। मैंने भी ठोकरें मारी और घूंसेबाज़ी करके, अपने लिए एक पुलिंदा लेने में कामयाब रहा, जो कि आपस में गुत्थमगुत्था हो रहे औरत व मर्दों के ऊपर से होते हुए, मुझ तक आया था। मैंने उसे अपनी पत्नी को दे दिया और अपना हिस्सा पाने के लिए फिर से भीड़ का हिस्सा बन गया। तभी एक सिपाही ने मुझे धकेला और मैं अपना संतुलन खो कर, नीचे जा गिरा। भीड़ ने मुझे कुचलने में क्षण भर की भी देर नहीं की। मैं किसी तरह उसे कोसते हुए, वहाँ से खड़ा हुआ। मैं मायूस था कि हम दोनों के पास बाँटने के लिए एक ही पुलिंदा था। हम औरतों व मर्दों की उस भीड़ में रास्ता बनाते निकलने लगे जो उदार व दानी राजा द्वारा दिए गए उन उपहारों को लेने आई थी, जिन्हें वह अपने प्रिय मामा की स्मृति में बँटवा रहा था। उस दिन मैंने मन ही मन प्रार्थना की काश राजा का कोई एक मामा प्रतिदिन इसी तरह प्राणों का त्याग करे!

इसके बाद दोहपर के भोजन का प्रबंध था। शाही मार्ग के दोनों ओर, कच्ची धरती पर गढ्ढे खोदे गए थे और उनमें केले के पत्ते रखे गए थे। फिर इन अस्थायी पात्रों में भात परोसा गया और मुझे जैसे हज़ारों लोगों ने उसे स्वाद से खाया। जब हम खा रहे थे तो लंका के मंत्रियों तथा मुख्य प्रायद्वीप से आए कुछ मंत्रियों के रथ, हमारे मार्ग पर धूल व कीचड़ उड़ाते निकल गए और हमारा भोजन धूल से अट गया। आसपास मक्खियाँ भिनक रही थीं और कुछ आवारा कुत्ते भी हमसे हमारी दावत का अंश छीनने

के लिए कतारों में आ जुटे थे। संध्या समय, महल के अनुचरों द्वारा ताज़ी ताड़ी से भरे लकड़ी के बड़े-बड़े गोल पात्र लुढ़काए गए और फिर-से अँधाधुँध छीनाझपटी आरंभ हो गई। अर्ध रात्रि तक, हम सभी स्त्री व पुरुष ताड़ी पी कर बेसुध होने के कगार पर थे। अलग-अलग स्थानों पर हुई झड़पों में चार लोगों की मृत्यु हुई परंतु हमें अगले दिन तक यह सब पता नहीं चला था। और न ही मुझे ऐसी किसी बात की परवाह थी।

अगला दिन आते-आते मेरी अवस्था और भी शोचनीय हो गई। मैंने जो भी अर्जित किया था, वह तो एक ही सप्ताह में व्यय हो गया। इसमें से ज़्यादातर तो ताड़ी की दुकान के हवाले हुआ था। परंतु माला ने मुझे बताए बिना थोड़ी बचत कर ली थी। जब मुझे इस बारे में पता चला तो मैं उसके गले पर अँगूठा रख कर, बस निकलवा लाया। मैंने उसे एक ज़ोरदार ठोकर रसीद की और चीखती हुई माला के हाथों से सिक्के छीन कर, ताड़ी के ठेके पर आकर ही दम लिया। बस वह आखिरी दिन था, जिस दिन मैंने जश्न मनाया था।

अगली सुबह से, भूख किसी संकल्पबद्ध साए की तरह हमारा पीछा करने लगी। कभी-कभार, मुझे यहाँ-वहाँ के कोई काम जुट जाते तो हमारा पेट भरता परंतु कुल मिला कर हम भूख की चपेट में थे। हम बिल्कुल ही बेआसरा थे और यही सबसे बड़ा सत्य था। संभवतः ब्राह्मण जो पिछले जन्म के कर्मों की बातें करते थे, उनमें कोई न कोई सत्यता तो अवश्य रही होगी। हम भी निश्चित रूप से अपने पिछले जन्म के बुरे कर्म ही भोग रहे थे। बहुत से लोग निर्धन थे, तो पिछले जन्म में बहुत से लोग पापी रहे होंगे।

परंतु सभी ऐसे नहीं थे। व्यापारी वर्ग, नौकरशाह व सरकारी अधिकारी, कलाकार तथा संगीतज्ञ; बाकी सभी दिन-ब-दिन संपन्न होते जा रहे थे। हमने देखा कि रातों-रात ऊँचे भवन खड़े हो जाते और लोग अपने चमचमाते रथों में बैठ कर, उन जगमगाती दुकानों से भड़कीले वस्त्र व जूते लेने आते; उन लोगों के भवनों की छतें पक्की थीं और घरों में बैठने के लिए मेज व कुर्सियाँ आदि थे; पश्चिम के सुदूर प्रांतों से आए गलीचे व कालीनों से घरों की सजावट होती; जो इतने महँगे होते थे कि उस राशि से पूरा एक गाँव कई माह तक अपना पेट भर सकता था; तेजस्वी तथा मेधावी बालक अपने गुरुओं के पास शिक्षा ग्रहण करने जाते जो केवल धनी तथा संभ्रांत परिवारों से आए बच्चों को ही विद्या का दान देते थे। वहाँ कई रंगमंच भी थे परंतु हम सरीखे लोग वहाँ पास भी फटकते तो नगर रक्षक हमें बाहर कर देते।

मैं कभी पढ़ना-लिखना जानता था। मैं एक प्रशिक्षित योद्धा भी था अथवा ये सब किसी बूढ़े के भ्रम मात्र थे जो व्यर्थ में ही पिछली कीर्ति तथा साहसिक कार्यों की कल्पना

में खोया रहता था? मैं इस विषय में निश्चित रूप से कुछ नहीं कह सकता था। जैसा कि अब मैं अपने दुर्बल शरीर, दरारों से भरी चमड़ी, गंजे सिर तथा भीतर की ओर धँसे गालों के साथ दिखाई देता था, उसे देख कर कोई भी अनुमान नहीं लगा सकता था कि मैं कभी योद्धा रहा होऊँगा। मै तो अब सही तरह से पढ़ तक नहीं सकता था। वैसे अब यह सब कोई महत्त्व भी नहीं रखता था। मैं पचास से ऊपर हो गया था और करने के लिए कुछ शेष रहा भी नहीं था। एक दिन मैं भी इसी तरह मृत्यु के देवता के पास चला जाऊँगा और चार लोग मुझे ले जा कर, देह का अंतिम संस्कार कर देंगे।

ऐसा नहीं था कि मैं ऐसी यात्रा के लिए व्यग्रता से प्रतीक्षा कर रहा था। यद्यपि मैं प्राय: ऐसी इच्छा प्रकट किया करता था, परंतु मैं चाहता तो यही था कि पत्नी मुझे इन शब्दों के साथ सांत्वना दे कि अभी मेरी आयु ही क्या थी और मैं अभी इतना वृद्ध नहीं हो गया था कि अपनी मृत्यु की कामना करता रहूँ। हाल ही में, मैंने लक्ष्य किया था कि जब भी मैं कोई इस प्रकार की बात करता तो उसकी ओर से कोई उत्तर ही नहीं आता था। संभवत: वह भी यही चाहती थी कि मैं और जीवित न रहूँ। नि:संदेह उपाय तो बुरा नहीं था परंतु मैं मरना नहीं चाहता था। मैं हमेशा–हमेशा जीवित रहना चाहता था।

जब मैं घर लौट रहा था तो मेरा ध्यान सड़कों से आ रही उस रोशनी की ओर चला गया, जिसके साए बड़े ही विचित्र रूपों में प्रकट हो रहे थे। एक सुंदरी पास से निकली तो मैंने उसकी देह से आती सुगंधि को अनुभव किया। आसपास से मधुर संगीत सुनाई दे रहा था। कुछ परिवार फुटपाथ पर ही रात बिताने की तैयारी में थे। बेचारे लोग! संभवत: वे किसी ग्राम या भारत की मुख्यभूमि से थे। उन्हें शीघ्र ही वहाँ से खदेड़ दिया जाएगा। वह जगह इतनी प्यारी थी कि वहाँ उन जैसे मूर्खों को सोने के लिए स्थान नहीं दिया जा सकता था। मैं नदी के किनारे बने हाटों को पार करते हुए, अपने घर की तरफ बढ़ रहा था। हज़ारों मसालों की सड़ी व तीखी गंध मेरे नासिकापुटों में भर रही थी। दुकानदार दुकानें बंद कर रहे थे और कुछ सारा दिन की कमाई गिनने में लगे थे। ऐसी दुकानों के बाहर डेरा जमाने वाले ठगों ने मुझे घूरा तो मै हर संभव तरीक़े से आँख बचा कर निकलने लगा। फिर मैं बाज़ार से बाईं ओर मुड़ा। सड़ी सब्जियाँ व मछलियाँ कचरे में पड़ी, गंधा रही थीं। कुछ कुत्ते कचरे में कुछ पाने की आस में मुँह मार रहे थे। एक थोड़ा हिचकते हुए, मुझ पर भौंकने लगा। मैंने ज्यों ही झुक कर पत्थर उठाना चाहा। वह टाँगों में दुम दबाते हुए निकल भागा। इन दिनों केवल यही एक प्राणी था जो मुझसे सरलता से भयभीत हो जाता था।

दूर से, रावण का दुर्ग अभेद्य व अजेय दिखाई पड़ता था। मेरा पुत्र निश्चित रूप से अपने स्वामी युवराज मेघनाद के साथ ही होगा। मूर्ख कहीं का! पिछले छह माह से उसे देखा तक नहीं था। यह याद करके दिल को बहुत कचोट आती थी कि वह सही

मायनों में महल से ही संबंध रखता था और मैं तो केवल उसका पालक पिता था।

यदि मैं पूर्ण नदी के तट पर अपने परिवार के साथ ही रह पाता तो कितना अच्छा होता! काश मेरी पत्नी व पुत्री मेरे साथ जीवित होते! काश उन कमीने देवों ने हमारे निर्धन ग्राम पर आक्रमण न किया होता! निश्चित रूप से मेरा जीवन कहीं श्रेष्ठ व कहीं अलग होता! इसकी बजाय मैं एक राजा के सपनों की पूर्ति के लिए लड़ा और अपने जीवन का अधिकांश श्रेष्ठ भाग खपा दिया ताकि रावण सरीखे ठग संपन्नता, कीर्ति व अतुलनीय बल के साथ जीवित रह सकें। कितने खेद की बात है, मेरा जीवन कई तरह के पछतावों से भरा था और पूरा जीवन ही अपने-आप में एक पश्चाताप बन कर रह गया था। यद्यपि यह तसल्ली थी कि कम से कम मेरा पुत्र तो भरपेट खा रहा था। वह एक युवराज के साथ, उसकी भाँति जीया परंतु केवल उस विचार से मन को पूरा संतोष कहाँ था। *केवल वही क्यों? मुझे भी वह सारा सुख क्यों नहीं मिला?* मैंने अपने मन की कड़वाहट को अनुभव किया और एक बार फिर जगमगाते राजप्रासाद को देखा। तभी मुझे एक विचित्र सा प्रकाश दिखाई दिया।

मैं वहीं थम कर, ध्यान से देखने लगा। प्रारंभ में यह कहना कठिन था कि वह क्या था। मानो कोई दुर्ग पर चढ़ रहा था। एक चोर? ऐसा कौन सा मूर्ख चोर होगा जो असुर सम्राट के महल में सेंध लगाने का दुःसाहस करेगा? यदि जीवित पकड़ा गया तो उसकी जीते-जी खाल उतरवा ली जाएगी। मैंने कुछ क्षण रुक कर प्रतीक्षा की कि कोई हलचल हो रही थी या नहीं परंतु चारों तरफ सन्नाटा छाया था। संभवतः यह ताड़ी तो मेरी सोच से भी कहीं ताकतवर निकली। मैं अपनी आँखें फिरा कर, अपने सारहीन तथा व्यर्थ जीवन की ओर मुड़ने ही वाला था, तभी मुझे वह दिखाई दिया।

जगमगाते राजप्रासाद की प्राचीर पर वह एक परछाईं मात्र था अतः मैं उसका मुख नहीं देख सका परंतु वह एक गठे हुए शरीर वाला व्यक्ति था और दुर्ग पर खड़ा, महल का निरीक्षण कर रहा था। उसके कंधों पर एक विशाल गदा थी। *भला वह कौन हो सकता था?*

तभी मुझे एक झटके से वानर-राज बाली का स्मरण हो आया। यह उस व्यक्ति से मिलता-जुलता था परंतु वानर-राज को असुर सम्राट के महल में चोरी-छिपे प्रवेश करने की कौन सी आवश्यकता आन पड़ी? मुझे वे सब अफ़वाहें भी याद थीं, लोगों का कहना था कि महान वानर-राज बाली तो किसी देव शिकारी के हाथों मारा गया था जिसने किसी वृक्ष के पीछे छिप कर, उस पर छल से तीर चलाया और उसके प्राण हर लिए। जब उस व्यक्ति ने अपना मुख घुमाया तो उसके कान में पहनी हुई बहुमूल्य बाली पर मेरी नज़र पड़ी। नहीं, वह बाली नहीं था। तभी अचानक ही फुर्ती से, जो कि

केवल वानरों में हो सकती है; उस व्यक्ति ने छलाँग भरी और मैंने उसके प्रभाव से, वृक्षों के झुरमुट को हिलते देखा। जब मैं वहाँ स्तंभित सा खड़ा था तो वहाँ की शून्यता मुझे ही ताक रही थी। अभी-अभी किसी ने रावण के महल में प्रवेश किया था। मैं वहाँ भ्रमित खड़ा था। *'क्या मुझे किसी को सूचित करना चाहिए? या मुझे अपने घर जा कर चैन की नींद सो जाना चाहिए?'* अगर किसी ने राजा के महल में प्रवेश किया था तो उसकी सिरदर्दी थी। इससे मुझे क्यों परेशानी हो रही है? फिर अचानक ही मेरे मस्तिष्क में वे छवियाँ कौंध गईं, जब देवों ने छल से मेरे घर में प्रवेश किया था और मैं उसी मार्ग से वापिस भागने लगा, जिससे अभी आया था।

मुझे किसी ऐसे व्यक्ति की तलाश करनी थी। जो इस विषय में कुछ कर पाता। मैं आसन्न संकट की बू को सूँघ सकता था। जब तक मैं शाही मार्ग पर बनी कोतवाली तक पहुँचा तो मैं किसी कुत्ते की तरह हाँफ रहा था। वहाँ जाते ही, मुझे भीतर जाने में संकोच होने लगा। भीतर तेज़ प्रकाश वाली मशाल जल रही थी और चार सिपाही सिर भिड़ाए पाँसे खेलने में मग्न थे। एक मोटा नगर आरक्षक मेज़ पर पाँव पसारे लंबी तान रहा था। एक कोने में तीव्रता से जल रही मशाल के इर्द-गिर्द मक्खियाँ भिनक रहीं थीं।

"श्रीमान!" मैंने पुकारा। वहाँ से कोई प्रत्युत्तर नहीं आया। "श्रीमान!" मैंने पुनः पुकारा। एक सैनिक ने अपना मुख ऊपर किया और उसके नेत्र विस्फारित हो उठे। मेरी टाँगें काँपीं और मैं संकुचित हो उठा। मैं कोई अपराधी नहीं था परंतु मैं निर्धन व भूखा था और यही सबसे बड़ा अपराध था।

"क्या चाहता है?" यह साफ़ था कि उसे मेरी घुसपैठ पसंद नहीं आई।

"श्रीमान! म... मैंने एक व्यक्ति को देखा...!"

"वह तो मैंने भी देखा है।" वह अपने ही इस बुरे मज़ाक़ पर हँसने लगा और दूसरे भी उसके साथ शामिल हो गए। कोतवाल ने आँखें खोलीं। पल भर को झपकाई और फिर से अपनी तंद्रा में मग्न हो गया। मैं वापिस जाना चाहता था। राजा अपनी रक्षा स्वयं कर लेगा। यही सोच कर मैं बाहर जाने लगा। "अरे सुन! तेरा इतना साहस! ऐसी बकवास करने के लिए यहाँ चला आया और अब स्वेच्छा से लौटने लगा?" एक रक्षक चिल्लाया।

"श्रीमान! मैंने तो आपसे कुछ भी अनुचित नहीं कहा।" मैंने अपनी ओर से थोड़ा सा साहस व शिष्टाचार दिखाया।

"ठहर तो, पलट कर जवाब देता है।" इसके बाद जो हुआ, वह तो बिल्कुल ही अनपेक्षित था।

एक ही झटके में वह आगे आया और मेरी टाँगों के बीच ठोकर दे मारी। मैं वहीं ढेर हो गया। क्रोध के आँसुओं, लज्जा तथा पीड़ा ने मुझे अधमरा कर दिया था। बाकी लोग भी अपना खेल छोड़ कर आगे आ गए। उन्हें मेरे रूप में कहीं बेहतर मनोरंजन मिल गया था। "भिखारी कहीं के, कमीने, ये बता तू इस समय राजमार्ग पर क्या भाड़ झोंक रहा था?"

मैंने अपने पर होने वाले अगले वार को बचाने का भरसक प्रयत्न किया परंतु मैं दुर्बल था। "श्रीमान, श्रीमान! कृपया आप मेरी बात तो सुनें। कोई राजा के महल में घुसा है।" मुख पर ऐसा तमाचा आया कि मैं चारों खाने चित्त रहा। फिर अचानक वे थम गए। जब मैं उठा तो पाया कि कोतवाल खड़ा मुझे ही घूर रहा था। उसने मुझे बचे-खुचे बालों से खींच कर उठाया तो मैं दर्द से तिलमिला उठा। फिर उसने मुझे मेज़ की ओर धकेला, मैं भूमि पर जा गिरा। मैं देखा कि उसकी भारी-भरकम देह मेज़ पर पसरी थी। वह उसके भार तले चरमरा रहा था और मैंने प्रार्थना की काश वह मेज़ टूट जाती।

"तू मुझे बता!" वह गरजा। मैं चुप रहा तो उसने एक तेज़ ठोकर दे मारी। फिर मैंने अपना राग अलापा। मैंने जो भी देखा था, उसे बता दिया। उसके माथे पर एक बल आकर ठहर गया। वह कुछ चबाते हुए, निरतर विचार करने लगा। फिर उसने अपने सिपाही से कहा, "तुम जा कर महल द्वारपाल प्रमुख को बता कर आओ।" फिर कुछ सोच कर आगे कहा, "इस आदमी को अंदर बंद करो। देखो, कैसे नशे में धुत्त है।"

बाकी दो लोग मुझे एक कालकोठरी जैसे स्थान पर घसीट कर ले गए और कोने में फेंक दिया। उन्होंने वहाँ ताला लगाने की भी परवाह नहीं की और फिर से खेलने लगे। जिस व्यक्ति को महल भेजा जा रहा था वह बड़ी अनिच्छा से उठा और जाते-जाते मुझे कोसने लगा, मैंने अपने-आप को कोसा कि मुझे इतना राजभक्त बनने की क्या आवश्यकता थी। राजा अपने महल के साथ क्या करता है, इस बात से मेरा कोई लेन-देन नहीं है। मैं भी कितना मूर्ख था। एक और बेचारा जीव दूसरे कोने में बिलबिला रहा था। कोतवाल अपनी कुर्सी पर वापिस जा कर खर्राटे भरने लगा। मेरी देह जाने कहाँ-कहाँ से दुख रही थी। मूर्ख कहीं का! मैं वहीं बैठा अपने भाग्य को कोसने लगा और अपनी अधीरता पर लानत भेजी, इसके बाद धीरे-धीरे मुझे नींद आ गई।

जब मैं जागा तो लंका धू-धू कर जल रही थी।

30 मृत्यु का संदेशवाहक

रावण

बगीचे में हो रहे कोलाहल व चीख़-पुकार को सुन कर मेरी नींद टूटी। लोग निरुद्देश्य यहाँ से वहाँ दौड़ रहे थे। द्वाररक्षक यहाँ-वहाँ भागते हुए चिल्ला रहे थे और एक-दूसरे को अपशब्द कह रहे थे। महल में हज़ारों मशालें जलने से रोशनी हो गई थी। मंदोदरी भी उठ बैठी और मुझे प्रश्नसूचक निगाहों से देखने लगी। मैंने द्वार खोल कर देखा कि कुछ द्वारपाल बाहर, नीचे बरामदे में झुक कर कुछ चिल्ला रहे थे। मैं उनके पास पहुँचा तो वे एकदम चौकन्ने हो कर खड़े हो गए।

"ये कोलाहल कैसा?"

धीरे से एक वरिष्ठ द्वारपाल आगे आया व प्रणाम करते हुए बोला, "महाराज! एक नर वानर छल से महल के बाग़ में घुस आया है और वह उस देव युवती से वार्तालाप कर रहा था। तभी कुछ द्वारपालों ने उसे पकड़ना चाहा, उसने उनसे भयंकर युद्ध किया और दो-तीन लोगों को गंभीर रूप से घायल करते हुए, मृत्यु के घाट उतार दिया। अब वह वृक्षों के बीच कहीं जा छिपा है।"

मैं तो स्तंभित रह गया। मेरे महल के बाग़ में कोई नर-वानर चोरी से घुस गया। यह बात तो मेरी कल्पना से भी परे थी। मैं अपनी पुत्री सीता के विषय में विचार करने लगा। वह उस अशोक के तले सुरक्षित नहीं थी। यद्यपि मेरे द्वारपाल उसके लिए पहरा देते थे परंतु मैंने अचानक ही एक विचित्र सी व्याकुलता अनुभव की। लगभग चार माह पूर्व, मैंने बाली वध के विषय में सुना था। नर-वानरों के राजा को राम ने मार डाला था। अब वानरों का राज, बाली के कपटी व भ्रष्ट भाई सुग्रीव के हाथ में था। मुझे यह

जान कर बहुत खेद हुआ कि मेरे दामाद ने, बाली पर किस तरह वार किया था। वह एक वृक्ष के पीछे जा छिपा और वहीं से बाली के हृदय पर तीक्ष्ण बाण से प्रहार किया। यह जान कर तो मुझ और भी भयंकर क्रोध आया कि जब राम ऐसा कर रहा था तो बाली उस समय अपने भाई सुग्रीव के साथ एक निरर्थक द्वंद्व युद्ध में लिप्त था।

जी में तो आया कि उस वानर राज को उखाड़ फेंकूँ और अपने मित्र की मृत्यु का प्रतिशोध ले लूँ। मैंने तो अपनी सेना तथा नौसेना को भी वानरों पर आक्रमण का आदेश तक दे दिया था परंतु जब मेरा पुत्र सागरों से ले कर शक्तिशाली हिमालय तक, संपूर्ण भारत उपमहाद्वीप पर विजयश्री प्राप्त कर लौटा तो युद्ध के प्रति मेरा मोह कुछ समाप्तप्राय सा हो गया। इसके अतिरिक्त सुग्रीव मेघनाद के प्रति निष्ठा व्यक्त करने के लिए सहमत हो गया था और वर्षा ऋतु भी आरंभ हो गई थी। हमने अपनी योजना स्थगित कर दी परंतु ज्यों ही वर्षा ऋतु आरंभ हुई, वह कमीना सुग्रीव पुनः अपने छल-कपट पर लौट आया। मुझे पूरा विश्वास था कि राम कभी भी उन अनुशासन-हीन नर वानरों की सेना के साथ कोई भी मूर्खतापूर्ण अभियान नहीं छेड़ेगा। यह तो साफ़ ही था कि मैं कुछ आवश्यकता से अधिक आत्मतुष्ट हो गया था। मेरे महल के बाग़ में घुस आया वह नर वानर, इस बात का जीता-जागता प्रमाण था और मैंने अपनी दूरदर्शिता की कमी को कोसा।

यह एक आपातकालीन स्थिति थी। परिषद की सभा बुलवानी पड़ी। मैंने पत्नी से कहा कि वह अपने कक्ष का द्वार तथा वातायन बंद कर ले। वह मेरी इस असामान्य सावधानी से थोड़ी चिंतित दिखी परंतु मैंने उसकी उपेक्षा कर दी और भड़ाम से द्वार बंद करते हुए बाहर निकल आया। मैं मेघनाद के कक्ष की ओर बढ़ा किंतु वह तो खुला हुआ था। सभा में पर्याप्त प्रकाश था, द्वाररक्षक अपने स्थान पर थे और बिल्कुल सतर्क खड़े थे। मेरे मंत्री बड़ी उत्सुकता से आपस में विचार-विमर्श कर रहे थे।

"युवराज मेघनाद कहाँ हैं?" मैंने उन लोगों के बीच अपने प्रिय पुत्र का मुख तलाशते हुए पूछा।

"महाराज! वे पश्चिमी छोर पर गए, खोजी दल का नेतृत्व कर रहे हैं।" प्रहस्त ने उत्तर दिया।

"सुरक्षा का आवरण तोड़ कर कोई भीतर कैसे आ गया?" मुख से ये शब्द निकलते ही मेरा पारा सातवें आसमान पर जा पहुँचा। मैंने अपनी ही हथेली पर मुट्ठी दे मारी और पूरी सभा में सन्नाटा छा गया। "मैं अभी इसका उत्तर चाहता हूँ।" मैं चिल्लाया। जब यह गुस्सा अचानक ही चिंता में बदलने लगा तो मैंने बेहतर अनुभव किया।

“वह उस समय पश्चिम दिशा वाली दीवार से, चोरी-छिपे भीतर आ गया, जब हमारे प्रहरी सो रहे थे। उसने उनका वध किया और फिर अशोक-वन जा पहुँचा। उन प्रहरियों के मृत शव नाली में पड़े मिले। उनके गले चीरे गए थे।” प्रहस्त ने हौले से कहा।

“बहुत अच्छे! यह भी खूब रही। एक भी असुर ने इस व्यक्ति को रावण के दुर्ग में प्रवेश करते हुए नहीं देखा? मेरे प्रहरियों को उनकी नींद के दौरान ही मौत के घाट उतार दिया गया। मेरे पास पचास हज़ार से अधिक सिपाही हैं और एक इकलौता नर वानर न केवल महल में घुस आया बल्कि अब भी कहीं दुबका हुआ है। तुम्हारी पहरेदारी तथा रक्षण व्यवस्था के क्या कहने!”

मैंने देखा कि प्रहस्त व जंबूमाली मेरा ताना सुनने के बाद, एक-दूसरे को आँखें दिखा रहे थे।

“महाराज! वस्तुत: एक मदिरा के नशे में धुत्त शराबी ने शाही मार्ग पर बने थाने में यह शिकायत दर्ज़ करवाई थी कि उसने किसी को दुर्ग में चोरी से प्रवेश करते देखा है...।”

“परंतु उस समय उपस्थिति अधिकारी अपने स्थान से हिलना नहीं चाहता था। उन्होंने कोई क़दम नहीं उठाया और इस मामले की उपेक्षा की गई। क्या तुम मुझे इसके बाद यही बताना चाहते हो?” मैंने खीझ कर कहा।

मेघनाद कहाँ था? मेरी चिंता बढ़ती जा रही थी। वह नर वानर कहीं भी छिपा हो सकता था। रात्रि के घने अंधकार में, किसी भी वृक्ष के पीछे से आया एक घातक बाण, मेरे पुत्र का गला चीर सकता था। यह एक ख़तरनाक खेल था। यह कोई नियमों से लड़ा जाने वाला युद्ध नहीं था। पूरी सभा में एक विचित्र सी व्याकुलता छा गई। हम बाहर से आ रहे कोलाहल को सुन सकते थे, लोग यहाँ-वहाँ भागते हुए चिल्ला रहे थे, तलवारों के खनकने के स्वर आ रहे थे। अचानक ही मैंने हर्षोल्लास के कुछ स्वर सुने। सभी उस ओर देखने लगे। वे कह रहे थे ‘रावण की जय हो... मेघनाद की जय हो!’ मैं उत्सुकता के मारे खड़ा हो गया और सारी सभा मेरे साथ उठ खड़ी हुई। मैं चाहता था कि भाग कर बाहर जाऊँ और देखूँ कि मेरा पुत्र, मेरे लिए क्या पुरस्कार ला रहा था परंतु मैं वहीं खड़ा रहा और प्रसन्नता व प्रत्याशा के साथ अपने हाथ मलते हुए, मन के उछाह को दबाने की भरसक चेष्टा की। जुलूस के आगे-आगे, मेरे लंबे और गठीले पुत्र ने बड़े ही गर्व से सभा में प्रवेश किया। उसने हाथों में बड़ी दृढ़ता से धनुष थामा हुआ था। सारी सभा ने हर्षित हो कर जयजयकार की। असुर रक्षक आसपास नृत्य करने लगे चेंड नगाड़ों के सुर ज़ोर-ज़ोर से सुनाई देने लगे। मैं नीचे उतरा और अपने पुत्र को आलिंगन में ले लिया।

तभी मुझे उसके पीछे खड़ा एक लंबा, गठीला व काला वानर दिखाई दिया। उसके हाथ व पैर रस्सियों से बँधे थे। उसकी देह की माँसपेशियाँ फड़फड़ा रहीं थीं। *'मेरे पास भी युवावस्था में ऐसा ही सुडौल बदन हुआ करता था!'* मैंने अपनी तोंद पर हाथ फेरते हुए सोचा।

वह लगभग मेघनाद जितना ही लंबा था। उसकी पूरी देह पर काले बाल थे और काले घुँघराले बाल, मुख के दोनों ओर लहरा रहे थे। वह तो दिखने में एक अजेय योद्धा लगता था। मुझे एक ही झटके में आभास हुआ कि वह तो बाली से काफ़ी मिलता-जुलता था। मेरा मित्र बाली, जिसकी राम ने हत्या कर दी थी।

मैं नपे-तुले क़दमों के साथ अपने सिंहासन पर जा बैठा। मंत्री भी अपने स्थानों पर लौट आए। मेघनाद उस वानर के समीप खड़ा था और उसकी तलवार तनी हुई थी। मैंने अपने हाथ के संकेत से चेंडवादकों को वहाँ से जाने को कहा। सभा से अन्य अमहत्त्वपूर्ण व्यक्तियों को भी हटने को कहा गया। कुछ क्षण की चुप्पी के बाद, मैंने पूछताछ का सिलसिला आरंभ किया। वानर ने पहले कुछ प्रश्नों का कोई उत्तर नहीं दिया। वह मुझे किसी हठी की भाँति घूरता रहा। उसका यह व्यवहार तथा आत्म-विश्वास देख कर मुझे व्याकुलता अनुभव होने लगी।

वह संसार के सबसे शक्तिशाली सम्राट की सभा में था, उसे एक गुप्तचर के रूप में पकड़ा गया था और उसके लिए मृत्युदंड से कम तो कोई विधान हो ही नहीं सकता था। फिर भी वह वहाँ कुछ इस तरह खड़ा था मानो बालकों को कोई खेल खेलते देख रहा हो। मैंने उत्तर पाने के लिए प्रहस्त की ओर देखा। वह उठ खड़ा हुआ परंतु इससे पूर्व कि वह कुछ कह सकता, वानर ने गहन गंभीर स्वर में अपनी बात आरंभ की।

"मैं हनुमान हूँ, मारुति का पुत्र! मैं अपने राजा तथा संरक्षक श्री रामचंद्र प्रभु की ओर से उनका संदेशवाहक बन कर आया हूँ। मैं चाहता हूँ कि मुझे वही सम्मान तथा प्रतिष्ठा दी जाए तो एक राजा को दूसरे राजा के राजदूत को देनी चाहिए। मुझे पूर्ण विश्वास है कि असुर सम्राट, विद्वान तथा ज्ञानी योद्धा-नरेश रावण प्रभु, राजधर्म के अनुसार राजदूत के प्रति निभाए जाने वाले शिष्टाचार से पीछे नहीं हटेंगे।" उसने एक मुस्कान के साथ अपना वार्तालाप समाप्त किया जिससे उसका पूरा मुख दमक उठा।

"श्री हनुमान! राजदूत अर्धरात्रि को अपने संदेश नहीं देते। हमारे पास यह विश्वास करने के लिए सशक्त कारण उपस्थित हैं कि तुम एक गुप्तचर हो और जिस राजधर्म की तुम दुहाई दे रहे हो, यदि हम उसी राजधर्म का आश्रय लेते हुए नीति की बात करें, तो एक गुप्तचर को मृत्युदंड दिया जाना चाहिए। और जहाँ तक हमें जानकारी है,

तुम्हारे स्वामी भी राजधर्म के प्रति कर्तव्यनिष्ठ नहीं हैं, तुम भी इस बात से सहमत होगे कि आपस में द्वंद्व युद्ध में रत दो योद्धाओं में से एक पर, वृक्ष के पीछे से छिप कर, घातक प्रहार करना और उसे किसी भी प्रकार की चेतावनी दिए बिना, उसके प्राण हर लेना, किसी भी तरह से राजधर्म का अंग नहीं है।" प्रहस्त ने दृढ़ शब्दों में कहा।

नर वानर थोड़ा असहज दिखा। मेरे प्रधानमंत्री ने उसके द्वारा मनोवैज्ञानिक श्रेष्ठता प्रमाणित व वरीयता स्थापित करने के प्रयास की धज्जियाँ उड़ा कर रख दीं। उसने एक और रणनीति चली। "रावण महाराज! जब तक मैं इन रस्सियों से जकड़ा रहूँगा, मैं तब तक आपसे बात करना अस्वीकार करता हूँ। मुझे यथायोग्य आसन दें तथा मेरे बंधन खुलवा दें, तब मैं आपके सभी प्रश्नों का उत्तर दूँगा।"

"इसे कालकोठरी में डाल दो। जब रुद्रक इस वानर के काले शरीर पर अपने कारनामे दिखाएगा तो हम देखे लेंगे कि यह हमारे प्रश्नों के उत्तर देता है अथवा नहीं।" मैंने कहा और सीधे हनुमान की आँखों में झाँका, मैं देखना चाहता था कि यह बात सुनने के बाद उसके भीतर भय जागृत हुआ या नहीं? परंतु वहाँ कोई भय नहीं था। वह तो पूरी तरह से शांत व सहज रहा। मेरे रक्षक उसके पास गए व उसे कोहनियों से पकड़ लिया।

तभी मेरा भाई विभीषण कुछ कहने के लिए उठ खड़ा हुआ। मैंने उसे देखा व अपनी खीझ को छिपाने की चेष्टा की। "महाराज! जब कोई व्यक्ति यह घोषणा कर देता है कि वह कोई गुप्तचर नहीं अपितु एक राजदूत है और उसने कोई बड़ा अपराध भी न किया हो तो, हमारी नीति यह कहती है कि उसके साथ वही व्यवहार किया जाना चाहिए जो कि एक राजदूत के साथ किया जाता है।"

"काकाश्री!" मेघनाद गरजा। वह एक क्षण के लिए भूल गया कि वह सभा में खड़ा था। "इसने हमारे दो रक्षकों को मौत के घाट उतारा है और पूरे बाग़ को तहस-नहस कर दिया है। यह एक गुप्तचर तथा अपराधी है। इसे उसी के अनुरूप दंड दिया जाना चाहिए।"

"क्या कोई साक्षी है कि हनुमान ने ही उन रक्षकों की हत्या की है? जब तक उसका अपराध प्रमाणित नहीं हो जाता, तब तक उसे निर्दोष ही माना जाएगा। मैं नहीं कह रहा कि उसे मुक्त कर देना चाहिए। मैं केवल इतना चाहता हूँ कि कोई भी असुर सम्राट पर यह आरोप न लगाए कि उन्होंने एक असभ्य वानर के साथ व्यवहार करते समय, यथोचित राजधर्म का पालन नहीं किया।" विभीषण ने अपना अंतिम वाक्य पूरा करते हुए, मेरी ओर देखा।

"मैं यह परामर्श देता हूँ कि सम्राट जैसा उचित समझें, क़ैदी के साथ उसी प्रकार

व्यवहार करें।" प्रहस्त ने अपने स्थान से उठ कर कहा।

'ये असुर भी न! पूरे संसार में ऐसी कोई वस्तु या बात हो ही नहीं सकती, जिस पर कोई दो असुर सहमत होंगे। ये सदा तर्क-वितर्क में उलझे रहते हैं और हठ में आकर, अपने तरीक़े से काम करने पर बल देते रहते हैं।' मैंने किसी बुद्धिमान मूर्ख की भाँति उन दोनों को ही संतुष्ट करने का निर्णय लिया। "पहले इसे खोल दो! फिर हम देखेंगे कि इसके साथ क्या किया जाना चाहिए!"

"परंतु पिताश्री!..." मैंने मेघनाद को एक तीव्र भ्रू-भंग से शांत करवा दिया और रक्षक धीरे-धीरे हनुमान के बंधन खोलने लगा।

ज्यों ही वे रस्सियाँ खुलीं, हनुमान बोला, "मैं, मारुति पुत्र हनुमान, किष्किंधा नरेश वानर राज सुग्रीव का मंत्री तथा अयोध्या के राजकुमार रामचंद्र जी का सेवक, महान शक्तिशाली सम्राट लंकेश्वर को अपने स्वामी प्रभु रामचंद्र की ओर से मैत्रीपूर्ण परामर्श देना चाहता हूँ। आपने उनकी विवाहिता पत्नी तथा अयोध्या की रानी का अपहरण करके बहुत अनुचित किया है तथा उन्हें अपने यहाँ बंदिनी बना लिया है। मेरे स्वामी आपसे विनती करते है कि आप पूरी मान-मर्यादा सहित उनकी पत्नी उन्हें लौटा दें और उनसे क्षमायाचना कर लें। यदि इस परामर्श की उपेक्षा की गई तो मुझे पूरा अधिकार दिया गया है कि मैं अपने स्वामी की ओर से, लंका व असुरों के साथ युद्ध आरंभ होने की घोषणा कर दूँ। हम वचन देते हैं कि यदि ऐसा हुआ, तो हम असुरों का दमन कर देंगे, तुम्हारी पापमयी नगरियों को धूल के हवाले कर देंगे तथा अपनी रानी को मुक्त करा लेंगे।"

वहाँ एक कोलाहल व उपद्रव सा होने लगा। एक ही क्षण में सैकड़ों तलवारें अपनी म्यानों से निकल कर चमक उठीं। मेघनाद ने अपनी तलवार की धार, उस धृष्ट तथा असभ्य वानर की ग्रीवा से सटा दी। यह तो अपमान की सीमा ही पार हो गई थी। इस वानर का इतना साहस कि यह दरबार में आकर असुर सम्राट को चुनौती देगा? इसने अर्धसभ्य वानरों के पियक्कड़ नरेश के नाम पर, यह सब कहने का दुःसाहस कैसे किया? इसकी इतनी मजाल कि इसने एक भ्रमणशील शिकारी के नाम पर, संसार के सबसे शक्तिशाली सम्राट को ललकारा? इसने इतना साहस कैसे किया कि यह मेरी ही सभा में, सबके बीच मुझे प्रत्यक्ष रूप से चुनौती दे रहा है?

इसे पत्थर मार-मार कर, मौत के घाट उतार दिया जाए!" मैं गरजा और मेरे साथ ही पूरी सभा गरज उठी। वह अपने लिए नियत दंड सुनने के बाद भी वहीं अडोल खड़ा रहा मानो उसे कोई अंतर ही न पड़ा हो।

"किंतु भाई, क्या यह अधिक अच्छा विकल्प नहीं होगा कि हम इसे अपना संदेश दे कर वापिस भेजें? इसके स्वामी को भी पता चले कि यदि उसने लंका की ओर आँख भी उठा कर देखा तो उसे यहाँ से मुँहतोड़ जवाब दिया जाएगा। यदि हमने इसकी यूँ ही हत्या कर दी तो हम इसके स्वामी तक अपना उपयुक्त उत्तर पहुँचाने के अवसर से वंचित रह जाएँगे। संभवतः यह भी हो सकता है कि हम इस अनावश्यक युद्ध को टाल सकें। हम कह सकते हैं कि हम राम की पत्नी को तब तक बंधक बना कर अपने यहाँ रखेंगे, जब तक वह हमें अपना नृशंस व आततायी अनुज लक्ष्मण नहीं सौंप देता ताकि हम उसे हमारी बहन का अपमान करने के अपराध में उचित दंड दे सकें।"

"यह कह तो सही रहा है!" मैंने सोचा व विभीषण की ओर देखा परंतु मैं अब भी वानर द्वारा किए गए अपमान से अब भी भीतर ही भीतर उबल रहा था।

प्रहस्त उठा, मेरी ओर मुड़ा व बोला, "महाराज! इससे पूर्व कि हम हड़बड़ाहट में इसका वध कर दें अथवा इसे वापिस भेजें, हमें इस भद्र पुरुष से कुछ सूचना व जानकारी निकलवानी चाहिए। मैं आपसे विनती करता हूँ कि आप मुझे श्री रामचंद्र के इस आदरणीय राजदूत से व्यक्तिगत पूछताछ का सम्मान प्रदान करें।"

मैं अनिर्णय की स्थिति में था। उस समय तो हृदय में केवल यही इच्छा थी कि किसी प्रकार हनुमान से अपने अपमान का प्रतिशोध लूँ। भला ऐसा कैसे हो सकता था कि वह मेरी ही सभा में आकर, मुझे ही अपमानित करे और बड़े ही आराम से चलता बने। इस बार भी विभीषण ने ही मध्य मार्ग सुझाया।

"इसके शरीर को दाग दिया जाए।" विभीषण ने सादा शब्दों में अपनी बात रखी। गर्म लोहे की सलाख से किसी के शरीर को दागना, असुरों का युगों पुराना अभ्यास रहा था। यह बहुत ही पीड़ादायी तथा अपमानजनक दंड था। शरीर पर स्थायी निशान पड़ जाते और वह व्यक्ति अपने शरीर पर इस अपराध व ग्लानि के चिन्ह को अपनी कब्र तक साथ ले जाता। वह चिन्ह पूरे संसार में यह उद्घोषणा करने के लिए पर्याप्त था कि उस व्यक्ति ने कोई बहुत बड़ा अपराध किया था और उसके शरीर पर उसकी असफलता तथा ग्लानि के चिन्ह को जबरन बना दिया गया था ताकि पूरा संसार उसे देख कर धिक्कार सके। मैंने इस विषय में जितना सोचा, मुझे यह विचार उतना ही पसंद आने लगा। यह वानर अपने स्वामी के पास लौटेगा तो इसके शरीर पर रावण द्वारा दागने का निशान होगा... मुझे इसे कहाँ दगवाना चाहिए?... इसकी चौड़ी छाती पर?... इसके गठीले पेट पर...? या फिर इसकी चौड़ी पीठ पर?

"इसके वस्त्र उतार दो तथा पूँछ पर दागो।"

महाराज! मैं आपको सुझाव देना चाहूँगा कि हमें ऐसे बर्बर व नृशंस कृत्य को बंद कर देना चाहिए। हमें इसके साथ एक गुप्तचर की तरह पेश आना चाहिए और उसी के अनुसार बर्ताव करना चाहिए। हमें ऐसा नीच व्यवहार शोभा नहीं देता।" प्रहस्त ने एक बार फिर अपने खिझाने वाले शब्दों से वार किया।

"इसकी पूँछ में आग लगा दो। इसे तब पता चलेगा जब उठते, चलते, बैठते या लेटते समय निरंतर पीड़ा सालती रहेगी। इसे पता तो चले कि एक असुर सम्राट का अपमान करने का क्या दंड हो सकता है?" मैं अपनी सभा से उठ रहे हर्षोल्लास के स्वरों के बीच फूल उठा और निराशा के साथ अपना सिर हिलाते प्रहस्त को पूरी तरह से उपेक्षित कर दिया।

मेरे रक्षक रुद्रक को बुलाने भागे। कोतवाल प्रमुख अपने सहायकों के साथ आया तथा प्रणाम किया। हनुमान तब भी निश्चेष्ट खड़ा रहा। यह तो बहुत ही कठोर वानर था। मैं क्षण-प्रतिक्षण और भी क्रोधित होता जा रहा था। रुद्रक के व्यक्ति दागने के लिए सीसा तथा धधकती अग्नि ले कर प्रस्तुत थे। तभी कुछ ऐसा घटा, जिसके बारे में किसी ने विचार तक नहीं किया था। नर वानर ने बहुत ही आसानी से अपने पेट व टाँगों के आसपास लिपटीं रस्सियाँ तोड़ दीं और ऐसी ठोकर मारी जिससे मेघनाद के हाथों में पकड़ी तलवार दूर जा गिरी। एक क्षण के लिए तो सभी स्तब्ध रह गए। वानर योद्धा के लिए यही क्षण पर्याप्त थे। उसने अपने रस्सियों से बँधे हाथ जलती अग्नि में झोंक दिए जिससे उसके बंधन खुल गए। फिर, उसने अपने हाथ मुक्त होते ही उस विशाल पात्र को उठा लिया, जिसमें सीसे को पिघलाया गया था और उसे मुझ पर दे मारा। मैं तो सिर झुका कर बच गया परंतु वह पात्र सिंहासन के पीछे लगे रेशमी पर्दों से, ज़ोर से टकराया और उनमें आग लग गई। मैं एक ही झटके में वहाँ से भागा क्योंकि पूरे मंच पर आग लग गई और वह धड़ाम से नीचे आ गिरा। फिर मेरी सारी सभा जलने लगी। चारों ओर कोहराम छा गया। हनुमान ने रुद्रक को आग में धकेल दिया। बेचारा कोतवाल प्रमुख बुरी तरह से जलने लगा, जब तक उसके व्यक्ति उसे आग से निकालते व उसे संभालते, तब तक हनुमान लकड़ी के कुछ जलते हुए लट्ठे खींच चुका था और उसने मेरे महल में आग लगा दी। रक्षक भयभीत ख़रगोशों की तरह भागने लगे। कुछ लोग मेरे बचे-खुचे सिंहासन पर पानी डाल रहे थे। भ्रम व कोलहाल के इसी वातावरण के मध्य हनुमान बच कर, नगरी की ओर निकल गया। उसने दोनों हाथों में जलते लट्ठे पकड़े हुए थे। केवल प्रहस्त में ही उस समय इतनी तत्काल बुद्धि बची थी कि उसने अपनी कटार, उस आततायी पर दे मारी परंतु वह निशाना चूका और कटार, सभा के द्वार से एक तेज़ ध्वनि के साथ टकरा कर रह गई। मेघनाद

भी तत्क्षण उसके पीछे भागा पर जलते स्तंभों के टुकड़े गिरने से उसकी गति भी मंद हो कर रह गई।

और मैं, एक कायर होने के नाते, मैंने मेघनाद को भी वापिस बुला लिया। वानर को तो कभी भी पकड़ा जा सकता था परंतु उस समय तो हमारा महल जल रहा था। यह सब किसी दुःस्वप्न से कम नहीं था। चारों ओर भय तथा अराजकता का वातावरण था। मैं अपने भाई तथा पीछे आ रहे अन्य लोगों के साथ अंतःपुर की ओर भागा, जहाँ महल की स्त्रियाँ रहती थीं। रुद्रक चिल्ला रहा था ताकि अपने व्यक्तियों को थोड़ा काबू में कर सके परंतु सभी रक्षक उसके आदेशों को अनसुना कर अपने प्राणों की रक्षा के लिए भगदड़ मचाए हुए थे। एक बड़ा सा जलता हुआ लट्ठा हमारे ठीक पास आकर गिरा और बस हम मरते-मरते बचे। वह वहाँ धरती पर पड़ा किसी जीवित प्राणी की तरह फुँफकार रहा था। चारों ओर जो गर्मी फैल गई थी, उसकी तो किसी ने कभी कल्पना तक नहीं की थी। चारों ओर धुएँ के गहरे बादल छाए थे। मैंने ठोकर मार एक वातायन के पट खोले और बाहर छलाँग लगा दी, मैं सीधा बारह फ़ुट नीचे सख़्त धरती पर जा गिरा। मेरे टखनों में दर्द होने लगा परंतु मैंने भागना जारी रखा। मैं अपने अंतःपुर से उठती चीख़ों के स्वर सुन सकता था। अग्नि ने मेरी सभा को लगभग जला कर राख कर दिया था और बड़ी तेज़ी से आसपास के भवनों को स्वाहा करने के लिए बढ़ी जा रही थी। और मेरे आगे, मेरी अपनी ही नगरी जल रही थी। लपटें कुछ ही क्षणों में फूस की बनी छतों को लील जातीं। आतंक व मृत्यु से भरी हज़ारों चीख़ें, पूरे आकाश में प्रतिध्वनित हो रही थीं। लोग-बाग़ अपने घरों से निकल कर भाग रहे थे। कुछ बहादुर लोग इस अग्नि से लड़ने का प्रयत्न भी कर रहे थे परंतु उन्हें इसके आगे घुटने टेकते देर नहीं लग रही थी। वायु में चारों ओर जलते माँस, लकड़ी तथा वस्त्रों की गंध फैली थी। अश्व अपने अस्तबलों से निकल कर, सड़कों पर दीवानों की तरह दौड़ते फिर रहे थे और अपनी राह में आने वाले प्रत्येक व्यक्ति को कुचल रहे थे। मैं अपने अंतःपुर की ओर भागा। मेरी पत्नी वहाँ थी, मेरे पुत्र वहाँ थे। मुझे उनके प्राणों की रक्षा करनी थी। परंतु लपटों की गति तो मुझसे कहीं अधिक तीव्र निकली। महल की पूरी छत ने आग पकड़ ली थी। चीख़ कर निर्देश देने तथा पुकारने से मेरे गले का सुर फट गया था परंतु वहाँ सुनने वाला था ही कौन? *'मेरे अंगरक्षक कहाँ गए? मेरी सेना कहाँ थी? मेरे मंत्री कहाँ थे?'* मैं असहाय खड़ा अपने महल को धू-धू कर जलते देखता रहा।

तभी मैंने देखा कि एक विशाल अश्वेत देहाकृति बड़ी निर्ममता से जलते हुए अंतःपुर की ओर बढ़ती जा रही थी। मैंने उस मूर्ख व्यक्ति को वहाँ जाने से रोका परंतु उसने धधकती अग्नि में छलाँग लगा दी और वहाँ से अलोप हो गया। मैं साहस के इस

अतुलनीय प्रदर्शन को देख भौंचक्का रह गया। *'संभवत: वह कोई सिरफिरा रहा होगा।'* इस समय तक, मेरे कुछ मंत्री तथा प्रहस्त आदि भी वहाँ आ पहुँचे परंतु मेरे मुख से एक शब्द नहीं फूटा। रुद्रक भी थोड़ी सी व्यवस्था कायम करने में सफल रहा और उसके व्यक्ति आग बुझाने में जुट गए। महल का एक अंश पूरी तरह से जल कर राख हो चुका था और ऐसा लगता था कि कम से कम महल के पूर्वी हिस्से की आग पर तो काबू पा लिया गया था परंतु अंत:पुर में तो अब भी आग की लपटें धधक रही थीं और मैंने तय किया कि अपने परिवार की दुर्दशा के विषय में विचार नहीं करूँगा।

आग का सामना करने के लिए करीब साठ हाथी लाए गए। तभी वह बड़ी सी काली आकृति, जो आग में कूदी थी। उसने महल के पहले तल से छलाँग लगाई और बाग़ में आकर लुढ़की। मैंने देखा कि उसने अपनी पीठ पर मेरी रानी मंदोदरी को लादा हुआ था। हम उस व्यक्ति की ओर दौड़े। जब हम वहाँ पहुँचे तो मैंने उसे एक ही झटके में पहचान लिया। वह तो कोई और नहीं, मेरा अवैध पुत्र अतिकाय था। वह रानी को अपनी पीठ से उतारने के लिए हाथ-पैर मार रहा था। मैंने देखा कि उसका हाथ बुरी तरह जल गया था परंतु इससे पूर्व कि मैं कुछ कह सकता। अतिकाय फिर से जलते हुए महल में भाग गया।

इस बार, रक्षकों का एक पूरा दल उसके पीछे गया। आग का रोष थोड़ा शांत हो गया था परंतु यह अब भी ख़तरनाक थी। महल के भीतर धीरे-धीरे आग नियंत्रित हो रही थी परंतु महल के बाहर, अब भी वह भभक रही थी। मैंने मन ही मन ध्यान किया कि मेघनाद तथा जंबूमाली महल से बाहर जा चुके थे ताकि नगर में आग बुझाने की गतिविधियों को निर्देशित कर सकें। रुद्रक ने उस नर वानर की तलाश नए सिरे से आरंभ कर दी थी जिसने इतनी सुंदर नगरी व महल को खंडहर में बदल कर रख दिया था। परंतु मैं तो उस समय किसी भी तरह के प्रतिशोध या दंड के किसी भी विचार से कहीं परे थ। वस्तुत: मैं इन घटनाओं के ऐसे भयंकर आघात से सुन्न पड़ गया था। रानी के विषय में बहुत चिंता सता रही थी। रक्षक अंत:पुर से शरीर निकाल रहे थे। कुछ लोग जीवित थे परंतु गंभीर रूप से जल चुके थे अथवा अचेत थे। कुछ लोगों को आग ने ऐसा विकृत कर दिया था कि उनके मुख तक नहीं पहचाने जा सकते थे। मृतकों की पहचान तक करना कठिन था।

मेरी रानी ने धीरे से आँखें खोलीं। मैंने उसे अंक में भर लिया। मैं अपने अश्रुओं को वश में न रख सका परंतु उसने मुझे पीछे धकेला तथा खड़े होने की चेष्टा की। "अक्षय! मेरा अक्षय कहाँ है?" वह हौले से बोली। मैंने आसपास देखा। *मेरा छोटा पुत्र कहाँ था? आठ वर्षीय अक्षय कुमार कहाँ था?* मैं बदतर की कल्पना से भयभीत

हो कर उठ खड़ा हुआ। मेरे पास इतना साहस नहीं बचा था कि मैं अपनी पत्नी का सामना कर पाता।

प्रहस्त झुका और रक्षकों को बुला कर, उनके कानों में कुछ फुसफुसाया। वे महल की ओर भागे परंतु मैंने देखा कि प्रत्येक मुझसे नज़रें मिलाने से क़तरा रहा था। मैंने अपने-आप को धीरज बँधाया कि मुझे अपनी हिम्मत नहीं हारनी। *शिव मेरे पुत्र के सहाय होंगे।* मैं अपने मन को यही आस बँधाता रहा। मैं आदेश पर आदेश देने लगा। 'यहाँ देखो... वहाँ देखो।' जाने क्या-क्या बके जा रहा था! मैं जानता था कि यह सब व्यर्थ था परंतु मैं कुछ करना चाहता था। मेरे पीछे से विलाप का स्वर सुनाई दिया पर मुझमें मुड़ कर देखने का साहस नहीं बचा था। किसी ने मेरे कंधे पर दिलासा से भरा हाथ रखा परंतु इससे मुझे कोई दिलासा नहीं मिला। मैं बहुत गुस्से में था। मैं उस क्रंदन तथा उसके पीछे छिपे कारण, दोनों को जानता था। परंतु तभी मेरा क्रोध जाने कहाँ हवा हो गया और मैं किसी फटे चीथड़े की तरह ढेर हो गया। गर्म राख से भरी धरती, मेरे मुख से टकराई। मैं वहाँ चित्त पड़ा था, चेहरे से रक्त टपक रहा था और अश्रु मेरे ही रक्त में घुल-मिल गए थे। मैं अपने आसपास पदचापें तथा आहटें सुन सकता था। मेरे व्यक्ति मेरे निकट आने से भयभीत थे। हो सकता है कि वे मेरे दुःख को मान दे रहे हों।

रावण का दुःख उनका अपना दुःख था। मुझे अपना दुःख इस उदासीन तथा क्रूर जगत से क्यों बाँटना चाहिए? मेरा बच्चा, मेरा नन्हा राजकुमार, किसी मुर्गे की तरह आग में जीवित ही भुन गया था। नहीं, मैं अब उसे देखना भी नहीं चाहता। मैं उसकी अंतिम स्मृति के रूप में उसकी भोली, सुंदर व निश्चल मुस्कान को ही याद रखना चाहता हूँ। उस नन्ही जान ने इस गंभीर तथा निर्दयी संसार में अपनी मासूमियत, संसार के प्रति अपनी जिज्ञासा व आकर्षण से इतना रंग भर दिया था कि मुझ जैसे नृशंस के लिए इसे सहन करना सरल हो गया था, वह सब कुछ छीन लिया गया। मैं लड़खड़ा कर खड़ा हो गया। मैंने देखा कि मेरी पत्नी किसी को बुरी तरह से पीट रही थी। कुछ लोग उसे अतिकाय से परे हटाने की चेष्टा कर रहे थे। 'तुमने केवल मुझे ही क्यों बचाया... तुम उस बच्चे को वहाँ कैसे छोड़ सके, जो उस समय, मुझ पर हाथ रखे वहीं सो रहा था? क्या तुम कसाई हो... तुम हत्यारे हो...!'

उसने पूरी शक्ति से उस दीर्घकाय व्यक्ति को झकझोर दिया। वह वहीं लज्जा तथा ग्लानि से अपना सिर झुकाए खड़ा रहा। या फिर वह मंदोदरी के ऐसे व्यवहार से क्रुद्ध था? उसने अपने प्राणों पर खेल कर मंदोदरी की प्राणरक्षा की थी और वह उस पर यह आरोप लगा रही थी कि उसने उसकी बजाय उसके पुत्र की प्राण रक्षा क्यों नहीं

की? कौन जाने अतिकाय के मन में क्या चल रहा था? मैं नहीं जानता था और न ही मुझे इसे जानने की परवाह थी। अतिकाय, उसका गुस्सा अथवा ग्लानि, मेरे लिए कोई महत्त्व नहीं रखते थे। मैंने हाल ही में अपनी संतान खोई थी। मैं उन मृत देहों की ओर बढ़ता चला गया जो मेरे कभी हरे-भरे रह चुके बाग़ में, कतार लगाए पड़ी थीं। भयावह आकृतियाँ मेरी प्रतीक्षा में थीं। मैं चलता रहा और अंत में उस नन्हे शव के पास पहुँच गया।

रक्षकों ने झुक कर प्रणाम किया परंतु यदि उन्होंने मेरे मुख पर थूका भी होता तो संभवतः मुझे कोई अंतर न पड़ता। मैंने कोयला बन चुकी देह को अपने अंक में भर लिया। वह नन्हा सा चेहरा कोयले जैसे काले पड़ चुके मुख से मुझे ही ताक रहा था। मेरा पुत्र मानो मेरी हर बात का उपहास कर रहा था; मेरा झूठा अभिमान, मेरा जीवन, मेरी उपलब्धियाँ, मेरा अहंकार! मैं इसे जानता था और नियति व देवों से क्रुद्ध था, जिन्होंने मेरे साथ ऐसा किया। मेरे अनुचर मेरा भार लेने के लिए दौड़े आए, परंतु मैंने इंकार कर दिया। यह मेरा भार था और इसे मुझे अकेले ही उठाना था। क्या संसार में कुछ भी मेरे पुत्र से बढ़ कर था? क्या मेरा राज्य मेरे पुत्र के प्राणों से बढ़ कर था? मैंने एक संतान की रक्षा के लिए दूसरी संतान का बलिदान कर दिया था। मैं उन्हीं लोगों के लिए तबाही का संदेश ले आया, जो मुझे अपना रक्षक मानते थे।

फिर, उस रात के दमघोंटू अंधकार में, मैंने अपनी पुत्री का निर्मम हास्य सुना। 'रावण! दुष्ट असुर, तू यही सब पाने का अधिकारी था। तू और तेरी प्रजा इसी तरह मेरे पति, अयोध्या के राम के हाथों निर्ममतापूर्वक मृत्यु पाएँगे।'

मैं इसका ही अधिकारी था, मेरी पुत्री? मैं इसका अधिकारी था? मैंने तुम्हारे लिए छोटे भाई का बलिदान कर दिया। मैं सब कुछ हार सकता हूँ परंतु मैं तुम्हारे लिए हमेशा खड़ा रहूँगा। एक बार तुम्हें त्यागा था पर अब ऐसा कभी नहीं होगा। जब तुम अपने पिता के संरक्षण से बाहर जाओगी, तुम्हें उसी क्षण समझ आ जाएगा कि तुम्हारा पति कैसा है। परंतु बड़े खेद से कहना पड़ता है, प्रिय पुत्री! तब तक बहुत देर हो चुकी होगी। मैं इन सभी बातों को चीख़-चीख़ कर सीता से कहना चाहता था परंतु अब मेरे भीतर शक्ति नहीं रही थी। मैं अकेला ही चल दिया। हाथों में नन्हे राजकुमार के शव को उठा रखा था और मैं गहरी रात के अंधकार में चलता चला गया। संभवतः वहाँ मुझे कुछ सांत्वना मिल सके, कोई ऐसा जो मेरे अश्रु पोंछ सके, जहाँ मैं स्वयं को अंधकार की गोद के हवाले कर सकूँ। मैं चलता गया, मेरा नन्हा मृतक पुत्र बड़ी शांति से मेरी भुजाओं में सो रहा था।

31 मेरे नगर को जलने दो

भद्र

पूरा नगर धू-धू कर जल रहा था। राजा के सिपाही ओझल हो गए थे और कोतवाली के बाहरी हिस्से में आग लगी थी। मेरे भाग निकलने का मार्ग बंद था और आग किसी भी समय मेरे कारागार कक्ष तक आ सकती थी। गाढ़ा व काला धुआँ भीतर घुस आया। मैं दम घुटने के कारण बेतरह खाँसने लगा। मैं तो जाल में फँस गया था। मैंने उस आग में से निकल कर भागना भी चाहा पर जैसे ही आग की गर्म लपटों ने छुआ तो मेरी सारी हिम्मत वहीं टूट गई। श्वास लेना भी दूभर था। मैं नहीं जानता कि क्या करना है। भले ही मैं बच गया था। परंतु इस बार मैं पूरी तरह से निश्चिंत नहीं था। नारंगी चीभ वाली आग की लपटें, अपनी राह में आने वाली हर वस्तु को लील गई थीं। छत का एक हिस्सा ढह गया और नीला आकाश भीतर ही घुस आया। धुआँ निकलने से वातावरण थोड़ा साफ़ दिखने लगा।

मैंने दीवार फाँदने की चेष्टा की परंतु ऐसा कुछ नहीं दिखा जिसे पकड़ कर उस पर चढ़ कर कूद पाता। दरोग़ा की मेज़ पर छत का एक शहतीर आ गिरा और वह भी जलने लगी। मैंने उसे हटाने की चेष्टा की और बहुत देर तक खींचतान करने के बाद सफल रहा। मैंने उसे उठा कर, दीवार पर दे मारा। गर्म शहतीर से हाथ जल रहे थे परंतु उस समय मुझे जलन का कोई एहसास नहीं हो रहा था। वह सब तो बाद में पता चला। मैं मेज़ पर चढ़ा और फिर दीवार से कूद कर, अपनी जान बचा कर भागा।

बाहर तो और भी अराजकता फैली थी। घर, दुकानें तथा सड़क पर सब कुछ, आग की लपटों में घिरा था। मैं कुछ ही दूरी पर जल रहे महल को भी देख सकता था। मैं अपने घर की ओर भागा। आग ने बिना किसी भेदभाव के, सबको लील लिया –

ब्राह्मण, शूद्र, दास, नाई, व्यापारी, नशेड़ी, पंडित, द्वारपाल, जुआरी, वेश्याएँ, वृद्धाएँ, शिशु, संत तथा सड़कों पर आवारा घूमने वाले, आग ने सब को समाप्त कर दिया था। आकाश में मानव देह जलने की तीखी गंध फैली थी। कई लोग भीड़ में कुचल कर मारे गए। कुछ लोग अधमरे हो चुके थे। कुछ लोग आग बुझाने के प्रयासों में थे। कुछ लोग अपनी संपत्ति तथा प्रियजन के वियोग में विलाप कर रहे थे। मैं उन सड़कों पर दौड़ा, जहाँ मृत्यु ने अपना तांडव रचा था। मैं भयभीत व भूखा था परंतु फिर भी मैं भागता ही गया। मैं नहीं जानता कि क्यों व कैसे परंतु जब मैं मुख्य मार्गों को त्याग कर, छोटे घरों की ओर गया तो वहाँ पाया कि अग्नि ने कोई अधिक हानि नहीं पहुँचाई थी।

लोग अपने घरों से बाहर निकल चुके थे और अवाक् हो कर, उन गगनचुंबी लपटों को देख रहे थे, जो हमारे पूरे नगर को लील रहीं थीं। कई लोगों ने मुझे रोक कर यह पूछना चाहा कि वहाँ हो क्या रहा था? मैंने भागना जारी रखा। मैं तो बस अपने घर पहुँचना चाहता था ताकि राजाओं, महलों, गुप्तचरों तथा उनके भयंकर कृत्यों से दूर जा सकूँ। नगर को जलने दो, स्त्री-पुरुषों को जलने दो। मैं अपने घर में सुरक्षित होना चाहता था। जब तक मैं अपनी गली तक पहुँचा, यह सब किसी दुःस्वप्न की भाँति लग रहा था। वह चुप्पी केवल कुछ आवारा कुत्तों के भौंकने से ही टूट रही थी, जो हमारी गलियों में भरे हुए थे।

ज्यों ही मैं घर पहुँचा तो अपने घर के दरवाज़े को खुला देख ठिठक गया। मैंने हौले से भीतर क़दम रखा और पुराने काठ के उस दरवाज़े से हो रही कर्कश ध्वनि को पूरी तरह से अनसुना कर दिया। मद्धिम रोशनी में खर्राटे भरती पत्नी की परछाईं दिखी, जो नगर में मृत्यु का तांडव रच रहे अग्निकांड से अनभिज्ञ सुखनिद्रा में मग्न थी। मैंने उसे कोसा और अपने पलंग पर जा पहुँचा। तभी मैंने किसी को अपने बिस्तर पर सोया पाया। मैं विस्मित रह गया। अग्नि की लपटों में घिरे नगर की हल्की रोशनी भी उस आकृति का परिचय नहीं दे पा रही थी। मैंने अपनी कमर में बँधी कटार पर हाथ मारा तो वह वहाँ नहीं मिली। मैं इतना भयभीत हो गया था कि हिल भी नहीं पा रहा था। "बाबा...।" वह स्वर प्रकंपित हुआ।

"कौन...?" मैंने काँप कर पूछा

"मैं अतिकाय हूँ...।"

"क्यों... तू मूर्ख... तू... तू।" मैं उस आकृति की ओर बढ़ा, जो अब पलंग पर बैठ चुकी थी। मैंने उसका सिर अपने हाथों में भर लिया। "मैंने राजकुमार को मार

दिया... मैंने उसे मार डाला...।" "क्या...?" *इस मूर्ख ने भला क्या कर दिया था, क्या वह राजकुमार मेघनाद को मार आया था?*

अब क्या होने वाला था? मैं आशंका से भयभीत हो उठा। 'क्या पूरी सेना हमें खोज निकालेगी?' मेरी पत्नी उठ बैठी और असंगत प्रलाप करने लगी। मैं उस पर चिल्लाया तो वह कातर हो कर सिकुड़ गई। मैंने अतिकाय को पकड़ कर झकझोर दिया और उसके मुख पर एक करारा तमाचा दे मारा। "मूर्ख! तू नींद से उठ बैठा है और जाने क्या-क्या बक रहा है... बेअक्ल गँवार कहीं का!"

फिर मैंने टुकड़े-टुकड़े कर, सारी बातों के सिरे जोड़ने की कोशिश की। पहले तो मुझे यह जान कर तसल्ली हुई कि मेरा यह गँवार लड़का, किसी भी रूप में, छोटे राजकुमार की हत्या के मामले में लिप्त नहीं था बल्कि वह तो एक नायक था जिसने रानी की प्राण रक्षा की। तब मेरा मन रुक्षता से भर उठा। *'न तो राजा और न ही उसके आसपास, सदा पूँछ हिलाते घूमते, वे गौर वर्ण चाटुकार, हम जैसे लोगों के साहसिक कार्यों को प्रश्रय देंगे, कभी हमें अपनी वीरता का श्रेय नहीं लेने देंगे। हम जैसे साधारण व्यक्तियों द्वारा किए गए निःस्वार्थ कार्यों के लिए, कभी कोई भाँड या कवि प्रशंसापूर्ण स्तुतिगान नहीं करेगा। अब छोड़ो भी भाँडों को, उनकी परवाह भी किसे है?'*

मैंने मेरे पुत्र के साथ मगजमारी कर रही पत्नी को, उनके हाल पर छोड़ दिया। बाहर, पूर्व दिशा में आकाश पर, सूर्योदय की लालिमा आ रही थी और उधर पश्चिम में आग की लपटों ने आकाश को रक्ताभ कर दिया था। मैं अंगड़ाई लेता हुआ, नदी की ओर चल दिया और विचार करने लगा कि उस नर-वानर को हमारे निर्दोष बच्चों, स्त्री व पुरुषों तथा सुंदर महल को आग के हवाले करके क्या मिला। नदी के दूसरे छोर पर स्थित, श्मशान की ओर अंतिम संस्कार के लिए जुलूस निकलना आरंभ हो गया था। मैं उस यात्रा में शामिल लोगों के चेहरे तो नहीं देख सका परंतु मैं उनके अश्रुसिक्त नेत्रों तथा मुखों की कल्पना कर सकता था। ज्यों ही पहली चिता जली और गाढ़ा धुँआ आकाश में उठने लगा तो मैं विरक्त भाव से देखने लगा। फिर मैं अपने घर के कच्चे आँगन में जा कर बैठ गया और अपने जलते हुए नगर पर छाए धुएँ के बादलों को देखता रहा। इसके अतिरिक्त और कर भी क्या सकता था?

32 शांति का संदेशवाहक

रावण

प्रहस्त ने ही मुझे बाहर आकर, नगर पर एक नज़र डालने के लिए विवश किया। मुझे उस समय उस पर बहुत क्रोध भी आया परंतु उसका आग्रह जारी रहा। उसने कहा कि एक राजा के रूप में, मेरा कर्तव्य बनता था कि मैं अपनी प्रजा की देख-रेख करूँ और यह जानूँ कि वे किन कष्टों तथा परिस्थितियों के बीच घिरे थे ताकि मैं तत्काल उनके कष्ट घटाने के लिए कोई प्रयत्न कर सकूँ। मैं उस पर चिल्लाया और यहाँ तक कि उसे पदच्युत करने व धड़ से सिर अलग करने की धमकी भी दी परंतु वह अपनी बात पर अड़ा रहा और कुछ भी कहने की बजाय, केवल कोमल स्वर में यही समझाता रहा कि मुझे अपना कर्तव्य निभाना चाहिए। अंततः उसने मुझे मना ही लिया और मैंने उसे कोसते हुए, साथ चलने की सहमति दे दी।

मैंने देखा कि मेरे कारण मेरे नागरिक कितने घोर कष्ट व यंत्रणा सह रहे थे। मैं प्रहस्त के साथ सादे वेष में था और कहीं से भी, कोई राजा नहीं दिख रहा था। मैं भी तो उनकी तरह एक आम आदमी था जो इस संताप को झेल रहा था। घरों में दुःख का साम्राज्य था, सड़कें पुराने चीथड़ों व टूटे काठ-कबाड़ से भरीं थीं। अलग-अलग कोनों में कचरों के ढेर जमा थे, जिन्हें देख कर लगता था मानो मानव अवशेषों का ढेर लगा हो। कई भवन ढह गए थे और टूटी दीवारें काली पड़ गई थीं। कई घरों में तो खिड़कियाँ अथवा चौखटें ही शेष रहे और पूरी की पूरी छतें उड़ गई थीं। कुछ भवनों में केवल स्तंभ ही शेष बचे, जो बलबलाते धुएँ के बीच खड़े दिख रहे थे। उन्हें देख कर ऐसा लगता था मानो कोई संबंधी अपने प्रिय के अंतिम संस्कार के समय, दुःखी मन से आसपास खड़े हों। स्त्री व पुरुष कोनों में खड़े थे, वे इस विनाश, हानि तथा

अकस्मात आई विपदा को देख कर जड़ हो गए थे। मुझे कई कोनों से सुबकने की आवाज़ें सुनाई दीं और एक मोटी दीवारों वाले घर से विलाप के स्वर भी सुनाई दिए, जो लगभग गिरने के कगार पर था। पशुओं के अधजले कंकाल सड़कों पर बिखरे थे। यह सब देख कर जी मितला रहा था। मैं अपने राजमहल में लौटना चाहता था ताकि इस अमानवीय यंत्रणा व कष्ट के दृश्यों से मुँह छिपा सकूँ। मैंने भी अपना छोटा पुत्र खोया था परंतु इन दृश्यों की तुलना में तो वह कुछ भी नहीं था।

परंतु अचानक ही अपने खोए हुए पुत्र का विचार मन में आते ही मेरे दु:ख का बाँध टूट गया। मैंने विनती से भरी दृष्टि के साथ प्रहस्त को देखा परंतु वह तो अपने ही विचारों में मग्न था। मैं अपने अश्रुओं को रोकने में असफल रहा और साथ ही मुझे उस नर-वानर, प्रहस्त, इस सारे संसार पर भी क्रोध आया, जिन्होंने मुझे इन परिस्थितियों में ला पटका था। परंतु मैं इतना विस्मित था कि क़दम तक नहीं उठ रहे थे। सड़क पानी व कीच से भरी थी जो मेरे वस्त्रों तथा पैरों में पहनी पादुकाओं से भी चिपक गई थी। इन मौत की गलियों में विचित्र सी, रोगी कर देने वाली गंध तथा वायु मँडरा रही थी। मेरा जी बुरी तरह से मिचला गया और मैं अपना पेट पकड़ कर वहीं दोहरा हो गया। मानो मैं अपनी सारी आँतों से एक-एक क़तरा निकाल देना चाहता था। तभी एक वृद्धा ने मुझे पहचान लिया। वह अपने घर से दौड़ती हुई आई और बहुत ज़ोर से चीख़ी। मैं सकते में आ गया और समझ नहीं आया कि मुझे क्या करना चाहिए।

"राक्षस कहीं के! देखा तूने, देखा कि हम तेरी वासना का क्या परिणाम भुगते रहे हैं!" वह चिल्लाई। प्रहस्त ने उसे रोकना चाहा परंतु उसने उसे पूरे बल के साथ पीछे धकेल दिया। फिर वह अपनी छातियाँ पीटते हुए, विलाप करने लगी, "मैंने कितने त्याग व बलिदानों के साथ दो पुत्रों को पाल-पोस कर बड़ा किया था। उनकी पत्नियाँ, मेरे पौत्र-पौत्रियाँ, सब जल कर स्वाहा हो गए। सब तुम्हारी वासना की लपटों में भस्म हो गए... तुम्हारे पास देवदूत जैसी पत्नी है और फिर भी तुम देव युवतियों पर कुदृष्टि रखते हो? और देखो, उसके कारण हम असुरों की कैसी दयनीय दशा हुई है?"

उसके आसपास एक भीड़ एकत्र हो गई थी। चारों ओर से क्रोध से भरी बुदबुदाहट सुनाई देने लगी और मैंने कुछ भिंची मुट्ठियाँ भी देखीं। मैं तो जैसे धरती में ही गड़ गया था। मुझे भय था कि वे मुझे जान से ही मार देंगे। मैं कैसा शासक था? मुझे अपने पर ही ग्लानि होने लगी। लंका चारों दिशाओं से जल रही थी। मैंने जो भी बनाया था, मेरी प्रजा ने अपने सपनों के जो महल तैयार किए थे, अपनी महत्त्वकांक्षा, आवेग तथा कड़े परिश्रम के बल पर जिन सपनों को साकार किया था, वह मेरे चारों ओर भग्नावशेषों के रूप में बिखरा था। मैं एक राजा के रूप में असफल रहा था। मैं एक नीच वानर से अपने नागरिकों की रक्षा नहीं कर सका। मैं एक पिता के रूप में

असफल रहा। मैं अपने नन्हे पुत्र को आग की लपटों में भुनने से नहीं रोक सका। मैं एक पराजित व्यक्ति था। प्रहस्त मुझे संभालने के लिए आगे आया परंतु इससे पूर्व उसे भीड़ पर भी काबू पाना था। मेरे घुटने जवाब दे गए और मैं वहीं धड़ाम से गिरा। मैंने काँपते हाथों से उस, क्रोधित वृद्धा के चरणस्पर्श करने की चेष्टा की।

"माँ...! मुझे क्षमा कर दो... मैं... मैं। मानो कंठ में कुछ अटक गया और मैं कुछ न कह सका।

प्रहस्त ने मुझे उठाया परंतु वृद्धा मेरे ही चरणों पर गिर पड़ी। "मुझे क्षमा करें महाराज!... आप हमारे सम्राट हैं... आपको मेरे चरणों में गिरना शोभा नहीं देता!" वह सुबकियाँ भरने लगी। कुछ क्षण पहले जो भीड़ गुस्से के मारे मेरे प्राण लेने पर उतारु थी, उसके व्यवहार में अचानक ही नरमी दिखाई दी, वे सब द्रवित हो कर पीछे हट गए। मैं लड़खड़ाते क़दमों से अपने वृद्ध किंतु बलशाली मंत्री प्रहस्त की भुजा थाम कर, जर्जर हो चुके महल की ओर चल दिया।

भीड़ में से किसी ने कहा, *"महाराज रावण की जय हो!"* सारी भीड़ ने समवेत स्वर में अनुमोदन किया। *हर-हर महादेव!* हम मृत्युपर्यंत आपका साथ देंगे, महाराज!" कोई चिल्लाया, *'देवों का नाश हो!'* किसी दूसरे ने कहा, "*असुरों की जय हो...* महाराज! हम इन आततायियों से बदला लेंगे। हम अपने हाथों से एक-एक ईंट जोड़ कर, अपनी लंका नगरी को नए सिरे से बसा देंगे!"

सैकड़ों स्वर एक साथ उठे, "हर हर महादेव! शत्रुओं का नाश हो! नर-वानरों का नाश हो!" मैं अपने दुर्ग में जाते समय, अपनी शिराओं में खौल रही ऊर्जा को अनुभव कर सकता था। अब मैं प्रहस्त से भयभीत नहीं था। मैं सड़कों पर अपनी प्रजा को देख सकता था। भीड़ में जैसे कोई विद्युत आवेग भर आया था। हज़ारों खड्ग धूप में चमचमा रहे थे। मैंने अपने हाथ हिलाए और भीड़ में उमंग से भरी गर्जना सुनाई दी।

"चलो, लंका का पुनः निर्माण करें!" मैं चिल्लाया और लोगों ने हर-हर महादेव के स्वर के साथ मेरी बात का अनुमोदन किया। "शिव की सौगंध! हम नर-वानरों तथा देवों से इस क्रूर आक्रमण का प्रतिशोध ले कर रहेंगे।"

"हाँ! निश्चित रूप से ऐसा ही होगा।" भीड़ गरजी

प्रहस्त मेरे पीछे खड़ा मुस्करा रहा था। मैं उसके कान में हौले से बोला, "चलो, लंका को नए सिरे से बनाएँ!" उसने मुझे झुक कर प्रणाम किया और हमेशा की तरह प्रभावी प्रबंधों की व्यवस्था करने निकल गया। नगर प्रशासन व अभियंता मंत्री मय

को बुलवाया गया और वे किसी प्रसन्न बालक की तरह उमगते हुए आ पहुँचे मानो उन्हें कोई बहुत बड़ा ख़जाना सौंपा जा रहा हो। चूँकि पूरा नगर बन कर विकसित हो गया था अतः उनके पास उसके प्रशासन के नीरस कार्य के सिवा कोई कार्य नहीं बचा था। अब उन्हें जले हुए नगर को पुनः बनाने का अवसर दिया जा रहा था और वे उसे उसकी खोई हुई कीर्ति लौटाने के लिए कृतसंकल्प थे। मैंने दोनों मंत्रियों को चर्चा में मग्न छोड़ दिया।

महल अंधकार में खोया था और मैं अपने मृत पुत्र तथा व्यक्तिगत हानि की वास्तविकता में आ पहुँचा। हज़ारों नागरिकों की आहों व कराहों तथा कभी समाप्त न होने वाली सामूहिक भावना से मुझे जो ऊर्जा प्राप्त हुई थी, महल के द्वार पर उसने मेरा साथ छोड़ दिया? सब कुछ जैसे एक छलावा दिखने लगा था, यहाँ तक कि सड़क पर उस महिला के प्रति मेरा दुःख भी तो एक दिखावा ही था। *'क्या मैं सही मायनों में उनके प्रति समानुभूति रखता था? क्या वह उस गुस्साई भीड़ से बचने का एक साधन था, जो मुझे लील जाने को तैयार खड़ी थी? क्या मैंने ही अपनी निजी महत्त्वकांक्षा की पूर्ति के लिए अपने लोगों को कष्टों व मौत के हवाले नहीं कर दिया था?'* मेरे मस्तिष्क में इसी संदेह के कीड़े कुलबुलाने लगे और दिमाग़ सुन्न पड़ गया।

'मैंने तो अपने लोगों से प्यार किया था? क्या मैंने अपनी प्रजा के लिए एक शून्य से इतने बड़े साम्राज्य का निर्माण नहीं किया था? और क्या मैंने ही उस शोषित व दलित समाज को उनका खोया आत्मसम्मान देने में सहायता नहीं की थी? मैं इस प्रकार विचार क्यों कर रहा हूँ? क्या मैंने ही लोभ तथा स्वार्थ को मानवीय प्रगति के दो विशाल स्तंभों के रूप में महिमामंडित नहीं किया था? परंतु फिर क्यों मैं स्वयं को दोषी पा रहा था? मुझे ऐसा क्यों लग रहा था कि मैं ही अपनी प्रजा के दुःखों व कष्टों का एकमात्र दोषी था?

द्वार चरमराहट के साथ खुला और द्वार पर पड़ती, सूर्यास्त की तिरछी किरणों में, मुझे मेरी पत्नी की परछाईं दिखाई दी। धीरे-धीरे चलते हुए, वह मेरे पास आकर बैठ गई। मैं उसे देखने का साहस नहीं जुटा सका। मैं जानता था कि मेरी आँखें नम थीं और मेरी ओर से ज़रा सी भी हलचल, उन आँसुओं की बाढ़ को बहने देती, जो आँखों के कोनों पर छिपे बैठे थे। उसने मेरे कंधों पर हाथ रखे और मेरी आँखें छमाछम बरसने लगीं। गाल आँसुओं से भीग गए थे।

"मैं सदा तुम्हारा साथ दूँगी। सीता को उसके पति के पास मत जाने देना। हम नहीं जानते कि वह उसके साथ कैसा व्यवहार करेगा? चाहे जो भी हो, हम मिल कर इन परिस्थितियों का सामना करेंगे। वह हमारी पुत्री है। रावण, मैं तुम्हारे मन को समझती

हूँ।" मैंने अपना सिर हिलाया। यदि मेरी पुत्री ही मेरा संरक्षण नहीं चाहती तो मुझे उसके लिए अपना सब कुछ क्यों बलिदान कर देना चाहिए? तब तक मैंने उसे उसके बर्बर पति को सौंपने के बारे में विचार नहीं किया था परंतु जब मंदोदरी ने यह विषय उठाया तो मैं भी यही विचार करने लगा कि क्यों न उसे उसके पति को लौटा दिया जाए और मैं पहले की भाँति अपना जीवन व्यतीत करूँ? *अपनी पुत्री की रक्षा के स्वार्थी लक्ष्य की पूर्ति के लिए अपनी प्रजा को कष्टों के गर्त में ढकेलने का अधिकार मुझे किसने दिया, मैं उनके साथ ऐसा व्यवहार करने वाला कौन होता हूँ?* भले ही मैं एक संपूर्ण नरेश अथवा एक संपूर्ण मनुष्य न रहा होऊँ परंतु मैं नहीं चाहता कि मुझे हमेशा उन माँओं की बददुआओं के साथ जीना पड़े, जिन्होंने अपनी मान-मर्यादा या अपनी संतानें गँवा दीं। बस बहुत हुआ! मैं विभीषण को बुलाऊँगा और उसे कहूँगा कि राम को सीता सौंप दे।

ऐसा लगा मानो मंदोदरी ने मेरे मन की बात जान ली हो, वह बोली, "नहीं, रावण नहीं! हम जानते हैं कि देव अपनी स्त्रियों से कैसे पेश आते हैं। अब जबकि वह हमारे बीच रह चुकी है, वे उसे अशुद्ध मानेंगे। हम पहले ही अपनी एक संतान खो चुके हैं।" उसने मेरा कंधा कस कर थाम लिया। "अब मैं दूसरी संतान खोना नहीं चाहती।"

"प्रहस्त आपसे सभा में मिलना चाहता है।" एक द्वारपाल ने कहा। मैं अपनी पत्नी को देखे बिना ही उठ खड़ा हुआ और शीतल जल से अपना मुख प्रक्षालन किया। मैंने उस शीतल जलधार में अपने अश्रुओं को बहने दिया। जब मैंने दर्पण में देखा तो पाया कि एक वृद्ध चेहरा मेरी ओर ताक रहा था। उसके बाल पक गए थे। चेहरे पर झुर्रियाँ दिख रही थीं। सूजी आँखों के नीचे स्याह घेरे और झुर्रियों को देख कर लगता था कि वह इंसान कितना टूटा हुआ था। वह युवावस्था कहाँ गई? वह रावण कहाँ गया, जिसने देवताओं को भी चुनौती दी थी? वह राजा कहाँ गया जिसने अपने जीवन में इतना कुछ पाना चाहा था कि उसने कभी दूसरों की भावनाओं की कद्र तक नहीं की? वह अग्नि में धधकता यौवन कहाँ गया, जिसने एक के बाद एक युद्धों का नेतृत्व किया था, नगरों का विनाश किया था, स्त्री-पुरुषों को निमर्मता से मौत के घाट उतारते हुए, एक ऐसे साम्राज्य का निर्माण किया था, जो उसके मौक्तिक द्वीप से ले कर, मुख्य प्रायद्वीप पर, नर्मदा के दक्षिणी किनारों तक विस्तृत था? वह व्यक्ति कहाँ गया जिसने असुरों को उनके भूतपूर्व महान सम्राट महाबलि से भी अधिक आत्म-सम्मान तथा ख्याति प्रदान की थी? और वह प्रकृति, संगीत, कला तथा जीवन के प्रति आसक्ति व प्रेम कहाँ गया? रावण कहाँ था?

मेरा उत्तर द्वार पर खड़ा था, पुरुषोचित भाव से उसका सिर गर्व से तना था। सारे संसार को जीत लेने की इच्छा तथा जीवित रहने की गहन इच्छा लिए रावण, रावण

अपने महिमामंडित यौवन तथा लाखों स्वप्नों सहित, संसार की सभी अच्छी वस्तुओं के लिए कभी न बुझने वाली पिपासा लिए रावण, जो रावण दर्पण में नहीं था, वह द्वार पर खड़ा, मुझे जीवन में वापिस लौटने का संकेत दे रहा था। यह मेघनाद था। "पिताश्री!" मंत्री परिषद आपकी प्रतीक्षा कर रही है।" मैंने मुड़ कर अपने अंगवस्त्र सही किए और मेघनाद के कंधे पर हाथ रख लिया। मेरा पास इतना समय कहाँ था कि सदैव आत्म-दया में डूबा रहूँ। मुझे तो पूरे देश का शासन संभालना था।

अपने पुत्र के यौवन की धधकती ज्वाला से थोड़ी ऊर्जा पाने के पश्चात, मैं उसके कंधों के साथ झुका सभा की ओर चल दिया ताकि अपने जीवन को नए सिरे से आरंभ किया जा सके। मैंने अपनी सुबकती पत्नी को बहुत पीछे छोड़ दिया और वायु के बीच तैरते उन स्वरों पर ध्यान रमाया जो मेरे अपने लोगों, असुरों व मेरी प्रजा के थे। वे कल हुए एक नृशंस आतंकवादी हमले के बाद, नए सिरे से अपने नगर का निर्माण कर रहे थे। आशा के अंकुर पुनः प्रस्फुटित होने लगे। मैंने पुत्र को भी पीछे छोड़ दिया तथा सभा में प्रवेश किया। फिर मैंने सभा की कार्रवाई आरंभ की। और मन ही मन, मैं पुनः सम्राट तथा इस धरती का सबसे महान शासक बन गया। अभी तो बहुत से युद्धों में विजयश्री को गले लगाना था।

हम बैठ कर युद्ध की योजनाओं पर चर्चा करने लगे। मैं व्यक्तिगत रूप से भी प्रतिशोध की ज्वाला में जल रहा था। यद्यपि मैं राम को अपनी पुत्री के लिए जीवित ही पकड़ना चाहता था परंतु लक्ष्मण ने मेरी बहन का जो अपमान किया था, उसके लिए मैं उसका गला रेत देना चाहता था और अगर हनुमान पकड़ में आता तो उसे मैं अपने हाथों से ही गला दबा कर मार देता। मैं उन अंतहीन युद्ध योजनाओं व सामरिक रणनीतियों से अधीर हो उठा। मैं मेघनाद में भी उसी अधैर्य को देख सकता था। खैर, विभीषण अब भी शांति के एक अंतिम प्रयास के लिए जी तोड़ कोशिश में था। उसने कहा कि वह निजी रूप से राजदूत बन कर जाएगा और राम से बात करेगा। प्रहस्त का कहना था कि यह लंका के कुमार के हित में नहीं था कि वे उन बर्बरों के बीच शांति प्रस्ताव ले कर अकेले जाएँ। वे उन्हें बँधक बना सकते थे और बदले में सीता की रिहाई की माँग की जा सकती थी। अंततः, यह निर्णय लिया गया कि विभीषण अपने साथ थोड़ी सेना ले कर जाएगा और वरुण की जलसेना उसे सागर की ओर से सुरक्षा प्रदान करेगी।

विभीषण ने हमें यह आश्वासन भी दिया कि यदि आवश्यकता पड़ी और किसी भी तरह बात न बनी तो वह बल प्रयोग द्वारा राम को बंदी बना लेगा। प्रहस्त ऐसे किसी भी तरह के क़दम के सख़्त विरोध में दिखा। "हमें जल्दी से आगे जा कर राम की तुच्छ सेना का अंत कर देना चाहिए। हमें अचानक होने वाले इस हमले का लाभ लेने

से नहीं चूकना चाहिए। इस बार युद्ध के सामान्य नियम लागू नहीं हो रहे हैं क्योंकि उन्होंने ही सबसे पहले हमारी असुर राजकुमारी के अंग-भंग द्वारा आक्रमण किया और हमारे असुर साम्राज्य के विरुद्ध आतंकवादी गतिविधियाँ आरंभ कीं।" विभीषण उसकी बात से सहमत नहीं था। मैं थक गया था और विभीषण से कहा कि वह अपनी ओर से संदेश ले कर जा सकता था। मैंने वरुण को भी निर्देश दे दिए कि वह विभीषण की सहायता के लिए प्रस्तुत रहे।

प्रहस्त क्रुद्ध हो उठा परंतु जब मैंने एक बार निर्णय ले लिया तो वह मौन भाव से, कुमार विभीषण के प्रस्थान के समुचित प्रबंध करने में जुट गया। इस अभियान पर भेजने के लिए सबसे प्रशिक्षित टुकड़ियों को चुना गया। मैंने दरबार की कार्यवाही समाप्त की व अपने कक्ष में लौट गया। मैं बुरी तरह से थक चुका था और कुछ ही घंटों पूर्व, अपने छोटे बेटे का अंतिम संस्कार करने के पश्चात गहरी नींद सोना चाहता था।

33 युद्ध की सुगबुगाहट

भद्र

ज्यों ही घेराबंदी आरंभ हुई। बाज़ार से दैनिक प्रयोग की आवश्यक वस्तुएँ गायब हो गईं। वस्तुओं के दाम आकाश छूने लगे। बुरा वक़्त आ गया था। परंतु मेरे जैसे लोग, अपने झुर्रियों से भरे हाथों तथा जर्जर वस्त्रों के साथ – अदृश्य, अप्रासंगिक तथा मौन ही रहे, हम तो अच्छे वक़्त में भी यातनाएँ ही सहते आए थे। बुरे वक़्त में हम भूख से दम तोड़ने लगे। हम दबे स्वरों में, युद्ध के विषय में चर्चाएँ करते। युद्ध तो दूर, अनेक नई पीढ़ियों ने तो कोई छोटा-मोटा संघर्ष तक नहीं देखा था। यह तो सत्य है कि कुछ मेघनाद के साथ उसके उत्तर के युद्ध अभियानों में गए थे परंतु वे युद्ध तो दूसरे लोगों के देशों में लड़े गए थे। जो लोग मारे गए, बलात्कार या लूट के शिकार हुए, वे दूसरे देशों के हमारे जैसे भूखे-नंगे लोग थे। केवल उनका वर्ण तथा जाति अलग थे। परंतु अब यह युद्ध तो अपने द्वार पर दस्तक दे रहा था। हवा में चारों ओर बड़ा ही, भयंकर शीत का कुहासा फैला था, जो कभी नहीं छँटता।

हमारा राजा मूर्ख था। अन्यथा मूर्खता की और क्या परिभाषा दी जा सकती है? राह चलते, किसी भी साधारण व्यक्ति से भी पूछो तो वह बता सकता था कि राजकुमार विभीषण कितना पाखंडी व दुष्ट था। केवल रावण सरीखा सीधा तथा नीति से अनजान राजा ही इस महत्त्वपूर्ण अभियान पर विभीषण व वरुण को भेज सकता था। कुछ ही दिन पूर्व, प्रजा ने एक भव्य सार्वजनिक कार्यक्रम में, विभीषण को विदाई दी थी। हज़ारों लोग असुरों की पताकाएँ लिए, सागर तट पर एकत्र हुए थे। बयालीस युद्धपोत रवाना किए गए जिनमें सारी शाही नौसेना तथा लगभग तीन चौथाई असुर सेना थी, वे लोग राम को पकड़ने तथा उसके वानरों को कुचलने के लिए गए थे।

प्रत्येक व्यक्ति जानता था कि शांति की वार्ता तो एक छल था। हम प्रतीक्षा करते रहे कि एक ही पखवाड़े के भीतर हमारे युद्धपोत लौट आएँगे और उनके साथ ज़ंजीरों में कसा राम भी होगा परंतु बीस दिन बीत जाने पर भी असुर सेना तथा नौसेना की ओर से कोई समाचार नहीं आया। चारों ओर, किसी दावानल की भाँति अफ़वाहें फैल गईं। लोग कह रहे थे कि वानरों की सेना ने, महाबलिपुरम के निकट तट पर, शिव मंदिर पर असुरों की सेना को खदेड़ दिया था। यद्यपि मुझ जैसे कुछ संदेहशील प्राणियों का यह मानना था कि विभीषण ने वहाँ जा कर अपना मत बदल लिया था और अब वह शत्रु पक्ष के साथ था। और इसके बाद शाही घोषणा हुई। हमारा अनुमान सही निकला। द्वीप के हर कोने व नुक्कड़ से यह घोषणा की गई कि राजकुमार विभीषण तथा नौसेना प्रमुख वरुण राम से जा मिले थे। अब वे शत्रु पक्ष के साथ थे। सम्राट के भाई ने अपनी ओर से संदेशवाहक भेज कर आग्रह किया था कि वह क्षमायाचना करते हुए, राम को सीता लौटा दे और उसे राजगद्दी सौंप दे। वरुण ने भी रावण को पत्र लिखा कि अब रावण असुरों का सम्राट नहीं रहा था क्योंकि राम ने महाबलिपुरम में रचाए गए, एक समारोह में, विभीषण को लंका तथा असुरों का राजा घोषित कर दिया था। दोनों खलनायकों के संयुक्त हस्ताक्षरों सहित एक और पत्र आया था जिसमें लिखा था कि अधिकतर असुर सेना तथा रावण की सारी राजसी नौसेना अपना पक्ष बदल कर, राम के समर्थन में चली गई थी। अब उनकी निष्ठा देवों के प्रति थी। रावण के पास तो कोई विकल्प नहीं बचा था। यदि रावण को अपने प्राणों का मोह था और यदि वह लंका को दूसरे विनाश तथा अनावश्यक रक्तपात से बचाना चाहता था तो उसके पास यही विकल्प शेष था कि वह शांतिपूर्वक अपने भाई विभीषण को राजसिंहासन सौंप कर, सपरिवार हिमालय की ओर प्रस्थान कर जाता। परंतु रावण ने प्रत्येक नागरिक से आग्रह किया कि वे अपनी मातृभूमि की रक्षा के लिए आगे आएँ। ऐसा नहीं था कि लंका तथा मुख्य प्रायद्वीप का प्रत्येक नागरिक एक समृद्ध जीवन व्यतीत कर रहा था और एक समान अधिकारों का आनंद ले रहा था, उसे किसी भी प्रकार के जातिवाद तथा अनुक्रम का सामना नहीं करना पड़ता था। यद्यपि हम सभी रावण के राज में धीरे-धीरे फैल चुके जातिवाद तथा रंगभेद को सहते आ रहे थे और उस पर शोक भी प्रकट करते थे परंतु भीतर ही भीतर, हम यह भी जानते थे कि राजा प्रत्यक्ष रूप से असुर साम्राज्य में फैली इस अराजकता व सड़न के लिए दोषी व उत्तरदायी नहीं था। वास्तव में उसने व प्रहस्त ने तो, उत्तर की ओर से उठे जातिवाद को रोकने के लिए कड़े क़दम उठाए थे, यद्यपि विभीषण तथा उसके ब्राह्मण समुदाय ने चोरी-छिपे भेदभाव से भरे धर्म को लोगों के बीच प्रसारित करने में कोई कसर नहीं छोड़ी थी। अब उसी विभीषण ने देव नरेश से मित्रता कर ली थी और रावण को सिंहासनच्युत करने की धमकी दी थी। लोग यही सोच कर काँप उठते कि यदि पूरा

राज्य विभीषण तथा उसके ब्राह्मणों के अंतिम अधिकार के वश हो गया तो उनका जीवन कैसा होगा?

देवों तथा असुरों के मध्य अंतिम संघर्ष की सारी तैयारियाँ आरंभ हो चुकी थीं - यह दो सभ्यताओं का अंतिम व निर्णायक युद्ध होता। इस छल से भरे युद्ध में, असुर एक भुजा से लड़ने वाले थे क्योंकि हमारा एक हाथ पीछे बँधा था। एक आम आदमी के रूप में, प्रारंभ में हमने रावण के युद्धों में जितना भी साथ निभाया, उसका केवल एक ही लक्ष्य था कि हम पराजित नगरों में लूटपाट कर सकें। एक लंबे समय के बाद, एक स्थापित असुर साम्राज्य को ऐसे ही आक्रमण का सामना करना था, जैसा कि पहले कभी उन दस राजाओं ने किया था, जब इंद्र ने भारत पर धावा बोला था। एक जीवनशैली, समानता तथा स्वतंत्रता की सभ्यता, भौतिक सुखों को मान देने वाली तथा उत्सवप्रिय परंपरा, एक दूसरी सभ्यता की ओर से होने वाले अंतिम आक्रमण के लिए प्रस्तुत थी। अब यह राम तथा रावण के मध्य व्यक्तिगत मामला नहीं रहा था।

पहले जब लोगों ने सोचा कि रावण ने सीता के प्रति वासना रखी और उसके कारण ही उन पर दुर्भाग्य के बादल मँडराने लगे हैं तो उन्होंने रावण से घृणा की, परंतु जब उन्होंने ये अफ़वाहें सुनीं कि सीता असुर राजकुमारी थी, हमारे राजा की पुत्री थी तो वे सीता को राम के हाथों सौंपने के विचार से ही कातर हो उठे। यद्यपि मैं रावण को कभी क्षमा नहीं कर सकता, वह मेरे दत्तक पुत्र अतिकाय से जिस तरह पेश आया था, वह बहुत ही निर्मम व्यवहार था। उसने यह भी भुला दिया था कि वह अंततः उसका ही तो रक्त था। अंतर केवल इतना था कि सीता ने किसी महान वैज्ञानिक की पुत्री के गर्भ से जन्म पाया था और अतिकाय का जन्म, महल की साफ़-सफ़ाई करने वाली दासी के गर्भ से हुआ था।

असुर अच्छाई तथा बुराई के बीच होने वाली इस लड़ाई के लिए प्रस्तुत थे। रुद्रक ने सड़कों पर पैदल तथा अश्वारोही सेनाओं को उतारा। लोग तनावग्रस्त हो उठे। सेना के जवानों ने लोगों के साथ चीख़-चिल्लाहट की व उन्हें अकारण पीटा भी। फिर खाड़ी के समीप रहने वाले मछुआरे तथा दुर्ग के बाहर रहने वाले लोग अपने पक्षी तथा पशु ले कर आ पहुँचे। लोग सड़क किनारे रहने लगे। बंदरगाह के समीप रहने वाले असुर समाचार लाए - नर वानर सागर के दूसरी ओर से एक पुल का निर्माण कर रहे थे। यह सब कुछ बहुत ही विचित्र, आकर्षक तथा भयभीत कर देने वाला था। परंतु वह सेतु हमारे द्वीप की ओर धीरे-धीरे बढ़ता आ रहा था। यह जैसे-जैसे बढ़ता गया, इसके भयभीत कर देने वाले प्रभाव में भी वृद्धि होती गई। लोग मंदिरों के शिखरों पर, ऊँचे वृक्षों पर अथवा पहाड़ीनुमा ऊँचे स्थानों पर चढ़ कर, दबे स्वरों में चर्चा करते।

रातों-रात कई स्थानों पर असुरों की युद्धकला *'कलारिपट्टु'* सिखाने वाले केंद्र कुकरमुत्तों की तरह उग आए। सड़कें स्त्री, पुरुष, बूढ़े व जवान असुरों से भरी रहतीं जो हाथों में तलवारें, धनुष-बाण, भाले तथा तरह-तरह के हथियार लिए, एक से दूसरे स्थान पर आते-जाते रहते। रावण ने ही लोगों को प्रोत्साहित किया था कि वे अपने अस्त्र-शस्त्र ले कर, शत्रु के ख़िलाफ़ रणभूमि में उतरने की तैयारी कर लें। पहले हम असुरों के लिए जिन मंदिरों के द्वार बंद रहते थे, उन्हें अब हमारे लिए युद्ध शिविरों में बदल दिया गया। संभ्रांत ब्राह्मण वर्ग ने अलगाव तथा भेदभाव का नियम समाज पर थोप दिया था, वह रातों-रात कहीं अलोप हो गया, उनमें से अधिकतर तो लंका छोड़ कर, राम की सेना में जा मिले थे। असुरों का प्राचीन समभाव एक बार पुनः लौट आया था।

यही वह अंतिम युद्ध था, वही निर्णायक युद्ध था, जो यह तय करेगा कि क्या भारत के निर्धन व शोषित समाज को समान भाव से आगे आने का अवसर मिलेगा? यह हृदयहीन जातिप्रथा तथा छुआछूत की भावना के विरुद्ध खुली जंग थी। यह तो मानो निम्नस्तरीय ब्राह्मणवाद को खुली चुनौती थी। मैं इस विडंबना पर मुस्करा दिया। ब्राह्मणवाद के विरुद्ध होने वाला यह युद्ध एक ऐसे राजा के नेतृत्व में लड़ा जा रहा था जो गुप्त रूप से इस बात पर गर्व करता था कि वह एक ब्राह्मण पिता की संतान था। यद्यपि हम निर्धन, अभागे व काली चमड़ी वालों के पास, इसके सिवा कोई विल्कप भी तो नहीं था। हमें इस देश में जितने भी नेता अथवा राजा अब तक मिले, उनमें से रावण ही सबसे श्रेष्ठ था। वह अपनी भूलों के बावजूद एक मनुष्य था - और उसके विकल्प के रूप में, विभीषण का राज, इसकी तो कल्पना भी भयभीत कर देने के लिए पर्याप्त थी।

हम सब पूरी तरह से निश्चित थे कि महादेव शिव अच्छाई पर बुराई की विजय कभी नहीं होने देंगे। यद्यपि अपने मन के किसी भीतरी कोने में, मैं यह भी जानता था कि हम ईश्वर की अभागी संतानें थीं और दयालु तथा शिव समान सर्वशक्तिमान देव भी, हमारी चमड़ी के रंग तथा औकात को देख कर ही कोई निर्णय लेते। संभवतः हम चमड़ी के ग़लत रंग के साथ जन्मे थे।

34 मेरे लोगों के लिए

रावण

महल में अंधकार छाया था। ठहरी हुई गुम हवा के बीच कुछ विचित्र से स्वर तैर रहे थे, एक पत्ता भी नहीं हिल रहा था। मैं बरामदे में बैठा सागर की ओर ताक रहा था। मृत्यु व पराजय मुझे मुँह बाए देख रहे थे। मैंने अपने–आप को कोसा कि मैंने, बहुत समय पहले, उस रात वरुण को अपने हाथों से सागर की लहरों के हवाले क्यों नहीं कर दिया था? मैं बिल्कुल सुन्न हो गया था। मैंने अश्रुओं, परिश्रम तथा मृत्यु का मोल चुका कर जो जीवन बनाया था, वह मेरी ही आँखों के आगे मसला जा रहा था। महल के अनुचरों ने घंटों पहले जो मशालें व दीपक जलाए थे वे एक धीमी मौत मरते हुए, फड़फड़ा रहे थे। महल के बगीचों में, यहाँ–वहाँ एक अटपटा सा प्रकाशस्तंभ चमकते हुए, जीवित रहने के लिए अंतिम युद्ध कर रहा था।

कई घंटों तक मेरा मस्तिष्क किसी कोरे पृष्ठ की भाँति रिक्त रहा। फिर अचानक ही एक सिरदर्द की तरह, कनपटियों के पास दर्द की लहर दौड़ पड़ी, वह भावनाएँ लौट आई थीं : मैं अपनी पुत्री से मिलना चाहता था। मैंने इस विचार को अपने मस्तिष्क से निकालना चाहा और यह कुछ क्षण के लिए थम भी गया परंतु कुछ ही समय बाद, यह पुनः मुझ पर हावी हो गया। मैं उठ कर उस विशाल अशोक वृक्ष के निकट चल दिया, जहाँ मेरी पुत्री रहती थी। घना अंधकार छाया था। महल के वातायनों से छन कर आ रहा प्रकाश, झाड़ियों पर विशाल परछाईंयाँ रच रहा था जिससे वे और भी भयावह दिख रही थीं। ज्यों ही मैं वृक्ष के समीप पहुँचा, एक पक्षी अपने विशाल पंख फड़फड़ाते हुए वहाँ से उड़ गया जिससे ख़रगोश व गिलहरियाँ डर के मारे बिलों में जा दुबके। एक चमगादड़ मेरे कान के बहुत ही निकट से उड़ा, अपनी दिशा बदली और फिर अंधकार में विलीन हो गया।

वह सो रही थी। वहीं दो असुर महिला रक्षिकाएँ, मेरी उपस्थिति से अनभिज्ञ ऊँघ रही थीं। *'वाह! मेरी पुत्री की क्या सुरक्षा हो रही है!'* मैंने सोचा। मैंने अपने हाथों में हो रहे कंपन के लिए स्वयं को कोसा। मैं उसे स्पर्श करके, उसके उस बाल्यकाल में लौटना चाहता था, जिसे मैंने देखा तक नहीं था। मैं अपनी नन्ही बिटिया की छोटी-छोटी अँगुलियाँ महसूस करना चाहता था, उसे झुलाना चाहता था, उसे अपने आगे बड़ा होते देखना चाहता था। अनायास काले-घने मेघों को चीरते हुए, चंद्रमा निकल आया और अशोक के पत्तों से छन कर आती एक किरण, मेरी पुत्री के देवदूत जैसे निर्दोष मुख पर पड़ने लगी। चंद्रमा की रोशनी बाग़ के गहरे सायों के साथ आँख-मिचौली खेल रही थी। एक हल्का सा झोंका पत्तों को सरसरा गया। वह ज़रा सा हिली। उसकी आँख के कोने से एक आँसू टपका और उसकी नाक पर आ टिका, फिर उस आँसू ने नाक के छोर पर संतुलन साधना चाहा पर अंत में नीचे जा गिरा। मेरी नन्ही सी प्यारी बिटिया के लिए हृदय में हाहाकार सा होने लगा। वह अपने पति के प्रेम के लिए तरस रही थी। क्या मैंने उसे उसके प्रिय पात्र से विलग करके, कोई भूल कर दी थी? मैं अकस्मात् ही क्रोधित हो उठा। वह अपने पिता का स्नेह क्यों नहीं देख सकती? राम में ऐसा क्या था कि उसे मेरे सारे ऐश्वर्य तथा वैभव का मोह भी नहीं व्यापा था? फिर क्षण भर में ही क्रोध जाता रहा और उसके स्थान पर असहाय सा भाव आ गया। मैंने उसे ग़लत समझा। जब उसे मेरी सबसे अधिक आवश्यकता थी तो मैंने उसे त्याग दिया था। मैं तो अपने लिए साम्राज्य बनाने में मग्न था। सफलता की उस अंधी व मूर्खतापूर्ण दौड़ में, मैंने अपनी पुत्री का बालपन खो दिया। अब, जबकि वह अपने पति के प्रेमरूपी संसार में मग्न थी तो मैं उसे वहाँ से ले आया था। मुझे ऐसा करने के लिए अपने-आप से घृणा होने लगी। परंतु वह इस बात को समझ क्यों नहीं सकती? उसका पति उसे कभी वापिस नहीं ले जाएगा। वह मेरे नगर के द्वार पर खड़ा, एक वृद्ध व्यक्ति के लिए मृत्यु तथा विनाश का संदेश इसलिए नहीं लाया था कि वह अपनी पत्नी से बहुत प्रेम करता था, या उसने यह सब इसलिए ही किया था?

मैं अपनी बच्ची को एक बार फिर से खोना नहीं चाहता था। मैं नहीं चाहता था कि राम उसे मुझसे दूर ले जाए। वह एक असुर राजकुमारी और मेरी पुत्री थी। मैं उसे एक बार खो चुका था और अब ऐसा पुनः नहीं होने दूँगा।

अचानक ही उसकी आँख खुली और वह मुझे चेहरे पर निराशा तथा भ्रम के साथ देखने लगी। मैं एक पिता के रूप में उसे मनाने आया था कि वह हमारे साथ रहने चले परंतु ज्यों ही मैं उसकी ओर बढ़ा तो वह चिल्लाने लगी। मेरी तंद्रा भंग हो गई और मैं निराश हो कर, लड़खड़ाते हुए, पीछे हट गया। उसने मुझे अपशब्द कहे, विलाप करने लगी और राम को पुकारने लगी ताकि वह आकर उसकी रक्षा करे। असुर महिलाएँ

एक ही झटके से उठ बैठीं और उलझन में पड़ गईं। इससे पहले कि उनकी दृष्टि मुझ पर पड़ती, मैं एक ओर हो गया और तेज़ी से अपने महल की ओर चल दिया। मैंने द्रवित हृदय के साथ अपने शयनकक्ष में प्रवेश किया तो मंदोदरी को शैय्या पर बैठा पाया। मैं उसका सामना नहीं कर सका।

"तुम कहाँ थे?" क्या उसके शब्दों में एक तीखापन था? मैंने कंधे झटके और उसकी ओर पीठ करके लेट गया। हर चीज़ को स्मरण करते हुए मन गुस्से व कड़वाहट से भर गया। *'वह मेरे जीवन में क्यों आई?'* मैं अपने बिस्तर में करवटें बदलता रहा परंतु इन विचारों ने मेरा पीछा नहीं छोड़ा। फिर मैंने अपने कंधे पर एक उष्णता से भरे हाथ का स्पर्श अनुभव किया और मैं अपनी पत्नी को आलिंगन में लेने के लिए मुड़ गया।

मैं नहीं जानता कि उस रात हम कितने घंटों तक यूँ ही लेटे रहे, परंतु धीरे-धीरे वह निद्रा की गोद में समा गई और शैय्या पर अपने स्थान पर करवट ले ली। उस रात शांतिपूर्ण निद्रा बड़ी ही निर्ममता से मुझे छलती रही। मस्तिष्क में करोड़ों विचार चक्कर काट रहे थे जिनमें से अधिकतर निरर्थक थे। इन सबके मध्य में ही कहीं चिंता तथा पराजय के भाव ने भी आ घेरा। मैं यह सब समाप्त कर देना चाहता था। जीवन का कोई अर्थ ही नहीं रह गया था। सब कुछ अर्थहीन था। मैं एक से दूसरी ओर करवटें बदलता रहा और फिर ऊँघ सवार हो गई।

फिर जब पूर्वी आकाश पीला पड़ने लगा तो मैं स्वेद से लथपथ हो कर, अकस्मात उठ बैठा। मैं मय से ज्योतिष तथा खगोल विद्या का ज्ञान प्राप्त करता रहा था। ज्यों-ज्यों मैं बड़ा होता गया, इन विद्याओं प्रति मेरी ग्रहणशीलता में और भी वृद्धि हुई। जीवन कितना छोटा था और जीवन में सीखने के लिए कितना कुछ शेष था। मैं उन दिनों एक पुस्तक, संहिता की रचना कर रहा था, जो ज्योतिष विद्या तथा शकुन विचार पर आधारित थी। हो सकता है कि उसके कारण ही मैंने वह दुःस्वप्न देखा हो, जिसमें मैंने देखा कि एक लंबा तथा गौरवर्ण युवक मेरी पुत्री सीता को घसीट कर लिए जा रहा था और उसने उसे धधकती अग्नि में फेंक दिया। राम एक ऊँचे मंच पर बैठा दिखा और बहुत ही दुःखी लग रहा था। समीप ही कहीं, एक और अग्नि धधक रही थी। अपनी पुत्री की इस भयंकर नियति से अधिक भय मुझे उस भयावह चेहरे को देख कर लगा, जिसे अग्नि की क्षुधार्त लपटें लील रही थीं; यह सब देख कर मैं एक ही झटके से उठ बैठा, दिल सीने में तेज़ी से धड़क रहा था। यह तो असुर सम्राट का चेहरा था। क्या यह एक अपशकुन था, आने वाली घटनाओं का एक संकेत मात्र?

ज्योतिष विद्या अपने-आप में एक बहुत ही गूढ़ तथा रहस्यमयी विद्या थी और मैं शकुन-अपशकुन में इतना विश्वास नहीं रखता था। मैंने बहुत चाहा कि मैं फिर से

निद्रा की गोद में समा जाऊँ परंतु इस छवि ने मुझे बुरी तरह से व्याकुल रखा और थका दिया। मेरे अनुचर, दो बार उठाने आए किंतु मैंने दोनों बार उनकी उपेक्षा की, मैं उस चादर के अंदर भी सहम रहा था, जिसमें किसी भयभीत बालक की तरह लिपटा पड़ा था। अंत में मंदोदरी आई और मुझे झकझोर कर जगा दिया। यह एक अंधेरी सी सुबह थी। आकाश में बादल छाए थे और सागर पर भी अंधकार मँडरा रहा था।

"महाराज! परिषद आपकी प्रतीक्षा कर रही है।" प्रहस्त के स्वर ने मुझे चौंका दिया और मैंने उसे धुँधली आँखों से देखा।

मैं तो जैसे हर चीज़ से ही उकता गया था – ये तुच्छ राजनीति व अहंकार के तमाशे; ये निंदा व आपसी झड़पें, अंतहीन सभाएँ तथा चाटुकारों द्वारा मुझे अटूट देशप्रेम के प्रदर्शन द्वारा प्रसन्न करने की चेष्टाएँ; मेरा जगमगाता महल; मेरा साम्राज्य; वह युद्ध जो अब मुझे किसी भी दशा में, राम के साथ करना ही था। मैं जीवन से तंग आ गया था। मैं चाहता था कि प्रहस्त जैसे लोग, मेरे जीवन से कहीं दूर चले जाएँ और मेरे संसार में पुनः क़दम न रखें। *'मैंने एक राजा बनने का स्वप्न क्यों देखा?' मुझे तो पूर्ण नदी के सुंदर तटों में से एक पर सादा जीवन जीना चाहिए था, छोटे स्वप्न देखने चाहिए थे, और उन करोड़ों सामान्य जन की भाँति ही जीना-मरना चाहिए था, जो इस धरती पर इसी रूप में जीते आए हैं।'* एक छोटी सी कुटिया, एक निष्ठावान पत्नी, सुंदर संतान, कृषि कार्य के लिए कुछ खेत और इस संसार के आनंद का उपभोग करने के हेतु बहुत सारा समय – परंतु मैं यह भी जानता था कि अब ये स्वप्न, स्वप्नमात्र ही तो रह गए थे। मैं प्रहस्त के जाने के बाद, बहुत समय तक भगवान शिव की प्रतिमा के आगे पड़ा रहा और पूरे हृदय से साहस के लिए आर्त स्वर में प्रार्थना करता रहा।

जब मैं अंततः सभा में पहुँचा तो परिषद के सदस्य घेरा बनाए खड़े थे, वे पाठशाला में पढ़ने वाले छात्रों की भाँति बतिया रहे थे। ज्यों ही मैंने प्रवेश किया तो एक सन्नाटा सा छा गया और वे अपने-अपने स्थान पर जा बैठे।

मैंने कहा, "शत्रु हमारी गर्दनें दबा रहा है। हम एक के बाद एक विश्वासघात का सामना कर रहे हैं। विभीषण..., जिस भाई को मैंने अपनी भुजाओं में खिलाया, अपने पुत्र की तरह माना, वह मुझे छोड़ कर, शत्रुओं से जा मिला। वरुण..., सर्प कहीं का, जिसे मैंने भरोसा करके अपनी जलसेना सौंपी, जिसे अपना परम मित्र जाना, वह भी देव युवक का दास बन बैठा। हमारी आधी सेना तथा संपूर्ण जलसेना ने अपने पक्ष बदल लिए। मैंने जिस असुर साम्राज्य व वंश की कीर्ति के लिए अपना रक्त, अपनी संतान, अपने स्वप्न, अपना जीवन न्यौछावर कर दिया, उसने मुझे क्या दिया?"

"हमें सुबेला पहाड़ियों पर चले जाना चाहिए। वहाँ पर स्थित दुर्ग, शत्रु के बड़े से बड़े आक्रमण को सह सकता है। हमारे पास वहाँ कई माह की रसद का भी पर्याप्त प्रबंध है। हम वहीं प्रतीक्षा करेंगे और शत्रु को अपने नगर से खदेड़ देंगे।" प्रहस्त ने हस्तक्षेप किया।

मुझे यह सब समझने में थोड़ा समय लगा कि आखिर प्रहस्त कह क्या रहा था और तभी अचानक मुझ पर क्रोध सवार हो गया, "नहीं, मैं दो देव युवकों तथा उनकी बेहूदी वानर सेना से घबरा कर नहीं भागूँगा। मैं असुरों का सम्राट हूँ और मैं पहाड़ियों में नहीं छिपूँगा। मैं उन्हें कुचल कर रख दूँगा।"

मेरे मंत्रियों के बीच एक कोलाहल सा होने लगा। तभी जंबूमाली बड़ी कठिनाई से खड़े हो कर बोले,"महाराज! यदि हम वर्षा ऋतु के आगमन तक पहाड़ियों वाले दुर्ग में रहें तो हम राम की सेना को हरहराते सागर तथा नगर के बीच ही दबोच सकते हैं। हम तब तक शत्रु पक्ष को दुर्बल बनाने के लिए गुरिल्ला युद्ध प्रणाली का आश्रय ले सकते हैं।"

"तुम चाहते हो कि मैं अपनी नगरी को शत्रु की दया पर आश्रित छोड़ दूँ? मुझे लगता है तुम मूर्ख इतिहास से मिले सबकों को भुला बैठे हो। जाने कितनी भव्य असुर नगरियाँ लूटने के बाद, राख के ढेर में बदल दी गईं। हमने भी पहले, जाने उनके कितने नगरों के साथ यही हश्र किया है? क्या तुम्हें लगता है कि वे इंद्र के पुत्र हमारी इस भव्य नगरी को विनष्ट करने में कोई कसर छोड़ेंगे?"

"परंतु, महाराज! इस समय हम दुर्बल हैं। हमें रणनीति बनानी होगी, योजनाएँ बनाने के बाद अपनी ही शर्तों पर यह युद्ध लड़ना होगा। सुबेला की पहाडियाँ व्यावहारिक रूप से अजेय हैं। वर्षा ऋतु के आते ही सुबेला दुर्ग की प्राचीरें इतनी फिसलन से भरी हो जाएँगी कि वे वानर भी उन पर नहीं चढ़ सकते। वैसे भी हम वरुण के जहाज़ों पर सवार, अग्निवर्षक बाण चलाने वालों की मार से बचे रहेंगे।" प्रहस्त व्यग्रता से मेरे प्रत्युत्तर की प्रतीक्षा करने लगा।

मैं उस कक्ष में व्याप्त तनाव की गंध को अनुभव कर सकता था परंतु मैंने कुछ नहीं कहा। मेरे प्रधानमंत्री का कहना उचित था। यदि हम सुबेला पहाड़ियों पर चले गए तो राम को हमेशा अपने से एक सुरक्षित दूरी पर रख सकते थे। वरुण के कुछ लोगों को रिश्वत दे कर, अपनी ओर मिलाया जा सकता था और फिर हम ग्रीष्म ऋतु आते ही, राम पर हमला कर देते। मैं जानता था, मेरा एक राज्यपाल खर, जो कि भारत के मध्य में स्थित, मेरे राज्य की उत्तरी सीमा पर था, वह राम को पीछे से घेरने के लिए तेज़ी से आगे बढ़ रहा था। मुझे पूरा विश्वास था कि ज्यों ही राम का पक्ष दुर्बल होगा,

वरुण पुनः हमसे आ मिलेगा परंतु खर को अपनी विशाल सेना के साथ इतनी दूरी तय करने में कुछ माह का समय लगने वाला था। क्या हम तब तक युद्ध की संभावना को रोक सकते थे? यदि हम रोक भी लेते तो मेरी नगरी व प्रजा का क्या होगा? नहीं, रावण किसी कायर की भाँति मुँह छिपा कर नहीं भागेगा। भले ही यह उचित रणनीति हो अथवा न हो, मैं यहीं रहूँगा तथा अपनी प्रज़ा की रक्षा करूँगा।

अचानक ही हमें सड़कों तथा मार्गों से विचित्र सा कोलाहल सुनाई देने लगा। प्रारंभ में यह मद्धिम था परंतु अचानक ही यह पूरी तरह से स्पष्ट हो गया। परिषद के सदस्य अपने स्थानों से उठ खड़े हो गए और मैं भी अपने कौतूहल को शांत न रख सका। क्या राम की सेना ने आक्रमण कर दिया था? मैं खुले बरामदे की ओर लपका, जहाँ से मैं प्रायः अपनी प्रजा को सुबह के समय दर्शन दिया करता था व उनकी शिकायतें सुनता था। एक सर्पाकार जुलूस महल की ओर बढ़ता चला आ रहा था। जहाँ-जहाँ तक नज़र जाती थी, स्त्री, पुरुषों, बच्चों, बूढ़ों व जवानों का हुजूम दिखाई दे रहा था। महल के द्वारपालों ने उन्हें रोकना चाहा परंतु भीड़ ने उनकी एक न सुनी।

'शत्रुओं का नाश हो!' 'हर-हर महादेव!' 'रावण की विजय हो!' भीड़ में से क्रोधित स्वर गरज उठे और वे अपने अस्त्र-शस्त्रों का प्रदर्शन करने लगे जिनमें दस फुट लंबे भाले, तलवारें, बाग़बानी करने के उपकरण व यहाँ तक कि रसोई के काम आने वाले चाकू तक शामिल थे। चेंडवादक तीव्र गति से धुनें बजाने में मग्न थे।

'मैं अपनी प्रजा को यहाँ अरक्षित छोड़ कर, सुबेला पहाड़ियों पर स्थित दुर्ग में रहने के बारे में सोच भी कैसे सकता था?' मैंने अपने हाथ हिलाए और भीड़ ने समवेत स्वर में मेरा समर्थन किया। मैंने अपने द्वाररक्षकों को संकेत दिया कि वे भीड़ को आराम से भीतर आने दें। *'मैं उन्हें रोकने वाला कौन होता था?'* भीड़ हरहरा कर भीतर आ गई। उन्होंने मेरे सुंदर बगीचों को रौंद दिया, पुष्पों से सजे फूलदानों को तोड़ दिया और कुछ बच्चे फव्वारों के बीच उछलने लगे। महल ने मेरी प्रजा के लिए अपने द्वार खोल दिए थे। मुझे बहुत सुखद अनुभूति हुई। मैंने आकाश की ओर हाथ उठाए तो भीड़ में एक सन्नाटा छा गया। उस एक क्षण में, ऐसा लगा मानो मैं उनका भगवान बन गया था। मैंने अनुभव किया कि सत्ता के इन गलियारों में मेरा जो आकर्षण कहीं खो गया था, आज वह मेरे पास लौट आया था। मुझे लगा कि मैं एक बार फिर अपनी प्रजा के साथ तारतम्य स्थापित करने में सफल रहा। मैंने अपना यौवन पुनः पा लिया था।

"बहुत समय पूर्व, जब मैं मुश्किल से सत्रह वर्ष का रहा होऊँगा, मैंने आप सबसे एक वादा किया था। मैंने आपके साथ एक ऐसे संसार का वादा किया था जिसमें सभी स्त्री-पुरुष समान होंगे। मैंने आपको वचन दिया था कि आपको एक दिन महाबलि

का वही स्वर्ण युग लौटाऊँगा। हमने आशा की थी कि एक दिन अपनी खोई हुई कीर्ति व यश पुनः पा लेंगे। हमारे पास उस एक आस व उम्मीद के सिवा कुछ नहीं था। आप सबने मेरे नेतृत्व में अपना विश्वास बनाए रखा और मैंने आपकी निष्ठा को कभी विस्मृत नहीं किया। हमने मिल कर देव साम्राज्य को ललकारा। हमने मुट्ठी भर आदमियों के बल पर, असमानता, दमन तथा अर्थहीन अनुष्ठानों के विरुद्ध अभियान चलाया। आज हम अपने आसपास जो भी देखते हैं, उसे हमने आपके स्वेद व रक्त के बल पर बनाया है। हमने इस मोती द्वीप से ले कर, विंध्य की तलहटी तक असुर पताका फहराई है। हमारे लोग संपन्न हुए हैं। हमने भव्य नगरियों का निर्माण किया और विज्ञान, कला व संस्कृति के क्षेत्र में दिन दूनी रात चौगुनी प्रगति की। हमारे महान मंदिर, शिव की कीर्ति को महिमा मंडित करते हैं। हमारे अन्न भंडार, असुरों के परिश्रम से सदैव भरपूर रहते हैं। हमने विद्या के मंदिर बनवाए तथा यह सुनिश्चित किया कि कोई भी असुर निरक्षर न रहे। हमारे अस्पतालों ने रोगियों की देख-रेख की। हमने सड़कें बनवाईं तथा नहरें खुदवाईं। हम बड़े ही आत्मविश्वास के साथ इस संसार का सबसे धनी साम्राज्य होने का दावा कर सकते हैं।" मैं प्रजा पर अपनी बातों का प्रभाव जानने के लिए क्षण भर को थमा।

चारों दिशाओं से एक बार फिर 'हर-हर महादेव तथा रावण की विजय हो!' के नारे गूँज उठे। प्रजा ने बहुत ही उत्साह से जयजयकार की। "यद्यपि प्रगति की इस राह पर बढ़ते हुए, हमसे कुछ भूलें भी हुईं। हम सत्यनिष्ठा के उस पथ से विमुख हो गए जिस पर हमारे नेता, अब तक बड़े ही कष्टों के साथ चलते आए थे। हमने अपने विचारों की शुद्धता तथा जीवन की सादगी को खो दिया। हम भी देवों की भाँति यही मान बैठे कि कुछ लोग विशेष सुविधाप्राप्त होते हैं। संभवतः यदि हम योग्यताओं तथा गुणों के आधार पर यह निर्णय लेते तो कहीं श्रेष्ठ होता। परंतु बलशाली असुर सेनाओं के हाथों पराजित होने के बावजूद देव सभ्यता, हौले-हौले हमारे मस्तिष्कों में अपना स्थान बनाने लगी और उन्हें विषाक्त कर दिया। उनकी भाँति हम भी कुछ मनुष्यों को दैवीय मानने लगे; हम भी यही मान बैठे कि कुछ मनुष्य पूरी तरह से पवित्र थे और शेष पवित्र व शुद्ध नहीं थे - यह सब कुछ उनके कर्मों तथा मानसिकता पर नहीं अपितु उनके जन्म पर आधारित था। आपके नेता के रूप में मुझे यह देखना चाहिए था कि किस प्रकार जातिवाद के बुरे विचारों ने हमारे समाज में भी डेरा डाल लिया था। कितने खेद से कहना पड़ता है कि मैं अपनी ही कीर्ति की यश-पताका लहराने में मग्न रहा।" भीड़ ने समवेत स्वर में आह भरी।

"मैं स्वयं ही अपने मूल्य भूल गया था, तो मुझे समाज को दोष क्यों देना चाहिए? केवल कुछ लोगों ने ही हर प्रकार के लाभ हथिया लिए और आप जैसे सभी लोगों

को सड़ने के लिए अकेला छोड़ दिया गया। मैं आप लोगों के लिए, एक नेता के रूप में असफल रहा हूँ, मैंने अपने भाई, विश्वासद्रोही विभीषण को यह अनुमति दी कि वह सुविधाओं के इस विचार को केवल कुछ ही व्यक्तियों तक सीमित रखता रहे। मुझे यह कहने में लज्जा आती है कि मैं स्वयं को आप सबसे यही सोच कर श्रेष्ठ मानता रहा कि मैं तो एक ब्राह्मण पिता की संतान था। मैं गुप्त रूप से अपने गौर वर्ण पर गर्व अनुभव करता रहा और काली चमड़ी वालों को बुरा व गंदा मानता रहा।"

सारी भीड़ दम साधे एक-एक शब्द को मानो पी रही थी क्योंकि यह तो उन्हीं के विचारों की प्रतिध्वनि लग रही थी। "आज, हमारी सभ्यता एक दोराहे पर खड़ी है। मैं आपके सामने एक सम्राट के रूप में नहीं, किसी दंभी सर्वविजेता राक्षस के रूप में नहीं (जैसा कि प्रायः मेरे निंदक मुझे कहते हैं।) अपितु एक साधारण व्यक्ति, एक असुर प्रजा के रूप में अपने दिल की बातें कह रहा हूँ। मैंने पाप किया है क्योंकि मैं कोई देवता नहीं बल्कि आप सब की तरह एक आम मनुष्य ही हूँ। मैं अपनी सभी भूलें स्वीकार करता हूँ। आपने मेरे नेतृत्व को अपना जो विश्वास सौंपा, उसकी हृदय से सराहना करता हूँ। मैं शिव से प्रार्थना करता हूँ कि वे मेरे कंधों को, यह भारी बोझ वहन करने की क्षमता प्रदान करें। यह युद्ध वैसा नहीं है जैसा कि अनेक व्यक्ति सोचते हैं, इसे देव कुमार राम की सुंदरी पत्नी सीता के लिए नहीं छेड़ा गया और न ही यह एक वृद्ध राजा द्वारा किसी दूसरे व्यक्ति की पत्नी पर वासना भरी दृष्टि डालने का परिणाम है। राम तथा उसके भाई लक्ष्मण के हाथों मेरी बहन शूर्पणखा का जो अपमान हुआ, यह युद्ध उसके प्रतिशोध के लिए भी नहीं है। यह तो...।" मैं बोलते-बोलते ठहर गया। मानों शब्दों का सोता सूख सा गया। पूरी भीड़ प्रत्याशा में कान लगाए खड़ी रही।

"मेरे प्रिय असुर मित्रों!... सीता... सीता मेरी पुत्री है।" लोगों के बीच घना कोलाहल सुनाई दिया और मैंने उनके शांत होने की प्रतीक्षा की। दोपहरी का सूरज बेरहमी से सिर पर नाच रहा था, वह मेरी ऊर्जा को सोखते हुए, मस्तिष्क को भोथरा बना रहा था। चेहरे से मानो स्वेद की नदियाँ प्रवाहित हो रही थीं। हज़ारों अश्वेत, पसीने से लथपथ, दुःख से व्यथित हो उठे। भीड़ में क्रोध, उत्साह व भ्रम का मिला-जुला भाव था। मैं पीछे मुड़ कर अपने मंत्रियों का सामना नहीं करना चाहता था, यद्यपि मुझे संदेह था कि वे पहले से ही सीता के विषय में जानते थे। मेरे पास अब उनका सामना करने का साहस शेष नहीं रहा था। कुछ ही क्षण पूर्व, मैंने योजना बनाई थी कि असुर सभ्यता के भविष्य पर चर्चा करके, अपनी असुर प्रजा को वश में कर लूँगा, अब वे वही शब्द कहीं मुँह दुबकाए बैठे थे। मैंने गोल कठघरे का सहारा लिया और प्रतीक्षा करने लगा। मैं जानता था कि भीड़ इस समय हिंसक व ख़तरनाक तरीक़े से भी पेश आ सकती थी।

'सीता मैया की जय! असुर राजकुमारी की जय हो!' एक कोने से किसी का आर्त स्वर सुनाई दिया। इसके बाद भयंकर सन्नाटा छा गया। सभी सिर बड़े ही आश्चर्य से स्वर की दिशा में मुड़े। मैंने भी धूप से बचाव करते हुए, यह देखना चाहा कि वह स्वर किसका था? क्या वह भद्र था, वही बूढ़ा कमीने? मैं लाठी के सहारे झुक कर काँपते बूढ़े को देख सकता था जिसके समीप ही एक हट्टा-कट्टा काला नौजवान खड़ा था। वैसे मैं उस युवक का चेहरा नहीं देख सका। वह बूढ़ा एक बार फिर से चिल्लाया, 'सीता मैया की जय!' बस अब तो जैसे भीड़ भी दीवानी हो उठी और सभी सीता व रावण की जयजयकार करने लगे। जो चेंड शांत हो गए थे, वे वन्य असुर धुनें बजाने लगे और पूरी भीड़ झूमते हुए, किसी विशालकाय सर्प की भाँति रेंग कर, मेरे महल से बाहर चल दी, उसके पीछे बस धूल के बड़े-बड़े गुबारों के पहाड़ ही शेष रह गए थे।

युद्ध के नगाड़े मद्धिम हुए तो मैंने मंत्रियों को संबोधित किया, "तो यह निश्चित रहा। हम यहीं रह कर, यह युद्ध करेंगे।" प्रहस्त के अतिरिक्त सबने झुक कर अनुमोदन किया। मैं एक झटके से अपने कक्ष की ओर बढ़ा तो प्रहस्त के नेत्रों में अनायास उभर आई नमी को देखा। जैसे ही हमारे नेत्र मिले तो उसने अतिसूक्ष्म रूप से अपनी गर्दन हिलाई। जब बहुत देर बाद प्रजा के उत्साह से उत्पन्न अग्नि थोड़ी शांत हो गई तो मैंने स्वयं को एक अंधेरे शीतल कक्ष में, शिव के सम्मुख प्रार्थनारत पाया कि वे मेरे भीतर पनप रहे इस भय से मुझे मुक्त करें। लंका पर भावी अनिष्ट के साए लहरा रहे थे। मैं इसे सूँघ सकता था; मैं इसे अपने आसपास अनुभव कर सकता था। संभवतः प्रहस्त हमेशा की तरह सही था। यद्यपि अपनी प्रजा को उस भयंकर वानर सेना के हाथों छोड़ने की अपेक्षा मैं अपने प्राण त्यागना तथा सब कुछ छोड़ना कहीं बेहतर समझता। मैं जानता था कि हम अब भी तार्किक रूप से पीछे हट सकते थे परंतु मैं बहुत गर्वीला तथा भावुक व्यक्ति था। मैं यहीं रह कर, अपनी आधी सेना के साथ रणभूमि में उतरूँगा। कम से कम मैं अपनी प्रजा का इतना ऋणी तो था ही। उन एकांतिक क्षणों में, जब मैं दिल और दिमाग़ के बीच हो रहे वाद-विवाद का निर्णय कर रहा था तो उन्हीं क्षणों में असुर साम्राज्य, करोड़ों अश्वेत असुरों की नियति सदा के लिए तय हो गई थी। यदि मैंने अपने दिमाग़ की सुनी होती तो शायद परिणाम कुछ और होते परंतु जो भी हो मैं भी तो मोह-माया में बँधा जीव ही तो था। मैं भी आवेगों के पाश से मुक्त नहीं था। मैं एक रावण की भाँति जीया था और एक रावण की भाँति ही मरूँगा। मैं राम बनने की इच्छा नहीं रखता और न ही मुझे कोई संपूर्ण पुरुष अथवा कोई ईश्वर बनना था। मेरे देश में पहले से ही देवताओं तथा ईश्वर का कोई अभाव नहीं था। इसमें अभाव था तो केवल मनुष्यों का - ऐसे लोगों का, जो सही मायनों में केवल मनुष्य ही हों...।

35 निरंकुश युद्ध

भद्र

मैंने अपनी पूरी शक्ति के साथ असुर राजकुमारी के लिए जयजयकार की। मैं प्रसन्न था कि कम से कम एक शासक तो इतना ईमानदार निकला कि उसने सत्य को अंगीकार किया। इसके बाद भीड़ की मनोदशा ही बदल गई। कौन जाने? उस दिन मैंने ही रावण की प्राण-रक्षा की! मैं भी भीड़ के साथ वापिस चल दिया परंतु इतना थक गया था कि कुटिया तक लौटने की शक्ति ही नहीं रही। मैं सड़क के किनारे बनी पगड़ंडी पर, एक रेशमी वस्त्रों की दुकान के आगे ही सो गया। वहाँ और भी बहुत से लोग सोते दिखे। जब से युद्ध आरंभ होने का अंदेशा होने लगा था, तब से नगर रक्षकों का दमन-चक्र भी कुछ थम सा गया था। अब वे नगर रक्षा के लिए इतने तत्पर नहीं दिखते थे अनायास, रात्रि के घने अंधकार में, हाट-बाज़ार में अग्नि-बाणों की वर्षा होने लगी। एक तेज़ धमाके के साथ युद्ध आरंभ हो चुका था। बाज़ार-हाट अग्नि की चपेट में थे। वरुण के अग्नि-बाणवर्षक, अपने उन जहाज़ों से तीर बरसा रहे थे, जिन्होंने तट से कुछ ही दूरी पर लंगर डाला हुआ था। तीर हवा में फुँफकारते हुए आते, वस्तुओं से टकराते; व्यक्तियों को भेदते; फूस की छतों पर गिरते और उन्हें देखते ही देखते निगल जाते।

जब मृत्यु लंका पर किसी मानसूनी वर्षा की भाँति बरस रही थी तो आकाश को देख कर ऐसा लगता था मानो आग की लपटें सहस्र जिह्वाओं के रूप में लपलपा रही हों, आनंदित हो रही हों। यदि मुझे प्राणों का भय न होता तो मैं निश्चित रूप से वहीं खड़े हो कर, आकाश में हो रही उस अद्‌भुत आतिशबाजी को देखता, जो वरुण ने अपने लंका के साथियों के लिए आयोजित की थी।

लोग यहाँ-वहाँ भागने लगे। पूरे आकाश में उनकी चीख़ें गूँज उठीं। माँस के जलने की दुर्गंध उठने लगी। घरों को तीव्रता से जल रही अग्नि की लपटें निगल रही थीं और गहरा काला धुआँ गोल-गोल चक्कर काटते हुए, आकाश में जा रहा था। ऐसा जान पड़ता था मानो हम नर्क में आ गए हों। मैं पहली बार किसी योद्धा की तरह नहीं अपितु एक साधारण व्यक्ति की तरह युद्ध का सामना कर रहा था। मैंने पाया कि युद्धक्षेत्र की तुलना में एक आम आदमी की भाँति युद्ध का सामना करने के लिए मुझे कहीं अधिक साहस की आवश्यकता थी। वहाँ हम कम से कम यह जानते तो थे कि हमारे शत्रु कौन थे? यहाँ मृत्यु विविध रूपों में छल रही थी : जैसे गिरते हुए स्तंभ, लुटेरों के दल, दम घोंट देने वाला काला गहरा धुआँ, धधकती ज्वालाएँ तथा तीरों की वर्षा। यहाँ हम बैठ कर प्रतीक्षा करते थे कि मौत हमें कब अपने आलिंगन में लेगी?

शत्रु पहले नागरिकों को ही अपना निशाना बना रहे थे। वे सबके बीच आतंक फैला कर, प्रजा का मनोबल तोड़ना चाहते थे और उसे दुर्बल बनाना चाहते थे। दिन की रोशनी में वे सेतु पार करते और अपनी पैदल व अश्वारोही सेना के साथ आक्रमण कर देते। *'हमारा राजा क्या कर रहा था?'* वह अपने बड़े-बड़े दावों के बावजूद सुबेला की पहाड़ियों में बसे दुर्ग में जा छिपा था। आप इन राजाओं का इतना सा भी विश्वास नहीं कर सकते। अब ये अतिकाय जाने कहाँ चला गया? मेरे पेट में हल्का सा भय कुलबुलाने लगा। मैं भी अँधाधुँध भाग रही भीड़ का हिस्सा बन गया; कई बार गिरा, कुचला गया और फिर उठ कर भगा। सारे स्त्री-पुरुष भयभीत चूहों की भाँति भागते फिर रहे थे। मेरे आँसुओं की झड़ी बरसने को तैयार थी। मैंने अपने को प्रकाशस्तंभ का सहारा दिया और वहाँ खड़ा हाँफने लगा। आकाश काले धुएँ से आच्छादित था।

भयभीत भीड़ के बीच एक प्रकार की असहायता व हमारे शासक के प्रति निराशा का भाव देखा जा सकता था। मैं उनके भय को भाँप सकता था। मानो मेरे प्रश्नों का उत्तर देने के लिए, एक अश्वारोही इकाई, घने धुएँ के बीच प्रकट हुई। कुछ लोग घबराहट के मारे भागना छोड़ कर, उसे ही देखने लगे परंतु उस सेना ने तो लोगों को कुचलना व दबाना आरंभ कर दिया। वे लोग अपनी तलवारें घुमाते हुए, बड़ी ही निर्दयता से अपने लिए मार्ग बना रहे थे। हे ईश्वर! यह तो राम की सेना की टुकड़ी निकली, पहले मैंने यही सोचा परंतु उसके बाद वज्रधमस्त्र की झलकी दिखाई दी जो दल का नेतृत्व कर रहा था। यह तो असुर अश्वारोही सेना थी जो राम की वानर-सेना से लोहा लेने जा रही थी। सड़कों पर लोग घायल व मृत अवस्था में पड़े थे। मैं राम व रावण दोनों की सेनाओं की ओर से आ रहे तीरों से भयभीत हो कर, रावण के महल की ओर चल दिया। चारों ओर मनुष्यों व पशुओं के देह कंकाल बिखरे दिखाई दिए। कुछ दूरी पर जाने के बाद, आकाश धुएँ के बादलों से रिक्त दिखा तो मैं फेफड़ों में

ताज़ी वायु भरने के लिए वहीं थम गया। मृत्यु से भी भयावह सन्नाटे के मध्य महल खड़ा दिखाई दिया। वरुण के अग्निबाणों में अभी इतनी क्षमता न थी कि वे महल को छू पाते, तो इस समय राजा पूरी तरह से सुरक्षित था। केवल उसकी बेचारी प्रजा के लिए ही प्राणों पर संकट बन आया था। मैंने सागर की ओर देखा। वरुण के जहाज़ बड़े ही आराम से लहरों पर तैर रहे थे। मैं देख सकता था कि हज़ारों अग्नि तीरवर्षक लोगों के निवास स्थानों व बाज़ारों पर अग्नि बाणों की वर्षा कर रहे थे। मैं एक छोटी सी पहाड़ी पर जा चढ़ा, वह मुख्य मार्ग से कुछ ही दूरी पर थी, जिससे सागर तट का दृश्य और भी स्पष्ट रूप से देखा जा सकता था।

राम का सेतु लगभग पूरा होने को था। जहाज़ों से मनुष्य, हाथी व घोड़े उतारे जा चुके थे और एक लंबी सर्पाकार पदातिक सेना, लंका की ओर चली आ रही थी। मैं देवों की पताकाएँ फहराते हुए देख सकता था, जिन पर विष्णु का शंख अंकित था। मैं यह भी देख सकता था कि वह सेना, पहली बार इतनी वैभवसंपन्न नगरी को देख उत्साहित हुई जा रही थी।

मैंने देखा कि हमारे सागर तटों की सुंदर रूपहली रेत पर वज्रधमस्त्र व वानर सेना के बीच भयंकर टकराव हुआ। अभी कुछ ही दिवस पूर्व तक, प्रेमी युगल इन स्थानों पर हाथों में हाथ डाले विचरते थे और माएँ अपने नन्हे मुन्नों द्वारा रेत में बन रहे पैरों के निशान देख मुदित होती थीं। उसी रेत पर, जहाँ जीवन इतने सुंदर रूपों में निखरा था, अब मृत्यु माँ काली के रूप में नर्तन कर रही थी। असुर सेना ने एक विशालकाय पाषाण उठा कर, देव सेना पर दे मारा, जो बिल्कुल निशाने पर जा कर लगा।

इसके बाद एक और, फिर एक और बड़ा पाषाण आया और यह सब तब तक जारी रहा, जब तक एक पोत लहरों के हवाले नहीं हो गया। असुरों की ओर से उल्लास का स्वर गूँज उठा। दुर्ग के द्वार खुले तथा शेष असुर सेना, पैदल सैनिकों व अश्वारोहियों के रूप में हरहराती हुई बाहर निकल आई। हज़ारों कंठों ने समवेत स्वर में हर-हर महादेव की गर्जना की और अपने अस्त्र-शस्त्रों सहित देव सेना पर धावा बोलने चल दी। मैंने आसपास देखा। यह तो एक यशस्वी दिन था। सामने दूर-दूर तक फैले सागर में असीम नीला आकाश प्रतिबिंबित हो रहा था। मेरे आसपास गुँजार करते पतगों तथा खिले पुष्पों ने कुछ समय के लिए रक्त तथा मृत्यु की गंध को भी भुला दिया। मैं अब धरती तथा ओस की गंध को अपने नासापुटों में अनुभव कर सकता था। तभी अचानक, स्पष्टता से परिपूर्ण उन आश्चर्यजनक क्षणों में, मुझे सब कुछ साफ़ दिखने लगा। मनुष्य के इन तुच्छ कार्यकलापों के प्रति संसार उदासीन था। इसे कोई अंतर नहीं पड़ता था कि विजयश्री राम को माल्यार्पण करे अथवा रावण को अपनाए। यह असुरों की दयनीय दशा के प्रति उसी प्रकार विरक्त था जिस प्रकार

किसी बाघ के मृत्यु रूपी शिकंजे में कसा हिरण! धरती मनुष्यों, पशुओं तथा धरती के प्रत्येक सजीव प्राणी के रक्त से रंजित थी। प्रत्येक क्षण में, कहीं न कहीं, कोई न कोई काल के गाल में समा रहा था – संभवतः कोई शत्रु के हाथों रणभूमि में दम तोड़ रहा था; कोई घर में घुस आए हत्यारे की हिंसा का शिकार हो रहा था अथवा किसी भूखे शेर के हाथ पड़ गया था; कोई सड़क दुर्घटना में मारा जा रहा था; या कोई देवों की रक्तपिपासा शांत करने के लिए बलि चढ़ाया जा रहा था। संसार में केवल हिंसा का ही साम्राज्य था। बाकी सब तो एक अर्धविराम की तरह था, जिसके बाद हिंसा और भी भयावह तथा हिंसक रूप से सामने आती थी। कितनी विचित्र बात थी, यह कुछ भी महत्त्व नहीं रखता था। ये मान–सम्मान व घमंड, ये वंश तथा त्वचा का वर्ण, ये नैतिकता तथा परंपराएँ, ये हार और जीत की बड़ी–बड़ी बातें; ये सब सृष्टि के विशाल अनुक्रम में कहीं कोई महत्त्व नहीं रखती थीं, ये नितांत अप्रासंगिक थीं।

यद्यपि मेरे भीतर कुछ धड़क रहा था। भय? आशा? प्रतिशोध की भावना? चिंता तथा इन विचारों की अर्थहीनता मेरे मस्तिष्क को चकराने लगी। और इन्हीं अनियंत्रित भावों के घटाटोप के मध्य कहीं, मैंने इस दीवानगी से भरे जीवन की सार्थकता पर विचार करना चाहा। बाद में, बहुत बाद में मुझे इस सत्य की अनुभूति हुई कि जीवन का एकमात्र अर्थ यही था कि इसका कोई अर्थ नहीं था। यद्यपि, तब तक इन बातों के लिए बहुत देर हो गई थी। मैं महल की ओर बढ़ने लगा। मैं सागर तट पर चल रहे घमासान युद्ध से आ रही चीख–पुकारें सुन सकता था। आकाश में धूल के गुबार मँडरा रहे थे। मैं पाँव उचका कर अतिकाय को देखने लगा। 'मेरा पुत्र कहाँ था। इससे पूर्व कि वह स्वयं अपने ही प्राणों का मोल कर ले, मुझे उसे खोज निकालना था।'

मैं अपनी पत्नी माला के पास घर लौटना चाहता था और यदि संभव हो सकता तो अतिकाय को भी खोज निकालता और उसे समझाता कि वह ऐसी मूर्खता को त्याग दे और राम व रावणों के इस जगत से बाहर आ जाए। *वह था कहाँ? या वह अभी से किसी सागर तट पर मृतक अवस्था में पड़ा था?* मैं भारी क़दमों से अपने–आप को घसीटते हुए, महल की ओर चल दिया।

महल धूल के उठते गुबारों के पीछे जा छिपा था। द्वार बंद थे और द्वार रक्षक पूरी मुस्तैदी के साथ तैनात थे। मैं रुका, अपनी साँस को उखड़ने से रोका और फिर अपने मूर्ख पुत्र तथा उस बेअक्ल व्यक्ति को कोसने लगा, जिसके कारण यह युद्ध आरंभ हुआ था। मैंने प्रार्थना की कि अब यह सब शीघ्र ही समाप्त हो जाए। चाहे जैसे भी हो, बस युद्ध समाप्त हो जाना चाहिए। सूरज मेरी पीठ पर जा पहुँचा और मैंने अपनी अंगुलियों की ओट से, आँखों को धूप से बचाना चाहा। मैंने महल के प्रांगणों में झाँका कि संभवतः कहीं से अतिकाय की झलक दिख जाए। ऐसा लगता था मानो

महल वीरान पड़ा हो। फिर धीरे-धीरे, जब मेरी आँखें धूप की चकाचौंध झेलने के बाद, महल के अंधेरे कोने देखने की अभ्यस्त हुईं तो मैंने देखा लंबा व गौरवर्ण असुर सम्राट एक छत पर अकेला खड़ा था। वह निरंतर एकटक सागर तट को देख रहा था। यही वह व्यक्ति था जिसने अपने लिए व अपनी प्रजा के लिए ऐसी यशस्वी नगरी बसाई और वह स्वयं उसे अपनी ही आँखों के आगे धूल-धूसरित होते देख रहा था। भले ही उसके चेहरे पर करुण तथा उदासीन भाव थे परंतु वह अब भी गर्व से सीना ताने खड़ा था।

वह वायु में लहराती श्वेत दाढ़ी के साथ दैवीय जान पड़ रहा था। मैंने अपने अहं को पीछे रखते हुए, उसे झुक कर प्रणाम किया। वह मेरी ओर मुड़ा और हमारी आँखें आपस में मिलीं। उसने हामी भरी और मेरा हृदय आनंद से बल्लियों उछलने लगा। उसने अपने इस निर्धन अनुचर को याद रखा, इस निर्धन व बेचारे भद्र को याद रखा, जो उस समय से उसका साथ देता आ रहा था जब वह युवावस्था में अपने रौद्र रूप से देवों को भी प्रकंपित करने में सफल रहा था। मैंने एक द्वार रक्षक को अपनी ओर आते देखा। सम्राट अपनी छत की मुँडेर से अलोप हो गया था। द्वार रक्षक ने मुझे महल में प्रवेश करने का आदेश दिया। ज्यों ही मैंने रावण के दुर्ग के स्वर्ण द्वारों से प्रवेश किया तो मैं वहीं खड़ा, महल की सुंदरता का पान करने लगा। मुझे बड़ी रुक्षता से एक ओर धकेल दिया गया। इसके पूर्व कि मैं कोई विरोध प्रकट कर पाता, एक रथ मेरे निकट से, बहुत तीव्र गति से निकल गया। जब मैंने उसमें पड़े शव को देखा तो अपशब्दों की बौछार मुख में ही थम गई। एक निर्जीव देह रथ में पड़ा था। सिर इतनी बुरी तरह कुचला गया था कि पहचान होना कठिन था। ज्यों ही रथ मुड़ा तो मैंने उस व्यक्ति को पहचान लिया। वह तो वज्रधमस्त्र था।

36 पुत्र मोह

रावण

विजयश्री के साथ हमारे दिवस की समाप्ति हुई। रुद्रक को वज्र की मृत्यु के पश्चात सेना की कमान सौंप दी गई थी। उसने, सुमाली तथा प्रहस्त के कुशल शस्त्र-संचालन ने अपना जौहर दिखाया, उनकी डोंगियों ने ही राम की सेना को तितर-बितर कर दिया। राम की वानर-सेना नृशंसता से कुचली गई। प्रहस्त वरुण के जहाज़ी बेड़े से तीन युद्धपोतों पर नियंत्रण पाने में सफल रहा। ये सारी घटनाएँ आने वाले दिनों में बहुत सी बातों को पक्ष में कर सकती थीं। अनेक व्यक्तियों ने वज्र को अपनी श्रद्धांजलि अर्पित की, जिसे महल के मुख्य द्वार पर अंतिम दर्शनों हेतु रखा गया था। जो लोग उसके जीते-जी, मारे भय के पास नहीं फटकते थे, अब वही कतारें बाँधे असुर सेनापति के दर्शन करने आ रहे थे। मैं इस व्यक्ति के घमंडी स्वभाव, उसकी मनोवृत्तियों तथा किसी की परवाह न करने वाली प्रवृत्ति से घृणा करता था। उसने अस्थिर दशाओं पर वश पाने के लिए, जो अत्याचार किए थे, उन्होंने सदा के लिए, असुरों द्वारा किए जाने वाले धर्म तथा करुणा के दावे को समाप्त कर दिया था। परंतु मैंने वज्रधमस्त्र सरीखे लोगों के कंधों पर ही इतना बड़ा साम्राज्य तैयार किया था। उसके जैसे व्यक्तियों के अभाव में; जो कि किसी के प्राण लेने में क्षण भर का भी संकोच नहीं करते थे, जो अपनी क्रूरता के लिए जाने जाते थे..., यदि वे न होते तो यह असुर साम्राज्य एक निर्धन, वर्णसंकर तथा भूख से अधमरे असुर लड़के की आँखों की एक चमक मात्र बन कर रह जाता।

जब मैं अपने मंत्रियों तथा संबंधियों के साथ बाहर आया तो, वहाँ खड़ी भीड़ दो हिस्सों में बँट गई। मैं अपना सिर झुका कर, अपने प्रधान सेनापति के निर्जीव शव के

आगे खड़ा रहा। उस व्यथित कर देने वाले सन्नाटे के मध्य उसकी पत्नी व पुत्री की धीमी सुबकियाँ सुनी जा सकती थीं। मैं उस शव के हिमशीतल पैरों को स्पर्श करते समय, अपने हाथों के कंपन को वश में नहीं रख सका। मैंने क्षमाप्रदायक औघड़ शिव से प्रार्थना की। मैंने उस व्यक्ति की आत्मा के लिए हाथ जोड़े जिसने यथासंभव क्रूरतम अपराध किए थे ताकि उसके अपने लोग, अपनी खोई हुई प्रतिष्ठा पुनः अर्जित कर सकें।

मृतकों की शोभायात्रा सड़कों से निकाली गई। अपने सेनापति के साथ प्राणों की आहुति देने वाले सैनिकों के शव भी साथ लाए गए थे। जब आग के धधकते गोले, सूर्य ने स्वयं को सागर के हवाले करने का निश्चय किया तो मेरे उन लोगों की जलती चिताओं से उठता काला गहरा धुआँ आकाश की ओर जा रहा था, जिन्होंने राम की सेना से अपनी असुर मातृभूमि की रक्षा में प्राण गँवाए। सागर के दूसरी ओर, शत्रु पक्ष की जलती चिताओं को भी देखा जा सकता था। परंतु हमारे यहाँ शहीद हुए व्यक्तियों की संतानों का सामूहिक दुःख भी, हमारे खेमे के उल्लास को कम नहीं कर सका। हम उन श्रेष्ठ देवों से आगे रहे थे और आज उन्हें ऐसा सबक दिया था, जिसे वे कभी नहीं भुला सकेंगे। मैंने आशा प्रकट की कि वे मेरी पुत्री को वापिस छोड़ कर लौट जाएँगे। मैं अब इतना वृद्ध हो चला था कि किसी अर्थहीन युद्ध में अपने अच्छे लोगों व प्रजा को नष्ट करने की ताब नहीं रही थी। मैं देवों से जो घृणा करता था, वह तो बहुत पहले ही कहीं विलीन हो गई थी। मैं मान-सम्मान, प्रतिशोध, युद्ध अभियानों तथा जातीय श्रेष्ठता से परे जा कर परिपक्व हो चुका था। यह संसार इतना विशाल था कि इसमें देव तथा असुर दोनों ही समान रूप से समा सकते थे। इसमें राम तथा रावण दोनों के लिए ही पर्याप्त स्थान था। बस वह मेरी पुत्री को छोड़ दे। वह कभी उसके साथ अच्छी तरह से पेश नहीं आया और न ही कभी आएगा...। इन दोनों का जोड़ा भी विचित्र था; वे राम और लक्ष्मण, एक राम था जो अपनी पत्नी के लिए हज़ारों स्त्रियों व पुरुषों के प्राणों को नष्ट करने में भी नहीं सकुचा रहा था और दूसरी ओर वह लक्ष्मण था जो चौदह वर्ष के लंबे वनवास में अपनी पत्नी को अकेला छोड़ आया था।

जब चिताओं की अग्नि धीरे-धीरे शांत हो गई और आम लोगों की भीड़ छँटने लगी, तो मैं अपने कक्ष की ओर लौट आया। चँद्रमा तीन चौथाई रूप में भी चमक रहा था और उसने लंका पर अपनी चाँदनी से एक रूपहला जादुई जाल सा बुन रखा था। सागर शांत था और मधुर वायु के झोंकों से नारियल के वृक्ष झूम रहे थे। ताड़ वृक्षों के पतले व रूपहले किनारों पर पसरी चाँदनी रेत पर बहुत ही सुंदर नमूने उकेर रही थी। यदि हाल ही में वैधव्य की भेंट चढ़ी स्त्रियों तथा अनाथ हो चुके बच्चों को भुला दिया जाए तो यह, बहुत ही मनोरम रात्रि थी। मैं युद्ध की इस विभीषिका पर

और विचार नहीं करना चाहता था। मेरे मस्तिष्क में कई राग चक्कर काट रहे थे। ज्यों ही मैंने अपने कक्ष में प्रवेश किया, तभी रूद्र वीणा पर पड़ती चंद्रकिरणों ने मेरा ध्यान आकर्षित किया। जाने कितना समय हो गया था, मुझे इस वाद्ययंत्र को बजाने का समय ही नहीं मिला था। मुझे यह विचित्र वाद्ययंत्र हिमालय की तलहटी से मिला था। यह उस समय की बात है जब हम सभी एक हिम तूफ़ान की चपेट में आ गए थे। महान पर्वतों की भव्यता, मेरे प्रिय भगवान शिव का धाम, हम सभी को अपने वश में कर चुका था। मृत्यु को बहुत समीप से देखने का अनुभव मिला और फिर एक किसान की कुटिया के कारण प्राणरक्षा संभव हो सकी। इस घटना ने मुझे विनम्रता का पाठ पढ़ाया। इसने मुझे यह भी सिखाया कि यह मनुष्य जीवन कितना महत्त्वहीन था। मैंने जीवन की सुंदरता के विषय में जाना और हिमालय की तलहटी में सुदूर बसी उस कृषक की कुटिया में अपने भीतर छिपे संगीतज्ञ को पहचाना। जब तक मैं अपने विमान पर सवार हो कर, अपने दक्षिण निवास की ओर चला, तब तक मैं एक निपुण वीणावादक बन गया था। तब यह संगीत ही मेरा जुनून बन गया और मैंने असुरों के *चेंड, मृदंगम, मिलावु, तिमिल तथा मडल्लम* व गंधर्वों की यंत्रणादायी *बाँसुरी* की धुनों के साथ अभिनव प्रयोग किए। मेरे पास देश-विदेश से आए कलाकारों का जमावड़ा रहता क्योंकि मैं एक प्रख्यात संगीतज्ञ के रूप में प्रसिद्धि पा चुका था। मैंने लंका के बगीचों में अनेक भव्य संगीत रात्रियाँ व्यतीत की हैं, जहाँ जाकर मैं एक साम्राज्य से जुड़े सभी तनाव तथा दबाव भूल जाता और अपने संगीतज्ञों द्वारा बजाय जा रहे रागों तथा धुनों में खो जाता, मेरी वीणा पर थिरकती अंगुलियों से जो राग निकलते, उनकी धुनों में, मग्न हो जाता।

आज ऐसी ही जादू से भरी रात थी। मैं अपनी अंगुलियों को वीणा पर दौड़ाना चाहता था। जिस प्रकार कोई प्रेमी अपनी प्रेयसी की ओर बढ़ता है। उसी प्रकार मैं आगे बढ़ा और वीणा को, स्नेह से अपनी गोद में धर लिया। फिर मैं युद्ध को भूल गया; राम और उसकी वानर सेना को भूल गया; मैं जीवित तथा मृतकों को भूल गया और यहाँ तक कि अपने-आप को भी भूल गया। मैं एक ऐसा पंख बन गया, जो हवा के साथ कहीं उड़ता जा रहा था; बेपरवाह, लक्ष्यहीन, भारहीन और किसी भी तरह की आसक्ति से परे! मैं न तो धरती से आबद्ध रहा और न ही आकाश से। मैं उस समय केवल मैं था। मेरे पत्नी मंदोदरी ने कक्ष में प्रवेश कर, अपना प्यारा मुख मेरे कंधे पर टिका दिया था; मुझे तो उसकी भी सुध नहीं थी। मैं नीचे बाग़ में चल रहे जश्न से भी अनभिज्ञ था, जिसे असुर अपनी अस्थायी विजय के उपलक्ष्य में मना रहे थे। जब मेरी अंगुलियों ने उन तारों को चूमा तो मैं केवल उस स्वर्गिक दैवीय सुर के अस्तित्व के प्रति ही सजग था, जो मेरे आसपास प्रवाहित था। मेरे लिए उस समय मानो उससे बढ़ कर, जीवन में कुछ था ही नहीं!

पुत्र मोह

"महाराज! मेरा पुत्र कहाँ है?" मैं एक ही झटके में युद्धों तथा मृत्यु के तांडव से भरी इस दुनिया में लौट आया। मुझे सुध आई तो नेत्रों में क्रोध की रक्तिम आभा झलक उठी। पर्दे के पीछे से भद्र की भद्दी व कुबड़ी आकृति प्रकट हुई। *'इस भिक्षुक का इतना दुःसाहस, इसने मेरे निजी कक्ष में किससे पूछ कर प्रवेश किया?'* इसे यह अनुमति किसने दी?' परंतु इससे पूर्व कि मैं कोई प्रतिक्रिया दे पाता। वह मेरे पाँवों पर गिर चुका था और अपने दोनों हाथों से मेरे पाँव जकड़ लिए थे। मैं वहीं स्थिर अडोल खड़ा रहा; समझ नहीं पा रहा था कि आख़िर करूँ क्या? फिर मैंने हौले से उसे उठाया। भद्र संकुचित हो गया और किसी भयभीत मूषक की भाँति सिकुड़ गया।

"सब ठीक है।" मैंने कहा, यद्यपि मेरा अपना स्वर इस बात के लिए इतना निश्चित नहीं था।

"क्षमा करें, मैंने आपको स्पर्श करके दूषित कर दिया।" वह नीचे देखते हुए, भर्राए सुर में बोला।

मंदोदरी तेज़ी से उस वृद्ध की ओर बढ़ी और उसके हाथ थाम लिए। उसने स्वयं को छुड़ाना चाहा। वह अपने भीतर यथासंभव करूणा सहेज कर बोली, यद्यपि मैं तो कभी ऐसा साहस नहीं कर सकता था, "भद्र! क्या हुआ?"

प्रत्युत्तर में, भद्र की देह सिसकियों से काँप उठी। मैंने अस्पष्ट शब्दों में सुना कि भद्र अपने दत्तक पुत्र अतिकाय की तलाश में था। अपने मन के भीतरी कोने में मैं यह जानता था कि अतिकाय की शिराओं में मेरा रक्त दौड़ रहा था और मैंने उसे जानबूझ कर भुला रखा था। यह विस्मरण मेरे काले अतीत के कई अवांछित दृश्यों को आँखों के आगे ले आया। मैंने अनुभव किया कि यह बूढ़ा भिक्षुक मेरी निजी तथा गंदी अटारी में घुसपैठ कर रहा था, जहाँ मैंने अपने सभी काले गुप्त रहस्य, संसार की नज़रों से भी छिपा रखे थे।

तभी मेरे पुत्र ने दनदनाते हुए कक्ष में प्रवेश किया। मैं उसकी देह से आती मदिरा तथा घमंड की गंध को अनुभव कर सकता था। एक साए की तरह, काली सी आकृति ने उसके पीछे-पीछे प्रवेश किया। उसे देखते ही, भद्र उसकी ओर दौड़ा। अतिकाय ने वृद्ध को बड़ी बेरुख़ी से पीछे धकेल दिया। भद्र लड़खड़ाया और नीचे गिर गया। मेरा मुख क्रोध व ग्लानि से लाल हो गया। कमीने, अश्वेत व भद्दा अतिकाय मेरे पुत्र मेघनाद की बराबरी पर खड़ा था और वे दोनों सम्राट के निजी कक्ष में उपद्रव कर रहे थे।

"पिताश्री! हमने उन दुष्टों को मज़ा चखा दिया! आपको देखना चाहिए था कि मैंने

किस प्रकार, एक की धोती में आग लगा दी थी। ... और अतिकाय का तीर तो लक्ष्मण के पिछवाड़े पर जा लगा। ही–ही–ही...!" अतिकाय भी इस ठहाके में शामिल हो गया और मेघनाद की पीठ पर एक धौल रसीद कर दिया।

"मेघनाद...!" मैं गला फाड़ कर चिल्लाया। "क्या माता–पिता के सम्मुख इसी अभद्र स्वर में वार्तालाप किया जाता है?"

"अतिकाय...! अपने पिता से क्षमा माँगो।" मैं आगे बढ़ा और उसके गाल पर एक करारा तमाचा जड़ दिया। मेघनाद एक क्षण के लिए तो भौंचक्का रह गया और फिर मुख से एक भी शब्द कहे बिना, लज्जा से सिर झुकाए, वहाँ से बाहर चला गया। अतिकाय भी उसके पीछे चल दिया। भद्र ने खुद को घसीट कर उनके मार्ग में खड़ा कर दिया और उनका मार्ग रोकने की चेष्टा की। "अतिकाय! मत जा। भगवान के लिए मेरे साथ लौट चल। हम यहाँ से कहीं दूर चले जाएँगे। हम प्रायद्वीप पर चले जाएँगे। भगवान के लिए वापिस चल!"

"बूढ़े कमीने! रास्ते से हट जा।" अतिकाय के एक और धक्के ने भद्र को पुनः गिरा दिया। "जा कहीं नर्क में सड़!" इन्हीं शब्दों के साथ भद्र को कोसते हुए, अतिकाय मेघनाद के साथ अंधकार में कहीं लोप हो गया।

मंदोदरी ने मुझसे कुछ कहना चाहा परंतु मैंने उसे हाथ के संकेत से चुप करवा दिया। मैंने उसे भी बाहर जाने का संकेत किया। मैं एकांत में रहना चाहता था। मैं अकेला खड़ा, उस विचित्र किंतु सुंदर सी रात को देख रहा था। पुत्र तो पुत्र ही होते हैं; भले ही उनका जन्म राजमहल में हुआ हो अथवा किसी निर्धन दासी की कुटिया में! परंतु इस प्रकार का घमंड तो निश्चित रूप से विनाश का सूचक था। अचानक ही एक चीख़ सुनाई दी और इसके बाद महल के उस बाग़ीचे में से हो–हल्ला होने लगा, जहाँ कुछ देर पहले जश्न मनाया जा रहा था। कुछ तो बहुत ही भयंकर घट गया था। मेरा दिल तेज़ी से धड़कने लगा। मैं बाग़ की ओर भागा, उसी भगदड़ के बीच मुझे बुरी तरह से टूट चुके भद्र के शरीर पर पाँव रख कर भागना पड़ा, जो मेरे निजी कक्ष के फ़र्श पर मृतप्राय पड़ा था।

37 मृत्यु की पदचाप

भद्र

मैं थोड़ी देर बाद उठा। दिल बहुत भारी हो रहा था। अब किसी भी वस्तु का औचित्य ही क्या रहा था? कुछ बचा ही नहीं था जिससे आने वाले कल की कोई उम्मीद रखी जा सकती। मेरा पुत्र हमेशा के लिए कहीं खो चुका था। मैं जानता था कि उसे कभी नहीं देख सकूँगा या फिर हो सकता है कि उसका निष्प्राण शव ही देखने को मिले। विचित्र रूप से, मुझे असुर सम्राट के प्रति समानुभूति होने लगी, किसी सम्राट अथवा महान नेता के रूप में नहीं, जिसने असुर वंश के लिए अपना जीवन तथा पराक्रम न्यौछावर कर दिया था परंतु यह दुःख एक दुखियारे पिता की ओर से दूसरे दुखियारे पिता के लिए था। अपने शाही वस्त्र तथा राजमुकुट उतारने के पश्चात वह मेरी तरह एक सामान्य व्यक्ति ही तो था। अथवा मैं अपने-आप को मूर्ख बना रहा था? क्या शक्तिशाली व समर्थ लोग किसी दूसरे रूप में अप्रसन्नता व दुःख का सामना करते हैं?

महल में चारों ओर अभेद्य चुप्पी का आवरण छाया था। सभा से आती मद्धिम रोशनी में, मैंने बाग़ में लगे वृक्षों तथा झाड़ियों के प्रतिबिंब देखे। कुछ न कुछ तो गुप्त रूप से चल ही रहा था। मैंने बहुत पहले ही निर्णय ले लिया था कि अब महत्त्वपूर्ण व्यक्तियों के प्रसंगों से मेरा किसी भी प्रकार से, कोई लेन-देन नहीं होगा परंतु कौतूहल से कैसे पार पाया जा सकता है? मैंने वातायन से भीतर झाँका तो सम्राट को अपने सिंहासन पर सिर झुकाए बैठे पाया, उसका चेहरा मरणांतक रूप से पीला पड़ा हुआ था और उसके मंत्रियों ने धरती पर कुछ निर्जीव पड़ी देहों के इर्द-गिर्द डेरा डाल रखा था। मैं तनावग्रस्त हो उठा। मैंने श्वास रोक कर, किसी के हिलने की प्रतीक्षा की ताकि मुझे वहाँ का स्पष्ट दृश्य दिखाई दे सके। "यह अक्षम्य है।" सम्राट ने हिमशीतल स्वर में कहा। मंत्री व्याकुलता से पलटे।

"जब मैं वहाँ पहुँचा तो दृश्य बहुत ही वीभत्स था। हमारे लोग बड़ी ही नृशंसता से काटे जा रहे थे। चारों ओर घने अंधकार का साया था और यह पता नहीं चल पा रहा था कि कौन किसके पक्ष के व्यक्तियों की हत्या कर रहा था। मैं वहाँ से हट गया और प्रहरियों को पुकारा। ज्यों ही हम वहाँ पहुँचे, मैंने दो गहरे साए देखे। मैं निश्चित रूप से तो नहीं कह सकता परंतु देख कर तो यही लगा कि वे दोनों अंगद व उसका मित्र थे। मैंने उन्हें वश में करना चाहा, अंगद पर अपनी कटार का निशाना भी साधा परंतु उसे चोट नहीं आई और इसी भ्रामक वातावरण का लाभ उठाते हुए, वे दोनों बच निकले। तभी महाराज भी वहाँ आ पहुँचे। संभवतः आप अंगद की चीख़ सुन कर ही सतर्क हुए होंगे।" प्रहस्त ने कहा और उसके बाद एक तनाव से भरी चुप्पी छा गई।

"यह अवश्य ही किसी भेदिए का काम है। मुझे लगता है कि हम असुरों के कार्य करने की शैली से परे हट रहे हैं। आज हमारी जीत लगभग सुनिश्चित थी और जब हमने अपनी विजय को पराजय के क्रूर पंजों से छुड़ा ही लिया था कि यह सब घट गया। हमें तो दास बना देना चाहिए। मेरे दो वरिष्ठ मंत्रियों को, मेरे ही महल के बाग़ीचों में निर्ममता से मार डाला गया। हम एक ऐसे शत्रु का सामना कर रहे हैं, जिसके पास कोई नैतिकता नहीं, उसे न तो उचित-अनुचित का ज्ञान है और न ही वह धर्म के विषय में कुछ जानकारी रखता है। वे बहुत ही क्रूर हैं तथा अपने लक्ष्य की प्राप्ति के लिए किसी भी सीमा तक नीचे गिर सकते हैं। हम इस समय देशद्रोहियों तथा गुप्तचरों से घिरे हैं। मेरा भाई विश्वासघाती बन गया, मेरे मित्र ने मेरे साथ द्रोह किया, मैं तो यह विचार कर रहा हूँ कि उनके अतिरिक्त और कौन है जो देवों की सहायता करेगा? सुमाली व माल्यवान भले लोग थे। हो सकता है कि वे योद्धा न रहे हों परंतु वे ऐसे अंत के अधिकारी भी नहीं थे। रुद्रक! हमारा उद्देश्य यही होना चाहिए कि हम शत्रु की सेना को अधिक से अधिक हानि पहुँचा सकें। मैं नहीं चाहता कि हम भी उनकी तरह आततायी बन कर आक्रमण करने पर उतारु हो जाएँ व निद्रालीन व्यक्तियों को मौत के घाट उतारने लगें किंतु हम उन्हें पकड़ने के लिए छल व कपट का आश्रय तो ले ही सकते हैं। मेरे पुत्र को खोजो, यदि उसकी सुध लौट आई हो, तो उसे मेरे पास ले आओ। प्रहस्त, सुमाली और माल्यवान जो भी करते थे, अब उस कार्य को शांति स्थापना तक, तुम संभालोगे। हमें रणनीति बनानी होगी ताकि उन्हें उनके ही तरीक़े से सबक सिखाया जा सके।" सम्राट ने कड़े व दृढ़ शब्दों में कहा।

मैंने एक गहरी साँस ली। वे तो बेचारे वृद्ध मंत्री थे। वे सार्वजनिक रूप से बहुत भले व नेक माने जाते थे परंतु उनकी मृत्यु मेरे लिए कोई महत्त्व नहीं रखती। इस संसार में उनके समान बहुत से लोग भरे हुए थे, जिन्हें पलक झपकते ही विकल्प के रूप में प्रस्तुत किया जा सकता था और कोई यह अंतर जान भी न पाता। परंतु भीतर जो

भी घट रहा था, वह बहुत ही आकर्षक था और मैं अपने स्थान पर अविचल खड़ा रहा। शीघ्र ही, मैंने मेघनाद तथा अतिकाय को सभा में प्रवेश करते देखा। मंत्री अपने आसनों पर विराजमान थे किंतु जिन दो मंत्रियों की नृशंस हत्या की गई थी, उनके शव धरती पर पड़े थे और शीश दक्षिण की ओर मुड़े हुए थे। नारियल के खोलों से तैयार किए गए तैल दीपक उनके सिरों के पास टिमटिमा रहे थे। अतिकाय व मेघनाद वे शव देख कर स्तंभित रह गए। कुछ क्षण तक, कोई भी कुछ नहीं बोला। दोनों युवकों ने धरती पर प्रणाम करते हुए, मृतकों को अपनी श्रद्धांजलि अर्पित की। फिर मेघनाद ने अपना स्थान ग्रहण किया और अतिकाय वहीं धरती पर, उसके निकट जा बैठा। रावण ने अतिकाय को देखते ही अपनी भौं उठाई परंतु दोनों युवकों ने अपने बुज़ुर्गों की इस अरुचि की उपेक्षा कर दी।

"कल जब रुद्रक पूर्व दिशा से आक्रमण करेगा तो प्रहस्त अपने वश में किए गए युद्धपोतों की सहायता से सागर की ओर से धावा बोलेगा और दस्यु के अन्य जहाज़ों को पकड़ने अथवा डुबोने का प्रयत्न करेगा। मुझे पूरा विश्वास है कि कल वे दोनों भाई ही युद्ध का नेतृत्व करेंगे। चूँकि कल उनका सेतु टूट चुका है, हो सकता है कि वे आज छोटी डोंगियों का प्रयोग करें और नगर की उत्तरी दिशा से हमारे बाएँ पक्ष को घेरना चाहें। हम इन पहाड़ियों को अपने लाभ के लिए प्रयोग में लाएँगे और यह ध्यान रखेंगे कि बड़े व भारी पाषाण पूरे बल के साथ नीचे, राम की सेना पर लुढ़काए जा सकें। शत्रु की हमारे नगर द्वार तक पहुँचने की प्रतीक्षा करो और फिर उन पर पत्थरों तथा गर्म तेल से खौलते पीपों की बौछार कर दो। अपने शिला प्रक्षेपकों तथा अग्नि बाणों का पूरे कौशल से प्रयोग करो। प्रहस्त उन्हें सागर की ओर से घेरेगा और उनकी वापसी का मार्ग रोक देगा या वह कम से कम वरुण को तो उलझा ही सकता है ताकि उन्हें सागर की ओर से किसी भी प्रकार की कोई सहायता न मिल सके। सहायक सेनापति धूम्राक्ष को यह कार्य सौंपो। उसे अपने पूरे प्रभाव के साथ वानर सेना में आतंक फैलाना होगा। जब उन पर चारों दिशाओं से हमला होगा तो उस समय अस्तबल प्रमुख सुरांतक, दुर्ग के द्वार खोल कर, शाही हाथियों को उन पर छोड़ देगा। उन्हें हमसे यह अपेक्षा नहीं होगी कि हम दुर्ग के द्वार खोलेंगे। उन्हें भीतर आने दो और यह विश्वास करने दो कि उन्होंने असुरों के दुर्ग के भीतर प्रवेश करके, बहुत बड़ी विजय प्राप्त की है। जब वे पहाड़ियों तथा नगर प्राचीरों के मध्य संकरे स्थान पर फँस जाएँ, तो उस समय उन पर वे विशालकाय हाथी दौड़ा दो। हम वानरों को दिखा देंगे कि हम क्या कर सकते हैं। और मेघनाद तुम, तुमसे मैं एकांत में कुछ वार्तालाप करना चाहता हूँ। मैं तुम्हें एक ऐसा कार्य सौंपूँगा जो देव सेना की कमर तोड़ कर रख देगा। हमारे इन महान शहीदों के अंतिम संस्कार का प्रबंध करो। आज के युद्ध में जो लोग शहीद हुए हैं। उनके परिवारों में जाकर शोकसंतप्त परिवार को सांत्वना प्रदान

करो। हमें उन्हें यह आश्वासन देना होगा कि उनके इस दुःख के समय में, पूरा असुर समुदाय उनके साथ है और राष्ट्र कभी अपने शहीदों को विस्मृत नहीं करेगा।" यह कह कर सम्राट अपने स्थान से उठ खड़ा हुआ तथा अन्य मंत्री भी अपने स्थान पर सम्मानवश खड़े हो गए।

पूर्वी दिशा केसरिया रंग में रंगी थी और वृक्षों पर पक्षी चहचहाने लगे थे। असुर सम्राट जो भी करने जा रहा था, उसे सुन कर मैं रोमांचित हो उठा परंतु साथ ही साथ एक अनजाना भय भी सता रहा था। मैं प्रसन्न था कि अंततः हम मोर्चे से नेतृत्व तो कर रहे हैं। सम्राट ने अपना खोया शौर्य पुनः पा लिया था और इस बार तो अनुभव भी उसके साथ था। यह एक रक्तपात से भरा नृशंस युद्ध था और मेरे पुत्र को किसी गुप्त योजना का अंश बनाया गया था। मैं नहीं चाहता था कि वह किसी भी रूप में, इस युद्ध में शामिल हो परंतु पुत्र तो पुत्र ही होते हैं। मैं बुरी तरह से थक गया था। मैं घर गया और योजना बना रहे राजाओं तथा धावा बोल रहे कुमारों को बहुत पीछे छोड़ आया। मैं चाहता था कि जी भर कर मदिरापान करूँ और किसी श्वान की भाँति सो जाऊँ!

38 किसके लिए?

रावण

दो मंत्रियों की मृत्यु मेरे लिए किसी बड़े सदमे से कम नहीं थी। मैंने आज तक जितने भी युद्ध किए थे, यह उनमें से सबसे ही विचित्र था। पूरा महल गुप्तचरों से भरा पड़ा था। हत्यारों को बिना किसी दंड के मुक्त किया जा रहा था। मैंने उम्मीद की कि आज हम राम का समूल नाश कर देंगे। मैंने सुना था कि वानर उसे विष्णु का ही अवतार मानने लगे थे। मुझे यह जान कर और भी सदमा लगा कि साधारण असुर भी राम की दिव्यता में विश्वास रखने लगे थे।

आज, पूरी आशा है कि यदि शिव की इच्छा हुई तो मैं उसके मुख से दिव्यता का मुखौटा उतार फेंकूँगा। मैं बहुत व्याकुल था और बस यही चाहता था कि उस देव कुमार से आमना-सामना हो जाए। वह मुझसे आयु में कहीं छोटा था, परंतु मेरी भुजाओं में अब भी बहुत शक्ति थी। प्रहस्त मुझे चेता चुका था कि मुझे स्वयं युद्ध के मैदान में नहीं उतरना चाहिए क्योंकि ऐसा करना मेरे प्राणों के लिए संकट का कारण बन सकता था। हमारे बीच ही विश्वासघातियों की कमी नहीं थी और मेरी ही सेना की ओर से आया एक बाण, हमेशा के लिए असुर सम्राट का प्राणांत कर देता परंतु मैं इस युद्ध के लिए तड़प रहा था। जब मेरे अपने लोग प्राणों की आहुति दे रहे थे तो मैं अपने निजी कक्ष में द्वार बंद कर, कैसे बैठ सकता था? मैंने एक रक्षक को बुलवाया तथा सभी संतरियों को बरामदे में पंक्ति बनाने को कहा। मैंने उनमें से, उसे चुना जो मेरे जैसे डील-डौल वाला था और बाकी सबको वहाँ से हटवा दिया। मैंने उस उपयुक्त व्यक्ति को वस्त्र उतारने को कहा और फिर उसे एक छोटे से कक्ष में बंद कर दिया। इसके बाद मैं उसकी वर्दी पहन कर युद्धभूमि में जा पहुँचा। मैं जानता था कि यह बहुत बचकानी तथा मूर्खतापूर्ण योजना थी, परंतु मैं इस विषय में कुछ नहीं

कर सकता था। मैं कुछ करना चाहता था और यह देखना चाहता था कि मेरे लोग युद्धभूमि में क्या जौहर दिखा रहे थे।

मैं अस्तबलों की ओर गया, जो भी पहला अश्व दिखा, उसी पर सवार हुआ और उसे एड़ लगाते हुए, पूर्वी द्वारों की ओर चल दिया। मैं वहाँ से किसी बादल की तरह उड़ते धूल के गुबार को देख सकता था। वहाँ पहुँचते ही मुझे जिस भ्रम तथा हिंसा का सामना करना पड़ा, वह तो मेरी कल्पना से भी परे था। जैसा कि योजना बनाई गई थी, सुरांतक नर-वानरों पर शाही हाथी छोड़ चुका था। वे दुर्ग की प्राचीर के संकरे प्रांगण तथा तीन सौ फुट से भी अधिक ऊँची खड़ी चट्टान के मध्य जा फँसे थे। दुर्ग के द्वार खुलने पर जो वानर सेना भीतर दौड़ी चली आई थी, उसने अपने-आप को रूद्रक की बलशाली सेना तथा मतवाले हाथियों के बीच फँसा पाया। मैंने अपना अश्व, दुर्ग के भीतर, एक निकटतम पहाड़ी की ओर बढ़ा दिया, जहाँ से और भी स्पष्ट दृश्य देखा जा सकता था। वानर नृशंसता से कुचले जा रहे थे। उन पर तीखी खड़ी चट्टानों से भारी-भरकम पाषाण लुढ़काए जा रहे थे। नीचे से रुद्रक की सेना बाणों की वर्षा कर रही थी। असहाय वानरों पर खौलते तेल से भरे पीपे लुढ़काए गए और उनमें से कुछ दुर्घटनावश, मतवाले बने हाथियों पर जा गिरे, वे दर्द के मारे और भी बुरी तरह से तिलमिला उठे। सुग्रीव शत्रु के आक्रमण का नेतृत्व कर रहा था और मैंने देखा कि वह अपने वानरों को बचाने की हरसंभव कोशिश कर रहा था। तीर बड़े ही ख़तरनाक तरीक़े से उसके सिर के पास से निकल जाते और कुछ तो उसके कंधों व जांघों पर भी जा लगे थे परंतु वानरों का राजा अपने मोर्चे पर डटा रहा। उसके लिए वापिस जाने का मार्ग बंद हो चुका था। वह इस जाल से जीवित बच कर नहीं लौट सकता था। रुद्रक इस बात का पूरा ध्यान रखने वाला था। हमारी योजना का यह भाग बिल्कुल कारगर रहा। मैंने अपना अश्व उत्तरी छोर की ओर मोड़ दिया, जहाँ से राम व लक्ष्मण युद्ध का नेतृत्व कर रहे थे।

मेघनाद ने आक्रमणकारियों के उत्तरी द्वार तक आने की प्रतीक्षा की और उसी क्षण दुर्ग के बाहर असुरों के रथ आ डटे। अश्वों को रात्रि के घने अंधकार का लाभ लेते हुए, समीप के वनों में छिपा दिया गया। केवल थोड़ी सी सेना उत्तरी दुर्ग पर पहरा देती रही और रथों को भी वन में अलग से छिपा दिया गया। फिर सबुह से पहले, रथों को पुनः तैयार किया गया और फिर दोपहर होते-होते, मेघनाद की सेना ने राम पर पीछे से धावा बोल दिया। इस दौरान, प्रहस्त वरुण के युद्धपोतों को मोर्चे से हटाने में सफल रहा था, इस प्रकार राम की सेना के पास नौसेना की ओर से कोई सहायता नहीं थी। मेघनाद की रथ सेना ने बड़ी ही तीव्र गति से वानर सेना को घेर लिया और उनका वध करने लगी। जो असुर वृक्षों तथा दुर्गों में छिपे थे तथा प्रातःकालीन

आक्रमण के समय पीछे रहे थे, अब योजना के अनुसार वे सभी एक साथ, राम की वानर सेना पर तीर बरसाने के लिए प्रस्तुत थे। दोनों भाई जाल में फँस गए। उसका एक भाग मेघनाद की ओर था। वह उसकी रक्षा कर रहा था। *'दूसरी ओर से यह कमान कौन संभाल रहा है?'* मैंने बेहतर तरीक़े से देखने के लिए अपनी गर्दन उचकाई। वह जो भी था, मेघनाद से कहीं श्रेष्ठ प्रदर्शन दे रहा था। और जब धूल का गुबार छँटा तो मैंने देखा कि वह तो मेरा पुत्र अतिकाय ही था। वानर सेना चारों दिशाओं से घेरी जा चुकी थी और असुर वानरों का संहार करने में जुटे थे। केवल हनुमान की सेना पूरे पराक्रम व शौर्य के साथ डटी रही। राम की सेना के अधिकतर व्यक्ति, मुख्य भूमि पर, अधटूटे सेतु के दूसरी ओर फँस गए थे।

तेज़ी से बढ़ती डोंगियों तथा प्रहस्त द्वारा कब्ज़े में किए गए युद्धपोतों ने राम की सेना के अग्रिम मोर्चे को उन लोगों से काट दिया जो मुख्य भूमि पर कुटिल बूढ़े कमीने जांबवन के अधीन रह गए थे। बाली का अस्सी वर्षीय बूढ़ा सेनापति, अब भी सुग्रीव के अधीन अपनी सेवाएँ प्रदान कर रहा था। मैं अपने महल की ओर लौट आया, मैं स्वयं ही अपने साहसिक कारनामे कर दिखाने की किशोरोचित उत्कंठा को देख आश्चर्य में था। मेरे लोग योजना के अनुसार लड़ रहे थे। यदि सब कुछ योजना के अनुसार रहा तो आज हम जीत का जश्न मना सकेंगे। जब तक मैं महल के द्वारों तक पहुँचा, तब तक मैं अपने नकली वेष से बाहर आ गया था परंतु जांबवन का वहीं बने रहना, मेरे मन में शंका उत्पन्न कर रहा था। *'उस धूर्त बूढ़े शत्रु सेनापति ने अपने कुछ लोगों को पीछे ही क्यों रोक लिया था?' 'वह वरुण कहाँ था? क्या इसमें भी उनकी कोई चाल थी?'* मुझे जो समाचार मिले थे, उनसे तो यही पता चलता था कि वह अपने बचे-खुचे जहाज़ों के साथ, द्वीप से बहुत दूर, गहरे सागर में लौट गया था परंतु दस्यु-राज की ओर से यह व्यवहार शंकित कर रहा था, वह इस तरह पेश आने वालों में से नहीं था। मैं किसी चीज़ को बहुत याद कर रहा था। मुझे प्रहस्त की याद सता रही थी।

मैं अपनी पुत्री को देखने के लिए बगीचे की ओर चल दिया। वहाँ बाग़ में तो मानो एक अलग ही संसार बसा था। यदि कोई बहुत कान लगा कर सुनता तो युद्ध का बहुत धीमा सा कोलहाल ही सुनाई देता था अन्यथा यह एक आम दिन की भाँति था। मैंने अपने युद्ध तथा राम से जुड़े सभी विचारों तथा चिंताओं को वहीं तिलांजलि दे दी और एक छतरीनुमा इमली के वृक्ष के तले खड़ा हो कर, आसपास बसे संसार की सुंदरता में मग्न हो गया। मैं सागर की मद्धिम आहट सुन सकता था और हल्की वायु में हिलते पत्तों को देख सकता था। मेरे पिछले प्रागंण में गुबरैलों ने जो सुर छेड़ा था, मुझे उसमें भी सुर सुनाई दे रहा था। मेरा मन अपने शानदार बालपन में जा पहुँचा,

जो इस द्वीप के वनों तथा सह्य पहाड़ियों में ही बीता था। यह भी कितने आश्चर्य की बात थी कि मन ने पीड़ादायी अतीत, यंत्रणादायी निर्धनता, दिन-प्रतिदिन होने वाले अपमान तथा भूख के तिलमिला देने वाले कष्ट को भुला दिया था और उसे केवल प्रसन्नता में बीते क्षण ही स्मरण रहे। इन बीती यादों में भी आनंददायी पीड़ा थी; हमेशा के लिए खो चुकी चीज़ों के लिए एक गहरी तड़प; इन वस्तुओं के इर्द-गिर्द बुना गया एक जादू, जो कि उनके आसपास हो सकता था परंतु नहीं था; गुप्त आशाओं तथा प्रिय कुंठित इच्छाओं की धूल! और दिन-प्रतिदिन के जगत की वे छोटी-छोटी चीज़ें... वे सब किसी कोयल की कूक या गिलहरी की कुट-कुट की तरह मेरे हृदय के साथ थीं। जो कुछ भी पीड़ादायक था, वह किन्हीं गहरे सायों के पीछे जा छिपा था और लंबे समय से भुली दी गई प्रसन्नता नए सिरे से जगमगा उठी थी।

सीता अशोक वृक्ष के तले बैठी किसी देवदूत की भाँति निर्दोष लग रही थी। उसके समीप ही मेरी भतीजी त्रिजटा बैठी थी। मुझे उसे सीता के समीप देख कर प्रसन्नता नहीं हुई। मैं अपनी पुत्री से एकांत में वार्तालाप करना चाहता था। त्रिजटा का चेहरा-मोहरा, काफ़ी हद तक, अपने धूर्त पिता कुंभ के समान था। कुंभ व्यभिचार के अपने ही संसार में मग्न था। दृढ़ संकल्प तथा चरित्र के अभाव में, उसकी महती महत्त्वाकांक्षाएँ बहुत पहले दम तोड़ चुकी थीं। वह प्रायः अपने कक्ष में, मदिरा के नशे में चूर पड़ा रहता। उसने अपने लिए अगाध कीर्ति तथा निजी साम्राज्य की कामना की थी, परंतु उसके पास जीवन में कभी महान वस्तुएँ अर्जित करने की संकल्प शक्ति नहीं रही। संभवतः वह आजीवन मेरे ही साए तले पलता रहा। मैं सदा उसका अग्रज बना रहा और आपकी सफलता का लाभ, आपके सगे भाई-बहनों से अधिक कोई और नहीं लेता। संभवतः मैं जो भी था, यह स्पष्ट रूप से मेरा दुर्भाग्य बन गया। मैं उस आयु में था, जहाँ आकर कोई नहीं सोचता कि कड़ा परिश्रम, संकल्प तथा महत्त्वाकांक्षा ही किसी की नियति रचते हैं। बहुत समय पहले, मेरे भीतर बसने वाले नास्तिक ने, बिना किसी पूर्वसूचना के दम तोड़ दिया था। मैंने इतना कुछ देख लिया था और इस बात पर विश्वास करने लगा था कि मनुष्य स्वयं अपना भाग्य गढ़ता है और इसके सिवा कुछ भी महत्त्व नहीं रखता, शेष सब निरर्थक है। इसके अतिरिक्त आज भी जब मैं वर्षों पूर्व, उस अंधेरी गुहा में वास्तविक असुर सम्राट महाबलि के साथ किए गए बचकाने तर्क-वितर्क को स्मरण करता हूँ तो सिर लज्जा से झुक जाता है। मैंने उस वृद्ध को प्रभावित करने के लिए जिस रुक्षता तथा मूर्खता के साथ अपना वह बेहूदा दर्शन बघारा था, उसे स्मरण कर होठों पर मुस्कान नाच उठी। कुछ तो ऐसा था जो मनुष्य की मानसिक क्षमता तथा सामान्य ज्ञान की सीमा से परे था। दृढ़ संकल्प, कड़ा परिश्रम तथा गुरूओं द्वारा कहे गए वे सभी वचन तभी प्रभावी व उपयोगी होते हैं जब आपको यह निश्चित करना हो कि सामने घट रही घटनाओं के

लिए कैसी प्रतिक्रिया देनी है परंतु मैंने वस्तुओं के क्रम को देखा, दिन और रात किस प्रकार बदलते थे और किस प्रकार जीवित प्राणी जन्म लेते, जीते तथा प्राणों का त्याग कर देते। यद्यपि तब भी बहुत सी चीज़ें ऐसी थीं जिनकी व्याख्या केवल भाग्य अथवा नियति के माध्यम से ही संभव थी।

सीता का हास्य सुन कर मैं अपनी तंद्रा से जगा। मैंने उसकी ओर देखा। वह दैवीय रूप से मनोहारी दिख रही थी। उसने अपनी आत्मा तथा आवेग पैतृक दाय में मुझसे लिए थे और उसका संपूर्ण रूप से सुगठित मुख तथा देह मंदोदरी की देन थे। मैं उससे दूर होने के बारे में सोच भी कैसे सका?

"ओह! सम्राटों के भी सम्राट, असुरों के नरेश... क्या तुम मुझसे मिलने आए हो? रावण! बस अब तू अपने दिन गिनने आरंभ कर दे। मेरे राम तेरा और तेरे इस बुरे साम्राज्य का अंत करने आ गए हैं। तुम राक्षसों ने जो कुछ भी बनाया है या जिस भी चीज़ पर तुम इतना मान करते हो, वह बस शीघ्र ही भस्मीभूत हो जाएगा। मेरे पतिदेव मुझे लेने आ गए हैं और मैं शीघ्र ही इन नेत्रों से तेरे दुष्ट साम्राज्य का पतन होते देखूँगी। यदि तू अपनी संतान के प्राणों की सलामती चाहता है तो जा कर उनके चरणों में गिर जा। परंतु मैं यह भी जानती हूँ कि तू ऐसा नहीं करेगा। तुझे तो अपनी बुद्धिमानी तथा विवेक पर बहुत दंभ है। मेरे शब्द याद रखना। राक्षस, तेरा अंत समय आ पहुँचा है।" वह खिलखिला कर हँसने लगी और अपनी उस घृणा के बीच घृणास्पद दिखने लगी। त्रिजटा ने लज्जा व भय के साथ मेरी ओर देखा।

मैं पूरी तरह से निराश व अस्वीकृत हो कर वहाँ से मुड़ा। 'मैं उसे यह सत्य बता क्यों नहीं सका कि मैं ही उसका पिता हूँ?' मैं उसे उसके पति से बचाने का प्रयास कर रहा था। परंतु मैं उसके मुख की ओर देखते हुए, उसे त्यागने के कृत्य को वैद्य कैसे ठहरा सकता था, उसे कैसे समझा सकता था कि मैंने अंधविश्वासों के चलते, प्रिय पुत्री को अपने से दूर रखा। उसे चाह कर भी अपने पास नहीं रख पाया। और वह अपने पति राम से जो इतना उत्कट प्रेम करती थी, उसे भी मैं उपेक्षित कैसे कर सकता था? वह क्यों नहीं देख सकी कि उसका पिता उसे उसके पति से भी कहीं अधिक स्नेह करता था? वह क्यों नहीं देख सकी कि मेरे पास जो भी था, मैंने सब कुछ उसकी प्रसन्नता के लिए दाँव पर लगा दिया। फिर उसे यह भी क्यों नहीं पता कि वह कभी अपने पति के साथ प्रसन्न नहीं रह सकेगी। जिस क्षण वह मेरी सुरक्षा के आवरण से बाहर आएगी, उसके जीवन में संकट के बादल छा जाएँगे? संभवतः मैं स्वयं को ही मूर्ख बना रहा था। संभवतः वे दोनों धरती के सबसे आदर्श दंपत्ति, साँवले देव राजकुमार तथा उसकी प्रिय पत्नी के रूप में प्रसिद्ध होने वाले थे और मेरी गणना एक विकट राक्षस के रूप में होगी, जिसने उनकी प्रसन्नता को विनष्ट करने का प्रयास

किया था? सभी अपशकुन तथा ज्योतिषीय भविष्यवाणियाँ उसके जीवन के आसन्न संकट की ओर संकेत कर रहे थे और साथ ही मेरे व मेरी प्रजा के लिए भी भयावह भविष्य की झाँकियाँ दिखा रहे थे। क्या रावण भविष्य को बदल सका? संभवतः मैं अपनी यौवनावस्था में सही सोचता था, यह सब ज्योतिष विद्या किसी काम की न थी। एक उदासीन से दिखते आकाश के गहरे अंधकार में कहीं सुदूर बैठे तारों की बजाय, रावण ने अपना भविष्य स्वयं लिखा था परंतु मेरी पुत्री मुझसे इतनी घृणा क्यों करती थी? किसी भी पिता के साथ इस तरह का व्यवहार नहीं किया जाना चाहिए, उसे इस प्रकार की यातना नहीं दी जानी चाहिए। संभवतः मेरा समय आ गया था। मैं इस युवती के लिए अपना पूरा जीवन दाँव पर क्यों लगाता? इस क्षण में हज़ारों लोगों की जानें गईं – जाने कितने पिता, पुत्र व भाई मारे गए, जिन्होंने मुझ पर विश्वास किया और जो मेरे लिए लड़ रहे थे। हो सकता है कि यह बिल्कुल सही था कि मेरा वक़्त आ गया था। मैं एक नाकारा राजा था जो अपनी प्रजा को अनावश्यक युद्ध, मृत्यु तथा विनाश की ओर खींच लाया। परंतु मैं अपनी पुत्री राम को कैसे सौंप सकता था, जबकि मैं यह भी जानता था कि वह उससे कैसे पेश आएगा। क्यों न नियति को आने वाले समय की रचना करने दी जाए, उसे ही भविष्य की देख-रेख सौंप दी जाए। मैं अपनी अंतिम श्वास तक युद्ध करूँगा और कौन जाने, हो सकता है कि मैं युद्ध में जीत ही जाऊँ!

महल के बाहर भीषण युद्ध छिड़ा था। प्रतिबिंब लंबे होते जा रहे थे और एक स्वर्गीक रक्तिम आभा से पूरा नगर रंग गया था मानो सब कुछ एक दैवीय आभा में सद्यः स्नाता हो। मेरी पुत्री के शब्द मानो मेरे कानों में प्रतिध्वनित होते रहे। 'तूने जो कुछ भी आज तक बनाया है, वह सब और तेरी प्रजा भस्मीभूत हो जाएँगे।' मैं चाहता था कि इतनी मदिरा पीऊँ कि कुछ भी स्मरण न रहे। ज्यों ही मैंने महल में प्रवेश किया तो वे मेरे समक्ष, मेरे सेनापति रुद्रक का मृत शरीर ले कर आ गए। हो सकता है कि मेरी पुत्री मुझसे कहीं अधिक बेहतर जानती थी।

39 नायक की वापसी

भद्र

मैं अपनी फूस की कुटिया के बरामदे में बैठा था। मेरी पत्नी मेरे पास जो गर्म भाप उग़लता भात व आम का अचार रख गई थी, वह ठंडा और लिसलिसा हो चला था। मक्खियों की धृष्टता बढ़ती जा रही थी और वे अब कटोरे के कोनों पर बैठ कर, लंबे समय तक भिनकने लगी थीं। मेरे मन में ऐसी कोई इच्छा पैदा नहीं हो रही थी कि मैं उन्हें वहाँ से उड़ाता। रसोई से बर्तनों की परिचित किंतु अस्पष्ट खनखन तथा पात्रों को रखने का स्वर सुना जा सकता था, जहाँ मेरी पत्नी रोज़मर्रा के कामों में व्यस्त थी। मेरे सिर में हल्का सा दर्द था – शायद अभी कल की पी हुई ताड़ी का असर ख़त्म नहीं हुआ था। काम-धंधा मंदा ही था। जब अगले दिन तक जीने-मरने का भी पता न हो तो ऐसे में वस्त्र धुलवाने की किसी को क्या पड़ी होगी?

यद्यपि मैंने अपने-आप को अपने पुत्र की नियति के हाथों सौंप दिया था परंतु प्रायः उसकी लंबी व भारी-भरकम देह को देखने का मोह उत्पन्न हो जाता। कभी-कभी मैं यह आस भी लगाता कि शायद वह घायल या चोटिल हो कर, हमारे पास आ जाए ताकि हम उसे सेवा-सुश्रूषा दे कर स्वस्थ कर सकें। परंतु मैं यह भी जानता था कि वह कभी रणभूमि, अपने मित्र और भाई मेघनाद को नहीं छोड़ेगा। जब से युद्ध आरंभ हुआ था, तब से कई बार हमारी सड़कों पर मृत्यु की पदचाप सुनी जा चुकी थी। कई पड़ोसी अपने प्रियजन के वियोग में तड़प रहे थे। आसपास के वातावरण में एक अजीब सा सन्नाटा था। प्रारंभ में भावात्मक विस्फोट होते, प्रजा सड़कों से निकलते मृतक असुर योद्धाओं के शव देख द्रवित होती परंतु जैसे-जैसे युद्धभूमि में होने वाली मौतों की संख्या बढ़ने लगी, मृत्यु ने अपने नएपन का आकर्षण खो दिया

और नायकत्व एक घटिया, तुच्छ व आम सी वस्तु बन कर रह गया। मृतक योद्धाओं का जो वीर महाकाव्य रचा जाता, वह केवल उन्हीं कुछ परिवारों में थोड़ी उदासी पैदा करने का कारण बनता, जिनके परिवारों से कोई जाता था। ऐसा जान पड़ता था मानो पूरे देश ने अपने-आप को एक तरह के खोल में लपेट लिया था ताकि स्वयं को उस होनी से बचा सके, जिससे बच पाना लगभग असंभव होता जा रहा था। पिता एक अजीब तरह के सन्न पड़ चुके रवैए के साथ अपने पुत्रों के अवशेष जलती चिताओं के हवाले करते। माएँ एक साथ सिर जोड़ कर, मौन आँसू बहातीं और विधवाएँ स्वयं को उस एकांतिक रुक्षता व शून्य के बीच बंद कर देतीं। इन सभी कुंठित भावों पर, भय रूपी तलवार लटक रही थी और विभीषण के राज में अश्वेत दरिद्र असुरों के लिए एक भयंकर भविष्य प्रतीक्षारत् था।

सड़कें तो बहुत पहले ही वीरान हो गईं थीं। अनेक सामान्य असुर अपने परिवारों सहित वनों में चले गए और कुछ ने अनगढ़ देसी नावों की मदद से दूसरे स्थानों पर जाने में सफलता पा ली। यद्यपि अधिकतर लोगों ने अपने-आप को अपने घर की चारदीवारियों में बंद कर लिया था, उनके घरों के जर्जर द्वार पूरी मुस्तैदी के साथ बंद थे। इससे पूर्व कि मंत्री कुछ जान या समझ पाते, दरिद्र असुरों ने बहुत पहले ही पराजय व विनाश की इस गंध को पा लिया था, यद्यपि किसी ने भी खुल कर इस विषय में कुछ नहीं कहा। रातें तो और भी भयावह होतीं। साए लंबे होते तो हम इतना भयभीत हो जाते, जितना जीवन में पहले कभी नहीं हुए थे। अभी युद्ध आरंभ हुए केवल दस ही दिन हुए थे और दोनों पक्षों में असंख्य जानें जा चुकी थीं। शत्रु पक्ष के इतने समाचार नहीं मिलते थे परंतु हमारी ओर से रुद्रक, वज्रधमस्त्र, सुमाली व माल्यवान सरीखे मंत्री तथा सेनापति काल के गाल में समा चुके थे। असुर सेना के पास नेताओं का अभाव हो रहा था। केवल वरुण को परे रखने वाला तथा राम का सागर से वापसी का मार्ग रोकने वाला प्रहस्त तथा युवराज मेघनाद ही अनुभवी योद्धाओं के रूप में शेष बचे थे। बूढ़े व्यर्थ प्रलाप करने वाले मय को भी कमान सौंपी गई थी परंतु हमने सुना कि उसने उसे लेने से इंकार कर दिया। वित्त मंत्री जंबूमाली इतने वृद्ध थे कि उनके लिए चलना भी बहुत बड़ी बात थी। परिस्थितियाँ निश्चित रूप से शोचनीय रही होंगीं, तभी तो अस्सी बरस के बूढ़े वैज्ञानिक को असुर सेनाओं का नेतृत्व करने को कहा गया था। रावण को स्वयं युद्ध की बाग़डोर अपने हाथों में ले लेनी चाहिए थी परंतु संभवतः वह स्वयं भी ऐसे कामों के लिए बहुत बूढ़ा हो चला था।

मेरे मन में जाने क्या आया कि मैंने महल की ओर जाने की सोची। हो सकता है कि वहाँ अतिकाय कहीं बेसुध पड़ा मिला जाए, वह घायल किंतु जीवित हो। तब मैं उसे घर वापिस ला सकता था। मैंने मैली-कुचैली धोती से हाथ पोंछे और पत्नी को

बताने का कष्ट किए बिना ही महल की ओर चल दिया। कुछ समय के लिए सड़क पर मैं अकेला ही था। तब मैंने खाने-पीने के छोटे ठेलों पर, लोगों को आपस में सिर जोड़े बतियाते देखा। कुछ घरों के दरवाज़े पूरी तरह से बंद थे और दिखने में वीरान लगते थे पर कुछ लोगों ने अपने घरों के अगले दरवाज़े खोल दिए थे और सब कुछ सामान्य होने का दिखावा कर रहे थे। कुछ बंद द्वारों के पीछे से, अब भी दबी आहों व कराहों को सुना जा सकता था। संभवतः उन घरों में किसी के पुत्र अथवा पति की मृत्यु हुई हो। सूरज मेरे सिर पर तेज़ी से चमचमा रहा था। माथे से पसीना बहा जा रहा था। मुझे कम से कम स्नान तो कर ही लेना चाहिए था। ज्यों ही मैं महल के निकट पहुँचा तो एक विचित्र सी कल्पना मस्तिष्क में आई कि हो सकता है कि महल में ही घायल अतिकाय की मरहम पट्टी हो रही हो।

कुछ ही दूरी पर बलशाली तथा अजेय दुर्ग जैसा महल दिखाई देने लगा। इसके सुनहरे गुंबद तथा शिखर सूर्य के प्रकाश में चमचमा रहे थे। *'स्वर्ण' – सम्राट अपनी छतों की सजावट के लिए स्वर्ण का प्रयोग करते हैं और हम जैसों को दो जून पेट भर रोटी भी नहीं नसीब होती।'* हो सकता है कि वह इसी दशा का अधिकारी रहा हो परंतु वह कम से कम क्रूर तो नहीं था और उसने अपने लोगों को ऊँचा उठाने का प्रयास तो किया था। मैं उन लोगों में से था, जिनका कोई अस्तित्व नहीं होता, एक ऐसे देश के करोड़ों दरिद्र असुरों में से एक, जो बड़ी ही तीव्रता से ब्राह्मणों का देश बनता जा रहा था। युद्ध के अंत में, मैं तो एक अस्पृश्य ही रहने वाला था, इस धरती का बोझ और भार! मैं वहीं बैठ कर प्रतीक्षा करने लगा कि शायद किसी अधिकारी की नज़र मुझ पर पड़े और वह मुझे पहचान कर महल के भीतर ले जाए। मुझे देखना था कि मेरा पुत्र वहाँ था या नहीं।

जब मैं पूरे दिन के बाद, युद्ध से लौट रही सेनाओं की दुर्ग वापसी के शोर से जगा तो उस समय संध्या हो चली थी। जो व्यक्ति बहुत ही महत्त्वपूर्ण थे, उनके गंभीर रूप से घायल अथवा मृतक शरीर वापिस लाए गए थे। आम सिपाहियों के शवों को रणभूमि में ही छोड़ दिया गया था ताकि वहाँ गिद्ध उन्हें अपना आहार बना सकें। जब मैं वहाँ से गुज़र रही सेना के मध्य, अपने पुत्र अतिकाय को तलाश रहा था तो दिल बुरी तरह धड़क रहा था मानो कोई हथौड़े बरसा रहा हो। रणभूमि से लौट रहे सैनिक अपनी ही धुन में मग्न थे और मैं बार-बार उनकी पंक्तियों में घुस कर अपने पुत्र को खोजता रहा। अपनी गर्दन उचका-उचका कर, चारों ओर ताकता रहा। इस दौरान मुझे कई बार धकेला व रौंदा गया परंतु मैंने परवाह नहीं की। मैं लगातार बढ़ती मायूसी के साथ अपने पुत्र को देख रहा था। और फिर तभी वह मुझे दिखाई दिया – वह तो रथ में, राजकुमार मेघनाद के साथ सवार था। लंबा, काला व भारी-भरकम देह

वाला अतिकाय तन कर रथ में खड़ा था। राजकुमार के कंधे तथा अन्य अंग घावों के कारण रक्तस्नात थे। अतिकाय की छाती पर भी एक भयंकर घाव दिखा, जिसे उसने रक्त से भीगे चीथड़े से कस कर बाँध रखा था। मैं रथ की ओर भागा परंतु राजकुमार के अंगरक्षकों ने बड़ी बेरहमी से मुझे पीछे धकेल दिया। "अतिकाय ...मेरे बच्चे!" मेरा कर्कश स्वर, सैनिकों द्वारा मचाए जा रहे कोलाहल के बीच सुनाई नहीं दिया। मैं छोटे-बड़े, लंबे व भारी असुर योद्धाओं को असहाय हो कर ताकने लगा। *'आजकल के छोकरे कितने लंबे होने लगे हैं।'* मैंने किसी उन्मादी की भाँति अपने हाथ हिलाए और उछलने लगा ताकि उनका ध्यान अपनी ओर आकर्षित कर सकूँ। अनायास ही मेरी आँखें उससे जा मिलीं। मैंने हाथ हिलाए और शाही रथ तक जाने की भरसक कोशिश की। मैंने देखा कि उसके नेत्रों में पहले तो आश्चर्य के भाव आए और फिर वे तत्क्षण लज्जा में बदल गए। मेरा पुत्र राजगद्दी पर आसीन होने वाले कुमार के साथ उसके रथ में बैठ कर, अपने जीवन के सबसे अद्भुत क्षणों का आनंद ले रहा था और मैं, एक निर्धन धोबी, एक नाकारा, मैं उसके इस जीवन में सेंध लगाने का प्रयास कर रहा था। उसने एक ही दृष्टि में वह सारी आशा समाप्त कर दी थी, जो उन क्षणों में अचानक ही मेरे हृदय के किसी कोने में उग आई थी। जो भी हो, मैं उसका पालक पिता ही तो था। वह किसी अश्वेत असुर की टूटी-फूटी कुटिया से कोई संबंध नहीं रखता था। वह तो सम्राट का अपना रक्त था, भले ही उसे दूषित क्यों न माना जाए परंतु वह मेघनाद का सौतेला भाई तो था ही। वह ऐसे संसार में रहता था, जहाँ मुझ जैसे कीटों का कोई अस्तित्व नहीं था। वह तो बलशाली व्यक्तियों तथा महान नायकों से संबंध रखता था, जो अपनी मृत्यु के हज़ारों वर्षों पश्चात भी लोगों के बीच चर्चा का विषय बने रहते। भद्र जैसे व्यक्ति तो कोई महत्त्व ही नहीं रखते थे।

अचानक राजकुमार ने मुझे देखा। उसने हाथ से संकेत किया और अंगरक्षकों ने मुझे आगे आने के लिए स्थान दे दिया। एक क्षण के लिए तो मैं वहीं हक्का-बक्का खड़ा ताकता रहा। *'क्या सारी पंक्तियाँ मुझे स्थान देने के लिए थम गई थीं।' 'क्या मुझे एक बार फिर से आगे जाने के प्रयास में धक्का मिलने वाला था।'* राजकुमार होठों पर थकी सी मुस्कान के साथ मुझे गहराई से ताक रहे थे। मैं आदर तथा मान देने के लिहाज़ से कुछ क़दमों की दूरी पर खड़ा हो गया। मेरे बेटे ने मुझे दूर से ही यूँ ताका मानो मेरा बूढ़ा तथा जर्जर शरीर उसके लिए लज्जा का कारण था। मुझे स्वयं ही अपने-आप पर बहुत लज्जा हो रही थी। मुझे स्नान तो कर ही लेना चाहिए था। मेरे शरीर से कैसी सड़न उठ रही थी। राजकुमार ने हाथ के संकेत से बुलाया परंतु मैं वहीं जड़ पाषाण बना खड़ा रहा। एक सिपाही मेरे पास आकर गरजा, "गधे! दिखता नहीं है कि युवराज बुला रहे हैं।"

मैं घबराहट के साथ रथ की ओर बढ़ा। ज्यों ही मैं पास गया तो राजकुमार ने मुझे रथ पर बुलाने के लिए अपना हाथ आगे कर दिया। मैं उन शाही अंगुलियों को छूने से क़तरा रहा था पर उसने चपल गति से मुझे रथ पर खींच लिया। सारी भीड़ अवाक् रह गई। एक नीच तथा दुर्गंध से भरा भिक्षुक, राजकुमार के साथ शाही सवारी का आनंद ले रहा था। मैंने गर्व का अनुभव किया। मैंने उसके पिता को अपना मित्र समझने की कभी भूल की थी, उसने भी कभी दयालुता का ऐसा प्रदर्शन नहीं किया था। फिर मैं मुड़ा तो मुझे अपने दत्तक पुत्र के नेत्रों में घृणा का ज्वालामुखी बरसता दिखाई दिया। मैं भी उसकी इस लज्जा का सहभागी था। राजकुमार नीच लोगों के साथ अपने विजय के क्षण बाँटते हुए, राजनीतिक रूप से यश बटोर रहा था। यह भी हो सकता है कि यह किसी भले आदमी द्वारा किया जा रहा एक नेक काज हो पर मैं अपने जीवन के तिक्त अनुभवों से इतना कुंठित हो चुका था कि किसी की सहृदयता के विषय में सोच ही नहीं पाता था। धनी तथा बलशाली व्यक्ति जो भी करते; भले ही वह दान, सहानुभूति तथा उदारता के आवरण में क्यों न लिपटा होता, वह सब स्वार्थ की ही उपज होता था। मैंने अपने निरर्थक जीवन से जो भी सबक सीखे थे, यह उनमें से एक बड़ा सबक था। मैंने संपन्न वर्ग के नेत्रों में दया देखी थी; मेरे जैसे लोगों के साथ दयालुता दिखाते हुए गर्व का अनुभव करने वाले धनी देखे थे; परंतु इन सबसे अधिक, मैंने भय देखा था; यहाँ तक कि महाबलशाली असुरराज रावण की आँखों में भी भय देखा था। वे हमसे डरते थे, उन्हें संसार के पालतू, पशुवत् आचरण वाले, अज्ञानी व अश्वेत स्त्री-पुरुषों से भय लगता था। यह दया, संरक्षण, दानशीलता, दंभ, गर्व व उदासीनता; उसी बचाव तंत्र का एक अंग थे, जो धनी व संपन्न वर्ग हमारे भय से मुक्ति पाने के लिए प्रयोग में लाता था।

अचानक मुझे ऐसा लगने लगा कि मैं असुर राजकुमार से भी कहीं अधिक शक्तिशाली था - भव्यता पर लौकिकता की विजय! यह सब कुछ पूरी तरह से स्पष्ट था। वह अपनी यौवनावस्था में ही युद्ध में किसी अधखिले पुष्प की भाँति कुम्हला जाता, परंतु मैं जीवित रहता। वह प्राचीन इतिहास के किन्हीं पृष्ठों के बीच दब जाता और मैं अपने जीवन के छोटे-छोटे युद्धों को लड़ते हुए, जीवित रहता। कोई भी कवि मेरे लिए यशोगान न करता परंतु इसकी परवाह ही किसे थी? यह युद्ध शीघ्र ही समाप्त हो जाने वाला था और इसके साथ ही सभी नायक व खलनायक भी मारे जाते परंतु मेरा युद्ध निरंतर अनवरत चलता रहेगा और मेरे जैसे करोड़ों लोग, धरती के अलग-अलग कोनों पर भोजन, जल, वायु, आश्रय तथा थोड़ी सी मान-मर्यादा पाने के लिए अपने छोटे-छोटे युद्ध लड़ते रहेंगे।

मैं अभी अपने विचारों में ही मग्न था कि राजकुमार ने कहा, "आज तुम्हारे पुत्र ने मेरे

प्राणों की रक्षा की है। आप एक वीर के पिता हैं। मैं आपके आगे अपना शीश झुकाता हूँ।" मेरा मन कसैला सा हो आया। मैं अपने लिए ऐसा कोई ढोंग या दिखावा नहीं चाहता था। मैं इस बात पर क्रोधित था कि राजकुमार मुझे अपने राजनीतिक हथकंडे के लिए प्रयुक्त कर रहा था। वस्तुतः जीवन ने ही मुझे इतना सनकी बना दिया था कि मैं उस राजकुमार पर भी अपना संदेह व्यक्त कर रहा था, जो मुझे अपने रथ में स्थान दे कर, अपने भलेपन का परिचय दे रहा था। संभवतः वह सही मायनों में एक भला युवराज था। मैं शांत रहा और अपने काँपते होठों का कँपन रोकने के भरसक प्रयत्न में लगा रहा। आँखों को हल्का सा भींच कर आँसुओं को भीतर ही रोकने की कला में मैं माहिर था और आज भी मैंने यही किया, यद्यपि आज यह कौशल नाकाम रहा और मैं फूट-फूट कर रो दिया। युवराज ने पूरी करूणा के साथ मुझे आलिंगन में लिया और मेरे गाल चूम लिए। मेरा पुत्र दूसरी ओर देख रहा था। मैं निरंतर सुबकता रहा। रथ चलने लगा और दोनों ओर चल रहे सैनिक विजय का उद्घोष करते हुए जय-जयकार करने लगे।

ज्यों ही दुर्ग के द्वार खुले तो मैंने देखा कि राजा व रानी अपने पुत्र के स्वागत के लिए सबसे ऊपरी सीढ़ी पर खड़े प्रतीक्षारत् थे। ऊपरी मुँडेरों पर दासियों, अनुचरों तथा सभा में रहने वाले अन्य सभी प्राणियों के झुँड खड़े थे। वे सभी युवराज को देख अपना हर्षोल्लास प्रकट करने लगे। सूर्यास्त के धूमिल प्रकाश ने सम्राट को हल्के लाल रंग में रंग दिया था और उसी आभा के बीच वह एक शक्तिशाली असुर सम्राट की भाँति दिख रहा था। वह गर्व से सीधा तन कर खड़ा था और जब वह पुत्र का स्वागत करने आगे आया तो उसकी श्वेत दाढ़ी, हवा में लहराने लगी। तब मुझे भान हुआ कि वह तो विजय की शोभायात्रा थी। 'क्या युद्ध समाप्त हो गया था?'

रावण ने हाथ ऊँचा किया तो भीड़ चिल्लाई। *'हर-हर महादेव!'* चारों ओर यह स्वर गूँज उठा और प्रत्येक असुर के प्राणों में मानो नवजीवन का संचार हो गया। मुझे उन लोगों के नारों के बीच ही फुसफुसाहटों से पता चला कि मेघनाद ने दोनों शत्रु राजकुमारों का वध कर दिया। चेंड पीटे जा रहे थे और इसी शोरगुल के बीच विजयी सैनिकों पर पुष्पवर्षा हो रही थी। मेरे हृदय से कोई भारी शिला हट गई। हम सुरक्षित थे। मेरा पुत्र सुरक्षित व विजयी था। अब असुर जातिवाद की चक्की में नहीं पिसेंगे।

और मेरा पुत्र भी इस विजयश्री का एक अंग था। वह इस विजय का नायक था। कोई आश्चर्य नहीं कि आज मेघनाद ने मुझे अपने शाही रथ की सवारी का आनंद क्यों लेने दिया? वस्तुतः एक नायक का पिता होने के नाते मुझे तो और अधिक मान व प्रतिष्ठा मिलने चाहिए थे। ज्यों ही रथ सीढ़ियों के समीप जा कर थमा, असुर सम्राट तेज़ी से नीचे उतरा परंतु इससे पूर्व कि गौरवान्वित पिता अपने पुत्र से मिलता, उसकी माँ

लपकी और अपने पुत्र को गले से लगा लिया। मेघनाद का पिता कुछ दूरी पर खड़ा कुढ़ता रहा कि उसे अपने पुत्र के गले से लगने और उसके पुत्र के अंगों में समाई शक्ति को अनुभव करने का अवसर नहीं मिला। अतिकाय कुछ ही क़दमों की दूरी पर खड़ा था, गौरवर्ण राजकुमार का काला प्रतिबिंब, उसके सपाट मुख पर मूर्खतापूर्ण व खिसियाई हुई मुस्कान थी। जब मंदोदरी ने पुत्र को छोड़ा तो पिता व पुत्र ने एक-दूसरे को कड़ी निगाहों से देखा। कुछ क्षणों की तनाव से भरी चुप्पी के बाद उसने मेघनाद को कस कर गले से लगा लिया।

सारी भीड़ ने मारे हर्ष के गर्जना की। फिर वे महल की ओर बढ़े। मेरा पुत्र मेघनाद के पीछे ऐसे चल रहा था मानो कोई श्वान अपने मालिक के पीछे दुम हिलाता चल रहा हो। मेरे वहाँ होने का मानो कोई अस्तित्व ही नहीं था। न किसी ने एक भी शब्द कहा और न ही कोई आभार प्रकट किया। मैं वहाँ स्तब्ध खड़ा रहा। सारी भीड़ आनंदोत्सव में मग्न हो गई। मैं नहीं जानता था कि मुझे क्या करना चाहिए? कुछ समय बाद, एक द्वारपाल ने मेरा कंधा थपथपाया, 'ये लो, युवराज की ओर से, तुम्हारे लिए है।' उसने मुझे संदेहास्पद सी दिखने वाली पोटली थमा दी। मैंने उसे यूँ ही खोल कर झाँका। उसमें अलग-अलग सामान भरा था। कुछ प्रयोग में लाए गए वस्त्र - रेशमी, परंतु उतरन! कुछ ताँबे के पात्र और कुछ मिठाइयाँ। एक नायक के पालक पिता के लिए यह उपहार भेजा गया था - इसे इंद्र को भी परास्त कर देने वाले असुर युवराज मेघनाद द्वारा सस्नेह भेजा गया था। संभवतः युवराज ने अपने प्राणों का यही मोल लगाया था। वह द्वारपाल मुझे बड़ी ईर्ष्या तथा विचित्र सी विरक्ति से ताक रहा था। वह अपनी बख़्शीश पाने के लिए प्रतीक्षा कर रहा था। *'यह देश कभी नहीं बदलेगा। जहाँ से हो सके, जो भी मिल सके, बस लपक लो - इसका यही एक मंत्र था!'* इस सड़े हुए देश में लोभ ही तो सबसे बड़ी आधारशिला थी। मैंने एक भी शब्द कहे बिना, सरकार द्वारा भेजा गया वह स्नेहोपहार, उसी व्यक्ति के हाथों थमा दिया। वह निष्ठावान सरकारीकर्मी मुझसे कुछ न कुछ पाने के लिए कृतसंकल्प था इसलिए ज्यों ही मैंने उसे वह पोटली थमाई तो वह पलक तक झपकाए बिना, वहाँ से अलोप हो गया। मैं राम की मृत्यु के उपलक्ष्य में मनाए जा रहे समारोह में शामिल हो गया।

40 एक प्रधानमंत्री की मुहिम

रावण

अंतत: यह गाथा समाप्त हुई। मेरे पुत्र ने हमारे सबसे बड़े शत्रुओं को परास्त कर दिया। मुझे उस पर बहुत ही गर्व का अनुभव हो रहा था परंतु इसके साथ ही मैं व्यथित भी था। कुछ तो अनुचित हो रहा था। वह अपने मित्र अतिकाय के साथ मिल कर, राम व लक्ष्मण को उनके सेनापतियों से परे ले जाने में सफल रहा और देव कुमारों को आमने-सामने के भयंकर संघर्ष में आना पड़ा। प्रहस्त, कल ही अपनी आधी सेना को द्वीप की पूर्वी दिशा में ले गया था और उसकी सेना सारी रात पैदल यात्रा करके गई ताकि देवों पर पीछे से धावा बोला जा सके। वह हनुमान तथा सुग्रीव को अपने स्वामियों से परे ले जाने में सफल रहा और उन्हें यही आभास दिलाया गया कि असुर सेना वापिस लौट रही थी। वानर सेना उत्साहित हो कर असुरों को खदेड़ने लगी और जब वे राम से पर्याप्त दूरी पर आ गए तो असुरों ने दोगुने वेग के साथ वापसी की और भीषण संग्राम किया। मैंने अपने दुर्ग से यह सब देखा तथा प्रहस्त के सेनापतित्व से प्रभावित हो उठा।

राम के पास केवल कुछ ही रक्षक रह गए थे। वे भी मेघनाद तथा अतिकाय के हाथों मारे गए। वे राम की क्षत-विक्षत सेना के बीच मार्ग बनाते हुए, वहाँ तक जा पहुँचे। उनके पास अधिक समय नहीं था इसलिए मेघनाद ने आगे की योजना पर काम करना आरंभ किया। देव कुमार भी बाणों के संधान में कुछ कम नहीं थे। उन्होंने मेरे पुत्र तथा उसके सहायकों को अपने बाणों से अनेक बार घाव दिए। अतिकाय ने ही सुझाव दिया कि उन्हें शीघ्रातिशीघ्र देव कुमारों के निकट जाना चाहिए ताकि उनके बाणों की तीक्ष्ण वर्षा से अपना बचाव कर सकें। मेघनाद व अतिकाय ने अपने रथ

का त्याग किया और नंगी तलवारों के बीच भागते हुए, आगे बढ़ने लगे। वे युद्धरत लोगों के बीच आड़े-तिरछे भागते हुए, सीधे देव कुमारों के पास जा पहुँचे और धावा बोल दिया। यह भी देखने योग्य दृश्य था कि राम अपने बाणों के संधान में कितना चपल था। उसने कुछ ही क्षणों में अपना धनुष लिया व मेघनाद के कंधे पर एक तीर मारने में सफल रहा। मेघनाद ने अपनी तलवार के एक तेज़ वार से राम का सामना किया और इस दौरान अतिकाय छोटे देव कुमार के साथ भीषण द्वंद्व में लिप्त हो गया। लक्ष्मण ने धनुष-बाण त्याग कर, तलवार निकाल ली। देव तलवार अपने-आप में एक भयंकर अस्त्र था। यह असुरों की खड्ग की भाँति मुड़ी हुई, भारी तथा लौह निर्मित नहीं थी। देवों की तलवार एक लंबी छुरीनुमा धार की तरह थी जिसे एक कटार की तरह भी भोंका जा सकता था। मेघनाद राम को गिरा देख, उसे मृतक जान, अतिकाय की सहायता करने को लपका परंतु राम ने उसे टाँग से पकड़ कर खींचा व गिरा दिया। जिस एक क्षण में, अतिकाय अपने स्वामी की दशा देखने के लिए मुड़ा, उसी क्षण में लक्ष्मण की तलवार ने अतिकाय के शरीर को घायल कर दिया।

लक्ष्मण वेग से पलटा, उसने अपने दोनों हाथों से तलवार को ऊँचा उठा लिया और मेरे पुत्र के सीने पर वार करने के लिए आगे बढ़ा, जो धरती पर औंधे मुँह पड़ा था। तभी अपने घुटनों के बल बैठे अतिकाय ने, मेघनाद को परे घसीट लिया। लक्ष्मण की तलवार का निशाना असुर राजकुमार से चूक गया और तलवार सीधे धरती में जा गड़ी। मेघनाद ने अपनी तलवार, लक्ष्मण के उदर में गहराई तक भोंक दी। उसने देखा कि अनुज कुमार दर्द से तड़पा, धरती पर गिरा और फिर शांत हो गया।

तब तक, वानरों के एक वृद्ध सेनापति ने, असुर सेना के दल पर, उस पहाड़ी से धावा बोल दिया, जहाँ वह अभी तक छिप कर बैठा था। वह बूढ़ा सेनापति पहाड़ी से यह सारी लीला देख रहा था और जब उसने प्रहस्त के दल को देखा तो उसने अपने अभियान की योजना बदल दी। वह ख़तरा भाँप कर, अपने व्यक्तियों सहित राम की सहायता के लिए भागा। अतिकाय ने मेघनाद से लौटने का आग्रह किया परंतु तब मेघनाद बेसुध हो गया था। यद्यपि अतिकाय के शरीर से रक्त की धाराएँ प्रवाहित हो रही थीं परंतु उसने फिर भी मेघनाद को अपने कंधों पर उठा लिया। वह लोगों के बीच से रास्ता बनाते हुए रथ तक पहुँचा तथा मेघनाद को सुध में लाने का प्रयत्न करने लगा।

वह जांबवन के आदमियों को निकट आते देख सकता था। जांबवन ने सुग्रीव व हनुमान को भी संदेश भेज दिया था कि वे अपने नेता की सहायता के लिए वापिस आएँ। पूरी वानर सेना, एक देह की भाँति झटके में पलटी तथा मेघनाद की वापसी का मार्ग अवरुद्ध कर दिया। पीछे से प्रहस्त की सेना ने धावा बोला। मैं देख सकता

था कि मेरा पुत्र फँस गया था, यद्यपि मुझे यह नहीं पता था कि वह अपनी सुध भी खो बैठा था। मैं अपने दुर्ग से केवल यह देख सका कि उसकी ध्वजा रथ पर गिरी हुई थी। जब मैंने उसके रथ को युद्धभूमि के बीचों-बीच देखा तो मैं चिंतित हो उठा। *'यह लड़का इतना लापरवाह कैसे हो गया कि अपना रथ छोड़ कर, शत्रु से दो-दो हाथ करने के लिए उनके सामने जा पहुँचा।'* कम से कम अनुभवी योद्धा तो इस प्रकार नहीं लड़ा करते। यह न केवल ख़तरनाक किंतु मूर्खतापूर्ण भी था। परंतु अब बच्चे तो बच्चे ही रहेंगे और अंततः वे अपने पराक्रम तथा साहस के बल पर, दुष्ट शक्तियों को परास्त करने में सफल रहे। तभी अतिकाय गला फाड़ कर चिल्लाया, 'राम व लक्ष्मण मारे गए। राजकुमार मेघनाद की जय हो।' उसके ये स्वर असुरों की सेना में भी पहुँचे और वहाँ हर्षोल्लास छा गया। मैं अच्छी तरह सुन नहीं सकता था कि वहाँ हो क्या रहा था, परंतु मेरी युद्धों की अभ्यस्त आँखों से वानर सेना का वह परिवर्तन छिपा न रह सका। वे लोग एकदम ही ढीले पड़ गए और असुरों को अपना जौहर दिखाने का अवसर मिल गया। जांबवन ने अपनी सेना का मनोबल बढ़ाने की चेष्टा की और वह निरंतर चिल्ला रहा था कि यह असुरों की कपटलीला थी परंतु वह समाचार कहीं अधिक तेज़ी से फैल चुका था। वानरों के लिए तो यह समाचार अविश्वसनीय था। राम उनके लिए एक ईश्वर था, प्रकृति का एक अजेय बल और वे इस बात को इतनी सरलता से पचा नहीं पा रहे थे कि राम एक सामान्य असुर राजकुमार के हाथों मारा गया। हनुमान के नेतृत्व में चल रहा दल भी थोड़ा धीमा हो गया और प्रहस्त के दल के साथ भीषण संघर्ष होने लगा। अतिकाय के व्यक्ति इस भ्रम में आकर, दुर्ग की ओर भागे। तब तक मेघनाद को भी सुध आ गई थी और वह भी चिल्लाया कि उसने राम का वध कर दिया था। राम की सेना का मनोबल पूरी तरह से क्षीण हो चुका था। सभी व्यावहारिक उद्देश्यों के साथ, युद्ध का अंत हो गया था। मैंने प्रहस्त की सेना को, शेष बचे वानरों को निपटाते देखा। परंतु जांबवन ने वहाँ पहुँचाने की चेष्टा की, जहाँ देव कुमारों के मृत शरीर पड़े हुए थे।

मैं अपने भाई विभीषण को मृत पड़े कुमारों की ओर भागते देख, गुस्से से बलबला उठा। वह जितना हेय था, यदि उसे यह विश्वास हो जाता कि असुरों की विजय हुई थी तो वह एक क्षण में किसी चौपाए की तरह, मेरे तलवे चाटने पहुँच जाता। मैंने देखा कि जांबवन देव कुमारों के निर्जीव शरीर उठा कर ले जा रहा था। *'कुछ अनुचित था। कुछ गंभीर रूप से अनुचित था।'* मैं वानरों के बदले हुए स्वभाव से इसे परख सकता था। धूर्त बूढ़े वानर सेनापति ने कुमारों के शरीर रथ में डाले और सेना का रुख़ सागर की ओर मोड़ दिया। प्रहस्त ने पीछा करना चाहा, परंतु सुग्रीव व हनुमान ने उसे सेना सहित आगे नहीं जाने दिया। मैंने देखा कि सागर तट पर एक नौका आई और देव कुमारों को उसमें लेटा दिया गया।

तब तक, मेघनाद की जय शोभायात्रा दुर्ग के द्वार तक आ गई थी और मेरी चिंतित पत्नी बाहर की ओर लपकी। उसने मुझे कहा कि मैं भी बाहर आकर अपने विजयी पुत्र का स्वागत करूँ। परंतु मेरे नेत्र, सागर की लहरों पर मचल रहे उस गुप्त तमाशे से चिपके रहे। वह नाव बड़ी तेज़ी से एक सुनसान पड़े द्वीप की ओर चल दी, जो मुख्यभूमि की ओर, सागर की उत्तर-पश्चिम दिशा में, किसी बिंदु की भाँति स्थित था। ज्यों ही, वह नाव एक सुरक्षित दूरी तक पहुँची, हनुमान का दल, राम के सेतु से होता हुआ सागर की ओर उमड़ा। जब वरुण की सेना अचानक पीछे से आ टपकी तो प्रहस्त के लिए अनायास सब संभाल पाना कठिन हो गया। यह एक कपट जाल था जिसने नर वानरों को वहाँ से अलोप होने का अवसर दिया। हनुमान की सेना ने सेतु पार किया और द्वीप से अपने संपर्क के साधन को नष्ट कर दिया।

जैसे ही यह समाचार चारों ओर प्रसारित हुआ कि मेघनाद ने शत्रु प्रमुख का वध कर दिया है, तो सारी असुर सेना एकत्र हो गई और वे लोग जीत का जश्न मनाने लगे। केवल जीत या मामला निपटाने की थोड़ी सी बात रह गई थी और यह काम तो कल भी किया जा सकता था। प्रहस्त ने अपने अनुशासन से बाहर जा चुके असुर सैनिकों को वश में करना चाहा, जो दुर्ग में हो रहे, विजयोत्सव में भाग लेने के लिए दौड़ आए थे। परंतु मुझे भीतर ही भीतर एक अंदेशा सा हो रहा था और मैं प्रहस्त के मुख से पूरा समाचार सुनने की प्रतीक्षा करने लगा। मैं हमारी विजय के लिए प्रसन्न था परंतु जिस प्रकार जांबवन कुमारों को उठा ले गया था, वह बात मुझे बार-बार खटक रही थी। *'क्या वे सचमुच मारे गए थे?'* जहाँ तक मुझे लग रहा था, वे गंभीर रूप से घायल थे। मुझे इस बात की खीझ हो रही थी कि मेघनाद ने राम व लक्ष्मण के शीश क्यों नहीं काट दिए। वह लड़का काफ़ी गहरे दबाव में रहा होगा और उसने पूरी वीरता से युद्ध किया भी परंतु ये छोटी-छोटी बातें युद्धभूमि में तख़्ता पलट सकती हैं। मेघनाद को यह अनुमान नहीं लगाना चाहिए था कि केवल उदर में तलवार भोंकने से या कुछ तीरों से घायल करके ही, शत्रु पक्ष को मौत के घाट उतारा जा सकता था परंतु यदि पराजित शत्रु का सिर धड़ से अलग कर दिया जाता तो उसे कोई चमत्कार ही जीवित कर सकता था। यह एक ऐसा सबक था जिसे मैंने, वर्षों पूर्व महाबलि तथा ब्रह्मा के अधीन, घने वनों में सीखा था।

यदि मुझे अपनी युवावस्था में ऐसा अवसर मिला होता तो मैंने राम व लक्ष्मण के सिर काट दिए होते और उन्हें एक खंभे पर लटका देता ताकि दूसरे लोग भी उन्हें देख सकें। जिस क्षण में आप प्रमुख बनते हैं, उसी क्षण युद्ध समाप्त हो जाता है। इससे दूसरे योद्धाओं का मनोबल क्षीण हो जाता है। मैंने अपनी युवावस्था के अनेक सैन्य अभियानों में ऐसा देखा है। कई बार ऐसा हुआ है कि मैं गहरे संकट में पड़ जाता था

और जान पर बन आती परंतु जिस क्षण, मैं शत्रु पक्ष के सेनापति या प्रमुख को अपनी चंद्रहास का स्वाद चखा देता, उसी क्षण सारा युद्ध मेरे पक्ष में हो जाता। भले ही उस समय मेरे आसपास कितने भी शत्रु हों या मैं मौत के कितना भी निकट क्यों न होता। मैं उनके प्रमुख का सिर काटता, ऐसा यत्न करता कि उसे सब देख सकें और उसी क्षण वह युद्ध समाप्त हो जाता। मेघनाद ने कितनी बड़ी मूर्खता की कि उसने राम व लक्ष्मण का शिरोच्छेदन नहीं किया। यह कितनी बड़ी सामरिक भूल थी। मेघनाद में अब भी वह बात नहीं थी जो अनुभवी तथा सिद्धहस्त योद्धाओं में पाई जाती है। क्या उसमें क्रूरता का अभाव था? वह लड़का इतना कोमल हृदय हो कर, तो एक अच्छा योद्धा कभी नहीं बन सकता था। मैंने तो यह कुकृत्य करने में एक क्षण का भी विलंब न किया होता। यदि मेरे स्थान पर बाली, राम, हनुमान, प्रहस्त, रुद्रक अथवा महाबलि होते तो संभवत: वे भी यही करते।

इस बात का सीधा सा अर्थ यह था कि अभी शत्रु समाप्त नहीं हुआ था। राम व लक्ष्मण में निश्चित रूप से प्राण शेष रहे होंगे अन्यथा जांबवन उन्हें नाव में लेटा कर, अनजान द्वीप पर क्यों ले जाता? शत्रु अब भी धावा बोल सकता था। मूर्ख मेघनाद। इस लड़के ने कभी जीवन की कठोरता नहीं देखी थी, तभी वह उन चीज़ों की पूरी कद्र नहीं कर पाता था जिन्हें मैंने अपने रक्त व स्वेद का मोल चुका कर पाया था। उसे अभी तक उस असहाय अवस्था का बोध नहीं था, जब मनुष्य को यह नहीं पता होता कि उसे अगली बार का भोजन मिलेगा अथवा नहीं? उसने उस माँ की आँखों में छिपी पीड़ा नहीं देखी थी, जो अपनी संतानों को भरपेट भोजन तक नहीं दे सकती। मैंने मंदोदरी को दोषी ठहराया। वह अपने पुत्र को इस तरह रखती थी मानो वह इस संसार की सबसे बहुमूल्य वस्तु हो। वह इतना सुंदर, प्यारा व दयालु स्वभाव का था कि कोई भी उस कमीने को चाहे बिना रह ही नहीं सकता था, परंतु मुझे उसका पालन-पोषण थोड़ा और बेहतर तरीक़े से करना चाहिए था। आज रणभूमि में एक स्वर्ण अवसर हाथ से निकल गया। मूर्ख कहीं का! जड़मति! जी में तो आ रहा था कि उसे उसकी इस मूर्खता के लिए ऐसा दंड दूँ कि वह उसे आजीवन स्मरण रखे। उसने मुझे देख कर, गर्वोन्नत मुस्कान दी। मैं उसके साथ एकांत में वार्तालाप के लिए उचित अवसर की प्रतीक्षा में था। दूसरा मूर्ख, अतिकाय वहीं धरती पर किसी प्रसन्नमन दोगले श्वान की भाँति बैठा था। दिल में आ रहा था कि वे दोनों जो कारनामा करके आए थे, उसके लिए उन्हीं के मुँड आपस में भिड़ा दूँ। वे उस अवसर को गँवा कर, नायकों की तरह बैठे थे, जिसे असुर कभी पाने की आस तक नहीं लगा सकते थे।

"रावण! देखो, मेरे पुत्र के शरीर पर कितने घाव आए हैं। वह इस समर में मारा भी जा सकता था।" मंदोदरी सुबकियाँ भरते हुए, मुझे उसके बदन पर लगे घाव तथा

खरोंचें दिखाने लगी। मेघनाद माँ से मिल रहे इस दुलार का आनंद ले रहा था। *'वह क्या अपेक्षा कर रही थी? उसका पुत्र युद्ध लड़ने गया था। वह आमने-सामने लड़ा जाने वाला एक संघर्ष था। वह औरत इस बात के लिए इतना क्यों भिनभिना रही थी?'* तभी अकस्मात मुझे ध्यान आया। दरअसल मंदोदरी ने इससे पूर्व कभी कोई रण देखा ही नहीं था। वह पहली बार यह सब देख रही थी। मेरे सभी अभियान सुदूर स्थानों पर लड़े गए थे। जब मैंने मेघनाद को रणभूमि में अकेले युद्ध करने भेजा तो मुझे भी चिंता हुई थी क्योंकि मैं जानता था कि रणभूमि में, कुछ ही क्षणों में क्या से क्या हो सकता था। एक ही पल में मौत के साए मँडरा सकते थे। मैं उस एक तीर को ले कर बिसूरता रहता जो कहीं से भी भूले-भटके आकर, उसकी आँख को भेदते हुए, भेजा बाहर निकाल सकता था। यदि स्त्रियाँ उन रणभूमियों के दृश्य देख लें, जहाँ मूर्ख एक-दूसरे को मौत के घाट उतारते हैं तो इस संसार में कभी युद्ध ही न होते। मेरे पास इस दृश्य को देखने की ताब न थी इसलिए मैं कक्ष से बाहर आ गया।

प्रहस्त मेरे निकट आया व झुक कर प्रणाम किया। मैंने उसका हाथ जकड़ा और उसे छत की मुँडेर पर एकांत में ले गया।

"तुम क्या सोचते हो? क्या राम वास्तव में मारा गया?" मैंने पूछा, जबकि मैं इस प्रश्न का उत्तर अच्छी तरह जानता था। उसने अस्वीकृति सूचक गर्दन हिला दी।

"लगता है कि लड़कों ने कच्चा काम किया है।" मैंने कहा और वह उदासी से मुस्कराया।

"हम उन्हें दोषी नहीं ठहरा सकते। मेघनाद बहुत ही कोमल हृदय तथा अनुभवहीन है। परंतु हमें उनकी इस भूल की भारी क़ीमत अदा करनी पड़ सकती है।" प्रहस्त ने मुझसे नज़रें चुराते हुए कहा। मैं उसकी बातों में छिपी कुंठा अनुभव कर सकता था। "उसे रोका जाना चाहिए था।" प्रहस्त के नेत्र उस सुदूर स्थित द्वीप को एकटक ताक रहे थे, जहाँ जांबवन ने अपने घायल नेता के साथ डेरा डाल रखा था। मैंने देखा कि वह किसी उलझन में था।

"महाराज! मुझे यह समाचार मिला था कि दोनों भाई मृत्यु के कगार पर थे और अंतिम श्वासें ले रहे थे परंतु वानरों के पास महान चिकित्सीय ज्ञानसंपदा है। वे जानते हैं कि पौधों से जीवन-रक्षक रस व औषधियाँ कैसे प्राप्त की जा सकती हैं। वे हमारी तरह रसायनिक चूर्णों का प्रयोग नहीं करते। वे चिकित्सा के लिए आयुर्वेद शास्त्र का प्रयोग करते हैं, जिसमें पौधों से प्राप्त रसों पर बल दिया जाता है।"

"तुम क्या परामर्श देते हो?"

"हम इस विषय में निश्चित रूप से नहीं कह सकते कि राम जीवित है अथवा नहीं। वह बुरी तरह से घायल व मरणासन्न था और संभवतः अब तक उसकी मृत्यु भी हो चुकी हो परंतु यदि वह जीवित है और वानरों के वैद्य उसे चमत्कारिक रूप से स्वस्थ करने में सफल रहे, तो उन्हें उनके लिए औषधियाँ पकानी होंगीं। वे जिस प्रकार के पौधे इस कार्य के लिए प्रयोग में लाते हैं, वे भारत के केवल तीन ही प्रांतों में पाए जाते हैं – लंका में, मुख्य भूमि के दक्षिण-पश्चिमी सागर तट पर तथा हिमालय पर! हिमालय बहुत दूर है। वे लंका में प्रवेश नहीं कर सकते क्योंकि ऐसा करना, उनके लिए ख़तरे से खाली नहीं होगा परंतु वे प्रयत्न कर सकते हैं और हमें ऐसी किसी भी कोशिश को नाकाम बनाने के लिए अपनी ओर से सतर्क रहना होगा। उनके पास केवल यही विकल्प बचता है कि वे मुख्य भूमि के पश्चिमी तट पर जाएँ। वानर इन दोनों विकल्पों पर शीघ्र ही अमल करेंगे।

"हम आज ही उस द्वीप पर हमला करके, उन्हें बंदी क्यों न बना लें?" मैं इस विकल्प के लिए पूरी तरह से आश्वस्त नहीं था परंतु मैंने अपने मन की बात प्रहस्त के आगे रख ही दी।

"न, वरुण के युद्धपोत रक्षक बने खड़े हैं। यह कार्य संकट को जन्म दे सकता है। हम केवल यही आशा रख सकते हैं कि राम व लक्ष्मण की मृत्यु हो जाए। फिर हम बड़ी ही सरलता से, सौदेबाज़ी करते हुए लोभी वानर राज सुग्रीव को अपने साथ मिला सकते हैं। इस दौरान हमें अपने द्वीप की सुरक्षा को भी मज़बूत बनाना होगा। अंगद लंका में पुनः प्रवेश का प्रयास कर सकता है। महाराज! हमें तत्काल लंकिनी को सतर्क कर देना चाहिए।"

लंकिनी मुख्य भूमि के दक्षिणी छोर पर स्थित असुर शासिका थी, जहाँ तीन सागरों का परस्पर मिलन होता था। वह मुख्य भूमि के उन दक्षिणी इलाक़ों पर पूरे न्याय व सख़्ती के साथ शासन करती आई थी। यद्यपि वह मेरे अधीन थी परंतु मैंने वहाँ जाना लगभग छोड़ ही दिया था क्योंकि वह मुझे मेरे हिस्से की धनराशि भेजने में कभी कोई कोताही नहीं बरतती थी। उसे राम पर पीछे से हमला करते हुए, मेरी सहायता करनी चाहिए थी परंतु मेरे दूसरे औपनिवेशिक व्यक्तियों की तरह, वह भी एक ओर बैठी, यही प्रतीक्षा कर रही थी कि किस पक्ष की जीत होती है ताकि वह जा कर विजयी पक्ष से हाथ मिला सके। मैंने उसे अपनी ओर से ज़ोर डालते हुए अनेक पत्र व संदेश भिजवाए परंतु उनमें से एक का भी प्रत्युत्तर नहीं आया। मेरा मन कड़वाहट से भर गया परंतु मैं जानता था कि यह दुनिया ऐसे ही चलती है।

"हम लंकिनी को सूचित कैसे करेंगे?" मैं इस पूरी योजना के लिए और भी व्यथित

होता जा रहा था परंतु किसी तरह प्रहस्त के होशोहवास कायम थे। उसने जो भी कहा, उसकी बात में दम था। मैं उन वानरों पर हमला करने की सोच रहा था जो सुदूर द्वीप पर बैठे, अपने अगले विकल्पों को क्रियान्वित करने की योजना बना रहे थे परंतु यह एक बहुत ही अटपटी सी योजना थी जिसके दूर-दूर तक सफल होने के कोई आसार नहीं थे। नहीं, सबसे बढ़िया विकल्प तो यही था कि राम की ही मृत्यु हो जाती। मेरे मन में अपनी पुत्री के लिए सहानुभूति की एक लहर दौड़ पड़ी परंतु मैंने उसे झट से परे धकेल दिया।

"हमें जल्दी से जल्दी यहाँ से निकलना होगा। मैं एक सर्प नौका ले कर स्वयं जाऊँगा।" ऐसा लगा मानो प्रहस्त मुझे यह बात कहने की बजाय अपने-आप को ही सुना रहा था। आज से अनेक वर्ष पूर्व, जब प्रायद्वीप से पश्चिमी तट तक, महाबलि का शासन था, तब उनकी जलसेना में इन नौकाओं का भरपूर प्रयोग होता था। वे बहुत लंबी और पतली होतीं और उन्हें चलाने के लिए कम से कम 120 नाविकों की आवश्यकता रहती। ये पश्चिमी सागर में फैली झीलों के लिए आदर्श थीं, जो छोटे बिंदुओं की तरह, चारों ओर फैली थी परंतु खुले सागर में इनका प्रयोग नहीं किया जाता था। यद्यपि वे पुष्पक विमान के बाद, यातायात के तीव्रगामी साधनों में से थीं।

"महाराज! मैं स्वयं इस मुहिम की बाग़डोर संभालूँगा। मुझे वरुण के युद्धपोतों से छिपते-छिपाते निकलना होगा ताकि प्रातःकाल तक प्रायद्वीप पहुँच सकूँ। यह बहुत ख़तरनाक काम है और यदि मेरे पास चुनाव का अवसर होता तो मैं कभी इसके लिए अपनी स्वीकृति न देता। परंतु ज़ल की लहरों को मुझसे बेहतर कोई नहीं जानता। मुझे पूरा विश्वास है कि वानर अपने कुमारों के संभलने तक, किसी भी प्रकार के आक्रमण के बारे में विचार नहीं करेंगे। मैं अब प्रस्थान करूँगा। यदि आप सेनापति के नेतृत्व की कमान अपने भाई कुंभ को सौंप दें तो यह एक बेहतर उपाय होगा।"

इससे पूर्व कि मैं उसे रोक कर, कुछ कह पाता। वह अपना सिर झुका कर निकल गया। *'मेरे भाई कुंभ के हाथों में सेना की कमान?'* यह बात कहनी सरल थी परंतु इसे अमल में लाना उतना ही कठिन था। मेरा छोटा भाई जाने कितने दिन से मदिरा व मादक पदार्थों के नशे में चूर पड़ा था। दिन-ब-दिन मदिरा व मादक पदार्थों की आदत बढ़ती ही जाती थी और मैं उसे अपनी आँखों के आगे नष्ट हो कर, बिखरते देख सकता था। कहीं ऐसा तो नहीं था कि उसके भीतर पनप रहे किसी विद्रोही की गंध को भाँप कर, मैंने उसे उन कुव्यसनों से दूर करने का प्रयत्न नहीं किया ताकि वह मेरी राह की बाधा न बन सके? मैं नहीं जानता। और अब जब हमारे पास अच्छे सेनापतियों का अभाव हो रहा था तो प्रहस्त ने मुझे मेरे भाई का स्मरण करवा दिया

था। मुझे महल के किसी अंधकार पूर्ण कोने में छिपे कक्ष से उसे खोज कर बाहर निकालना था और उसे उसकी प्रसन्नता के काले कूप से निकाल कर अपने युद्ध के लिए तैयार करना था। यह सब करना इतना सरल भी नहीं था, जितना दिखाई दे रहा था।

41 मंदोदरी प्रसंग

भद्र

ये वही क्षण थे, जिस समय उषाकाल से पूर्व का अंधकार इतना गाढ़ा व घना होता है कि आपको लगता है कि वह आपकी त्वचा से चिपक गया है, उसी क्षण मैंने कुछ पदचाप सुनीं। मेरी पशुवत प्रवृत्तियाँ आयु के साथ धूमिल नहीं हुई थीं। मदिरा के नशे में चूर होने के बावजूद, मेरे कान आसन्न ख़तरे की आहट भाँप सकते थे। मैंने अपना सिर नहीं उठाया किंतु कुछ तो था जो बहुत हौले-हौले हिल रहा था और यह गतिविधि निश्चित रूप से किसी संकट का सूचक थी। मैं किसी दूसरी आहट की प्रतीक्षा में कान लगाए रहा। रात को जलाए गए दीपक जाने कब से बुझ चुके थे। आकाश में बादल छाए थे और एक उल्लू के कर्कश स्वर के अतिरिक्त कोई दूसरा स्वर सुनाई नहीं दे रहा था। मैं इस तरह कान लगाए सुनता रहा कि श्वास तक लेने में भय होने लगा। इस विषय में कोई संदेह नहीं रहा था कि वे बहुत से लोग थे। मैं रात के उस अंधकार में भी उनकी उपस्थिति को अनुभव कर सकता था। वे वृक्षों पर थे और धीरे-धीरे घात लगाते हुए, सैकड़ों खरार्टे भरते, असुर सैनिकों की ओर बढ़ रहे थे। मैंने धीरे से अपनी आँखें खोलीं। मैं महल के द्वार पर असुर सैनिकों की धूमिल आकृतियाँ देख सकता था। मैंने पहले तल के समीप वाली मुंडेरों के पास खड़े वृक्षों पर कुछ हलचल सुनी और कई गहरी काली आकृतियाँ बड़ी सरलता से कूद कर वहाँ आ गईं। ये तो केवल वानर ही हो सकते थे। मेरी पूरी रीढ की हड्डी झनझना उठी। *'वे लोग यहाँ क्यों थे?'*

द्वाररक्षक कल हुए विजयोत्सव के मद में अभी तक चूर थे और मदिरा पी कर बेसुध पड़े थे। मैं धीरे-धीरे चौपायों की तरह रेंगते हुए, महल की ओर बढ़ा। आज तो कुछ

भी भयावह घटने की पूरी संभावना थी। मैं द्वारों के समीप पहुँचा तो पाया कि सैनिकों को मार दिया गया था, उनके गले रेत दिए गए थे। शत्रु महल में घुस चुका था। क्या मुझे चिल्ला कर शोर मचाना चाहिए? परंतु क्या कोई इसे सुन कर उठेगा? मुझे किसी भी दशा में रावण तक यह बात पहुँचानी थी। मैं जानता था कि शाही कक्ष किस ओर थे परंतु मारे भय के मेरी घिग्घी बँधी हुई थी। शत्रु कहीं भी हो सकता था। महल के उन घने अंधेरे सायों के बीच, मौत मुझ पर अपना वार करने के लिए घात लगाए बैठी थी। मैंने हमेशा से यही माना था कि मैं मृत्यु का स्वागत करने के लिए प्रस्तुत था। यदि मैं मर जाता तो किसी को कोई अंतर न पड़ता, संभवतः मेरी पत्नी तक को भी नहीं, निश्चित रूप से मेरे पुत्र को भी नहीं। परंतु फिर भी मैं जीवित रहना चाहता था।

मैंने हल्के से भी स्वर से काँप उठने वाली थकी देह को जबरन आगे धकेला, यहाँ तक कि खुल कर श्वास लेने से भी भय हो रहा था। फिर मैं पहले तल की ओर बढ़ा, जहाँ रावण का शयनकक्ष था। यह भी तभी कारगर होगा, अगर अब तक रावण की मृत्यु नहीं हुई होगी। काश मेरे शरीर में और बल होता और मैं पहले की तरह युवा तथा दुःसाहसी बन पाता। मैंने सीढ़ियों पर दबे पाँव चढ़ने की चेष्टा की ताकि किसी तरह की कोई आहट न हो। मुझे एक हल्की सी कराह सुनाई दी, फिर एक धड़ाम का स्वर सुना और इसके बाद ऐसा लगा मानो कुछ घसीटा जा रहा था। मैंने धड़कते दिल के साथ नीचे झाँका तो कुछ वानरों को यहाँ-वहाँ भागते देखा। मैं एक ही क्षण में उनके दुष्ट नेता कुमार अंगद को पहचान गया। उसने अपने कंधों पर किसी को लाद रखा था और कक्ष से बाहर भाग रहा था। कुछ द्वाररक्षक सौभाग्य से, मदिरा के प्रभाव से मुक्त थे और अब वे भी जाग गए थे। उन्होंने उसे रोकने का प्रयत्न किया। अंगद ने एक क्षण की भी देर नहीं की। वह अपने मार्ग में आने वाले प्रत्येक व्यक्ति को अपनी तलवार का स्वाद चखाता जा रहा था। मैं शाही कक्ष के प्रवेश द्वार की ओर भागा तो वहाँ अपने ही रक्त में नहाए सैनिकों को मृत पाया। जिन द्वाररक्षकों ने वानर अंगद से संघर्ष करने का साहस किया था, वे मारे जा चुके थे या उनकी अंतड़ियाँ ख़ूबसूरत कालीन पर बिखरी थीं, वे रक्तकुंड के भीतर पड़े छटपटा रहे थे।

मैंने शाही कक्ष के हिलते दरवाज़े को देखा और एक क्षण के लिए सकुचा उठा। फिर मैंने अपने-आप को मन ही मन तैयार कर लिया कि संभवतः मुझे असुर सम्राट को छाती में खोंपी गई कटार के साथ दर्द से कराहते देखना पड़ सकता है। मैं भीतर गया तो कक्ष रिक्त था। वहाँ कोई शव भी दिखाई नहीं दिया। केवल पलंग को देख कर लगता था कि वहाँ निश्चित रूप से कोई संघर्ष हुआ होगा। तभी मेरे मस्तिष्क में बिजली सी कौंधी। *'अंगद असुर साम्राज्ञी मंदोदरी को उठा ले गया है। वह असुर सम्राट का वध करने के निश्चय से आया होगा और जब वह यहाँ नही मिला तो वह*

उसकी पत्नी को ही उठा ले गया। रावण को इसकी सूचना देनी ही होगी। भला वह था कहाँ?' मैं महल के प्रांगणों की ओर दौड़ा। मैं दरवाज़ों पर ज़ोर-ज़ोर से हाथ मारते हुए, अतिकाय को पुकारने लगा। बहुत से लोग जाग गए थे और मैं गला फाड़ कर चिल्लाने लगा कि अंगद महारानी मंदोदरी का अपहरण कर ले गया था। पहले तो कोई प्रतिक्रिया दिखाई नहीं दी। इसमें कोई संदेह नहीं, लोगों को यही लगा होगा कि मैं मदिरा के अत्यधिक प्रभाव में आने के कारण ही बकवास कर रहा था। फिर अचानक लोगों के बीच भय दिखाई दिया। द्वार रक्षक जागे और अँधाधुँध यहाँ-वहाँ भागने लगे। कुछ लोग चिल्ला रहे थे तो कुछ चीख़-चीख़ कर आदेश दे रहे थे परंतु उनका पालन करने के लिए वहाँ कोई न था। कुछ लोग बैठे केवल पलकें झपका रहे थे, वे समझ ही नहीं पा रहे थे कि अकस्मात रात्रि के घने अंधकार में ये कैसा कोलाहल होने लगा था?

करीब आधे घंटे बाद मुझे मेघनाद तथा अतिकाय का पता मिला। मैंने अपने पुत्र को ठोकर मारी तो वह मदिरा के नशे से जागा और उछल कर खड़ा हो गया। कोई भी आकर, बड़ी सरलता से असुर राजकुमार तथा उसके अनुचर का वध कर सकता था। *वाह! कैसी असुर सुरक्षा!* राजकुमार को शीघ्र ही सुध आ गई और जब तक मैंने उसे वस्तुस्थिति से अवगत कराया, तब तक वह सजग हो गया था। वह उछला और म्यान से तलवार निकाल कर बाहर की ओर लपका। मैंने राजकुमार के पीछे भागते हुए, यह बताना जारी रखा कि मैंने क्या-क्या देखा था। अतिकाय ने हमें बाहरी प्रागंण के निकट देखा तो वह भी भागा आया और मेघनाद दुर्ग के विशालकाय घंटे की ओर लपका। उसने बड़ी फुर्ती से सीढ़ियाँ लाँघीं। मैं बुरी तरह से पस्त था इसलिए उसके साथ वहाँ तक नहीं जा सका। अतिकाय मेरे पास से दनदनाता हुआ निकल गया। उसे मेघनाद के पास पहुँचने की जल्दी थी। शीघ्र ही पूरे दुर्ग में उस घंटे के स्वर गूँज उठे। *'मेरे दिमाग़ में यह बात क्यों नहीं आई?'*

कुछ ही क्षणों में, सारे बरामदों में चुस्त व चौकस सैनिक आ खड़े हुए। *"यहाँ हो क्या रहा है?"* असुर सम्राट ज़ोर से चिल्लाता हुआ दुर्ग स्तंभ की ओर लपका। मेघनाद ने जब सब बताया तो एक क्षण के लिए रावण का चेहरा सफ़ेद पड़ गया। फिर उसके चेहरे की रंगत लौटी और उसने क्रोध में आकर, अपनी मुट्ठी स्तंभ की प्राचीर पर दे मारी। वहाँ पलस्तर व धूल का अंबार दिखने लगा। "उस कमीने अंगद को पकड़ो और मेरे सामने पेश करो।"

"पिताश्री! मैं खोजी दल को ले कर निकलता हूँ। हो सकता है कि यह उनका रचा कोई षड़यंत्र हो अतः आपको महल में ही रहना चाहिए। अगर वानरों ने नेता रहित दुर्ग पर धावा बोल दिया तो हम कठिनाई में पड़ सकते हैं।"

"मेघनाद तुम यहीं रहो। उन्होंने मेरी पत्नी का अपहरण करने का दु:साहस किया है। मैं खोजी दल का नेतृत्व करूँगा और उन कमीनों को सबक सिखाऊँगा। और मुझे लगता है कि कुंभकर्ण को जगाने का सही समय आ गया है। मुझे उसकी बहुत आवश्यकता है। मैं पूरी रात उस गधे को सुध में लाने का प्रयत्न करता रहा हूँ।"

रावण अपने प्रिय अश्व पर सवार हुआ और अंधकार में विलीन हो गया। सैकड़ों अश्वारोही सैनिकों का खोजी दल, हाथों में मशालें लिए, अश्व पर सवार द्रुत गति से आगे जाते असुर सम्राट के साथ चलने के लिए एड़ी-चोटी का बल लगा रहा था। सैनिक अपने हाथों में भाले व गदाएँ लिए उन अश्वों के पीछे दौड़े, वे लोग बहुत कोहराम मचा रहे थे परंतु अपने लिए सिरदर्दी बढ़ाने के सिवा उन्हें इससे कोई लाभ नहीं हो रहा था, मैं भी उनके साथ हो लिया। जब तक हम सुबेला पहाड़ियों के कोने तक पहुँचे तो अश्व वहीं छोड़े जा चुके थे और खोजी दल पहाड़ी पर काफ़ी ऊपर तक चढ़ चुका था। सुबेला का घना व अंधकार से भरा वन अपने विशालकाय पत्थरों व चट्टानों के कारण अजेय जान पड़ रहा था। मैं पूरी तरह से निश्चित नहीं था कि मेरा थका हुआ बूढ़ा शरीर इतनी कठिन चढ़ाई कर भी पाएगा या नहीं परंतु कौतूहल ने मुझे प्रेरणा दी और मैं हाँफ़ते-काँपते, किसी तरह अपने-आप को घसीटते हुए ऊपर तक ले ही गया। औपचारिक खोजी दल द्वारा बनाए गए मार्ग पर उत्सुक युवा सैनिक पूरे उत्साह व उमंग से आगे बढ़ रहे थे। घने वन में यदा-कदा जलती मशाल का चिन्ह ही हमारा पाथेय था। दो बार तो मैं उलझ कर गिर भी गया परंतु मैंने पीड़ा को अनेदखा कर दिया और वनों में बसने वाले विषाक्त सर्पों के भय को भुला कर, उन व्यक्तियों के साथ चलने का प्रयत्न किया जो आयु में मुझसे करीब पच्चीस वर्ष छोटे रहे होंगे।

जब हम चोटी से सैकड़ों फ़ुट नीचे, खुले स्थान पर पहुँचे, तब सभी बुरी तरह से हाँफ रहे थे। हम दूर से ही देख सकते थे कि पहले से तलाश में निकले दल, एक स्थान पर एकत्र होने लगे थे। पूर्वी आकाश में पौ फटने लगी थी और तारे मद्धिम होते जा रहे थे। अनेक मशालें बुझ चुकी थीं। जब मेरे दल के युवक अपने मित्रों से मिलने भागे तो मैं सुस्ताने के लिए वहीं ठहर गया। फिर धीरे-धीरे पहाड़ी पर चढ़ना आरंभ किया। मैंने किसी तरह भीड़ को ठेल कर अपने लिए जगह बनाई। वहाँ धरती पर महारानी मंदोदरी विवस्त्र तथा अचेत पड़ी थीं। रावण स्तब्ध खड़ा मन ही मन रो रहा था। मैं आगे बढ़ा और अपने फटे-पुराने उत्तरीय से असुर सम्राज्ञी की नग्न देह ढाँप दी। धीरे-धीरे महारानी ने आँखें खोलीं। रावण ने उसे बाँहों में लिया और कस कर कंठ से लगा लिया। महारानी ने क्षण भर के लिए, उस भीड़ को देखा जो उसे निरंतर ताक रही थी और फिर अचानक उसे अपनी नग्नता, अपनी लज्जा, अपने साथ हुए

बलात्कार का भान हुआ। उसने चीत्कार करते हुए स्वयं को उस दुर्गंधयुक्त शॉल में छिपाने का असफल प्रयत्न किया। वह लड़खड़ा कर उठी और वहाँ से भागना चाहा। रावण ने एक झटके से उसकी भुजा थाम ली और कस कर गले से लगा लिया। वह रावण के कंधे में मुख छिपा कर सिसक उठी। भीड़ बेमन से वहाँ से हट गई। कुछ लोग पानी लेने भागे, कुछ अपनी रानी के लिए वस्त्रों का प्रबंध करने लगे तो कुछ लोग कामचलाऊ डोली बनाने लगे ताकि महारानी को महल वापिस ले जाया जा सके। मैं वहीं समीप खड़ा, नियति के इस फेर को देख रहा था। वह बार-बार कह रही थी कि वह इस लज्जा के साथ जीना नहीं चाहती थी। अंगद और उसके साथियों को जब यह पता चला कि वे भ्रम से, सीता की बजाय असुर महारानी को उठा लाए थे तो उन दुष्टों ने उसके साथ बलात् संभोग किया। मंदोदरी अब रावण की पत्नी के रूप में जीवित नहीं रहना चाहती थी; वह अपने प्राणों का त्याग करने पर उतारू थी। रावण केवल यही कहता रहा कि वह उसकी विवाहिता पत्नी थी और वह वही रहेगी। उसने इसके अतिरिक्त एक भी शब्द नहीं कहा। उसकी निजी पीड़ा का साक्षी बनने से मुझे ग्लानि होने लगी परंतु उस व्यक्ति के लिए मन ही मन सराहना का भाव भी उत्पन्न हुआ, जो अपनी पत्नी के दुःख में उसका सहभागी बना खड़ा था। एक शासक होने के नाते, उसके साथ इससे बदतर तो कुछ हो ही नहीं सकता था, यहाँ तक कि उसकी अपनी मृत्यु भी इससे अधिक भयावह न होती। रानी को उन दुष्टों ने हमेशा के लिए अपवित्र कर दिया था और रावण के लिए सबसे सरल चुनाव तो यही था कि वह उसे किसी फटे चीथड़े की तरह त्याग दे परंतु उसने अपने लिए कठिन राह चुनी, उसने अपने उन्हीं कनिष्ठों के सम्मुख अपनी पत्नी को अंगीकार किया जो उसके पीठ फेरते ही उसकी पत्नी की कलंक गाथा को चूर्ण चटकारों के साथ सुनाने लगेंगे। संभवतः ऐसे ही चुनावों में उसकी महानता छिपी थी और यही उसकी दुर्बलता भी थी। उस समय, मुझे थोड़ा संदेह था कि अपनी बलात्कार की शिकार पत्नी के साथ उसके व्यवहार को मैं पूरी तरह सराह पा रहा हूँ अथवा नहीं? बहुत बाद में, इस घटना के बहुत बाद में, जब मैं इस गंभीर परिस्थिति की तुलना में कम गंभीर परिस्थिति में, एक व्यक्ति द्वारा अपनी चुनी गई पत्नी के प्रति व्यवहार का साक्षी बना, तब मैं समझा कि रावण पर देवत्वारोपण क्यों नहीं हो सकता था। वस्तुतः वह सही मायनों में एक मनुष्य था जिसे देवता बनाया ही नहीं जा सकता था।

मैं वहाँ से चुपचाप खिसक जाना चाहता था परंतु रावण ने मुझे वहाँ से जाते देख लिया "भद्र!" उसने पुकारा और मुझे उसे मुड़ कर देखना पड़ा। मैं देख सकता था कि उसे इस बात पर क्रोध व लज्जा आ रही थी कि मैं उसके इन निजी क्षणों का साक्षी बना। उसने मुझे देखे बिना कहा, "मेघनाद कहाँ है?" मैं नहीं जानता था परंतु किसी

और ने उत्तर दिया कि राजकुमार मेघनाद तथा अतिकाय अंगद व उसके साथियों की खोज में निकले थे।

"आशा करता हूँ कि वह दुष्ट कमीने जीवित हाथ आ जाए।" मुझे अपने राजन के लिए खेद होने लगा। वह अपनी खंडित मर्यादा के टुकड़े बीनने की चेष्टा कर रहा था। शीघ्र ही एक कामचलाऊ पालकी तैयार कर दी गई और वे उसमें राजा-रानी को बैठा कर, उस बीहड़ व दुर्गम पथ से नीचे उतरने लगे।

जब हम महल के निकट पहुँचे तो मैंने पाया कि मैंने अपने जिस शॉल से रानी को ढाँपा था, वह वहाँ पड़ा रास्ते की धूल फाँक रहा था। उसकी दशा इतनी बुरी थी कि पहचान में भी नहीं आ रहा था। वह तो पहले से भी ज़्यादा मैला-कुचैला हो कर चीथड़े में बदल गया था। बेशक इतने सैनिकों के पैरों तले कुचलने के बाद हो भी क्या सकता था। पहले तो मैंने सोचा कि उसे ठोकर मार कर खुली नाली में फेंक दूँ परंतु दोबारा सोचने पर ऐसा लगा कि मुझे उसे संभाल लेना चाहिए। हो सकता है कि वह विनम्र चीथड़ा राजा-रानियों के उद्देश्य की पूर्ति करने के बाद उद्देश्यहीन हो चुका हो परंतु मुझे जैसे दरिद्र के लिए यह अब भी उपयोगी हो सकता था। संभवतः मैं उसे ठीक करने के बाद काम में ला सकता था। मेरे पास उसके अतिरिक्त कोई और कपड़ा था भी नहीं, अतः मुझे तो उसी से काम चलाना था। हो सकता था कि अच्छी तरह धोने पर, उसमें बसी अंगदों तथा रावणों की गंध निकल जाती।

42 आदर्शवादी का अंत

रावण

सूर्यास्त के समय प्रहस्त का निर्जीव शव महल में लाया गया। जब मैं अपनी पत्नी के साथ, अपने व्यक्तिगत नर्क से निकल कर बाहर आया, जहाँ मैं छिपा बैठा था तो वह सभा कक्ष के शीतल फ़र्श पर निश्चेष्ट पड़ा था। पूरा शरीर नीला पड़ गया था और वह अपनी आयु से कहीं बड़ा दिख रहा था। लगता था मानो एक साम्राज्य की चिंताओं, नियोजन व षड़यंत्रों, हठी महत्त्वाकांक्षाओं, स्वयं ओढ़ी गई सत्यनिष्ठा के आवरण तथा धर्म के प्रति अडिग रहने की असंभव सी इच्छा व रंगों से रहित सादे जीवन ने उसे क्षत-विक्षत कर दिया हो। मैंने अपने सबसे अच्छे मित्र तथा सबसे बदतर शत्रु के लिए आँख से टपकने को तैयार अश्रु को वहीं दबा दिया। मैं उसके निर्जीव शरीर की ओर झुका। कुछ अश्रु मेरे व्यवावहारिक व कड़े आत्मसंयम के बाँध को तोड़ते हुए बह निकले व फ़र्श पर आड़े-तिरछे नमूने रचने लगे। *'कौन था यह व्यक्ति?'* बहुत समय पहले की बात है, मैं उससे भयभीत रहा करता था। मुझे पूरा विश्वास था कि वह मेरा राजसिंहासन छीन लेना चाहता था। उसमें वह सब था जो मैं कभी बनना चाहता था पर चाह कर भी बन नहीं सका। उसमें वह सब था, जो मैं कभी नहीं बनना चाहता था परंतु बन भी सकता था। वह उस संयम अथवा वर्जना के रूप में सदैव सामने रहा जिसने मेरे भीतर बसे पशु को कभी बाहर नहीं आने दिया। वह सदैव मेरी अंतरात्मा के रूप में कार्य करता रहा।

वह वही था जिसने मुझे एक राक्षस बनने से रोके रखा। मैं सबसे अधिक उसी से भयभीत रहता था। और मैं अपने हृदय में जानता था कि वह मेरी तुलना में, असुरों के लिए कहीं श्रेष्ठ नेता सिद्ध हो सकता था। वह एक आदर्श असुर नेता था, महाबलि का

वास्तविक उत्तराधिकारी। वीर, नैतिक, ईमानदार, कर्तव्यनिष्ठ तथा विश्वासपात्र। वह कभी राम जैसी आपदा को न्यौता न देता, जैसा कि मैंने किया था। वह कभी धर्म के पथ से विमुख न होता। हो सकता है कि उसने इतने बड़े साम्राज्य का निर्माण न किया होता परंतु वह बिल्कुल ही नाकारा हो कर, वेदवती के मोह में भी न पड़ा होता। वह असुर जाति के कल्याण के लिए अपनी पुत्री का बलिदान करने में, एक क्षण के लिए भी संकोच न करता और यदि उसे यह विश्वास हो जाता कि वह भविष्यवाणी निरर्थक थी तो वह पूरे साहस के साथ संसार में इसकी घोषणा भी करता। यदि उसकी पुत्री जनक के पास चली भी जाती तो वह पूरे साहस के साथ आगे बढ़ता और अपनी पुत्री को बल अथवा कूटनीति से वापिस ले आता। वह बहुत समय पूर्व ही अपनी पुत्री को घर ले आया होता। वह कभी अपनी पत्नी को नर वानरों की वासना का शिकार न होने देता। परंतु... संभवतः, वह उसे वापिस भी न लाया होता और उसके साथ घटी दुर्घटना के कारण उसे वह प्रेम भी न दे पाता, जैसा कि पहले देता था। उसने ऐसे बहुत से काम न किए होते, जो कि मैंने किए थे परंतु तब वह प्रहस्त और मैं रावण न होता।

मेरे दरबारी शांत खड़े थे। जंबूमाली बहुत दुःखी था। प्रहस्त उसका बालसखा रहा था। वे दोनों चिंतन में, एक ही पीढ़ी से संबंध रखते थे। जब पुराने मित्र इस संसार से विदा लेते हैं, तो वे आपके जीवन से भी कुछ न कुछ साथ ले जाते हैं। मैं उस दुखी हृदय वृद्ध को गले से लगाना चाहता था परंतु मुझमें किसी से भी नज़रें मिलाने का साहस नहीं था। मुझे व्यावहारिक बन कर दिखाना था। सूर्यास्त से पूर्व प्रहस्त का अंतिम संस्कार किया जाना आवश्यक था। मैं प्रहस्त के शव को अपनी भुजाओं में भर कर कहना चाहता था कि मैंने आज तक उसके सिवा किसी को इतना आदर नहीं दिया था और न ही किसी से इतना स्नेह रखा था। मैं उसे यह भी कहना चाहता था कि वह सदा मुझे अपने परामर्शों तथा धर्म के पथ से जुड़े उपदेशों से खिझाए रखता था। अचानक ही मेरे भीतर से उसके लिए घृणा का भाव उभर आया। *'तुम मेरा सिंहासन पाना चाहते थे और तुम मुझसे कहीं बेहतर राजा होते, क्योंकि तुम मुझसे कहीं बेहतर मनुष्य थे।'* यदि वह राजा होता और मैं उसके प्रधानमंत्री के पद पर होता, तो मैं कैसे पेश आता? मैं तो ऐसी कोई कल्पना तक नहीं कर सकता क्योंकि मैं ऐसी स्थिति में कभी बहुत समय तक न रह पाता। मैं अपने स्वामी से पीछा छुड़ा कर उस स्थान तक पहुँच जाता, जो वास्तव में मेरे लिए बना था। *'इस मनुष्य के पास मेरे साथ ऐसा बहुत कुछ करने के अनेक अवसर थे। वह मुझे विष दे सकता था, अभियानों के दौरान, मेरे कक्ष में मेरी निद्रावस्था में मेरा वध कर सकता था, वह सैकड़ों उपायों से मुझे इस संसार से विदा लेने पर विवश कर सकता था।'* परंतु मेरे भीतर का स्वार्थी व द्वेषी भी ऐसा नहीं सोच सकता था कि प्रहस्त ऐसा कभी करता।

मैंने उस पर विश्वास किया था। वह अपने धर्म तथा सिद्धांतों से इस कदर बँधा था कि राजा का पद पाने के लिए इतने निम्न स्तर तक गिरने के बारे में कल्पना तक नहीं कर सकता था। वह किसी रक्तरंजित सिंहासन की तुलना में अपनी आत्मा को कहीं मूल्यवान मानता था।

मैं उठ खड़ा हुआ। एक कनिष्ठ प्रशासनिक अधिकारी आगे आया व प्रणाम किया। मैंने आदेश दिया कि प्रहस्त के अंतिम क्रियाकर्म का प्रबंध तुरंत किया जाए। इसके बाद सब कुछ अपने-आप घटता चला गया। दो व्यक्ति इन क्रिया-कर्म संबंधी कामों में निपुण थे, उन्होंने सारी व्यवस्था का भार अपने सिर ले लिया। मेरे प्रधानमंत्री को लाल असुर ध्वज में लपेटा गया और उसके शव को ले जाने की तैयारी की गई। मैं भी उसकी अर्थी को कंधा देना चाहता था परंतु यही सोच कर मन मार लिया कि कहीं यह अति नाटकीय न लगे। जो भी हो, मैं अब भी एक राजा था। तो मैं उस अंतिम शोभायात्रा के पीछे चल दिया। लोग सड़कों के दोनों ओर कतारें लगाए खड़े थे और घरों की छतों व मुंडेरों पर भी ख़ासी भीड़ जमा थी। यह शोभायात्रा उन युद्ध से क्षतिग्रस्त हो चुकी सड़कों से हो कर निकलने लगी जिन्होंने हज़ारों की संख्या में हिंसक मौतें देख ली थीं।

मैं अपनी सुंदर नगरी की ऐसी दुर्दशा देख भौंचक्का रह गया। मैं चाहता था कि यह सब शीघ्र ही समाप्त हो और मैं महल में जा कर सो सकूँ। मैं बहुत थक गया था। परंतु फिर भी अपने कर्तव्य का निबाह तो करना ही था। मैं अपने प्रिय मित्र और सबसे बड़े शत्रु का ऋणी था। विलाप करती प्रजा के बीच से निकला तो यह देख कर आश्चर्य हुआ कि वह लोगों के बीच कितना लोकप्रिय था। वह कभी लोगों तक नहीं पहुँचा और उसने बहुत से अप्रिय निर्णय भी लिए थे परंतु जब भी लोकप्रिय या उचित में से किसी एक को चुनने का अवसर आता तो वह उसी का साथ देता जो उचित होता था। वह हमेशा निष्पक्ष रहता। यह मेरे लिए नई सी बात थी। आप एक शासक के रूप में प्रजा के लिए जो अल्पकालीन लोकप्रिय कार्य करते हैं, प्रजा आपको उनके लिए नहीं चाहती, वह आपको इसलिए चाहती है क्योंकि आप न्यायप्रिय थे। पूरा देश मौन भाव से उस व्यक्ति के लिए क्रंदन कर रहा था जो उनके लिए किसी अनुशासनप्रिय पिता की भूमिका निभाता आया था। और अचानक ही, मुझे अपने अतीत से भय होने लगा। प्रहस्त और मेरे सिंहासन के बीच जो भी था, वह उसकी निष्पक्षता तथा उचित का साथ देने की योग्यता व खूबी ही तो थी। प्रहस्त के अंतिम दर्शनों के लिए उमड़ रही प्रजा के भीतर ऐसे लोग भी हो सकते थे जिन्होंने संभवतः कुछ ही घंटों पूर्व अपने किसी प्रियजन की चिता को मुखाग्नि दी होगी परंतु फिर भी उन्हें प्रहस्त के अंतिम दर्शन करना आवश्यक लगा। यदि उसने इन सभी लोगों को अपने साथ आने के

लिए एक आवाज़ दी होती तो मैं हवा में उड़ते पंख की तरह कहीं छितरा जाता। परंतु प्रहस्त ने तो कभी महल में निवास नहीं किया था। जब भी उसे अवसर मिलता तो वह नगर से कुछ मील की दूरी पर स्थित अपने ग्रामीण घर में रहने चला जाता। वह हमेशा कहता था कि उसे अपने देहात की आबोहवा बहुत रास आती थी। आज जब याद करता हूँ तो ध्यान आता है कि उसने कभी अपने परिवार के विषय में बात नहीं की, कभी किसी संबंधी को सरकारी नौकरी दिलवाने की अनुशंसा नहीं की और ऐसे कोई अनैतिक लाभ नहीं लेने चाहे, जो कि प्रायः मेरे दूसरे दरबारी प्रत्यक्ष अथवा अप्रत्यक्ष रूप से लेते ही रहते थे। मुझे लगता था कि वह अपने अहं के कारण ऐसा नहीं करता और इसी बात को ले कर मैं उससे द्वेष रखता था। परंतु अब, जब हम अंतिम क्रियाकर्म के लिए उसके घर की ओर रवाना हुए तो मैं देख सकता था कि उसने अपने दृढ़ विश्वास व सिद्धांतों के लिए ऐसा किया था। वह जिस पड़ोस में रहता था, वह न तो बहुत ही धनाढ्य था और न ही बहुत दरिद्र, वहाँ के वातावरण में एक ग्राम्य आकर्षण था और लोग बहुत ही सादे व सरल स्वभाव के थे।

वह शोभायात्रा एक ऐसे स्थान पर जा कर ठहरी, जो दिखने में किसी किसान का घर लगता था। यह प्रहस्त का घर था, एक साफ़-सुथरी कुटिया, उस पर छाई फूस की छाजन से बहुत ही आरामदायक अनुभव हो रहा था। प्रांगण में गंदगी का नामोनिशान नहीं था। गौशाला के समीप एक कुआँ था, कुछ फलों के वृक्ष तथा पुष्पों की लताएँ दिखाई दीं और पास ही एक ताल में कुछ बतखें भी तैर रही थीं। अब मैं समझा कि मेरे प्रधानमंत्री को मेरे भव्य महलों की तुलना में यह देहाती स्थान क्यों आकर्षित करता था। उसने अपने लिए दरिद्रता को नहीं बल्कि सादगी को चुना था। मैं जिस व्यक्ति से इतनी घृणा तथा भय करता था, उसके इस पक्ष को तो मैं कभी जान ही नहीं सका। वहाँ अनेक व्यक्ति उपस्थित थे, भले ही वे समाज के उच्च वर्ग से जुड़े संपन्न नहीं थे परंतु निर्धन ग्रामीण तथा छोटे स्तर के कर्मचारी समूह बनाए खड़े थे। मेरे वहाँ जाते ही सन्नाटा छा गया और मुझे ऐसा लगा मानो मैं उनके व्यक्तिगत दुःख में घुसपैठ कर रहा था। प्रहस्त जैसा दिखने वाला व्यक्ति बाहर आया तथा मेरे आगे नतमस्तक हुआ। कोई फुसफुसाया कि वह प्रधानमंत्री का पुत्र था। मैंने उसका कंधा थपथपाया और आगे चल दिया। कुटिया के घने अंधकार में दुःख के भार से व्यथित स्त्रियों की आकृतियाँ दिखाई दीं। एक स्त्री हौले से उठी व मेरी ओर बढ़ी। ज्यों ही उसके मुख पर प्रकाश की किरण पड़ी तो मैंने अपने स्वर्गीय प्रधानमंत्री की पत्नी को पहचान लिया।

"मुझे बहुत खेद है।" मैंने कहा, परंतु मुझे अपने ही शब्द जैसे खोखले व निरर्थक जान पड़े। वह बिल्कुल नहीं हिली, वहीं अडोल खड़ी रही। मैं व्याकुल हो उठा। मैं इन मृत्यु

के शोक समारोहों में कभी सहज नहीं रह पाता। इन्हें देख कर मुझे अपनी नश्वरता का स्मरण हो आता है। मैं सुन सकता था कि परिवार के पुरुष एक विशाल आम्र वृक्ष को काट रहे थे ताकि प्रहस्त की चिता सजाई जा सके। हमारे असुरों में यह परंपरा रही है कि जब किसी बालक का जन्म होता तो उसके नाम से एक आम का वृक्ष रोपा जाता। वह वृक्ष बालक के साथ ही बड़ा होता और प्रत्येक जीवित प्राणी को अपनी सेवाएँ देते हुए, इस संसार को एक बेहतर स्थान बनाने की चेष्टा करता। बच्चे से भी यही अपेक्षा की जाती कि वह भी बड़ा हो कर, इसी प्रकार समाज को अपनी सेवाएँ देगा। और जब अंतिम यात्रा का समय आता तो वह वृक्ष उस व्यक्ति के नाम पर अंतिम बलिदान देते हुए, अपने बालसखा के साथ चिता की अग्नि में जल कर भस्म हो जाता। अंततः सब समाप्त हो गया था। प्रहस्त और उसके वे सभी सिद्धांत, जिनके लिए वह सदैव आवाज़ उठाता रहा, वे सभी उसके साथ भस्मीभूत हो गए थे। वह आकारहीन धूम्र धीरे-धीरे पतली वायु में विलीन होता चला गया। मेरे आसपास खड़े लोगों से छलक रही पीड़ा व संताप से मुझे ईर्ष्या अनुभव हो रही थी परंतु वे सब धीरे-धीरे छितरा गए, और अपने ही संसारों में मग्न होने लौट गए। अंधकार होने लगा था और चारों ओर से कीट-पतंगों का स्वर सुनाई देने लगा था। मेरे सहायक बाहर मेरी प्रतीक्षा में थे ताकि हम महल में वापिस लौट सकें। मैं अपनी तंद्रा से जगा। मेरा हृदय बहुत भारी हो रहा था और मैं उस सद्यः विधवा से सांत्वना के दो शब्द कहना चाहता था। संभवतः प्रहस्त के पुत्र व पुत्री को भी थोड़ा दिलासा दे सकता। *'मैं भी किस तरह का नेता था?'* मैं तो यह तक नहीं जानता था कि मेरे प्रधानमंत्री की कितनी संतानें थीं। मेरे युवावस्था के वे आदर्श विचार कहाँ गए? उन सभी विचारों का क्या हुआ, जिनके अनुसार मैं सबको एक परिवार के सूत्र में पिरोना चाहता था, एक सहृदय व दयालु नेता बनना चाहता था? मेरा प्रधानमंत्री अपने परिवार को किस दयनीय दशा में छोड़ गया था। वे तो अब कृषक मात्र थे, घोर दरिद्र कृषक! जब उनके घर का स्वामी, देश का प्रधानमंत्री था तो उस सादगी में भी एक आकर्षण था। हो सकता है कि यह भी कोई राजनीतिक दाँव पेंच ही रहा हो परंतु अब वे निर्धनों के अतिरिक्त और कुछ नहीं रह गए थे और मेरा कर्तव्य बनता था कि मैं उनकी सहायता करूँ।

मैं प्रहस्त के पुत्र को बुलावा भेजने ही वाला था कि वह स्वयं आ गया और मेरे आगे नम्रतापूर्वक शीश झुकाया। उसने संकुचित होते हुए, रेशमी वस्त्रों की एक पोटली मेरे पैरों में धर दी और फिर से शीश झुकाया। मेरे एक अंगरक्षक ने मुझे देखा। मेरी स्वीकृति पा कर, उसने पोटली को मेरे आगे खोला। मैं क्रुद्ध हो उठा। उस पोटली में एक सुवर्ण बाजूबंद था जिस पर असुरों का चिन्ह अंकित था, एक सुवर्ण ज़ंजीर थी जिसमें सुवर्णमंडित बघनखा था। इनके अतिरिक्त कुछ रेशमी पोशाकें करीने से सहेज कर रखी गई थीं। वे प्रहस्त की व्यक्तिगत उपयोग की वस्तुएँ थीं, यही वह

सामान था जो उसने एक प्रधानमंत्री के रूप में, मेरे दरबार से लेना गवारा किया था।

"ये सब क्या है?" मेरा हाथ सीधा तलवार की मूठ पर जा पड़ा।

वह युवक क्षण भर के लिए तो सकुचाया खड़ा रहा। संभवतः मैंने उसे भयभीत कर दिया था। फिर उसने धीरे से अपनी दृष्टि उठाई व बोला, "क्षमा करें महाराज! यह हमारे पिताश्री की अंतिम इच्छा थी। वे प्रायः कहते थे कि ये वस्तुएँ उनकी नहीं थीं परंतु देश के नागरिकों की थीं। उन्होंने उन्हें यह सब आभूषण कुछ इसी तरह पहनने की अनुमति दी थी मानो वे महल के रक्षकों की वर्दी का एक अंग हों। उनका कहना था कि जिस क्षण वे अपने पद से त्यागपत्र दें, सेवानिवृत्त हों अथवा उनकी मृत्यु हो जाए, उसी क्षण यह सब राजा को लौटा दिया जाए, जो अपने देश के नागरिकों की ओर से इसे ग्रहण करेंगे। मैं तो केवल अपने पिता की अंतिम इच्छा की पूर्ति कर रहा हूँ।"

वहाँ मृत्यु से भी भयंकर मौन व्याप्त था। फिर जिस प्रकार किसी रिसते हुए पात्र से पानी का रिसाव होता है, उसी प्रकार मैं भी द्रवित हो उठा और मेरे नेत्रों में अश्रु उमड़ आए। प्रहस्त ही एकमात्र ऐसा व्यक्ति था जो असुरों का सम्राट होने के योग्य था परंतु क्या, क्या उसमें मुझे जैसा आकर्षण था? क्या उसमें मेरे जैसी रुक्षता विद्यमान थी? हो सकता है कि उसके पास ये सब भी रहा हो परंतु उसने उन बातों के लिए जीने और मरने का निर्णय लिया जो इनसे बहुत परे थीं। सबसे बड़ी बात तो यह थी देश ने उसकी बजाय मुझे चुना था, यही सबसे बड़ा कटु सत्य था और वह भी इससे अनभिज्ञ नहीं था। मैं देश का शासक बना। यह देश तथा इसके मूर्ख लोग इस योग्य नहीं थे कि इन्हें प्रहस्त सरीखा शासक दिया जाता। वे तो मेरे अथवा मुझसे भी बदतर तथा मेरे भाई विभीषण सरीखे स्वार्थी कमीनों के योग्य थे, जो सागर पार से आने वाले गोरी चमड़ी वालों से एक मुट्ठी सुवर्ण पाने के लोभ में अपने देश तथा प्रजा को भी बेच देते।

मैं प्रहस्त की उस कुटिया से दूर आ गया। मुझे अभी से उसके तर्कों, उसकी धृष्टता तथा परामर्शों की बेतरह याद सताने लगी थी। मुझे अपनी युवावस्था तथा उस समय हमारे तनावपूर्ण संबंधों की बहुत याद आई। यदि मैं इस युद्ध से जीवित बचा तो अपने साम्राज्य का निर्माण नए सिरे से करूँगा, परंतु यह कहीं अधिक करूणामयी होगा, जिसमें सरकारी कर्मचारी कहीं अधिक सत्यनिष्ठ होंगे, प्रशासन कहीं अधिक पारदर्शी होगा, उसमें नौकरशाही के लिए स्थान नहीं होगा और अधिक से अधिक लोगों को केंद्र में रखा जाएगा। संभवतः प्रहस्त जीते जी मुझ पर इतना प्रभाव नहीं रख सका, जितना उसने अपनी मृत्यु के बाद छोड़ा था। मैंने आशा की कि उसका यह बलिदान व्यर्थ नहीं जाएगा परंतु ऐसा कौन सा बलिदान है जो व्यर्थ नहीं गया था?

लंकिनी। उसने हमारे साथ छल किया। परंतु मुझे पहले से ही उससे ऐसे ही व्यवहार की अपेक्षा थी। यदि असुरों में छल तथा कपट की प्रवृत्ति न रहे तो उन्हें असुर कौन कहे? अभी कुछ समय पूर्व ही तो मैंने प्रहस्त से कहा था कि वह कन्याकुमारी की उस धूर्त रक्षिका से मिल कर, हनुमान को रोकने का कार्य करे। *'एक दिन में यह क्या से क्या हो गया था? कल तो हम एक महान विजय के इतना निकट थे। अब तो जैसे पाँसा ही पलट गया था।'* मुझे सारे समाचार मिल रहे थे परंतु उनसे जो तस्वीर उभर रही थी वह बहुत ही जटिल दिख रही थी। प्रहस्त बुरे मौसम की चपेट में आ गया और जब तक वह लंकिनी के पास पहुँचा तब तक वह सौदेबाज़ी कर हनुमान से हाथ मिला चुकी थी। लंकिनी को राम का पक्ष ले कर बहुत लाभ हो रहा था, उसने प्रहस्त को यह विश्वास दिला दिया कि हनुमान को अभी प्रायद्वीप पहुँचने में समय लगेगा इसलिए उसे थोड़ा विश्राम कर लेना चाहिए। प्रहस्त के भोजन में नींद की दवा मिलाई गई थी और जब वह नशे से भरी नींद में था तो उसी दौरान लंकिनी ने उसका वध कर दिया। तब तक हनुमान अपने साथ वह औषधियुक्त पौधा ले आया था जिससे राम व लक्ष्मण के प्राणों की रक्षा की जानी थी। मैं नहीं जानता था कि राम व लक्ष्मण के प्राणों की रक्षा हुई अथवा नहीं परंतु लंकिनी ने मेरे प्रधानमंत्री के शव को मुझ तक पहुँचाने का कार्य अवश्य कर दिया था। मैंने निर्णय लिया कि एक बार राम से निपट लूँ उसके बाद लंकिनी से कुछ प्रासंगिक सवाल पूछूँगा। मैं युद्ध से बुरी तरह से थक चुका था परंतु अब इसे रोकने की शक्ति भी मुझमें नहीं रही थी। यह सब अपने-आप ही चलायमान था और उचित समय आने पर स्वयं ही बंद होगा। इस विशालकाय वाहन में बैठे लोग इसे स्वयं नहीं रोक सकते। यह अपने मार्ग में आने वाली प्रत्येक वस्तु को नष्ट कर देता है जैसे - घमंड, शक्ति, जीवन, आदर तथा सब कुछ!

महल में पहुँचने तक तो अंधकार और भी गाढ़ा हो चला था। सागर की ओर से आने वाली नमकीन वायु के बीच मशालें फड़फड़ा रही थीं और पूरा संसार इस प्रकाश व साए के खेल में मग्न था। आकाश ने बादलों का काला कंबल ओढ़ रखा था, जिसके छिद्रों से कहीं-कहीं तारे झाँकते दिख रहे थे। कभी जलते, कभी बुझते, कभी चमकते तो कभी धूमिल हो जाते। मैं थक चुका था परंतु इतना साहस नहीं हो रहा था कि शयनकक्ष में जा कर पत्नी का सामना कर पाता। इसकी बजाय मैं अपनी पुत्री को देखने चल दिया। वह बहुत शीतल रात थी और वह अशोक वाटिका में उस वृक्ष तले अकेली थी। मैंने अपने पुत्रों मेघनाद, अक्षय व यहाँ तक कि अतिकाय के बारे में भी सोचा। मैंने आस लगाई कि राम की मृत्यु हो गई हो और नर वानर अपने नगर में लौटने की तैयारी कर रहे हों। इसके बाद मेरा मन आनंदित हो उठा पर इसके बाद सारे विचारों का ताँता जैसे थम सा गया।

कहीं सुदूर से, सागर के बीच बसे, अंधकार में छिपे एक एक द्वीप से हर्षोल्लास के स्वर प्रकट हो रहे थे। मुझे मेरा उत्तर मिल गया था... राम जीवित था और वह अगले दिन पूरे वेग के साथ मुझ पर आक्रमण करने वाला था। पता नहीं क्यों यह सोच कर मेरे मन को बड़ी दिलासा मिली। युद्ध, चाहे जो भी हो, यही तो मेरी सुन्न पड़ चुकी आत्मा को जागृत करने का एकमात्र साधन रह गया था। निर्णय चाहे जो भी हो, बस अब शीघ्र ही निर्णय हो जाना चाहिए।

मेरे आगे खड़े सैनिक ने झुक कर प्रणाम किया, "महाराज! राजकुमार कुंभकर्ण जाग गए हैं और आपसे भेंट करना चाहते हैं।" मैंने स्वीकृतिसूचक सिर हिलाया और कुंभ भीतर आ गया। ज्यों ही मैंने उसका मुख देखा तो मैं जान गया कि मैं मुसीबत में पड़ने वाला था।

43 कुंभकर्ण का आक्रमण

भद्र

किसी चमत्कारी वानर औषधि से राम तथा लक्ष्मण के प्राणों की रक्षा हो गई। हमारे हृदय में आशा की जो नन्ही सी किरण जागी थी, उसे बुझते देर नहीं लगी। जब दुर्ग के द्वार खुले और असुर सेना फिर से क़दमताल करते हुए, राम और उसके नर-वानरों से दो-दो हाथ करने के लिए रणभूमि की ओर चली तो मैं चुपचाप ताकता रहा, देह में इतना बल भी नहीं था कि मैं खड़ा हो पाता। सैनिक टुकड़ियों के मध्य, एक लंबे से हाथी पर राजकुमार कुंभकर्ण विराजमान था। यह दल कुछ विचित्र ही था। अधिकतर सैनिकों के पास धनुष-बाण अथवा तलवारें नहीं थीं। आगे वाली पंक्तियों के पास बाँस के लंबे स्तंभ थे, जो आगे से नुकीले थे। इसके बाद कुंभकर्ण था जो रणभूमि में उतारे जाने वाले हाथियों के दल का नेतृत्व कर रहा था। इस बार सेना में रथ नहीं थे। लंका के मुलायम, सफ़ेद व रेतीले सागर तटों पर वे कोई खास कारगर नहीं थे। कुंभकर्ण ने एक ही दिन में, असुरों की रक्षा पंक्तियों की दुर्बलता भाँप ली थी। असुर उसी प्रकार युद्ध करते आ रहे थे, जिस प्रकार वे मुख्य प्रायद्वीप पर लड़ा करते थे।

यह एक अच्छी रक्षा रणनीति थी और अचानक ही मैं उत्साही हो उठा। मैंने ख़तरे को अनदेखा किया और सैनिक दल के पीछे चल दिया। कुंभकर्ण युद्ध को शत्रु के खेमे तक ले जा रहा था। मैंने देखा कि दल में अनेक सेनाध्यक्ष आ मिले थे। उनमें से कुछ मेरे जानकार थे। उन्होंने मुझे साथ चलने को कहा। यह पागलपन था परंतु मैं भी उनमें शामिल हो गया। सेना की पंक्तियाँ हमारे पीछे मीलों तक फैली थीं। तभी मैंने दो चमकती आकृतियों को अश्वों की पीठ पर सवार देखा। सूर्य उनके पीछे था

इसलिए मैं उनके मुख नहीं देख सका। "वे राजकुमार मेघनाद तथा उनका सहायक है।" अंशकालिक नाई ने कहा जो मेरे घर के समीप सड़क पर स्थित मंदिर के पुरोहित का सहायक भी था।

उसने अपने हाथों में पत्थर की एक गदा थाम रखी थी, जो उसके लिहाज़ से बहुत बड़ी थी। तभी उन आकृतियों को पहचान कर मैं भयभीत हो उठा। सफ़ेद अश्व पर राजकुमार मेघनाद सवार था और अतिकाय पूरी निष्ठा के साथ काले अश्व पर उसके पीछे आ रहा था। गदाओं तथा असुरों की चमकती काली देहों के समुद्र के बीच, वे दोनों खड़े हुए तो उनके आभूषण सूर्य के प्रकाश में जगमग कर उठे। *'वे तो बड़ी सरलता से वानरों के निशाने पर आ सकते थे। ये छोकरे भी कितने मूर्ख हैं।'* मैंने स्वयं को राजकुमार तथा अपने पुत्र की ओर ले जाने की चेष्टा की परंतु भीड़ के रेले ने दूसरी ओर धकेल दिया।

मुझे सागर के पास दूर तक वानरों की पंक्तियाँ भी दिख रही थीं। उनमें से अनेक उस सेतु पर भी टिके थे, जिसका उन्होंने नए सिरे से निर्माण कर लिया था। क्षितिज में दाईं ओर वरुण के पोतों का विस्तार था। सागर तट पर चारों ओर वानरों ने अपना आंतक मचा रखा था, वे उसके आसपास तथा पोतों से भेजी गई नावों पर कोलाहल मचा रहे थे। वरुण के पोत से किसी ने पहला अग्निबाण मारा, जो योद्धाओं के सिरों के ऊपर से निकल गया। लोग चिल्लाने लगे। चट्टानों पर, वृक्षों पर चढ़े असुर योद्धा, सागर तट पर विचरण कर रहे वानरों पर तीर बरसाने लगे। अनेक वानर ढेर हुए परंतु उनके गिरते ही जाने कहाँ से दूसरी खेप सामने आकर खड़ी हो जाती।

कुंभकर्ण ने हमारी सेना को सागर के समीप पहुँचने से पहले ही रोक दिया। बहुत ही तेज़ी से आदेश दिए गए परंतु वहाँ चारों ओर भ्रम का वातावरण उत्पन्न हो गया। सेनाध्यक्ष आदेश दे रहे थे। लोगों के बीच अफ़रा-तफ़री मची थी और इसी हड़बड़ी के बीच काफ़ी समय नष्ट हुआ। अंततः सेना धनुषाकार में खड़ी हो गई, अब वे लोग खाली मैदान में आने की बजाय वृक्षों की आड़ में थे। असुरों ने प्रतीक्षा करना आरंभ किया। वहीं खड़े हाथी भी अपनी सूँड में भारी-भरकम लट्ठे दबाए प्रतीक्षारत् थे। मैं देख सकता था कि अपने अश्व पर सवार राजकुमार मेघनाद बहुत व्याकुल हो उठा था और वह दनदनाता हुआ राजकुमार कुंभकर्ण के पास जा पहुँचा। स्वामीभक्त श्वान अतिकाय भी उसके साथ ही था।

अचानक ही असुर सेना के बीच मचने वाली खलबली शांत हो गई। दोनों राजकुमार आपस में बहस कर रहे थे। कुंभकर्ण का रोष बढ़ता जा रहा था परंतु मेघनाद अपने काका पर चिल्लाता ही रहा। अतिकाय भी कुंभकर्ण को अपशब्द कहने की

मुहिम में शामिल हो गया। मेघनाद उसी समय हल्ला बोलना चाहता था परंतु कुंभकर्ण के पास एक योजना थी जो कि मेघनाद को बिल्कुल रास नहीं आ रही थी। उसने कुंभकर्ण को एक कायर और बूढ़ी स्त्री कहा और कुंभकर्ण ने मेघनाद तथा अतिकाय को बंदी बनाने का आदेश दे दिया। सेनापति का आदेश भला कौन टाल सकता था? परिस्थितियाँ विकट हो चली थीं। कुंभकर्ण के लोगों ने मेघनाद तथा अतिकाय को घेर कर, तलवारें खींच लीं। मेघनाद के लोग भी अपने नेता की ओर से लड़ाई के मैदान में आ डटे और शीघ्र ही पूरी सेना परस्पर युद्ध करने लगी। असुरों को पराजित होने के लिए भला देवों की सहायता की क्या आवश्यकता थी। मैं इस नर्क से बाहर निकलना चाहता था।

तभी कुछ वानर सैनिक वनों की आड़ से बाहर निकल आए। वानरों के सेनापति जांबवन ने चिल्ला कर उन्हें वहीं रहने को कहा परंतु मैंने देखा कि यह कार्य अंगद के मूर्खतापूर्ण नेतृत्व में हो रहा था। *'ये छोकरे वृद्ध तथा अनुभवी सयानों को नीचा दिखाने के लिए मूर्खतापूर्ण हरकतें क्यों करते हैं?'*

कुंभकर्ण ने आक्रमण का आदेश दिया और सेना के बीच होने वाली हाथापाई वहीं थम गई। हाथी आगे बढ़े। वे अपने भारी-भरकम शरीर के साथ, सूँडों में काठ के बड़े-बड़े लट्ठे लिए बड़ी ही अविश्वसनीय द्रुत गति से वानरों की सेना की ओर बढ़े। अंगद व उसके साथी कुछ क्षण पूर्व तक उमंग व जोश से भरपूर थे, वे बुरी तरह से क्षत-विक्षत हो गए। वे अपने प्राणों की रक्षा के लिए सिर पर पाँव रख कर भागे। परंतु भीमकाय हाथियों से पार पाना आसान नहीं था। उन्होंने अपने आगे आने वाले हर व्यक्ति को रौंदना व कुचलना जारी रखा। वानर उनका सामना करने के लिए आगे आते और कुछ ही क्षणों में अपनी आखिरी श्वासें गिनते दिखाई देते। भयभीत वानर सागर की ओर दौड़े परंतु पीछे से असुरों की सेना ने हल्ला बोल दिया। वहाँ उनकी गदाओं के वार ने वानरों को यमराज के द्वार तक पहुँचाने में विलंब नहीं किया। वानरों की सेना में हाथियों ने भगदड़ मचा दी थी। लंबे स्तंभों वाली रक्षा पंक्ति ने वानरों की रक्षा पंक्ति को छिन्न-भिन्न कर दिया। शीघ्र ही वानर आतंकित हो कर भगदड़ मचाने लगे। उन पर ऊँची चट्टानों से विशालकाय पाषाण लुढ़काए जा रहे थे।

अंगद एक बौराए हाथी की चपेट में आ गया जिसने उसे दूर पटक दिया। घमंडी वानर कुमार, धड़ाम से वानर सेना के बीच जा पड़ा, वह अपने ही लोगों के पैरों तले कुचला जाता परंतु वह किसी तरह वहाँ से खड़ा होने में सफल रहा और युद्ध में शामिल एक अश्वारोही से उसका अश्व ले कर, उस पर सवार हो गया। मुझे यह देख कर बहुत ही निराशा हुई कि वह कायर अपनी जान बचाने के लिए खेमे की ओर भाग गया था और उसने जिस अश्वारोही का अश्व लिया था, वह बेचारा वहाँ एड़ लगाते

अश्वों के मध्य कुचल कर मारा गया।

युद्धपोतों से आने वाले अग्निबाणों की वर्षा थम गई थी क्योंकि वे लोग गहरे सागर की ओर लौट गए थे। शीघ्र ही असुरों ने उस सारी भूमि पर कब्ज़ा कर लिया, जहाँ कुछ देर पहले भीषण संग्राम हो चुका था। मैं अग्रिम मोर्चों पर तो नहीं गया परंतु दूर से ही हाथियों द्वारा कुचले हुए वानरों को देख सकता था जो अंग भंग के बाद, चलने से भी निरूपाय हो रहे थे। दोपहर ढलने तक असुर राम के बनाए सेतु तक जा पहुँचे थे और वानरों को वहाँ तक खदेड़ दिया था। अब केवल दृढ़ निश्चयी हनुमान के नेतृत्व में वानरों का एक छोटा सा दल ही राम तथा क्षत-विक्षत वानर सेना के बीच शेष बचा था। हनुमान ने बड़ी ही निपुणता से अपने व्यक्तियों को नियंत्रित किया व उन्हें प्रयोग में लाया, उसने नगाड़ों के शोर से हाथियों को भ्रमित कर दिया और साथ ही, उसके वानर अश्वारोही असुरों पर बाणों की वर्षा भी करते रहे।

मैं विचार कर रहा था कि भला मेघनाद गया कहाँ, तभी मुझे आकाश में एक विचित्र सा स्वर सुनाई दिया। शोर बढ़ता ही गया और लोगों ने आपसी मार-काट रोक कर, कौतूहलवश आकाश में ताकना आरंभ कर दिया। इस भीड़ के बहुत समीप, आकाश में मेघनाद मय के उड़नखटोले पर सवार दिखा। उस यंत्र के विशाल पंख तेज़ी से घूम रहे थे जिसने आसपास की रेत तथा जल में हलचल पैदा कर दी थी। मैं यंत्र में सवार अतिकाय को भी देख सकता था और वे यंत्र से ही वानरों पर अग्निबाणों की वर्षा कर रहे थे। कुछ असुरों ने अपने नायक को देख कर उल्लास भी प्रकट किया परंतु कुंभकर्ण के नेत्रों का रोष छिपा न रहा। उसने पुष्पक की ओर संकेत करते हुए कुछ कहा जिसे किसी ने नहीं सुना, यद्यपि उसकी बात का उत्तर आते देर नहीं लगी और कुछ ही क्षणों में वह उड़नखटोला सेनापति कुंभकर्ण के राजमुकुट को लगभग छूते हुए उड़ा। कुंभकर्ण ने अपने बौखलाए हाथियों को वश में करने की चेष्टा की।

हाथी इतने बिगड़ गए कि वे अपने महावतों की सुनने को तैयार नहीं थे। मेघनाद व अतिकाय के अनेक अग्निबाण निशाने पर जा कर लगे तथा कई वानर भी परलोक सिधारे, परंतु जब असुर आकाश में रचे जा रहे इस तमाशे को देखने में व्यस्त हुए तो उनके द्वारा किए जा रहे आक्रमण में अचानक ही मंदी आ गई। तभी अचानक वह क़हर बरपा। यंत्र की ध्वनि में एकदम परिवर्तन आया और वह उड़ने वाला यंत्र लड़खड़ाने लगा, उसके पंखों की गति धीमी हो गई और वह सेतु के निकट पानी में किसी पाषाण की तरह जा गिरा। यह पहले तो पानी में डूब गया और फिर तैर कर सतह पर आ गया। मेरा दिल तो वहीं डूब गया *'मेरा पुत्र अतिकाय!'* मैं आगे की ओर भागा पर अपने से शक्तिशाली लोगों द्वारा रोक दिया गया जो इस तमाशे को देखने के लिए मुझसे भी अधिक आग्रही थे।

जब मैं स्पष्ट रूप से कुछ देखने के योग्य हुआ तो मैंने देखा कि मेघनाद किसी तरह कूद कर सेतु पर आ गया था और अपने यंत्र को पानी से बाहर लाने की चेष्टा में लगा था। हनुमान ने अवसर पाते ही अपने वानरों को आगे आने का आदेश दिया ताकि वे राजकुमार मेघनाद को पकड़ सकें। अतिकाय भी सेतु पर आ गया और राजकुमार का हाथ बँटाने लगा। वे दोनों मिल कर अपने यंत्र को पानी से निकालने में मग्न थे। कुंभकर्ण राजकुमार की प्राण रक्षा के लिए आगे भागा और इसी उत्तेजना के बीच वह अपनी सेना से बहुत आगे आ गया। वह चाहता था कि हनुमान के वहाँ पहुँचने से पूर्व वह अपने भतीजे की रक्षा के लिए पहुँच जाए।

कुंभकर्ण का विशालकाय हाथी मेघनाद से केवल दस फुट की दूरी पर था तभी एक लोहे का तीर सनसनाते हुए हाथी के मस्तक में जा लगा और दो फुट तक उसके सिर में उतर गया। उसकी विशाल देह बुरी तरह काँपी और वह धरती पर पछाड़ खा कर, तड़पने लगा। कुंभकर्ण अपने हौदे से नीचे जा गिरा। बहुत से तीर मेघनाद व अतिकाय के आसपास से निकल रहे थे परंतु सौभाग्य से एक भी तीर उन्हें छू नहीं सका। वे अपने यंत्र को सेतु तक लाने में लगभग सफल हो चुके थे और अब उसे एक आड़ की तरह प्रयुक्त कर रहे थे। कई तीर आकर यंत्र से टकराए या उसके पास से हो कर निकल गए। कुंभकर्ण अपने मृत हाथी के पास भागा ताकि वहाँ से अपनी गदा ला सके। मैं देख सकता था कि बलशाली नर वानरों के कंधों पर सवार राम व लक्ष्मण कुंभकर्ण व मेघनाद पर बाणों की तीव्र वर्षा कर रहे थे। असुर सेना संकुचित हुई खड़ी थी, वस्तुतः उन्हें विश्वास ही नहीं हो पा रहा था कि वे अपने नेत्रों से क्या देख रहे थे। हनुमान व उसके नर वानर अब मेघनाद से कुछ ही फुट की दूरी पर थे और कुंभकर्ण अपने हाथी के विशाल शरीर के नीचे दबी गदा को निकालने में जुटा था।

मैंने आतंक के बीच देखा कि वह धूर्त, वृद्ध कमीना जांबवन इन क्षणों का भरपूर लाभ उठा ले गया। उसने हाथियों पर अग्निबाण बरसाने का आदेश दे दिया। सागर तट पर हाथी एक शक्तिशाली प्राचीर की भाँति खड़े थे और वहाँ से उन्हें नियंत्रित करना सरल था। वहीं वह संकरा सेतु था, जिस पर हाथी एक-एक कर चल रहे थे और उनके नीचे हरहराता सागर लहरा रहा थ। अचानक ही एक अग्निबाण हाथी को आकर लगा और वह बौखलाहट में वापिस मुड़ गया। सेतु पर उसके मुड़ने के लिए कोई स्थान नहीं था, वह बड़ी द्रुत गति से भागा और अपने मार्ग में आने वाले हाथियों को कुचलने लगा। जिससे चारों ओर हाहाकार मच गया। असुरों की सारी रक्षा पंक्तियों में खलबली मच गई। हाथी बौखला कर भाग रहे थे और अपनी राह में आने वाली हर वस्तु तथा व्यक्ति को रौंद रहे थे। कुछ तो वानरों की ओर भी भागे और इसी प्रक्रिया में मेघनाद व कुंभकर्ण बाल-बाल बचे। हाथी जहाँ भी जाते, वहाँ

एक अनूठी विनाश लीला तथा मृत्यु का तांडव रच देते। यद्यपि अधिकतर भयभीत हाथी असुरों की सेना में ही घुसे थे। उनमें से कुछ पानी में जा गिरे।

मैं अपनी जान बचा कर भागा और ताड़ के पेड़ पर चढ़ गया। वहाँ नीचे, दोनों पक्षों के योद्धा आपस में युद्ध करने की अपेक्षा बौराए पशुओं से लड़ रहे थे। एक ज़ोर की गड़गड़ाहट के साथ पुल टूट गया। मेघनाद, अतिकाय तथा कुंभकर्ण उस ओर रह गए थे, जहाँ उनके विरुद्ध हज़ारों शत्रु तैयार खड़े थे। वानर सेना अपनी ओर आने वाले कुछ हाथियों का वध करने में सफल रही। कुंभकर्ण ने किसी तरह अपनी गदा को निकाल लिया और वह अब उसे मेघनाद व अतिकाय तथा हनुमान के नर वानरों के बीच लिए खड़ा था।

असुर सेना में भगदड़ मची थी। मुझे यह देख कर बहुत आश्चर्य हुआ कि मेघनाद तथा अतिकाय विमान में सवार हो कर, उसे उड़ाने की चेष्टा कर रहे थे। *'वे अपने काकाश्री की रक्षा करने का प्रयत्न नहीं कर रहे थे।'* कुंभकर्ण निरंतर अपनी भारी गदा के सहारे कुछ तीरों को परे धकेलता रहा और इस दौरान हनुमान के कुछ सैनिक भी मार गिराए।

कुंभकर्ण देव सेना के बहुत निकट था। वह उनमें जा कर इस तरह मिल गया था कि वे उस पर तीर नहीं चला पा रहे थे। वह वानरों को अपनी गदा से कुचल रहा था और इससे पहले कि वे अपने धनुष-बाण उठाते या तलवार चलाने की कोशिश करते, वह उसी क्षण उनके अंग भंग कर देता।

इस तरह जब केवल एक व्यक्ति उस संकरे सेतु पर, इतनी विशाल वानर सेना संभाल रहा था तो यह देख कर जांबवन अपने सैनिकों पर चिल्लाया कि वे नावों में बैठें तथा कुंभकर्ण को पीछे से घेर लें परंतु कुछ असुरों की मति लौट आई थी और उन्होंने जांबवन की नावों को कुंभकर्ण के समीप जाने से रोकने की चेष्टा की। सागर में एक बार फिर भीषण रण छिड़ गया था। मैं देख सकता था कि वरुण के युद्धपोत भी लौट आए थे। वहाँ से कुछ डोंगियाँ खोली गईं जो बड़ी गति से किनारों की ओर आ रही थीं। *'हम कितनी देर तक सब संभाल सकेंगे?'* कितनी जल्दी सारा खेल पलट गया था और यह सब उस मूर्ख मेघनाद तथा उसके दिखावे की प्रवृत्ति का किया-धरा था।

अब वानर राज सुग्रीव तथा हनुमान अपनी विशालकाय लौह गदाएँ चमचमाते हुए मध्य में आ गए थे। मैंने अपनी आँखें शत्रुओं के प्रमुख पर लगाने की चेष्टा की। *'ये राम और लक्ष्मण कहाँ चले गए थे?'* ऐसा लग रहा था मानो कहीं गायब हो गए हों।

पुष्पक विमान के पंख धीरे-धीरे घूमने शुरू हो गए थे। वे थोड़ा सा घूमने के बाद बंद हो गए, फिर थोड़ा सा घूमे और फिर बंद हो गए। इस दौरान कुंभकर्ण हनुमान व सुग्रीव के साथ द्वंद्व युद्ध कर रहा था। जब वह अकेला दो महान योद्धाओं से जूझ रहा था तो उसका भतीजा उड़नखटोले के तंत्र से जूझ रहा था। अब असुर सेना नेतृत्वविहीन थी। वह देख रही थी कि उसके दोनों नेता, यानी कुमार, शत्रुओं के मध्य फँसे अपने प्राणों की रक्षा के लिए संघर्षरत थे।

कुंभकर्ण ने एक मज़बूत वार से सुग्रीव को पानी में फेंक दिया परंतु तभी हनुमान रक्षा पंक्ति तोड़ कर मेघनाद की ओर लपका। कुंभकर्ण मुड़ा और लगभग छलाँग लगाते हुए हनुमान को उसके पैर से दबोच लिया। दोनों योद्धाओं में भीषण संघर्ष होने लगा। कुछ तीरों ने कुंभकर्ण को भेदा और हनुमान को भी कई घाव आए। जब मैंने देखा कि कुंभकर्ण ने हनुमान को उठा कर, धरती पर धड़ाम से पटका तो आकाश में लालिमा छाने लगी थी। मेरे हर्ष का ठिकाना न रहा और मैंने मारे खुशी के चीत्कार किया। हनुमान धरती पर चित्त पड़ा था। तभी उसी क्षण में एक तीर सनसनाता हुआ आया, उसने कुंभकर्ण की गर्दन में पीछे से वार किया और उसकी नोक ने कंठ को भेद दिया। आकाश में ढलते सूरज की लाली छाई थी। धीरे-धीरे वीर असुर राजकुमार की विशालकाय देह निष्प्राण हो कर सेतु पर जा गिरी और फिर सागर के हवाले हो गई, उसके साथ ही सेतु का बहुत बड़ा टुकड़ा भी टूट कर सागर में जा पड़ा।

अंततः जांबवन सामरिक स्थिति पाने में सफल रहा और इस बार भी राम ने कोई चूक नहीं की थी।

असुर बड़े ही भय तथा आतंक के बीच अपने सेनापति को मरता देखते रहे और वानर सेना आगे की ओर भागी ताकि पुष्पक विमान में बैठे राजकुमार मेघनाद तथा उसके सहायक को भी यमलोक पहुँचा दे। मेरा सिर चकराने लगा। क्या मैं अपने पुत्र के वध का साक्षी बनने जा रहा था? क्या मेरे आगे उसके टुकड़े-टुकड़े कर दिए जाएँगे? तभी हनुमान हिला और वानर सेना आश्चर्यचकित हो उठी, उन्होंने तो यह मान लिया था उनका सेनापति भी युद्ध में मारा गया। हनुमान की देह में जीवन का संचार होने लगा तो वे वहीं ठिठक गए। वह लड़खड़ाया, हल्का सा झूमा और फिर स्वयं को पुष्पक विमान के सहारे साध लिया। तभी उस यंत्र के पंख गति करने लगे। उसने घबरा कर छलाँग लगा दी और इससे पूर्व कि वानर यह जान पाते कि यह सब हो क्या रहा था, पंखे बड़ी तीव्र गति से घूमने लगे। जांबवन ने यंत्र को ऊपर उड़ते देखा तो उसने उसे रोकने के लिए आदेश देना आरंभ कर दिया। वानर सनसनाते तीरों, आपस में टकराती गदाओं के मध्य भागे तथा अपने-आप को चोट पहुँचाते हुए उस यंत्र को रोकना चाहा जो बड़ी गति से ऊपर उठने लगा था। कुछ वीरों ने अप्रतिम

साहस का परिचय देना चाहा पर गोल घूमते पंखों की चपेट में आकर टुकड़े-टुकड़े हो गए।

जैसे ही सूर्यास्त हुआ, राजकुमार तथा मेरा पुत्र अपने पुष्पक में सवार हो कर, रावण के महल में सुरक्षित पहुँच गए। उन्होंने उन सभी सैनिकों को वानरों की दया के आसरे छोड़ दिया था। जो लोग अपने वंश व जाति की कीर्ति को अक्षुण्ण बनाए रखने के लिए अपने परिवारों को त्याग आए थे, वही लड़े, दूसरों को मारा और मारे गए। दूसरी ओर भी बेचारे वही वानर जान से गए जो किसी ऐसे व्यक्ति के यश के लिए अपने प्राणों को निछावर कर रहे थे, जिसके विषय में उन्होंने कुछ माह पहले तक सुना भी नहीं था। बाद में, जब जांबवन ने अपने वानरों को पीछे हटने का आदेश दिया और वानर अपने द्वीप पर वापिस लौट गए, तो मैं भी अपने आश्रय स्थल से उतर कर, घर लौट गया।

कुंभकर्ण अब उन मछलियों का आहार था जो सौभाग्यवश किसी वीर अथवा नायक का मोल नहीं जानतीं और नायक व खलनायक दोनों का ही आनंद से उपभोग करती हैं। आज यदि कोई मुझे मदिरा पिला देता। मैं उसके लिए कुछ भी देने को तैयार था। यह एक बहुत ही सुंदर रात थी, गहरी अंधेरी तथा विचित्र, एक ऐसी रात, जो मदिरा पी कर बेसुध होने तथा किसी श्वान की तरह सोने के लिए ही बनी थी।

44 मेघनाद वध

रावण

मैं मंदोदरी से बहुत क्रोधित था। मैं अपने पुत्र का नामोनिशान मिटा देना चाहता था। मूर्ख! समझ नहीं आ रहा था कि उस जड़मति के साथ क्या करूँ? कभी-कभी वह अचूक पराक्रम व शौर्य दर्शाता; वयस्कों की भाँति विचार तथा व्यवहार करते हुए सच्चे नेतृत्व के गुणों का प्रदर्शन करता; और कई बार ऐसे पेश आता मानो उससे बड़ा गधा कोई और हो ही नहीं! मुझे जो भी सूचनाएँ मिल रही थीं, वे पूर्णतया स्पष्ट थीं। यह इस मूर्ख की मूर्खता का ही परिणाम था कि हमने युद्ध में अपने एक श्रेष्ठ सेनापति को खो दिया। कुंभ की मृत्यु पर मुझे प्रहस्त व मारीच की मृत्यु से भी अधिक शोक हुआ।

पिछले दो दिनों में, मेरे पुत्र ने दो बार, हाथ आई विजय को अंगीकार करने का अवसर गँवा दिया था। और फिर मूर्ख सदैव अपने प्राणों की रक्षा के लिए माँ के पल्लू में जा छिपता। और वह अश्वेत कमीना, राजा के कक्ष में क्या कर रहा था? वह कोने में खड़ा अपनी विशाल देह को छिपाने की नाकाम कोशिश में था। मैं मेघनाद की ओर लपका परंतु एक बार फिर मंदोदरी ने हस्तक्षेप किया, "रावण! इन लड़कों को अकेला छोड़ दो। इन्हें हाथ भी मत लगाना।"

"लड़कों को छोड़ दो! लड़कों को छोड़ दो। जब देखो, तब यही रट लगाए रहती हो। जाने ये मूर्ख बड़ा कब होगा? कहीं इस संगति ने ही तो इसे इतने मोटे दिमाग़ वाला नहीं बना दिया है?" मैंने अतिकाय को घूरा, शायद उसे मेरी बात सुन कर बुरा लगा था।

"रावण! मुझे ऐसी बातें कहने पर विवश मत करो, जिनके लिए मुझे बाद में पश्चाताप हो। क्या तुम सचमुच यही चाहते हो कि मैं तुम्हें स्मरण करवाऊँ कि यह युद्ध क्योंकर

आरंभ हुआ? क्या तुम मेरे मुख से यह सुनना चाहते हो कि तुम्हारी हठधर्मिता तथा दंभ के कारण ही सारा असुर वंश विनाश के कगार पर आ खड़ा हुआ है। कृपया मेरी जिह्वा को ऐसी बातें कहने के लिए विवश मत करो।"

मैं अपने क्रोध के साथ असहाय खड़ा रह गया। इन शब्दों से चोट लगी क्योंकि ये सत्य थे। "मंदोदरी! ज़ुबान संभाल कर बात करो। तुम असुरों के सम्राट से बात कर रही हो।" वे शब्द तो मुझे स्वयं ही हास्यास्पद से जान पड़े।

वह केवल मुझे घूरती रही, "रावण! बेहतर तो यही होगा कि तुम इस समय जा कर विश्राम करो।" मैं कुछ देर तो वहाँ किंकर्तव्यविमूढ़ सा खड़ा रहा और फिर वहाँ से चला आया। मैंने स्वयं को अकेला, अपमानित, कुंठित व आवेशग्रस्त पाया। मेरे साथ ही इतनी भयंकर घटनाएँ क्यों घटती हैं? मैं अपने जीवन में इतना दुखी तथा अभागा क्यों था? मुझे ही हर चीज़ के लिए संघर्ष क्यों करना पड़ता था? मेरे दुलारे पुत्र ने जो भूलें की थीं, मैं ऐसी भूलें कदापि न करता। वह एक दिन उस विशालतम साम्राज्य का उत्तराधिकारी होगा, जिसे संसार ने इससे पूर्व देखा तक नहीं था।

कुंभ, मेरे भाई! तुझे तो मैंने बहुत समय पूर्व ही त्याग दिया था। मैंने तुझे कभी पतन के गर्त में जाने से नहीं रोका। हो सकता है कि मैंने तुझे अप्रत्यक्ष रूप से प्रोत्साहित ही किया हो क्योंकि तेरी यह दशा मेरे लिए भी अनुकूल थी। मैं तुझसे भयभीत था। मैं तेरे मस्तिष्क में चक्कर काटती महत्त्वाकांक्षा को पढ़ सकता था और तेरे भीतर पनप रहे ईर्ष्या भाव को अनुभव कर सकता था। तू भी राजा बनना चाहता था। तुझे कहाँ पता था कि यह राज, किसी काँटों के ताज से कम नहीं होता या यह सत्ता किस प्रकार, व्यक्ति को भ्रष्ट करते हुए, उसकी आत्मा का क्षय कर देती है। तुमने अपनी महत्त्वाकांक्षाएँ मदिरा व अफ़ीम में डुबो दीं परंतु सत्ता की जो अफ़ीम मैं ले रहा था, वह तेरे द्वारा लिए गए किसी भी मादक पदार्थ से कहीं अधिक शक्तिशाली थी। तू निरंतर विषपान करते हुए, अपनी लत पूरी करता रहा और मैंने मनमाने अत्याचारों से यह अभाव पूरा किया। तू किसी विशाल व्यक्ति की तरह था, जो अपने ही अज्ञान के नशे में चूर था और मैं एक छोटा व्यक्ति था, जो अपनी सत्ता के साथ दिन-रात जागता था। तेरी महत्त्वाकांक्षा अपरिष्कृत व भावनाएँ पारदर्शी थीं। तू मुझे भयभीत करता था क्योंकि मुझे तुझसे अधिक अपने राजसिंहासन से प्रेम था। मैं तो सत्ता व शक्ति को अपने-आप से भी अधिक चाहता था। मैं डरता था कि एक दिन जब तू अपनी तंद्रा से जागेगा तो मेरी पीठ पीछे, सिंहासन पाने के लिए षड्यंत्र रचने लगेगा। जब तू मदिरा पी कर बेसुध होता, तो मैं निश्चिंत हो जाता। यद्यपि मैंने तुझ पर पूरी निगरानी रखी, मैंने हमेशा ध्यान रखा कि तू मदिरापान कर, बेसुध हो, सोता रहा करे। कुंभ, तू उन व्यक्तियों में से था, जिन्होंने मेरी निद्रा भंग की। परंतु जब मुझे

विश्वासघात का उपहार मिला तो यह तुम्हारी ओर से नहीं था। यह उस छोटे भाई से मिला, जिससे हम सभी हार्दिक स्नेह रखते थे। हम कैसे उसकी टाँग खींचते, उसकी पीठ पीछे उसकी हँसी उड़ाते और उस असुर छोकरे के बारे में रोचक किस्से गढ़-गढ़ कर सुनाते जो ब्राह्मण बनने का हर संभव प्रयत्न किया करता था। अब वह सारा उपहास हम पर आ पड़ा है। हम ही एक मज़ाक बन कर रह गए हैं। शत्रु द्वार तक आ पहुँचे और हमारा ही छोटा भाई, मशाल लिए, उनका नेतृत्व कर रहा है। वह हमारे सभी स्वप्नों को दुःस्वप्नों में बदलने के लिए प्रस्तुत है। मेरी भूल भाई, यह मेरी भूल है। मुझे क्षमा करो, मैं तुम्हें ही ख़तरनाक मान कर, तुम्हारी निगरानी करता रहा और इस आस्तीन के साँप पर चौकसी रखना भूल गया। कुंभ! तुम हमेशा से सही कहते थे। मुझे याद है, तुमने बहुत पहले, विभीषण के स्वभाव के इस लक्षण व उसकी निष्ठा पर संदेह प्रकट किया था। परंतु मैं ही अनाड़ी था और मैंने सोचा कि तुम जानबूझ कर किसी षड़यंत्र की भूमिका बाँध रहे थे। मुझे लगा कि तुम मुझे छोटे भाई से लड़वा कर, विमुख करना चाहते थे ताकि सत्ता तक आने के लिए तुम्हारे मार्ग का हर काँटा साफ़ हो जाए। परंतु जब मुझे किसी की आवश्यकता पड़ी, इस असुर जाति को अपनी रक्षा के लिए किसी के सहारे की आवश्यकता पड़ी तो उस समय तुम ही हमारे काम आए। हमने तुम्हारी ही सहायता ली। तुमने पूरे साहस के साथ मुझे मेरी मूर्खता का भान तो कराया परंतु अनावश्यक परामर्श देने की चेष्टा नहीं की। अब मुझे एहसास हुआ कि तुम सही मायनों में क्या थे, परंतु अब इन बातों के लिए बहुत विलंब हो गया है। अब तो युद्ध भी हाथों से निकला जा रहा है। शीघ्र ही कठिनाईयों से अर्जित यह सभ्यता, सभी व्यक्तियों के लिए समानता के आदर्श, सुंदर नगरियाँ व महल, भव्य देवालय तथा राजसी राजमार्ग, वे बंदरगाहें, जहाँ व्यापारियों के पोत हमारे सबसे श्रेष्ठ मसालों तथा वस्त्रों के लिए प्रतीक्षा करते हैं, हमारी कला तथा रंगमंच; यह सब कुछ हमारे शत्रुओं के पैरों तले कुचला जाएगा। तुम सौभाग्यशाली हो। तुम यहाँ नहीं होगे, जब असुरों के स्वप्न, पलक झपकते ही कहीं विलीन हो जाएँगे। तुम यहाँ नहीं होगे, जब सब ब्राह्मणों का मस्तिष्क होगा; देव योद्धा अंग होंगे तथा कुबेर जैसे धूर्त, हमारे इस भव्य समाज का धड़ होंगे। एक ऐसा समाज, जिसे हमारा छोटा भाई हमारी लाशों पर खड़ा करना चाहता है। भाई, तुम नश्वर देहधारियों के दुर्भाग्य के साए से बहुत दूर चले गए हो। हो सकता है कि मैं भी बहुत शीघ्र तुम्हारे पीछे ही आ जाऊँ। मेरा एकमात्र भय यही है कि जब हमारी भेंट होगी, तो क्या मैं तुम्हारी आँखों में आँखें डाल कर देख सकूँगा?

मंदोदरी आकर, मेरे समीप खड़ी हो गई। उसके स्पर्श से मेरे विचारों की श्रृंखला टूटी, "रावण! हमारे बच्चे का दिल बुरी तरह से आहत हुआ है। उसे लगता है कि आज उसकी भूल के कारण ही उसके काका के प्राण गए। यह सारा दोष उसी का था।"

“ये उसका दोष था। रणभूमि लोगों को प्रभावित करने के लिए, दु:साहस दिखाने का स्थान नहीं होता। कुंभ की मृत्यु हमारे लिए एक अपूरणीय क्षति है और मैं लज्जित हूँ कि मेरा पुत्र इस हानि का मूल कारण बना। मैं नहीं चाहता कि अब वह पुन: रणभूमि में प्रवेश करे। असुर अब और ऐसी भूलें सहन नहीं कर सकते।”

“रावण! मेरे बेटे का दिल पहले ही बहुत दुखी है... क्या तुम उसे क्षमा नहीं कर सकते?”

मेरा पारा फिर से सातवें आसमान पर जा पहुँचा। “कभी संगति देखी है उसकी? उसे अपने साथ उस काले-कूलटे नौकर को ले कर घूमने की क्या आवश्यकता है...?” मैंने मंदोदरी से नज़रें बचाते हुए अपनी बात पूरी की।

“बस बहुत हुआ रावण! इस युद्ध को जारी क्यों रखा जाए? हम समझौता क्यों नहीं कर सकते? तुम राम को उसकी पत्नी लौटा क्यों नहीं देते?” वह लगभग सुबक रही थी।

“तुम्हें क्या लगता है कि मेरा कोई अपना गौरव या मान-सम्मान नहीं है? तुम चाहती हो कि मैं अपने सबसे श्रेष्ठ योद्धा, भाई, मित्र व मंत्री गँवाने के बाद, राम के चरणों में अपना सिर रख दूँ? तुम चाहती हो कि असुरों का सम्राट, एक तुच्छ राज्य के राजकुमार तथा छोटे-मोटे साहसिक कृत्य कर दिखाने वाले योद्धा के आगे, रहम की भीख माँगे?”

“एक तुच्छ राज्य का वह नृशंस राजकुमार अब तक आधे से अधिक असुर साम्राज्य को लील गया है। तुम इस मूर्खतापूर्ण युद्ध को समाप्त करने से पूर्व, और कितने लोगों के प्राणों की आहुति देना चाहते हो? तुम यह युद्ध किसके लिए लड़ रहे हो?”

“अब यह युद्ध असुरों की प्रतिष्ठा का प्रश्न है। एक ऐसा युद्ध जो जातिवाद को फैलने से...।”

“अपने राजनीतिक भाषण जनता को फुसलाने के लिए बचा कर रखो। तुम यह युद्ध अपने स्वार्थी कारणों से लड़ रहे हो।

“मंदोदरी! तुम यह भूल रही हो कि यह वही राजकुमार है जिसने मेरी बहन का अपमान कर, उसका अंग-भंग किया था। क्या तुम कह रही हो कि मुझे उसे उस अपमान को भी भुला देना चाहिए?”

“अच्छा वही बहन, जिसे तुमने स्वयं वैधव्य के द्वार पर ला खड़ा किया था...?”

"बस बहुत हुआ! भला स्त्रियाँ इन बातों के विषय में क्या समझती हैं...।"

"मैं सब कुछ भली-भाँति समझती हूँ। रावण, मुझे अपना वह निर्दोष चेहरा मत दिखाओ, जिसे दिखा कर तुम अपनी प्रजा को गाँठ बाँधते हो। तुम आवेगों से भरे जीव हो। दंभी, कामनाओं से भरे व श्रद्धाहीन प्राणी हो। तुम स्वयं को एक ऐसे तार्किक व्यक्ति के रूप में चित्रित करना चाहते हो जो उन सभी अंधविश्वासों तथा अतार्किक मान्यताओं से व्यथित नहीं होता, जो कि सामान्य असुरो में घर कर चुकी हैं। परंतु तुम अपने हृदय में, उतने ही अंधविश्वासी तथा भयभीत हो, जितना कि सड़क पर चलता कोई सामान्य असुर जन! जब तुमने पुनः अपनी खोई शक्ति व बल पा लिया था तो क्या कारण था कि तुम जनक से अपनी पुत्री को वापिस लेने नहीं जा सके? यदि तुमने मिथिला पर धावा भी बोला होता, तो वह तुम्हारे आगे कितने घंटे टिकती? परंतु तुम डर गए थे। तुम्हें भय था कि यदि तुम्हारी नन्ही बिटिया लौट आई तो वह असुरों के विनाश का कारण बन जाएगी। असुर जाति का अंत कर देगी। तो तुमने उसे माँ के स्नेह से वंचित किया और वह स्नेह भी नहीं दे सके, जो उसे अपने पिता से मिलना चाहिए था। तुम सत्ता के मद में चूर थे और तुम्हें अपने सिंहासन से, अपने परिवार से भी अधिक मोह सत्ता से था। तुम उस भविष्यवाणी से भयभीत थे परंतु जब शूर्पणखा की नासिका काटी गई तो यह तुम्हारे अभिमान पर एक कड़ा वार था और तुमने अपनी पुत्री को उसके पति से ही चुराने का निश्चय कर लिया। कितनी लज्जा की बात है! भले ही सीता हमारी पुत्री थी, तुम्हें उसका अपहरण करने की बजाय, राम से प्रत्यक्ष युद्ध करना चाहिए था। अब जबकि शत्रु द्वार पर खड़ा है और वह भविष्यवाणी सत्य सिद्ध होने जा रही है तो तुम अपने झूठे दंभ व अहंकार का रोना लिए बैठे हो और यह भूल गए हो कि तुम एक पिता बाद में और एक राज्य के सम्राट पहले हो। मैंने सदैव शांत भाव से तुम्हारे घमंड तथा अभिमान को सहन किया है। जब तुमने मेरी दासी से बलात्कार कर, उसे गर्भवती किया, मैं तब भी शांत रही। मैं तब भी शांत रही, जब मैंने यह सुना कि तुम उस ब्राह्मण युवती को लुभाने का प्रयत्न कर रहे थे। जब तुमने उसकी मृत्यु का शोक मनाया तब भी मैं चुपचाप उस पीड़ा को सहती रही। मैं शांत रही, जब मैंने तुम्हारे होठों से, नींद में भी वेदवती का नाम सुना। मैं तब भी मौन भाव से जीती रही, जब तुम मुझे वर्षों के लिए अकेला छोड़ गए और अपने साम्राज्य का निर्माण करने, हिंसक युद्ध लड़ने तथा वही सब क्रूर कर्म करने में मग्न हो गए, जिनके लिए तुम देवों को दोषी ठहराते आए हो। तुम अपनी मातृभूमि से दूर, अपने युद्ध अभियानों में व्यस्त रहे। मैं भी, दूसरी स्त्रियों की भाँति शांत रही जब तुम मूर्ख लोग, धरती को रक्त से लथपथ करते रहे। और देखो, आज तुम हमें क्या दिन दिखाने आए हो... बस यही देखना बाकी रह गया था। मेरे प्रिय, मेरे नाथ! मेरी एक बात मान लो। सीता को उसके पति को लौटा दो।"

"अपनी बकवास बंद कर औरत!" मैं फट पड़ा। "तू बहुत बोल रही है।"

मैं नहीं जानता था कि उसे क्या जवाब दूँ। ऐसा लग रहा था मानो मैं भरे बाज़ार निर्वस्त्र खड़ा था। मेरे सभी आंतरिक विचार बाहर आ चुके थे और वे सब भले और सुदंर नहीं थे। "तुम्हें क्या लगता है, राम को सीता लौटाने की बात कहना मुझे बहुत अच्छा लग रहा है? परंतु रावण, मैं अपनी पुत्री से जितना प्रेम करती हूँ, उससे कहीं अधिक तुम्हें चाहती हूँ। मैं तुम्हें खोना नहीं चाहती। रावण, हम इस युद्ध में हार जाएँगे। हार जाएँगे! जिस क्षण तुम उसे लंका में लाए थे – मैं उसी क्षण भयभीत हो गई थी – उसके लिए, मेरे लिए और तुम्हारे लिए! मैं चाहती थी कि तुम उसे उसके पति के पास वापिस भेज दो परंतु इसके पूर्व कि मैं कुछ कर पाती, तुमने युद्ध आरंभ कर दिया। हज़ारों लोगों की जानें जा चुकी हैं। क्या तुमने कभी सोचा कि हम स्त्रियाँ कितना कुछ सहती हैं? मैंने भी अपना पुत्र खोया है। परंतु मैं उन सभी बेचारी स्त्रियों में से एक हूँ, जिन्होंने अपने पुत्र, पिता, पति, भाई, घर, उनका मान व इज्ज़त खोए हैं। केवल क्या तुम्हारे पास ही अभिमान है? तुम जानते हो कि तुम्हारे शत्रुओं ने मेरे साथ क्या किया? और तुमने क्या किया? क्या तुम रणभूमि तक में गए? नहीं, तुमने अपने पुत्र, अपने भाई, अपने मित्र, अपने मंत्रियों को भेजा परंतु तुम स्वयं एक कायर की भाँति छिपे रहे...।"

"शांत हो जा!...।" मैंने उसे गर्दन से दबोच लिया।

"आओ, आगे बढ़ो और मार दो मुझे!"

मैंने खीझ कर उसे परे फेंक दिया और दनदनाते हुए कक्ष से बाहर आ गया। मैं नपुंसक क्रोध से अंधा हुआ पड़ा था। मैंने स्वयं को निरर्थक व रोगी अनुभव किया। अनजाने में ही, मेरे क़दम अशोक वाटिका की ओर चल दिए, जहाँ सीता बैठी थी। मैं अंधकार में झुक कर बैठी आकृति देख सकता था। एक छोटे से दीपक से मद्धिम प्रकाश फूट रहा था। ज्यों ही मैं वहाँ पहुँचा तो उसने सिर उठा कर देखा और फिर मेरी ओर से पीठ फिरा ली। मैं उसे छूना चाहता था, उसे कंठ से लगा कर कहना चाहता था, *"देखो! मैं तुम्हारे लिए कितना बलिदान कर रहा हूँ।"* परंतु जाने क्या सोच कर मैं ऐसा नहीं कर सका।

मैं वहाँ बहुत देर खड़ा रहा। अपनी ही पुत्री से बात करने का साहस संजो रहा था। तभी मैंने बहुत ही हौले से, न सुनाई देने वाले स्वर में कहा, *"पुत्री...!"*

कुछ देर तक कोई प्रतिक्रिया नहीं हुई और मुझमें इतना साहस नहीं था कि उसे पुनः उस संबोधन से पुकार पाता। फिर मैंने देखा कि उसकी नन्ही देह रह-रह कर कांप

रही थी और मैं उसकी हल्की सुबकियों का स्वर भी सुन सकता था। "सीता... तुम मेरी पुत्री हो! मैंने इस संसार में तुम्हारी माँ को सबसे अधिक प्रेम किया है परंतु अब मैं तुमसे इतना प्रेम करता हूँ कि उतना तो स्वयं से भी नहीं करता।" उसकी सुबकियों के अतिरिक्त कुछ भी नहीं सुना जा सका। मैं नहीं जानता था कि आगे क्या कहूँ किंतु फिर भी कहता चला गया, "क्या तुम यहाँ अपने पिता के पास रहोगी, लंका की राजकुमारी बनोगी? यदि तुम हामी दो तो... मैं संधि के लिए बात करूँगा... राम इस योग्य नहीं कि वह तुम्हारा पति बने। तुम सदा अपने पिता के ही पास रहना।"

उसकी ओर से कोई उत्तर नहीं आया। यहाँ तक कि उसने मुड़ कर भी नहीं देखा। "कृपया मत जाओ...! अपने पति के साथ वापिस मत जाओ।" वह बड़े ही क्रोध से मुड़ी और बोली, "मैं उनसे प्रेम करती हूँ... मैं उनकी विवाहिता पत्नी हूँ।"

मैं उसके इस क्रोध भरे उत्तर को सुन हतप्रभ रह गया। मैं नहीं जानता था कि आगे क्या कहना चाहिए परंतु मैंने अपनी ओर से एक अंतिम प्रयास किया।

"सीता, मैं तुम्हारा पिता हूँ और...।"

"मेरे पिता का नाम जनक है और मैं प्रभु श्रीराम की पत्नी हूँ।"

मैं वहीं असहाय अवस्था में खड़ा रहा। जब मैं मुड़ा तो मेरी आत्मा पीड़ा से कराह रही थी।

"काकाश्री!...।" तभी मेरा ध्यान त्रिजटा की ओर गया। मैं इस समय उसका सामना नहीं करना चाहता था। उसने भी निश्चित रूप से अपने पिता के बारे में सुना होगा। "काकाश्री! क्या आज मेरे पिता ने एक वीर असुर योद्धा की भाँति युद्ध किया?"

"पुत्री त्रिजटा! मुझे क्षमा करना...।" मेरे पास उससे कहने के लिए कोई और शब्द नहीं थे।

"मैंने अपनी माँ से सुना है कि मेरे पिता सदा ही एक महान योद्धा रहे थे। मदिरा के वश में आने से पूर्व, वे आपसे भी कहीं श्रेष्ठ योद्धा थे। परंतु, जब मैं बड़ी हो रही थी तो इस दौरान वे अपने-आप को पूरी तरह नष्ट कर चुके थे। एक पियक्कड़ की बेटी के रूप में दुत्कारा जाना, मेरे लिए यह सब इतना आसान नहीं था। काश! वे भी मेरी सखियों के पिताओं की भाँति एक आम और सीधे-साधे इंसान होते। मैं उनसे घृणा करती थी। परंतु अब, जब...।"

"त्रिजटा! तुम्हारे पिता एक वीर पुरुष थे, अनेक वीरों की तुलना में कहीं अधिक

वीर...।" मैंने अपनी भतीजी को अंक में भर लिया और वह मेरे कंधे से लग कर रोने लगी। वहाँ चारों ओर अंधकार था और हमें देखने वाला कोई न था, अत: मैं भी रोया। यह सम्मान तथा अभिमान भी कितने बड़े कष्ट का कारण बन सकते हैं। यह भयंकर युद्ध, यह बिखरा हुआ जीवन तथा वीरत्व तथा हिंसा का स्तुतिवाचन – मैं इन सब चीज़ों से तंग आ गया था, इनसे ऊब गया था।

हाँफ़ते हुए एक संदेशवाहक के स्वर ने मुझे आत्म-दया के सागर से बाहर निकाला। इसके पश्चात! जो भी घटा, वह सब निरर्थक था। इसके बाद मानो कुछ मायने ही नहीं रखता था। मैं समय के चक्र की एक धुरी मात्र बन कर रह गया। मैं एक ऐसा पत्थर बन गया, जिस पर चढ़ कर कोई महानता व प्रभुत्व तक जा पहुँचा। इसके बाद मैं राम के नायकत्व की महागाथा का एक गौण पात्र बन कर रह गया। उस एक क्षण में, जैसे सब कुछ ही बदल गया था।

"महाराज," बेचारे के पसीने छूट रहे थे और उसके मुख को देखते ही मानो मैं जड़ हो गया। मेरे चेहरे से जैसे किसी ने सारा रक्त सोख लिया था। "महाराज! युवराज मेघनाद को कुछ हो गया है...।" वह वहीं खड़ा धरती को ताकता रहा। मैंने त्रिजटा को पीछे धकेला और संदेशवाहक से आगे-आगे चल दिया, वह भी मेरे पीछे आने लगा।

"कहाँ है वह? क्या हुआ उसे?" मैंने उसके उत्तर की भी प्रतीक्षा नहीं की। मैं सबसे बदतर की कल्पना से भयभीत था, परंतु मन ही मन, ऐसी किसी संभावना से इंकार कर रहा था। मैं संतरी चौकी से भाग कर निकला और एक घोड़ा लपक लिया। दुर्ग के द्वार खुले और मैं किसी उन्मादी की भाँति, पहाड़ी वाले दुर्ग की ओर अश्व भगाने लगा। नगर की सीमाओं के समीप से निकलते हुए, मुझे अग्नि की गर्जना सुनाई दी। मैंने मुड़ कर देखा कि नगरी धू-धू कर जल रही थी, परंतु मैं वह सब देखने के लिए रुक नहीं सका। *'नगरी को आग में जलने दो, सारी मनुष्यजाति को नष्ट होने दो। मेरा पुत्र कहाँ था? मेघनाद! हे शिव, मेरे पुत्र की रक्षा करना। उसका अहित मत होने देना'*। मैं अश्व की देह से निकलते चिपचिपे स्वेद की गंध अनुभव कर सकता था, यद्यपि मुझे अब भी ऐसा ही लग रहा था कि मेरा अश्व तेज़ नहीं दौड़ रहा था। दुर्ग के समीप जा कर देखा कि उसके द्वार पूरी तरह खुले थे। मैं उन सैनिकों के पास से निकला, जो धरती पर निष्प्राण पड़े थे, वे अपने ही रक्तकुंडों में नहाए हुए थे। सारा दुर्ग मानो मौत के गहरे सन्नाटे के बीच था। मैं अश्व से उतरा व अपने पैरों को घसीटते हुए, महल की ओर चल दिया। मैं वहाँ जाना नहीं चाहता था। मैं जानता था कि वहाँ मेरे लिए कौन सा दृश्य प्रतीक्षारत् था। यद्यपि फिर भी मैं सिरविहीन देहों, अंगहीन धड़ों तथा रक्त से सनी प्राचीरों को पार करते हुए चलता रहा।

"महाराज!" मैं यह स्वर सुन कर स्तब्ध रह गया। मेरा वित्त मंत्री तथा दुर्ग रक्षक जंबूमाली, धरती पर बैठा था और उसने एक स्तंभ का आश्रय लिया हुआ था। वह रक्त से नहाया हुआ था और वृद्ध ने खड़े होने की चेष्टा की।

"मेघनाद कहाँ है?" मैंने उससे पूछा यद्यपि मैं जानता था कि मुझे क्या उत्तर मिलने वाला था। उसने पूजा कक्ष की ओर संकेत कर दिया, जहाँ मेरा पुत्र प्रायः नृत्यरत शिव की मूर्ति नटराज के सम्मुख मस्तक नवाया करता था। मेरे मन में आस की एक किरण सी जागी। *"मेघनाद! मेघनाद पुत्र! मेरे पुत्र!"* मन में कहीं हल्की सी आशा थी कि वह अभी खीसें निपोरते हुए बाहर आ जाएगा। मैंने काँपते हाथों से कक्ष का द्वार खोला। वहाँ मेरे पुत्र का निर्जीव शव पड़ा था। मैं वहीं धरती पर गिर गया, मैं अपने नेत्रों को भरसक उस भयावह दृश्य से परे रखना चाह रहा था यद्यपि फिर भी मेरी दृष्टि बार-बार वहीं जा रही थी। मेघनाद का कटा शीश शिव के चरणों में रखा था और बाकी शरीर कुछ क़दमों की दूरी पर था। उसकी पीठ में चार तीर छिदे हुए थे। साफ़ दिख रहा था कि मेरा पुत्र मरने से पहले यह तक नहीं जान सका कि वहाँ हो क्या रहा था। उस पर पीछे से वार किया गया था। जब उसके प्राण नहीं रहे तो उन्होंने उसका सिर धड़ से अलग कर दिया।

"वह लक्ष्मण दुर्ग में घुस आया था। वे करीब चालीस व्यक्ति थे। कोई नहीं जानता कि वे लोग कहाँ से आए और उन्होंने दुर्ग में कैसे प्रवेश किया या वे कैसे जानते थे कि युवराज यहाँ पूजा कर रहे थे।" वृद्ध सुबकियाँ भरे जा रहा था "जब युवराज यहाँ आए तो उनका मनोबल बुरी तरह से बिखरा हुआ था। उन्होंने मुझे बताया कि युद्ध में उनकी पराजय हुई और वे ही अपने काकाश्री की मृत्यु के उत्तरदायी भी थे। वे पूजा करना चाहते थे... परंतु... देखिए कैसे... वे...।"

"वह दूसरा लड़का कहाँ है?" मैं लगभग सुन्न हो चुका था।

वह भी मारा गया। शायद बाहर कहीं पड़ा होगा। सभी मारे गए। उन्होंने मुझे छोड़ दिया शायद मेरे बुढ़ापे पर दया आ गई होगी।"

अचानक ही नटराज की मूर्ति के पीछे थोड़ी सी हलचल ने मेरा ध्यान अपनी ओर आकर्षित किया परंतु मुझमें इतना साहस नहीं था कि मैं वहाँ तक जा सकता क्योंकि मुझे मेघनाद के शरीर के कटे अंगों पर पैर रख कर वहाँ जाना पड़ता। एक विशाल काले हाथ ने प्रतिमा का सहारा लिया और धीरे से अतिकाय उठ खड़ा हुआ। वह रक्त से नहाया हुआ था परंतु उसने हमारी ओर आने की चेष्टा की। उसने मेघनाद को देखा तो उसके मुख से पशुओं की तरह दयनीय चीत्कार निकली। वह मुझे और जंबूमाली

को रिक्त नेत्रों से ताक रहा था। अतिकाय का चेहरा गंभीर रूप से विकृत हो चला था। मैंने अपने वृद्ध प्रधानमंत्री को देखा। उसका रंग पीला पड़ गया था। जंबूमाली भागने लगा तो अतिकाय अपना पूरा बल सहेज कर उसके पीछे भागा। इससे पहले कि जंबूमाली भाग सकता, मैंने उसे भुजा से थाम कर वहीं रोक लिया। अतिकाय अभी वहाँ पहुँचा भी नहीं था कि वह औंधे मुँह गिरा और उसका मुख रक्तरंजित हो उठा। उसने एक बार फिर से उठना चाहा परंतु नहीं उठा सका। मैंने जंबूमाली को विपरीत कोने में धकेल दिया, जहाँ से वह मुझसे दूर नहीं भाग सकता था। वह कोने में बैठ गया, पूरी देह मारे भय के काँप रही थी। मैं अतिकाय की ओर बढ़ा तो उसने अपना चेहरा मेरी ओर घुमाया।

"यही व्यक्ति था... यही था... इसने खोले थे... द्वार... मैंने राजकुमार को बचाने की बहुत चेष्टा की... मुझे क्षमा करें... मैं नहीं बचा सका... मैंने प्रयत्न किया... बहुत प्रयत्न किया... लक्ष्मण यहाँ आया था... यही जंबूमाली उसे यहाँ लाया... मैं बाहर था और... मैंने सब देखा... राजकुमार अकेला रहना चाहता था... तभी मैं बाहर गया... वहाँ द्वार के पास था... जब मैं लौटा... मैंने उसे देखा... वह मेघनाद के शरीर के पास... मैं लड़ा... पर वे बच कर भाग निकले... मैंने कोशिश की... कोशिश की...।" उसके प्राण पखेरु उड़ने को तैयार थे। मैंने उसे उठाना चाहा परंतु उसकी विशालकाय देह को हिलाना सहज नहीं था। धीरे-धीरे, मेरा अवैध पुत्र मेरी आँखों के आगे दम तोड़ रहा था और उसने दम तोड़ दिया। मैंने उसे हौले से नीचे रख दिया। मैं बहुत ज़ोर से रोना चाहता था परंतु मैं उठ खड़ा हुआ। बूढ़ा जंबूमाली कोने में बैठा किसी डरपोक चूहे की तरह काँप रहा था। मैं उसके पास गया और टाँगों के बीच ठोकर दे मारी। वह चिल्लाया और मेरे पाँव पकड़ लिए। "दया... दया... महाराज!" वह घिघियाने लगा। मैंने अपनी कटार निकाली और उसके टुकड़े-टुकड़े कर दिए। धीरे-धीरे, मैंने पूरा रस लेते हुए यह कार्य संपन्न किया। अब तो मेरे पास समय ही समय शेष था। मैंने उसके नेत्रों से आरंभ किया और फिर नीचे के बाकी अंगों को अपना निशाना बनाया। इस कार्य में मुझे बहुत ही आनंद आया। उसकी चीखें मेरे कानों को किसी मधुर संगीत से कम नहीं लग रही थीं।

45 शहीदों का अंतिम संस्कार

भद्र

जब मैंने वह समाचार सुना, जिसका मुझे सबसे अधिक भय था तो मैं महल की ओर भागा। प्रातःकाल का समय था। सब कुछ अंततः समाप्त हो गया था। मेरा पुत्र, मेरा मूर्ख पुत्र भी राजकुमार मेघनाद के साथ मारा गया था। मैं जानता था कि एक न एक दिन तो ऐसा होना ही था। और मैं इस विषय में कुछ नहीं कर सका था। एक पिता का अपने पुत्र के प्रति स्नेह, सदैव एकतरफ़ा होता है। जब मैं वहाँ पहुँचा तो मैं ज़ोर-ज़ोर से रोने लगा, अपनी छाती पीटी और सड़कों पर लोटने लगा। मैं अपने-आप को संभाल नहीं सका। जो भी कोई मुझे सुनता, मैं उसे यह बताना चाहता था कि मेरे पुत्र ने राजकुमार के लिए अपने प्राणों की आहुति दे दी थी परंतु किसी ने भी सुनने की परवाह नहीं की। वे सभी राजकुमार की मृत्यु का शोक मनाने जा रहे थे। वे उस भव्य अंतिम संस्कार का एक हिस्सा बनना चाहते थे। सड़क के दोनों ओर भारी भीड़ जमा थी। मैं यही सोच रहा था कि आज कोई युद्ध क्यों नहीं था। यह तो मानो दैनिक चर्या का एक अंग बन गया था इसलिए युद्ध के बिना निकला हुआ दिन, बड़ा ही निरर्थक सा लगा। उन्होंने मुझे महल की ओर नहीं जाने दिया। मैंने उनसे विनती की और घूस देने का प्रयास किया परंतु आज तो वे पहले से भी अधिक अशिष्टता व रूक्षता से पेश आए। उन्होंने मुझे पीछे धकेल दिया। "मेरा पुत्र मारा गया है। मेरे पुत्र ने राजकुमार के लिए अपने प्राण त्याग दिए हैं। मेरा पुत्र!"

"ऐ भिखारी! हट रास्ते से।" एक सैनिक ने इतनी ज़ोर से धक्का दिया कि मैं संतुलन खो कर, मुँह के बल धरती पर जा गिरा परंतु मैं क्रुद्ध हो कर उठ खड़ा हुआ। मेरा पुत्र अपने देश के लिए शहीद हुआ था और एक शहीद का पिता होने के नाते, मुझसे

आदर-मान से पेश आने की बजाय, वे मुझे एक भिक्षुक समझ कर दुत्कार रहे थे।

"कृपा करके मुझे भीतर जाने दो...।"

"बेअक्ल कहीं के... राजकुमार का शव सुबेला से यहाँ आने ही वाला है।"

एक और बेहूदे से रक्षक ने मुझे कोने में धकेल दिया। मैं असहाय हो कर, वहीं खड़ा हाँफता रहा। किसी ने भी मेरी नहीं सुनी। मेरा पुत्र मारा गया था और मुझसे सांत्वना या सहानुभूति के दो बोल कहने वाला तक कोई नहीं था। मैं क्षण-प्रतिक्षण क्रोधित होता जा रहा था और रावण तथा प्रत्येक उस व्यक्ति का नाम ले कर अपशब्द कहने लगा, जो मुझे उस समय स्मरण रहे। कुछ क्षणों के लिए तो लोगों ने मुझे उपेक्षित किया परंतु उसके बाद एक रक्षक आगे आया और मेरे गाल पर एक करारा तमाचा जड़ दिया। मेरा सिर चकराया और मैं एक नाली में जा गिरा। मैं वहीं पड़ा बिसूरता रहा, अब तो मुझमें उठने की भी ताकत नहीं रही थी। न ही मैं वहाँ से उठना चाहता था। जब मैंने सुदूर से आते रथों के पहियों की घरघराहट सुनी तो रेंग कर उठ खड़ा हुआ। मैंने आगे आने की चेष्टा की तो लोगों ने घिना कर मुझे मार्ग दे दिया। रथ समीप आते गए तो भीड़ में धक्कामुक्की होने लगी। लोग किसी तरह आगे आना चाहते थे। वे लोग नारे लगा रहे थे और कुल मिला कर अपनी उदासी का पूरा आनंद ले रहे थे। शहीदों के शव धीरे-धीरे महल की ओर ले जाए जाने लगे तो प्रजा विलाप करने लगी। लोग मानो तेज़ स्वर में विलाप करने की होड़ कर रहे थे। शवों पर पुष्पवर्षा की जा रही थी। प्रत्येक मेघनाद के लिए आँसू बहा रहा था। *'मेरा पुत्र मारा गया था और इन लोगों के लिए यह कोई तमाशा था।'*

जूलूस में सबसे आगे, रावण सिर झुकाए बैठा था। उसकी गोद में मेघनाद था। मौन अश्रुओं तथा स्वेद की धाराएँ राजा के प्रिय पुत्र के मस्तक को चूम रही थीं। राजकुमार का चेहरा रक्तरंजित था और भयावह दिख रहा था। मृत्यु ने उसकी सारी सुंदरता तथा यौवन सोख लिया था। जब वे मेरे निकट आए, मेरा दिल ज़ोरों से धड़कने लगा। *'मेरा पुत्र, मेरा अतिकाय कहाँ था?'* शवों को निकट आता देख लोग जैसे बौरा गए। मैंने आगे आना चाहा पर लोगों की भीड़ ने मुझे पीछे धकेल दिया। मैंने देखा कि राजसी रथ के पीछे बहुत सी बैलगाड़ियाँ भी आ रही थीं जिनमें बहुत से साधारण सैनिकों के शवों के ढेर लगे थे। हो सकता था कि अतिकाय उनके बीच पड़ा हो।

बहुत से लोग उन गाड़ियों के पीछे भागे। कुछ लोग हृदय विदारक चीखें मार रहे थे और मैं भी उनमें शामिल हो गया। जब तक मैं अंतिम छकड़े तक पहुँचा तो बुरी तरह से हाँफने लगा था। लोगों के निष्प्राण शव, छकड़ों में सब्ज़ियों के बोरों की तरह लदे

थे। उनसे टपकता रक्त, सड़क पर निशान छोड़ता आ रहा था। कौए उन पर मंडरा रहे थे ताकि मानव-माँस खाने का अवसर मिल सके। मृत्यु बहुत सस्ती थी परंतु मेरा पुत्र मारा जा चुका था। *'उसका शव कहाँ था? क्या वे उसे लाना ही भूल गए?'* मैंने शवों के चेहरे देख कर पहचानने का असफल प्रयास किया परंतु नाकाम रहा क्योंकि सभी मृतकों के मुख एक से दिख रहे थे। मेरी आँखें धुँधला गईं। *'उस बच्चे ने मेरी बात क्यों नहीं मानी?'* वह बुरी संगति में था। मुझे बहुत पहले ही लंका त्याग कर, कहीं और चले जाना चाहिए था। मुझे पूर्ण नदी के तट पर स्थित अपने छोटे से गाँव में लौट जाना चाहिए था। मैं यहीं क्यों रुका रहा? मुझे इस संसार के राम और रावणों से क्या लेना-देना था? वे और उनके युद्ध। रावण ने मेरी पत्नी से बलात्कार किया और मुझे एक पुत्र दिया और जब मैं उस पुत्र से प्रेम करने लगा तो वह मुझसे उसे छीन ले गया।

सभी चिताएँ एक कतार में सजाई गईं। संस्कार के लिए छकड़ों में भर कर लकड़ियाँ लाई गईं और चिताओं को तैयार किया जाने लगा। मैंने रक्षकों से विनती की कि उन शवों में से एक शव मेरे पुत्र का भी था और मैं अपने मृतक पुत्र के अंतिम दर्शन करना चाहता था। अंत में एक को मुझ पर दया आई और वह मुझे हाथ से थाम कर मृतकों के बीच ले गया। मैंने हर उस अभागे व्यक्ति का मुख देखा जो इस निरर्थक युद्ध में अपने प्राण गँवा बैठा था परंतु वह वहाँ नहीं था। *'मेरा अतिकाय कहाँ था?* क्या वह अब भी जीवित था? मेरे मन में आशा की नन्ही सी किरण जागी। हो सकता है कि वह भयभीत हो कर कहीं छिप गया हो। हो सकता है कि वह कुछ दिन बाद साहस संजो कर घर लौट आए।'

तभी मुझे दिखाई दिया कि महल का एक द्वार धीरे-धीरे बंद हो रहा था और भीड़ को वहाँ से पीछे रखने का प्रयत्न किया जा रहा था। वहाँ भीतर दो चिताएँ सजाई जा रही थीं। एक पर मेघनाद का निष्प्राण शव रखा था और निःसंदेह दूसरी चिता पर मेरे अतिकाय का भारी-भरकम निर्जीव शरीर पड़ा था। मैं बंद हो रहे दरवाज़ों की तरफ भागा। रक्षक पसीने से लथपथ थे और भीड़ से जूझते-जूझते पस्त हो चुके थे। मैंने उस थोड़े से खाली स्थान से भीतर झाँकना चाहा तो मुझे बड़ी बेरुखी से पीछे धकेल दिया गया। मैंने अपनी राह में आने वाले रक्षक के मुख पर घूँसा दे मारा और अपनी ही ताकत पर आश्चर्यचकित हो उठा। लंबा सा रक्षक, एक बूढ़े के हाथों का घूँसा खा कर, कीचड़ में जा गिरा। इससे पहले कि उसके साथी कुछ समझ पाते। मैं भाग कर वहाँ से आगे निकल गया। मेरे पीछे खड़े कुछ दूसरे लोगों ने भी अपनी किस्मत आज़माने की सोची। इससे यह तो लाभ हो ही गया कि वे लोग आपस में ही उलझने में व्यस्त हो गए और मैं चिताओं के समीप जाने में सफल रहा।

मैंने देखा कि मेरा पुत्र राजा द्वारा तैयार करवाई गई चंदन की चिता पर शांतिपूर्वक पड़ा था। उसके शरीर पर सैकड़ों घाव थे और चेहरे से यौवन की आब जाती रही थी। ऐसा लगता था मानो कोई बदसूरत राक्षस मरा पड़ा हो। परंतु फिर भी वह मेरा पुत्र था, मेरे जीवन का एकमात्र उद्देश्य। कोई भी सम्राट उस पर अपना दावा नहीं कर सकता था। वे जीते-जी तो मुझे उससे दूर कर चुके थे परंतु अब मेरे मृत पुत्र को भी मुझसे दूर रखा जा रहा था। उसकी भी एक माँ थी, जो एक छोटी सी कुटिया में उसकी प्रतीक्षा कर रही थी। कोई भी रावण मुझे एक पुत्र को उसकी माँ के पास ले जाने से नहीं रोक सकता था। राजा वहीं खड़ा था और चेहरे पर गहन दुःख व पीड़ा के भाव थे। रानी धरती पर पड़ी थी। उसके केश खुले थे और वह हौले-हौले सुबक रही थी। महल के चाटुकार, विलाप के तीव्र सुरों के लिए आपस में प्रतियोगिता कर रहे थे। वे दिखाना चाहते थे कि उन्हें राजकुमार की मृत्यु का कितना दुःख था और इस तरह उन्होंने वहाँ उपद्रव मचा रखा था। कुछ लोग चंदन की लकड़ी सज़ा रहे थे जो कुछ ही क्षणों में मेरे पुत्र तथा राजकुमार को लील जाती। उसे महल में कभी अपने योग्य स्थान नहीं मिला। वह जब तक जीवित रहा, उसने कभी मेरी एक नहीं मानी। वह तो महल का एक श्वान था। कम से कम, वह मृत्यु के समय तो यह दावा कर ही सकता था कि वह भी एक मनुष्य था। मैं राजा के समीप गया और धृष्टों की भाँति खड़ा हो गया। मैंने उसे झुक कर प्रणाम तक नहीं किया। 'अगर यह इस धृष्टता के लिए मेरा शीश धड़ से अलग करवाना चाहे तो बड़ी प्रसन्नता से करवा सकता है।'

"मैं अपना पुत्र वापिस चाहता हूँ।" मैंने कहा किंतु वह मुझे अपलक ताकता रहा। ऐसा लगा कि उसने सुना तक नहीं।

"मैं अपना पुत्र वापिस चाहता हूँ।" मैं इतनी ज़ोर से बोला कि इस बार सबका ध्यान मेरी ओर आकर्षित हो गया। राजा को तो जैसे मेरी उपस्थिति का एहसास तक नहीं हो रहा था। *'क्या मुझे उसे उसके बालों से पकड़ कर, कानों में चीखना होगा?'* मैं तो कुछ ऐसा ही करना भी चाह रहा था। तभी राजा ने मेरी ओर देखा।

मैं बुरी तरह से सिसकियाँ लेने लगा। उसने मेरे कंधे पर हाथ धरा परंतु मैं उसका हाथ झटक कर चिल्लाया। 'मुझे मेरा पुत्र वापिस दो।'

रानी अपने दुःख के सागर से उबरी और हमारे पास आई। उसने एक-एक शब्द ऐसे कहा मानो उसे बोलने से मर्मांतक पीड़ा हो रही हो। "रावण! इसे इसका पुत्र दे दो। इसे उसका शव ले जाने दो।"

राजा का चेहरा गुस्से से लाल हो गया। वह रानी से हौले से बोला, "कभी नहीं, वह मेरा पुत्र है।"

"बिल्कुल नहीं! तुम्हें यह दावा तब करना चाहिए था। जब वह जीवित था। तुम्हारा तो केवल एक ही पुत्र है और वह है मेघनाद! यदि तुमने अपनी भूल स्वीकारी होती और उसे नवजात अवस्था में ही महल में ले आए होते तो मैं उसका भी मेघनाद की भाँति पालन-पोषण करती परंतु तुमने तो उसके जन्म से पूर्व ही उसे त्याग दिया। अब हम उस पर कोई अधिकार नहीं रखते। वस्तुतः हमारा उस पर कभी कोई अधिकार था ही नहीं।"

रावण ने क्रोध उगलते नेत्रों से मुझे व अपनी पत्नी को देखा परंतु रानी उसकी आँखों में निर्भीक हो कर ताकती रही। मुझमें इतना साहस नहीं था कि उसके गुस्से का सामना कर पाता इसलिए मैंने खुद को मर्मभेदी सुबकियों की आड़ में छिपा लिया और उससे थोड़ा परे हट गया। "ले जा, ले जा इसे यहाँ से। यदि यह मेरे पुत्र मेघनाद का मित्र न होता, तो यहाँ तक कि किसी श्वान को भी उसके मरने की परवाह न होती।" बलशाली सम्राट मेरे कान में फुसफुसाया।

'हाँ मेरे राजा, मैं जानता हूँ, मेरे पुत्र जैसे युवक की मृत्यु के लिए तो किसी श्वान को भी परवाह नहीं होती, जिसने आपके लिए अपने प्राणों का त्याग किया। आप जो गले में पहनने वाली उपाधियाँ देते हैं, अपने लिए मरने वालों की संतानों को जो छोटी-मोटी चाकरियाँ दे कर एहसान करते हैं, अपने छलछलाते कोष से जो चंद सिक्के उनकी झोली में फेंक देते हैं, वे सब कुछ नहीं, केवल कुत्तों को ललचाने वाली हड्डियाँ ही तो हैं ताकि अधिक से अधिक संख्या में कुत्ते आपके लिए प्राण देने को ललचा जाएँ। मैं अपने नन्हे से कुत्ते को आपसे दूर ले जाना चाहता हूँ। उसने अपना उद्देश्य पूरा कर दिया है। आपने बाकी युवकों को भी दिखा दिया है कि मातृभूमि तथा जातीय गौरव जैसे अमूर्त विषयों के लिए अपने प्राण अर्पित करना कितना महिमामंडित हो सकता है। आपने उसका सम्मान किया, प्रजा को मूर्ख बनाया और उन्हें दिखा दिया कि आपने अपने लिए प्राण देने वाले के लिए कितना भव्य प्रबंध किया था। उसकी कितनी वैभवशाली शवयात्रा निकाली। प्रत्येक व्यक्ति इस बात से प्रसन्न है कि हमारे देश ने उन युवकों को नहीं भुलाया, जो मातृभूमि की रक्षा के लिए शहीद हुए हैं। जो भी शहीद हुआ है, उसे याद रखा जाएगा परंतु केवल अगले समय के भोजन तक। राजन, प्रबंध वाकई बहुत आलीशान था। अब और बहुत से युवक तुम्हारे लिए प्राणों की आहुति देने को आगे आएँगे, तुम्हारे द्वारा फेंकी गई हड्डियों, दो क्षण की कीर्ति तथा सड़क के किनारे बने उस पाषाण स्मारक को देख ललचाएँगे जिस पर वास्तव में श्वान मूत्र त्याग करेंगे। मेरे पुत्र ने तुम्हारा काम कर दिया है। अब उसे अपने घर जाने दो। मैं उसे उसकी माँ के पास ले जाना चाहता हूँ।' मैंने इनमें से एक भी शब्द अपने मुख से नहीं उच्चारा। यदि मेरे भीतर इन शब्दों को अपने मुख से निकालने

का साहस होता तो अनेक कंठों से भी हिम्मत जुटा कर, यही स्वर निकलते और एक प्रतिध्वनि बन जाते, तब धरती से राम तथा रावणों का अस्तित्व ही समाप्त हो जाता। मैं अपने पुत्र के शव के समीप गया और उसे आलिंगन में ले लिया। मैंने उसे उठाना चाहा परंतु वह तो बहुत पहले ही मुझसे बहुत बड़ा हो गया था। दो सैनिकों ने उसे उठाने में मुझे सहायता दी। उसका शरीर अकड़ गया था और भार इतना बढ़ गया था कि उसके बूढ़े बाप के कंधे उठा नहीं सकते थे। हाथों से खींचे जाने वाला छकड़ा मेरी ओर धकेल दिया गया और मैंने बड़े ही आराम से अपने पुत्र को उस पर रख दिया। मेरे भुजाओं की शिराएँ फड़क उठीं परंतु मैं उस भारी बोझ को घसीटते हुए, निरंतर अपने घर की ओर चलता रहा। उसकी माँ उससे मिलने के लिए प्रतीक्षा कर रही थी।

जब मैंने महल के मुख्य द्वार के बाहर क़दम रखा तो स्त्रियों का करूण विलाप सुनाई दिया, मेघनाद को उसके पिता द्वारा मुखाग्नि दे दी गई थी। जब मैं शाही मार्ग से अपने घर की ओर जाने वाली गंदी तथा काली सड़क की ओर मुड़ा, तब तक असुरों का राजकुमार गाढ़े व छल्लेदार धुएँ के मध्य कहीं अलोप हो गया था। ज्यों ही इस दरिद्र असुर ने अपना दावा जताया, उसी क्षण उसके मित्र, उसके सखा, उसके सहायक तथा सौतेले भाई को भुला दिया गया। मैं अकेला ही अपने मृत पुत्र का छकड़ा खींचते हुए चलता रहा। सूर्य मानो अपने तपिश से हज़ारों मुट्ठियों से भी भयंकर प्रहार कर रहा था और मेरे पोर-पोर से पसीना बहा जा रहा था। मुझे अपना कोई पड़ोसी अथवा मित्र दिखाई नहीं दिया। वे सब एक राजकुमार के अंतिम क्रिया कर्म का भव्य समारोह देखने गए हुए थे। ज्यों ही मैं घर के समीप पहुँचा तो कभी सुंदरी रह चुकी, अपनी पत्नी की कुबड़ी आकृति देख सकता था। वह बड़ी व्यग्रता से अपने पुत्र की वापसी की प्रतीक्षा कर रही थी और हमारी ओर दौड़ी आई परंतु छकड़े को देखते ही वहीं थम गई। एक ही झटके में उसकी प्रसन्नता का स्थान सदमे ने ले लिया, पहले उसके चेहरे पर अस्वीकृति के भाव उभरे और फिर उसे नियति के इस क्रूर प्रहार को अपनी स्वीकृति देनी पड़ी। वह अतिकाय के शरीर पर गिर पड़ी। उसे ज़ोर-ज़ोर से पीटने और हिलाने लगी। उसने दुःख के मारे अपने बाल नोच लिए। मैंने विलाप करती माँ और उसके मृतक पुत्र को उनके हाल पर छोड़ दिया। मुझे तो बहुत सी दुनियादारी निभानी थी। मैं अपने पुत्र का आलीशान अंतिम संस्कार करना चाहता था। सूर्य ढलने को था और उसके संस्कार के लिए मुझे किसी प्रकार के अनुष्ठानों की आवश्यकता नहीं थी। मैं केवल यही चाहता था कि सूर्य अस्त होने से पूर्व सब कुछ निपट जाए। मैं इस संताप व पीड़ा से तंग आ गया था। मेरा पुत्र मर चुका था और यह संताप मेरी मृत्युपर्यंत हृदय पर किसी पाषाण शिला की भाँति पड़ा रहेगा। मैंने उसे जलाने के लिए लकड़ी खोजी परंतु मेरे घर में बिल्कुल लकड़ी नहीं थी। हमें तो घर में भोजन पकाए भी जाने कितना समय हो गया था। हम कभी-कभार पकड़े

गए जंगली चूहों या मेरे मार्ग में आवारा भटकते अभागे ख़रगोशों व गिलहरियों के सहारे ही जीवित थे। मैं कहीं सुदूर से आते भीड़ के क्रंदन को सुन सकता था। मैं सुन सकता था कि कोई अपने कर्कश स्वर में असुर युवराज मेघनाद की कीर्ति का बखान कर रहा था और लोग रो-रो कर उसे दोहरा रहे थे। ज्यों ही वे नारे ज़ोर पकड़ने लगे, मेरे भीतर का रोष भी उबाल खाने लगा। मैं हर चीज़ से तंग आ गया था, थक चुका था। मैं अपनी जाति, अपनी दरिद्रता अथवा अपने उस पुत्र के अंतिम संस्कार के लिए लकड़ी न मिलने से टूट चुका था जिसने बड़ी मूर्खता से राजकुमार के लिए अपने प्राण त्याग दिए थे।

जब मैंने अपने निर्धन महल को सहारा देने वाले मुख्य स्तंभ पर कुल्हाड़ी का पहला वार किया, तो उस समय मेरे मस्तिष्क में रावण का मुख चक्कर काट रहा था। फिर हर वार के साथ, मैंने कल्पना की कि मैं उन सभी महान व्यक्तियों के शीश काट रहा था, जिन्हें मैंने देखा था अथवा जिनके विषय में केवल सुना था। मेरी पत्नी ने रोना बंद किया और मुझे कोसते हुए दौड़ी। उसने कहा कि मैं बौरा गया था। मैं अपने महल को टुकड़ों में काटता रहा। अब यह एक खेल बन गया था और मैं इसका पूरा आनंद ले रहा था। मैंने विभीषण, कुंभकर्ण, प्रहस्त, राम, लक्ष्मण, सीता, मंदोदरी, जंबूमाली, विद्युतजिव्हा, कुबेर तथा वरुण आदि सभी के नाम पर एक-एक वार किया परंतु इससे पूर्व कि मैं उनके शीश धड़ से अलग करने के मनपसंद वार कर पाता, मेरी कुटिया हरहरा कर नीचे आ गई।

मैं उस छकड़े की ओर भागा जिसमें मैं अपने प्रिय पुत्र का शव ढो कर लाया था। मैं उसे खींच कर कुटिया के पास लाया और अतिकाय के विशाल शरीर को उन टुकड़ों पर उलट दिया। फिर मैं अपने पड़ोसी के घर की ओर लपका। वह हमेशा अपने मंदिर में एक दीपक जला कर रखता था। मैंने धकेल कर दरवाज़ा खोला और उस कोने में गया, जहाँ वह तैल दीपक रखा रहता था। मैंने अपना मुंडु उतारा और उसे तैल में भिगो लिया। उस वस्त्र ने तुरंत आग पकड़ ली और फिर मैं उस जलती मशाल को ले सीधा बाहर भागा। मेरी पत्नी उस ढेर में से अपना कुछ सामान छाँटने का प्रयास कर रही थी जिसे कुछ क्षण पूर्व तक हम अपना घर कहा करते थे। मैंने उसे पीछे धकेला और वह जलता कपड़ा ढेर पर फेंक दिया। ज्यों ही लपट धीमी हुई तो मेरी श्वास भी थम सी गई परंतु फिर एक भभाके से आग जल उठी, वह उन सभी वस्तुओं को लील गई, जिन पर कभी मेरा स्वामित्व हुआ करता था। उन विकराल लपटों ने मेरे पुत्र को भी निगल लिया। अतिकाय अपने राजकुमार के पदचिन्हों पर चला था। वह भी अपने सौतेले भाई की तरह वीरगति को प्राप्त हुआ था परंतु बेचारा लड़का चमड़ी के ग़लत रंग के साथ जन्मा और नगर के ग़लत घर में पला-बढ़ा। तो उसके लिए जयजयकार

करने और उन नारों की हुँकार से आकाश व धरती को भी हिला देने वाले मूर्ख नहीं थे। यद्यपि अग्नि ने किसी भी तरह का भेदभाव नहीं किया। इसकी क्षुधा मेरे व राजा के पुत्र के लिए एक समान थी। जब अग्नि बड़ी ललक से अपना भोजन ग्रहण कर रही थी तो मैं खड़ा संतोष से ताकता रहा। गर्म अश्रुओं की धाराएँ मेरे पिचके गालों को जला रही थीं। ज्यों ही आख़िरी लपट शांत हुई और भस्म लंका की लाल धरती पर आकर पड़ी तो आकाश में बादल गरजे और मूसलाधार वृष्टि होने लगी। जब प्रचंड वर्षा का वेग थमा तो वह अपने साथ मेरे घर तथा पुत्र के अवशेष भी बहा ले गई थी। मेरा दु:ख दिमाग़ के किसी कोने में सुन्न हो कर जम चुके दर्द में बदल चुका था। जब मैंने अपने पुत्र की चिता को अग्नि दी तो मेरी पत्नी वहीं गिर गई थी और तब से अब तक वहीं पड़ी थी। मुझे भूख लगने लगी थी। हो सकता है कि महल के प्रवेश द्वार पर भोजन का वितरण हो रहा हो। प्राय: ऐसे अवसरों पर वे दरिद्रों तथा आश्रयहीनों को अन्नदान दिया करते थे। मैं उठा तथा देह पर पड़ी पानी की बूँदों को परे झटक दिया। हो सकता है कि जल्दी करने से खाने को कुछ मिल जाए और अगर किस्मत अच्छी निकली तो संभवत: अपनी पत्नी के लिए थोड़ा भोजन ला सकूँगा। हो सकता है कि कोई मुझे थोड़ी ताड़ी भी पिला दे। मैं महल की ओर चल दिया।

46 एक असफल सम्राट

रावण

शत्रु बहुत निकट आ पहुँचा था। मैं अंत को अपने समीप देख सकता था यद्यपि मैं इसे स्वीकार नहीं करना चाहता था। कल ही तो अपने पुत्र की चिता को मुखाग्नि दी है। अब तो कुछ बचा ही नहीं था, केवल राम से अंत तक युद्ध करना ही शेष था, भले ही वह अंत मेरा हो अथवा राम का! *परंतु मैं किस लिए युद्ध कर रहा था? मेरा साम्राज्य समाप्तप्राय था, मेरे पुत्र की मृत्यु हो चुकी थी, मेरी रानी की मान-मर्यादा को धूल में मिला दिया गया था। अब शेष था ही क्या?* यह सत्य है, मेरे पास यह सुंदर नगरी थी, जिसे मैंने कड़े परिश्रम व नियोजन से तैयार करवाया था; वह वैभव था जिसे बहुत समय पूर्व देवों से जीता था; और मेरी पुत्री, जो मेरे ही शत्रु की पत्नी थी।

परंतु जब मुझसे ये सब छीना जा रहा था, तो मैं शेष वस्तुओं से और अधिक मोह अनुभव करने लगा था। यद्यपि, जिस प्रकार कोई तीव्र लहर, समुद्र के किनारे खड़ी चट्टान को क्षत-विक्षत कर देती है, उसी प्रकार मैं भी जर्जर होता जा रहा था। मैं भीतर-भीतर ही गल रहा था। जीवित रहने की इच्छा भी समाप्त सी होती जा रही थी। मैं जिन वस्तुओं को आज तक सँजोता आया और जिनसे सदैव लाभ लेता रहा, आज जैसे वे मेरे लिए अर्थहीन हो गई थीं। राम उत्तर के एक अप्रासंगिक राज्य का एक अपरिपक्व राजकुमार भर था। वह लड़का मेरे मेघनाद से केवल कुछ ही वर्ष बड़ा रहा होगा। मैं एक सम्राट था, एक शक्तिशाली सम्राट, संभवतः इतिपूर्व भारत ने ऐसा कोई सम्राट देखा तक नहीं था। अयोध्या तो एक गौण सा राज्य था, एक पिछड़ा हुआ ग्राम राज्य। यद्यपि, मेरा राज्य इस तरह उसके पैरों तले कुचला कैसे गया?

क्या बाली की मृत्यु इस विनाश का कारण बनी? क्या यह सब विभीषण के छल

के कारण हुआ? मैं अपने नज़रिए व बोध से कब भटक गया? असुर साम्राज्य ने अपने ही लोगों के बीच निरंतर चलने वाले संघर्ष व युद्ध के चलते, अपनी आर्थिक, सांस्कृतिक व तकनीकी श्रेष्ठता के बावजूद, देवों के आगे घुटने टेक दिए थे। मैं हमारे इतिहास व अपने लोगों से भली-भाँति परिचित था। मैंने बड़ी दृढ़ता के साथ अपना शासन संभाला तथा इस बात का पूरा ध्यान रखा कि मेरे पास शक्तिशाली पदों पर केवल निष्ठावान व्यक्ति ही आसीन हों। मैं उन सभी लोगों पर निगरानी रखता, जो मेरे विरुद्ध विषवमन कर सकते थे। ऐसे स्त्री-पुरुषों को सदैव ध्यान में रखता जो मेरे सिंहासन को पाने के लिए चाल रच सकते थे। मैं भी कितना मूर्ख निकला!

मैंने प्रहस्त सरीखे लोगों पर नज़र रखी; मैंने यह सुनिश्चित किया कि कुंभकर्ण सदैव अपनी मदिरा व भाँग की विकृत कुटेव में मग्न रहे; मैंने यह सुनिश्चित किया कि रुद्रक सरीखे क्रूर कहीं बहुत अधिक शक्ति के स्वामी न बन जाएँ। मैंने मूर्खतापूर्ण रूप से यह विश्वास किया कि वरुण जैसे दस्यु को 'सात सागरों का सेनाध्यक्ष' तथा 'असुर जलसेना का महान नायक' जैसी प्रभावी उपाधियों से ख़रीदा जा सकता था। मैंने स्वयं अपनी बहन के पति विद्युतजिव्हा की हत्या करवाई थी। परंतु मैं सीधे व निर्दोष दिखने वाले स्त्री-पुरुषों द्वारा ही छला गया जैसे विभीषण, जो अपने आचार-विचार से कितना पवित्र जान पड़ता था; जैसे जंबूमाली जो एक ऐसा नौकरशाह दिखता था, जो अपने लेखे-जोखों के संसार में खोया रहता; लंकिनी जैसी स्त्री, जो कभी सार्वजनिक रूप से देश तथा राजा के प्रति अपनी निष्ठा तथा स्नेह के प्रदर्शन से चूकती नहीं थी। मेरे पास शक्तिशाली मित्र थे, परंतु जब उनकी आवश्यकता आन पड़ी तो मैं निपट अकेला था। मैंने सोचा कि मेरा साम्राज्य लौह निर्मित था परंतु जब तूफ़ान आया तो मैंने पाया कि यह तो तिनकों से बना था, जिसे बिखरते देर नहीं लगी। मैंने जिस पर भी विश्वास किया, उसी ने मेरे साथ छल किया। मैं तो अपनी बुद्धिमता पर इतना गर्व करता था, तो मैं लोगों को परखने में इतनी बुनियादी भूलें कैसे कर बैठा? मैं सब कुछ नए सिरे से आरंभ करना चाहता हूँ परंतु यह जीवन इतना छोटा है कि इसमें कुछ भी पुनः करने का अवसर नहीं मिलता। मुझे भी तो केवल एक ही अवसर दिया गया था जिसे मैंने दोनों हाथों से लपक लिया था। मैंने तो एक महान साम्राज्य का गठन किया, परंतु अब समय बदल गया था और जैसे मेरे आसपास की हर वस्तु चूर-चूर हो कर बिखरती जा रही थी। मुझे इसके लिए कोई पश्चाताप नहीं था। मैं एक भरपूर जीवन जी चुका था। बस अब यह आत्मदया का खेल बहुत हुआ। कुछ श्रेष्ठ कर दिखाने का समय आ गया था। मैं जानता था कि मैं असफल हो सकता था, परंतु मैं अपनी प्रजा के लिए एक भव्य असफलता का ऋणी था। केवल वही लोग तो थे जिन्होंने मेरे साथ कोई छल-कपट नहीं किया था। मैंने उनके लिए क्या किया, उन्होंने मुझे जो स्नेह दिया, मैंने उसका क्या प्रतिदान दिया? मुझे बहुत गर्व था कि मैंने अपने असुरों

के लिए कितने महान तथा विशाल साम्राज्य का निर्माण किया था, मैंने सोचा कि मैंने उन्हें चिरवांछित मर्यादा तथा स्वतंत्रता प्रदान की थी, परंतु संभवतः यह समझना मेरी भूल थी। मैं भी एक आततायी था, हो सकता है कि थोड़ा स्नेही रहा होऊँ किंतु मैं महाबलि नहीं था। मैंने अपने कान और आँखें खुले नहीं रखे। मैं अपने ही लोगों की पीड़ाओं व कष्टों के लिए अंधा और बहरा बन गया था। जब मैं बड़ी वस्तुओं के लिए भाग रहा था – बड़े नगरों, भव्य देवालयों, चौड़े राजमार्गों, श्रेष्ठ बंदरगाहों, विशालतम युद्धपोतों, व्यापार में वृद्धि, व्यवसाय में बढ़ोतरी, संसार के दूसरे राष्ट्रों के बीच ख्याति अर्जित करने तथा अपने देश को संसार का सबसे धनी देश बनाने की प्रतियोगिता में शामिल था – तो उसी दौरान कुछ सादी परंतु आधारभूत बातें भूल गया था। मैं अपने लोगों, अपनी प्रजा को भूल गया था। मैंने सोचा था कि यह जगमगाते नगर ही प्रगति हैं। मैं उन लोगों के विषय में भूल गया था, जो नालियों में अपनी ज़िंदगी बसर करते हैं। जब मैं उदारतापूर्वक भव्य भोजों का आयोजन कर रहा था, तो मैं भूल गया कि मेरी अधिकतर प्रजा के पास पेट भरने के लिए अन्न तक नहीं था।

प्रहस्त ने कई बार इस ओर इंगित किया परंतु यह बहुत ही नीरस विषय था। मुझे लगा था कि कहीं मेरी संपदा इन्हीं बातों में न छीज जाए। मैंने कल्पना की कि मैंने अपनी प्रजा को सड़कों पर विद्रोह करने तथा अपने विचारों को प्रकट करने की जो स्वतंत्रता दी थी, वे इसे ही बहुत जानेंगे और संतुष्ट रहेंगे। मुझे गर्व था कि मैं कम से कम दूसरे शासकों की तरह तो नहीं था, जो आतंक व दमन के बल पर अपनी प्रजा को शोषण की चक्की में पीस देते थे और क्रूर नरसंहार से भी बाज़ नहीं आते थे। मुझे गर्व था कि असुरों ने एक ऐसा तंत्र विकसित कर लिया था जिसके अनुसार राजा के पास केवल नाममात्र की ही शक्ति रहती क्योंकि वास्तविक शक्ति, गाँवों द्वारा चुने गए व्यक्तियों व पंचायतों के पास ही रहती थी। मैंने इसी तंत्र को पूरे संसार के सम्मुख आदर्श नमूने के तौर पर प्रस्तुत किया। यद्यपि, जिन दरिद्रों तथा शोषितों को मैंने उपेक्षित किया, वही अंत तक मेरे साथ डटे रहे। वे जानते थे कि उनके पास ही खोने के लिए सबसे बड़ी वस्तु थी – वह थी उनकी आज़ादी, यह वही स्वतंत्रता थी जो उन्हें विश्वास दिलाती थी कि वे जीवन में कुछ बेहतर कर सकते थे। मैंने जिस धनी तथा मध्यम वर्ग को पोसा था, वे या तो बड़ी धृष्टता के साथ दूसरे पक्ष से जा मिले अथवा एक सुरक्षित स्थान पर बैठे देख रहे थे कि कौन से पक्ष की जीत होगी क्योंकि जो भी पक्ष जीतेगा, वे जा कर उसी के तलवे चाटना प्रारंभ कर देंगे। आज ही वह दिन था जब सारे निर्णय ले लिए जाएँगे। क्या यह सब किसी अज्ञात शक्ति द्वारा मेरे भाग्य में पहले से ही नियत कर दिया गया था, जो मेरे विरुद्ध षड़यंत्र रच रही थी? मेरी त्रासदी यह हो सकती थी कि मैं अब तक नहीं जानता था कि अंततः मुझसे क्या भूल हुई थी। मैंने लोगों को परखने के बारे में ग़लतियाँ कीं, परंतु हम इसे

ही इतने बड़े साम्राज्य के पतन का एकमात्र कारण तो नहीं मान सकते। यह सुनने में भले ही विचित्र लगे, परंतु मैं अब इतना समझने के लिए तो परिपक्व हो ही गया हूँ कि कुछ घटनाएँ अँधाधुँध तरीक़े से घटती हैं, और हम बेचारे मनुष्य किसी अंधड़ में उड़ते तिनकों की तरह बिखर जाते हैं।

मध्यम वर्ग कह रहा था कि मैं एक बहुत बड़ा पापी था, मुझे कोई अधिकार नहीं था कि मैं किसी दूसरे व्यक्ति की पत्नी को अपने महल में ला कर रखता। अफ़वाहें तो यह भी थीं कि मैंने पहले भी कई स्त्रियों के साथ बलात्कार किया था और अब भी मेरे अंत:पुर में बहुत सी स्त्रियाँ बंदी थीं। वे मेरी सरकार को भ्रष्ट कह रहे थे और दावा कर रहे थे कि मेरे अधिकारियों ने आम जनता का खून चूस कर अपने घर भर लिए थे। मैं तो इस संसार का सबसे बड़ा मूर्ख हूँ। मैंने बड़े-बड़े राजमार्ग बनवा कर, इन लोगों को सुख-सुविधा दी ताकि इनके सुवर्ण-मंडित रथ, निर्धनों की गिराई हुई झोंपड़ियों के अवशेषों के सामने से निकल सकें, वहाँ अपने रथ दौड़ा सकें, जहाँ उन दरिद्रों के आवास हुआ करते थे। मैंने कृषकों को उनकी उपजाऊ भूमियों से खदेड़ दिया था ताकि ये बातों के छल्ले बाँधने वाले गधे अपने बंगले और आमोद भवन बनवा सकें। मैंने टहलपट्टी पर रहने वालों को कभी वहाँ टिकने नहीं दिया क्योंकि वे मध्यम-वर्ग की आँखों में काँटे की तरह खटकते थे। मैंने उन निर्धनों को अपने नगर से दूर खदेड़ दिया, जो आजीविका की तलाश में यहाँ अपने परिवारों के साथ आए थे। वे अपने पूरे परिवार के साथ धरती के इतने छोटे से टुकड़े पर रहते थे, जिस पर एक धनी व्यक्ति का रथ खड़ा होता था। मैंने जल को खेतों से अपने नगर की ओर मोड़ दिया, ताकि ये पेटू अपने घरों में फव्वारे लगवा सकें। मैंने ग्रामीण इलाक़ों को जल देने वाली नदियों के रूख अपने नगर की ओर मुड़वा दिए ताकि ये लोग सौंदर्य स्नान कर सकें। दरिद्र प्यास से तड़पते, प्राणों का त्याग कर देते या झुंड के झुंड बना कर नगरों की ओर आ जाते ताकि उन सुविधाभोगियों के लिए अनुचरों, मालियों, रसोइयों आदि के रूप में अपनी सेवाएँ दे सकें।

मेरे हाथियों ने छोटी झोंपड़ियाँ ढहा दी थीं ताकि विशाल क्रय भवन बन सकें, जहाँ से ये लोग रेशम के वस्त्र, क़ीमती रत्नों तथा सोने के आभूषण ख़रीद सकते थे। मेरे कोष भरपूर थे क्योंकि मैं इस सारे व्यापार से कर-संग्रह करता था और चूँकि मैं उनसे कर लेता था इसलिए वे मुझसे माँग करते कि मैं और अधिक राजमार्ग बनवाऊँ। वे उलाहना देते कि बंदरगाहों पर उनकी विलासितापूर्ण नावों के लिए पर्याप्त स्थान नहीं थे; वे कुंठित थे क्योंकि उनके पास मनोरंजन के पर्याप्त विकल्प नहीं थे। वे चिल्लाते कि इस देश में कोई काम नहीं करता था; वे शिकायत करते कि सारा तंत्र ही भ्रष्ट था और वे मुझसे आग्रह करते कि मुझे अपने शासन में न्याय की स्थापना करनी चाहिए।

तो मैंने और अधिक संख्या में दरिद्रों की छतें गिरवाईं, और अधिक बाँध बनवाए, और अधिक निर्धन कृषकों को आश्रयविहीन किया और इस प्रक्रिया में अपने नगरों को अवरुद्ध कर दिया। मैंने भव्य देवालय निर्मित करवाए, जहाँ पुरोहित सामान्य लोगों को ठगते; मैंने अनेक स्थानों पर पुष्पों के पौधे लगवाए ताकि जिन लोगों को भरपेट भोजन तक नहीं मिलता था, वे पुष्पों की सुंदरता का आनंद ले सकें; मैंने व्यभिचार के अड्डों को प्रोत्साहित किया जहाँ मदिरा व सुंदरी का अभाव नहीं था और इस तरह मैं मध्यम वर्ग का प्रिय बनता चला गया। मैं उनके स्तुतिवाचन के मद में चूर हो गया था। वे उस विकास के लिए मेरी प्रशंसा करते और मैं कमअक्ल बेवकूफ़ यह समझा कि मैं अपने देश को आगे ले जा रहा था। मैंने अपने नगरों की चकाचौंध देखी और अंधकार के उन सायों से आँखें फेर लीं, जहाँ पीड़ा, दुर्गंध तथा सड़न का साम्राज्य था। मैंने यह विश्वास किया कि वह चकाचौंध ही सर्वाधिक महत्त्व रखती थी। और फिर राम हमारे द्वार पर आ खड़ा हुआ और जैसे कुछ ही क्षणों में सब कुछ बदल गया। जब शत्रु ने द्वार खटखटाया तो मध्यम-वर्ग को ओझल होते देर नहीं लगी। उन्होंने स्वयं को अपने घरों के आरामदायक कक्षों में छिपा लिया और अपने हट्टे-कट्टे पुत्रों को राज्य की नज़रों से ओझल कर दिया। देश को उनकी संतानों की शिक्षा का सारा प्रबंध अपने पर लेना पड़ा था और देश ने यह उम्मीद की थी कि जब कभी उनकी आवश्यकता होगी तो वे अपने मानसिक व शारीरिक बल के साथ प्रस्तुत होंगे परंतु कितने खेद से कहना पड़ता है कि उनमें से कोई भी आगे नहीं आया। कृषकों तथा टहलपट्टियों पर रहने वाले दरिद्रों ने देशभक्ति की बलिवेदी पर अपने पुत्रों का बलिदान किया। विदेशों से पढ़-लिख कर आए, संस्कृतभाषी, पान चबाने वाले धनी विद्वानों ने मुझे अपने छिपने के स्थानों से ही परामर्श अवश्य दिए परंतु उनमें से कोई भी वास्तव में सहायता करने आगे नहीं आया। निर्धनों ने उन टुकड़ों का भी मोल चुकाया, जो मैंने उनका जीवन-रक्त चूसने के एवज़ में उनके आगे फेंके थे। जब मेरी राजधानी अग्नि की लपटों में भस्म हुई तो आसपास के देहाती इलाक़ों से सभी किसान, उसे नए सिरे से बनाने के लिए आ जुटे। उनमें से कई तो ऐसे लुटेरे भी थे, जो कुछ भी हाथ लगने पर छोड़ते नहीं थे पर उस बार मैंने अपने रक्षकों को इस बात की अनदेखी करने को कहा और वे सभी अपने वचन से पीछे नहीं हटे।

यदि मुझे एक और अवसर मिलता तो मैं इस संपन्न वर्ग को अवश्य सबक सिखाता। मैं सैन्य शिक्षा को अनिवार्य कर देता, फिर भले ही वह किसी धनी व्यापारी का पुत्र हो, पुरोहित हो या फिर कोई निर्धन भिक्षुक। मैं तकनीकी तथा चिकित्सा विद्यालयों से शिक्षा प्राप्त करने वालों के लिए यह अनिवार्य कर देता कि वे कम से कम पाँच वर्ष तक ग्रामीण इलाक़ों को अपनी सेवाएँ देंगे। मैं ऐसा करता... लेकिन यह सब कितना महत्त्व रखता था...।

मैं जो कुछ भी सोच रहा था, उन विचारों को सोचने से लाभ भी क्या था, मुझे कभी जीवन में दूसरा अवसर नहीं मिलने वाला था। वे आदर्शवादी स्वप्न थे - मेरे अपने निम्न मध्यमवर्गीय स्तर की इच्छाएँ, मेरी युवावस्था की बिखरी कल्पनाओं के चिरविस्मृत टुकड़े! यदि दूसरा अवसर मिलता भी तो सत्ता मुझे फिर से भ्रष्ट कर देती। आर्दश हमेशा की तरह दम तोड़ते और कहीं एकांत में दफ़ना दिए जाते। सच्ची बुद्धिमता इसी बात में छिपी थी कि आदर्शवाद केवल सत्ता प्राप्त करने का साधन मात्र था। कल मेरी मृत्यु हो सकती थी या फिर राम मारा जा सकता था, परंतु यह जगत उसी प्रकार चलायमान रहेगा। शोषित शोषित ही रहेंगे और निर्धन सदा निर्धन ही बने रहेंगे। नई क्राँतियाँ घट सकती हैं; नई आदर्श धारणाएँ पनपेंगीं; नैतिकता के कुछ नए मायने, पुराने नियमों का स्थान ले लेंगे; नए संत महात्मा जन्म लेंगे; नए राजा धरती पर शासन करेंगे; नए धर्म अंकुरित होंगे तथा आपस में संघर्ष करेंगे और अनेक नए आविष्कार किए जाएँगे परंतु सब कुछ वैसा ही रहेगा। अपराध बोध की अनुभूति क्यों हो? मैंने वही किया, जो मैं कर सकता था। मैं इससे भी श्रेष्ठ प्रदर्शन दे सकता था, परंतु ऐसा कौन है जो नहीं दे सकता?

युद्ध का विजेता सब कुछ ले जाएगा - कीर्ति, धन, सत्ता। वही सत्य कहलाएगा, क्योंकि जो भी विजयी होता है, उसे ही सत्य माना जाता है। भाँड तथा कवि विजेता का ही स्तुतिवाचन करेंगे। उसकी कीर्ति का बखान करेंगे। जैसे-जैसे समय बीतेगा, जाने कितनी दंतकथाएँ बन जाएँगी। विजेता ही गुणों का उदाहरण बन जाएँगे, सभी मनुष्यों में सर्वश्रेष्ठ कहलाएँगे। वह भी दूसरे मनुष्यों की भाँति जीवन में अच्छे तथा बुरे दोनों प्रकार के कर्म करेगा परंतु जैसे कि संसार की प्रकृति है, विजेता के भले कामों का अतिशयोक्तिपूर्ण वर्णन होगा और उसके बुरे कामों को स्मृति पटल से सदा के लिए मिटा दिया जाएगा। यदि उसके कृत्य समाज के तत्कालीन नैतिक मूल्यों पर खरे न उतरे, तो उसे ईश्वरत्व की उपाधि दे दी जाएगी। भला देवत्व पर भी कोई प्रश्नचिन्ह लगा सकता है? इस प्रकार, मेरे देश ने अनेक देवों को जन्म दिया था। प्रत्येक विजेता व्यक्ति, भले ही उसने किसी भी उपाय से विजयश्री क्यों न पाई हो, कोई न कोई देवता अथवा *अवतार* बन चुका था। पराजित व्यक्ति के लिए सदैव इसके विपरीत ही होता आया था।

यद्यपि कितनी विचित्र बात थी, मुझे एहसास हुआ कि मुझे इसमें से किसी बात के लिए कोई चिंता नहीं थी। मैं वस्तुओं के इस क्रम के मध्य, स्वयं अपनी हीनता व तुच्छता को अनुभव कर सकता था और इसी ने मुझे आत्म-केंद्रित बना दिया था, हालाँकि मेरे लिए भी यह कौतूहल का विषय था। यदि मैं जीवन के इस विशाल क्रम के बीच कोई महत्त्व नहीं रखता था अथवा मैं एक महत्त्वहीन बिंदु मात्र था, तो केवल

एक ही बात मेरे लिए मायने रखती थी, मैं स्वयं! मेरी मृत्यु के साथ ही, मेरे लिए तो सब कुछ अंत हो जाता। मेरी मृत्यु के बाद मेरे लोगों का क्या होगा, यह मेरी समस्या नहीं थी। मैं जानता था कि मृत्यु अंतिम प्रस्थान बिंदु होगी और उससे परे कुछ नहीं होगा। मेरे लिए कोई *आत्मा, स्वर्ग, मोक्ष, नर्क, देवता अथवा मृत्यु के पश्चात जीवन* प्रतीक्षारत् नहीं था। मैं धरती, जल, वायु तथा अग्नि आदि में विलीन हो जाऊँगा और सब कुछ वहीं थम जाएगा। यद्यपि, मुझे अवसर दिया जाएगा तो मैं बड़े ही स्नेह से इस धरती पर लौटना चाहूँगा। भला कौन नहीं चाहेगा?

मैं उस बाग़ की ओर चल दिया, जहाँ मेरी हठी पुत्री अब भी बैठी सिसकियाँ ले रही थी। मैं अपनी पुत्री को देखना चाहता था। और फिर यदि समय की अनुमति हो तो संभवतः मैं कुछ क्षण मंदोदरी के साथ भी बिता सकता था। फिर मैं राम से आमने-सामने की टक्कर के लिए रणभूमि की ओर प्रस्थान कर जाऊँगा।

47 मृत्यु की कामना

भद्र

पिछली रात, मैं जब तक राजप्रासाद के द्वार तक पहुँचा, भोजन का वितरण समाप्त हो चुका था। प्रत्येक व्यक्ति जानता था कि निर्धनों के लिए जो भोजन भेजा जा रहा था, उसमें से केवल आधी मात्रा ही उन तक पहुँचती थी। कृषकों से अनाज की ख़रीद से ले कर, भोजन के अंतिम वितरण तक, चारों ओर लूटमार तथा कालाबाज़ारी का साम्राज्य था। कृषक इसके बदले में, सार्वजनिक क्रय अधिकारी को मात्रा व गुणवत्ता, दोनों ही मामलों में ठगते। वह छोटे मुनीमों को घूस देते जो खातों में, राज्य को मिलने वाली रसद से कई गुना अधिक मात्रा दर्ज करते। फिर अधिकारी कुछ अनाज चुरा कर, काले बाज़ार में बेच देता। जब तक अनाज महल के गोदामों में पहुँचता, तब तक खातों में दर्ज मात्रा तथा भौतिक रूप से रखे गए अनाज की मात्रा में ज़मीन-आसमान का अंतर आ चुका होता, ऐसे में निरीक्षकों को विवश हो कर, दुगने दामों में काले बाज़ार से अनाज ख़रीदना पड़ता। वे भी खातों में हेरा-फेरी करने से बाज़ न आते और उनमें दिखाया जाता कि कितना अनाज कीड़े खा गए थे, जिसके कारण पुनः अनाज ख़रीदना पड़ा। चूँकि इस कमी की पूर्ति की अपेक्षा उनसे नहीं की जा सकती थी इसलिए दानी सज्जनों की संख्या तथा अनाज पाने वाले निर्धनों की संख्या में फिर से हेर-फेर होता ताकि वे इस प्रक्रिया में थोड़ा सा अनाज और गायब कर सकें। सभी अवस्थाओं में घूस का ही राज चलता।

जो भी अनाज के इस काम में हाथ डालता, मालामाल हो जाता। ये ठग प्रहस्त सरीखे आदर्शवादी मंत्रियों की आँखों में धूल झोंकते और उन्हें ठगते। वह अपने द्वारा आरंभ की गई कल्याणकारी योजनाओं के विषय में सोच-सोच कर मुदित होता

रहता। कुछ ऐसे भी थे जिन्होंने इस तंत्र का पूरा लाभ उठाया तथा धनी बन बैठे, जैसे जंबूमाली। वरुण जैसे धूर्त साम्राज्य के अधिकारियों द्वारा अवैध रूप से कमाए गए स्वर्ण तथा नकद को उत्तरी राज्यों में ले जाता। यह एक दुष्ट किंतु अंतहीन चक्र था, जहाँ केवल वही लोग पराजित व असफल थे जो बहुत ईमानदार थे और सीधे-सादे तरीक़े से जीना चाहते थे। प्रत्येक व्यक्ति अपनी क्षमता के अनुसार सामने वाले को ठगता, उससे छल करता। और प्रत्येक व्यक्ति यह भी जानता था कि वहाँ हो क्या रहा था! परंतु चूँकि राज्य को छल से अपनी कम उपज का विवरण देने वाले किसान से ले कर, उसके खेत में यथासंभव छल करने वाले कर्मी तक; मुनीम, व्यापारी, सरकारी अधिकारी तथा विविध प्रकार के मंत्री तक एक ही थैली के चट्टे-बट्टे थे, इसलिए लोगों के भीतर इन बातों के लिए कोई रोष नहीं था। वे तंत्र में फैले भ्रष्टाचार का उपहास करते और राजनेताओं के विरुद्ध प्रलाप करते। राजनीतिज्ञों को सताना असुरों के लिए मनोरंजन का प्रमुख स्त्रोत बन गया था।

इस प्रकार, मुझे खाने के लिए कुछ न मिल पाने की निराशा तो थी परंतु मैं वस्तुतः आश्चर्यचकित नहीं था। मुझे तो इस बात से ज़्यादा तसल्ली मिली थी कि कम से कम वितरण अधिकारी ने मुझसे रुक्षतापूर्ण व्यवहार नहीं किया। उसने मुझे दफ़ा होने को कहा और दुकान का दरवाज़ा बंद कर दिया। जब भी मुझे उनकी दया का पात्र बनना पड़ता तो इससे मेरे अहं को बहुत ठेस लगती, परंतु मैं बहुत पहले ही यह भी सीख गया था कि कोरे अहं से मेरा पेट नहीं भर सकता था क्योंकि उसे खाया नहीं जा सकता। मैंने अपने प्रिय वट वृक्ष के तले प्रतीक्षा करने का निर्णय लिया। हो सकता है कि कल मैं पंक्ति में सबसे आगे स्थान पा सकूँ। इस प्रकार मुझे कुछ भोजन मिल जाएगा।

युद्ध अपनी समाप्ति से बहुत दूर नहीं था और इसे समाप्त तो होना ही था, चाहे विजयश्री किसी भी पक्ष की क्यों न हो। मैंने इस युद्ध में बहुत से साथी व दोस्त गँवा दिए थे। मैंने अपने पक्ष के लिए जयजयकार की थी। जीवन की यह हानि खेदपूर्ण थी परंतु इसका होना अनिवार्य भी था। क्या हम किसी प्रयोजन या उद्देश्य के लिए नहीं लड़ रहे थे? जब दूसरों के पुत्र मारे जा रहे थे, तो उन शहीदों के नाम पर जयजयकार करने वालों की भीड़ में मैं भी शामिल था। जब मेरे पड़ोसी के घर मृत्यु ने द्वार खटखटाया, तो मैं मन ही मन मुदित था कि मेरा परिवार सुरक्षित है और मेरा पुत्र स्वस्थ व सबल था। हाँ, यह भय तो निरंतर बना रहा कि कहीं मैं किसी दिन अपने अनमोल पुत्र को न गँवा बैठूँ। यद्यपि, मैंने फिर भी मूर्खतापूर्ण आशा की कि ईश्वर मुझे मेरे पुत्र की मृत्यु के दारुण दुःख से बचा लेंगे। क्या मैं पहले ही बहुत दुःख नहीं झेल चुका था? क्या मैं पहले ही अपनी अल्प पूँजी ईश्वर तथा उसके व्यक्तियों

के साथ नहीं बाँट चुका था? मैंने अपनी चढ़ावे की राशि से, भले ही कम क्यों नहीं थी, देवालयों के कोषों को भरने में अपनी भूमिका निभाई थी। कुल मिला कर कह सकते हैं कि मैंने ईश्वर को घूस दी थी परंतु वे हमारे ईश्वर थे और वे भी हमारी भाँति थे। वे हमारी घूस व चढ़ावा तो स्वीकार करते परंतु इस बात का कोई आश्वासन नहीं था कि वे हमारा कोई भला करेंगे। जीवन रिश्वत का एक सिलसिला बन कर रह गया था - ईश्वर को दी गई रिश्वत; पुरोहितों को दी गई रिश्वत; तुच्छ व सरकारी अधिकारियों को दी गई रिश्वत; राजा को; परिवार को; मित्रों को, सभी को रिश्वत ही तो देता आया हूँ। जन्म से ले कर मृत्यु तक, हमारी संस्कृति हमें यही तो प्रशिक्षण देती आई है कि दूसरों को रिश्वत कैसे दी जाए अथवा उनसे अनुचित लाभ कैसे उठाया जाए? अतिकाय का चेहरा मुझे दंश देने लगा।

मैं निश्चित रूप से बहुत ज़ोर से ही कराह रहा था, तभी कोई मेरे निकट आ गया। मेरी ज्वरग्रस्त धुँधलाई आँखें उस विशाल काली आकृति को नही पहचान सकीं। मैं भयभीत हो गया। ज्यों ही वह मुझ पर झुकी तो मेरे पूरे शरीर में भय की लहर दौड़ गई। वह आकृति झुकी और अपनी काली व मोटी अंगुलियाँ मेरे नथुनों के नीचे रख कर कुछ कहा। दो सैनिक हमारी ओर दौड़े। *'क्या वे मुझे बंदी बनाने जा रहे थे?'* मेरा मस्तिष्क निरंतर यही विचार करने लगा कि भला मुझसे कौन सा अपराध हो गया था?

"यह तो मर रहा है। इसे तो बहुत तीव्र ज्वर है।" एक लहराती हुई श्वेत दाढ़ी वाला मुख मुझ पर झुका हुआ था। मुझे थोड़ी राहत मिली। यह तो वही पगला वैज्ञानिक मय था। यह व्यक्ति भले ही सनकी था परंतु पूरी तरह से हानिरहित था। "इसे दुर्ग के भीतर ले चलो।" मैंने उसे कहते सुना।

"परंतु श्रीमान... यह तो कोई पियक्कड़ दिखता है। क्या हमें..." सैनिकों के स्वर में कड़वाहट और बेरुखी दिखाई दी। "यह मर रहा है और इसे उपचार की आवश्यकता है। इसे भीतर ले चलो। हो सकता है कि बेचारा बूढ़ा भूखा रहा हो। ये रक्तरंजित युद्ध तो...। पता नहीं लोग एक-दूसरे का वध क्यों करते हैं? शनि का तारा डूब रहा है और मंगल प्रबल है। काश मैं कोई यांत्रिक नेत्र तैयार कर पाता जो मुझे ग्रहों को और अधिक स्पष्टता से देखने का अवसर देता... क्या इन सैकड़ों ग्रहों-नक्षत्रों व मनुष्य की नियति के मध्य आपस में कोई संबध है?... लाखों ग्रह-नक्षत्र हैं... और हम इन ग्रहों के विशाल सागर में तैरते कण मात्र हैं...।"

मैं उसके स्वर को दूर जाता सुन सकता था क्योंकि वह पगला वैज्ञानिक पुनः अपने ही रचे संसार में खो गया था। मैं यह नहीं सुन सका कि वह क्या बड़बड़ाता जा रहा

था। दिमाग़ में उसकी बातें नहीं बैठ रही थीं। भला मैं ये बातें क्या जानूँ? सैनिक वहीं सकुचाए खड़े थे। यह तो स्पष्ट था कि वे मुझे स्पर्श ही नहीं करना चाहते थे परंतु एक वरिष्ठ मंत्री के आदेश की अवहेलना भी उनके वश में नहीं थी। संभवत: मय तो अब तक मेरे विषय में सब कुछ भूल गया होगा परंतु बेचारे सैनिक उसकी बात न मानने का संकट मोल नहीं लेना चाहते थे। चेतना के सागर में डूबते-उतरते, उनकी धुँधली देहाकृतियाँ नाच रही थीं। वे मुझे आधा उठा कर, लगभग घसीटते हुए दुर्ग की ओर ले चले। उन्होंने मुझे द्वार के पास पटका और इसके पश्चात वे मुख्य निरीक्षक के साथ बहस करने लगे। वह बहुत क्रोध में था और किसी भी दशा में, मुझे भीतर ले जाने की अनुमति नहीं दे रहा था। उसे मुझ जैसे भिक्षुक से कोई लेना-देना नहीं था। मुझे वहीं कोने में पटक दिया गया और मेरे भीतर इतनी भी शक्ति शेष नहीं थी कि मैं अपना सिर उठा कर देख सकूँ। बहुत बाद में, जब मच्छर मेरा रक्त चूस कर मोटे हो गए और कीट-पतंगों ने मेरी चमड़ी को भेद कर रख दिया तो मय अपने सैर-सपाटे से लौट आया।

“ओह! ओह बढ़िया... तुम इसे यहाँ ले आए? इसे मेरे घर के प्रांगण में ले जाओ। मैं इसकी प्राणरक्षा का प्रयत्न करूँगा।” मय ने अपने लोगों को आदेश दिया और भीतर चला गया। वैज्ञानिक के जाने के बाद, बहुत देर तक वह द्वारपाल मुझे, मंत्री को और अपनी चाकरी को कोसता रहा। फिर इसके बाद उसने कनिष्ठों को आदेश दिया कि वे मुझे प्रागंण में ले जाएँ। मैं इतना दुर्बल हो गया था कि उन्हें मुझे तकरीबन उठा कर ही ले जाना पड़ा। उन्होंने मुझे नारियल के बोरे की तरह शीतल, सुचिक्कन व साफ़ प्रांगण में पटक दिया। कुछ देर बाद वैज्ञानिक अपने सहायक के साथ बाहर आया जिसके हाथ में कोई बहुत ही दुर्गंधयुक्त पेय था। सहायक ने अपने हाथ से मेरे नथुने बंद किए और जब मेरा दम घुटने लगा तो उसने वह कड़वा आसव मेरे कंठ के नीचे उतार दिया। मैं दर्द से कराहा और ऐंठने लगा, मैं भयभीत हो उठा, ऐसा लगा कि कहीं मैं मरने तो नहीं जा रहा। दो व्यक्तियों ने मेरे ऐंठते बदन को तब तक संभाला, जब तक मैं अपनी सारी शक्ति गँवा कर, अचेत नहीं हो गया।

नेत्र खुले तो सिर में तीव्र पीड़ा थी, मेरा सिर चकरा रहा था और थकान अनुभव हो रही थी, परंतु पिछले दिन से तबीयत में सुधार लगा। हो सकता है कि मय को औषधियों का भी थोड़ा-बहुत ज्ञान रहा हो। मैं धीरे से उठा तो पाया कि मेरे समीप ही एक बर्तन में थोड़ा भोजन तथा एक गिलास में छाछ रखी थी। मैंने भोजन पर झपट्टा मारा और जितनी तेज़ी से उसे निगल सकता था, निगल गया। मेरे अंगों की खोई शक्ति लौट आई। मैं उस वृद्ध को धन्यवाद दे कर, शीघ्रातिशीघ्र अपने घर लौट जाना चाहता था परंतु वह तो कहीं दिखाई नहीं दे रहा था। मुझमें इतना साहस नहीं था कि

भिड़े हुए, बड़े से द्वार को खटखटाता। ये बहुत ही महत्त्वपूर्ण व्यक्ति थे और मैं इतना तुच्छ था कि इन शक्तिशाली व समर्थ लोगों का द्वार तक खटखटाने की औकात नहीं रखता था। उस वृद्ध को छोड़ो, मुझे अब इस महल से बाहर निकलना है।

ज्यों ही मैं जाने लगा तो मैंने राजा रावण को अशोक वाटिका की ओर जाते देखा, जहाँ सीता ने हठपूर्वक अपना निवास बना रखा था। कितनी विचित्र सी बात थी, वह अकेला था और बहुत गति से जा रहा था। मैं सोचने लगा कि भला राजा के मन में क्या था और यही जानने के लिए मैं चुपचाप उसके पीछे चल दिया। जब राजा अपनी पुत्री के सामने मूक खड़ा था, तब तक मैं स्वयं को मोगरे के झाड़ के पीछे छिपा चुका था। मैं उस अतीत को स्मरण कर सिहर उठा जो रावण, सीता, वेदवती और मुझे एक सूत्र में बाँधता था। यहाँ, मेरे समक्ष, वही नन्ही सी पोटली धरी थी, जिसे वर्षों पूर्व, मारने का कार्य मुझे ही सौंपा गया था। स्मृतियाँ भी कितनी विविध थीं। पिता व पुत्री एक दूसरे को अत्यंत घृणा तथा बैर के साथ ताक रहे थे। सीता ने अपने पिता के स्वप्नों को धूल में मिला दिया था और वह उसी के कारण एक संपूर्ण साम्राज्य के भविष्य को कीचड़ में लथपथ कर चुका था। जब वह आज से तीन दशक पूर्व, मेरे गहरे काले हाथों में सुबक रही थी, तो मुझे तभी उसका वध कर देना चाहिए था। उस समय उसके नथुने भींच कर, उसे मौत के घाट उतार देना बहुत सरल होता। इसकी बजाय, मुझे उस नन्ही बच्ची पर दया आ गई थी। मैं भी कितना मूर्ख था! मुझे उनके इन प्रपंचों से दूर रहना चाहिए था अथवा उनके आदेश का पालन करते हुए रूद्रक या धूम्राक्ष की भाँति निःसंकोच वध कर देना चहिए था।

“मैं अपने पति से बहुत प्रेम करती हूँ और तुम चाहे जो भी कहो, मुझे उसके प्रेम से विमुख नहीं कर सकते।” सीता अपमानजनक शब्दों में गरजी।

“मैं तुम्हारे राम का खून अपने सिर नहीं लेना चाहता। लोग पहले से ही मुझ पर दोषारोपण कर रहे हैं कि मैंने शूर्पणखा के पति को मरवा दिया। तुम उसके साथ एक दासी की भाँति जीवन क्यों व्यतीत करना चाहती हो? देव पुरुष अपनी पत्नियों से पशुओं की भाँति आचरण करते हैं।”

“तुम देव सभ्यता व संस्कृति के विषय में क्या जानते हो? वहाँ स्त्रियों को देवियों की भाँति पूजा जाता है। हमारा संसार तुम्हारे संसार से कहीं अलग है। यहाँ स्त्रियों के पास नैतिकता नाम की कोई चीज़ नही है। वे सिर उघाड़े यहाँ-वहाँ विचरती हैं। स्त्री-पुरुष स्वतंत्र भाव से भेंट करते हैं तथा तुम्हारे राज्य में विवाह की पवित्रता की भी कोई रक्षा नहीं की जाती। तुम्हारी स्त्रियाँ वाचाल हैं। वे पुरुषों के साथ मदिरापान व नाच करती हैं। यह एक असभ्य जगत है, जहाँ युवतियाँ अपने पिता की पसंद के

वर से विवाह करके, उनका आज्ञापालन करने की अपेक्षा, अपनी पसंद के युवक से विवाह रचाती हैं। तुम्हारी स्त्रियाँ बहुत आडंबरप्रिय हैं परंतु इस प्रकार दर्शाती हैं मानो वे इस भुवन की सबसे बुद्धिमान प्राणी हों। तुम लोग केवल आनंद व उपभोग को ही जीवन मानते हो। तुम्हारे पुरुषों में स्त्रैण गुण हैं। एक नर वानर ने इस पाप नगरी को जला कर राख कर दिया और तुम्हारी शक्तिशाली सेना उसका कुछ बिगाड़ सकी? ज़रा देखो, तुम्हारे यहाँ कैसी स्त्रियाँ होती हैं। अपनी बहन को देखो, वह कितनी स्वच्छंद तथा अविवेकी है। अपनी काली, भद्दी, गंदी, मोटी व बदसूरत भतीजी त्रिजटा को देखो... तुम चाहते हो कि मैं यहाँ रहूँ... अपने राम को छोड़ कर, यहाँ रहूँ...।" मैं मारे क्रोध के उबलने लगा। कुछ ही फुट की दूरी पर खड़ी त्रिजटा, सुबकियाँ भरने लगी।

जिस दिन से सीता को लंका लाया गया था। वह उस दिन से उसकी सखी व साथी के रूप में अपना साथ देती आ रही थी। सीता के लिए रावण अपने साम्राज्य तथा स्वप्नों का विनाश करने जा रहा था। यह सीता ही थी जिसके कारण अनेक बेचारे असुरों को अपने खिलखिलाते परिवारों को त्याग कर यमलोक जाना पड़ा। मैं उस समय उसका दम घोंट कर, समाप्त कर सकता था।

रावण ने गुस्से से अपना पाँव पटका और म्यान से खड्ग निकाल ली। उसने क्रुद्ध स्वर में कहा, "तुम... तुम... मैंने तुम्हारे लिए अपना सब कुछ दाँव पर लगा दिया। मैंने अपने पुत्र, अपना मान, अपनी नगरी... सब कुछ खो दिया, ताकि मेरी पुत्री प्रसन्न रह सके। और आज तुम मुझे यह प्रत्युत्तर दे रही हो? मैंने तुम्हारे लिए अपने हज़ारों लोगों को दाँव पर लगा दिया।" उसने अपनी तलवार उठा ली और मैं इस प्रत्याशा से काँप उठा कि अभी एक क्षण में वह सीता का शीश उसके धड़ से विलग कर देगा। वह अपने पिता को अविचल ताक रही थी मानो उसे अपना शीश काटने की चुनौती दे रही हो। रावण की तलवार उसकी गर्दन के समीप आकर ठहर गई। फिर पिछले चार दशक से, निःसंकोच शत्रुओं के सिर धड़ से अलग कर देने वाली रावण की भुजा जैसे निष्प्राण हो गई। "सीता... तुम मेरी पुत्री हो...।" राजा हौले से बोला और उसकी चंद्रहास लंका की लाल धरती को चूमने लगी।

प्रत्युत्तर में एक खिलखिलाहट गूँज उठी, "पुत्री! ऐसी पुत्री जिसे अपनी सुविधानुसार कभी भी फेंका जा सकता है? एक ऐसी पुत्री जिसे तुम्हारी प्रजा ने कभी नहीं चाहा। और कैसा पिता!" मैं यह देख कर विस्मित हो गया कि रावण अपना सिर झुकाए लज्जित हुआ खड़ा था। उसके लाल नेत्रों से ऐसे अश्रुओं की धारा प्रवाहित हो रही थी, जो दिखाई नहीं देते। फिर धीरे-धीरे वह मुड़ा और अपने महल की ओर चल दिया।

"मैं तुम्हारी मृत्यु की कामना करती हूँ! एक लंबी और पीड़ादायी मृत्यु!" असुरों का राजा भारी क़दमों से महल की ओर चला तो सीता चिल्लाई। रावण मेरी ही आँखों के सामने जैसे अपनी आयु के दस वर्ष गँवा बैठा था। बूढ़े राजा के लिए मृत्यु प्रतीक्षा कर रही थी, जैसे कि उसकी पुत्री उसके लिए चाहती थी, एक लंबी और पीड़ादायी मृत्यु! मैं पिता, पुत्री तथा दामाद के बीच चल रहे इस रक्तरंजित पारिवारिक संघर्ष का एक हिस्सा नहीं बनना चाहता था। परंतु मेरे जैसे लोगों के पास क्या कोई चुनाव हो सकता है? अथवा क्या कभी था?

48 एक स्वप्न का अंत

रावण

मैं बहुत ही निराश मनःस्थिति में रणभूमि की ओर चल दिया। मंदोदरी बहुत भावुक हो गई थी। वह मुझे जाने ही नहीं देना चाहती थी। उसने मुझसे कहा कि मुझे राम को सीता सौंप कर शांति की अपील करनी चाहिए। शांति... यह शब्द तो कायरों के लिए बना है। *'स्त्रियाँ! ये तो तर्क अथवा कारण को कभी नहीं समझेंगीं।'* जब वह चीख़ते-चिल्लाते हुए रोने लगी, अपने बाल नोचते हुए छातियाँ पीटने लगी तो मुझे सचमुच थोड़ी रुक्षता के साथ उसे अपने से अलग करना पड़ा। यह सारा तमाशा, मेरे सैनिकों के आगे हुआ। यह सब बहुत ही लज्जाजनक था। उसने मुझ पर दोषारोपण किया कि मैंने अपने अहं की बलिवेदी पर सब कुछ कुर्बान कर दिया था। मैं भी चिल्लाया और ऐसा ताना दिया कि वह बेचारी संकुचित हो उठी। वह अभी अपने पुत्र से वियोग के सदमे से भी नहीं उबरी थी, मुझे उसके साथ इतनी बेरुखी से पेश नहीं आना चाहिए था। *'परंतु मैं तो उसके साथ हमेशा इसी तरह व्यवहार करता आया था। केवल उसके साथ ही क्यों, मैं तो अपने जीवन में आने वाली हर स्त्री से इसी तरह व्यवहार करता आया था।'*

मैंने क्रोध के आवेश में आकर, अपनी वीणा के दो टुकड़े कर दिए। मैंने अपने संगीत से प्रेम किया था और मैं नहीं चाहता था कि मेरे जाने के बाद कोई भी नर वानर मेरी वीणा को हाथ लगाए या उसे बजाने की चेष्टा करे। मैंने उन रागों व धुनों को लिपिबद्ध करने का प्रयास किया था, जो मैंने स्वयं तैयार की थीं। उम्मीद करता हूँ कि वे मेरे तथा मेरे साम्राज्य के नाम को जीवित रखेंगीं। मैंने बच्चों को दी जाने वाली औषधियों तथा खगोल विज्ञान में कुछ प्रयोग किए थे और अपनी खोजों को ताड़ पत्रों

पर अंकित कर दिया था। मैंने उन्हें मय के पास भिजवा दिया। संभवतः वह बौराया हुआ व्यक्ति उन्हें किसी रूप में, प्रयोग में ला सके। जब तक मैंने युद्धक्षेत्र में पहनी जाने वाली पोशाक धारण की, मंदोदरी ने स्वयं को कक्ष में बंद कर लिया था। मैंने उसे कई बार पुकारा किंतु उसने द्वार नहीं खोला। अंततः, मैं उसे कोसते हुए, अपने रथ की ओर चल दिया। तभी मुझे द्वार खुलने का स्वर सुनाई दिया और वह बहुत ही करुणा भरे स्वर में मेरा नाम पुकारते हुए पीछे आने लगी। मैं पीछे नहीं मुड़ा। मुझे उसका मुख पुनः देखने में भय हो रहा था। मेरा सारा दंभ तथा झूठा आत्मविश्वास वहीं पिघल जाता और मैं असुरों का सम्राट होने की अपेक्षा एक भली व दयालु महिला का औसत, मध्यम आयु का, तोंद वाला व गंजा पति बन कर रह जाता। मैं जानता था कि यदि मैंने मुड़ कर उसका चेहरा देखा, तो मेरे सारे संकल्प वहीं ढह जाएँगे और मैं बड़ी सरलता से उसकी बातों के जाल में फँस जाऊँगा। मैं छलाँग मार कर रथ में चढ़ा और सारथी को रथ चलाने का आदेश दे दिया।

जब दुर्ग के द्वार खुले और मेरी असुर सेना देवों की सेना से दो-दो हाथ करने चली, तो मैंने अपने भीतर से उठ रहे विरक्ति के भाव को दबाने की पूरी चेष्टा की जो यह कह रहा था कि कितने जीवन व्यर्थ हो गए थे या और क्या हो सकता था। मैं अपने पीछे उस स्त्री को अकेला छोड़ आया था जो पिछले साढ़े तीन दशक से भी अधिक समय से मुझे और मेरी विलक्षणता को मौन भाव से प्रताड़ित करती आई थी; एक स्त्री जिसने अपने आवेगों से आबद्ध मूर्ख पति द्वारा छेड़े गए निरर्थक युद्ध में अपनी संतानों की बलि चढ़ा दी थी; एक ऐसी स्त्री जो उस व्यक्ति से प्रश्न करने का साहस रखती थी, जिससे संसार थर-थर काँपता था। मेरे नेत्रों में अुश्र उमड़ आए। मैंने अपनी पत्नी को इस संसार की किसी भी वस्तु से कहीं अधिक प्रेम किया था। मुझे उसे अलविदा तो कहना ही चाहिए था परंतु अब बहुत देर हो गई थी। राम मेरी प्रतीक्षा कर रहा था।

मैंने अपने आसपास देखा तो स्वेद से लथपथ, नग्न तथा धूप में चमचमाते अश्वेत शरीर दिखाई दिए। उनमें से आज कितने जीवित वापिस लौट पाएँगे? उनमें से कितनों की पत्नियाँ आज संध्या समय तक विधवा हो जाएँगी? उनमें से कितनी बेचारी आत्माएँ लंका की लाल धरती को अपने रक्त से और भी लाल कर देंगी? आज कितने बच्चे अनाथ होंगे? ये मूर्ख किसके लिए युद्ध कर रहे थे? इन निर्धन कमीनों को मूर्ख बनाना कितना सरल था। सुदूर सागर तट पर, राम की सेना प्रतीक्षारत् थी। ये नर वानर किसके लिए युद्धरत थे? क्या वे किसी राजकुमार और उसकी पत्नी के लिए लड़ रहे थे? उनमें से किसी भी दरिद्र कमीने ने राम की पत्नी को देखा तक नहीं था और उनकी असुरों से कोई शत्रुता या बैर नहीं था। परंतु वे आए, और मरने

के लिए प्रस्तुत भी हुए। उनमें से अनेक भी अपने बच्चों को अनाथ कर देंगे या अपने माता-पिता को बेसहारा छोड़ जाएँगे।

ज्यों ही हम मोड़ काट कर, तेज़ी से राम की सेना की ओर बढ़े तो वे चिल्लाने लगे। मैंने अपने हाथियों को अग्रिम मोर्चे पर रखा था। यह एक जुआ था। हाथी विश्वास न करने योग्य सीमा तक कुख्यात थे। वे पलट कर, मेरे अपने ही लोगों में भगदड़ मचा सकते थे। उन्हें अपने पैरों तले रौंद सकते थे परंतु मेरे पास अधिक चुनाव भी तो नहीं था। मेरी सेना बहुत कम रह गई थी और उधर वरुण की नौसेना मेरे दुर्ग पर बड़े-बड़े पाषाणों से वार कर रही थी। मैंने अपने अग्निबाण वर्षकों को ऊँचाई पर रखा था ताकि वे राम की सेना तथा वरुण के पोतों से होने वाले हमलों से बचे रह सकें। वे वहाँ से, बड़ी सरलता से अपने शिकार पर निशाना लगा सकते थे। उन्होंने वानरों की सेना को हमसे दूर रखा और अनेक बेड़ों व नौकाओं को सागर की अतल लहरों के हवाले कर दिया। जब मेरे हाथी गरजे तो मैं शत्रु पक्ष में फैले आतंक को अनुभव कर सकता था। हाथियों ने वानरों की रक्षा पंक्ति छिन्न-भिन्न कर दी और उन्हें अपने पैरों तले कुचलने में देर नहीं की। असुरों की सेना ने धावा बोला और वानरों को तीन ओर से घेर लिया गया। मुझे किसी अग्रिम मोर्चे से युद्ध का नेतृत्व किए हुए बहुत समय बीत गया था और मैं यही विचार कर रहा था कि कहीं मैं अपना बल तथा क्षमता खो तो नहीं बैठा था।

परंतु राम की सेना को भयभीत देख मेरी शिराओं में रक्त खौल उठा। अचानक ही मैं वह बूढ़ा तथा अशक्त राजा नहीं रह गया था जिसने अपने जीवन के लगभग छह दशक देख लिए थे, मैं एक बार फिर से सोलह वर्षीय युवक हो गया था जिसकी शिराओं में रक्त के स्थान पर आवेग तथा महत्त्वाकांक्षा दौड़ते थे। ये राम मेरे सम्मुख था ही क्या? ये कल का आया सिरफिरा लड़का कुछ अर्धसभ्य जनजातियों की टोली ले कर, धरती के सबसे शक्तिशाली सम्राट को चुनौती देने चला था? आज, मैं यह सुनिश्चित कर दूँगा कि वह उन सभी दंभी मूर्खों के लिए एक सबक बन जाए, जो यह सोचते हैं कि वे असुर सम्राट से बैर मोल ले कर भी, अपने घरों को सुरक्षित लौट सकते हैं।

मैं आदेश देने लगा और मेरे हरकारे चारों दिशाओं में भगदड़ करने लगे। राम के सेनापतियों ने एक वीरता किंतु व्यर्थता से पूर्ण युद्ध किया। यदि मैं उसे खोज पाता तो एक ही तीर के निशाने से उसका गला भेद कर, इस युद्ध का यहीं अंत कर देता। मैंने अपने सारथी से कहा कि वह मुझे बाईं टोली की ओर ले जाए। तीरों की मूसलाधार वर्षा हो रही थी। संकट बहुत था परंतु मैं अपने ही बल के मद में चूर था। मेरी शिराओं में खौलते क्रोध व उत्साह के चलते, अब उसे मुझसे कोई नहीं बचा सकता था। यह

आख़िरी बार होगा, जब कोई देव राजकुमार किसी असुर सम्राट को चुनौती देने का साहस करेगा। अचानक ही मैं पीछे से आ रही शत्रु सेना से घिर गया। राम ने हमारे लिए जो जाल बिछाया था, हम उसमें उलझ गए थे। उधर विभीषण नगर के दूसरे छोर से धावा बोलने आ रहा था। मैंने अपने हरकारों को अग्निबाण बरसाने वालों के पास भेजा। यद्यपि उनके बाण हमारे अपने सैनिकों को भी लग सकते थे परंतु अब हमारे पास कोई और उपाय नहीं था। धरती के एक ओर से विभीषण आ रहा था और सागर की ओर से वानरों ने घेरा डाला था। मैंने अपनी सेना को विभाजित किया और एक दल को विभीषण को घेरने का आदेश दिया। इससे पीछे से आने वाले दबाव से थोड़ी राहत मिली। मैं इस तथ्य से परिचित था कि मेरे पास अनुभवी सैन्य योद्धाओं का अभाव हो चला था। मैंने राम के बल को बहुत कम आँक लिया था। जब हनुमान मेरी नगरी को जला कर भस्म कर गया था, मुझे तभी इस युद्ध को वानरों की नगरी में ले जाना चाहिए था। परंतु हम इतने आत्मसंतुष्ट रहे कि ख़तरे को भी नहीं भाँप सके। यदि हम पहले ऐसा करते तो वानरों को कुचल कर संभवतः राम को भी बंदी बना सकते थे। उसकी बजाय वह मेरे साम्राज्य के विरुद्ध युद्ध का नेतृत्व कर रहा था और मैं उससे बचाव के लिए संघर्षरत था। आज तो मैं उसे समाप्त करके ही दम लूँगा।

दोनों सेनाओं ने पूरे साहस तथा दृढ़ निश्चय के साथ युद्ध किया। प्रत्येक क्षण में वीरों तथा शहीदों की संख्या में वृद्धि हो रही थी। शीघ्र ही, लंकिनी की असुर सेना ने पहाड़ी के ऊपर से मेरी सेना पर धावा बोला दिया। मैंने संकट को भाँप लिया। उसके सैनिकों की कतारों पर कतारें, पहाड़ी से मेरे सैनिकों पर वार कर रही थीं। हम छह के मुकाबले एक की गिनती में थे। इसका मतलब था हमें अपनी स्थिति को बनाए रखने के लिए आवश्यक था कि हमारा एक सैनिक छह को मार कर, अपने प्राणों का त्याग करे। इसका एक दूसरा उपाय यह था कि हम शत्रुओं के सेनापति को मार दें अथवा बंदी बना लें परंतु मैं देख ही नहीं सकता था कि राम था कहाँ? हनुमान ही सेनापतित्व कर रहा था और अग्रिम मोर्चे पर डटा था। मैंने राम व लक्ष्मण को खोजना चाहा, परंतु उनका पता नहीं पा सका। युद्ध अनवरत चलता रहा और किसी भी ओर से विजय का कोई चिन्ह नहीं दिख रहा था।

दोपहर के लगभग तीन बजने को थे और दोनों पक्षों में जान की बहुत हानि हो चुकी थी। यद्यपि मेरे अप्रशिक्षित नागरिक भी अपने हाथों में कोई भी अस्त्र-शस्त्र लिए साथ चल दिए थे परंतु फिर भी हमारी संख्या घटती जा रही थी। वे सुप्रशिक्षित वानर योद्धाओं से मुकाबला नहीं कर सकते थे परंतु मैं दूर से देख सकता था कि मेरे नागरिक वानर सेना में उपद्रव मचा रहे थे। यह हमारा मनोबल बढ़ाने तथा शत्रु का

मनोबल तोड़ने की दृष्टि से भी बहुत अच्छा था क्योंकि इस प्रकार वे हमारे सैनिकों की घटती संख्या पर ध्यान नहीं दे पा रहे थे। किंतु मुझे यह भी पूरा विश्वास था कि यह स्थिति बहुत देर तक बनी रहने वाली नहीं थी। लंकिनी के सैनिक पहले ही दो-तीन पहाड़ियों को अपने वश में कर चुके थे और अब वे हमारी सेना पर आग बरसा रहे थे। हमारे हाथियों ने शत्रुओं की रक्षा पंक्ति तोड़ी और सेतु के कई अंश तोड़ने में भी सफल रहे। मेरे उत्साही दलों ने वरुण की अनेक नावों को अपने नियंत्रण में ले लिया था और हम सागर की ओर से भी एक नया मोंचा खोलने में सफल रहे। यह युद्ध बड़े ही संवेदनशील संतुलन पर टिका था।

समय तेज़ी से बीतता जा रहा था। पश्चिम के आकाश में गहरे बादल दिखने लगे और सागर भी भयंकर होने लगा। वरुण के युद्धपोत उन तीव्र सागर की लहरों पर डूबते-तिरते दिख रहे थे। हाथी व्याकुल हो रहे थे और मैं भयभीत था कि किसी भी क्षण वहाँ की परिस्थितियाँ बद से बदतर हो सकती थीं। मुझे कुछ न कुछ नाटकीय व दुःसाहसी तो करना ही था। *'परंतु राम व लक्ष्मण कहाँ थे?'* मेरे लिए सबसे बेहतर अवसर यही होता कि मैं देव कुमारों पर अचानक हमला कर दूँ, उन्हें बंदी बना लूँ अथवा जान से मार दूँ। उनकी तरह, मैं भी शत्रु की सेना की नज़रों से पूरी तरह छिपा हुआ था। इसी छल व भ्रम को बनाए रखने के लिए सात से अधिक रथ रणभूमि में विचर रहे थे, जिन पर असुरों की राजसी पताका फहरा रही थी ताकि शत्रु मेरे वास्वतिक रथ को पहचान न सके। मैं बहुत निराश हो गया। मेरी आयु मुझे धोखा दे रही थी। मुझे भी कुछ तीर लगे थे और रक्तस्राव ने मुझे निढ़ाल कर दिया था।

ज्यों ही सागर में बिजली कड़कने से रोशनी हुई, मैंने उन्हें देख लिया। वे सेतु के निकट थे। वे वानरों से कह कर उसे पुनः तैयार करवा रहे थे। हनुमान ने वहाँ आग की बड़ी सी घेराबंदी कर रखी थी ताकि हाथियों को उनसे दूर रखा जा सके। ज्यों ही वायु की दिशा बदली, आग की दीवार भी हिली और मैंने उसी प्रकाश के मध्य, वरुण के प्रमुख युद्धपोत को सेतु की ओर जाते देखा। राम को मिलने वाली सहायता को देख मैं आतंकित हो उठा। अश्वों को नीचे झुका दिया गया था और योद्धा रस्सी के सहारे फिसल-फिसल कर सेतु तक आ रहे थे। हमारे लोग उन पर अपने बाण बरसा रहे थे परंतु शत्रुओं की संख्या तेज़ी से बढ़ती ही जा रही थी। मेरी पिछली ओर से, विभीषण मेरे नागरिकों को कुचलते हुए, बड़ी गति से आगे आ रहा था। मेरा समय समाप्त होता जा रहा था। यदि मैं पूरी तरह से घिरने से पहले राम को नहीं मारता तो सब कुछ समाप्त हो जाएगा।

मैंने अपने सबसे निपुण योद्धाओं को एकत्र किया और एक तीव्र कार्यवाही करने वाले दल का गठन किया। मैंने उन्हें योजना बताई और उनके नेत्रों से छलकते भय को

देख खीझ उठा। इस योजना को क्रियान्वित करने के लिए असीम साहस व बल की आवश्यकता थी। परंतु मैंने उन्हें कहा कि समय की यही माँग थी और उनकी ओर से किसी भी प्रकार की स्वीकृति मिलने की प्रतीक्षा किए बिना ही अपने रथ से कूद कर बाहर आ गया। मेरे हाथ में मेरी प्रिय चंद्रहास थी। मैंने अपने प्रिय अश्व को खोला। मेरा सारथी अश्रु बहाने लगा तो मैंने उसे गले से लगा लिया। वह किसी वृद्ध की तरह रोते हुए, मेरे पैरों पर ही गिर पड़ा तो मैंने उसे उपेक्षित किया और अपने अश्व पर सवार हो गया। मैंने अपनी चंद्रहास को आकाश में ऊँचा उठाया और गहरे काले आकाश की ओर देख कर गरजा, *'हर-हर महादेव!'*

मेरे आसपास हज़ारों कंठों से समवेत स्वर में इसकी प्रतिध्वनि गूँज उठी। यहाँ-वहाँ बिजली कड़कने के स्वर सुनाई दे रहे थे और लहरें बार-बार चट्टानों से टकरा कर पछाड़ें खा रही थीं। अंधेरा होने को था और बड़ी-बड़ी बूँदों के साथ वर्षा होने लगी। मैं नम धरती पर पड़े मृतक सैनिकों के शवों को पार करते हुए, अग्नि की उस घेराबंदी की ओर लपका, जहाँ मुझे वे दोनों दिखाई दिए थे। मैं निःसंकोच कटे अंगों के साथ कराहते मनुष्यों, मृतकों, रक्त कुंडों तथा मानव माँस के लौंदों को पार करते हुए, द्रुत गति से अश्व भगा रहा था। मेरे पीछे मेरा पूरा दल आ रहा था। रक्त मेरे कानों में हथौड़े बरसा रहा था। मैं अपने हृदय की कँपकँपी अनुभव कर सकता था। अश्व अपने मुख से झाग छोड़ रहा था पर मैंने उसे दौड़ाना जारी रखा। मैं अपनी जाँघों अथवा कंधों पर बरसने वाले तीरों को पूरी तरह से उपेक्षित करते हुए, शत्रु पक्ष की ओर चला जा रहा था। मैं आग की ऊष्मा अनुभव कर सकता था और मेरा अश्व भी संकुचित हो उठा परंतु मैंने उसे एक ठोकर मार कर और भी गति पकड़ने पर विवश कर दिया। वह एक ही बड़ी छलाँग में राम की घेराबंदी में जा पहुँचा। मेरे व्यक्ति भी पीछे ही थे और हम देखते ही देखते भयभीत वानरों के सम्मुख थे। मेरे बालों तथा अश्व की अयाल में आग लग गई थी और मैं उलझन में था परंतु उस समय भी मैं उसके नेत्र देख सकता था।

उस क्षण में भी मेरे मुख पर आश्चर्य के भाव थे। *'वह व्यक्ति इतना साँवला कैसे हो गया?'* वह अपने चेहरे पर भय के भावों के साथ पीछे की ओर लड़खड़ा गया। ज्यों ही मैंने अपनी तलवार उठा कर उसके सीने में भोंकनी चाही, उसी क्षण जाने कहाँ से हनुमान लपक कर आया और मेरी टाँग पकड़ ली। मैंने अपना संतुलन खो दिया और अश्व से नीचे आ गिरा। मैंने उस नर वानर के मुख पर खींच कर लात दे मारी। वह एक गुर्राहट के साथ सागर में जा गिरा। मैं किसी तरह उठा और राम व लक्ष्मण की ओर बढ़ा।

वे भयभीत हो कर, मुझ पर अपने बाण बरसा रहे थे हम बड़ी द्रुत गति से देव कुमारों की ओर बढ़े। तभी आकाश से मूसलाधार वृष्टि होने लगी। इस वर्षा के कारण सब कुछ फिसलन से भर गया और हमारे लिए एक-एक क़दम रखना जानलेवा होने लगा। सेतु पर आ रही विशाल लहरों ने जाने कितने मनुष्यों व वानरों को लील लिया था। तभी सेतु का एक हिस्सा टूटा और राम अपने कुछ लोगों के साथ, शेष सेना से बिछुड़ गया। वह बुरी तरह से फँस गया था। बस मुझे किसी तरह उस तक पहुँचना था। अब उसका अंत निकट था। एक नए जोश व उमंग के साथ हम उसकी ओर बढ़ने लगे।

वही क्षण था जिसमें मैंने महसूस किया कि युद्ध समाप्त हो चला था और मेरी विजय हुई। एक बार फिर, अपने कड़े संकल्प व दृढ़ निश्चय के बल पर मैं रणभूमि में पाँसा पलटने में सफल रहा था। पहले भी कई बार, मैंने रणभूमि में अपना ऐसा जौहर दिखाया था जिसने असंभव सी दिखने वाली विजय को हमें सौंपने में देर नहीं की थी। यह भी उनमें से ही एक रण था। कुछ ही क्षणों में राम व लक्ष्मण मेरे भाई कुंभकर्ण के पास सागर की अतल गहराइयों के बीच होंगे। मैं उनके मुखड़ों पर पसरा भय देख सकता था और मैंने सोचा कि उनके भारी धनुष उनके हाथों से फिसल रहे थे। भारी-भरकम लहरें सेतु से टकराते हुए योद्धाओं को खारे पानी से सराबोर कर रही थीं। तूफ़ानी हवा के बीच, गहरे आकाश में बारंबार बिजली चमक रही थी। मूसलाधार वर्षा के कारण राम का निशाना सही तरह से नहीं लग पा रहा था।

बाण बड़ी गति से मेरे आसपास से निकल रहे थे परंतु अपने आवेग में मैंने इस ओर ध्यान तक नहीं दिया कि उनमें से कोई अचानक मुझे लग भी सकता था। मैं शत्रु पर क्रूरतापूर्ण वार करते हुए, अपने लिए मार्ग बनाता जा रहा था, ज्यों ही वर्षा का प्रहार तेज़ हुआ तो हमारा सेतु डोलने लगा। हमारे आसपास मृत वानरों का जमघट लग गया था। बस कुछ और मनुष्यों की बलि चढ़नी बाकी थी और मैं बड़ी सरलता से अपनी चंद्रहास को राम के रक्त का स्वाद चखा सकता था। इस विचार मात्र से ही मेरा मन मुदित हो उठा परंतु जब तक मुझे अपनी घातक भूल का अनुभव हुआ, तब तक बहुत देर हो चुकी थी। जब मैंने हनुमान द्वारा तैयार की गई अग्नि घेराबंदी को लाँघा तो मुझे पूरा विश्वास था कि पीछे से मुझ पर वार करने के लिए कोई नहीं था। राम के प्रति बैर व द्वेष के चलते, मैंने कुछ परिस्थितियों को परखने में भारी भूल कर दी थी। तीव्र वेगवान वर्षा ने उस अग्नि को बुझा दिया था और अब बड़ी ही सरलता से मुझ पर पीछे से वार किया जा सकता था। मैं अपने भाई विभीषण के बारे में भूल गया था, जो आक्रमण करते हुए, मेरी ही ओर बढ़ा चला आ रहा था। उसे रोकने के लिए वहाँ कोई अग्नि नहीं थी। इस प्रकार वह दबे पाँव मेरे पीछे तक आ पहुँचा। जब

उसकी तलवार ने मेरी पीठ में गहरा वार किया तो मुझे अपनी मूर्खता का भान हुआ। मैंने मुड़ कर, उस पर अपनी तलवार से वार करना चाहा, परंतु वह नीचे झुक गया और मैं अपना संतुलन खो बैठा। उसने मुझे ठोकर मारी और मैं सागर में लगभग गिरते-गिरते बचा। मैंने अपना संतुलन साध लिया परंतु उसके वार से हुए घाव से निरंतर रक्त बह रहा था। मेरे हाथ सुन्न पड़ गए थे। मैंने जो भारी युद्ध कवच पहन रखा था, वह मुझे नीचे की ओर खींच रहा था। राम और लक्ष्मण को एहसास हुआ कि मुझ पर बाणों की वर्षा के लिए इससे बेहतर अवसर तो कोई हो ही नहीं सकता था, परंतु मेरा कवच उन बाणों से मेरी रक्षा करने में सफल रहा। वे मेरी त्वचा को नहीं भेद सके। मेरे पास अब परास्त होने के लिए समय नहीं था। मैं इस खेल में जीतने ही वाला था। मुझे दुर्बल होने से पहले राम तक पहुँचना था। मैंने विभीषण को ठोकर मारी तो वह समुद्र में जा गिरा। जब मैं अपनी तलवार हाथ में लिए राम की ओर लपका तो विभीषण किसी तरह सागर से निकल कर, सेतु पर आ गया। मेरा ध्यान उस ओर नहीं था। मैंने अपना पूरा ध्यान राम पर केंद्रित कर रखा था। ज्यों ही मैं आगे को जाने लगा, विभीषण की तलवार एक बार फिर मेरी पीठ पर आकर पड़ी। तलवार मेरे शरीर से ज़रा सी दूरी पर आकर लगी परंतु उसने मेरे कवच के बंधनों को काट दिया, जिनसे वह मेरे शरीर से कस कर बधा था। मैंने भी स्वाभाविक रूप से मुड़ कर ठोकर मारी। वह हरहराते, ठाठें मारते सागर में अलोप हो गया।

जब मैंने अपना मुख राम की ओर किया तो मेरा कवच खुल कर गिर गया और मैं शत्रु के बाणों के लिए बिल्कुल प्रस्तुत था। राम ने इस अवसर का लाभ उठाते हुए, मेरे उदर पर निशाना साधा। मै हार नहीं मानना चाहता था परंतु शरीर से टपक रहे रक्त के कारण मेरा सिर चकरा रहा था। मेरे क़दम लड़खड़ाने लगे और एक-एक क़दम यंत्रणादायी हो उठा। जब एक के बाद एक बाण, मेरी आँतों पर वार कर रहे थे तो तब मेरे मस्तिष्क में बार-बार आमने-सामने होने वाले युद्ध का ही विचार चक्कर काट रहा था। प्रत्येक पीड़ादायी क़दम के साथ-साथ, बाणों का एक और दौर मेरी आँतों को भेद देता। धीरे-धीरे मैं नीचे गिर पड़ा और अंतिम बात मुझे यही याद रही कि मुझे एक गहरी हरी लहर ने लील लिया था। इसके बाद मेरा संसार रिक्त हो गया।

जब मेरे नेत्र खुले तो आसपास मृत्यु से भी भयावह सन्नाटा छाया था। धरती बहुत ठंड़ी व गहरी थी। कुछ लोग मेरे आसपास खड़े थे परंतु मैं उनके चेहरे नहीं देख सका। तभी एक लंबी और गहरी आकृति आकर मेरे समीप खड़ी हो गई। *'राम...'* मैं उसे गर्दन से दबोच लेना चाहता था परंतु धरती से हिल भी नहीं सका। धरती मेरे शरीर पर अपना दावा जताने के लिए प्रस्तुत थी। राम संस्कृत में कुछ बुदबुदाया, संभवत:

स्वर्ग में कोई स्थान पाने के विषय में बोल रहा था। मैं ज़ोर-ज़ोर से खिलखिला कर हँसना चाहता था। मैंने भी बनावटी सम्मान में शामिल होते हुए, अपने दोनों हाथ जोड़ दिए। मृत्यु का आलिंगन करने से पूर्व मेरे मन में केवल यही विचार शेष था कि वह मेरे इस वीभत्स उपहास को समझ नहीं सका था।

49 विजेता व उनका व्यवहार

भद्र

आज उसका अंतिम संस्कार है। यह दोपहर बाद का समय था और मैं भीड़ के मध्य खड़ा, भीषण गर्मी में उबल रहा था। हवा में चारों ओर एक अजीब सी उदासी व आतंक छाया था। विजेता पक्ष की सेनाएँ पिछली रात नगर में प्रवेश कर चुकी थीं। वानरों ने नगर में लूट-खसोट मचाने में कोई कसर नहीं छोड़ी। अधिकतर लोग अपना घर-बार त्याग कर वनों में चले गए थे परंतु कुछ ने बड़ी वीरता से अपने स्वामित्व की वस्तुओं को बचाने के लिए संघर्ष किया। अन्य व्यक्तियों ने दुष्ट वानर सेना के आगे आत्मसमर्पण कर दिया परंतु वे लोग किसी को भी बंदी नही बना रहे थे। जिन मूर्खों ने उनसे दया की अपेक्षा की थी, उन्हें बड़ी ही निर्दयता से मार दिया गया। रावण के भव्य तथा विलासितासंपन्न महल को लगभग ध्वस्त कर दिया गया, परंतु विभीषण ने बीच-बचाव किया और इस बात का प्रबंध किया कि दुर्ग में उपस्थित लोगों के साथ कोई बुरा व्यवहार न हो। इस तरह एक बार फिर कुलीन वर्ग अपने धन, प्राण तथा मान की रक्षा करने में सफल रहा।

अगले दिन, वानर उन सभी असुरों को वनों से पकड़ लाए जो अपने प्राणों की रक्षा के लिए वहाँ जा छिपे थे। उन्हें जबरन नगर में लाया गया। पिछली रात, मैं सागर तट की ओर निकल गया था ताकि वहाँ घायल पड़े सैनिकों या मृतकों की जेबों से अपने लिए कुछ माल निकाल सकूँ। काम ख़तरनाक था परंतु पैसा कमाने का अच्छा साधन था। वैसे भी उस समय वह सबसे सुरक्षित स्थान था। और जो भी हो, वे उस समय किसी असुर के वहाँ होने की अपेक्षा तक नहीं कर सकते थे। मेरी तरह दो-तीन और व्यक्ति वहाँ पड़े घायलों व मृतकों से बहुमूल्य वस्तुएँ व धन लूटने में लगे थे परंतु हम

सबने आपस में एक सुरक्षित दूरी बनाए रखी।

तभी मैं अचानक सम्राट से ही उलझ कर लड़खड़ा गया। अमावस्या की रात्रि के मद्धिम प्रकाश में मैंने अपने राजा तथा स्वामी को पहचान लिया। वह बुरी तरह से हाँफ़ते हुए, पीड़ा से छटपटा रहा था। सियार उसे जीवितावस्था में ही खा रहे थे। उसके बाजूबंदों की चमक से ही मैं उसकी ओर आकर्षित हुआ था। मुझे पूरा विश्वास नहीं था परंतु ज्यों ही मैं नीचे देखने को झुका, तो उसके मुख से एक कराह सी निकली। *'वह बलशाली पुरुष वहाँ कैसे गिरा पड़ा था?'* यह व्यक्ति अपने वंश तथा उन लोगों के लिए लड़ा था जो अपनी मर्यादा, अपनी स्वतंत्रता, अपने मूल्य व सभ्यता सब कुछ भुला बैठे थे। रावण ने असुरों को उनकी खोई हुई मर्यादा तथा आत्म-विश्वास लौटाया, अपनी प्राचीन संस्कृति के प्रति गौरव व अभिमान का भाव विकसित किया और हमारी सभ्यता को कीर्ति के उत्तुंग शिखरों तक ले गया। हाँ, हो सकता है कि वह एक आततायी रहा हो। उसने असुरों के प्रजातांत्रिक व समान रूप से सबको एक मानने वाले इस समाज को नष्ट कर, आपस में लड़ने वाले एक यंत्र में बदल दिया था। हाँ, वह ऐश्वर्य के मध्य मग्न रहा और जो उसके जी में आया, वही किया। उसने जिस समाज की रचना की थी। वह पूरी तरह से संपूर्ण नहीं थी। हममें से अधिकतर निर्धन ही रहे। यद्यपि हम जानते थे कि कड़ा परिश्रम व भाग्य हमें धनी व शक्तिशाली बना सकते थे। वहाँ देवों की भाँति ब्राह्मणों सरीखा कोई भी जन्मजात सुविधाभोगी वर्ग नहीं था। हमारी चूर-चूर कर देने वाली दरिद्रता तथा धनी व सुविधाजीवी वर्ग के प्रति उबलते क्रोध के बावजूद, हम देव राज्यों से एक क़दम आगे ही थे, कम से कम हमें यहाँ मनुष्य के रूप में जीने की विलासिता तो प्राप्त थी। हममें से अधिकतर निर्धन थे परंतु हमारी उस निर्धनता के बीच भी थोड़ी मर्यादा शेष थी। परंतु जब मैं अपने गिरे हुए राजा पर झुका तो मैं इनमें से कुछ नहीं जानता था। बहुत बाद में, इस घटना के बहुत बाद में, मुझ कुछ बातों के विषय में स्पष्ट रूप से पता चला परंतु तब तक तो बहुत देर हो चुकी थी।

बूढ़ा राजा मन ही मन कुछ बड़बड़ाया परंतु मैं समझ नहीं सका कि वह कहना क्या चाहता था। मैंने उसका मस्तक छुआ। वह तो बुरी तरह से तप रहा था। उसे ज्वर था और देह काँप रही थी। वह मर रहा था और अपने नेत्रों से यह सब देखना सरल नहीं था। वह पुनः कुछ बड़बड़ाया। मैं केवल यही समझ सका कि वह मुझे अपने साथ ले चलने को कह रहा था। बेचारा इंसान! मैं तो स्वयं रोने लगा। मैंने उसका सिर अपने हाथों में लिया और उसके सिर को अपने वक्षस्थल से सटा दिया। *'मैं एक असली राजा को गले से लगा रहा था।'* मैंने उस समय जो उल्लास अनुभव किया उन्हीं क्षणों में मैं उससे कह बैठा कि मैं उसका प्रतिशोध लूँगा। 'महाराज! मैं आपका अधूरा कार्य

पूरा करूँगा, आप चिंता न करें व शांति से अपने प्राणों का त्याग करें। मैं अपने वंश के लिए ऐसा अवश्य करूँगा।' मैं स्वयं यक़ीन नहीं कर सका कि मैं उस मरते हुए व्यक्ति से क्या कह रहा था। "मेरे उपाय भले ही अलग हों अथवा आपके स्तर से बहुत ही नीचे हों, परंतु फिर भी...।"

रावण घरघराहट के साथ साँस लेने लगा। मैं अपना मुख उसके अधखाए कान के निकट ले गया। सड़े हुए माँस की गँध से मुझे मतली आने को हुई परंतु मैं स्वयं को नियंत्रण में रखते हुए, उसके कान में फुसफुसाया कि राम ने आपकी जाति व आपके साथ जो भी किया, उसके लिए उसे छोड़ा नहीं जाएगा। मैंने जैसे ही यह कहा, ऐसा लगा मानो मुझे अपना जीवन जीने का एक उद्देश्य मिल गया था। मेरे इस साधारण से जीवन का कुछ मोल तो हो पाएगा। मैंने अपने राजा का माथा चूमा और आराम से उसका सिर गीली धरती पर रख दिया। वह बड़ी पीड़ा के साथ कष्ट से साँस लेने लगा। मैं बहुत देर तक वहीं खड़ा, रावण को प्राण त्यागते देखता रहा। जब पूर्वी आकाश में रूपहली रोशनी दिखने लगी और कौओं की काँव-काँव ने आने वाले दिन का संकेत दिया, तो बलशाली रावण बड़े ही गहरे कष्ट व यंत्रणा के बीच अपनी अंतिम श्वासें पूरी कर रहा था। मैंने आधे घंटे तक और प्रतीक्षा की और फिर घुटनों के बल बैठ कर, उसके शरीर से सारे आभूषण उतार लिए। वह जहाँ भी जाएगा, उसे वहाँ इनकी कोई आवश्यकता नहीं होगी। यह एक अच्छा दाँव था और मुझे प्रसन्नता थी कि मैं अपने राजा से उलझ कर वहाँ गिरा।

जब मैं लूट मचाने के बाद नगर की ओर चला तो उस मरणासन्न व्यक्ति से कहे गए शब्दों की व्यर्थता व मूर्खता का भान होने लगा। *'मैं किसी भी चीज़ का बंदी नहीं था। यहाँ तक कि किसी मरणासन्न व्यक्ति को दिए गए वचन से भी नहीं बँधा था।'* जब तक मैं नगर के बाहरी छोर तक पहुँचा, तब तक मैं अपने-आप को समझा चुका था कि मैंने मरते हुए रावण को जो वचन दिया था, उसे तोड़ने में कोई हानि नहीं थी। यह कोई अनुचित निर्णय नहीं था। मैं कोई नायक नहीं था कि राम के विरुद्ध प्रतिशोध लेने की मुहिम छेड़ देता। शीघ्र ही मुझे वानर सैनिकों द्वारा पकड़ लिया गया और वे मुझे नगर में घसीट ले गए ताकि मैं विजयप्राप्ति के उपलक्ष्य में निकाली जा रही शोभा-यात्रा का साक्षी बन सकूँ। संध्या समय तक तो मैं प्रतिशोध के विषय में पूरी तरह से भूल चुका था।

अनेक व्यक्तियों को जबरन पकड़ कर, राजमार्गों के दोनों ओर बैठाया गया था। वे बेचारे तपते सूरज के नीचे कसमसा रहे थे। जो भी अपने स्थान से हिलता-डुलता, वानर सैनिक बड़ी निर्दयता से उसे पीट देते। चारों ओर भय का ऐसा कुहासा छाया था कि उसने सूर्यास्त के बहुत बाद भी छँटने से इंकार कर दिया था। आश्चर्यजनक

रूप से, दिन पूरी तरह से साफ़ व हवादार था।

पिछली रात की मूसलाधार वर्षा के पश्चात मानो सब कुछ तरोताज़ा दिख रहा था। वृक्षों का हरा रंग देखते ही बनता था और आकाश में हल्के, कोमल व रूईनुमा बादल यहाँ-वहाँ विचर रहे थे। पूरा संसार एक अलग ही आभा से आलोकित था। अभी एक दिन भी नहीं हुआ था और ऐसा लगता था मानो रावण अथवा उसके असाधारण स्वप्नों का कभी अस्तित्व ही न रहा हो। मैंने रावण की मृत देह से उतारे गए आभूषणों को अपने कटि वस्त्रों के नीचे धकेल दिया। मैं उन आभूषणों के लिए चुराए गए शब्द का प्रयोग नहीं करना चाहता था। इसके लिए दावा करना शब्द कहीं बेहतर था क्योंकि रावण के पास जो कुछ भी था, वह सब कुछ हमसे छीन लिया गया था - मुझसे और मेरे जैसे लोगों से हथिया लिया गया था, जो यहाँ बैठे अपने अगले स्वामी के आने की प्रतीक्षा कर रहे थे।

दोपहर तक, लोग मारे गर्मी के बेसुध होने लगे। मध्य भारत की गर्मी को झेलने के आदी वानरों को भी यहाँ की उमस से भरी गर्मी सहन नहीं हो रही थी। जिसकी वजह से वे और भी चिड़चिड़े व क्रोधी हो गए थे। मारे पसीनों के बुरी हालत थी। अगर कोई इतना सा भी हिलता तो उसकी शामत आ जाती। मैं एक किशोर के पास बैठा था जो समीप खड़े वानर को बहुत ही गहराई से ताक रहा था। मैं संकट को एक मील की दूरी से भाँप सकता था। मैं जानता था कि उस युवक के मस्तिष्क में क्या चल रहा था। मुझे यथासंभव शीघ्रता से इस स्थान से बाहर निकलना था परंतु मैं दूसरों का ध्यान अपनी ओर खींचे बिना वहाँ से कैसे निकल सकता था? इससे पूर्व कि मैं वहाँ से निकलने की किसी योजना पर विचार कर पाता। उस युवक ने अपने सोचे हुए क़दम को उठाने का निर्णय ले लिया। वह अपने स्थान से उछला और बड़े आराम से खड़े सैनिकों की ओर भागा। वे भी आवाज़ सुन कर मुड़े परंतु किशोर के हाथों से अपने मुख पर भारी-भरकम घूँसों के वार से हतप्रभ हो उठे। वे लड़खड़ा कर नीचे गिर गए। किशोर ने उनके भाले लिए और उनके ही शरीरों में निरंतर घोंपने शुरू कर दिए। यह संकेत पाते ही अनेक युवकों ने वानर सैनिकों पर धावा बोल दिया परंतु मेरे जैसे अधिकतर मनुष्य, कोई भी प्रतिक्रिया दिए बिना यह तमाशा देखते रहे। दुर्ग से शीघ्र ही बहुत से वानर सैनिक अपने साथियों की सहायता के लिए आ पहुँचे और उन्होंने कुछ ही क्षणों में युवा विद्रोहियों का प्राणांत कर दिया।

जिस लड़के ने यह उपद्रव आरंभ किया था, वह टुकड़े-टुकड़े हुआ पड़ा था, उसके कटे अंग भीड़ में विभिन्न दिशाओं में फेंक दिए गए। उसकी भुजाएँ मेरे समीप आकर गिरीं और मैंने उस गंदी वस्तु को पैर की ठोकर से भयभीत पड़ोसी की ओर धकेल दिया, जिसे उसी क्षण मतली आ गई और उसने वमन कर दी। उस मृतक युवा का

कुछ रक्त मेरे चेहरे व कंधों पर भी आ गया था, मैंने उसे हाथों से पोंछा और फिर अपने हाथ मैली धोती से पोंछ लिए।

दोपहर ढलने तक, वानर अपने खेल से उकता गए और यहाँ-वहाँ घूमने लगे। कुछ असुर तपती दुपहरी के कारण बेहोश हो गए थे और पानी के लिए गिड़गिड़ा रहे थे। मैं आलस के मारे ऊँघ रहा था कि अचानक चेंडों के स्वर ने मुझे जगा दिया। सुदूर कोने पर, दुर्ग के द्वार खुले और एक जुलूस ने राजपथ पर प्रवेश किया। सारी भीड़ सिर उठा-उठा कर देखने लगी कि वहाँ हो क्या रहा था? वह जुलूस ठाठें मारती भीड़ से होते हुए, धीरे-धीरे आगे की ओर आने लगा। मैं केवल यही देख सकता था कि उन्होंने किसी वस्तु को एक लंबे स्तंभ पर टाँग रखा था और वह भीड़ के बीच ऊपर-नीचे उछाली जा रही थी। दुर्ग के कोने से एक मर्मभेदी विलाप का स्वर सुनाई दिया और जुलूस के पीछे-पीछे आने लगा। ज्यों ही राम की विजय यात्रा मेरे निकट से निकली, मैं यह देख कर आतंकित हो उठा कि अंगद एक बाँस पर लटके रावण के शीश को ऊपर-नीचे उछाल रहा था। राजसी व मनोहारी मुख मृत्यु के कारण भयंकर हो उठा था, उसकी एक आँख गायब थी, गालों का एक हिस्सा चूहे कुतर गए थे और नाक का अगला हिस्सा सियारों ने अधखाया छोड़ दिया था। अंगद के पीछे, किष्किंधा का क्रूर व पियक्कड़ सा दिखने वाला राजा सुग्रीव लड़खड़ाता आ रहा था, उससे अपनी भारी गदा तक संभाले नहीं संभल रही थी। राजा के पीछे बहुत से भद्दे व बदसूरत बालों वाले नर वानर दरबारी अपने हाथों में अनगढ़ गदाएँ तथा भारी लट्ठ लिए चले आ रहे थे। हिरण की छाल पहनने के अभ्यस्त उन लोगों ने आज असुरों के महल से चुराए गए रेशमी वस्त्र धारण किए हुए थे ताकि असुरों की प्रजा को लुभा सकें। वे लोग उन वस्त्रों में बहुत ही अटपटे दिख रहे थे परंतु उनके हाथों में विशाल पाषाण निर्मित गदाएँ थीं इसलिए किसी में इतना साहस नहीं था कि उनका उपहास कर पाता। इसके बाद असुर दिखाई दिए जो अपने नए स्वामियों की विजय के उपलक्ष्य में निकाली जा रही शोभा-यात्रा में चेंड तथा अन्य वाद्ययंत्र बजा रहे थे। उनके बाद राम, उसका भाई तथा विजयी मुद्रा में गर्वीली सीता दिखाई दी। वह रावण के रथ में, अपने पति के साथ बैठी प्रसन्नता से चहक रही थी।

राजसी रथ के निकट ही, विभीषण लक्ष्मण के आदेश पर जाने क्या-क्या किए जा रहा था। राम अपने सिर पर रावण का हीरक जड़ित सुनहरा राजमुकुट पहने बैठा था। उसने अपना हाथ इस तरह उठाया मानो हमें आशीर्वाद दे रहा हो। मैंने ध्यान दिया कि उसने अपनी पत्नी व अपने बीच धनुष व बाण रखे हुए थे। मैंने यह भी लक्ष्य किया कि वह जानबूझ कर अपनी पत्नी की ओर नहीं देख रहा था और सजग भाव से सतर्क था कि कहीं उससे अनजाने में भी स्पर्श न हो जाए।

यह सब बहुत ही विचित्र लगा परंतु बहुत बाद में जब मैं इस नई संस्कृति में दीक्षित हुआ तो यह सारी बात अच्छी तरह से समझ आ गई। उस दिन संध्या समय, जो भी घटनाएँ घटीं, उन्होंने मेरी जानकारी में बहुत वृद्धि की। राम के रथ के पीछे कुछ पालकियाँ थीं जिनमें महल की स्त्रियों को बैठाया गया था। उनमें से एक में, मंदोदरी बैठी दिखाई दी। उसका आधा चेहरा ओट में था और सिर मुंडित था। उसने एक सादी श्वेत साड़ी पहन रखी थी। एक खंभे पर उछाले जा रहे रावण के शीश को देखने से कहीं अधिक सदमा इस दृश्य को देख कर लगा। सारी असुर प्रजा अपनी साम्राज्ञी को एक देव विधवा के वेष में देख स्तंभित रह गई। वह बहुत ही मर्यादा तथा आत्म-नियंत्रण के साथ स्वयं को संभाले बैठी थी और दोनों ओर से निकलती असुर प्रजा धरती पर प्रणाम करते हुए, उसकी दयनीय दशा पर विलाप कर रही थी। वानर सैनिकों ने विलाप कर रहे असुरों को पैरों की ठोकरों से मारा और उन्हें 'श्री राम की जय' बोलने के लिए विवश किया जाने लगा। यद्यपि असुरों ने इस बात के लिए साफ़ इंकार कर दिया। वे अपने बिखरे हुए सपनों पर रोने की विलासिता को छोड़ना नहीं चाहते थे। परास्त सपनों के आगे भला टूटी हुई हड्डियों का मोल ही क्या था? मैं भी अपने अश्रुओं को वश में नहीं रख सका और अपने साथियों की तरह छाती पीट-पीट कर विलाप करने लगा।

चेंड़ों तथा श्रृंगों के स्वर भी असुरों के क्रंदन व पीड़ा को दबा नहीं सके। यह एक ऐसे वंश का क्रंदन था, जो अपने अस्तित्व के लगभग विलुप्त होने के संताप को सह रहा था। अनेक वर्षों पूर्व, असुरों ने नवीकरण का एक जगमगाता सपना देखा था जो अब चूर-चूर हो गया था। ज्यों ही ढलते सूरज ने उफनते सागर को लालिमा से रंगा, हमने अपने उन सपनों को भी तिलांजलि दे दी जिसमें एक ऐसे भुवन की कल्पना की गई थी, जहाँ कोई सीमाएँ नहीं थीं और सभी समान थे। कई युगों तक, भारत के असुर इस संसार के लिए एक ऐसे जगत को लाने की आशा की किरणों को संजोए रहे, जिसमें दासता व जातिप्रथा का कोई काम नहीं था, कोई भी व्यक्ति अपने हृदय में धधकती अग्नि तथा स्वप्न देखने की महत्त्वाकांक्षा के साथ स्वयं अपनी नियति रच सकता था। वे स्वप्न हज़ारों वर्ष पूर्व ही कहीं विलीन हो गए जब सरस्वती तथा सिंधु नदी के किनारे बसे हमारे नगर, देवों के बर्बर आक्रमणों के शिकार हो गए। यद्यपि महाबलि तथा रावण सरीखे नायकों ने इस स्वप्न को पुनर्जीवित करने का बहुत प्रयत्न किया परंतु आज उसी नायक का कटा शीश, एक वानर के हाथों में थामे हुए बाँस पर उछल रहा था। यह शोभा-यात्रा सागर के निकट जा कर थम गई। सारी भीड़ सागर तट की ओर लपकी ताकि यह देख सके कि वहाँ हो क्या रहा था। जो असुर सैनिक कुछ घंटों पहले तक वानरों से लड़ रहे थे, वही अब शत्रु पक्ष में शामिल हो कर अपनी ही असुर प्रजा को नियन्त्रित करने लगे। अब वे नए शासन को अपनी सेवाएँ दे रहे थे

ताकि उन्हें नियत समय पर अपना वेतन, पदोन्नति, भत्ते तथा संरक्षण मिल सके। वे जनता के सेवक थे और अपने स्वामी की आज्ञा पर, जनता पर क़हर बरसाने के लिए तत्पर थे। आम असहाय लोगों पर उनकी लाठियाँ पूरे वेग से बरस रही थीं। उन्होंने एक घेराबंदी कर ली थी ताकि आम जनता नेताओं के समीप न जा सके। महान नेताओं के लिए एक ऊँचा मंच तैयार किया गया था। हम सभी को सागर तट पर बैठने का आदेश दिया गया। हमें मार-पीट कर, बुरी तरह से धकेलते हुए, भूमि पर बैठने के लिए विवश कर दिया गया। जब राम के चाटुकार, उसके चाटुकारों के भी चाटुकार, यहाँ-वहाँ कोई न कोई सामान लाने के लिए भगदड़ मचा चुके और अपने अधीनस्थों पर आदेशों की वर्षा कर चुके तो राम ने मंच पर अपना आसन ग्रहण किया। उसकी भवों में गहरे बल दिखाई दिए परंतु ज्यों ही उसने भीड़ को देख कर हाथ हिलाया तो चेहरे की मुस्कान लौट आई। कुछ लोगों ने हाथ हिला कर प्रत्युत्तर भी दिया परंतु उसकी भवों में फिर से बल आ गए। शीघ्र ही हम सभी राम के मुख से निकले एक-एक शब्द पर हर्षोल्लास प्रकट कर रहे थे, यद्यपि हमें एक भी शब्द समझ नहीं आ रहा था क्योंकि वह संस्कृत में बोल रहा था।

कुछ ही देर बाद विभीषण उठा व राम के कान में हौले से कुछ कहा। फिर उसने राम के भाषण का अनुवाद आरंभ कर दिया। वह एक-एक वाक्य को हमारी भाषा में सुनाने लगा। राम ने अपनी बात आरंभ करते हुए कहा कि हमें प्रसन्नता होनी चाहिए कि हम रावण सरीखे आततायी, एक दुष्ट राक्षस के पंजों से मुक्त हो गए। उसका यह मानना था कि बुराई पर सदैव अच्छाई की जीत होती है। यह बात तार्किक थी और हमने करतल ध्वनि से उसके शब्दों का स्वागत किया। इसके बाद विभीषण के बोलने की बारी थी।

उसने कहा कि सारी प्रजा चार जातियों में बाँट दी जाएगी और उन्हें पेशे सौंपे जाएँगे। ईश्वर के मुख से निकले ब्राह्मण सर्वोत्कृष्ट जाति के माने जाएँगे। वे ज्ञान का प्रचार-प्रसार करते हुए, धरती पर ईश्वर के प्रतिनिधि कहलाएँगे और यह अनिवार्य था कि प्रत्येक व्यक्ति उनकी बात सुनेगा तथा आदेश का पालन करेगा। क्षत्रिय, जिन्हें ईश्वर के अंगों से उत्पन्न होने का सौभाग्य प्राप्त हुआ है, वे ब्राह्मणों के परामर्श के अनुसार, समाज पर शासन करेंगे। वैश्य, जो कि ईश्वर की जाँघों से उत्पन्न हुए हैं, उन्हें व्यापार तथा वाणिज्य संभालने का दायित्व सौंपा जाएगा तथा वे पहली दो जातियों के अधीन रहेंगे। शिल्पी, छोटे भू-स्वामी, सामान्य सैनिक तथा ईश्वर के चरणों से जन्मे सभी शूद्र, अन्य तीनों जातियों की सेवा करेंगे। यह सब बहुत भ्रामक था परंतु हम सबने फिर भी तालियाँ बजाईं। मैं विचार कर रहा था कि अनाड़ी व अर्धप्रशिक्षित किसानों तथा काली चमड़ी वालों का क्या होगा, जैसे कि मैं – हम लोग तो कई तरह के काम करके

अपना जीवनयापन करते हैं जैसे – सड़कों की साफ़-सफ़ाई, वस्त्र धोना व माल की ढुलाई करना आदि। मैं यह जानने को उत्सुक था कि हम जैसे लोगों ने देवों के ईश्वर के किस अंग से जन्म पाया था। शीघ्र ही मुझे अपना उत्तर भी मिल गया। विभीषण ने घोषणा की कि बाकी अन्य लोग, जो इन श्रेणियों में नहीं आते, उन्हें अस्पृश्य अथवा अछूत माना जाएगा। उसने हमारी दुर्दशा पर खेद भी प्रकट किया परंतु हमसे यह भी कहा कि हम इसे एक ईश्वरीय वरदान के रूप में स्वीकार करें। भाषण अनवरत चलता रहा और वे हमें देवों की कीर्ति तथा उनकी जीवनशैली का बखान सुना-सुना कर पकाते रहे। विभीषण ने वेदों के विषय में बहुत सी बातें ऐसी कहीं जो उसके अपने मन की उपज थीं, ऐसा लगा कि राम अपने मित्र को टोकेगा परंतु विभीषण ने अपने आसपास के ब्राह्मणों के कुम्हलाए मुख देखे तो अपने-आप शांत हो गया।

सभा के अंत में राम ने विभीषण का हाथ उठा कर घोषणा की, "असुरों के सम्राट की जय हो!" सैनिकों ने थोड़ा रौद्र रूप दिखाया तो हम सभी तालियाँ बजाने लगे। विभीषण राम के चरणों में गिर पड़ा। हम अपने नए राजा का यह रूप देख कर सदमे में थे। यही हमारी नियति थी कि हम एक ऐसे मेरूदंडहीन शासक के तले रहें, जो किसी विदेशी के परामर्श पर अपना राज्य संचालित करने वाला था।

विभीषण ने अपना भाषण जारी रखा। उसने देवों से क्षमाचायना की और इस उलाहने के साथ अपनी बात समाप्त की कि उसके पथभ्रष्ट भाइयों रावण तथा कुंभकर्ण ने राम में छिपे दैवी तत्व को नहीं पहचाना था। ज्यों ही सूर्यास्त हुआ और लंका पर अंधकार का साम्राज्य छाने लगा तो विभीषण ने कहा कि वह अपने मृत भाई का अंतिम संस्कार देवों की वैदिक परंपरा के अनुसार करेगा। भीड़ में विद्रोह की लहर उठी परंतु नंगी तलवारों वाले सैनिकों ने उसे तत्क्षण दबा दिया। कुछ ब्राह्मण मंच पर पधारे तो राम, सीता, लक्ष्मण तथा विभीषण सभी उनके सम्मान में अपने स्थान से उठ खड़े हुए। राम, लक्ष्मण तथा विभीषण ने ब्राह्मणों के चरण स्पर्श करते हुए आशीर्वाद लिए। परंतु जब सीता ने उनके चरण स्पर्श करने चाहे तो वे घृणा से पीछे की ओर हट गए। सारी भीड़ में सन्नाटा छा गया। हमने भाँप लिया कि कुछ तो नाटकीय तथा सनसनीखेज़ घटने वाला था। उनमें से एक ब्राह्मण ने राम के कान में कुछ धीरे से कहा और अचानक ही राम का चेहरा स्याह पड़ गया। राम ने लक्ष्मण से कहा और लक्ष्मण के चेहरे का रंग भी फीका पड़ गया। इन अटपटे क्षणों के बीच, किसी ने भी कुछ नहीं कहा। फिर लक्ष्मण ने सीता का हाथ थामा और उसे मंच से जबरन नीचे ले जाने लगा। उसने अपना हाथ छुड़ाना चाहा परंतु उसके देवर की पकड़ बहुत मज़बूत थी। उसे मंच से नीचे एक कोने में धकेल दिया गया जहाँ वह चुपचाप खड़ी लज्जा, ग्लानि व अपमान का दंश सह रही थी। उनमें से एक ब्राह्मण आगे आया तथा

संस्कृत में बोला। फिर विभीषण आगे आया और उसने संस्कृत में कहे गए वाक्यों का भावानुवाद किया। वह इन शब्दों को बहुत ही प्रसन्नतापूर्वक प्रकट करते हुए बोला, "मेरे देशवासियों! आपने देखा कि ये ब्राह्मण कितने निष्पक्ष हैं। मेरे स्वामी राम, इस भुवन के नरेश हैं परंतु फिर भी वे इन नियमों से परे नहीं हैं। जैसा कि हम सब जानते हैं कि उनकी पत्नी सीता को उस राक्षस रावण ने बंदी बना लिया था। यह हमारे लिए बहुत दुःख की बात है कि जिस व्यक्ति को मैं कभी अपना भाई मानता था, उसी के कारण मेरे प्रिय स्वामी की सद्‌गुणी पत्नी को दूषित होना पड़ा। कृपया इसमें कोई संदेह न रखें, सीता देवी मेरे लिए माता के समान हैं परंतु जिस प्रकार विद्वान पंडितों ने सबके लिए समान नियमों की स्थापना की है, हमें उनकी इस व्यवस्था पर गर्व होना चाहिए। उन्होंने अपने विवेक तथा बुद्धि के आधार पर निर्णय लिया है कि सीता देवी को देवों की युगों पुरानी अपनी परंपरा के अनुसार अपनी शुद्धता तथा पवित्रता की परीक्षा देनी होगी।" विभीषण थोड़ा पानी निगलने के लिए रुका। यह तो स्पष्ट था कि उसे एक नई व्यवस्था का प्रदर्शन करने में अपार हर्ष का अनुभव हो रहा था।

सीता ने रोना बंद कर दिया और बिल्कुल सहम कर शांत खड़ी थी। जब वह अपने पति को ताकने लगी तो उसके मुख से घूँघट भी उतर गया। निःसंदेह वह अपनी माँ से बहुत मिलती थी। भले ही वह दिखने में माँ के समान थी परंतु वह अपनी भाव-भंगिमा तथा नेत्रों में धधकती अग्नि के साथ तो, पूरी तरह से रावण की ही पुत्री दिखाई देती थी। उसने अपने पति को घूरा, जिसके लिए उसने इतनी व्यग्रता से प्रतीक्षा की थी। राम उससे नज़रें न मिला सका और दूसरी ओर देखने लगा। उसके हाथ काँप रहे थे परंतु उसके चेहरे पर चिपकाई गई कृत्रिम मुस्कान क्षण भर के लिए भी अलोप नहीं हुई। वह अपने भावों को छिपाने का भरसक प्रयत्न कर रहा था। वह वहाँ किसी ऐसे योद्धा की तरह नहीं बैठा था जिसने, संसार के सबसे बलशाली राजा को परास्त कर दिया था, वह तो कोई भाग्य का मारा अभागा दिख रहा था।

थोड़ी दूरी पर बैठी मंदोदरी, इस नए घटनाक्रम को देख स्तंभित दिखी। उसने उठना चाहा परंतु उसे ब्राह्मणों के आदेश पर पुनः बैठा दिया गया। वे चिल्लाए कि विधवाओं को यह अधिकार नहीं होता कि वे किसी को सूर्य के प्रकाश में दिखाई दें। वे पहले ही उसे दोषी ठहरा चुके थे कि वह अपने पति की अंतिम यात्रा की साक्षी थी। आज मंदोदरी का सूर्य के प्रकाश में यह अंतिम दिन था। एक चिता सजाई गई और रावण का सिर उस स्तंभ से उतारा गया। एक शीशविहीन शव को लाया गया, जिसे रावण का शव माना जा रहा था, उसे मेरे चार अस्पृश्य भाई उठा कर लाए।

सूर्यास्त हो चुका था और आकाश के पश्चिमी छोर पर गहरे रंग के बादल दिख रहे थे। यह वर्षा काल था और धरती अपने स्नान के लिए प्रस्तुत थी। विभीषण हाथ में

एक जलती मशाल लिए अपने भाई की चिता के समीप गया। उसने रावण के निकट ही एक और अग्नि वेदी सजाने का आदेश दिया। उसने कहा कि उसके लिए सारी चंदन काष्ठ लाई जाए क्योंकि एक दैवीय उद्‌देश्य के लिए उसे तैयार किया जा रहा था। हम सब साँसें रोक कर प्रतीक्षा करते रहे। शीघ्र ही एक और अग्नि वेदी तैयार कर दी गई। विशेष रूप से चुनी गई असुर स्त्रियाँ सीता को घसीट कर उस अग्नि की ओर लाने लगीं, जो यह सिद्ध करने जा रही थी कि सीता पवित्र थी अथवा नहीं?... हम तो समझ ही नहीं सके कि वहाँ हो क्या रहा था? किसी स्त्री की पवित्रता की परख के लिए देवों का यह कौन सा प्राचीन सिद्ध उपाय था? जब ब्राह्मणों ने मंत्रोच्चारण आरंभ किया और यहाँ-वहाँ जल का छिड़काव करने लगे तो विभीषण ने अपने भाई की चिता की तीन बार प्रदक्षिणा की। इसी प्रक्रिया में जल की कुछ बूँदें मुझ पर भी आ गिरीं। मैंने ज्यों ही उसकी गंध का अनुमान लगाना चाहा तो पता चला कि उसमें से दुर्गंध आ रही थी। मेरा पड़ोसी मेरे कान में हौले से बोला, "यह गाय का मूत्र तथा गोबर है। वे शुद्धिकरण के लिए इसका प्रयोग करते हैं।" हम अस्पृश्यों को इस मल व मूत्र से पवित्र किया जा रहा था।

वर्षा की नन्ही फुहार पड़ने लगी। शीघ्र ही आकाश बरसने को तैयार होगा। बिजली कड़की और और गहरे आकाश को चीरती चली गई। जब विभीषण अपने भाई की चिता को मुखाग्नि देने लगा तो उसने बड़े ही नाटकीय स्वर में घोषणा की, "यह एक आततायी, पिशाच व राक्षस का अंत है। उसका यह जीवन उन सभी के लिए एक सबक होगा जो धर्म की सर्वश्रेष्ठ सत्ता को नकारते हैं, अयोध्या के महान राज्य के प्रभु श्री रामचंद्र, हमारे स्वामी, धरती पर धर्म के मूर्तिमान रूप हैं। आज से बुराई तथा असुरों के हीन साम्राज्य का पतन होगा। आज के दिन को सबसे अधिक पवित्र दिन माना जाना चाहिए, जब प्रभु श्री राम, विष्णु के अवतार, हम पर अपनी असीम दया वृष्टि करेंगे। वह हमें अपनी इस अनंत करूणा के माध्यम से एक नई जीवनशैली की ओर ले जाएँगे। जब तक रावण का पापमयी शरीर भस्म में विलीन होगा, हमारे गहरे क्षितिज पर धर्म की एक नई सुबह का उदय होगा। एक ऐसा धर्म, जिसमें प्रत्येक व्यक्ति को अपने लिए उचित स्थान का ज्ञान होगा; जहाँ विद्या का मान होगा; योद्धाओं के बल की प्रतिष्ठा होगी; तथा वाणिज्य व व्यापार के कौशल सराहे जाएँगे। अब हमें जीवन में सफल होने के लिए कड़े संघर्षों के बोझ तले नहीं दबना होगा; और न ही हम अपने पड़ोसी से आगे निकलने की अंधी दौड़ में, बौराई प्रतिस्पर्धा का एक हिस्सा बनेंगे। हम रावण के अधीन पनपे, असुरों के दुष्ट समाज का त्याग करेंगे, जब मनुष्य की यही विचारधारा थी कि वह कड़े परिश्रम तथा प्रतिभा के बल पर ही अपने लिए प्रसन्नता अर्जित कर सकता था। आज से हम सभी यह बात कभी विस्मृत नहीं करेंगे कि हम नादान तुच्छ प्राणी हैं और ईश्वर की सर्वोच्च सत्ता तथा शक्ति के

समक्ष हमारा परिश्रम तथा गुण कोई मोल नहीं रखते। उसकी करूणा तथा प्रेम से ही हमारी भौतिक व आध्यात्मिक सफलता प्रवाहित होती है। यदि तुमने किसी अछूत के घर में जन्म लिया है तो तुम्हें उसके लिए शोक नहीं करना चाहिए। तुम इस जन्म में कष्टों का सामना इसलिए करोगे क्योंकि तुम अपने पिछले जन्म में किए गए अनुचित कर्मों का फल भोग रहे हो। अपने कर्मों के कारण ही तुमने एक शूद्र अथवा अस्पृश्य के रूप में जन्म पाया है। अपने कर्तव्य का पालन करो तथा पूरी निष्ठा से अपने स्वामी को सेवाएँ दो; अधिक महत्त्वाकांक्षी मत बनो अथवा अपने वरिष्ठों को मिलने वाले मान-सम्मान तथा संपदा को देख कर ईर्ष्या का अनुभव मत करो। तुम केवल अपने विनय के सहारे ही यह सुनिश्चित कर सकते हो कि असीम करूणामयी तथा विवेकी प्रभु तुम पर दया करेंगे और यह सुनिश्चित करेंगे कि तुम अगले जन्म में वर्ण अनुक्रम में, इससे ऊपर के स्थान में जन्म पाओ।

विष्णु हमारी सामाजिक व्यवस्था के संरक्षक हैं। प्रभु ने हमें वचन दिया था कि जब कभी इस व्यवस्था के प्रति कोई भय उत्पन्न होगा तो वे स्वयं मनुष्य रूप में जन्म लेंगे और धर्म की स्थापना करेंगे। रावण तथा उसके द्वारा प्रचारित आदर्श, बहुत ही ख़तरनाक थे जिनसे इस व्यवस्था के प्रति संकट उत्पन्न हो गया था। वह कहता था कि उसने वर्ण-संकर मूल का एक कृषक लड़का होने पर भी अपनी वीरता, कड़े परिश्रम, साहस तथा बहुत थोड़े से लोगों के बल पर संसार के सबसे शक्तिशाली साम्राज्य को निर्मित किया था। हो सकता है कि अनेक व्यक्ति उसकी इस अस्थायी विजय से चकाचौंध भी हुए हों परंतु मैंने ईश्वर में अपना विश्वास बनाए रखा। रावण ने जो कुछ भी अर्जित किया, आज से वह सब मेरा है। क्या मैंने इसके लिए कुछ किया? क्या मैंने महान बुद्धिमता का आश्रय लिया? क्या मैंने प्रहस्त, कुंभकर्ण तथा रुद्रक जैसे दुष्टों की संगति की? मैंने केवल इतना किया कि ईश्वर की संपूर्ण व सर्वोच्च सत्ता के प्रति अपना विश्वास कायम रखा। रावण मारा गया और आज उसके द्वारा अर्जित प्रत्येक वस्तु पर मेरा अधिकार है।

इससे पूर्व, इस सामाजिक व्यवस्था को नष्ट-भ्रष्ट करने वाले एक और मूर्ख ने यह मान लिया था कि सभी मनुष्य समान थे, उसने भारत के पश्चिमी तट पर शासन किया था। आप सब भी महाबलि को जानते होंगे, जिसने मुजूरी से शासन किया तथा विष्णु की सामाजिक व्यवस्था को चुनौती दी। उस समय वह बलशाली सम्राट एक छोटे से ब्राह्मण युवक वामन के हाथों परास्त हुआ, जो और कोई नहीं स्वयं विष्णु जी ही थे, वह विष्णु का ही अवतार था। रावण को इससे सबक लेना चाहिए था। मैंने उसे चेताया भी क्योंकि वह मेरा भाई था और मैं अपने अग्रज से स्नेह रखता था, परंतु वह बहुत दंभी था और उसे कभी सत्परामर्श लेना पसंद नहीं था; वह अपने जीवन

में ही इतना व्यस्त था कि उसे मृत्यु के प्रति चिंतित होने का समय ही नहीं था। उसने सोचा कि उसकी सेनाएँ उसकी रक्षा कर लेंगी। उसने सोचा कि उसने अपनी असुर प्रजा को बहुत अच्छा जीवन दिया था इसलिए वे उसकी रक्षा करेंगे। उसने सोचा कि उसने अपने द्वारा निर्मित शिव मंदिरों में महान वास्तुकला का परिचय दिया था अतः शिव उसकी रक्षा करेंगे। परंतु जब वह समय आया तो रावण के पास कोई उत्तर नहीं था। उसकी रक्षा के लिए उन निर्धनों व आश्रितों के अतिरिक्त और कोई नहीं था, जो उचित अथवा अनुचित का भेद तक नहीं जानते थे।

जब राम आए तो मैं उनके चरणों में गिर पड़ा क्योंकि मैंने प्रभु को पहचान लिया था। अन्य बुद्धिमान तथा प्रज्ञावान व्यक्तियों ने ऐसे ही किया, भले ही वह वरुण हो अथवा लंकिनी या फिर जंबूमाली। और देखो हमें अपने इस व्यवहार के लिए क्या पुरस्कार मिला है। सरकारी अधिकारियों, व्यापारियों, नगर रक्षकों, रावण की सेना तथा अधिकतर लोगों को अपनी मूर्खता का भान हो गया है और उन्होंने राम के नाम से चलाए जाने वाले इस शासन में मुझे अपना सहयोग देने की विनती की है। मुझे पूरा विश्वास है कि आप सब, जो आज तक रावण अथवा महाबलि के मूर्खतापूर्ण आदर्शवादी स्वप्नों में विश्वास रखते आए थे, अपने जीवन को उस रूप में जीना आरंभ कर देंगे, जैसा कि हमारी *स्मृतियों* में दिया गया है। उस सर्वोच्च सत्ता के प्रति पूर्ण आत्मसमर्पण द्वारा ही मोक्ष की प्राप्ति की जा सकती है। महान महर्षि मनु द्वारा परिभाषित धर्म के नियम, शाश्वत तथा दिव्य हैं। ये नियम जीवन के प्रत्येक पहलू को अपने भीतर समाहित करते हैं। ये धार्मिक नियम जन्म से ले कर मृत्यु तक तुम्हारा पथ प्रदर्शन करेंगे।

जो लोग ज्ञान का सही तरह से उपयोग नहीं करना जानते, यदि उन्हें ज्ञान की बाग़डोर सौंप दी जाए तो यह बहुत संकटपूर्ण स्थिति हो सकती है। असुरों ने अब तक सभी को ज्ञान बाँटने की भूल की है और यह विचार नहीं किया कि दुष्ट व अज्ञानी उस ज्ञान को पा लेंगे तो कैसे गंभीर परिणाम उत्पन्न हो सकते हैं। हमने प्रत्येक मनुष्य को एक समान मानने की भूल की परंतु अब से सब कुछ बिल्कुल अलग होगा। हम इस मूर्खता को जारी नहीं रखेंगे। केवल पहली तीन जातियों को ही शिक्षा पाने का अधिकार होगा और वह भी पूरी तरह सीमित होगा क्योंकि वे अपने-अपने पेशे के अनुसार ही शिक्षा ग्रहण कर सकेंगे। अन्य व्यक्तियों की मुक्ति इसी में है कि वे पूर्ण निष्ठा व समर्पण भाव से अपने-अपने स्वामियों की सेवा करें तथा अपने कर्मों के परिणाम के प्रति चिंतित न हों। भगवान विष्णु ने स्वयं इन नियमों की स्थापना की है। जो भी व्यक्ति यह मानता है कि वह इस नियम में परिवर्तन ला सकता है अथवा उसे चुनौती दे सकता है, तो उसे इसके परिणाम स्वयं ही भुगतने होंगे।"

विभीषण एक क्षण के लिए रुका और भीड़ को देख माथे पर बल डाले। हम सभी पाषाणवत बैठे थे। फिर उसने अपने होंठ चाटते हुए बात को आगे बढ़ाया, "यह धरती बहुत भाग्यशाली है क्योंकि महान प्रभु विष्णु ने स्वयं यहाँ अवतार लिया। मनुष्य नियति से इंकार करने लगे थे, मनुष्य देवों की सत्ता को नकारने लगे थे। रावण एक वीर पुरुष था परंतु वह दंभी तथा अंहकारी था और उसने सोचा कि वह विष्णु के समकक्ष हो सकता था। प्रभु ने रावण द्वारा फैलाए गए अनाचार तथा अधर्म पर रोक लगा दी है। वर्णाश्रम धर्म की शांतिपूर्ण व्यवस्था की पुनःस्थापना की गई है। अब ऐसा नहीं होगा कि गंदी गलियों तथा शौचालयों को साफ़ करने वाला मनुष्य भी स्वयं को संस्कृत सीखने वाले तथा वेदों का उच्चारण करने वाले व्यक्ति के समकक्ष मानेगा। अब ताड़ी बनाने वाला स्वयं को रेशम बेचने वाले व्यापारी के समान नहीं मानेगा। अब माटी खोदने वाला स्वयं को लेखाकार के समकक्ष नहीं मानेगा। प्रत्येक व्यक्ति का अपना स्थान है और वह अपना स्थान पहचानता है। मंदोदरी ने स्वयं आगे आकर यह मिसाल प्रस्तुत की है कि एक सद्‌गुणी विधवा स्त्री का आचरण कैसा होना चाहिए।

रानी के साथ जो कुछ भी घटा, वह दुर्भाग्यपूर्ण था और हमारे प्रभु राम ने इसके लिए उत्तरदायी व्यक्ति को दण्ड भी दे दिया है परंतु हमारे लिए यह बहुत लज्जा की बात है कि इस घटना के बाद भी मेरे भाई रावण ने अपनी पत्नी को स्वीकार कर लिया था। उसने भी अन्य असुरों की भाँति, किसी स्त्री की पवित्रता व शुद्धता से जुड़े आचार-विचार का पालन नहीं किया। जो कुछ भी घटा, वह उसके बाद भी अपनी पत्नी को स्वीकार कैसे कर सका? परंतु वह कहाँ जानता था कि उचित अथवा अनुचित क्या है। यह युद्ध क्यों आरंभ हुआ? क्या इस विनाश के पीछे कोई कारण था? वह प्रभु राम की शरणागति लेने के बाद, इस विशाल साम्राज्य का उत्तराधिकारी बना रह सकता था। मुझे यह कहने में लज्जा आती है कि स्वयं मेरी बहन शूर्पणखा ने इस युद्ध का आरंभ किया। उसे भी पूरी तरह से दोष तो नहीं दिया जा सकता। वह हमारी ही सभ्यता की उपज है, जो स्त्रियों को व्यभिचारी जीवन जीने की स्वतंत्रता देती है। उसने सुंदर व रूपवान लक्ष्मण को लुभाने की चेष्टा की। किसी विधवा द्वारा प्रेम का यह धृष्ट प्रदर्शन भला कोई पुरुष कैसे सहन कर सकता है। उसने शूर्पणखा के नाक व कान काट कर उसे उसके किए की सज़ा दी।

प्रभु ने हमारी नश्वर बहन के लिए जो विधान नियत किया था, रावण ने उसे स्वीकारने की बजाय, प्रभु राम के विरुद्ध युद्ध छेड़ने का निश्चय कर लिया। इतना दंभ, इतना झूठा अभिमान! देखो, आज उसका क्या हश्र हुआ है? मैंने शूर्पणखा को हमारे देश से निष्कासित कर दिया है। वह मेरी बहन है परंतु मैं भी एक मिसाल कायम करना चाहता हूँ तथा अपने स्वामी के सामने यह सिद्ध करना चाहता हूँ कि असुरों ने

अपने पुराने तौर-तरीक़ों में बदलाव लाने का निर्णय कर लिया है। मेरे मित्र वरुण ने उसे सागरों के उस पार बर्बरों के देश में निष्कासित कर दिया है। अब वह एक भिक्षुक तथा निराश्रित है तथा हाथ में भिक्षा पात्र थामे दर-दर भटकती है। मुझे अपनी बहन के इस भाग्य पर खेद है परंतु वह इसी की अधिकारी है। फिर मेरे भाई ने प्रभु राम की पत्नी का अपहरण कर लिया। मैंने ये अफ़वाहें सुनी थीं कि सीता रावण की पुत्री थी और रावण उसके अपहरण द्वारा उसकी रक्षा करने का प्रयत्न कर रहा था। इससे अधिक अविश्वसनीय बात तो कोई हो ही नहीं सकती। कोई निम्न जाति का असुर किसी देव कन्या का पिता कैसे हो सकता है? राम रावण की तरह नहीं हैं। उनकी प्रिय पत्नी सीता, जिसके लिए उन्होंने इतना बड़ा युद्ध किया और इस रक्तरंजित युद्ध में अपने व अपने लोगों के प्राणों को दाँव पर लगा दिया, उसने भी पाप किया है। मुझे पूरा विश्वास है कि सीता एक देव राजकन्या तथा प्रभु राम की पत्नी होने के नाते पूरी तरह से पवित्र हैं। रावण उनकी पवित्रता अथवा शुद्धता को भंग करने का साहस नहीं कर पाया होगा परंतु प्रभु राम जानते हैं कि रावण तथा अन्य असुरों की वासनापूर्ण दृष्टि निश्चित रूप से उनकी पत्नी की पवित्र देह पर पड़ी होगी। कौन पति यह सब सहन कर पाएगा? प्रभु राम एक पुरुष हैं, वे मेरे भाई की तरह नहीं हैं जिसने अपनी दूषित पत्नी को भी स्वीकार कर लिया था, वे पूरे संसार के सामने एक उदाहरण प्रस्तुत करना चाहते हैं और सबको अपनी पत्नी के चरित्र की पवित्रता तथा शुद्धता का प्रमाण देना चाहते हैं। वे अपनी पत्नी की देह तथा आत्मा से रावण तथा अन्य व्यक्तियों के वासनात्मक विचारों को हमेशा के लिए जला कर भस्म कर देना चाहते हैं।

यह बहुत ही द्रवित कर देने वाला व्यक्तिगत मामला था, परंतु एक देव राजा सारे संसार के सम्मुख एक उदाहरण भी कायम करना चाहता है। देव असुरों की तरह नहीं हैं। वे अग्नि तथा जीवन की शुद्धता में विश्वास रखते हैं। अग्नि सर्वोच्च देव है, जीवन तथा ऊर्जा देने वाली! अग्नि सब कुछ शुद्ध कर देती है। सीता असुरों के बीच रहीं, उनकी देह पर असुरों की वासनापूर्ण दृष्टि पड़ी और वे अपने पति से एक लंबे समय के लिए दूर रहीं, इनके साथ ही यह अफ़वाहें भी प्रचारित रहीं कि वह रावण की पुत्री थी; अग्नि इन सभी की शुद्धि कर देगी। आप सभी के सम्मुख, सभी असुरों तथा वानरों के सम्मुख, सारे संसार के सम्मुख, सीता वह सर्वोच्च परीक्षा देंगी, जिसके द्वारा देव किसी स्त्री की पवित्रता व शुद्धता की परख करते हैं - अग्नि परीक्षा। मेरे भाई की चिता के समीप जल रही दैवी अग्नि यह निर्णय लेगी कि माता सीता कितनी पवित्र हैं। यदि वे पवित्र तथा शुद्ध हुईं तो अग्नि उनका बाल भी बाँका नहीं कर सकेगी। यदि वे दूषित हुईं तो यह दैवीय अग्नि उन्हें भस्म कर देगी। सारी भीड़ में एक आतंकित सन्नाटा छा गया। सारे सिर एक साथ राम को देखने के लिए मुड़

गए, जो अपने ऊँचे सिंहासन पर आसीन था। वह नीचे की ओर देख रहा था और मैं देख सकता था कि वह इस घटनाक्रम से बुरी तरह से व्यथित तथा दुःखी था। यद्यपि उसने फिर भी खड़े हो कर यह नहीं कहा, "बस बहुत हुआ... मुझे अपनी पत्नी पर पूरा विश्वास है।" हनुमान बहुत ही तनावग्रस्त तथा घबराया हुआ दिख रहा था जबकि विभीषण प्रसन्नतापूर्वक अपने कर्तव्यों का पालन कर रहा था। लक्ष्मण का चेहरा पीला पड़ गया था, उसने अपने चेहरे पर छाई व्यग्रता को त्यौरियों के पीछे छिपाना चाहा, जो हमेशा उसके चेहरे पर देखी जा सकती थीं। मंदोदरी एक कोने में, सफ़ेद साड़ी से मुंडित सिर को ढाँपे बैठी थी और उसकी पूरी देह अनियंत्रित सुबकियों से काँप रही थी।

वायु में चारों ओर तनाव व्याप्त था और इसी वातावरण में और वृद्धि करने के लिए ही जैसे आकाश में बिजली भी गरजने लगी। मैं देख सकता था कि तूफ़ान से घिरे काले बादल बड़ी तेज़ी से हमारे द्वीप की ओर आ रहे थे। अब सूरज में कोई तपन नहीं थी, वह घने काले बादलों के बीच एक रूपहले छोर सा दिख रहा था। वायु के तीव्र झोंकों ने नारियल के वृक्षों को झुमा दिया। और बड़ी-बड़ी लहरें, सागर तट पर खड़ी चट्टानों से पछाड़ खाने लगीं। जब वे सीता को घसीट कर उस दिव्य अग्नि की ओर ले जाने लगे तो लोग उठ खड़े हुए। पहले उसने प्रतिरोध किया तथा अपने पति से बचाव की गुहार भी लगाई परंतु जब उसे यह एहसास हुआ कि स्वयं उसके पति, उसकी पवित्रता के प्रमाण के लिए यह अग्नि परीक्षा चाहते थे, तो उसने एकदम हथियार डाल दिए तथा दयनीय दृष्टि से उन्हें देखा। राम ने आँखें फेर लीं और सीधा देखने लगा, वह अपनी पत्नी से परे, सभी सैनिकों से परे, हमसे भी परे, क्षितिज पर स्थित किसी सुदूर बिंदु को ताक रहा था। उसके नेत्रों में अश्रु उमड़ आए। उसके व त्यौरियाँ चढ़ाए खड़े लक्ष्मण के समीप ही ब्राह्मण पुरोहितों ने संस्कृत में अपना मंत्रोच्चार आरंभ कर दिया था जिसके शोर में भीड़ के उत्साही स्वर, मंदोदरी तथा अन्य स्त्रियों की सुबकियाँ कहीं डूब कर रह गईं।

वहीं सागर तट पर, असुरों का नवदीक्षित राजा तथा राम का आश्रित भक्त, हाथों में जलती मशाल थामे खड़ा था और उसके होठों पर संतुष्टिदायक मुस्कान खेल रही थी। उसके सम्मुख असुरों का शक्तिशाली सम्राट अपनी चिता पर मृत पड़ा था, जिसकी देह को पशुओं ने आधा खा कर त्याग दिया था और सिर सड़े हुए धड़ से विहीन था। उसके समीप ही वह अग्नि अपनी हज़ारों भुजाओं के साथ धधक रही थी, जो जानती थी कि पवित्रता की परख कैसे की जाती है?

असुर सैनिकों ने सीता को विभीषण के समीप छोड़ा तथा पीछे लौट गए। भीड़ की

उत्सुकता सातवें आसमान पर थी। उन्होंने आज से पहले ऐसा तमाशा कभी नहीं देखा था। सूर्य उस लाल सागर में विलीन हो चुका था जो बार-बार ऊपर-नीचे उछालें मार रहा था। आकाश में गहरे काले तथा रूपहले बादल मँडरा रहे थे, जिन्होंने बड़े ही दुष्ट तथा विचित्र रूपों वाले सरीसृपों जैसे आकार ले लिए थे, और सूर्यास्त के रंगों के वैविध्य को प्रतिबिंबित करते हुए इतरा रहे थे। "इसके साथ ही मैं रावण के दुष्ट व बुराई से भरे साम्राज्य का अंत कर दूँगा। इसके साथ ही मैं उस व्यक्ति की धृष्टता को दंडित करूँगा जिसने देवों को चुनौती देने का साहस किया। इसके साथ ही, मैं एक राक्षस के छल से भरे जीवन व साम्राज्य का अंत कर दूँगा, जिसने हमारे संसार को लगभग नष्ट ही कर दिया था। श्री राम की जय हो...!"

विभीषण ने गर्जना करते हुए अपने भ्राता की चिता को मुखाग्नि दी, और तभी वर्षा आरंभ हो गई। मैं रावण को राख में परिवर्तित होते देखता रहा, जब एक गहन व असामान्य वेदना ने मुझे जकड़ लिया। एक युग का अंत हो चुका था। वानरों की ओर से एक वृहद विजयनाद हुआ, जबकि असुरों के मस्तक लज्जा से झुक गए। सीता अपने पिता की जलती चिता के सम्मुख भावहीन मुद्रा में खड़ी थी, वह अपने ही दुःख तथा कपट से भरे संसार में खोई थी।

"असुरों के राजा के रूप में, मैं घोषणा करता हूँ कि यह दिन प्रतिवर्ष, भारत के प्रत्येक ग्राम में, विजय दिवस के रूप में मनाया जाएगा। इस दिन, प्रत्येक स्त्री, पुरुष तथा बालक को यह याद करना चाहिए कि किस प्रकार प्रभु विष्णु के अवतार, अयोध्या के श्री राम चंद्र ने रावण नामक बुराई पर विजय प्राप्त की थी। प्रति वर्ष इस दिन, भारत के प्रत्येक ग्राम, सड़क तथा घर में रावण हज़ार-हज़ार मौतें मारा जाएगा...।" विभीषण ने उत्साहित होते हुए जलती मशाल को आकाश की ओर उठा दिया और कुछ असुर तथा वानर सैनिक उसके साथ हुँकार भरने लगे।

आकाश में क्रुद्ध बिजली कड़की और बूँदाबाँदी होने लगी। चिता से उठता मोटा काला धूम्र काँपते हुए वायु में नए-नए रूप लेने लगा। "अब शुद्धता की परीक्षा होगी। हमारे आदरणीय तथा प्रिय स्वामी राम की पत्नी सीता अग्नि परीक्षा देंगीं।" विभीषण ने घोषणा की। एक असुर ने जलती चिता में और घी डाल दिया जिससे वह मारे रोष के दुगने वेग से धधक उठी। लपटें ऊँचीं उठीं और वायु में कड़-कड़ की ध्वनि होने लगी। हम सभी बड़ी उत्सुकता व भय के बीच यह तमाशा देख रहे थे, सीता ने संकुचित होते हुए उस धधकती हुई अग्नि को देखा, जिसमें प्रवेश कर, उसे अपने पति के सम्मुख अपनी पवित्रता की परीक्षा देनी थी। उसने राम की ओर देखा और उसकी नज़रों से नज़रें मिलानी चाहीं परंतु यह देवता तो अन्य देवताओं की भाँति ही

था, जब भी इनकी आवश्यकता सबसे अधिक होती है तो ये मनुष्य से मुँह फेर लेते हैं। विभीषण अधीर हो उठा और अग्नि में घी की अधिक मात्रा डालने का आदेश दिया। सीता कुछ क्षणों तक वहीं खड़ी रही। फिर धीरे-धीरे वहीं धरती पर ढेर हो गई। भीड़ में एक विचित्र सा सन्नाटा छाया था। क्या वह इस परीक्षा से पीछे हट गई थी?

मैंने गुस्से से कहा, "यह कैसी मूर्खता है! भले ही वह पवित्र न भी हो, तो भी धधकती अग्नि में प्रवेश द्वारा इसे कैसे प्रमाणित किया जा सकता है? अग्नि किसी पवित्र अथवा अपवित्र या गुणी या अवगुणी में भेद नहीं कर सकती।"

मेरे समीप बैठे पुरुष ने गुस्से से कहा, "तो, तू अज्ञानी किसान, तू अग्नि के बारे में सब कुछ जानता है? विद्वान ब्राह्मणों ने इसके विषय में यही कहा है। हम उनकी बातों पर प्रश्नचिन्ह लगाने वाले कौन होते हैं?" यद्यपि कुछ लोग संदेहग्रस्त थे परंतु अधिकतर ने उसकी बात के समर्थन में हामी भरी। इन मूर्खों से वार्तालाप करते हुए, वहाँ के कुछ दृश्य भी देखने से छूट गए थे।

सीता उठ खड़ी हुई। भीड़ ने दोबारा भाँप लिया कि कुछ नया घटने जा रहा था। फिर वह अकस्मात जलती अग्नि की ओर दौड़ी। क्या हमने सही सुना था या यह मेरी कल्पना थी? मैं आज भी इस विषय में निश्चित रूप से नहीं कह सकता। क्या उसने अग्नि में कूदने से पूर्व चिल्ला कर अपने पिता को पुकार था, 'पिताश्री...' सारी भीड़ में ऐसा सन्नाटा था कि सुई भी गिरे तो पता चले परंतु उसी समय मानो आकाश रो दिया और मूसलाधार पानी बरसने लगा। वायु एक तूफ़ान में बदल गई थी और नारियल के वृक्ष बड़े ही वेग से झूमते हुए दोहरे होने लगे। लंबे पत्ते इस तरह झूम रहे थे मानो किसी डूब रहे व्यक्ति की भुजाएँ हों और वह प्राण रक्षा के लिए हाथ-पैर मार रहा हो। अस्वाभाविक रूप से अंधकार सा हो चला था और बीच-बीच में कड़कने वाली बिजली के प्रकाश में सभी भूतिया सायों जैसे दिख रहे थे। सारी भीड़ अपने मृतक राजा की चिता की ओर बढ़ी और शीघ्र ही अनियंत्रित हो गई। नगर रक्षकों ने लोगों को पीछे की ओर धकेलना चाहा और चारों ओर अफ़रा-तफ़री मच गई। हमने देखा कि हनुमान अग्नि वेदी से सीता को राम की ओर ले जा रहा था। वह बेजान दिख रही थी परंतु मेरी अनुभवी आँखों ने भाँप लिया कि वह जीवित थी। तो इस प्रकार यह निर्णय हो गया कि वह पूरी तरह से पवित्र थी। वह अग्नि परीक्षा में सफल रही।

मुझे वह समय याद आया, जब मैंने विंध्य के वनों में उसे अपने हाथों में थामा था, असुर मंत्रियों ने मुझे जीवन रूपी नन्ही सी पोटली दफ़नाने के लिए दी थी। मेला समाप्त होते ही भीड़ भी छँट गई क्योंकि प्रमुख नायक दुर्ग में अलोप हो गए थे, उन्हें भी तो रात को विजय के उपलक्ष्य में दी जा रही दावत का आनंद लेना था। मैं वहीं

खड़ा भीड़ में भीगता रहा और जब लोग जा चुके तो मैं धीरे-धीरे रावण की चिता की ओर बढ़ा। वर्षा तो अब भी हो रही थी परंतु अब उसका वेग इतना अधिक नहीं था। चिता की दशा शोचनीय थी। वह भस्म तथा कीचड़ का ढेर बन चुकी थी। उसमें हड्डियों के छोटे टुकड़े और अधजली खोपड़ी दिखाई दे रही थी। मैं वहीं खड़ा रहा, समझ नहीं आ रहा था कि क्या करूँ। फिर मैंने ठोकर मार कर महान असुर सम्राट के अवशेषों को, सागर की उत्ताल तरंगों के हवाले कर दिया। कुछ ही देर बाद, मैं घर लौटा तथा सो गया।

50 नए जीवन का अंकुर

भद्र

रावण की मृत्यु के बाद के माह, असुरों के जीवन में किसी भयंकर अवधि से कम नहीं थे। जाति अनुक्रम के लिए बहुत भ्रम का वातावरण था और जाति से जुड़े अनेक संघर्ष तथा विवाद उत्पन्न हो जाते। प्रत्येक परिवार ने स्वयं को अपने-आप उस जाति से जोड़ लिया था, जो उनके अनुसार आगे चल कर शिखर तक आ सकती थी। यदि यह चार वर्णों के आधार पर स्पष्ट वर्गीकरण होता, तो किसी व्यक्ति की जाति के विषय में जानना इतना कठिन न होता। यह तारतम्य या अनुक्रम इतना कठिन न होता, इसके सुपरिभाषित होने से, या तो व्यक्ति इसका पालन करता अथवा इसके विपरीत लड़ता। मैं नहीं जानता कि जाति व उपजातियों के विभाजन का यह कार्य किसी बुद्धिमता की उपज था या इससे और अधिक भ्रम ही उत्पन्न हुआ। इसने हमारे समाज को लाखों हिस्सों में विभाजित कर दिया था जिसमें ब्राह्मण निश्चित रूप से शिखर पर थे। मुझे यह जानने में लगभग तीन माह लगे कि मैं धोबी जात से संबंध रखता था, जो कि सुनार व बढ़ई आदि जाति से भी निम्न मानी जाती थी परंतु यह घुमक्कड़ लोकगायकों, लकड़हारों व कुम्हारों आदि से तो उच्च ही थी। जब उच्च जाति के लोग किसी मार्ग से जाने का निर्णय लेते तो मुझे वहाँ से निकलने की अनुमति नहीं थी। परंतु यदि कोई कुम्हार मेरे मार्ग में आ जाता तो मुझे उसे ठोकर मार कर दूर करने का पूरा अधिकार था क्योंकि उसने मेरे मार्ग में आने का दुःसाहस किया था। यदि मैं किसी लकड़हारे को स्पर्श कर लेता तो मेरी पवित्रता खंडित होती परंतु यदि मैं कभी किसी बढ़ई को स्पर्श कर लेता तो उसे अपवित्र कर सकता था। सबसे निचले पायदान से संबंध रखने वाली कोई भी जाति सड़कों पर नहीं चल सकती थी, अच्छे वस्त्र धारण नहीं कर सकती थी, अच्छे घरों में नहीं रह सकती थी

और उसे देवालयों में प्रवेश की अनुमति भी नहीं थी। यह सब शेष तीन वर्णों के लिए ही आरक्षित था। इस तंत्र में सब कुछ नियत था और उच्च जाति का व्यक्ति अपने से निम्न जाति के अपमान का पूरा अधिकार रखता था। मुझे अपने से उच्च जाति से मिली किसी भी तरह यंत्रणा या अपमान को सहना होगा क्योंकि मुझे अपने से निम्न जाति को सताने का पूरा अधिकार था। और फिर हतोत्साहित असुर प्रजा निर्धनता की मार से भी दोहरी होती चली गई।

लगभग नौ माह पश्चात, दक्षिण भारत तथा इसके द्वीपों में भारी दुर्भिक्ष पड़ा। सारा व्यापार ठप्प पड़ गया था क्योंकि ब्राह्मणों ने घोषित कर दिया था कि सागर का काला पानी लाँघने से व्यक्ति की जाति चली जाएगी। व्यापारी वर्ग ने, हाल ही में प्राप्त सुविधाओं को खोने के भय से, सागर पार जाने से इंकार कर दिया और शीघ्र ही चीन के व्यापारियों तथा पीले बालों वाले बर्बरों ने मसालों तथा परिष्कृत वस्तुओं के व्यापार को अपने नियंत्रण में ले लिया। एक ऐसा समय आया, जब खाने के लिए भी कुछ शेष नहीं रहा। परंतु विभीषण के कर संग्रहकर्ता उन लोगों के मुख से आख़िरी ग्रास तक छीनने में संकोच नहीं करते थे, जिनका सरकार के प्रति कुछ भी दाय था। केवल एक ही ऐसा व्यक्ति था जो रिसते बाँधों तथा नहरों का तंत्र सही करने के लिए कोई चमत्कार कर सकता था और ग्रामीण इलाक़ों में कृषि कार्य पुनः आरंभ करवा सकता था परंतु पगला वैज्ञानिक मय, अब लौह श्रृंखलाओं में जकड़ा एक बंदी था, जिसे एक कारागार में डाल दिया गया था। ब्राह्मणों ने उसके सभी सिद्धांतों का उपहास किया और घोषणा कर दी कि उसने जो कुछ भी प्राप्त किया था, वह निश्चित रूप से असुरों के काले जादू के बल पर प्राप्त किया गया होगा। निःसंदेह यह बहुत ही बुरा समय था। मृत्यु के अतिरिक्त बचाव का कोई उपाय नहीं सूझता था। यदि हमें पूरे सप्ताह में एक बार पूरा भोजन मिल जाता तो हम स्वयं को भाग्यशाली मानते। केवल एक ही अच्छी बात यह थी कि मैंने लकड़ी के लट्ठों तथा रावण की मृत्यु के बाद होने वाले उपद्रवों के दौरान चुराए गए सामान की मदद से एक छाजन वाला घर बना लिया था। मैंने रावण की मृत देह से उतारे गए आभूषण अपने घर के भीतर ही धरती में दबा दिए थे। मुझे उन्हें वहाँ से निकालने में भय का अनुभव होता था। धोबी जात के किसी व्यक्ति के पास इतनी संपदा होने की अपेक्षा नहीं की जाती थी। विभीषण ने अपने शासन काल के पहले ही सप्ताह में, निचली जातियों की किसी भी व्यक्तिगत संपदा को छीनने का आदेश दे दिया था परंतु मेरी तरह, बहुत से लोग पहले ही अपना धन तथा आभूषण किसी सुरक्षित स्थान में गाड़ चुके थे। जब सब कुछ समाप्त होता जान पड़ रहा था तो एक अफ़वाह के रूप में, आशा की नन्ही सी किरण सामने आई। वरुण लोगों को अवैध रूप से सुदूर पूर्व के देशों में पहुँचा रहा था। वरुण जैसे लोगों को कोई भी धर्मग्रंथ अथवा ब्राह्मण छू नहीं सकते थे अथवा उसे बहिष्कृत नहीं कर सकते

थे। भले ही राम का शासन हो या रावण का अथवा कुबेर का, उसे धन कमाना आता था। वह केवल एक ही देवता की पूजा करता था – धन! पहले-पहल मैं इस विषय में संदेहग्रस्त था परंतु जब भूख की तड़प बढ़ती चली गई और मेरी स्त्री की टोका-टाकी असहनीय होने लगी, तो मैंने भी एक दाँव आज़माने की सोची। ज्यों ही मैंने भी प्रवास की इच्छा प्रकट की तो एक दलाल मेरे लिए यह प्रबंध करने को राज़ी हो गया।

दलाल संभवतः मेरी ही आयु का अधेड़ पुरुष था परंतु चूँकि उसने मेरी तरह निर्धनता व भूख का सामना नहीं किया था, तो उसे मैं कोई बूढ़ा काका ही लगा होऊँगा। मुझे यह जान कर बहुत खीझ हुई और मेरी पत्नी के लिए यह कौतुक का विषय रहा कि वह मुझे बार-बार काका कह कर ही पुकारे जा रहा था। वह एक सरकारी अधिकारी था जिसने कुबेर के शासनकाल में अपना पद संभाला था और अब वह विभीषण के शासन में एक वरिष्ठ अधिकारी था। उसने दावा किया कि वह बहुत ही उदार विचारधारा रखता था और जाति के लिए बने नियमों के बारे में कोई बहुत अच्छी सोच नहीं रखता था। यद्यपि, वह अपनी पत्नी की बात का मान रखने की खातिर मेरे घर में प्रवेश नहीं करना चाहता था क्योंकि जाति अनुक्रम के अनुसार वह मुझसे थोड़े ऊँचे पद पर था। उसने किसी भी प्रकार का जलपान ग्रहण करने से भी इंकार कर दिया क्योंकि उसकी पत्नी कभी इस बात के लिए हामी न देती कि वह किसी धोबी के घर कुछ खा-पी कर आए। मैं अंदर ही अंदर उबलने लगा पर मेरी पत्नी शांत दिखाई दी। वैसे भी हमारे पास उसे खिलाने के लिए कुछ था ही नहीं, तो जाति की शुद्धता बनाए रखने के आग्रह ने हमें थोड़ी लज्जा व अपमान से बचा लिया।

हम नदी के समीप इमली के पुराने वृक्ष तले मिले। वह पेड़ की उभरी हुई जड़ पर बैठा था और फिर भाड़े के लिए खींचतान होने लगी। हाथापाई की नौबत आने ही लगी थी कि पत्नी मुझे एक कोने में ले गई और दिमाग़ को शांत रखने के लिए कहा।

मैं बेमन से घर लौटा और करीब आधे घंटे तक खोदने के बाद रावण के आभूषण निकाल लिए। मैं बड़े ही भारी मन से वे आभूषण ले कर उसके पास लौटा और काँपते हाथों से उन्हें उसके हाथ में रख दिया। चाँद की रोशनी में जगमग करते आभूषणों को देख उसकी आँखें चमक उठीं। नौकरशाह मेरी पत्नी से आम बातों की चर्चा कर रहा था कि किसी मध्यमवर्गीय परिवार के लिए जीवन व्यतीत करना कितना कठिन होता जा रहा था, महँगाई किस कदर बढ़ गई थी, शिक्षा पर भी कितना व्यय होने लगा था आदि। उसने बातों ही बातों में पोटली के वज़न को हाथों से तौला और इसके बाद तो उसकी प्रसन्नता देखने योग्य थी। सब कुछ तय हो गया था। दो ही दिन के भीतर, एक छोटी डोंगी हमें, उस बड़े पोत पर ले जाएगी जो, गहरे सागर में लंगर डाले खड़ा

है। हमें बस वहाँ तक पहुँचना था और फिर उसने पूरा आश्वासन दिया कि हमें सुदूर पूर्व के लिए पहले दर्जे की यात्रा सुलभ हो जाएगी।

माला और मैं, नदी के किनारे खड़े इमली के वृक्ष तले, किसी प्रेमी-प्रेमिका की तरह हाथों में हाथ लिए खड़े, नदी के प्रवाहित होने की मर्मर ध्वनि सुन रहे थे तथा वायु के साथ प्रवाहित हो रही मोगरे की गंध को अनुभव कर रहे थे। संभवतः जीवन हमें एक और अवसर देने जा रहा था। कौन जाने?

पूरे दो सप्ताह तक प्रतीक्षा करने के बाद डोंगी नहीं आई और मैं मारे चिंता के अधमरा हो गया। मैं दो बार पैदल चल कर उस कार्यालय तक भी गया, जिसका पता उस मोटे अधिकारी ने देते हुए कहा था कि वह वहाँ काम करता था परंतु दोनों बार उससे भेंट नहीं हो सकी। और फिर जब मैं लगभग मायूस हो चला था तो एक दिन गहरी अंधकार से भरी रात्रि में, किसी ने दरवाज़े पर हौले से दस्तक दी। मैंने एक और दस्तक की प्रतीक्षा की। जब दोबारा आहट हुई तो मैंने द्वार खोला और दीपक के मंद प्रकाश में एक अधिकारी का चेहरा देखा। उसने खीसें निपोरते हुए मुझे बाहर आने का संकेत किया। मैंने द्वार खोला तो उसने मेरे हाथ में एक ताड़पत्र थमा दिया। वहाँ अंधकार में दो-तीन साए और भी दिख रहे थे।

मैंने भीतर जा कर अपनी पत्नी को जगाया। जब उसने सुना कि स्वर्ग जाने के लिए अनुमति पत्र आ गया था तो वह उमग उठी। उसने झट से हमारा सामान बाँध लिया। भला साथ ले जाने वाला सामान था ही कितना? उसने सब कुछ कपड़े की एक पोटली में रखा और मेरे साथ बाहर आ गई। हम नदी की ओर बढ़े, जहाँ एक डोंगी हमारे लिए प्रतीक्षा कर रही थी। डोंगी में तीन अन्य जोड़े तथा एक साधु उपस्थित था। हम चुपचाप डोंगी में बैठ कर प्रतीक्षा करने लगे। करीब आधे घंटे बाद एक और दंपत्ति आ पहुँचे और उस मोटे व्यक्ति ने हाथ हिला कर हम सबको अभिवादन किया। डोंगी धीरे-धीरे नदी के मुहाने की ओर बढ़ चली। लंका, वह भूमि जिसे मैंने अपनाया और अपने जीवन का अधिकांश भाग व्यतीत किया था, वह धीरे-धीरे हमारे नेत्रों से ओझल होती जा रही थी। मैं स्मृतियों के भार तले दबने लगा और कंठ अवरुद्ध हो गया। मैं उन लोगों की भीड़ के बावजूद कितना अकेला था, वे सब भी अपने-अपने विचारों तथा स्वप्नों में खोए थे।

कुछ दूरी पर जाने के बाद एक विशाल पोत दिखाई दिया। धीरे-धीरे डोंगी उस जहाज़ तक जा पहुँची। इसके एक छोर पर रस्सी की सीढ़ी लहरा रही थी। हम सब एक-एक कर, उस पर चढ़े। हम उस विशाल पोत की छत पर खड़े प्रतीक्षा करने लगे कि कोई आकर हमें हमारे पहली श्रेणी के कक्षों तक ले जाएगा। कुछ देर बाद, एक

कर्मचारी जैसा दिखने वाला व्यक्ति हाथ में ताड़पत्र लिए आया। उसने सबके अनुमति पत्र जाँचे और उनके अनुसार उन्हें उनके कक्षों में भेजा जाने लगा। मैं उस युवा जोड़े से बातें कर रहा था और बातों ही बातों में पता चला कि वे नव विवाहित थे। बादाम जैसे नेत्रों वाली युवती थोड़ी शर्मीली थी और युवक भी सुंदर व भोला-भाला था। उन्होंने नारियल के कुछ वृक्ष बेच कर इस यात्रा का प्रबंध किया था। उस युवती का नाम आरसी तथा युवक का नाम शिव था। जब किरानी हमारी ओर आया तो हमने अपनी बातचीत वहीं रोक कर, बड़े ही आदर भाव से अपने अनुमति-पत्र दिखाए। उसने भवें चढ़ा कर पूछा,"कौन जात हो तुम?"

"तुम्हें इस बात से क्या अंतर पड़ता है?" शिव खीझ गया।

"तुम लोग काले रंग के असभ्य दिख रहे हो। बेशक तुम नीच अछूत जात के होगे। मैं तुम्हें साथ नहीं ले जा सकता। दूसरे उच्च जाति के यात्री आपत्ति कर सकते हैं।"

"इस बात से तुम्हारा क्या मतलब है कि तुम हमें साथ नहीं ले जा सकते। हमने यात्रा के लिए पूरा भाड़ा दिया है।" इससे पहले कि शिव अपनी मूर्खता या उज्जड़पन में आकर, कुछ और बकता, मैंने मामले को संभालना चाहा।

"मैं कुछ नहीं जानता। लगता है कि कोई गड़बड़ हुई है। जब तुम अपनी राजधानी के कार्यालय में जा कर अर्ज़ी दोगे तो वहाँ से छह माह के भीतर ही तुम्हारा धन वापिस कर दिया जाएगा। मुझे क्षमा करना परंतु मैं तुम्हें साथ नहीं ले जा सकता। तुम नीचे उतर सकते हो क्योंकि डोंगी अभी गई नहीं है अन्यथा तुम्हें मजबूरन तैर कर वापिस जाना होगा।"

किरानी अपने कक्ष में जाने के लिए मुड़ा।

"मुझे अपने कंठ का हार दे।" माला ने उलझन में खड़ी आरसी को कहा। आरसी ने बेमन से अपनी आखिरी बेशकीमती चीज़ उतार कर माला के हाथ में सौंप दी। माला ने उसे मेरे हाथ में देते हुए, हौले से कहा, "उसके पैरों में पड़ जाओ। कुछ भी करो पर हालात को संभाल लो। हम वापिस नहीं जा सकते।"

मुझे कर्मचारी तक पहुँचने के लिए लगभग छलाँग लगानी पड़ी और मैं जा कर उसके पैरों में गिर गया। "तुम क्या कर रहे हो?" उसने मुझे दूसरी लात से एक ज़बरदस्त ठोकर दे मारी। "तूने मुझे छू कर अपवित्र कर दिया। तेरी इतनी मजाल! हट, हट पीछे... मैं कहता हूँ, पीछे हट, कमीने बूढ़ा!"

परंतु मैंने उसके पैर नहीं छोड़े। मैं अपने सबसे दयनीय स्वर में चिल्लाया, "स्वामी, मेहरबानी करके हमें अपने पोत से न उतारें। हम वापिस नहीं जा सकते। हम आपकी छत की सफ़ाई करेंगे, शौचालयों की सफ़ाई कर देंगे परंतु मेहरबानी करके हमें साथ ले चलें। हमें यहाँ छोड़ कर न जाएँ। हम पर दया करें। आप हमारे भगवान हैं। मैं आपके लिए यह छोटी सी भेंट लाया हूँ। दया करें स्वामी, दया करें...।" मैंने हार को ऊँचा उठाया ताकि वह उसे आसानी से देख सके। जब उसने उसे देखा तो सारी शुद्धता व पवित्रता भूल गया और बड़ी फुर्ती से उस हार पर लपका। मैं उठ खड़ा हुआ और दोनों हाथ छाती पर बाँध कर खड़ा हो गया, मेरी दोनों हथेलियाँ बगलों में दबी थीं और पीठ विनीत भाव से झुकी हुई थी। मेरे साथियों को भी संकेत समझ आ गया और वे भी पूरे विनय के साथ उसी मुद्रा में नतमस्तक हो खड़े हो गए।

उसने एक बार फिर से ताड़पत्र में झाँका और हार को अपनी जेब के हवाले किया। फिर हम पर एहसान करते हुए बोला, "सबसे निचले तल पर चले जाओ। मैं सिंहों की नगरी में जाने तक तुम्हारे भद्दे व बदसूरत चेहरे नहीं देखना चाहता। रसोई के फ़र्श बुहारो, मैले वस्त्र धोओ और शौचालयों की सफ़ाई करते हुए, हमारे कुछ काम आओ। चलो, अब दफ़ा हो जाओ यहाँ से!"

यह कहते ही उसने मुझे निचली सीढ़ी की ओर धकेल दिया, जो निचले तलों की ओर जाती थी। सावधान रहना, हममें से किसी की भी आँखों के आगे मत पड़ना। बाकी लोग भी मेरे पीछे भीतर आ गए। सबसे निचले तल पर बहुत अंधेरा व गंदगी थी और वहाँ रसोई से सड़े प्याजों व लहसुन की गंध आ रही थी।

वरुण के जहाज़ पर काम करते-करते हमारी कमर लगभग दोहरी हो गई। हम लगातार बर्तन माँजते, फ़र्श चमकाते, कपड़े धोते तथा मल से भरे पीपे समुद्र में खाली करते रहते। हमें सूरज की रोशनी तक के भी दर्शन नहीं होते थे और इस कड़ी मेहनत व निचले तल की उठापटक ने हमें बुरी तरह से रोगी बना दिया। अंततः, करीब एक माह की यात्रा के पश्चात, हमने ऊपरी तल से लोगों के हर्षोल्लास का स्वर सुना। वे लोग धरती दिखाई देने का जश्न मना रहे थे। हम भी रेंग कर ऊपरी तल तक आ गए और सूरज की रोशनी ने आँखों को बुरी तरह से चौंधिया दिया। वह एक नदी का मुहाना था और उसके दोनों ओर घनी हरियाली से भरे वन दिखाई दे रहे थे। जहाँ तक नज़र जाती थी, वृक्षों के झुरमुट थे। जैसे ही जहाज़ ने एक चौड़ी नदी में प्रवेश किया। एक लंबा, काला तथा विशाल मंदिर दिखाई देने लगा। हमने कभी इतनी चौड़ी नदी नहीं देखी थी। उसे देख कर हमारी रग-रग में उमंग दौड़ने लगी। शीघ्र ही जहाज़ एक बंदरगाह पर रुका, जहाँ सफ़ेद शिरोवस्त्रों वाले विचित्र से दिखने वाले लोग सामान चढ़ाने व उतारने लगे। कर्मचारी ने हमें देख कर खीसें निपोरीं और

नीचे जा कर भीड़ का हिस्सा बन गया। कुछ देर के भ्रम के बाद, हमने तय किया हम उसी जगह उतर जाएँगे। वहाँ पहले से लोगों की कतारें बंधने लगी थीं। मैंने पहले कुछ लोगों से पूछा कि क्या वह पूर्व में सिंह नगरी थी। वे लोग मुझे खाली-खाली नज़रों से ताकते रहे परंतु मुझे अपने जैसा काली चमड़ी वाला एक व्यक्ति मिल गया और मैं साहस जुटा कर उससे बात करने लगा। वह दो लंबे व गोरी चमड़ी वालों से बात कर रहा था इसलिए मैं अपनी बारी आने की प्रतीक्षा करने लगा। फिर मैंने उससे तमिल भाषा में पूछा कि क्या वह सिंह नगरी थी। उसने मुझे इस तरह घूरा मानो मैं बौरा गया होऊँ और फिर बोला, "क्या तुम कमअक्ल वरुण के जहाज़ से यहाँ तक आए हो।" हमने एक-दूसरे को देखा और हमारे हृदय मारे भय के जड़ हो गए। "क्यों स्वामी, आप ऐसा क्यों पूछ रहे हैं...?"

उस काली चमड़ी वाले ने अपने गोरे साथियों से संस्कृत में कुछ कहा और वे सब खिलखिलाने लगे। फिर वह मेरी ओर मुड़ कर बोला, "तुम लोग किस जाति के हो?"

"*धोबी*, स्वामी!" मैंने उत्तर दिया। यद्यपि मुझे यह पक्का पता नहीं था कि शिव तथा आरसी किस जात के थे।

"अब समझ आया कि तुम लोग इतने बेअक्ल क्यों हो? यह तो देवी काली की नगरी है। वरुण ने तुम्हारे साथ भी वही किया है, जो वह पहले भी कई लोगों के साथ कर चुका है।"

आरसी ने एक चीख़ मारी और वहीं बैठ कर अपनी छाती पीटने लगी। माला भी उसके विलाप में शामिल हो गई। मैं अंदर ही अंदर नपुंसक क्रोध से उबलने लगा। आँखों से अश्रु रोके नहीं रुके और मैं भी रोने वाली औरतों के दल में शामिल हो गया। शिव लज्जित भाव से उस व्यक्ति के हाथ-पाँव जोड़ने लगा कि वह हमारी समस्या का कोई समाधान निकाल दे। उसने हमें परे धकेलना चाहा परंतु शिव अपने हठ पर अड़ा रहा। अंततः उस काली चमड़ी वाले ने अपने मित्रों को विदा दी। फिर वह हमारी ओर मुड़ कर चिल्लाया कि हम रोना बंद करें ताकि वह कोई हल सुझा सके। अंत में उसने कहा, "देखो मित्रों! यह एक छोटा शहर है। हो सकता है कि तुम्हें यहाँ कोई काम मिल जाए परंतु उत्तर-पश्चिम की ओर, इससे एक बड़ा राज्य स्थित है। वहाँ राजा राम का शासन है। वह नगर अब फल-फूल रहा है और तुम सरीखे कुलियों को वहाँ आराम से काम मिल सकता है। मैंने सुना है कि वहाँ मजदूरी भी अच्छी मिलती है। तुम वहाँ अपना भाग्य आज़मा सकते हो। सरयू नदी के रास्ते, चावल के बोरों से लदी एक नाव अयोध्या जा रही है। उसका मालिक एक व्यापारी है, जो दक्षिण से आया है। मैं उससे बात करूँगा और अगर तुम्हारी किस्मत अच्छी हुई, तो तुम्हें थोड़ा स्थान मिल

सकता है। आज रात के लिए, काली मंदिर के पास एक जगह है, जहाँ वे निर्धनों को निःशुल्क भोजन देते हैं। वहाँ भोजन करो और प्रातःकाल चावल घाट पर आ जाना। अब जो हो गया, उसके लिए आँसू मत बहाओ। संभवतः इसी में तुम लोगों की कोई भलाई छिपी हो।" यह कह कर उसने काली मंदिर की दिशा में संकेत कर दिया।

"और आगे वाले मार्ग से मत जाना। उस मार्ग से अछूतों का प्रवेश वर्जित है, पीछे वाली छोटी पगडंडी से जाना।" वह छोटी सी नाव में सवार हो कर नदी में जाते हुए चिल्लाया।

हमने वह रात काली के मंदिर में काटी, हम भूखे नहीं रहे। देर रात, मंदिर में ही पेट भरने का जुगाड़ हो गया था। मैं सो नहीं सका क्योंकि पास के वनों से चीतों के स्वर सुनाई दे रहे थे और मच्छर निरंतर कानों में अपना संगीत बजा रहे थे। मैं अयोध्या के विषय में भी उत्सुक था। जब राम ने अपनी पत्नी तथा भाई के साथ अयोध्या के लिए पुष्पक विमान में प्रस्थान किया था, उस बात को लगभग एक वर्ष होने को था।

पौ फटी तो हम धान की खेप से भरी नाव पर सवार हो कर, अयोध्या की ओर चल दिए। हम तीन दिन बाद, राम के राज्य में पहुँचे। जब मैं करीब तीन दशक पूर्व, रावण की सेना के साथ आया था तो वह स्थान किसी छोटे से ग्राम जैसा दिखता था परंतु अब तो बहुत कुछ बदल गया था। यद्यपि उसकी तुलना त्रिकोट या अपने समय में सर्वश्रेष्ठ रह चुकी मुजूरी से तो नहीं की जा सकती थी परंतु अब वहाँ समृद्धि की झलक दिखने लगी थी।

हम यहाँ-वहाँ भटकते रहे और मन में यही भय समाया था कि कहीं भूल या असावधानीवश जाति से जुड़ी कोई वर्जना न तोड़ बैठें या किसी ऐसे स्थान पर न चले जाएँ जो हमारी जाति के लिए निषिद्ध हो। सभी संकेत चिन्ह संस्कृत में थे और लोग जो भाषा बोल रहे थे, उसे समझना हमारे वश के बाहर था। हमें बहुत ही क्रोध से धकेला गया और शीघ्र ही हम नगर रक्षकों की नज़रों में आ गए। हमें स्थानीय कोतवाली में ले जाया गया, जहाँ उन्होंने हमसे विभिन्न प्रकार से पूछताछ करनी चाही। राम के नगर रक्षक भी रावण के नगर रक्षकों जैसे ही तो थे। उन्होंने मुझे लाठियों से पीटा, शिव को ठोकरों से मारा, जबकि स्त्रियाँ रोती-चिल्लाती रहीं।

अंततः वे अपने साथ एक व्यक्ति को लाए जो सड़क के दूसरी ओर अपनी दुकान चलाता था और हमारी भाषा बोल सकता था। हमने उससे कहा कि हम भूल से अयोध्या में आ गए थे और उसने वाक्य का अनुवाद उन्हें सुना दिया। वे लोग हमारी मूर्खता पर हँसे और जब दिल खोल कर ठहाके लगा लिए तो दुकान वाले से कहा

गया कि वह हमारी जातियों के विषय में पूछ कर बताए। जब उन्होंने यह सुना कि हम धोबी जात के थे तो उन्होंने उससे कहा कि वह हमें वहाँ छोड़ आए, जहाँ हमारी जात-बिरादरी वाले रहते थे। उस व्यक्ति ने आनकानी की क्योंकि शायद वह अपनी दुकान नहीं छोड़ना चाहता था परंतु जब उसे फटकार पड़ी तो एक क्षण में जान गया कि उसके लिए क्या करना अधिक महत्त्व रखता था।

धोबियों की बस्ती, उत्तर में सुदूर, नदी के किनारे स्थित थी। उस व्यक्ति ने हमें बस्ती दिखाई और इससे पहले कि हम उसका शुक्रिया अदा कर पाते, वह ओझल हो गया। बस्ती भी अपने-आप में किसी नगर से कम नहीं थी। वहाँ तो सभी जातियों के लोग दिखाई दे रहे थे – असुर, नाग, किन्नर, गंधर्व, कोयले जैसे काले बर्बर, पीली त्वचा वाले चीनी, ठंडे देशों से पीले बालों वाली बर्बर जातियाँ तथा कई मिश्रित जातियाँ। परंतु वे सभी एक ही जाति से संबंध रखते थे। अब वे सभी धोबी थे। यहाँ उत्तर में जाति प्रथा बहुत ही प्राचीन तथा गूढ़ थी। निचली जाति में जन्मे व्यक्ति के लिए यह आवश्यक नहीं था कि वह अपने माता-पिता से ही मिलता-जुलता हो। हज़ारों वर्षों से यह वंश आपस में घुल-मिल गए थे परंतु इसके बावजूद अब भी वे सभी धोबी ही थे। एक तंत्र विकसित किया जा चुका था तथा जाति का मुखिया ही यह तय करता कि जाति के लिए क्या सही था, इस प्रकार वह जाति के लिए किसी राजा के समान होता। हमें मुखिया के पास ले जाया गया। उसने औपचारिक पूछताछ के बाद हमें नदी के पास रहने के लिए एक कुटिया दे दी। हमारी मासिक आय का दसवाँ हिस्सा जाति के कोष में जाता था, जिस पर निश्चित रूप से उसी बूढ़े का कब्ज़ा था। हम शिकायत नहीं कर सके क्योंकि हमें अपने सिर पर छत तथा दो जून रोटी की सख़्त आवश्यकता थी। हमने अपनी कुटिया में क़दम रखे और अयोध्या में नए जीवन का श्रीगणेश किया।

देवों के देशों में किसी भी प्रकार की जल निकासी व्यवस्था या बंद नालियों का प्रावधान नहीं था और हमें नदी के किनारे, खुले स्थान पर ही शौच से निवृत्त होना पड़ता। जिस नदी के पास सभी मल-मूत्र का त्याग करते तथा भैंसों को नहलाया जाता, उसे पवित्र माना जाता था और पूरे नगर के लिए पेयजल की व्यवस्था उसी स्थान से की जाती थी, जहाँ हम नगर के मैले वस्त्र धोते थे। धीरे-धीरे हमारा जीवन अपनी लय व ताल पर चलने लगा। हमने संस्कृत सीख ली और शीघ्र ही अपने पड़ोसियों से वार्तालाप करने में सक्षम हो गए। जब तक हम अपने स्थान पर टिके थे और उससे अधिक कुछ बनने की महत्त्वाकांक्षा नहीं पालते थे, तब तक देवों की यह जाति-प्रथा हमारे लिए ठीक थी। सरकार मुखिया से अपना कर वसूलती और वह अपने हिस्से के लिए सौदेबाज़ी करता। किसी भी नगर रक्षक अथवा सरकारी

अधिकारी ने कभी धोबियों की बस्ती में प्रवेश नहीं किया था। कुम्हारों तथा जुलाहों के ग्राम में भी ऐसा ही था।

पखवाड़े में एक बार, हम नगर के बाहर स्थित हाट में जाते और जो भी ज़रूरत की चीज़ होती, उसे ले आते। जीवन बहुत ही सादा व सरल था। इसमें किसी भी तरह की अराजकता तथा असुरों के नगरीय जीवन की भाँति प्रतिस्पर्धा नहीं थी। जाति प्रथा क्रूर थी और निचली जातियों को अमानवीय रूप से अपमानित किया जाता था, परंतु अपनी ही जात-बिरादरी के ग्राम के भीतर, विचित्र प्रकार की समानता का भाव था, संभावित रूप से मुखिया के परिवार को अपवाद माना जा सकता था। ऊँची जाति के कोई भी व्यक्ति ग्राम में क़दम ही नहीं रखते थे। देवों की इस व्यवस्था का सबसे बड़ा लाभ यही था कि इसमें किसी भी तरह की प्रतियोगिता के लिए कोई स्थान नहीं था। प्रत्येक कार्य एक जाति को सौंपा गया था और एक ही जाति के सभी सदस्यों के लिए काम तथा दो वक़्त की रोटी का जुगाड़ हो ही जाता था।

यह नगर आत्म-संतुष्ट जाति ग्रामों के मेल से बना था, जो अपनी न्यूनतम आवश्यकताओं के लिए परस्पर मेलजोल रखते थे। असुरों की भव्य किंतु भौतिकवादी, आलीशान तथा क्रूर रूप से प्रतिस्पर्धात्मक नगरियों की तुलना में राम का नगर एक सीमित जगत का ढाँचा प्रस्तुत करता था जिसमें जातिप्रथा ने ही आधारशिला रखी थी। इसने प्रत्येक व्यक्ति को एक नियत स्थान दे रखा था, जो कि जन्म के समय उसकी जाति पर निर्भर करता था। इस तंत्र में, सपनों के लिए कोई अवसर नहीं था और महत्त्वाकांक्षाएँ पालना किसी संकट से कम नहीं था। हम प्रवासी भी बहुत शीघ्र इस सत्य को जान गए।

जीवन बहुत ही आराम से बीतता गया और समय आने पर आरसी ने एक पुत्र को जन्म दिया। हमने शिव के नाम पर उसका नाम शंबूक रखा। बच्चा बहुत तेज़ी से बड़ा होने लगा और वह अपने समवयस्कों से कहीं अधिक बुद्धिमान था। धीरे-धीरे, मुझे अपने इसी जीवन में आनंद आने लगा। मैं उस बालक के साथ खेलता, उसे तैरना सिखाता, उसे अपने साथ नन्हे पक्षियों के शिकार पर ले जाता, मानो मैंने अपनी युवावस्था को एक बार फिर से पा लिया था। मैंने कई वर्षों से कड़ा परिश्रम करना त्याग दिया था और मेरे पुत्र समान शिव ने यह अतिरिक्त भार भी अपने कंधों पर ले लिया। वह बहुत ही परिश्रमी तथा उद्यमी युवक था। उसने चिरौरी-विनती और घूस के जरिए महल के मैले वस्त्र धोने का काम अपने हाथों में ले लिया था और यह हमारे लिए भौतिक सफलता पाने का अनुमति पत्र बन गया।

वह समृद्ध बन सका और संभवतः यह उसके असुर वंश के अंतर्जात प्रतिस्पर्धात्मक

स्वभाव के कारण हुआ होगा, जो कि कोई भी अवसर सामने आते ही प्रकट हो जाता था। हमने अपने घर को बड़ा कर लिया। हमारे पास गधे तो पहले से ही थे पर अब दो गौएँ भी रख लीं। हम धीरे-धीरे जीवन में आगे बढ़ रहे थे। प्रायः शांत भाव से बहती नदी; स्निग्ध, मेघों से आच्छादित आकाश; नदी के पास तैरते बेड़ों व नावों तथा मछली के लिए जल में डुबकियाँ लगाते वन्य बगुलों तथा रामचिरैया को ताकने में ही अधिकतर समय बीतता।

कई बार शंबूक भी इन यात्राओं में मेरा साथी बनता। वह मुझे दादा कहता था और किसी न किसी बात के लिए सताया करता। जब भी मैं उसकी खिलखिलाहट सुनता तो मेरा दिल गर्व व प्रसन्नता से भर जाता। मैंने एक बार फिर इस ख़ूबसूरत जीवन तथा अद्‌भुत जगत को प्रेम करना आरंभ कर दिया था।

51 धर्मरूपी खड्ग

भद्र

जब सब कुछ किसी सुंदर सपने की तरह घटित होता चला जाए तो जीवन एक कभी न समाप्त होने वाला आकर्षण लगने लगता है और उसी समय मनुष्यों के मस्तिष्क में मूर्खतापूर्ण विचार तथा ख़तरनाक महत्त्वाकांक्षाएँ जन्म लेते हैं। शंबूक बुद्धिमान तथा सुंदर था परंतु आरसी को केवल यही बातें देख कर नहीं सोचना चाहिए था कि उसे एक धोबी से कुछ अधिक बनना चाहिए। जब एक बार किसी माँ के मन में यह बात बैठ जाती है कि उसकी संतान विशेष है तो कोई भी उसे उन विचारों से डिगा नहीं सकता। वह चाहती थी कि उसका पुत्र कोई महत्त्वपूर्ण अधिकारी, या संभवतः एक प्रसिद्ध कवि अथवा एक महान व्यापारी बने – कुछ भी बने, बस नीच जाति का धोबी बन कर न जिए। मैंने उसे चेताया भी कि हम जैसे लोगों को स्वप्न देखने का साहस नहीं संजोना चाहिए। शिव ने भी उसे समझाया परंतु वह अपने हठ पर अड़ी रही। माला भी आरसी के साथ मिल गई और वे दोनों माँग करने लगीं कि शंबूक की शिक्षा का प्रबंध किया जाना चाहिए। दोनों महिलाओं ने तर्क दिया कि हमारे पास धन था और शंबूक में शिक्षा ग्रहण करने की प्रतिभा थी, तो हम उसे निरक्षर क्यों रहने दें? परंतु वह बच्चा आठ वर्ष का हो चला था और शिक्षा-दीक्षा आरंभ करने के लिए बहुत देर हो चुकी थी। यदि वह किसी असुर नगरी में जी रहा होता तो वह अब तक पढ़ने-लिखने तथा गणित आदि विषयों में निपुण हो गया होता। वे दोनों बार-बार ज़ोर देती रहीं और अंततः मेरी आपत्तियों तथा विरोधों के बावजूद, शिव ने हथियार डाल दिए और कोई उपाय करने लगा ताकि पुत्र को पाठशाला भेज सके। मुझे यह निर्णय पसंद नहीं आया परंतु इस बात का पूरा विश्वास था कि कोई भी धोबी की संतान को नहीं पढ़ाएगा, इसलिए मैं इस विषय में अधिक चिंतित नहीं था परंतु मैंने इस ओर तो

ध्यान ही नहीं दिया था कि पैसे के बल पर कड़ी से कड़ी सामाजिक वर्जना भी भंग की जा सकती है। शिव को एक एकांतवासी अध्यापक मिल गया, जो नदी के उस ओर रहता था।

सरयू नदी के दूसरी ओर, एक घना वन पड़ता था। वहाँ पशु-पक्षियों के अतिरिक्त कुछ संन्यासी रहते थे जो अपनी देहों पर भस्म मलने के अतिरिक्त कुछ नहीं करते थे, वे आभूषणों के स्थान पर नरमुंड तथा हड्डियाँ धारण करते और कई बार घंटों तक, कठिन योगमुद्राओं में खड़े रहते। यह तो स्पष्ट था कि वे ईश्वर की, अपनी अंतरात्मा की अथवा ब्राह्मण की खोज में थे। परंतु जो भी हो, वे ऐसे लोग थे जो देवों की कड़ी जाति प्रथा में विश्वास नहीं रखते थे और अपने एकांतवास में मग्न रहते। साधारण लोग इस पंचमेल भीड़ को देख कर भयभीत होते तथा मद्धिम स्वरों में उनकी रहस्यमयी शक्तियों के विषय में वार्तालाप करते। मैं उन इलाक़ों में कई बार जा चुका था और प्रायः उन लोगों से बातचीत भी किया करता था। वे आश्चर्यनजक रूप से जातिप्रथा के प्रति उदासीन थे और मैं वहाँ उनकी संगति में मिलने वाली स्वतंत्रता पाने के लिए जाता। केवल वही ऐसे लोग थे जिन्होंने कभी मुझसे मेरी जाति के विषय में नहीं पूछा और उन्हें मेरे साथ मदिरापान या धूम्रपान करने में भी कोई संकोच नहीं होता था। वह मेरा गुप्त जगत था। शिव ने ऐसे ही एक व्यक्ति को खोज लिया था जो जातियों में विश्वास नहीं करता था। उसे नगर में मिलने वाली मदिरा तथा तंबाकू बहुत भाते थे। मुझे उसका यह शुल्क चुकाने के लिए नियुक्त किया गया और इसके बदले में वह शंबूक को पढ़ाने लगा। मुझे भी उसकी संगति और जड़ी-बूटियाँ भाने लगी थीं। वह एक विद्वान पुरुष था और संस्कृत, असुर, नाग, गंधर्व तथा किन्नरों की बोलियों में सिद्धहस्त था, उसे कुछ बर्बर जातियों की बोलियाँ भी आती थीं। उसे वेदों, ज्योतिष-शास्त्र तथा अन्य कई विज्ञानों की भी जानकारी थी। हमें शंबूक के लिए उससे श्रेष्ठ अध्यापक मिल ही नहीं सकता था। बस उसका केवल एक ही आग्रह था कि उसे गुरू कह कर पुकारा जाए।

एक दिन उसने मदिरा के नशे में चूर हो कर, मुझे अपने जीवन की पिछली घटनाओं के विषय में बताया। वह पाँच नदियों की धरती से आया एक ब्राह्मण था, परंतु अपनी युवावस्था में ही अयोध्या आ गया था। उसने कई तरह के काम-धंधे किए और सरकारी अधिकारी बनने ही वाला था, परंतु जाति-प्रथा से तंग आ गया, यद्यपि एक ब्राह्मण होने के नाते तो उसे सुविधा मिलती ही थी। जब राम ने अपने पिता के दिए वचनों का मान रखने के लिए, सिंहासन का उत्तराधिकार त्यागा और वन में जाने का निर्णय लिया तो वह उन दिनों अयोध्या में ही था, वह युवा देव राजकुमार तथा मुनि जाबालि की भेंट का भी साक्षी था। जिन्होंने राम को समझाना चाहा कि ईश्वर, जीवन

के पश्चात अस्तित्व अथवा आत्मा की कोई सत्ता नहीं थी और एक व्यक्ति को अपना भरपूर जीवन जीते हुए, मृत्युपर्यंत आनंद का उपभोग करना चाहिए। परंतु धर्मनिष्ठ राम ने जाबालि के सभी तर्कों को मानने से इंकार कर दिया और अपनी पत्नी तथा अनुज के साथ वन के लिए प्रस्थान कर गया। यद्यपि गुरू जाबालि से बहुत प्रभावित हुआ और उसने इसी अधीरता में आकर अपनी उच्चस्तरीय सरकारी नौकरी को त्याग दिया। फिर वह जाबालि का शिष्य बन गया। जब राम का पिता दशरथ, अयोध्या का राजा था तो वह सभी मतों तथा संप्रदायों के प्रति सहिष्णुता रखता था और जाबालि को पूरे देश में कहीं भी भ्रमण करते हुए, जातिप्रथा के विरुद्ध विषवमन करने की पूरी छूट थी। परंतु जब राम के छोटे भाई भरत ने, अपने अग्रज राम के नाम पर अयोध्या की गद्दी संभाली, तो उसने ऐसे व्यक्तियों का नगर में प्रवेश वर्जित कर दिया ताकि प्राचीन परंपराएँ तथा रीति-रिवाज़ अक्षुण्ण रह सकें।

जाबालि व उनके शिष्य, सरयू नदी के दूसरी ओर धकेले जा चुके थे और शीघ्र ही दूसरे मतों तथा धारणाओं को मानने वाले भी, नदी के इस ओर आश्रय लेने लगे। जाबालि नहीं रहे परंतु उनकी परंपराएँ जीवित रहीं और इसके साथ ही अन्य संघर्षरत मत तथा मान्यताएँ भी पनपते रहे। जाबालि की मृत्यु के पश्चात उनके अनुयायियों ने यह मुहिम बना ली कि वे अधिक से अधिक लोगों को साक्षर बनाएँगे, भले ही वे किसी भी जाति के क्यों न हों परंतु पिछले कुछ वर्षों में तंत्र की लौह श्रंखला और भी मज़बूत हो गई थी और केवल कुछ लोग ही इतना साहस संजो पाते थे कि अक्षर ज्ञान प्राप्त कर लें। जो लोग पढ़-लिख गए थे, वे भारत से निकल कर, पर्वतों के उस पार चीन तथा सागर पार देशों में चले गए थे, जहाँ व्यक्ति के जन्म के समय की जाति की नहीं बल्कि उसके गुणों की कद्र की जाती थी, उसकी विशेषताओं को ही सबसे प्रमुख माना जाता था। शंबूक विस्फारित नेत्रों के साथ यह सब सुनता और मैं उसके नेत्रों में उभर आई उस विचित्र सी चमक को देख कर व्याकुल हो उठता। बाद में, जब मैं उसे सरयू के काले जल पर नाव खेते हुए, वापिस ले जाता तो वह एक महान कवि बनने के स्वप्न के विषय में बात करता। वह चाहता था कि सफल कवि बने और श्रोताओं को अपनी काव्य-प्रतिभा से मंत्रमुग्ध कर दे। वह बच्चा जीवंतता तथा उसमें छिपे आनंद से छलकता और मैं चुपचाप नाव खेता रहता। और फिर एक रात, लाखों तारों की साक्षी के मध्य, भारत के हृदय पर अपनी शीतल लहरों का स्पर्श देती सरयू तथा उसके काले जल में प्रतिबिंबित चाँदनी के बीच, शंबूक एक मीठा गान गाने लगा। उसने एक ऐसे संसार के विषय में गीत गाया, जो स्वतंत्रता व आशा तथा आने वाले एक ऐसे कल की बात करता था, जो आज तक कभी नहीं आया था। उसके गीतों के स्वर निर्धनों की कुटिया से ले कर महलों की प्राचीरों के आसपास विलीन होते चले गए, जहाँ मनुष्यों के वेश में देवता रहा करते थे। मैं धोबी घाट पहुँचा तो अधिकतर

घरों की बत्तियाँ बंद हो चुकी थीं। लड़का गहरी नींद में सो गया था। मैंने भारी हृदय से, नाव किनारे बाँधी और उसे अपने थके कांधों पर उठा कर घर ले गया।

ज्यों-ज्यों दिन बीतते गए, शंबूक की प्रतिभा अद्‌भुत रूप से विकसित होती चली गई। उसका स्वर सधता गया और श्लोक संगीतमय होते गए। लोग घाट पर हमारी नाव के लौटने की प्रतीक्षा करते। इससे पूर्व कि हमारी नाव घाट पर लगती, उसके स्वर उससे भी पूर्व वहाँ पहुँच जाते और स्त्री-पुरुष भीड़ लगाए उसकी प्रतीक्षा करते। काले गहरे जल की लहरों पर नर्तन करते स्वर को सुन सभी मंत्रमुग्ध हो उठते। हर रात मैं घर लौटता तो सराहना करती भीड़ के मध्य, उसकी अंगुलियाँ मेरी झुर्रियों से भरी कलाई से लिपटी रहतीं, कभी-कभी श्रोता संग गाने लगते, कुछ ताली से साथ देते और कुछ उसके साथ मूक भाव से रोते। वह संस्कृत में गान करता परंतु उसके भाव सर्वज्ञान थे और वे किसी के लिए भी अनजाने नहीं थे। जिसे भी एक बार उसे सुनने का अवसर मिल जाता, वह उसके साथ एक अनजानी डोर से बँध जाता। वे गीत धर्म, जाति तथा रीति-रिवाज़ों के गाढ़े कीचड़ को भेद कर, सीधा मनुष्य के मर्म पर प्रहार करते और सभी मनुष्यों के भीतर छिपी अच्छाई व मानवता को प्रोत्साहित करते।

ज्यों-ज्यों उसकी प्रसिद्धि बढ़ती गई, मेरे भय में भी वृद्धि होने लगी। मैंने प्रयत्न किया कि उसे अपनी जाति के उस ग्राम से बाहर न जाने दूँ, मैं उसे समझाना चाहता था कि बाहर एक क्रूर संसार उस पर झपटने के लिए प्रतीक्षारत् था, एक ऐसा संसार जिसमें देवों द्वारा चुने गए व्यक्तियों का निवास था और वे अपनी श्रेष्ठता के विरुद्ध कोई भी चुनौती स्वीकार नहीं करते थे। परंतु इस लड़के ने स्वतंत्रता का मीठा स्वाद चख लिया था। अब उसे परंपराओं की लौह श्रंखलाओं में जकड़ कर नीची जाति के बदबू से गंधाते ग्राम में नहीं रखा जा सकता था। वह जीवन की उस अवस्था में आ गया था, जहाँ सब कुछ जगमग तथा उजला दिखता था और उसके आगे अनंत संभावनाओं के साथ भविष्य पसरा था। यही तो शिक्षा ग्रहण करने का सबसे बड़ा संकट था। यह ऐसे स्वप्नों को जन्म देती है जिनके पास इस वास्तविक जगत में टिकने के लिए अपने पाँव या कोई आसरा नहीं होता। मैंने उसे समझाना चाहा, मैंने कहा कि वेदों के अनुसार, हम नीची जाति के लोगों से केवल यही अपेक्षा की जाती थी कि हम अपनी जाति के लिए नियत कर्तव्यों से अधिक कुछ न सीखें। वैसे मैं वेदों के विषय में बहुत कुछ जानता भी नहीं था, मुझे तो वही पता था जो मैंने ब्राह्मण पुरोहितों के मुख से सुना था, जो अकारण ही कुछ असंगत वाक्यों का प्रलाप करते रहते थे। उसने मुझे वेदों की स्पष्ट व्याख्या करते हुए आश्चर्य में डाल दिया और उनके अर्थ भी समझाए। उसने मुझे चुनौती दी कि मैं उसे एक ऐसा श्लोक दिखा दूँ,

जो जातिप्रथा की हिमायत करता हो।

मुझे परवाह नहीं थी कि वेद जातिप्रथा के समर्थक थे अथवा नहीं परंतु मेरे लिए तो यह एक रहस्योद्घाटन था। एक असुर होने के नाते, मुझे उन सभी वस्तुओं से घृणा करना सिखाया गया था, जिन्हें देव पवित्र मानते थे। शंबूक ने कहा कि उसके गुरू ने सिखाया था कि वेदों के असली अर्थ के अनुसार वे किसी एक जाति अथवा पेशे की एकल संपत्ति नहीं थे। इनमें उन कवियों के विचारों का संग्रह समाहित था, जो आज से हज़ारों वर्ष पूर्व जीवित थे तथा वे विभिन्न पेशों से जुड़े थे जैसे मछुआरे, पुरोहित, लकड़हारे, कुम्हार, शिकारी तथा और भी अनेक! ऐसा तो बहुत बाद में हुआ, जब कुछ स्वार्थी लोगों ने वेदों को अपने साधनों की पूर्ति के लिए अपना लिया और दूसरों को नीचा दिखाने के माध्यम के रूप में प्रयोग में लाने लगे। शंबूक बहुत सयाना हो चला था। मैं जाबालि के उस शिष्य का वध कर देना चाहता था जिसने मेरे नन्हे शंबूक के मस्तिष्क में ये सब विचार ठूँस दिए थे। यदि उसके द्वारा कही गई सभी बातें सत्य भी होतीं, तो भी वे सभी ख़तरनाक सत्य थे और एकांत में भी उन्हें अपने मुख से उच्चरित करना संकट से खाली नहीं था। और उस गुरू ने मेरे मासूम पौत्र को यह सिखाया था कि वह उन्हें सार्वजनिक रूप से गा कर लोगों को सुनाए। मैंने शंबूक के आगे हाथ जोड़े कि वह ऐसा न करे परंतु वह अपने हठ पर अड़ा रहा। मैंने बच्चे के माता-पिता तथा अपनी पत्नी से भी विनती की, परंतु वे तो स्वप्न नगरी में खोए थे, वे इस जगत में अपने नन्हे की इस सफलता से इतने मुदित थे कि उन्हें इसके अतिरिक्त कुछ दिखाई ही नहीं दे रहा था।

वह ग्राम की सीमा से बाहर जा कर गायन करने लगा। वह वेदों से वाक्य लेता और उनमें अपने तर्कों तथा लोकगाथाओं का मिश्रण मिला कर, प्रस्तुत करता। स्त्री-पुरुष नन्हे गायक की वाणी सुनने के लिए भीड़ लगा कर खड़े हो जाते। वे सड़कों पर एकत्र हो कर, उस पुष्प वर्षा करते। शंबूक बहुत विख्यात हो गया था। और फिर एक दिन वह घटना घटी। वह तो होना ही था, इसलिए मुझे जान कर इतना सदमा नहीं लगा। वह बालक राजसी पथ पर राजपुरोहितों के दल से टकरा गया, जो कदापि नहीं चाहते थे कि निम्न जाति के लोग उस राजमार्ग को अपवित्र करें। बालक ने उनकी बात मानने से इंकार किया और वहीं तत्क्षण उनकी युगों पुरानी रूढ़ियों को चुनौती दे दी। प्रमुख पुरोहित ने आवेश में आकर संस्कृत के कुछ श्लोक उद्धृत किए और उसे पूरा विश्वास था कि उसका स्वर निम्न जाति के दुष्ट बालक को भयभीत करने के लिए पर्याप्त होगा। परंतु बालक का मस्तिष्क तो अपने गुरू द्वारा दिए गए ज्ञान से ओत-प्रोत था, उसने उनके द्वारा स्वीकृत व्याख्या को चुनौती देते हुए, अपनी ओर से भी व्याख्या का संस्करण प्रस्तुत कर दिया। जब मुझे और मेरे परिवार को यह सूचना

मिली तो हम शीघ्रता से घटनास्थल पर पहुँचे, इस वाद-विवाद का आनंद लेने के लिए बहुत सी भीड़ जमा थी। जब भी बालक संस्कृत में कोई पद्य गुनगुनाने के लिए अपना मुख खोलता तो प्रजा हर्षोल्लास से उसका स्वागत करती।

ऐसा लगता था मानो भीड़ ब्राह्मणों द्वारा लगाई गई सारी वर्जनाएँ भूल गई थी जैसे कि सार्वजनिक मार्ग का उपयोग किसे करना चाहिए और कब, कौन किसे स्पर्श कर सकता था या नहीं कर सकता था, परस्पर दूषित करना अथवा स्पर्श व दृष्टि से अपवित्र होना तथा जाति प्रथा से जुड़े अन्य जटिल नियम आदि। वे आपस में धक्कामुक्की करने लगे, एक-दूसरे को अपवित्र किया और शंबूक का गान सुनने के लिए एक-दूसरे के स्पर्श व दृष्टि से भी अपवित्र होने के लिए प्रस्तुत हो गए। शंबूक ने जैसे अपने गुरू से सीखा था, उसने अनुष्ठानों तथा बलि प्रथा पर अपनी आपत्ति प्रकट की और उसने जाति प्रथा व एक मनुष्य पर दूसरे मनुष्य की श्रेष्ठता के विषय को भी चुनौती दी, जो कि मात्र जन्म के समय मनुष्य की जाति पर निर्भर करती थी। भीड़ ने जयजयकार के साथ उसे प्रोत्साहन दिया। राज्य के राजपुरोहितों का पारा सातवें आसमान पर पहुँचता जा रहा था क्योंकि बालक शंबूक निरंतर उन्हें चुनौतियाँ दे रहा था और वह अपने गुरू के भी गुरू जाबालि की भाँति न्यायसंगत नास्तिक तर्क देने की बजाय वेदों तथा उपनिषदों के कथनों को अपने समर्थन में प्रस्तुत कर रहा था। पहले वह वेदों के श्लाकों का पाठ करता और फिर उसे प्राकृत भाषा में अनुवाद करते हुए, सामान्य प्रजा को सुनाता ताकि राह चलते लोग भी उनके अर्थों को जान सकें। भीड़ यह सब सुन कर आंनदित हो रही थी परंतु मैं हर बीतते क्षण के साथ असहज होता जा रहा था। शंबूक ने वे सभी प्रश्न पूछे, जो हर राह चलता व्यक्ति हमेशा से पूछना चाहता था, परंतु कभी साहस नहीं बटोर पाया था। उसने सत्य की गुहार लगाई और मैं अपने बीते वर्षों के अनुभव से जानता था कि सत्य के पथ पर चलने वालों के साथ क्या हश्र होता आया था। मैंने बड़ी आशंका के साथ भीड़ के आसपास घेरा डालती सेना को देखा। मैं भीड़ की मन:स्थिति में आ रहे परिवर्तन को भाँप सकता था। धीरे-धीरे लोगों के मुख से निकल रही वाह-वाह तथा साधुवाद धीमे होते गए और अंत में वे बिल्कुल ही शांत हो गए। वायु में तनाव की गंध थी परंतु बालक अपने आसपास के इस वातावरण से अनजान था। हज़ारों नपुंसक व कायर पुरुषों तथा स्त्रियों की भीड़ में उसका मधुर स्वर गूँज रहा था।

तभी एक रथ बड़ी गति से आया और वहाँ आकर ठहरा, जहाँ शंबूक मग्न हो कर मीठे स्वर में पद्य गा रहा था। रथ से राजा राम उतरे। पुरोहित भाग कर उनके पास गया और उनके कान में कुछ कहा। वे असहज हो उठे तथा अपनी गर्दन हिलाई। ऐसा लगा मानो वे अपने पुरोहितों के आगे कोई विनती कर रहे थे परंतु विशालकाय

धड़ वाला अश्वेत प्रमुख पुरोहित, क्रुद्ध हो कर राजा से कोई माँग करने लगा। अपने पुरोहितों की बात सुनते ही राजा के कंधे ढलक गए। वे आगे बढ़े मानो शंबूक को उसकी तंद्रा से जगा देना चाहते हों। भीड़ साँसें रोक कर प्रतीक्षा कर रही थी परंतु वह मोटा पुरोहित स्वयं ही आगे आया और अपने राजा को उस दूषित स्पर्श से बचा लिया। शंबूक को भी कुछ आभास हुआ और वह अपनी तंद्रा से जाग गया। वह अपने सामने का दृश्य देख अभिभूत हो उठा। फिर जाने क्यों बालक की रूलाई फूट पड़ी। उसके रोने से मानो वह सम्मोहन खंडित हो गया। अब वह कोई महान कवि या गायक नहीं था जो अपने गायन से किसी को भी द्रवित करने की क्षमता रखता था। वह तो चौदह साल का एक लड़का था, एक अस्पृश्य, एक अश्वेत असुर, एक अस्तित्वहीन प्राणी! उसने अपने राजा व संरक्षक को देख कर, बड़े ही आदर-मान से प्रणाम किया। राम ने एक बार फिर बड़ी असहाय दृष्टि से अपने पंडे-पुरोहितों को देखा, जो गुस्से से बालक की ओर संकेत करते हुए, चीख़-चिल्ला रहे थे।

राजा ने अपना हाथ उठाते हुए ब्राह्मणों को शांत किया और बालक से दयालुतापूर्वक पूछा, "पुत्र! तुम कौन हो?"

"मैं शंबूक हूँ। शिव का पुत्र शंबूक।" बालक हौले से बोला

"तुम्हारी जाति क्या है?" पुरोहित ने पूछा।

"न तो मेरी कोई जाति है और न ही आपकी।" उस लड़के ने राजा की आँखों में देखते हुए कहा।

"क्या यह सत्य है कि तुम अछूत हो?" पुरोहित ने अपना विरोध जताया।

"न तो मैं अछूत हूँ और न ही कोई अन्य व्यक्ति अछूत है।" बालक ने पुरोहित की उपेक्षा करते हुए, राम को देख कर उत्तर दिया। राजा उससे नज़रें चुराने लगा।

"क्या तुम एक नास्तिक हो?" पुरोहित गरजा।

"मैं ईश्वर की सत्ता में पूर्ण विश्वास रखता हूँ, जो हममें से प्रत्येक के भीतर बसता है। मैं भी ईश्वर हूँ और आप भी ईश्वर हैं।"

"एक शूद्र को वेदों का ज्ञान पाने की अनुमति किसने दी?" पुरोहित ने क्रोध से पूछा और राम असहाय सा दिखने लगा।

"क्या पंछियों को उड़ने के लिए किसी से अनुमति लेनी होती है? क्या मछलियाँ किसी के कहने से जल में तैरती हैं, मनुष्यों के लिए विद्या ग्रहण करना उतना ही सहज है,

जितना पक्षियों के लिए उड़ना या मछलियों के लिए जल में तैरना!"

"ऐ दंभी मूर्ख! क्या तू जानता है कि हमारे राज्य में जाति धर्म के नियमों को भंग करने वाली निम्न जाति के लिए दण्ड का विधान है?" प्रमुख राजपुरोहित शंबूक पर गरजा।

राम ने पुरोहितों को देखा, ऐसा लगा मानो उसके नेत्रों में कोई आग्रह छिपा हो। उसके मुख पर वही भाव थे, जो उसकी पत्नी की पवित्रता की जाँच के लिए की गई अग्नि परीक्षा के समय उसके मुख पर आ गए थे। वह जानता था कि बालक जो भी कह रहा था, वह अक्षरक्षः सत्य था और उसकी आँखें उस नन्हे लड़के के प्रति असीम करुणा के भाव को छिपा नहीं पा रही थीं, जिसके गीत आत्मा को भी द्रवित कर देने वाले स्वर में भीड़ के बीच मुखरित हो रहे थे। उसने एक बार फिर से पुरोहितों के समूह को देखा।

इस प्रश्न के उत्तर में शंबूक ने किसी अज्ञात उपनिषद से लिया गया संस्कृत पद्य गुनगुनाना आरंभ कर दिया जिसमें कहा गया था कि मृत्यु और कुछ नहीं केवल आत्मा का पता कुछ समय के लिए अस्थायी हो जाता था, और जिस प्रकार मनुष्य अपने जर्जर तथा पुराने वस्त्रों को बदल कर नूतन वस्त्र धारण करता है, उसी प्रकार आत्मा भी नया शरीर धारण करती है। मुझे निश्चित रूप से उस गुरू से बात करनी चाहिए जिसने मेरे नन्हे पौत्र को जाने क्या-क्या बकवास सिखा दी थी। लोग इन सादी बातों को जाने कब सीखेंगे कि मृत्यु अंत थी और जब आपकी मृत्यु होती है तो आपका शरीर गल कर, मिट्टी में ही विलीन हो जाता है।

अब पुरोहित ने अपना स्वर ऊँचा करते हुए, भीड़ को संबोधित किया। "यह शूद्र, यह दंभी अस्पृश्य... इसने जातिप्रथा से जुड़े सर्वाधिक महत्त्वपूर्ण नियमों को भंग करने का दु:साहस किया है। इस शूद्र ने न केवल अक्षर ज्ञान प्राप्त करने का साहस किया बल्कि पवित्र वेदों का ज्ञान पाने तक का दु:साहस कर बैठा। यह पवित्र ग्रंथों में लिखी गई बातों का ग़लत अर्थ तथा व्याख्या प्रस्तुत कर रहा है। ऐसे दंभी सिरफिरों के लिए तो केवल एक ही विधान रचा गया है।"

उसने राजा राम को कुछ इस प्रकार देखा मानो कहना चाहता हो कि उसने सबसे सटीक सत्यों को उजागर कर दिया था और अब उन्हें क्रियान्वित करने का उत्तरदायित्व दूसरों के कंधों पर था। सारी भीड़ में मानो आतंक व्याप गया। सिपाहियों ने नंगी तलवारों तथा भालों के साथ, भीड़ के आसपास अपना घेरा कस दिया और किसी मूर्ख की प्रतीक्षा करने लगे जो ज़रा सा भी हिलने की ग़लती करता और...। एक कौए की काँव-काँव उस सन्नाटे में गूँज उठी। मैं आसन्न क्षणों की कल्पना से

काँप उठा। राम भी अपनी तलवार खींच चुका था। शंबूक के नेत्रों में अश्रु और अश्रुओं से भीगे मुख के भाव कह रहे थे कि वह अपने प्रयास में असफल रहा था। वह अपनी आयु से कहीं अधिक थका हुआ व पस्त दिखा। मैं किसी स्त्री द्वारा धोए जा रहे गंदे वस्त्रों की धम-धम सुन सकता था जिसने उस गर्म व तपते हुए दिन को एक अजीब सी लय दे दी थी। ऐसा लगता था मानो किसी ने शंबूक के जीवन की समाप्ति के लिए उल्टी गिनती गिननी आरंभ कर दी थी। जब मैं चौदह बार कपड़े को पटके जाने का स्वर सुन चुका, तो राम की शक्तिशाली तलवार एकदम नीचे आई और मेरे नन्हे पौत्र का सिर धड़ से अलग कर दिया गया।

तमाशा ख़त्म हो चला था। भीड़ छितराने लगी, कुछ घरों को लौट गए तो कुछ उत्साहित हो कर आपस में बतियाने लगे। अन्य अपने कामों को इस तरह चल दिए मानो कुछ हुआ ही न हो। मैं उस स्थान की ओर चला जहाँ शंबूक का सिर विहीन धड़ पड़ा था। राम का रथ तेज़ी से निकला, जिससे भीड़ दो हिस्सों में बँट गई। उसके भीतर एक ऐसा व्यक्ति बैठा था जो देवता बनते-बनते थक चुका था। उसने अपनी ही प्रजा से अपना मुख छिपा रखा था, मानो उससे जो भी करवाया गया, उसके लिए वह स्वयं को लज्जित अनुभव कर रहा था। सैनिकों ने स्त्री-पुरुषों को किनारे की ओर धकेलना आरंभ किया ताकि राम आराम से अपने महल में लौट सके। मैं अपने ही दुःख के सागर में निमग्न काँपते हुए, रथ में बैठ कर ओझल होते राजा को अपलक ताक रहा था।

मैं असहाय खड़ा देख रहा था और रथ धूल के उड़ते गुबार के बीच ओझल होने ही वाला था कि वह अचानक ही थम गया। सैनिक शाही रथ की ओर भागे और वहाँ कोहराम सा छा गया। मैं स्वयं को घसीट ले गया ताकि पता लग सके कि वहाँ हो क्या रहा था।

राम बुरी तरह से बिफरी हुई आरसी व माला के सम्मुख खड़ा था, उसके चेहरे पर अपराधबोध तथा क्रोध के भाव परिलक्षित थे। उन दोनों स्त्रियों ने राजा का मार्ग अवरुद्ध कर दिया था। माँ मारे दुःख के अपने बाल नोच रही थी और उसके मुख से पशुओं के समान चीत्कार निकल रही थी। माला ने इतने हिंसक तरीक़े से अपनी छाती पीटी कि मैं देख कर सन्न रह गया।

"तुमने मेरे नन्हे से पुत्र के प्राण क्यों लिए? तुम किस बात से भयभीत थे? तुम...।"

सैनिक मार्ग पर भागे ताकि देवता के पथ से उन विलाप करती स्त्रियों को हटाया जा सके परंतु राम ने हाथ के संकेत से उन्हें रोक दिया। "माँ! तुम्हारे पुत्र ने इस धरती के

पवित्र नियमों को भंग किया था और एक राजा होने के नाते मेरा कर्तव्य बनता था कि मैं धर्म की रक्षा करता।" ये शब्द कहते-कहते राम का स्वर मानो काँप उठा।

आरसी ने वहीं पच्च से थूका और राजा को देख कर गरजी, "पवित्र नियम... धर्म... एक नन्हे से लड़के के प्राण ले कर तुम्हारे धर्म की रक्षा होती है... अगर धर्म किसी बालक के मुख से निकल कुछ संस्कृत शब्दों से भयभीत होता है, तो इस धरती के पवित्र शासक होने के नाते, सोच सको तो सोचो, तुम किस प्रकार के धर्म की रक्षा कर रहे हो और तुम्हें नियंत्रित करने वाली डोर किसके हाथों में है...?"

राम अवाक् खड़ा रहा और सहायक पुरोहित उस छोटे कद की अश्वेत स्त्री को ताकने लगे, जिसने ऐसे प्रश्न पूछ लिए थे, जिनके विषय में कभी किसी ने विचार तक करने का साहस नहीं किया था। मैंने स्वयं को आगे तक ले जाना चाहा परंतु इससे पूर्व कि मैं वहाँ तक पहुँच पाता, सैनिक उस स्त्री को परे हटा चुके थे। जब उसे बालों से पकड़ कर सड़क पर घसीटा जा रहा था तो आरसी ने एक असहाय माँ के रूप में राम को कोसना आरंभ किया, जिसका एकमात्र पुत्र उसके हाथों मारा गया था, "राम! तुम्हें इसका मोल चुकाना होगा। तुम इसका मोल चुकाओगे... मेरे शब्दों को याद रखना... कभी नहीं... आज के बाद कभी भी नहीं... तुम जान नहीं पाओगे कि प्रसन्नता कहते किसे हैं। एक और धर्म भी है... प्राकृतिक जगत का नियम, वह कहीं अधिक बड़ा है... इन पुरोहितों के मुख निकले वचनों से कहीं अधिक बड़ा है। वही धर्म तुम्हारे आगे भी आएगा...।"

वह चिल्लाती रही परंतु उसके कोसने के स्वर धीमे और धीमे होते चले गए क्योंकि वे लोग उसे घसीट कर बहुत दूर तक ले गए थे। भीड़ इस दृश्य को आँखें फाड़े, किसी तमाशे की तरह देख रही थी। वे एक लंबे अरसे तक इस बारे में बातें करेंगे। इससे पहले कि मैं रथ के समीप पहुँच पाता, अश्वों पर कोड़ा फटकारे जाने का स्वर सुनाई दिया और रथ वहाँ से निकल पड़ा ताकि राजा को महल की सुरक्षित प्राचीरों की बीच पहुँचा सके। मैं शाही रथ के निकलने से उठे धूल के गुबार के बीच खाँसता व हाँफता खड़ा रहा। मैं पूरी तरह से स्वेद से लथपथ था और उस धर्म के भार तले दबा हुआ था, जो हमें कुचलने के लिए तैयार था। भीड़ छितराने लगी। मैं वहीं धूलयुक्त लाल धरती पर गिर कर, लंबे समय तक रोता रहा। मैं अपने नन्हे पौत्र व उसके माता-पिता के लिए क्रंदन करता रहा, फिर मैं अपने उस दत्तक पुत्र के लिए रोया, जिसे मैंने गोद लिया था परंतु राजाओं व देवों ने उसे अपनी कीर्ति में श्री वृद्धि के लिए मुझसे छीन लिया था परतु इससे भी अधिक... मैं अपने क्षत-विक्षत देश के लिए रोया। मैंने माटी को दोनों मुट्ठियों में भींच लिया और चिल्लाया, "ऐ मेरी माँ! तुम भी मेरे साथ क्रंदन करो, देखो कि तुम कैसे भाँति- भाँति के लोगों को अपने पास शरण देती हो...।" तभी

किसी ने मेरी पसलियों में ठोकर दे मारी। मैंने उठना चाहा तो एक और करारी ठोकर आकर पड़ी।

उसने मुझे ठोकर से एक खुली नाली में धकेल दिया, "नशेड़ी भिखारी, बेअक्ल! अभी मेरा रथ तुझे कुचल देता। जड़मति! तुझे आत्मघात करने के लिए क्या मेरा ही रथ मिला था? नीच जात का...।" यह तो कोई व्यापारी था जिसे और अधिक धन कमाने के लिए हाट-बाज़ार जाने की जल्दी थी और मैं वहाँ पड़ा देश के सुधार के लिए बिसूर रहा था। उसने मुझे ठोकर मार कर वहीं पहुँचा दिया, जो सही मायनों मेरा स्थान था... वह गंधाती नाली! मैं अयोध्या की एक खुली नाली में पड़ा था, और अपने आसपास से निकलते संसार को देख रहा था, जिसके लिए जैसे कुछ हुआ ही नहीं था। मैंने उन्हें अपने नन्हे शंबूक की देह को भी ले जाते देखा, वे उसे अंतिम संस्कार के लिए घाट पर ले जा रहे थे। लगभग आधी रात को महल तथा मंत्रियों व दरबारियों के घर आमोद-प्रमोद समाप्त हुआ तो मैं अपनी कुटिया में लौट आया। मैंने कल्पना की कि शायद मेरा नन्हा शंबूक अपने होठों पर कोई गीत लिए भागा चला आएगा। परंतु मैं भूल गया था कि वह तो धर्म की रक्षा के लिए एक ऐसे स्थान पर चला गया था, जिसके विषय में मैं कुछ नहीं जानता था। संभवतः, अगले जन्म में वह किसी उच्च जाति में जन्म पाए ताकि वह भी निचली जाति में जन्मे लोगों का उत्पीड़न कर सके। यह सोच कर ही मन को बहुत सांत्वना मिली।

मेरे भीतर घर में प्रवेश करने का साहस नहीं था। मैं नदी की ओर चला गया और वहाँ एक टूटे पेड़ का सहारा ले कर लेटा रहा। जब मैं नींद में ऊँघ रहा था तो सरयू नदी के पार हवा के वेग से प्रवाहित स्वरों को सुन सकता था। संभवतः शंबूक के गुरू किसी ऐसे भुवन के विषय में गीत गा रहे थे, जिसमें कोई सीमाएँ न थीं, एक आने वाला कल ऐसा भी था जिसमें कोई युद्ध नहीं था, एक ऐसा समाज था जिसमें कोई भेदभाव नहीं था और ऐसी ही कुछ अन्य मूर्खतापूर्ण बातें। जी में तो आया कि काश कोई उस आदर्शवादी का गला टीप देता ताकि और मूर्ख उसके इन सपनों के मोह में आकर, अपने अनमोल प्राणों का उत्सर्ग न करें। इस संसार के आदर्शवादियों से भी बचने का कोई उपाय नहीं था। वे चूहों की तरह बढ़ते जा रहे थे और पूरी दुनिया में किसी महामारी की तरह फैल रहे थे। जब वे मरते तो अपने साथ और भी निर्दोषों के प्राणों की बलि चढ़ा देते। धीरे-धीरे उस गाने का सुर तथा लय दोनों ही तीव्र होते गए और मेरी खीझ बढ़ने लगी और जब समानता की इन मूर्खतापूर्ण बातों को सहना मेरे वश के बाहर हो गया तो मैं अपनी कुटिया की ओर लौट आया। मैंने मन की खोई शांति पाने के लिए उस निविड़ अंधकार को अपने गले से लगा लिया।

52 आरंभ

भद्र

मैं लगभग पूरे एक वर्ष से अपनी यात्रा को जारी रखे हुए था परंतु अब भी मुझे अपने जन्मस्थान पर पहुँचने के लिए कई मील की यात्रा करनी शेष थी। कई दशक पूर्व, मैंने एक ऐसे युवक के साथ अपनी यात्रा का आरंभ किया था, जिसने हमें एक नए संसार की रचना का वचन दिया था। उसने हमें आशाएँ दीं तथा हमारे स्वप्नों को एक नई उड़ान दे दी। उसने एक साम्राज्य का गठन किया और उसे गँवा भी दिया। वह जा कर उन लोगों में शामिल हो गया, जिन्होंने साहस किया, सब कुछ प्राप्त किया और खो भी दिया। मैंने उसकी उपलब्धियों के लिए अपनी युवावस्था का बलिदान कर दिया, मैं वास्तव में इतना भोला था कि रावण सरीखे लोगों ने मीठी बातों के जाल में फँसा कर, मुझसे अपने बहुत से काम निकलवाए। मुझे मूर्ख बनाया। बहुत बाद में, जब मैं अपना भोलापन गँवा बैठा और संसार मुझे बहुत से सबक सिखा चुका था, तो मेरा जो कुछ भी खो चुका था, उसे मैंने लंका की माटी में ही दफ़न कर दिया और जो कुछ भी बचा था, उसे ही एक पोटली में बाँध कर एक नई यात्रा पर निकल पड़ा। मैं एक ऐसे स्थान पर आ पहुँचा, जहाँ मैं किसी भी दशा में नहीं आना चाहता था परंतु मैंने नए सिरे से अपने जीवन का श्री-गणेश किया। देवों तथा उनकी कल्पनाओं के अभाव में, इस धरती पर जीवन क्या था? देवों की भुजाओं ने मेरे तुच्छ जीवन को पकड़ा व झकझोर कर रख दिया, इसे दबाया, कुचला और तब तक कुचला, जब तक कि इसमें से रक्त की एक-एक बूँद निचुड़ नहीं गई।

शंबूक की मृत्यु के बाद, अयोध्या में जीवन एक जीता-जागता नर्क बन गया था। शिव ने अपने दुःखों को मदिरा में डुबो दिया और हमारे परिवार विलग हो गए, जब

परिवारों के परस्पर बाँटे हुए स्वप्न टूट कर बिखरते हैं तो प्रायः ऐसा ही होता है। मैं भी अधिकतर मदिरा के मद में चूर रहता और नित नए तमाशे रचा करता। मदिरा के ये दौर, उस नन्हे बालक की मृत्यु के शोक में आरंभ होते पर इनका अंत अपने ही तरीक़े से होता। शिव और मैं पी कर नशे में चूर हो जाते और फिर घर की बेचारी स्त्रियों पर अपनी कुंठा निकालते। हम अपनी पत्नियों को निर्दयता से पीटते और आसपास के पड़ोसी तमाशा देखने व ताने मारने के लिए एकत्र हो जाते। मदिरापान के ऐसे ही एक मूर्खता से भरे दौर में, ऐसी घटना घटी, जिसने इतिहास को बदल कर रख दिया। जब मैं बहुत पी लेता तो मेरा अतीत मुझे दंश देने लगता और मैं जानता था कि वहाँ रहने वालों को वे बातें सुनने में बेहद रस आता था। मैं अपने प्रति हुए सभी अपमानों का प्रतिशोध लेना चाहता था। एक दिन, मैं इतना नशे में नहीं था, जितना दिख रहा था और उस बूढ़ी औरत ने अपने तमाशे दिखाने शुरू कर दिए, मैंने उसे ज़ोर से लात दे मारी। मैंने चीख़-चीख़ कर उसका अतीत दोहराया ताकि उसे सभी सुन सकें। लंका में, एक वेश्या के रूप में उसकी जीवन-गाथा, उसके पिछले प्रेमी, रावण द्वारा उसका बलात्कार, मेरे पड़ोसी ये सब बातें आँखें फाड़े सुनते रहे। मैंने उसे बरामदे से बाहर निकाला और सड़क पर धकेलते हुए कहा, मैं न तो राम था और न ही कोई रावण कि अपवित्र हो चुकी पत्नी को भी अंगीकार कर लूँ क्योंकि मैं ऐसे उच्च वर्ग से संबंध नहीं रखता था जो आपस में पत्नियों की फेर-बदल करते हैं। मैंने अपनी छाती ठोंक कर कहा कि मैं एक अच्छे मध्यमवर्गीय परिवार से था, जो नैतिकता व प्रतिष्ठा को सर्वाधिक मान देता है, इसके साथ ही मैंने अपने आसपास से उठ रहे हँसी के स्वरों को उपेक्षित करते हुए, अपनी चीख़-चिल्ला रही पत्नी को एक और ठोकर दे मारी। फिर मैं दोबारा मदिरापान के लिए ताड़ी के अड्डे की ओर चल दिया।

दो घंटे बाद ही मुझे बंदी बना लिया गया। जब वे मुझे राजपथ से घसीट कर ले जा रहे थे तो मैं भयभीत था। वे मुझे राम के सम्मुख ले गए, जो पूरी भव्यता के साथ भारत के राजसिंहासन पर आसीन था मैं नहीं जानता था कि मैंने अनजाने में ही वेदों के कौन से नियमों का उल्लंघन कर दिया था और मेरे लिए कौन सा दण्ड प्रतीक्षारत् था। मैंने बहुत ही आदर-मान से झुक कर प्रणाम किया, नाक लगभग धरती को स्पर्श कर रही थी। उनमें से एक सैनिक ने मुझे खड़े होने के लिए कहा ताकि राजा मुझसे वार्तालाप कर सके। राम ने मुझे देख कर त्यौरी चढ़ाई और अपने एक मंत्री को संकेत किया ताकि वह मुझसे पूछताछ कर सके। वही अश्वेत ब्राह्मण मंत्री आगे आया और उतनी ही दूरी पर आकर खड़ा हो गया, जितनी दूरी उसे एक अस्पृश्य से बना कर रखनी चाहिए थी। फिर उसने मुझसे पूछा कि मैंने राजा राम के विरुद्ध क्या टिप्पणी की थी। मैंने स्पष्ट शब्दों में कहा कि मैंने तो राजा राम के लिए कुछ कहा ही नहीं था परंतु शीघ्र ही उनकी ओर से इतना दबाव पड़ने लगा कि मैंने हथियार डाल

दिए। मुझमें इतना साहस नहीं था कि राजा राम के दरबार में उसके सबसे बड़े शत्रु रावण का नामोल्लेख करूँ अतः मैंने उन्हें बताया, मैंने कहा था कि मैं राम जितना विशाल हृदय का स्वामी नहीं था कि ऐसी पत्नी को स्वीकार करूँ जिसकी पवित्रता संदिग्ध थी। यह एक ऐसा सत्य था जिसे घुमा-फिरा कर प्रस्तुत किया गया, परंतु उन परिस्थितियों में मैं इससे बेहतर कुछ नहीं कर सकता था। सारी सभा में सन्नाटा छा गया और लोगों के चेहरे ऐसे दिखने लगे मानो वे कोई अभियोग लगा रहे हों, राम का चेहरा लज्जा से लाल हो उठा था।

मेरे लिए आश्चर्य की बात तो तब हुई, जब मुझे कोई भी दण्ड दिए बिना छोड़ दिया गया। मैं राम के मंत्रीमंडल से बाहर निकला तो वे सब सिर जोड़े गहन मंत्रणा में इस प्रकार लीन थे मानो एक पियक्कड़ धोबी की टिप्पणी पर ही सारे संसार का भविष्य निर्भर होगा। करीब एक घंटे के बाद मैं वहाँ पहुँचा, जहाँ रावण का पुष्पक विमान सहेजा गया था। वह स्थान अब एक तीर्थ था और मैं बड़े ही कौतुक से पवित्र लोगों को उसके आगे आदर-मान से सिर झुकाते देखने लगा। तभी एक रथ मेरे समीप से बड़ी द्रुत गति से निकला। निराश व दुःखी दिख रही सीता, पिछली ओर बैठी थी और क्रुद्ध लक्ष्मण अश्वों पर हिंसक रूप से कोड़े बरसाता हुआ रथ चला रहा था। तब मैंने इस विषय में विचार नहीं किया और ताड़ी की दुकान की ओर चल दिया ताकि थोड़ा गला तर हो सके। इसके बहुत बाद में जब पड़ोसियों ने हम पर अभियोग लगाया कि हमारे कारण राजपरिवार बिखर गया था, तब मुझे पता चला कि मदिरा के प्रभाव में आकर मैंने जो टिप्पणी व आलोचना की थी, उसके कारण कैसी-कैसी घटनाएँ घट चुकी थीं। पंडितों ने यह निर्णय लिया था कि सीता पवित्र नहीं थी और उसने लंका में अपनी पवित्रता का प्रमाण देने के लिए जो भी अग्नि परीक्षा दी थी, वो अयोध्या में वैध नहीं थी। उन्होंने राम को यह परामर्श दिया कि उसे अपने निष्कलंक जीवन से इस लांछन को हमेशा के लिए मिटा देना चाहिए और उसने निर्णय लिया कि वह अपनी गर्भवती पत्नी को वन में भेज देगा। राजा की पत्नी को सारे संदेहों से ऊपर होना चाहिए था जो कि सीता नहीं थी। उसके तर्क ने विचित्र रूपों में अपना कार्य किया। महल के परजीवियों ने दावा किया कि राजा ने हमेशा अपनी प्रजा का कहा माना था, जैसा कि वह आरंभ से करता आया था। हमारा जीवन दिन-ब-दिन कष्टकर होता चला गया, पारिवारिक परिस्थितयाँ इतनी बिगड़ चुकी थीं कि आशा की कोई किरण नहीं दिखती थी। हमें अपनी जाति से लगभग बहिष्कृत कर दिया गया था और हमारे पास मैले वस्त्र धोने का जो काम था, वह हमेशा के लिए ठप्प पड़ चुका था। हम मिल कर जो कुछ भी कमाते, उसे ताड़ी पर उड़ा देते। वे दोनों स्त्रियाँ कष्ट पातीं व प्रायः रोगिणी रहतीं। हमें उनकी कोई परवाह नहीं थी। इसी प्रकार दस वर्ष बीत गए, जीवन और भी निराशाजनक होता चला गया।

तभी हमारे राजा को लगा कि उसे संपूर्ण भारत पर अपना एकछत्र साम्राज्य स्थापित करना चाहिए। उसके परामर्शदाताओं ने उसे *अश्वमेध यज्ञ* रचाने का परामर्श दिया, इसके अनुसार एक अश्व को विचरण करने के लिए छोड़ दिया जाता था। जहाँ भी वह अश्व जाता, वह भूमि राजा की हो जाती। यदि किसी को आपत्ति होती या कोई प्रतिद्वंदी होता तो वह राम से युद्ध कर सकता था। यदि वह पराजित होता तो उसे वह स्थान राम के लिए छोड़ना होता। आसपास के छोटे-मोटे राज्यों के साथ बहुत से युद्ध भी हुए परंतु उन्होंने आत्मसर्मपण किया और राम अपनी सर्वश्रेष्ठता सिद्ध करने में सफल रहा। जब उस अश्व ने पास के वनों में प्रवेश किया तो महल की राजनीति के बीच हलचल मच गई। अश्व को वन में दो अल्पायु जुड़वाँ भ्राताओं ने रोक लिया जो सीता के ही पुत्र थे, जिन्हें उसने वनवास की अवधि में जन्म दिया था। प्रत्येक व्यक्ति इसे जानता था और उसने दावा किया कि वे बालक अजेय थे। यह समाचार राजा तक भी पहुँचा, जो प्रसन्न मन हो कर अपने पुत्रों से मिलने आ पहुँचा। राजा को पता चला कि उसकी पत्नी ने दो जुड़वाँ कुमारों को जन्म दिया था, राजपरिवार का पुनर्मिलन हुआ परंतु यह सुखद अंत शीघ्र ही दुखद त्रासदी में परिवर्तित हो गया। राम के परामर्शदाता शांत कहाँ रहने वाले थे। उन्होंने घोषणा कर दी कि सीता अपवित्र थी और उसकी शुद्धता संदेह के घेरे में थी क्योंकि उसने वनवास का यह समय महर्षि बाल्मीकि के साथ एक ही छत के तले बिताया था। मैंने महर्षि बाल्मीकि जैसा पवित्र हृदय व्यक्ति कहीं नहीं देखा था और यह पूर्णतया स्पष्ट था कि वे उसे अपनी पुत्री की तरह मानते थे परंतु उन तथाकथित विद्वानों के तर्कों व विद्वता पर प्रश्नचिन्ह लगाने का तो प्रश्न ही नहीं उत्पन्न होता था। सरयू नदी के तट पर, एक खड़ी चट्टान पर फिर से अग्नि प्रज्वलित की गई और लोग झुंड के झुंड बना कर, यह देखने आने लगे कि सीता किस प्रकार अग्निप्रवेश करके यह प्रमाणित करेगी कि वह पवित्र है।

मैं अपनी चिर-परिचित ताड़ी की दुकान में बैठा था कि मुझे पता चला कि राजा को अपनी वनवास कर रही पत्नी का पता-ठिकाना मिल गया है और उसने उसे अपनी पवित्रता की परीक्षा देने के लिए पुन: धधकती अग्नि में प्रवेश करने को कहा है। मेरी एक गंजे बूढ़े से अच्छी-खासी झड़प हो गई, जिसने राम का गुणगान कर-करके मुझे बुरी तरह से खिझा दिया था। मैंने उस पर प्रश्नों की झड़ी लगा दी, 'जब अयोध्या की संपूर्ण प्रजा यही चाहती थी कि राम वनवास न करे और अयोध्या का राज-काज संभाले, तब वह अपनी विमाता के वचनों का मान रखने के लिए वन में क्यों गया? क्या तब उसे अपनी प्रजा की इच्छा के विषय में नहीं पता था? उसने छल व कपट से बाली का वध क्यों किया? जब उसकी गर्भवती पत्नी का कोई दोष भी नहीं था तो उस निर्दोष स्त्री को वन में भेजने का क्या औचित्य था? वह उसे बार-बार अग्नि में क्यों धकेल रहा था? उसने शंबूक का वध क्यों किया? शीघ्र ही हमारी बहस दो पक्षों

की आमने-सामने की लड़ाई में बदल गई। दोनों ओर से कई लोग शामिल हो गए जो हिंसक रूप से मार-पीट करने लगे और गुत्थमगुत्था हो गए। ताड़ी की दुकान के पहरेदारों ने हम सबको ठोकरें मार कर बाहर खदेड़ दिया और मैंने अपने इस गुस्से को कोसा जिसके कारण मेरी ताड़ी की लत पूरी नहीं हो पाई थी। कुछ देर बाद, मैंने फिर से ताड़ी की दुकान में प्रवेश करना चाहा पर इस बार भी मुझे लातों व घूँसों का उपहार दे कर वापिस भेज दिया गया।

मैं निराश हो कर, उसी स्थान की ओर चल दिया, जहाँ सीता के अग्नि-प्रवेश की तैयारियाँ ज़ोरों-शोरों से चल रही थीं। यह तो किसी मेले का दृश्य लग रहा था। मिठाई व खिलौने बेचने वाले, फेरी वाले, हाथ देख कर भविष्य बाँचने वाले और इस चमत्कार को देखने आए उत्साही स्त्री-पुरुषों की ठेलम-पेल। मुझे उस स्थान की ओर धकेल दिया गया, जहाँ दूसरे नीची जाति वालों के बैठने की जगह थी और मैं भी उन तमाशबीनों की पंक्ति में शामिल हो गया। सूरज बुरी तरह से तप रहा था और लोग गर्मी के मारे भुनभुना उठे। जब भी कोई शाही रथ निकट से निकलता तो वे उमंग तथा उत्साह में आकर चीख़ने-चिल्लाने लगते। मेरे मस्तिष्क में बार-बार लंका के ही दृश्य नाच रहे थे, जहाँ ठीक यही दृश्य दोहराया गया था। अंतर केवल इतना ही था कि यहाँ उमस व बारिश की बजाय पश्चिम से चल रही धूल भरी आँधी हमें भूतिया बना रही थी।

जब राजा का रथ उक्त स्थान पर आया तो सूर्य पश्चिमी क्षितिज में छिपने की तैयारी में था। वह बहुत ही निराश दिखा और धीरे-धीरे अपने लिए बने ऊँचे मंच पर जाने लगा। चाटुकार उस तक अपनी पहुँच बनाने के लिए एक-दूसरे पर गिरे जा रहे थे परंतु उसने उन सबकी उपेक्षा कर दी। एक विशाल अग्नि धधक रही थी जो अब लगभग दस फ़ुट ऊँची हो चुकी थी। अनुचर उसमें घी डाल-डाल कर पंखे से हवा कर रहे थे ताकि उसे और अधिक भड़काया जा सके। फिर वे सीता को ले आए। उसके साथ ही दो दस वर्षीय बालक भी थे। संभवतः वे इस तथ्य से अपरिचित थे कि वहाँ उनकी माँ को जीते-जी अग्नि के सुपर्द करने के लिए लाया गया था।

ब्राह्मण पुरोहित ने हमेशा की तरह अपना लंबा व नीरस भाषण देना आरंभ किया परंतु संभवतः उसे हम पर दया आ गई या उसने खीझी व चिढ़ी हुई भीड़ की मनःस्थिति को भाँप लिया इसलिए उसने शीघ्र ही यह सब समाप्त कर दिया, जबकि सामान्यतः वह ऐसा नहीं करता था। कुछ उत्साही महत्त्वाकांक्षी राजनीतिज्ञों ने राम के नाम की जयजयकार की और भीड़ ने भी उसी उत्साह व उमंग से प्रत्युत्तर दिया। सीता के मुख पर कोई भाव परिलक्षित नहीं थे, वह एक बार पुनः मूक रह कर ही अपमान का गरल पी रही थी। समय मानो जम सा गया था।

फिर सब कुछ बड़ी तीव्रता से घटा। सीता ने जल्दी से धधकती अग्नि की प्रदक्षिणा की और एक क्षण के लिए वहीं खड़ी रही। फिर उसने धीरे से अपने पति के मुख को देखा। हम सभी अपनी साँस रोके खड़े थे। तभी सीता की तत्परता ने सबको आश्चर्यचकित कर दिया और वह देखते ही देखते, अग्नि से दूर नदी की ओर भागी और चट्टान के छोर से कहीं अलोप हो गई। कुछ क्षणों के सदमे से भरे सन्नाटे के बाद, कुछ लोग उसी ओर भागे, जहाँ जा कर सीता अदृश्य हो गई थी। राम इस सदमे से वहीं बेसुध हो कर ढेर हो गया।

मैं अपनी बूढ़ी टाँगों में यथासंभव शक्ति बटोर कर, वहाँ से भागा। मैं धक्के देती भीड़ से विपरीत दिशा में भागा। मैं विलाप करती स्त्रियों के निकट से निकला। मैं उस मार्ग से हो कर भागा, जहाँ वस्त्रों की दुकानें धड़ाधड़ बंद की जा रही थीं और लोग किसी उपद्रव की आशंका से त्रस्त थे। मैं उस बाज़ार से निकला, जहाँ लोग आरंभिक सदमे की दशा से बाहर आ गए थे और अपने घरों के सुरक्षित वातावरण में शीघ्रातिशीघ्र लौट जाने के लिए कार्यरत थे। वे उस भूकंप के आगमन की संभावना से भयभीत थे, जो भारत में किसी विशाल वृक्ष के ढह जाने पर आता है। संभवतः मैं नन्ही असुर राजकुमारी को इस क्रूर व निर्दयी संसार के पंजों से छुड़ाने में सफल रहा था। ज्यों ही मैं नगर की चारदीवारी से बाहर आया तो मैं हवा में उछलते हुए, प्रसन्नता से चिल्लाना चाहता था। मैं अपने पुराने मित्र व स्वामी रावण से यह कहना चाहता था कि मैंने अपना काम कर दिया था। मैंने उसकी कोई योजना नहीं बनाई थी, मैंने उसके विषय में कोई विचार नहीं किया था परंतु मुझे यह स्मरण था कि वर्षों पूर्व मेरे द्वारा मदिरा के नशे में चूर हो कर की गई आलोचनात्मक टिप्पणी के बाद ही इन घटनाओं की श्रृंखला आरंभ हुई थी। भले ही मेरे इस प्रतिशोध में हिंसा का आकर्षण व चकाचौंध न रहे हों, परंतु फिर भी यह कहीं अधिक प्रभावी रहा था। मेरे विषय में कोई ग्रंथ नहीं लिखे जाएँगे, कोई कवि मेरे नाम से किसी महाकाव्य की रचना नहीं करेगा – मैं अपने लिए ऐसी कोई कीर्ति चाहता भी नहीं था। मैं सड़कों पर नाचा और धूल में खूल लोटा। मैंने एक सोते हुए श्वान को लतियाया जो रिरियाते हुए, एक कोने में जा दुबका। जब तक मैं घर पहुँचा, तब तक अपनी प्रसन्नता के मद में चूर हो कर बहुत थक चुका था। मैंने घर जाते ही अपनी बूढ़ी पत्नी को गले से लगा लिया।

इसके बाद दंगे व उपद्रव छिड़ गए और आने वाले पंद्रह दिनों में जाने कितने लोग अकारण ही मारे गए। वे लाख प्रयासों के बावजूद सीता की देह नहीं पा सके। यह मान लिया गया था कि उसे सरयू के नीचे जमे कीचड़ ने लील लिया था। मैंने सोचा कि असुर राजकुमारी के लिए यही बेहतर था कि वह धरती माता की गोद में निश्चिंत हो कर विश्राम करती रहे। अब कोई राजा जनक नहीं था जो सरयू से अपने पुरस्कार

को निकाल लेता और इस प्रकार नदी ने अपनी पुत्री को अपने हृदय से लगाए रखा। मैं सोच रहा था कि यदि मैंने प्रहस्त के कहे अनुसार, उसी समय नन्ही असुर राजकुमारी का वध कर दिया होता तो घटनाओं की यह श्रृंखला कितनी अलग होती। संभवतः मनुष्य की अपनी तो कोई इच्छा होती ही नहीं और घटनाएँ उसी तरह घटती हैं, जैसा कि नियति चाहती है, देव इस विषय में उचित ही कहते हैं। जो कुछ भी घटा, वही उक्त व्यक्ति की नियति अथवा भाग्य रहा होगा। कौन जाने? हमें अपनी झोंपड़ी से भी बाहर आने में भय हो रहा था और हम रात भर आतंकित हो कर लाल आकाश को देखते रहे। और फिर यह सब उसी तरह समाप्त भी हो गया, जिस प्रकार आरंभ हुआ था और हमें यह जान कर दिलासा मिला कि हम इन सबसे सुरक्षित बच निकले थे।

राम अब पूरी तरह से बिखर चुका था, अब उसके भीतर शासन करने की भी इच्छा शेष नहीं रही थी। उसके चाटुकार उसके नाम से शासन करने लगे और दिन-ब-दिन परिस्थितियाँ और भी निराशाजनक होती चली गईं। राजा अपने कक्ष में बंद रहता, उपवास करता व दिन-रात पूजा-पाठ में डूबा रहता, संभवतः अपनी प्रिय सीता से क्षमायाचना करता होगा। विडंबना तो यह थी कि वह सीता को संसार के सर्वाधिक शक्तिशाली सम्राट से छुड़ा लाने में तो सफल रहा परंतु धर्मपरायणता के आगे इतना शक्तिहीन था कि चाह कर भी अपनी पत्नी की रक्षा नहीं कर सका। मैं थोड़े रोष के साथ स्वीकार करता हूँ कि वह सही मायनों में अपनी प्रजा की देखेरख तथा परवाह करता था। जब तक उसकी प्रजा जातियों के अनुसार बने नियमों तथा कर्तव्यों का पालन करती थी तब तक सभी उसके शासन में शांतिपूर्वक जीवन व्यतीत कर सकते थे। परंतु जिस क्षण शंबूक सरीखा कोई व्यक्ति अपनी नियति अपने हाथों में लेने की धृष्टता करता तो धर्मरूपी लंबी खड्ग उसका काम तमाम कर देती। जब संपूर्ण तंत्र जन्म के समय नियत जाति पर आधारित भेदभाव तथा सुविधाओं पर टिका था तो ऐसे में कोई न्यायी व पक्षपातरहित शासक बन भी कैसे सकता था? जब तक राम का थोड़ा-बहुत नियंत्रण रहा, तब तक विविध जातियों के बीच एक असहज सा सह-अस्तित्व बना रहा, क्योंकि उसने सभी को पूरा आदर-मान देने का आदेश दे रखा था। परंतु सीता की मृत्यु के पश्चात, राम विरक्त तथा उदासीन हो गया और पुरोहितों के धर्मनिष्ठा के जाल ने सारे राज्य को अपने नियंत्रण में ले लिया। दमन चक्र गति से चला तथा जातियों के लिए बने नियम और भी कड़े होते चले गए। जब सब कुछ असहनीय हो गया तो परिवार एक-एक कर नगर से बाहर जाने लगे। हम वहीं टिके रहे, हमारा धंधा कुछ चल निकला था क्योंकि धोबी जाति के बहुत से परिवार पलायन कर चुके थे और प्रतियोगिता पहले जितनी नहीं रह गई थी। परंतु अपनी आय में जरा सी वृद्धि होते ही मैं और शिव पुनः पूरे वेग से मदिरा व ताड़ी के

मद में चूर रहने लगे जिससे जीवन पहले से भी अधिक कष्टकारी हो गया। एक दिन, शिव ने मदिरा के मद में चूर हो कर अपनी पत्नी को बुरी तरह से पीटा और वह दो दिन बाद परलोक सिधार गई। उन्होंने शिव को ले जा कर कारागार में डाल दिया। इस प्रकार हमें राम के राज्य से बाँधे रखने वाला अंतिम संबंध सूत्र भी टूट गया।

कुछ माह तक यहाँ-वहाँ भटकने के बाद, हमने भारी हृदय से यह निर्णय लिया कि उस नगर को त्याग कर दक्षिण की ओर चले जाएँगे। जब मैंने राम को निराश, परास्त व एक गहन रिक्तता तथा उदासी के बीच घिरा पाया तो उन क्षणों में मुझे जो आनंदातिरेक हुआ, उसका मैं वर्णन नहीं कर सकता। सब कुछ मानो अर्थहीन हो चला था। हमने अपनी सीमित संपदाएँ एक पोटली में बाँधीं तथा यात्रा का शुभारंभ किया। हम घने वनों तथा बंजर पड़ी व्यर्थ धरती से हो कर आगे बढ़े। हमारे साथ और भी कई परिवार दक्षिण की ओर पलायन कर रहे थे। दो बार डाकुओं ने हमला किया और जिनके पास खोने के लिए जो भी थोड़ा-बहुत बचा था, उन्होंने उसे भी खो दिया। हम नर्मदा के किनारे स्थित सह्य की पहाड़ियों के समीप कार्तिवीरार्जुन की नगरी हैह्य में पहुँचे और नगर को देख कर लगता था कि अब तो वह बहुत वैभव-संपन्न हो गया था। वृद्ध राजा मारा जा चुका था, वह परशुराम के लड़ाकू दल के हत्थे चढ़ गया था। अब उसके पुत्र का शासन चलता था। हम वहाँ एक वर्ष तक रहे, चूँकि जाति प्रथा इतनी कड़ी नहीं थी अतः हमें करने के लिए काम भी मिल गया परंतु स्थानीय प्रजा हम प्रवासियों के प्रति रोष जताने लगी थी और शीघ्र ही लंबी लाठियों तथा छोटे दिमाग़ों वाले ठग हम सभी नवागंतुकों को अपना निशाना बनाने लगे।

एक बार फिर, हमने अपनी यात्रा आरंभ की और गोकर्ण पहुँचे, यह वही नगरी थी जहाँ मय ने रावण की इच्छानुसार एक महान शिव मंदिर की रचना की थी, हम इतना थक चुके थे कि हिलना भी संभव न था। हमने नगर से बहुत दूर, एक वन में टिकने का निर्णय लिया, हमें जातिच्युत होने के कारण उस नगर में प्रवेश का अधिकार नहीं था। फिर हम किसी न किसी तरह अपनी आजीविका चलाने लगे और जीवन पुनः एक लय में आ गया। जब माला ज्वर की चपेट में आकर, इस दुनिया से विदा हुई तो मेरे लिए यह सब बहुत ही अकस्मात तथा अनपेक्षित था, यद्यपि वह सत्तर वर्ष की हो चली थी। इससे मेरा हृदय बुरी तरह से टूट गया। ऐसा लगा मानो हृदय का कोई कोना पूरी तरह से रिक्त हो गया हो। मैंने उसे नदी के किनारे दफ़नाया और अपनी यात्रा आरंभ कर दी।

मैं गोकर्ण के समीप ही था जब मैंने यह समाचार सुना कि पुरोहितों के कहने में आकर राम ने लक्ष्मण के वध का आदेश दे दिया था। छोटा राजकुमार पुरोहितों द्वारा चलाए जा रहे बहुत से बेतुके व कड़े अभ्यासों पर प्रश्नचिन्ह लगाने लगा था। वह शासन

के संचालन में रुचि लेने लगा व उसने पाया कि बहुत से नियम इतने अटपटे थे कि वे प्रजा के कष्टों का कारण बन रहे थे। सारी अर्थव्यवस्था चरमरा रही थी क्योंकि सभी निपुण मानव श्रम तथा कलाकार, दूसरे नगरों को प्रस्थान कर रहे थे। पुरोहित व पंडे लक्ष्मण से अपना प्रतिशोध लेने के लिए अवसर की प्रतीक्षा करने लगे। एक दिन, जब राम ने स्वयं उन्हें यह अवसर दे दिया तो उनकी प्रसन्नता का ठिकाना न रहा। कुछ मुनियों का दल राजन से निजी साक्षात्कार में व्यस्त था। राम ने लक्ष्मण को आदेश दिया कि वह किसी को भी कक्ष में प्रवेश न करने दे क्योंकि उसने मुनियों के समूह को, एकांत में साक्षात्कार का वचन दिया था। एक और महर्षि ने भी बल दिया कि उसे कक्ष में प्रवेश करने दिया जाए अन्यथा वह राम के संपूर्ण वंश को श्राप दे देगा। लक्ष्मण ने भयभीत हो कर उसे भीतर जाने दिया जिससे मुनियों का पहला समूह क्रोधित हो उठा। उन्होंने विविध धर्मग्रंथों से लंबे-लंबे उद्धरण देने आरंभ किए और अंत में निष्कर्ष यह निकाला गया कि राम इस महान अपराध के लिए अपने छोटे भाई के वध का आदेश दे दे। इस प्रकार महान योद्धा तथा मेघनाद के हत्यारे लक्ष्मण का अंत हो गया; उस व्यक्ति के प्राण ले लिए गए जो पूरे चौदह वर्ष तक, वन में अपने बड़े भाई तथा उसकी पत्नी की सेवा के निमित्त, अपनी पत्नी को अकेला छोड़ गया था; वह व्यक्ति जिसने बाल्यकाल से अपने भाई की पूरी निष्ठा से सेवा की थी। उसके सारे बलिदान, सर्मपण तथा प्रेम एक ऐसे व्यक्ति के चरणों में पड़ा था, जो अपने परामर्शदाताओं के नियंत्रण में था; एक ऐसा व्यक्ति जो गहरे दु:ख तथा मौन भाव के साथ सब कुछ सहन करता जा रहा था परंतु फिर भी उसमें इतना साहस न था कि उसके पुरोहितों द्वारा खींची गई सीमा रेखाओं को पार कर पाता।

जब मैं पयस्विनी नदी पार कर रहा था तो एक साधु के मुख से राम के प्रयाण का समाचार मिला। राम ने अपने धर्म की खातिर, उन दो लोगों के प्राणों का बलिदान कर दिया था, जिन्हें वह अपने जीवन में सबसे अधिक चाहता था। उसके जीवन में निराशा व अवसाद ने ऐसा घेरा डाला कि उसने सरयू के काले जल में अपने लिए अनंत सांत्वना पा ली। यह एक राजा के लिए बड़ा ही अशोभनीय तथा मर्यादाहीन अंत था जिसने इतिहास के सबसे रंगीन तथा महिमामंडित व्यक्ति को परास्त किया था। राम आजीवन ग्रंथों में लिखे शब्दों से ही बँधा रहा। उसने एक अप्रसन्नता से भरा जीवन जीया और सब कुछ बलिदान कर दिया, उसने धर्म के नाम पर अपनी पत्नी, अपने भाई व यहाँ तक कि अपनी अंतरात्मा तक की बलि चढ़ा दी। मैं आज भी उसके नेत्रों के उस असहाय भाव को भुला नहीं सकता, जब उसने मेरे निर्दोष व नन्हे शंबूक पर अपनी नंगी तलवार से वार करने के लिए हाथ उठाया था। उसकी वह छवि, उस व्यक्ति से तो बिल्कुल ही विपरीत थी, जिसे वह पराजित कर चुका था।

रावण एक ऐसा व्यक्ति था जिसने अपनी शर्तों पर अपना जीवन व्यतीत किया, वही किया जो उसे सही लगा और ऋषियों-मुनियों के लिखे की कभी परवाह नहीं की; एक ऐसा व्यक्ति जिसने अपना जीवन भरपूर जीया और एक योद्धा की मौत मरा। उनके जीवन, आदर्शों, मूल्यों व धर्म की परिभाषाओं की तरह, उनकी मृत्यु भी विरोधाभासी रहीं। यद्यपि अंतिम सत्य यही है कि वे दोनों ही अपनी जीवनगाथाओं के इस महान प्रहसन में नायक थे। उन दोनों में से विजयश्री किसे मिली, केवल यही छोटी सी बात निर्णय लेगी कि उनमें नायक कौन था अथवा खलनायक किसे माना जाए?

ज्यों-ज्यों समय बीतता जाएगा, राम देवता बनता जाएगा और रावण एक दुष्ट के रूप में जाना जाएगा क्योंकि उनमें से राम पुरोहितों के हाथों का खिलौना था और दूसरा किसी चट्टान की भाँति अडिग, अजेय तथा हठधर्मी था। इस संसार के रावण उनके लिए खतरनाक हैं जो ग्रंथों को अपने स्वार्थ के लिए प्रयोग में लाना चाहते हैं और दूसरों पर स्वामित्व जताते हुए, सबका शोषण करने की इच्छा रखते हैं। ऐसे ही शोषक संसार में आए रामों का प्रयोग करते हैं, उन्हें वे अपनी जीवनशैली के नमूनों के रूप में प्रस्तुत करते है, परंतु ज्यों-ज्यों समय बीतता जाता है, यहाँ तक कि राम व लक्ष्मण भी संकटपूर्ण होते जाते हैं, क्योंकि उनके भीतर बसी मानवता विद्रोह करने लगती है। जब नन्हे बालक का सिर काटते समय राम के हाथ काँपे तो वह दुष्ट मंडली जानती थी कि वह बाद में खतरनाक साबित हो सकता था। केवल उसे परास्त करना ही एकमात्र हल था क्योंकि वे उसके शत्रुओं को तो पहले ही परास्त कर चुके थे। वे रावणों से पूरी तरह से निराश हो चले थे; और कुछ समय के लिए रामों को भी संभाल सकते थे; परंतु विभीषण, कुबेर तथा वरुण सरीखे लोगों के साथ सही मायनों में आनंदित रहते थे। वे राम की तरह सरल तथा धर्मप्रिय नहीं थे और न ही रावण की तरह विद्रोही अथवा दंभी थे। वे इस संसार में कुछ भी करने में सक्षम थे, वे धर्मांधों की बोली लगा सकते थे; लोगों को मार सकते थे; संघर्ष आंरभ कर सकते थे और धर्म व धर्मग्रंथों के नाम पर कोई भी अमानवीय कृत्य कर सकते थे। मुझे जैसे तुच्छ, अप्रासंगिक, मूक-बधिर तथा नाकारों ने इस सबक को उत्तरजीविता के आधारभूत साधन के रूप में स्मरण रखा। कभी-कभी हम असंभव सपनों के महल बनाने वालों की बातों में भी बह जाते है, जैसे रावण, महाबलि या फिर शंबूक के गुरू जैसे लोग... ऐसे अमूर्त सपनों के लिए लड़ने वालों तथा नेताओं का पालन करने वाले अनुयायियों के रूप में, हमेशा हम मूर्खों को ही मोल चुकाना पड़ता था। परंतु कभी-कभी स्वप्न दम नहीं तोड़ते और उत्तरजीविता भी महत्त्व खो देती है। रावण अथवा मेघनाद की भाँति जीवित रहने तथा मरने में भले ही कितनी भी कीर्ति क्यों न हो, हो सकता है कि धर्म जैसे अमूर्त विचार के लिए सदैव समर्थन देने तथा राम की तरह सब कुछ बलिदान कर देने में भी कोई संतुष्टि छिपी हो। परंतु ऐसी कीर्तियाँ तथा यश मेरे जैसे व्यक्तियों

के लिए ऐसी विलासिताएँ थीं, जिन्हें पालना हमारे वश में नहीं था।

मैं पूरे एक माह तक चलने के बाद, अपने जन्म स्थान पर पहुँचा। जब मैंने घाटी में रूपहली रेखा की तरह प्रवाहित पूर्णा नदी को देखा, मेरा हृदय बल्लियों उछलने लगा। सारी स्मृतियाँ दौड़ कर गले आ लगीं और मारे भावुकता के कंठ अवरुद्ध हो गया। मैंने यथासंभव कुलाँचें भरीं व नदी के समीप जा पहुँचा। मैंने उसके शुद्ध निर्मल जल में छलाँग लगा दी और किसी बत्तख की तरह तैरने लगा। ऐसा लगा मानो मेरी युवावस्था लौट आई हो। मैं बहुत देर तक तैरता रहा, मैं अवर्णनीय आनंद की बहुत झीनी सी परत पर तैर रहा था। तभी मेरे माथे पर पड़े एक तीखे पत्थर ने मुझे मेरे सपने से झकझोर कर जगा दिया, "नीच जात! इस पवित्र जल को दूषित करने का साहस कैसे किया?"

ज्यों ही मैं सीढ़ियों से ऊपर आया, तो देखा कि उच्च जाति के कुछ लोग मुझे ही ताक रहे थे। मैं अपने प्राण बचा कर भागा, अब मुझे उस जल से भी दूर भागना पड़ा जो देवों का हो गया था। बाद में मुझे पता चला कि मेरा देश, अब देवताओं का अपना देश हो गया था और अब वहाँ मनुष्यों के लिए कोई स्थान नहीं रह गया था। परशुराम असुरों की ओर से होने वाले अंतिम विद्रोह को भी दबाने में सफल रहा और वह सबसे अधिक कट्टर तथा क्रूर जाति प्रथा को स्थापित करने में भी सफल रहा, जिसकी कभी किसी ने कल्पना तक नहीं की थी। परशुराम द्वारा रचे गए नर्क की तुलना में राम की अयोध्या किसी स्वर्ग से कम न थी। देव प्रत्येक पाषाण के पीछे से झाँकते; वे प्रत्येक वृक्ष से टँगे थे, हर कोने में छिपे थे और मनुष्यों का जीवन कष्टकर बना दिया था। परशुराम अपने साथ उत्तर से चौसठ ब्राह्मण परिवार लाया था। पराजित असुरों के संभ्रात वर्ग ने उनका अनुचर बनना स्वीकार किया और उनके लिए दूसरों का दमन करने वाले क्रूर व सशक्त साधन बन गए। मेरी जन्मभूमि एक ऐसा बौराया स्थान बन गई थी जो जाति के समीकरणों तथा वर्जनाओं में उलझी थी। मैं देवों की इस भूमि से बहुत दूर भाग जाना चाहता था, जैसा कि और भी बहुत से लोग कर रहे थे, वे सागर पार कर, पश्चिम के जलते मरूस्थलों की ओर जा रहे थे। परंतु मैं अब इतना वृद्ध हो चला हूँ कि और कोई यात्रा नहीं कर सकता। मैं यहीं जन्मा था और चाहता हूँ कि मेरी मृत्यु भी यहीं हो। मेरी जन्मभूमि की धरती बहुत वरदायी है और यह त्वचा के वर्णों में भेदभाव नहीं करती। नारियल व कटहल, ख़रगोश व जंगली बेर और पूर्णा नदी का शीतल जल, मेरी कुबड़ी और थकी बूढ़ी देह को जीवित रखने के लिए यह सब आवश्यकता से कहीं अधिक हैं।

कभी-कभी, मैं पूर्णा नदी की ऊपरी पहाड़ियों पर स्थित, झरनों के समीप चला जाता हूँ और वहाँ से चट्टानों पर गिरती नदी को देखा करता हूँ। मैं नहीं जानता

कि क्यों, परंतु इससे मुझे बहुत मानसिक शांति मिलती है। कभी-कभी यह सोचता हूँ तो आश्चर्य होता है कि मैं अपनी युवावस्था में इन आलीशान जलप्रपातों में कूदने का साहस कहाँ से जुटा लेता था। कभी-कभी मैं झरनों के ऊपर उभरी चट्टान पर पीठ के बल लेट जाता और वहाँ से विस्तृत आकाश में तैरते नन्हे, रुईनुमा बादलों को ताकता। झरनों का स्वर मेरे कानों में भर जाता और साथ ही तोतों की टें-टें भी सुनाई देती। ब्रह्माण्ड किस प्रकार अनंत, शाश्वत तथा बाधाओं से परे दिखाई देता है। कभी-कभी मुझे एहसास होता है कि यह मनुष्य तथा उसकी तुच्छ गतिविधियों से कहीं परे है और कभी-कभी ऐसा लगता है कि कोई बहुत ही विशालकाय नेत्र हम सबको ताक रहा है। मैंने बहुत पहले, जीवन का अर्थ तलाशने की अपनी जिज्ञासा त्याग दी है। हो सकता है कि मैं एक मूर्ख ही होऊँ क्योंकि मेरी चमड़ी का रंग भी काला है।

परंतु कुछ निश्चित दिवसों में, विशेष रूप से वर्षा होने के पश्चात, जब प्रकृति बहुविध रंगों में खिलती है और घास भीनी गंध के साथ निकलती है, तो मैं नदी के उस पार से आते मधुर गीतों के कुछ अंश सुन सकता हूँ। वे उस स्वर्णिम काल के विषय में गाते हैं, जब इस धरती पर सम्राट महाबलि का शासन था, जब प्रत्येक मनुष्य को एक समान माना जाता था, जब चारों ओर शांति का साम्राज्य था, किसी प्रकार का छल या संघर्ष नहीं होता था। मुझे कभी-कभी इन गायकों के सीधेपन पर हँसने का भी मन करता है। परंतु अधिकतर, आशा व उदासी का एक मिश्रित सा भाव मेरे मस्तिष्क को परिपूरित कर देता है। हो सकता है कि नदी के पार, मेरे जैसे काली चमड़ी वालों के ही ग्राम हों। हो सकता है कि वे ओणम मना रहे हों, उस स्वर्ण युग की वापसी की प्रतीक्षा कर रहे हों, उस राजा की प्रतीक्षा कर रहे हों जो बहुत पहले इस संसार से विदा ले चुका है और जिसे उत्तरी सह्य की किसी गुहा में दफ़ना दिया गया है। यद्यपि उनकी इस आशा में एक मधुरता का आभास छिपा है। मनुष्यों के हृदय में छिपे उन असंभव स्वप्नों में भी शब्दातीत सुंदरता छिपी है। कोई भी पवित्र ग्रंथ उन्हें मिटा नहीं सकते, कोई भी वर्जनाएँ उन्हें बाँध नहीं सकतीं और कोई भी ईश्वर उन्हें चुरा नहीं सकते। हो सकता है कि मनुष्य न रहें परंतु ऐसी आशाएँ सदैव बनी रहती हैं। मैं बहुत वृद्ध हो चला हूँ और किसी भी दिन, उन लाखों लोगों की तरह अपने प्राणों का त्याग कर सकता हूँ, जो इस संसार में अपनी कोई भी पहचान छोड़े बिना यूँ ही चल देते हैं। हो सकता है, जैसा कि ब्राह्मण कहते हैं, मैं बार-बार इस संसार में जन्म लूँगा, यदि ऐसा है तो यह अपने-आप में सबसे बड़ी आशा है। प्रत्येक मृत्यु, जीवन रूपी संगीत रचना में एक अस्थायी विराम है। इस आनंददायक संसार में बार-बार लौट कर आने के विचार में ही अनंत सौंदर्य छिपा है। संभवतः, इस अद्‌भुत जगत में मेरी वापसी के दौरान एक बार, कौन जाने, मैं यह भी पा सकता हूँ कि उस मधुर संगीत के सभी शब्द सत्य हो गए हैं।

आभार

'असुर' अनेक व्यक्तियों की आभारी है। सबसे पहले, मैं अपने माता-पिता स्वर्गीय एल. नीलकंठन तथा चेल्लमाल नीलकंठन के प्रति अपना हार्दिक आभार प्रकट करना चाहता हूँ, जिन्होंने मेरे लिए भारतीय महाकाव्यों के जादुई जगत के द्वार खोल दिए। मैं अपने दोनों भाइयों लोकनाथन तथा राजेंद्रन के प्रति भी आभार प्रकट करता हूँ, जिन्होंने मेरे माता-पिता तथा पड़ोसियों के साथ, अनेक सम्मोहित कर देने वाली संध्याएँ आयोजित कीं, जहाँ भारतीय दर्शन, महाकाव्य तथा लोक-गाथाओं पर चर्चा तथा विचार-विमर्श होता था। एक लेखक तथा व्यक्ति के रूप में, मेरे विकास के लिए, बहन चंद्रिका तथा उनके पति परमेश्वरन ने जो भूमिका निभाई है, उसके प्रति आभार प्रकट किए बिना कैसे रह सकता हूँ? मेरी भांजी दिव्या, भतीजी राखी व भांजे दिलीप की ओर से मिली अयाचित, धृष्ट व प्रायः शरारत से भरी आलोचना ने मुझे, अपनी काल्पनिक उड़ानों से बाहर आने में सहायता की, जिनमें मैं अधिकतर खोया रहता। यह पुस्तक उन सभी गरमा-गरम चर्चाओं के अभाव में अपना आकार नहीं ले सकती थी, जिन्हें मैं अक्सर, अपने पच्चीस वर्ष पुराने मित्र संतोष प्रभु के साथ किया करता था और अब भी उनका पूरा आनंद उठाता हूँ। मैं लक्ष्मी नायर को भी धन्यवाद देता हूँ, जिन्होंने मेरे पहले प्रारूप में संशोधन किए, मेरे मित्र व सहकर्मी प्रेमजीत ने अंतिम प्रारूप को पढ़ा व संशोधन किए, उन्हें भी हार्दिक आभार! मैं राजीव प्रकाश को भी धन्यवाद देना चाहूँगा, जिन्होंने पूरे उपन्यास को धैर्यपूर्वक पढ़ा तथा मुद्रण की कमियों व त्रुटियों की ओर संकेत किया।

मैं लीडस्टार्ट की पूरी टीम का आभारी हूँ जिन्होंने रावण तथा भद्र को अपनी बात कहने का अवसर दिया। लीडस्टार्ट की संपादकीय निदेशक चंद्रलेखा मैत्रा की ओर से जो प्रोत्साहन प्राप्त हुआ, वह वास्तव में अद्‌भुत था और मैं उन्हें हार्दिक धन्यवाद देता

हूँ। उनके सहयोग व मार्गदर्शन के बिना *'असुर'* और कुछ नहीं, बस मेरे लैपटॉप में पड़े कुछ शब्द मात्र बन कर रह जाती। एक नवोदित लेखक के उपन्यास में संशोधन व संपादन की पीड़ादायी प्रक्रियाओं से गुज़रने वाली ऐन्ड्रिया बार्टन डिसूजा, अपने धैर्य के लिए पुरस्कार पाने की अधिकारी हैं। मैं इतने सुंदर आवरण चित्र के लिए मिष्ठा रॉय तथा चित्रों के लिए ऐंपलक्रिएशन्स स्टूडियो के सुबु व अशोक का आभारी हूँ।

यह पुस्तक मेरी जीवनसंगिनी अर्पणा के सहयोग, स्नेह तथा प्रोत्साहन के अभाव में पूरी नहीं हो सकती थी। वे एक स्नेहमयी आलिंगन की अधिकारी हैं। और हमारे दो नटखट शैतान, अनन्या तथा अभिनव, जो मेरे द्वारा लिखी जा रही कहानियों की बजाय, मुझसे सुनी गई कहानियों में अधिक रुचि रखते हैं, मैं अगली सौ रातों तक, तुम दोनों के लिए सौ से अधिक कहानियों का ऋणी हूँ। अंत में, मैं भारत के उन अज्ञात कथावाचकों के प्रति भी आभार प्रकट करता हूँ, जिन्होंने पिछले तीन हज़ार वर्षों से, कथावाचन की इस परंपरा को जीवित रखा है। मैं अपने देश तथा इसके कभी समाप्त न होने वाले, धार्मिक पौराणिक गाथाओं के अक्षय कोष का सबसे अधिक ऋणी हूँ।

मंजुल पब्लिशिंग हाउस

द्वारा प्रकाशित आनंद नीलकंठन की कौरव वंश पर आधारित प्रसिद्ध श्रंखला **अजेय** के दोनों भागों के हिन्दी संस्करण भी पाठकों के लिए उपलब्ध हैं